ANNE FORTIER

A Irmandade Perdida

ARQUEIRO

Título original: *A irmandade perdida*

tradução: Fernanda Abreu
preparo de originais: Sheila Til
revisão: Ana Grillo e Bruna Cruz
projeto gráfico e diagramação: Valéria Teixeira
capa: Eileen Carey
adaptação de capa: Miriam Lerner
imagens de capa: arabescos: Daxi/ iStock Vectors; mulher: PhotoAlto/ Matthieu Spohn The Agency Collection; dunas: Vladimir Piskunov; bracelete: Robert Hunt
impressão e acabamento: Lis Gráfica e Editora Ltda.

CIP-BRASIL. CATALOGAÇÃO NA PUBLICAÇÃO
SINDICATO NACIONAL DOS EDITORES DE LIVROS, RJ

F847i Fortier, Anne, 1971-
A irmandade perdida/Anne Fortier; tradução de Fernanda Abreu. São Paulo: Arqueiro, 2015.
528 p.; 16 x 23 cm.

Tradução de: Lost sisterhood
ISBN 978-85-8041-452-3

1. Ficção dinamarquesa. I. Abreu, Fernanda. II. Título.

CDD 839.813
15-25037 CDU 821.113.4

Rua Funchal, 538 – conjuntos 52 e 54 – Vila Olímpia
04551-060 – São Paulo – SP
Tel.: (11) 3868-4492 – Fax: (11) 3862-5818
E-mail: atendimento@editoraarqueiro.com.br
www.editoraarqueiro.com.br

Para minha amada sogra,
Shirley Fortier (1945 – 2013),
cuja coragem em combate se
equiparava à de uma amazona.

"Amazonas: raça mítica de mulheres guerreiras. O nome era popularmente compreendido como 'sem seios' (*maza*, 'seio'), e conta-se que elas 'atrofiavam' ou 'cauterizavam' o seio direito para não atrapalhar o arremesso da lança.

As amazonas já foram vistas como indício de um verdadeiro matriarcado na Pré-História. Apesar de atraente contraponto aos atuais preconceitos masculinos, isso contradiz a natureza do mito."

– *The Oxford Classical Dictionary*

"Quem controla o presente controla o passado."

– George Orwell

MAPA DA REGIÃO MEDITERRÂNEA POR VOLTA DE 1250 A.C.

PRÓLOGO

Os rapazes terminaram a remada de treinamento em tempo recorde.

Fazia uma daquelas raras manhãs de sol em Oxford em que a névoa se descola da superfície do rio bem em frente à proa, como se a natureza estivesse à espera daquele instante, daquela equipe, para enfim se revelar.

Ao atravessar o gramado de Christ Church Meadow de volta para a faculdade, sob a luz do sol nascente junto com os companheiros de remo, Haz se sentia invencível, mas sua animação foi interrompida pelo porteiro, que o chamou com um aceno brusco assim que os jovens entraram no pátio.

– Chegou aquilo para o senhor – avisou o porteiro, indicando com um polegar sujo de tinta o objeto pousado sobre a bancada de correspondência. – Não faz nem dez minutos. Eu já ia ligar para o diretor...

– O que é? – perguntou Haz, esticando-se para olhar. – E onde...?

Mas ele se calou assim que viu o conteúdo do cesto de lona, pois, aninhado sobre uma almofada e coberto por uma manta, estava um bebê adormecido.

Haz não conseguiu encontrar nenhuma palavra adequada para expressar o súbito caos em sua mente. Não era a primeira vez que via um bebê, claro, mas jamais imaginara deparar com um tão pequeno na portaria úmida, cercado por sacos de correspondência e guarda-chuvas esquecidos.

– Pois é – falou o porteiro, unindo as sobrancelhas grossas em uma expressão canhestra de empatia. – Mas talvez esta carta aqui explique alguma coisa.

Então entregou ao rapaz um envelope preso ao cesto por um barbante.

PARTE I

Crepúsculo

CAPÍTULO UM

Por nove dias então fui varrido pela força dos ventos hostis sobre o mar repleto de peixes, mas no décimo dia chegamos ao país dos lotófagos...

Homero, *Odisseia*

Oxford, Inglaterra
Dias atuais

Do jeito enigmático que lhe era peculiar, minha avó fez o possível para me ensinar a enfrentar a carnificina da vida. Cascos descontrolados, carruagens velozes, machos predatórios... graças a vovó, quando fiz 10 anos tudo isso já estava mais ou menos dominado.

Infelizmente, o mundo se revelou muito diferente do nobre campo de batalha que ela me levara a esperar. O valor do que estava em jogo era irrisório, as pessoas pálidas e covardes; minhas artes de amazona de nada me valiam. E com certeza nada do que vovó me ensinara durante nossas longas tardes de chá de hortelã e monstros imaginários poderia ter me preparado para as correntes e ventos contrários do mundo acadêmico.

Naquela tarde específica de outubro, o dia em que tudo começou, uma rajada de ira inesperada me derrubou no meio da apresentação de um artigo. Instada pelo todo-poderoso professor Vandenbosch, sentado na primeira fila, a presidente da mesa se levantou e, covardemente, passou um dedo pela garganta para me informar que eu tinha exatamente zero minuto para terminar minha apresentação. Segundo meu próprio relógio, eu estava dentro do tempo regulamentar, mas meu futuro acadêmico dependia da aprovação daqueles distintos especialistas.

– Para concluir... – Olhei de relance para o professor Vandenbosch: ele me encarava com um olhar belicoso, braços e pernas cruzados. –... fica claro que, apesar de todas as descrições explícitas de seus hábitos reprodutivos, esses autores gregos nunca consideraram as valentes amazonas como algo mais do que companheiras fictícias e quase eróticas em seus jogos.

Um burburinho de animação percorreu o auditório. Mais cedo, ao chegar do pátio chuvoso, estavam todos molhados e um tanto desanimados, mas minha apresentação obviamente contribuíra para aquecer o recinto.

– No entanto... – Meneei a cabeça para a presidente da mesa de modo a lhe assegurar que estava quase terminando. –... mesmo sabendo que essas mulheres guerreiras sedentas de sangue não passavam de ficção, nossos autores não se acanharam em usá-las nas histórias de alerta sobre os perigos da liberdade feminina irrestrita. Por quê? – Corri os olhos pela plateia, tentando contar meus aliados. – Por que os gregos se sentiam obrigados a manter as esposas dentro de casa? Não se sabe. Mas com certeza esse alarmismo em relação às amazonas deve ter contribuído para justificar o tratamento inferior dado às mulheres.

Assim que as palmas silenciaram, o professor Vandenbosch passou por cima da presidente da mesa, levantou-se e olhou em volta com um ar sério, esmagando com a simples força do olhar as muitas mãos levantadas. Então se virou para mim com um sorrisinho arrogante estampado no rosto.

– Obrigado, Dra. Morgan. Alegra-me constatar que deixei de ser o acadêmico mais ultrapassado de Oxford. Espero, para o seu bem, que a academia um dia volte a precisar do feminismo. De resto, fico aliviado em dizer que há muito tempo já passamos dessa fase e aposentamos o velho machado de batalha.

Embora o ataque tivesse vindo disfarçado de brincadeira, foi tão absurdo que ninguém riu. Mesmo eu, presa atrás do atril, fiquei pasma demais para ensaiar uma reação. Tinha certeza de que a maior parte da plateia concordava comigo, mas mesmo assim ninguém teve coragem de se levantar e me defender. O silêncio foi tal que dava para ouvir o leve tamborilar das gotas de chuva no telhado de cobre.

Dez torturantes minutos depois, consegui fugir do auditório e me refugiar em meio à névoa úmida de outubro. Apertei um pouco mais o xale em volta do corpo e tentei visualizar o bule de chá que me esperava em casa... mas ainda estava furiosa demais.

O professor Vandenbosch nunca gostara de mim. Segundo um relato particularmente maldoso, ele certa vez divertira os colegas com uma fantasia na qual eu era raptada de Oxford para estrelar um seriado de TV sobre o poder da mulher. Já a minha teoria era que ele estava me usando para atingir sua rival, Katherine Kent, minha supervisora, achando que conseguiria enfraquecer a posição dela atacando seus protegidos.

Katherine, é claro, tinha me desaconselhado a fazer outra apresentação sobre as amazonas.

– Se você continuar nessa linha de investigação, vai virar picadinho acadêmico – afirmara ela, direta como sempre.

Eu me recusava a acreditar nisso. Um dia aquele tema iria cair nas graças das pessoas e o professor Vandenbosch nada poderia fazer para sufocá-lo. Faltava só eu arrumar tempo para terminar meu livro ou, melhor de tudo, conseguir pôr as mãos no *Historia Amazonum*. Mais uma carta para Istambul, dessa vez de próprio punho, e quem sabe a caverna mágica de Grigor Reznik finalmente se abrisse para mim. Eu precisava tentar. Devia isso a vovó.

Ao avançar cabisbaixa pela rua, eu estava preocupada demais para reparar que alguém me seguia, até que um homem me alcançou na faixa de pedestres da High Street e tomou a liberdade de me abrigar sob seu guarda-chuva. Tinha a aparência de um sessentão jovial, e com certeza não fazia parte do mundo acadêmico: por baixo da capa impermeável sem mancha nenhuma pude ver que vestia um terno caro, e desconfiei que suas meias combinassem com a gravata.

– Dra. Morgan – começou ele, com um sotaque que revelava origens sul-africanas. – Gostei da sua apresentação. A senhora tem um minutinho?

Ele meneou a cabeça para o outro lado da rua, em direção ao Grand Café.

– Posso convidá-la para beber alguma coisa? A senhora parece estar precisando.

– Que gentileza... – Olhei para o relógio. – Mas infelizmente estou atrasada para outro compromisso.

E estava mesmo. Aquela era a semana de seleção de novos membros no clube universitário de esgrima e eu prometera dar uma passada no final do dia para ajudar na demonstração dos equipamentos. Bem a calhar, por sinal, já que estava mais que disposta a atacar alguns inimigos imaginários.

– Ah... – fez o sujeito, mas foi me seguindo pela rua, e as pontas do guarda-chuva espetaram meu cabelo. – E mais tarde? A senhora está livre hoje à noite?

Hesitei. Os olhos daquele homem tinham um quê perturbador: mais intensos do que o normal e com um tom meio amarelado, não muito diferente do das corujas no alto das estantes no escritório do meu pai.

Em vez de virar na Magpie Lane, que era escura e quase deserta, parei na esquina e exibi o que deveria ser um sorriso simpático.

– Acho que não ouvi direito o seu nome.

– John Ludwig. Tome... – Ele revirou os bolsos por alguns instantes e fez uma careta. – Estou sem cartão. Não faz mal. Tenho um convite a lhe fazer.

Ele me encarou com os olhos semicerrados, atento, como para se certificar do meu valor.

– A fundação para a qual trabalho fez uma descoberta importantíssima – falou, mas fez uma pausa e franziu o cenho, talvez incomodado por estarmos na rua. – Tem certeza de que não posso lhe oferecer uma bebida?

Apesar da minha apreensão, fui vencida por uma pontinha de curiosidade.

– Quem sabe possamos nos encontrar amanhã? – propus. – Para um café rápido?

O Sr. Ludwig olhou para alguns passantes encolhidos de frio e chegou mais perto.

– Amanhã a senhora e eu vamos estar a caminho de Amsterdã – falou, baixando a voz para um sussurro íntimo e, ao ver minha expressão de espanto, ainda sorriu e continuou: – De primeira classe.

– Ah, claro! – falei, já saindo de baixo do guarda-chuva e começando a descer a Magpie Lane. – Tenha um bom dia...

– Espere!

Ele me seguiu pela ruela e me alcançou sem dificuldade, apesar do calçamento irregular.

– Estou falando sobre uma descoberta que vai reescrever a história. É uma escavação novinha em folha, ultrassecreta, e adivinhe só: queremos que a senhora dê uma olhada.

Diminuí o passo.

– Por que eu? Não sou arqueóloga, sou filóloga. Como o senhor deve saber, a filologia não tem a ver com escavar, mas consiste em ler e decifrar...

– Justamente!

O Sr. Ludwig enfiou as mãos nos mesmos bolsos onde não encontrara seu cartão de visita, mas dessa vez pegou uma fotografia amassada.

– O que precisamos é de alguém que consiga decifrar *isto aqui*.

Mesmo na penumbra da Magpie Lane, pude ver que a foto era de uma inscrição em algo que parecia uma parede antiga de gesso.

– Onde essa foto foi tirada?

– Isso eu não posso dizer. Só depois que a senhora aceitar o convite – disse e, aproximando-se, baixou a voz até um tom conspiratório. – Encontramos provas de que as amazonas existiram *mesmo*, entendeu?

Fiquei tão surpresa que quase caí na gargalhada.

– O senhor não pode estar falando sério...

O Sr. Ludwig se empertigou.

– Perdoe-me, mas estou falando *muito sério* – garantiu ele e, com guarda-chuva e tudo, abriu os braços como se tentasse demonstrar a gravidade da questão. – Essa é a sua especialidade. A sua paixão. Ou não?

– É, sim, mas...

Olhei para a fotografia, fascinada. A cada seis meses, mais ou menos, topava com um artigo de algum arqueólogo que alegava ter encontrado um verdadeiro túmulo de amazona ou até mesmo a lendária cidade só de mulheres chamada Temiscira. Esses artigos eram invariavelmente intitulados "Nova Descoberta Prova que as Amazonas Existiram", e eu sempre os lia do início ao fim com grande afã, mas acabava decepcionada. Sim, mais um duro na queda havia passado a vida inteira vasculhando a região do mar Negro e enfrentado as intempéries com sua parca de capuz em busca de mulheres enterradas junto com armas e cavalos. E, sim, de vez em quando essa pessoa encontrava indícios de alguma tribo pré-histórica que não impedia as mulheres de montar e portar armas. Apesar disso, alegar que elas vivessem em uma sociedade amazona sem homens que às vezes enfrentava os gregos antigos em batalhas espetaculares... bom, era mais ou menos como encontrar uma ossada de dinossauro e deduzir que os dragões cuspidores de fogo dos contos de fadas tinham mesmo existido.

O Sr. Ludwig me encarou com seus olhos de coruja.

– A senhora quer mesmo que eu acredite que depois de passar... o que... nove anos pesquisando as amazonas, não existe sequer uma ínfima parte de Diana Morgan que deseje provar que elas realmente existiram?

Ele meneou a cabeça para a foto que havia me mostrado.

– Isso que está nas suas mãos é um alfabeto amazônico ainda não decifrado, e entenda o seguinte: nós estamos dando *à senhora* a oportunidade de ser a primeira especialista a tentar. Além do mais, estamos dispostos a recompensar seu esforço com uma generosa remuneração. Cinco mil dólares por uma semana de trabalho...

– Só um instantinho – falei, sentindo os dentes baterem por causa do frio e do nervosismo causado por aquilo tudo. – O que os faz ter tanta certeza de que esta inscrição tem algo a ver com as amazonas? – Acenei com a fotografia na sua frente. – O senhor acabou de me dizer que ela ainda não foi decifrada...

– Arrá! – O Sr. Ludwig apontou o dedo para o meu nariz e quase o tocou. – É justamente esse tipo de sagacidade que estamos procurando. Pegue... – Levando a mão a um bolso interno, ele me estendeu um envelope. – É a sua passagem. Decolamos de Gatwick amanhã à tarde. Nós nos vemos no portão de embarque.

E pronto. Sem sequer esperar a minha reação, o Sr. Ludwig simplesmente virou as costas e foi embora, desaparecendo na movimentação da High Street sem olhar para trás.

CAPÍTULO DOIS

Assombradas por seu esplendor,
as estrelas próximas da formosa
lua cobrem os
rostos claros
quando ela
fica mais redonda e acende
a terra com sua luz prateada.

Safo

Quando cheguei, a maior parte dos professores já estava reunida de copo na mão na Sala de Convívio dos Docentes. Como eu tinha corrido para passar no clube de esgrima, não tivera tempo de tomar banho e, quando entrei no recinto, escutei alguns comentários em voz baixa sobre a Miss América ter se atrasado outra vez para o jantar, mas apenas sorri e fingi não ouvir. Até onde eles sabiam, eu poderia muito bem ter estado na biblioteca, me matando para destrinchar algum manuscrito antigo em um canto empoeirado – desculpa perfeitamente válida para aparecer, como eles próprios viviam fazendo, na hora errada, no lugar errado, com cara de quem acabou de aterrissar direto do Renascimento.

Infelizmente, nada me levava a crer que meu apelido de Miss América fosse um elogio. Embora eu de fato fosse uns 10 centímetros mais alta que a maioria das pessoas ali e, além disso, tivesse uma aparência angelical (que, sempre que eu soltava meus cachos louros, meu pai lembrava ser só fachada), o apelido quase com certeza era uma referência ao meu berço, ou melhor, ao que eles consideravam minha falta de berço. Ao que tudo indicava, eu jamais conseguiria me livrar do fato de o vocabulário de minha mãe, que era norte-americana, ter sido tão presente em casa na minha infância. Embora meu pai fosse um perfeito britânico e eu tivesse crescido rodeada por eles, havia horas em que as expressões dos Estados Unidos me ocorriam com mais naturalidade. Pelo visto, alguns dos docentes mais velhos já tinham me escutado assassinar a língua de Shakespeare, ou talvez até me visto passar correndo em frente a algum prédio da faculdade sem outro motivo que não o desejo um tanto vulgar de manter a forma, e logo concluíram ser desnecessária qualquer investigação mais a fundo sobre minha personalidade.

– Diana! – chamou Katherine Kent, minha supervisora, com um aceno impaciente. – Como foi a apresentação?

Como sempre, seu jeito de metralhadora me pegou desprevenida e senti minha coragem se esvair.

– Nada mau. Na verdade até que encheu bastante.

– Qual era o assunto, mesmo?

– Bom... – Tentei sorrir. Não havia como dizer que eu tinha ignorado o seu conselho. – Eu estava meio com pressa...

Os olhos de Katherine se transformaram em duas fendas. Cravados em um rosto marcado pela disciplina e emoldurado por cabelos tão curtos que poderiam ter sido confundidos com um penteado da moda, seus olhos eram sempre muito vívidos e de um azul-turquesa raro, incandescente, como cristais incrustados em estanho. Na maioria das vezes eles reluziam de irritação, mas eu já aprendera que isso era também sua forma natural de interação com pessoas que, na realidade, haviam conquistado o seu respeito.

Bem nessa hora, uma onda de entusiasmo varreu o recinto. Aliviada por Katherine ter se distraído por um instante, virei-me para ver quem tinha chegado ainda mais atrasado do que eu e apesar disso ser o queridinho da festa.

Mas é claro. James Moselane.

– Aqui! – chamou Katherine, erguendo de novo o braço no gesto impaciente de quem nunca aceita um não como resposta.

– Kate. – James cumprimentou a *grande dame* com o aperto de mão que ela esperava. – Obrigado pela crítica no *Quarterly*. Eu com certeza não mereço.

Só então ele reparou em mim.

– Ah, oi, Morg. Não tinha visto você.

Por mim, tudo bem. Porque toda vez que James Moselane entrava em algum lugar, eu levava alguns minutos para conseguir controlar os lóbulos frontais do meu cérebro. Na madura e responsável idade de 28 anos, era terrível se pegar tateando em busca de alguma migalha de sofisticação e mais constrangedor ainda ter certeza de que todos ao meu redor haviam reparado nas minhas faces coradas e tirado a conclusão certa.

Para um membro da comunidade acadêmica, James era mais atraente do que o normal. De alguma forma, conseguira escapar à velha máxima de que o primeiro em matéria de inteligência era sempre o último em matéria de beleza. Mesmo possuindo uma massa cinzenta incrivelmente ativa, sua cabeça era também coroada por uma profusão de belos cabelos castanho-avermelhados e, aos 33 anos, seu rosto sem marcas continuava a exercer um charme juvenil. Como se não bastasse, seu pai, lorde Moselane, era dono de uma das mais belas coleções de esculturas antigas do país. Em outras palavras, James era o único homem mais príncipe do que sapo que eu já conhecera.

– Diana fez uma apresentação hoje – informou-lhe a professora Kent. – Ainda estou tentando saber qual foi o título.

James me lançou um olhar de esguelha, cúmplice.

– Ouvi dizer que você foi bem.

Grata por aquele socorro, ri e enxuguei uma gotinha da têmpora. Era uma gota de suor deixada no meu cabelo pela máscara de esgrima, mas torci para James interpretá-la como indício de uma chuveirada recente.

– Você é muito gentil. Mas quais são as novidades? Outra carta de amor suicida de alguma aluna?

Bem nessa hora, a sineta do jantar tocou e todos começaram a sair da sala. As conversas foram suspensas enquanto nosso pequeno cortejo descia a escada, atravessava o pátio dos fundos sob uma chuva fina e entrava em pares solenes no grandioso refeitório da faculdade.

Todos os alunos se levantaram dos bancos enquanto subíamos o corredor até a mesa dos docentes, instalada sobre um tablado nos fundos do recinto. Quando sentei na cadeira reservada para mim, tive a nítida consciência de todos aqueles olhos a me encarar. Ou o mais provável era que estivessem encarando James, que se sentou bem ao meu lado, lindo de morrer e surpreendentemente à vontade na beca preta, quase um príncipe Tudor na corte.

– Ânimo, garota – disse ele, entre os dentes, enquanto o responsável pelo bufê servia o vinho. – Fiquei sabendo por uma ótima fonte que não teve nada de errado com a sua apresentação de hoje.

Olhei para ele, esperançosa. Todos concordavam que James era um astro do mundo acadêmico, e sua lista de publicações bastava para fazer com que a maioria dos colegas parecessem minúsculas luas em órbitas frágeis.

– Então por que ninguém falou *nada*?

– O que alguém poderia ter falado? – James provou com deleite sua entrada. – Depois de serem atacados pela sua narrativa de mulheres guerreiras suadas vestidas com botas de pele animal e biquínis de cota de malha... Eles são acadêmicos, caramba. Fique feliz por ninguém ter enfartado.

Usei o guardanapo para abafar uma risada.

– Eu devia ter feito uma apresentação em slides. Talvez assim finalmente tivesse conseguido me livrar do professor Vandenbosch...

– Morg... – James me encarou com aqueles olhos. Olhos que me diziam que eu só estava vendo a pontinha de seus pensamentos. – Você sabe que o professor Vandenbosch tem 400 anos. Ele já estava aqui muito antes de a gente chegar e vai continuar muito depois de você e eu batermos as botas. Pare de implicar com o coitado.

– Ah, sério!

– Estou falando muito sério. – Mais uma vez, seu olhar cor de mel foi além de nossa brincadeira. – Morg, você tem muito talento. De verdade. Mas é preciso mais do que talento para ter sucesso por aqui.

Talvez para suavizar a crítica, ele sorriu.

– Escute o conselho de um chef veterano: não dá para requentar para sempre a sopa velha das amazonas.

Dito isso, ele ergueu sua taça para um brinde conspiratório, mas poderia muito bem ter jogado o vinho na minha cara.

– Tá. Entendi.

Baixei os olhos para disfarçar minha consternação. Aquelas palavras não eram novidade para mim, mas, vindas dele, apunhalavam em cheio meu coração.

– Ótimo.

James girou o vinho algumas vezes antes de beber.

– Jovem demais – sentenciou ao baixar a taça. – Carece de complexidade. Que desperdício.

Ele e eu tínhamos nascido praticamente um ao lado do outro, mas em mundos completamente distintos. A única coisa que nós, mortais, conseguíamos ver da família Moselane eram os carros luxuosos com janelas de vidro escuro que passavam depressa pelas ruas de nossa tranquila cidadezinha, parando só alguns segundos para esperar o portão automático de sua imensa entrada de garagem se abrir. Isso e, de vez em quando, por entre os arbustos densos e espinhosos que cercavam esse éden particular, um vislumbre de pessoas distantes jogando croqué ou tênis na grama da propriedade e suas risadas carregadas pela brisa como papéis de bala vazios.

Embora quase todo mundo na cidade soubesse o nome e a idade dos filhos de lorde e lady Moselane, eles eram tão distantes de nós quanto os personagens de um livro. Como todos estudavam em colégios internos – os melhores do país, é claro –, o jovem James e suas irmãs nunca eram vistos durante o ano letivo, e quase todas as suas férias pareciam ser passadas com amigos de escola em castelos isolados na Escócia.

Apesar de ser pouco mais do que um chumaço de cabelos ruivos na primeira fila da missa natalina anual, na minha imaginação o filho e herdeiro de lorde Moselane tinha uma vida muito real. Sempre que eu saía aos domingos com meus pais e, por algum tempo, também com minha avó, ia saltitando na frente pela floresta na esperança de encontrá-lo a cavalo, com sua capa flutuando à brisa como um nobre de verdade... mesmo sabendo muito bem que ele era aluno interno em Eton, depois em Oxford, e que não havia ninguém ali a não ser eu e minhas ideias ridículas.

Mas eu não estava totalmente sozinha nesse mundo imaginário. Isso porque, pelo que me lembrava, minha mãe ansiava por se tornar íntima dos Moselanes, que afinal de contas eram nossos vizinhos. Pelos seus cálculos, o fato de meu pai ser diretor da escola da cidade deveria ter nos colocado em uma posição de grande estima e, portanto, nos tornado visíveis até mesmo do casarão no alto do morro. Mas depois de passar a maior parte da vida de casada esperando em vão um convite para jantar encimado por aquele brasão em relevo, ela por fim foi obrigada a reconhecer que nosso lorde e sua esposa seguiam uma cartilha social bem diferente da sua.

Eu nunca entendi por que minha mãe, norte-americana até a raiz dos cabelos, nunca perdeu essa ânsia pelo belo casarão, mesmo depois de tantas amargas decepções. Todos aqueles anos de voluntariado nos eventos beneficentes de milady na esperança de ser reconhecida; todos aqueles anos aparando com esmero os 7 metros de sebe que separavam o canto mais remoto da propriedade dos Moselanes da horta no fundo de nosso quintal... tudo em vão.

Quando me mudei para Oxford para fazer doutorado, tinha tanta certeza de que ela e eu já estávamos curadas de nossas bobagens sem propósito que levei mais de um ano para entender o que de fato fazia minha mãe me visitar quase que a cada três semanas e insistir para explorarmos juntas as maravilhas da cidade.

Tínhamos começado visitando cada uma das várias faculdades, o que se revelara muito divertido. Minha mãe não se cansava daqueles pátios e campanários góticos tão diferentes do que via quando era pequena. Sempre que ela pensava que eu não estava olhando, eu a via se abaixar e enfiar discretamente na bolsa pequenos suvenires: uma pedrinha qualquer, um lápis largado sobre um degrau de pedra, um ramo de tomilho de um jardim de ervas, e eu ficava quase constrangida ao constatar que, depois de tantos anos, ainda sabia muito pouco sobre seu universo.

Depois da turnê pelas faculdades, começamos a frequentar concertos e eventos, entre os quais um ou outro esportivo. Minha mãe de repente desenvolveu um estranho interesse pelo críquete, depois pelo rúgbi, e enfim pelo tênis. Eu deveria ter percebido, é claro, que esses interesses aparentemente impulsivos eram na verdade parte de uma campanha que sempre tivera um único objetivo.

James.

Por algum motivo, nunca notei como era sistemática nossa movimentação pela cidade e como minha mãe parecia decidida a mapear nossas rotas com antecedência e se ater a elas, mesmo quando o clima era desencorajador... só no dia em que ela me segurou pelo braço e, com a mesma voz de um cavaleiro cruzado que finalmente se depara com o santo graal, exclamou: "Olhe ele *ali*!"

E, de fato, ali estava ele, saindo da livraria Blackwell's da Broad Street, equilibrando uma pilha de livros e uma xícara de café. Se não fosse pela minha mãe, eu jamais o teria reconhecido, mas não havia passado a última década acompanhando o crescimento de nosso alvo com o auxílio de um binóculo e de revistas de fofocas. Para mim, James Moselane continuava sendo um príncipe adolescente em uma floresta encantada, mas a pessoa que tinha saído da livraria era um adulto de proporções perfeitas – alto, atlético –, porém inteiramente despreparado para a cilada que o aguardava.

– Que coincidência! – falara minha mãe, que atravessara a Broad Street a passos largos e o interceptara antes mesmo que ele a visse. – Nem sabia que você estudava em Oxford! Você não deve ter reconhecido Diana...

Só então minha mãe reparara que eu não estava bem do seu lado. Ela se virou para mim com uma careta que já dizia tudo. Eu nunca tinha sido uma pessoa covarde, mas o terror que senti ao entender de repente que era aquilo, exatamente *aquilo*, que tínhamos passado tanto tempo perseguindo quase me fez virar as costas e sair correndo.

Embora James não pudesse ver a expressão lívida de minha mãe, com certeza percebera seu aceno frenético e minha consternação. Somente alguém de raciocínio muito lento não teria interpretado aquela situação em um piscar de olhos, mas, verdade seja dita, James cumprimentara nós duas com uma cordialidade perfeita.

– Está gostando de Oxford? – perguntara a mim, ainda equilibrando o café em cima dos livros. – Desculpe, como é mesmo o seu nome?

– Diana Morgan – respondera minha mãe. – Igual à princesa Diana. Deixe-me anotar para você. – Ignorando meus cutucões e súplicas sussurradas, ela remexera dentro da bolsa e tirara um pedaço de papel. – E a faculdade em que ela estuda...

– Mãe!

Foi preciso toda a minha força de vontade para impedi-la de escrever também meu telefone, e ela ficara muito zangada comigo por puxá-la para longe antes de ter exaurido sua bajulação descarada.

James não aparecera mais depois disso, o que não foi nenhuma surpresa. Eu provavelmente nunca mais o encontraria não fosse por Katherine Kent. No ano seguinte, pouco antes do Natal, ela me convidara para uma recepção no museu Ashmolean, e acabei descobrindo que o evento era em homenagem à recente doação de artefatos antigos da Coleção Moselane.

– Venha cá! – dissera ela, puxando-me de perto de uma linda estátua da deusa egípcia Ísis e abrindo caminho pela multidão de gente importante. – Quero apresentar você. Os Moselanes são muito úteis.

Katherine era uma mulher de pouca paciência e havia aperfeiçoado a arte de se intrometer em conversas e roubar a presa que lhe interessasse.

– James! Esta é Diana. Talentosíssima. Ela quer saber quem limpou sua Ísis.

Depois de quase engasgar com o champanhe, James se virara para nós, tão lindo de terno e gravata que minhas fantasias de menina voltaram a galope em um segundo.

– Eu só estava admirando a estátua – falara eu, depressa. – A pessoa que a encontrou e trouxe para a Inglaterra deve ter sofrido uma senhora maldição dos faraós...

– Um antepassado meu. O primeiro lorde Moselane.

Para meu espanto, James parecia ter se esquecido por completo de nosso encontro anterior. Na realidade, seu sorriso sugeria que eu era exatamente o tipo de mulher que ele esperava conhecer naquela noite.

– Morreu tranquilo, dormindo, aos 92 anos. Pelo menos gostamos de pensar assim. – Ele apertara minha mão e não se apressara em largá-la. – Muito prazer.

– Na verdade... – Recolhera a mão com relutância. – Nós nos encontramos no ano passado. Em frente à Blackwell's.

Antes mesmo de as palavras saírem da minha boca, minha honestidade traiçoeira havia me arrancado uma careta. Poucos segundos bastaram para as peças se encaixarem na cabeça de James, e não foi algo bonito de se ver.

– Ah, sim – dissera ele devagar. – Sim, sim, sim...

Mas a palavra escrita em seus olhos cor de mel era justamente o contrário.

De fato, nos meses subsequentes, toda vez que nos encontrávamos obedientemente para um café, sempre convocados por Katherine Kent, a primeira pergunta de James – "E sua mãe, como vai?" – dava o tom da nossa conversa e me fazia lembrar por que nossos cafés nunca se transformavam em almoços. Ele era atencioso, sim, e de vez em quando me olhava de um jeito que fazia meu corpo estremecer de esperança. Mas de modo geral continuava a me tratar com todo o cavalheirismo, como se eu fosse uma donzela intocável que ele houvesse jurado proteger.

Talvez fosse por causa da minha mãe. Ou talvez fosse por James ter nascido, como meu pai certa vez descrevera tão bem, com um berço de ouro enfiado no cu. Para manter a pureza do sangue azul, essas coisas. Nesse caso, eu poderia refinar meu estilo quanto quisesse, mas o filho de lorde Moselane jamais pensaria que éramos da mesma espécie.

Fui despertada de meu devaneio na mesa dos docentes pela mão de alguém levando embora o prato com minha entrada intacta. Ao meu lado, sentado com a cabeça abaixada como quem reza, James conferia o celular por baixo do guardanapo engomado. Enfiei a mão na bolsa com discrição, peguei a foto do Sr. Ludwig e estendi para ele.

– O que acha disto aqui?

James se inclinou para olhar.

– Datação aproximada?

– Uns dez dias, eu diria, a julgar pelo canto amassado e pelas bordas roídas – brinquei. – Quanto à inscrição... eu sei tanto quanto você.

Ele estreitou os olhos; era óbvio que estava intrigado.

– Quem lhe deu isso?

– Um homem misterioso. Ele me disse que essa foto é uma prova de que as amazonas existiram *mesmo*... – falei, com um tom dramático deliberado.

– O que é isso? – Katherine Kent esticou o braço, arrancou a foto da minha mão e a examinou à luz de uma vela. – Onde esta foto foi tirada?

– Não tenho a menor ideia.

Surpresa e feliz com o interesse dela, relatei depressa os pontos altos de meu bizarro encontro daquela tarde. Quando repeti a afirmação do Sr. Ludwig sobre o alfabeto amazônico ainda não decifrado, porém, James se recostou na cadeira e grunhiu.

– Que irritante! – Katherine me devolveu a foto com o cenho franzido, contrariada. – Isso pode ser em qualquer lugar. Se pelo menos a gente soubesse o nome da fundação desse sujeito...

Encolhi-me diante de seu olhar raivoso. Estava claro que ela me culpava por não ter extraído mais informações do Sr. Ludwig, e tinha razão.

– Acho que o escritório deles fica em Amsterdã – falei. – Porque é para lá que ele queria que eu fosse.

– E isso tem alguma importância? – interrompeu James. – Porque é lógico que você não vai...

– Na verdade, eu quase disse sim – contrapus, incapaz de resistir à tentação de implicar com ele. – Não é todo dia que um desconhecido na rua me oferece 5 mil dólares...

– Exato. – Ele me encarou com um olhar de censura. – Um desconhecido na rua. E isso faz de você o quê?

Sorri, lisonjeada por ele levar a história tão a sério.

– Uma curiosa – respondi.

James balançou a cabeça, e decerto teria feito mais algum comentário negativo não fosse Katherine ter exercido o privilégio dos gênios e levantado a mão para silenciar nós dois.

– E ele disse que a encontraria no aeroporto?

Perplexa com a gravidade do seu tom, limpei a garganta com um pigarro.

– Creio que sim.

James não conseguiu mais permanecer calado.

– Não está incentivando Morg a pegar um avião com esse tal... Sr. Ludwig, está? – perguntou, embolando o guardanapo na mão. – Só Deus sabe o que ele está tramando...

Katherine se recostou na cadeira com um movimento brusco.

– É claro que não! Deixe de ser bobo. Só estou tentando entender o que está acontecendo... quem são essas pessoas.

Ansiosa para recuperar nosso tom descontraído, ri e falei:

– Eu não ficaria nada espantada se fosse um dos meus alunos preguiçosos...

James me encarou, sério.

– Não estou vendo graça nenhuma nessa situação. Você foi escolhida como alvo, e não estou falando de um trote universitário qualquer. Não se esqueça de trancar a porta hoje à noite.

CAPÍTULO TRÊS

No rosto de um amigo verdadeiro um homem vê,
por assim dizer, um segundo eu.

Cícero, *Diálogo sobre a amizade*

Ainda chovia quando James me acompanhou até meus aposentos do outro lado do pátio, ambos nos esquivando com cuidado das poças escuras no calçamento. Era a primeira vez que ele me levava em casa; pelo menos esse agradável desdobramento eu teria que agradecer ao Sr. Ludwig.

– Então, Morg... – Ele ergueu um braço para me proteger da chuva quando parei para pegar a chave. – Acho que você deve passar alguns dias sem sair da faculdade. Pelo menos não sozinha. Nunca se sabe...

Encarei-o, sem conseguir acreditar na sua sinceridade.

– Deixe de ser ridículo.

– Se quiser sair, me ligue que eu vou com você – completou ele, com a chuva a pingar de seus cabelos e escorrer por seu nobre rosto.

Não foram só as palavras: o tom grave de sua voz penetrou fundo em meus ouvidos e reverberou nas cavernas de minhas esperanças hibernadas. Ávida por mais, cravei os olhos nos dele... mas a chuva e a escuridão nublaram o momento. Após uma pausa constrangida, por fim consegui responder, tensa:

– É muita gentileza sua.

– Que besteira – retrucou James, no tom casual de sempre. – Temos que tomar conta de você, não é?

E ele então se afastou com as mãos nos bolsos, assobiando uma melodia alegre, enquanto eu me recolhia a meus aposentos. Ou, melhor dizendo, ao apartamento luxuoso e mobiliado com bom gosto que tecnicamente não era meu, mas do distinto professor Larkin, que, para minha sorte, fora convidado a passar o ano em Yale. Eu não fora a única candidata à vaga de um ano que surgira com sua ausência, mas eu era mulher, e o corpo docente da faculdade carecia havia muito dessa variedade específica de pessoa. Ou pelo menos fora esse o argumento usado por Katherine Kent para convencê-los a me contratar.

Eu não recebia o mesmo salário do professor Larkin, mas, ao assumir seu cargo, pudera abandonar meu apartamento úmido e me mudar para dentro da faculdade. O único porém era a carga de trabalho. Meus dias eram tão abarrotados de orientações que quase não sobrava tempo para minhas próprias pesquisas. Além disso, a menos que eu publicasse uma lista quilométrica de artigos novos e interessantes, com certeza não haveria um cargo permanente à minha espera no final do ano e eu teria de voltar ao meu porão na sinistra Cowley Road para distribuir meu currículo sem o menor ânimo e espantar camundongos do meu café da manhã.

Enquanto enchia a chaleira para fazer um chá antes de ir dormir, fiquei pensando nos acontecimentos do dia e acabei, como era de esperar, com a cabeça no Sr. Ludwig. Em poucos minutos, aquele estranho homem havia me apresentado um ofuscante rol de tentações: glória acadêmica, aventura e dinheiro suficiente para comprar seis meses de liberdade e me dedicar apenas à minha pesquisa. Quem sabe até conseguisse encaixar uma ida a Istambul para procurar Grigor Reznik pessoalmente e convencê-lo a me deixar ler o *Historia Amazonum*, único documento original sobre as amazonas ao qual eu não tivera acesso. Minha cabeça fervilhava diante das possibilidades.

Em troca, porém, o Sr. Ludwig tinha pedido uma semana do meu precioso tempo e, mesmo que eu tivesse sido doida o suficiente para considerar sua proposta, não havia como justificar essa ausência estando havia apenas um mês no cargo novo. Teria sido outra história se ele houvesse me mostrado algum documento oficial carimbado e assinado, dizendo com precisão o que sua fundação estava me pedindo para fazer e como aquilo ficaria incrível no meu currículo... mas, do jeito que o convite fora feito, era tudo vago e arriscado demais. De fato, como tanto Katherine Kent quanto James tinham deixado bem claro durante o jantar, seria preciso ser louca de pedra para pegar um avião assim, rumo ao desconhecido.

Se ao menos o Sr. Ludwig não tivesse dito a palavra mágica.

Amazonas.

Era óbvio que ele sabia da minha obsessão acadêmica por esse tema, do contrário sequer teria falado comigo. Mas como interpretar sua afirmação de que eu estava ansiosa por uma prova de que as amazonas tinham mesmo existido? Ele não podia saber quanto estava certo nisso.

Ou podia?

Segundo a maioria dos estudiosos, as amazonas jamais tinham existido em lugar algum a não ser na mitologia grega. Quem afirmasse o contrário, no melhor dos casos, era um romântico incurável. Sim, de fato, era totalmente concebível que o mundo pré-histórico tivesse sido povoado em parte por guerreiras do sexo feminino, mas os mitos sobre amazonas sitiando Atenas ou participando da Guerra de Troia sem dúvida eram invenções de contadores de histórias na tentativa de fascinar seus ouvintes com relatos fantásticos.

Eu sempre explicava a meus alunos que as amazonas da literatura clássica deviam ser vistas como predecessoras dos vampiros e zumbis que povoam as estantes de hoje em dia: criaturas imaginárias, terríveis e sobrenaturais, que tinham por hábito treinar as filhas nas artes da guerra e acasalar com machos aleatórios uma vez por ano. Ao mesmo tempo, contudo, essas mulheres selvagens tinham características humanas atraentes o bastante para despertar nossas paixões secretas, nem que fosse aos olhos dos antigos escultores e pintores de vasos.

Eu sempre tomava cuidado para não deixar transparecer meus próprios sentimentos em relação ao tema; interessar-se pelo folclore das amazonas já era ruim, mas revelar que acreditava na existência delas seria pura e simplesmente um suicídio acadêmico.

Assim que meu chá ficou pronto, sentei-me para estudar a foto do Sr. Ludwig com o auxílio de uma lupa. Tinha quase certeza de que conseguiria identificar os caracteres inscritos na parede como pertencentes a algum dos alfabetos antigos mais comuns; quando isso não aconteceu, permiti-me sentir um leve frisson de animação. Após mais alguns minutos de investigação atenta e incompreensão crescente, as possibilidades se tornaram um arrepio a correr pela minha espinha com a mesma urgência de mensageiros em um campo de batalha.

O que mais me intrigou foi a universalidade dos símbolos; tinham características que tornavam quase impossível vinculá-los a algum lugar ou período específicos. Eles poderiam ser uma fraude feita naquela parede de gesso rachado logo antes de a foto ser tirada ou poderiam ter milhares de anos. Ainda assim... quanto mais eu os olhava, mais percebia em mim uma estranha sensação de familiaridade. Era como se em algum lugar, em um canto remoto do meu subconsciente, uma fera adormecida estivesse despertando. Será que eu já tinha visto aqueles símbolos antes? Caso sim, não conseguia contextualizá-los, o que me causava grande frustração.

Por coincidência, uma amiga de infância, Rebecca, trabalhava havia três anos em um sítio arqueológico em Creta, e eu tinha quase certeza de que ela sabia quais organizações estavam escavando onde e em busca de quê. Com certeza, se alguém tivesse deparado com aquele tipo de inscrição em algum lugar da região mediterrânea e houvesse estabelecido qualquer vínculo com as amazonas, a Dra. Rebecca M. Wharton teria sido a primeira a saber.

– Desculpe interromper sua orgia da meia-noite – falei, quando ela finalmente atendeu o celular.

Fazia mais de um mês que não nos falávamos e, quando ela deu um muxoxo bem-humorado do outro lado da linha, percebi quanto sentia saudades dela. Eu reconheceria aquele riso em qualquer lugar: soava como alguém com ressaca de uísque, mas, no caso da curiosa Rebecca, era a consequência um tanto prosaica de ter passado o dia inteiro com a cabeça enfiada em algum buraco cheio de poeira.

– Estava pensando em você agorinha mesmo! – exclamou ela. – Estou aqui com um coro de gregos gatos me servindo uvas e me besuntando de azeite.

A imagem me fez rir. A probabilidade de a linda Rebecca ter intimidades com qualquer outra coisa que não fossem fragmentos de cerâmica antiga, infelizmente, era quase nula. Ela bancava o estilo rebelde, de viseira e short jeans cortado, ficava o dia todo de quatro no meio de um formigueiro de arqueólogos... mas não tinha olhos para nada além do passado. Embora fosse do tipo que se vangloriava, eu sabia que, por baixo das sardas, continuava sendo a filha do pároco.

– Foi por isso que você não teve tempo para me ligar e contar a grande novidade?

Um breve farfalhar sugeriu que Rebecca estava tentando segurar o fone entre a orelha e o ombro.

– Que grande novidade?

– É você quem vai me dizer. Quem está escavando amazonas aí na sua área?

Ela soltou um de seus gritinhos estridentes de ave selvagem.

– O quê?

– Dê uma olhada. – Inclinei-me para a frente e conferi a imagem na tela do meu computador. – Acabei de lhe mandar uma foto por e-mail.

Enquanto esperava o laptop de Rebecca receber a imagem, fiz-lhe um pequeno resumo da situação, sem deixar de fora a desconfiança de James Moselane de que eu tinha sido vítima de um trote ou talvez até corresse perigo.

– É claro que eu não vou, mas estou morrendo de curiosidade para saber onde essa foto foi tirada – falei. – Como você pode ver, parece que a inscrição faz parte de uma parede maior, onde o texto se organiza em colunas verticais. Quanto ao alfabeto em si... – Cheguei mais perto e tentei posicionar melhor a luminária da escrivaninha. – Estou com uma sensação estranha... mas, por mais que eu tente, não consigo...

Um ruído sugeriu que Rebecca mastigava um punhado de castanhas, sinal de que estava intrigada.

– E o que você quer que *eu* faça? – perguntou ela. – Posso garantir que essa foto não foi tirada na minha escavação. Se alguém tivesse deparado com algo assim aqui, em Creta, eu saberia, pode acreditar.

– Quero que você faça o seguinte: dê uma boa olhada na inscrição e me diga onde viu esses símbolos antes.

Eu sabia que era um tiro no escuro, mas precisava tentar. Rebecca sempre tivera talento para enxergar além do óbvio. Fora ela quem havia descoberto o esconderijo de barras de chocolate do meu pai quando éramos crianças, dentro de uma velha caixa de apetrechos de pesca na garagem. Mesmo nessa ocasião, apesar de adorar doces, não tinha sugerido que comêssemos uma das barras: para ela, o simples triunfo da descoberta e de poder me contar uma coisa sobre meu pai que eu não soubesse já era um prêmio.

– Vou lhe dar mais um minuto... – falei.

– Que tal me dar uns dias para perguntar por aí? – retrucou Rebecca. – Posso mandar a foto para o Sr. Telemakhos...

– Não! Não mostre essa foto para *ninguém*.

– Por quê?

Hesitei, consciente de que estava sendo irracional.

– Porque tem alguma coisa nessa escrita que me é muito familiar... de um jeito meio esquisito. É como se eu enxergasse uma inscrição invisível...

A verdade nos ocorreu ao mesmo tempo.

– O caderno da sua avó! – exclamou Rebecca com um arquejo, movimentando-se freneticamente do outro lado. – Aquele que você deu para ela de Natal...

Estremeci, alarmada.

– Não, é impossível. Loucura.

– Por quê?

Rebecca conhecia bem meu calcanhar de aquiles, mas estava agitada demais para pisar com delicadeza nele.

– Ela sempre disse que lhe deixaria instruções, não foi? E que você as receberia quando menos esperasse. Bom, talvez seja isso. O grande chamado de vovó. Quem sabe... – A voz de Rebecca se ergueu em um tom desafiador quando ela com certeza se deu conta do absurdo da sugestão. – Quem sabe ela até esteja esperando por você em Amsterdã?

CAPÍTULO QUATRO

Norte da África
Idade do Bronze tardia

Duas silhuetas surgiram no horizonte tremeluzente.

Era a hora mais clara e mais quente do dia, quando céu e terra se encontravam em uma névoa prateada e não se conseguia distinguir um do outro. No entanto, bem devagar, à medida que avançavam pela salina plana, as duas formas tremeluzentes se materializaram em duas mulheres, uma adulta; a outra, nem tanto.

Mirina e Lilli tinham passado muitos dias fora, só as duas. O objetivo da viagem era óbvio, pois todo tipo de caça e arma se balançava em seus ombros preso em correias de couro, e seus passos ficavam mais velozes conforme elas se aproximavam do povoado à frente.

– Como mamãe vai ficar orgulhosa! – exclamou Lilli. – Espero que você conte a ela como eu peguei aquele coelho na arapuca.

– Não vou omitir nenhum detalhe – prometeu Mirina, afagando os cabelos embaraçados da irmã caçula. – Talvez só aquela parte em que você quase quebrou o pescoço.

– É... – Lilli encolheu os ombros e deu aquela andadinha lenta e engraçada que sempre dava quando ficava constrangida. – É melhor não falar nisso, senão nunca mais vou poder sair com você. Seria uma pena, não é? – indagou ela, erguendo os olhos para Mirina com um sorriso esperançoso.

Mirina aquiesceu com firmeza.

– Uma pena enorme. Você tem potencial para ser uma grande caçadora. Além do mais... – Ela não conseguiu conter uma risadinha. – É uma fonte inesgotável de diversão.

Lilli fechou a cara, mas Mirina sabia que no fundo estava contente. Pequena para uma menina de 12 anos, sua irmã passara a viagem inteira tentando desesperadamente provar o próprio valor, e Mirina tivera uma grata surpresa com sua capacidade de lidar com as dificuldades. Mesmo com fome ou cansada, Lilli nunca se recusara a cumprir nenhuma tarefa e nunca derramara uma só lágrima. Pelo menos não na sua frente.

Com seis anos a mais do que Lilli e tão hábil quanto qualquer homem da mesma idade, Mirina havia considerado seu dever ensinar à irmãzinha a arte da caça. A ideia, porém, tinha esbarrado na resistência visceral da mãe, que nunca deixara de considerar Lilli seu bebê e ainda cantava à noite para ela dormir.

Agora, caminhando de volta para casa junto com Lilli e vendo o orgulho recém-adquirido em sua postura, Mirina mal podia esperar para pôr tudo aos pés da mãe: a caça farta, as muitas histórias, além da caçula de volta dos confins selvagens ilesa e sorridente, com a marca de sangue da caçadora na testa.

– Você acha que elas vão assar tudo ao mesmo tempo? – perguntou Lilli, interrompendo os pensamentos da irmã. – Seria um banquete e tanto. Apesar de algumas coisas serem tão pequenas que talvez nem valham a pena – completou ela, baixando os olhos para um punhado de peixes minúsculos pendurados em seu cinto por um fio de lã.

– Na minha experiência, as menores são as mais gostosas... – falou Mirina.

Ela parou. As duas tinham feito a curva perto do pasto, e o povoado de Tamash ficava logo à frente. Era ali que os cachorros sempre vinham recebê-la, pois sabiam que a sua chegada anunciava ossos e restos de carne.

Só que nesse dia nenhum cachorro apareceu e, quando Mirina parou para escutar, não ouviu nenhum dos barulhos habituais do povoado, apenas os gritos roucos dos pássaros e um zumbido estranho e persistente, como milhares de abelhas em volta de um arbusto de flores. Os únicos sinais de vida eram algumas grossas colunas de fumaça a se erguer de algum lugar entre os casebres rumo ao azul infinito.

– O que aconteceu? – indagou Lilli, arregalando os olhos. – O que você ouviu?

– Não sei bem... – respondeu Mirina, sentindo cada pelinho do corpo se eriçar de apreensão. – Por que você não fica aqui?

Ela segurou a irmã pelos ombros e a impediu de seguir em frente.

– Por quê? O que houve?

A voz da menina saiu esganiçada e, quando Mirina começou a andar, ela foi atrás.

– Por favor, me diga!

Então Mirina finalmente viu um dos cachorros. Era o filhote malhado que sempre vinha dormir enrodilhado junto a seus pés durante os temporais, o filhote que ela havia salvado e que às vezes a fitava com olhos quase humanos.

Bastou uma olhada no cachorro, em sua atitude arredia e ao mesmo tempo obsequiosa, em seus ganidos nervosos, para Mirina entender tudo.

– Não toque nele! – gritou quando Lilli deu um passo à frente com os braços estendidos.

Mas era tarde demais. Sua irmã já segurava o filhote pelo pescoço e o afagava com afeto.

– Lilli! – Mirina pôs a irmã de pé com um puxão brusco. – Não ouviu o que eu falei? Não toque em nada.

Só então a expressão da menina demonstrou que ela começava a entender o que acontecera.

– Por favor – falou Mirina, suavizando tanto a voz que ela chegou a falhar. – Seja boazinha e fique aqui enquanto eu... – Ela lançou outro olhar aflito na direção das casas silenciosas à frente. – Enquanto eu vou ver se está tudo bem.

Mirina entrou no povoado segurando firme a lança com as duas mãos e olhando para todos os lados em busca de sinais de violência. Estava certa de que o lugar tinha sido atacado por alguma tribo rival ou por animais selvagens. Preparou-se para imagens horrendas, mas não podia ter previsto o que encontrou.

– Você! – Uma voz rouca e cheia de ódio chegou aos seus ouvidos vinda de um dos casebres e, um segundo depois, uma mulher corcunda emergiu de lá com o corpo coberto de suor. – Foi a sua mãe quem fez isso... – Ela cuspiu no chão, a saliva vermelha de sangue. – A bruxa da sua mãe!

– Nena, amiga... – Mirina deu alguns passos para trás. – O que aconteceu aqui?

A mulher tornou a cuspir.

– Não ouviu o que eu disse? A sua mãe nos amaldiçoou. Ela invocou uma peste e disse que mataria todo mundo que não aprovasse o seu comportamento de puta.

Mirina seguiu adiante e, para onde quer que olhasse, tudo o que via era doença e tristeza. Homens, mulheres e crianças amontoados na sombra tremiam de medo e de febre; outros, ajoelhados junto a fogueiras já apagadas, esfregavam cinzas no corpo em silêncio. E o local onde antes ficava o casebre de sua mãe não passava agora de um leito de carvões negros com objetos conhecidos espalhados por cima sem o menor cuidado.

Sem conseguir entender direito o que via, a moça se ajoelhou e catou um pequeno círculo enegrecido que despontava das cinzas: era a pulseira de bronze que sua mãe usava, e que havia jurado jamais tirar até o dia da sua morte.

– Eu sinto muito, querida – disse uma voz débil.

Ao se virar, Mirina viu que era o senhor vizinho da mãe ali de pé, apoiado em uma bengala, com feridas abertas em volta da boca.

– É melhor você ir embora – falou ele. – Estão procurando alguém para culpar. Tentei fazê-los ouvir a voz da razão, mas ninguém deu ouvidos.

Com uma das mãos cobrindo a boca, Mirina começou a se afastar, ignorando os comentários que a seguiam pelo povoado conforme avançava. "Puta!", gritavam os homens, não porque houvesse dormido com eles, mas porque jamais o fizera. "Bruxa!", gritavam as mulheres, esquecendo que fora a mãe de Mirina quem as amparara à noite durante o parto de cada um de seus filhos... e esquecendo que fora Mirina quem fabricara com ossos de animais os brinquedos desses mesmos bebês.

Quando finalmente voltou para junto da irmã, encontrou-a sentada em uma pedra na beira da estrada, rígida de medo e de raiva.

– Por que não me deixou ir junto? – perguntou ela, balançando-se para a frente e para trás com os braços cruzados. – Você demorou muito.

Mirina cravou a lança no chão e se sentou ao lado dela.

– Lembra o que mamãe nos disse quando fomos embora? Que, acontecesse o que acontecesse, você precisava sempre confiar em mim?

Lilli ergueu o rosto retorcido por um mau pressentimento.

– Está todo mundo morto, não é? – sussurrou ela. – Igual às pessoas do meu sonho.

Mirina não respondeu. A garotinha começou a soluçar.

– Eu quero ver a mamãe. Por favor!

Mirina envolveu a irmã em um abraço apertado.

– Não há mais nada para ver.

CAPÍTULO CINCO

É uma coisa terrível, meu senhor,
Despertar um antigo mal já adormecido.
Sófocles, *Édipo em Colono*

REGIÃO DE COTSWOLDS, INGLATERRA

Meu pai foi me buscar na estação de trem de Moreton-in-Marsh vestido com uma elegância surpreendente, apesar da hora. Eu esperava encontrar um homem ranzinza e mal barbeado. Fiquei comovida ao vê-lo com uma calça de veludo bastante decente em vez do pijama que costumava usar em casa nos fins de semana. Eu começara a temer que fosse apenas questão de tempo para aquela roupa de dormir se aventurar sozinha até o quintal para buscar o jornal e muito possivelmente acabar dando umas voltinhas de carro.

– Não quero ser enxerido, mas...

Meu pai não achou necessário completar a frase. Era o seu modo de dizer: "Por que cargas-d'água você quis sair de Oxford às sete da manhã?"

– Ah... – Olhei pela janela para nada em especial, lutando contra uma ânsia infantil de contar o verdadeiro motivo da minha visita. – Achei que já estava na hora de ser um pouquinho inconveniente. Privilégios de filha única.

Meus pais moravam em um antigo chalé construído com pedras douradas por algum antepassado distante que, a julgar pelas maçanetas na altura dos joelhos, não devia ter muito mais de 1,5 metro. Para ele, a casa devia ser uma mansão espaçosa; para mim, que sempre fui alta para a minha idade, sempre parecera apertada e, quando eu era criança, muitas vezes fantasiei ser uma gigante aprisionada por dois *trolls* em uma colina na floresta.

Depois que fui morar sozinha, é claro que até mesmo as frustrações da infância tinham ganhado brilho e encantamento, pois sempre que eu voltava descobria ter ficado um pouco mais cega para as limitações da casa... a ponto de até me deliciar com sua exiguidade reconfortante.

Entramos na casa pela garagem, como sempre, e paramos em um quartinho para tirar os sapatos. O recinto transbordava casacos, flores já ressecadas e um estoque de castanhas pendurado no teto; sem dúvida era o mais bagunçado da casa. No entanto, eu gostava de me demorar ali, pois o cheiro era familiar e relaxante: de capas de chuva e camomila e, mesmo anos depois, do cesto de maçãs que certa vez esquecêramos em cima do braseiro.

Assim que calçou os chinelos, meu pai prosseguiu em direção à cozinha e, de lá, para a sala de jantar. Um pouco intrigada com esse trajeto, fui atrás e o vi se aproximar da janela de forma um tanto furtiva.

No jardim havia um novo comedouro para aves, posto ali para os passarinhos de que meu pai tanto gostava. Sobre sua plataforma, porém, estava aboletado um esquilo preto que se refestelava com as sementes destinadas aos passarinhos.

– Ele outra vez!

Meu pai mal parou para pedir licença antes de irromper porta afora, de chinelos e tudo, e pôr fim àquele terrível plano da natureza. Ao vê-lo daquele jeito, correndo pelo quintal dos fundos com o cardigã vestido de trás para frente, era quase impossível pensar que aquele homem, Vincent Morgan, tivesse sido até recentemente o diretor da escola da cidade, onde, durante muitos anos, havia instilado terror nos corações de meninos e meninas. Por toda a região, meu pai era conhecido como Morgan, o Górgona, e sempre que eu saía de casa sozinha quando era pequena, corria o risco de ser seguida na rua por um bando de meninos a entoar "Morgan, a Minigórgona" até o açougueiro sair com seu avental sujo de sangue e botá-los para correr.

Foi só depois de se aposentar que meu pai passou a se dedicar ao jardim. Ele, que nunca fora muito afeito a mudanças, ainda contava histórias nostálgicas sobre aquele pequeno pedaço de terra que estivera por tantos anos na família. As maçãs nunca tinham o sabor tão autêntico quanto as que ele recordava da infância, tampouco as framboesas eram tão abundantes quanto no tempo em que ele era pequeno, quando colhia cestos e mais cestos, que levava para a Sra. Winterbottom na cozinha.

Essas imagens românticas eram sempre editadas com cuidado de modo a excluir os detalhes inoportunos. O pai que vivia para o trabalho e a mãe hospitalizada não eram citados. Desaparecia também o fato de que a Sra. Winterbottom, a governanta, era uma mulher sisuda e sempre paramentada com luvas de plástico, muito eficiente no quesito higiene, porém incapaz no que fosse relacionado a ternura. Sobravam apenas um menininho e seu jardim, emoldurados pela folhagem da época e salpicados por uma levíssima camada de purpurina.

Enfiei a cabeça para dentro do porão e vi, conforme esperado, um punhado de mulheres sentadas em bicicletas ergométricas posicionadas de frente para um vídeo de exercícios.

– Oi, mãe! – falei. – E olá, senhoras!

– Oi, meu bem!

Minha mãe estava usando a camiseta de manga comprida amarela que eu havia lhe dado de Natal e uma bandana segurava seus cabelos curtos e grisalhos. Ela era uma das únicas mulheres que eu conhecia que não temia ficar suada e, por esse fato ser fonte de imenso constrangimento, ao longo dos anos havia se transformado em uma das coisas que eu mais admirava nela.

– Faltam dez minutos!

Enquanto eu tornava a subir a escada, vi meu pai ainda mexendo no comedouro de pássaros e senti um súbito calor de nervosismo brotar no estômago. Dez minutos. Justo o que eu precisava.

O ESCRITÓRIO DO MEU PAI era um cubículo empoeirado provido de todo o aparato de um cavalheiro vitoriano. As paredes eram cobertas de alto a baixo por estantes arqueadas pelo peso e, espalhados entre os livros, havia tesouros especiais: insetos dentro de caixas de madeira, vermes e cobras preservados em vidros, pássaros extintos com olhos de vidro brilhantes a observar do alto das prateleiras feito predadores em uma saliência rochosa. Até onde minha memória alcançava, o cheiro daquele cômodo tinha um perigoso poder de atração, um aroma de história, conhecimento e transgressão infantil.

Eu estava mais velha, porém não menos nervosa, então esbarrei por acidente em uma caneca mal posicionada sobre a mesa. Por alguns segundos de aflição, canetas, réguas e clipes se espalharam por todo lado. Atabalhoada e nervosa de culpa, recoloquei tudo de volta na caneca e tornei a posicioná-la sobre as contas do mês, onde era o seu lugar.

Meu pai apareceu na porta.

– Ué, oi! – exclamou ele, unindo as duas sobrancelhas peludas. – Será que eu deveria ficar lisonjeado por você achar minha correspondência tão interessante?

– Mil desculpas – balbuciei. – Estava procurando a minha certidão de nascimento.

Ele desfez o cenho franzido.

– Ah. Deixe-me ver... – Sentando-se pesadamente na cadeira de escritório, ele abriu e fechou algumas gavetas antes de encontrar o que procurava. – *Voilà!* – Pegou uma pasta novinha com meu nome escrito. – Seus documentos estão aqui. Andei fazendo uma arrumação. – Por fim, meu pai sorriu. – Pensei que seria bom poupar você da bagunça.

Encarei-o, tentando decifrar o que havia por trás do sorriso.

– O senhor não andou... jogando coisas fora, andou?

Ele piscou algumas vezes, sem entender meu súbito interesse pelos seus projetos.

– Nada importante, eu acho. Pus quase tudo dentro de uma caixa. Os documentos de família, essas coisas. Talvez você queira queimar, mas... vou deixar a decisão por sua conta.

A PORTA DO SÓTÃO RANGIA. Sempre fora quase impossível visitar aquele cômodo em segredo.

Quando éramos pequenas, Rebecca e eu tínhamos uma pequena caixa de recordações em um dos cantos do sótão escuro, escondida debaixo da janela, e entrávamos ali de fininho para examinar seu conteúdo sempre que nos atrevíamos. Havia um sabonetinho de um hotel em Paris, uma rosa seca de um buquê de noiva, uma bola de golfe da propriedade dos Moselanes, além de alguns outros tesouros que não podiam cair em mãos erradas.

– O que vocês duas andam fazendo no sótão? – perguntara minha mãe certo dia durante o almoço, fazendo Rebecca derramar limonada na mesa da cozinha.

– Nada – respondera eu, com uma inocência forçada.

– Então brinquem lá fora. – Minha mãe precisara de quase um rolo de toalha de papel para limpar a bagunça de Rebecca, mas não fizera nenhum comentário. Afinal de contas, minha amiga era filha do pároco. – Não gosto que vocês fiquem naquele lugar empoeirado.

Assim, da mesma forma que as crianças aprendem a agradar aos pais andando de bicicleta e indo para a cama quando eles mandam, elas desenvolvem furtivamente habilidades mais sombrias, em geral relacionadas a latas de biscoito guardadas em lugares arriscados; no meu caso, foi a capacidade de abrir e fechar a velha porta do sótão sem fazer barulho.

Embora eu não precisasse daquele truque havia muitos anos, fiquei satisfeita ao constatar que ainda o dominava. Parei um instante na soleira e fiquei escutando por alguns instantes os ruídos lá de baixo, mas tudo o que captei foi o tilintar ocasional de xícaras. No dia inteiro, meus pais na verdade só tinham um hábito previsível, que era ler juntos o jornal depois do almoço. Era inútil tentar envolvê-los em uma conversa a três nessa hora; uma vez guardada a louça e feito o café, eles se perdiam felizes em um mundo feito de críquete e políticos corruptos.

Mesmo assim, não consegui parar de pensar que os dois estavam lá embaixo quando acendi a única lâmpada do sótão, que parecia pendurada no teto por grossas teias de aranha. Ao avançar pelo piso, tentei me lembrar de quais tábuas rangiam e quais eram seguras... mas logo percebi que muitos anos haviam se intrometido entre mim e o caminho que eu conhecia tão bem.

Imprensado debaixo de nosso íngreme telhado, o sótão era basicamente um vão triangular sem luz natural, exceto a que entrava pela janela em formato de meia-lua junto à cumeeira norte. Apesar de empoeirado e deserto, aquele cômodo sempre exercera um estranho fascínio sobre mim. Quando criança, sempre que espiava dentro de uma velha mala de couro ou baú de madeira ali, eu esperava encontrar algo mágico. Talvez fosse uma caixa de joias esquecida, ou então uma bandeira pirata esfarrapada, ou ainda um maço de cartas de amor ressecadas... aquele recinto e seu cheiro esquisito de cedro e naftalina continham sempre a promessa de segredos de família e portais para outros mundos.

Então, um belo dia, quando eu tinha 9 anos, a porta mágica finalmente se abriu.

Vovó.

Eu ainda podia vê-la ali em pé, de costas, olhando por horas a fio pela janela em formato de meia-lua... não com a resignação saudosa que se poderia esperar de alguém trancado a sete chaves, mas com determinação, como se estivesse à espreita de um ataque inevitável.

Até então, tudo o que eu sabia sobre a mãe do meu pai era que ela estava doente em um hospital de um país distante. A parte do país distante era invenção minha, decerto para explicar o fato de nunca a visitarmos como íamos visitar vovô durante sua doença longa e inexplicada. Sem pensar muito no assunto, imaginava-a acamada como ele, com tubos de plástico a entrar e sair pelas roupas, mas em algum lugar no estrangeiro, com paredes caiadas e um crucifixo pendurado acima da cabeceira.

Mas do nada, em uma tarde de chuvinha fina, eu tinha chegado do colégio e encontrado uma mulher alta em pé no meio da nossa sala, com uma pequena mala no chão ao seu lado e uma expressão de rara serenidade no rosto.

– Diana! – exclamara mamãe, acenando impaciente para mim. – Venha dizer oi para a vovó.

– Oi – eu balbuciara, embora na mesma hora sentisse que o cumprimento era inadequado.

Mesmo então dava para sentir que algo não se encaixava a respeito daquela desconhecida de braços e pernas compridos, mas me lembro de ser incapaz de identificar o quê.

Talvez fosse o fato de ela ainda estar vestida com a capa de chuva, o que lhe dava o aspecto de uma simples transeunte à espera de um ônibus ou alguém que sairia a qualquer instante. Ou talvez eu estivesse confusa, pois, na minha experiência obviamente um tanto limitada, aquela mulher não se parecia em nada com uma avó. Em vez do cabelo enroladinho com permanente das senhoras da cidade, usava uma trança grisalha que descia pelas costas e seu rosto quase não exibia rugas. Na verdade, seu rosto quase não tinha expressão. Minha nova avó apenas me encarara de forma franca e direta, sem nenhum interesse especial no olhar, nenhum vestígio de emoção.

Lembro-me de ter ficado decepcionada com aquele comportamento impessoal, mas também de haver compreendido, com a certeza inabalável de uma criança, que por ela ser minha avó era inevitável que viesse a me amar. Portanto, eu sorrira, sabendo que estávamos fadadas a virar amigas, e percebera uma levíssima surpresa em seus olhos azul-acinzentados. Mas nada de sorriso.

– Boa tarde – respondera ela apenas, com aquele seu sotaque curioso que a fazia parecer ter ensaiado as palavras sem compreender de todo o seu significado.

– Vovó esteve doente – explicara minha mãe, tirando a mochila das minhas costas e me empurrando mais para perto. – Mas agora está se sentindo melhor. E ela vai morar aqui com a gente. Não é maravilhoso?

Nada mais foi dito nessa ocasião específica. Vovó se mudou para o sótão – que, conforme descobri, tinha sido limpo e mobiliado – e, embora ela fosse excepcionalmente alta (e, na minha acepção infantil, tivesse pés particularmente grandes), era tão silenciosa que ninguém nunca perceberia que ela estava lá não fosse o rangido da porta sempre que eu ia visitá-la.

Anos mais tarde, eu pensava nessa época e ria de mim mesma por ter me deixado enganar por aquele ar sereno e por pensar que o silêncio de vovó era de algum modo uma consequência de sua longa e misteriosa doença. Eu ficava incomodada com o fato de ela passar horas sentada em uma cadeira da nossa sala, sem fazer absolutamente nada, enquanto minha mãe corria para lá e para cá, agitada, limpando a casa como se a sogra fosse apenas mais um móvel no seu caminho. "Levante os pés!", exigia ela, e vovó, obediente, tirava os pés da reta do aspirador de pó.

Em algumas ocasiões não havia resposta imediata, e o aspirador era desligado de repente até, dali a algum tempo, ocorrer a minha mãe acrescentar um "por favor".

Em seus melhores momentos, minha mãe repreendia a si mesma pela impaciência com vovó, lembrando a nós duas que "é o remédio, ela não pode fazer nada" e parando um instante ao atravessar o cômodo para afagar a velha mão cheia de tendões que descansava sobre o braço da cadeira, muito embora fosse raro haver reação.

Passaram-se meses desde sua chegada até que eu tivesse uma conversa de verdade com vovó. Quando isso finalmente aconteceu, tínhamos passado a maior parte de uma tarde de domingo sentadas em seus aposentos no sótão, relegadas à nada fascinante companhia uma da outra enquanto meus pais compareciam a um funeral na cidade. Eu lutava com um trabalho de colégio bastante chato e já fazia algum tempo que podia sentir os olhos de vovó na minha caneta enquanto escrevia, o que me irritava. Em determinado momento, quando parei buscando inspiração, ela se inclinou para a frente, ansiosa, como se estivesse esperando uma oportunidade, e sibilou:

– Regra número um: não os subestime. Anote isso aí.

Perturbada com aquela súbita veemência, eu escrevera as palavras no meio do meu trabalho, obediente, e ao ver o resultado ela o aprovara com um meneio de cabeça.

– É bom isso que você está fazendo. Escrever.

Eu mal soubera o que dizer.

– A senhora não... escreve?

Por um instante ela parecera abalada, e me perguntara se a teria ofendido. Então ela baixara os olhos, subitamente temerosa.

– Sim. Eu escrevo.

No Natal desse ano, dei a ela de presente um caderno, um dos de capa vermelha que ainda não tinha usado na escola, e três canetas azuis compradas no mercado. Ela não disse nada na hora, mas assim que meus pais ficaram entretidos com seus próprios presentes, segurou minha mão e apertou tanto que chegou a doer.

Só anos mais tarde tornei a ver aquele caderno, muito depois de ela sumir, quando eu estava bisbilhotando uma conversa após o jantar entre meus pais e um velho amigo dele de escola, o Dr. Trelawny, que era psiquiatra em Edimburgo. Sentada no último degrau da escada, conseguia escutar a maior parte das conversas que aconteciam na sala e voltar depressa para o quarto se necessário.

Nesse dia em especial o assunto era vovó. Como as minhas perguntas sobre ela eram em geral respondidas com silêncio e expressões de reprovação, decidi ignorar o vento cortante que subia pela escada e absorver o máximo de informação possível.

Meu pai obviamente estava mostrando ao Dr. Trelawny uma coleção de históricos médicos, pois eles falavam sobre coisas como "esquizofrenia paranoica", "tratamento com eletrochoques" e "lobotomia", a maior parte ininteligível para mim na época. Em determinado momento, houve um demorado farfalhar de papéis entremeado com exclamações de "Que coisa mais extraordinária!" e "Incrível!" do Dr. Trelawny, e tudo isso me deixou tão louca de curiosidade que não houve jeito: tive que descer mais alguns degraus e espichar o pescoço para ver o que estava acontecendo.

Pela porta entreaberta, vi minha mãe sentada em nosso sofá amarelo, aflita, enrolando as pontas do xale, enquanto meu pai e o Dr. Trelawny conversavam em pé junto à lareira, com seus copos de uísque pousados sobre o consolo.

Levei alguns instantes para perceber que o objeto que causava tamanha excitação no bastante insípido Dr. Trelawny era o caderno vermelho que eu dera de Natal para vovó seis anos antes. Estava claro que as três canetas azuis tinham sido postas em uso, pois, a julgar pelo fascínio do médico com cada página, o caderno fora preenchido de cabo a rabo.

– O que você acha? – perguntara meu pai depois de algum tempo, estendendo a mão para o copo de uísque. – Mostrei para alguns especialistas lá em Londres, mas eles disseram que essa língua não existe. Um dicionário imaginário, segundo eles.

Alheio à careta de alerta da minha mãe, o psiquiatra assobiara bem alto.

– Uma língua inventada por uma mente perturbada. Pensei que nada mais me espantasse, mas isso é diferente de tudo o que já vi.

Infelizmente, o assobio fez minha mãe fechar a porta que dava para o corredor, impedindo que eu ouvisse o resto da conversa.

Desde essa noite, eu me roía para saber o que vovó tinha escrito no caderno. No entanto, sempre que me atrevia a abordar o assunto, minha mãe largava o que estivesse fazendo para exclamar "Ah, me lembrei! Diana, quero lhe mostrar uma coisa..." e lá íamos nós para o andar de cima vasculhar suas roupas, sapatos ou bolsas em busca de algo que eu tivesse idade e responsabilidade suficientes para pegar emprestado. Era o seu jeito de se desculpar por todas as perguntas sem resposta, imagino eu.

Certa vez, sem querer, surpreendi meu pai sentado à escrivaninha, curvado sobre o caderno, mas a urgência atabalhoada com que ele o enfiou numa gaveta foi mais uma prova de que aquele não era de forma alguma um assunto sobre o qual ele quisesse conversar. Assim, fiquei esperando, esperando, muito consciente da presença do caderno entre os documentos da família, até que um dia não pude mais resistir.

Rebecca e eu havíamos passado o dia inteiro sozinhas em casa, fazendo todo o tipo habitual de bobagem, quando finalmente nos vimos na soleira do escritório do meu pai. "Você tem o direito de saber a verdade", insistira ela ao me ver hesitar. "Eles não podem esconder isso de você. É muito errado. Tenho certeza de que é até contra a lei. Afinal de contas, você tem *16 anos*."

Instigada pela indignação dela, finalmente abri a gaveta que continha os documentos da família.

Passamos a hora seguinte vasculhando as pastas de arquivo do meu pai em busca do caderno vermelho. Durante essa hora, encontramos tantos documentos chocantes que eles diminuíram a importância de nossa eventual descoberta do caderno. Sim, de fato, este continha uma longa lista de palavras em inglês com a aparente tradução em um conjunto de símbolos bizarros, mas o pequeno dicionário de vovó, conforme ficou claro, não chegava nem perto de ser tão interessante quanto as cartas dos médicos recomendando-lhe tratamentos com nomes assustadores, incluindo uma nauseante descrição de uma lobotomia.

Meio atordoadas após esse tesouro inesperado de informações, Rebecca e eu acabamos recolocando tudo nas pastas, inclusive o caderno vermelho, e saímos do escritório do meu pai começando a entender que é por um bom motivo que os pais escondem coisas dos filhos.

Desde esse dia, doze anos antes, eu não tornara a ver o caderno preenchido com os rabiscos meticulosos de vovó; na verdade, mal me permitira pensar nele. No entanto, ele havia amadurecido em algum recanto do meu cérebro e, em pé no sótão naquela tarde chuvosa de outubro, eu sabia que não ficaria em paz até que ele estivesse nas minhas mãos.

Não levei muito tempo para encontrar a caixa com os documentos da família. Conforme esperado, meu pai havia feito uma tentativa bem tosca de escondê-la debaixo de um guarda-sol fechado, e ela era a única caixa que não tinha o conteúdo anotado com esmero na lateral. Ao retirar a fita adesiva centímetro por centímetro, nervosa, fiquei atenta ao som de passos na escada. Só quando me senti segura de que ninguém se aproximava eu me ajoelhei e comecei a examinar as pastas.

Quando finalmente encontrei o caderno vermelho, estava com tanta pressa de testar a ideia maluca que havia se apoderado de mim na noite anterior que quase deixei passar as duas palavras escritas por vovó na sobrecapa: "Para Diana".

Descobrir que aquele caderno sempre fora para mim me encheu com uma certeza súbita e febril. Abri a capa com os dedos trêmulos e, com uma breve olhada nas primeiras páginas, compreendi que, em sua cuidadosa caligrafia em tinta azul, vovó havia me deixado a chave para um idioma de símbolos que eu jamais encontraria em lugar nenhum... até o dia em que um desconhecido me abordasse na Magpie Lane e me entregasse uma fotografia e uma passagem para Amsterdã.

CAPÍTULO SEIS

Norte da África

— Conseguimos, Lilli!

Mirina cambaleou nas pedras instáveis do leito do rio. Não havia muita água; o que outrora devia ter sido um curso d'água caudaloso não passava agora de uma fenda comprida e estreita na paisagem desértica. Mas ela estava animada demais para se decepcionar e exausta demais para sentir algo além de um débil latejar quando as pedras irregulares esfolaram os últimos pedaços de pele intacta de seus pés cansados.

– O rio! – Finalmente caindo de joelhos à beira d'água, soltou de seu pescoço os braços finos de Lilli, que o enlaçavam desde o raiar do dia. – Está me ouvindo? É o rio!

Ela desceu a irmã inerte até o chão e começou a despejar água nos lábios que tinham passado o dia inteiro calados.

– Vamos, beba.

O deserto fora maior do que ela imaginava. Seus cantis de bexiga de cabra haviam secado antes mesmo de elas chegarem à metade da travessia. Ela tranquilizava Lilli dizendo enxergar árvores no horizonte, além da planície escaldante. Torcia para as próprias palavras virarem realidade. No entanto, à medida que as horas passavam sem nenhuma sombra ou água, as conversas entre as irmãs foram se tornando mais e mais breves, até não restar mais palavras a serem ditas.

Nos últimos dias de viagem, Mirina não havia parado de escutar a voz paciente e firme da mãe instando-a a prosseguir, prosseguir. "Você precisa chegar ao rio", dizia a voz, num sussurro urgente. "Não pode parar. Precisa seguir em frente." As palavras nunca falhavam nem enfraqueciam. Da mesma forma que a mãe jamais havia deixado sua cabeceira durante todas as noites de doença e medo na infância, também permaneceu fiel ao seu lado naquelas últimas horas cambaleantes, quando não havia mais nada a que se agarrar exceto algumas palavras insistentes em sua cabeça. "Preciso chegar ao rio. No final do rio fica o mar. Junto ao mar, a cidade. Na cidade vive a Deusa da Lua. Só ela tem o poder de curar minha irmã."

Quando Lilli finalmente recobrou os sentidos, virou o rosto em todas as direções, com os olhos frágeis quase fechados e sem nada ver. Então começou a chorar, os ombros estreitos tremendo de tanto desespero.

– Aqui não é o rio – soluçou ela. – Você só está dizendo isso para me reconfortar.

– Mas é, sim! Sinta só. – Mirina guiou as mãos da irmã até a água rasa. – Eu juro que é.

Ela correu os olhos pela paisagem desolada e poeirenta. Antigamente, muitas árvores deviam margear aquele curso d'água, mas agora eram apenas esqueletos tombando em busca de apoio, tristes resquícios de um mundo de viço havia muito desaparecido.

– Tem que ser aqui.

– Mas eu não estou ouvindo nenhum barulho de água – falou Lilli, enxugando corajosamente as lágrimas e inclinando a cabeça na tentativa de escutar. – Deve ser um rio bem silencioso.

– É, sim – reconheceu Mirina. – Um rio velho e cansado. Mas ele ainda está vivo e vai nos levar até o mar. Vamos, agora beba.

As duas passaram algum tempo em silêncio, saciando a sede. No início, foi como se a garganta de Mirina tivesse esquecido o que fazer para engolir, mas depois de conseguir forçar os primeiros goles ela pôde sentir o líquido fresco descer pelo corpo e restaurar a vida por onde passava.

Depois de matar a sede, recostou-se nas pedras e fechou os olhos. Tantos dias sem descanso e aquele último trecho sem água... Por quanto tempo havia carregado Lilli no colo? Dois dias inteiros? Não, não era possível.

Um grito assustado e um súbito bater de asas a fizeram se levantar. Ao ver a irmã aterrorizada sacudindo os braços para afugentar o inimigo que não via, ela sacou na mesma hora a faca do cinto.

– Era um pássaro! – gritou Lilli, esfregando a perna com fúria. – Ele me bicou! Onde está? Não deixe ele me morder de novo.

Mirina ergueu uma das mãos para proteger os olhos do sol e viu dois abutres magros voando em círculos no céu.

– Praga maldita! – balbuciou, guardando a faca e pegando o arco. – Estavam querendo se banquetear conosco hoje...

– Por que os deuses nos desprezam tanto? – questionou a mais nova, segurando os próprios joelhos e começando a se balançar para a frente e para trás. – Por que eles querem a nossa morte?

– Eu não perderia meu tempo pensando no que os deuses querem ou não. – Mirina tirou da aljava sua melhor seta para aves. – Se eles quisessem mesmo nos matar, poderiam ter feito isso quarenta vezes. – Apoiou a seta na corda, pôs-se de pé devagar e a puxou para trás. – Está claro que algum poder quer nos manter vivas.

Mais tarde, quando estavam deitadas junto à pequena fogueira de gravetos sob um céu estrelado, digerindo a refeição sem gosto, Lilli se aconchegou junto à irmã e disse:

– Mamãe veio falar comigo, sabia? Eu a vi muito bem...

Sem dizer nada, Mirina a puxou mais para perto.

– Ela parecia feliz – continuou Lilli. – Quis me abraçar, mas aí viu você e acho que teve medo de você ficar chateada com ela por me levar embora... então não levou.

As duas passaram um tempo deitadas em silêncio.

Sua antiga vida agora parecia muito distante. No entanto, a lembrança dos amigos e pessoas queridas que tinham perdido ainda era forte o suficiente para fazer ambas engasgarem e se calarem, assim como Mirina sabia que continuaria a sentir aquele fedor horrível da doença e da morte para sempre.

Depois de sair do povoado, as duas haviam passado muito mal, com tremores e convulsões. Mirina tivera certeza de que iriam morrer; na verdade, quase se alegrara com isso. No entanto, aos poucos havia começado a melhorar, e Lilli também, embora a febre da irmã tivesse durado o suficiente para prejudicar seus olhos. Durante várias terríveis manhãs, a menina havia acordado de seu sono agitado enxergando cada vez menos, até por fim perder completamente a visão.

– O dia já vai raiar? – perguntara Lilli no último dia, olhando para o sol sem nada ver.

– Não falta muito, não – respondera Mirina com um sussurro, abraçando a irmã e soluçando enquanto a beijava repetidamente e a verdade dolorosa dava um nó em sua garganta.

Mas as duas continuavam vivas. Haviam sobrevivido à pestilência e agora também ao deserto. Dali em diante, as coisas só poderiam melhorar. Mirina se recusava a pensar de outra forma.

– Tem certeza de que... – começou a perguntar Lilli, como fazia todas as noites. Só que dessa vez não terminou a frase, apenas mordeu o lábio e virou o rosto.

Ambas sabiam que só haveria resposta para a grande questão de Lilli quando chegassem à cidade. Será que a Deusa da Lua conseguiria reverter os danos da febre e fazê-la recuperar a visão? Só a Deusa sabia.

– De uma coisa eu tenho certeza – falou Mirina, polindo a pulseira da mãe na túnica. Por baixo do insistente resíduo de fuligem, a serpente com cabeça de chacal de que ela tão bem se lembrava a encarava com os olhos enegrecidos. – Mamãe sentiria orgulho se visse você agora.

Lilli ergueu o rosto com uma expressão intrigada na direção da irmã.

– Você não acha que ela ficaria brava comigo por estar inútil?

Mirina a puxou mais para junto de si.

– Inúteis são agricultores que não plantam e pastores que não pastoreiam. Lembre-se que você é uma irmã. Uma irmã não precisa de olhos para ser útil, só de um sorriso e de um coração valoroso.

Lilli deu um suspiro pesado e seus ombros afundaram quando ela se recostou na bolsa das duas.

– Eu sou só sua meia-irmã. Talvez por isso não tenha a mesma coragem que você. Se o meu pai fosse o mesmo que o seu, talvez eu também tivesse um coração de caçadora.

– Shh! Os pais vêm e vão, mas a Terra permanece a mesma. Assim como não existe meio coração, não existe meia-irmã.

– É, pode ser – murmurou Lilli. – Mas eu ainda não tenho certeza se um dia vou conseguir voltar a sorrir.

– Bom, pois eu tenho – retrucou Mirina, pousando o queixo sobre a cabeça da irmã. – Lembre-se: quem enfrenta o leão se torna o leão. Nós vamos enfrentá-lo e vamos voltar a sorrir.

– Mas leões não sabem sorrir – balbuciou Lilli, abraçando a bolsa.

Mirina deu um rugido e começou a mordiscar o pescoço da menina até as duas rirem.

– Então nós vamos ensinar.

Mirina e Lilli seguiram o rio por dez dias.

Tinham água de sobra para beber, mas a terra que as cercava de ambos os lados era estéril. Sempre que Mirina encontrava alguma planta que lhe parecesse minimamente comestível, mascava algumas folhas ou pedaços da raiz e esperava um pouco para observar seus possíveis efeitos. Só então a oferecia a Lilli. E toda vez que o regato preguiçoso empoçava em algum ponto, ela o vasculhava na tentativa de pegar um peixe solitário.

Nos dias mais quentes, um animal ou dois podiam descer até o rio em busca de água e, graças ao seu arco e a algumas flechas restantes, Mirina em geral conseguia obter essa carne desconhecida para o jantar. Esses eram os momentos bons. Elas ficavam acordadas até tarde, comendo até se fartarem, e inevitavelmente se pegavam relembrando a vida de antes.

Como as mazelas diárias de seu povoado agora pareciam triviais. E como ganhavam valor todos os pequenos prazeres. O aconchego da família, as preocupações e mexericos, tudo se mesclava em um sonho radiante e feliz, um mundo de inocência impossível que agora existia apenas em palavras.

Como Mirina e Lilli tinham nascido no povoado de Tamash, as duas sempre haviam pensado nele como seu lar. E quando as outras crianças zombavam delas por serem estrangeiras, com hábitos estrangeiros, a mãe apenas descartava os comentários, e garantia às filhas que os outros não sabiam o que estavam dizendo.

– Eles acham que uma mulher ter filhos com homens diferentes é uma coisa má – dizia ela, revirando os olhos. – Mal sabem que o pai deles mesmos talvez não seja quem acham que é.

Além da acusação de promiscuidade, havia também a questão das misteriosas habilidades de sua mãe com ervas e raízes. Contudo, embora as mulheres da aldeia pudessem passar os dias fofocando sobre seu comportamento pecaminoso, bastava alguma doença acometê-las para que aparecessem na porta de sua casa implorando remédio.

Mais de uma vez, os anciãos, com belas túnicas e bastões esculpidos, tinham visitado seu casebre para pedir a Talla que parasse de praticar suas artes estrangeiras. Mas ela só fizera balançar a cabeça, pois sabia que as mulheres do povoado jamais os deixariam expulsá-la. Em uma ocasião específica, Mirina se lembrava de ter ouvido a mãe provocar o chefe da aldeia dizendo:

– Você acha que eu joguei um feitiço no seu passarinho caolho, Nholo? Quem sabe se você não passasse o dia inteiro sentado em cima dele, falando bobagem, ele conseguisse voar de novo.

Agora até esses instantes infelizes pareciam maravilhosos ao serem recordados. Implicâncias eram esquecidas; dívidas, perdoadas. Mirina se assombrou ao constatar como a morte levava embora todos os detalhes incômodos da vida e tornava puro e acolhedor um povoado inteiro de pessoas mesquinhas.

Conforme os dias da monótona viagem iam passando, as irmãs muitas vezes retornavam às mesmas lembranças, como se o prazer aumentasse com a repetição.

– Ainda consigo ver – dizia Lilli, disfarçando uma risadinha. – Mamãe tentando pegar o velho galo... Ah, como ela ficou brava! E todos aqueles meninos perdidamente apaixonados por você, mas com medo até de sorrir na sua frente...

Mirina nunca repreendia a irmã por falar assim. Apenas ria também e a deixava vagar por esse passado imaginário pelo máximo de tempo possível. Sabia que o presente não tardaria a se impor.

No décimo primeiro dia, o rio se alargou formando um delta, e então, por fim, Mirina começou a ver indícios de outros seres humanos. Canais rasos escavados para irrigação deixavam a paisagem parecida com teias de aranha, mas mesmo assim nenhuma gota d'água chegava até os campos. O chão ali era tão seco quanto na sua aldeia e não havia um agricultor sequer à vista.

– O que foi? – perguntou Lilli, incomodada pelo longo silêncio da irmã.

– Nada.

Mirina tentou parecer alegre, mas a verdade era que estava morta de preocupação. Para onde quer que olhasse, tudo o que via eram ferramentas agrícolas abandonadas e áreas desertas do que seriam pastagens. Os únicos animais visíveis eram corvos magros a voar em círculos no céu. Onde estavam as pessoas?

– Shh! – Lilli parou de repente e levantou a mão. – Está ouvindo?

– O quê?

Tudo o que Mirina conseguia escutar era o grasnar dos pássaros.

– Vozes... – Lilli girou a cabeça para um lado e outro. – Vozes de homens.

Esperançosa, Mirina escalou uma rocha grande para poder ver melhor. Diante delas se descortinava um litoral e uma grande extensão de água. Ficou aliviada.

– É o mar! – exclamou ela, apontando sem pensar. – É enorme... exatamente como mamãe disse que seria.

Com exceção da mãe delas, ninguém da aldeia tinha visto o mar. Mas os anciãos faziam muitas referências a ele sentados à sombra da figueira, meneando a cabeça para concordar uns com os outros. O mar era grande, azul e perigoso, diziam, espantando distraidamente as moscas, e em seus litorais distantes havia cidades cheias de riscos e sofrimento, cidades povoadas por estrangeiros maus...

A mãe sempre rira dessas palavras, lembrando às filhas que os homens costumavam julgar mal aquilo que não compreendiam.

– A cidade não é mais má do que o povoado – dissera ela certa vez, descartando aquilo tudo com um gesto da mão coberta de massa de pão. – Na verdade, as pessoas lá são bem menos invejosas do que aqui.

– Então por que você foi embora? – quisera saber Mirina, salpicando mais farinha nas mãos da mãe. – E por que não podemos voltar para lá?

– Talvez voltemos. Mas por enquanto é aqui que a Deusa nos quer.

Mirina não havia se deixado enganar. Sabia que a mãe estava escondendo alguma coisa relacionada à Deusa da Lua. No entanto, não importava como formulasse suas perguntas, não conseguia obter as respostas que desejava. Tudo o que sua mãe dizia era:

– Nós somos servas fiéis da Deusa, Mirina. Ela sempre vai nos ajudar. Nunca questione isso.

Conforme as irmãs avançavam pela vegetação rasteira e pegajosa do estuário, Mirina descobriu que o mar era surpreendentemente raso e pantanoso. Juncos altos brotavam da água e não havia ondas; na verdade, a água mal se movia.

– Não estou gostando disto aqui – disse Lilli em determinado momento, quando as duas estavam afundadas até o joelho na lama e na vegetação marinha viscosa. – E se tiver alguma cobra?

– Duvido – falou Mirina, mentindo, enquanto golpeava a água à frente com a lança. – Cobras não gostam de água aberta.

Bem nessa hora, vozes as fizeram parar.

– É a mesma coisa que eu escutei antes! – sibilou Lilli, aflita, grudando o corpo às costas da irmã. – Está vendo de onde vem?

Mirina afastou os juncos com a ponta da lança. Por entre o emaranhado de caules verdes, pôde distinguir um barquinho com três pescadores a bordo. Estavam entretidos demais com suas redes para reparar nas duas. Decidiu que eram trabalhadores, portanto dignos de confiança.

– Vamos!

Foi levando a irmã pela água, ansiosa para chegar ao barco antes que ele sumisse. A perspectiva de passar mais uma noite no leito seco do rio ou naquele pântano coalhado de insetos era insuportável. Aonde quer que aqueles pescadores fossem, ela e Lilli iriam também.

Assim que chegaram perto o suficiente para serem vistas, Mirina acenou com a lança no ar para chamar a atenção dos outros. A água agora batia na sua cintura e Lilli ia agarrada às suas costas. Os homens a encararam incrédulos, o que não era de espantar.

– Eles nos viram! – arquejou Mirina, avançando com passos bambos pela água lamacenta. – Estão sorrindo e acenando para subirmos a bordo...

Ao se aproximar do barco, porém, viu que os homens não estavam sorrindo, mas sim gesticulando frenéticos, com os semblantes contorcidos pelo medo.

Instantes depois, agoniados, os homens puxaram primeiro Lilli, depois Mirina para dentro do barco e, logo em seguida, aliviados, apontaram para a água enquanto desfiavam longas explicações em um idioma estrangeiro.

– O que foi? – quis saber Lilli, segurando-se na túnica enlameada da irmã. – O que eles estão dizendo?

– Quem me dera eu entendesse – murmurou Mirina.

A julgar pela aparência, os pescadores eram o pai e dois filhos adultos. Não pareciam do tipo que se deixava abalar com facilidade.

– Eu acho...

O barco então balançou e os rapazes na mesma hora estenderam a mão para amparar o pai. Mirina viu os três olharem nervosos para a água e entendeu, por fim, o motivo de seu alarme.

Uma forma comprida e malhada rodeava o barco, deslizando o imenso corpo pela água barrenta. Seria um peixe grande? Mas ela não viu nem cabeça nem cauda, somente um corpo interminável da mesma grossura de um ser humano. Era uma cobra gigantesca.

– O que houve? – ganiu Lilli, sentindo a súbita tensão. – Me diga!

Mirina mal conseguia falar. Já tinha visto cobras grandes, claro, mas nunca algo como aquilo.

– Ah, nada – conseguiu articular, enfim. – Só umas algas presas no casco.

Após alguns segundos de aflição, a cobra pareceu perder interesse pelo barco, e os homens relaxaram e recomeçaram a conversar. Verificaram mais algumas armadilhas, mas a pescaria foi magra: apenas uma dúzia de peixes e um par de enguias. Apesar disso, eles pareciam animados ao recolher as varas e, a duras penas, começar a impulsionar o barco para a frente com movimentos curtos e ritmados.

– Para onde estamos indo? – sussurrou Lilli, trêmula de cansaço.

Mirina puxou a cabeça da irmã para junto do peito e afagou seu rosto sujo de lama.

– Para a cidade grande, leoazinha. A Deusa da Lua está nos esperando, lembra?

PARTE II
AURORA

CAPÍTULO SETE

As amazonas terão prazer em lhes servir de guia.

Ésquilo, *Prometeu acorrentado*

Aeroporto de Gatwick

Se o Dr. Ludwig ficou surpreso ao me ver sentada junto ao portão de embarque, folheando com gestos casuais uma revista de bordo abandonada, não demonstrou nada. Apenas meneou a cabeça como se minha presença já fosse esperada e ofereceu:

– Café?

Assim que ele se afastou, relaxei de alívio e exaustão. Por mais calma que aparentasse estar, as últimas horas sem dúvida tinham sido as mais agitadas da minha vida, e eu não havia parado sequer para respirar depois de encontrar o caderno de vovó no sótão. Por sorte, meu pai havia se mostrado muito disposto a uma pequena aventura e insistira em me levar até o aeroporto.

– Mas confesso que estou um tanto curioso – dissera ele, de modo sensato, durante nossa curta parada em frente à minha faculdade em Oxford, enquanto eu lutava para enfiar no banco de trás do Mini a mala feita às pressas.

– É só por uma ou duas noites – respondi, sentando-me no banco do carona e ajeitando meu rabo de cavalo. – Talvez três.

O motor continuava ligado e meu pai ainda segurava o volante, mas o carro não andou.

– E as aulas que você precisa dar?

Eu me remexi no banco, incomodada.

– Antes que o senhor perceba, eu já vou ter voltado. É uma viagem de pesquisa. Na verdade, uma pessoa está me pagando para ir a Amsterdã...

– Imagino que o seu benfeitor não seja o jovem Moselane... – sugeriu meu pai, olhando pelo retrovisor.

Quando me virei, vi James saindo da faculdade com uma raquete de tênis no ombro.

Um calor repentino e nada agradável tomou conta do meu corpo. Ali estava ele, a sensatez em pessoa, lindo como nunca. Não seria mais prudente lhe dizer que eu iria viajar em vez de sair de fininho daquele jeito?

– Ai, droga – falei, conferindo o relógio. – Temos de ir, sério.

Meu pai continuou a olhar pelo retrovisor enquanto avançávamos pela Merton Street, decerto perguntando-se como contar à minha mãe sobre aquela agourenta mudança de cenário, e cada tremor de sua pálpebra fazia aumentar o bolo de culpa que eu sentia no estômago. Mas como eu poderia lhe contar a verdade? Ele nunca havia tomado qualquer iniciativa de conversar sobre vovó, nunca me contara sobre o caderno que ela claramente escrevera para mim. Abordar o assunto agora, a caminho do aeroporto, a uma velocidade para ele supersônica, não era uma ideia nada boa.

– Desculpe, papai – murmurei, afagando seu braço. – Na volta eu explico.

Passamos algum tempo em silêncio dentro do carro. Com o rabo do olho, pude notar a preocupação paterna cada vez maior lutando contra sua boa índole, que tanto resistia a confrontos. No final ele respirou fundo e disse:

– Só me prometa que isso não é alguma espécie de... fuga amorosa. – Ele teve de levantar um pouco a voz para pronunciar a palavra. – Nós temos dinheiro de sobra para pagar uma festa de casamento, você sabe.

Fiquei tão chocada que desatei a rir.

– Pai, sério!

– Bom, o que você quer que eu pense? – Curvado sobre o volante, ele parecia quase zangado. – Você passa três horas em casa, pergunta sobre sua certidão de nascimento... e agora vai viajar para Amsterdã. – Ele me lançou um olhar, e na sua expressão pude ver uma centelha de medo genuíno. – Prometa que isso não tem a ver com nenhum... homem. Sua mãe jamais iria me perdoar.

– Ah, papai! – Inclinei-me para lhe dar um beijo na bochecha. – O senhor sabe que eu jamais faria isso. Não sabe?

Ele assentiu sem convicção, e acho que eu não podia culpá-lo. Embora fosse raro o assunto vir à baila, eu não tinha dúvidas de que meus pais haviam deduzido bastante coisa em relação ao meu grupo bastante heterogêneo de ex-namorados, aos quais Rebecca se referia como "cavaleiros do Apocalipse", embora nenhum deles merecesse título tão nobre.

Por algum motivo, eu nunca tinha tido muito jeito com homens. Talvez a causa fosse minha própria predileção por ficar sozinha ou quem sabe, como Rebecca sugerira certa vez (esquecendo por um instante minha paixão infantil por James Moselane), eu tivesse algum defeito genético passado por minha avó que me impedisse de me apaixonar. Sempre que algum relacionamento terminava mal, com lágrimas e palavras ditas para magoar, eu chegava a desconfiar que talvez não *gostasse* de homens e pronto, e que talvez por isso tivesse na gaveta da escrivaninha um maço cada vez maior de cartas de adeus me acusando de ser uma vaca frígida, embora em termos mais eloquentes, claro.

Instigada por Rebecca, lá de Creta, na ocasião do meu vigésimo sétimo aniversário, cheguei a pensar que talvez meu problema pudesse ser resolvido simplesmente mudando o foco de homens para mulheres. No entanto, depois de refletir a respeito por mais ou menos uma semana, tive de concluir que elas despertavam ainda menos meu interesse. A triste conclusão, decidi, devia ser que Diana Morgan estava fadada a ser solitária... uma daquelas damas de ferro cujo legado, no lugar de netos, consistia em monografias de 3 quilos dedicadas a algum finado professor.

Três dias depois disso, Federico Rivera aparecera.

Sendo frequentadora antiga do Clube de Esgrima da Universidade de Oxford, eu não me deixava impressionar fácil por homens exibidos, mas percebi na hora que aquele mestre espanhol que viera passar uma temporada em Oxford era outra história. Apesar de não ser bonito no sentido estrito do termo, ele era alto e tinha um físico invejável. E mais: possuía uma energia explosiva absolutamente inebriante. Federico era um perfeccionista não apenas na esgrima, mas também na arte da sedução e, embora eu tenha certeza de que ambos sabíamos desde o início quais seriam as consequências inevitáveis de minhas aulas noturnas particulares com ele, passou vários meses concentrado em meus golpes e contragolpes e mais nada... antes de finalmente me seguir até o chuveiro e me ensinar o *coup d'arrêt* sem dizer uma palavra.

Nosso caso durou o inverno todo e, apesar da sua insistência em que guardássemos segredo, acreditei piamente quando ele disse que eu era o amor de sua vida. Um dia, em um futuro próximo, nós contaríamos sobre o nosso relacionamento... nos casaríamos... teríamos filhos... Isso nunca foi dito de forma explícita, mas ficou sempre subentendido. E quando ele fugiu de volta para a Espanha da noite para o dia sem nem ao menos se despedir, fiquei tão pasma e magoada que pensei que nunca mais voltaria a ser feliz.

Aí vieram todas as descobertas horríveis: os muitos outros casos dele em Oxford, a noiva furiosa em Barcelona, sua vergonhosa dispensa do clube de esgrima... mas mesmo assim eu lhe escrevi várias cartas chorosas jurando amor e compreensão e implorando uma resposta.

E ele respondeu. Vários meses depois, recebi um envelope gordo enviado de uma academia de esgrima de Madri contendo todas as minhas cartas, a maioria ainda fechada, e 500 euros. Como ele não me devia dinheiro nenhum, fui forçada a supor que aquele era o seu modo de me remunerar pelos serviços prestados.

Fiquei tão irada que levei semanas para entender que mestre Federico Rivera, em toda a sua sabedoria libertina, devia ter me ofendido de propósito para cauterizar minha ferida e, perfeccionista como era, completar minhas aulas de esgrima com o golpe mais honrado de todos: o de misericórdia.

Embora eu nunca tivesse falado sobre ele com meus pais, os dois com certeza sabiam que eu já tivera meu quinhão de desilusões amorosas. Na realidade, eu às vezes desconfiava que a obsessão insistente de minha mãe com James Moselane era apenas o seu modo de consolar a nós duas. E que consolo maior poderia haver do que imaginar um futuro ideal em que eu morava na propriedade bem ao lado da sua casa, feliz para sempre?

Quando o Sr. Ludwig voltou, guardei a revista e tirei meu casaco de cima da cadeira para ele poder se sentar ao meu lado.

– Obrigada – agradeci ao pegar um dos cafés.

O calor do copo foi uma bênção para minhas mãos nervosas.

– A propósito, o senhor não chegou a me dizer o nome da fundação que está pagando este nosso luxo.

Ele removeu a tampa de seu café.

– Sou um homem cauteloso. – Ele deu um golinho e fez uma careta. – O que vocês, britânicos, têm contra o café? Bem, posso lhe dizer o nome: Fundação Skolsky. Açúcar?

Instantes depois, enquanto eu pesquisava freneticamente a Fundação Skolsky no Google, ouvi o Sr. Ludwig dar uma risadinha e, quando olhei para cima, flagrei-o espiando descaradamente o meu celular.

– Não vai achar nada on-line – informou-me. – O Sr. Skolsky prefere ser discreto. Coisas de bilionário.

Talvez a intenção dele fosse fazer um comentário bem-humorado, mas não achei graça nenhuma. À nossa volta, o portão de embarque estava coalhado de funcionários da empresa aérea e passageiros com esperança de embarcar na frente, mas eu continuava sem saber quase nada sobre a nossa viagem.

– Desculpe, mas nunca ouvi falar na Fundação Skolsky – falei. – A sede fica em Amsterdã, imagino...

O Sr. Ludwig se abaixou e pôs o copo no chão.

– Como eu disse, o Sr. Skolsky é um homem discreto, um empresário interessado em arqueologia. Ele patrocina escavações no mundo inteiro.

Encarei-o à espera de mais detalhes. Ele não deu nenhum, então me inclinei um pouco para a frente, deixando bem claro que esperava mais.

– Como por exemplo...?

O Sr. Ludwig sorriu, mas algo na expressão predatória de seus olhos me disse que ele estava ficando irritado.

– Não posso dizer antes de chegarmos lá. É o protocolo da Skolsky.

Fiquei tão incomodada com seu jeito desdenhoso que tive uma súbita lembrança do café intragável do aeroporto e das bem-intencionadas palavras de alerta ditas por James na noite anterior. A suposta inscrição das amazonas talvez fosse um trote... ou coisa pior. Fora o que ele dissera. Peguei-me pensando mais uma vez em qual seria o meu papel em tudo aquilo. Estava ficando claro – e de forma bem desagradável – que o Sr. Ludwig não sentia mais necessidade de cair nas minhas graças. Cheguei a desconfiar que o súbito declínio dos seus bons modos fosse um prenúncio da semana por vir. Qualquer pessoa normal prestaria atenção nesses sinais de alerta e iria embora enquanto ainda havia tempo. Mas eu não podia. O caderno vermelho de vovó escondido na minha bolsa já derrotara o meu bom senso tempos antes.

– Está pronta? – perguntou o Sr. Ludwig, pegando seu cartão de embarque. – Vamos lá.

Segundos depois, descíamos a ponte de embarque. Eu ainda não sabia por que estávamos a caminho de Amsterdã, mas àquela altura tinha certeza que seria inútil perguntar. E fiquei ainda mais desnorteada quando, em vez de subir a bordo, o Sr. Ludwig parou para trocar algumas palavras com um homem de macacão e grandes protetores de ouvido de cor laranja.

O homem primeiro me lançou um olhar desconfiado, depois abriu uma porta na lateral do portão de embarque e nos conduziu por alguns degraus instáveis de metal até chegarmos à pista, junto ao avião. Mesmo ali, do lado de fora, o ar estava tomado por barulho e cheiro de combustível queimado. Quando abri a boca para perguntar o que estava acontecendo, me senti sufocar com a fumaça do jato e não consegui me fazer ouvir.

Após uma viagem curta a bordo de um veículo utilitário, serpenteando por entre as vans de empresas que forneciam comida às companhias aéreas e os caminhões de combustível, paramos ao lado de outro avião. Só nessa hora, quando vi minha mala trocar de mãos e desaparecer dentro do bagageiro, me toquei de que nosso suposto voo para Amsterdã fora apenas um disfarce cuidadosamente planejado.

Mas não houve tempo de questionar o Sr. Ludwig sobre a mudança em nosso destino, pois, após um controle de segurança dos mais superficiais, fomos conduzidos depressa ao avião por uma escada de fundos.

– Belo acessório – comentou o Sr. Ludwig quando o detector de metais emitiu um bipe ao passar por meu bracelete de bronze. – A senhora usa isso como arma?

– Ainda não, mas posso vir a usar – retruquei, tornando a baixar a manga.

Ele não precisava saber que o bracelete pertencera à minha avó e que eu o havia desenterrado da minha gaveta de lingerie poucas horas antes, como um marco inicial daquela inesperada aventura. Até onde o Sr. Ludwig sabia, eu aceitara viajar por causa do dinheiro e da possível glória acadêmica; não queria que ele descobrisse quanto aquilo era pessoal para mim. Se o Sr. Skolsky podia se manter discreto, eu também podia.

Enquanto a aeronave manobrava até a pista de decolagem com nós dois bem presos por nossos cintos de segurança na primeira classe, falei para o Sr. Ludwig:

– Talvez agora seja um momento oportuno para o senhor me informar aonde vamos...

Ele encostou sua *flûte* de champanhe na minha.

– Para Djerba. A uma viagem produtiva. Desculpe o subterfúgio; é que há muita coisa em jogo.

Fiquei me coçando para pegar o celular e pesquisar o nome, mas faltavam poucos segundos para a decolagem. Pelo que sabia, Djerba era uma ilhota no Mediterrâneo, próxima ao litoral da Tunísia e conhecida sobretudo pelos resorts turísticos e pelo clima ameno. Jamais soubera que lá ocorresse muita atividade arqueológica, mas eu também duvidava que a escavação fosse em Djerba propriamente dita. Devia ser na parte continental da Tunísia.

O que fazia todo o sentido.

Hoje a Tunísia é um país pequeno imprensado entre a Argélia e a Líbia, mas 2 mil anos atrás era a arqui-inimiga do Império Romano. Consequentemente, sua antiga capital, Cartago, acabou arrasada pelos romanos, que escravizaram seus habitantes e destruíram seus registros históricos. Quase nenhuma fonte escrita havia escapado desse culturicídio; era como se a terra natal de Aníbal fosse apenas um mito.

Mas isso tudo eram acontecimentos relativamente recentes em comparação com a época em que, segundo alguns, tinham vivido os heróis da mitologia grega. Personagens famosos como Hércules, Jasão e Teseu pertenciam a um mundo pré-histórico povoado por monstros, magia... e amazonas.

Era bem verdade que os escritores mais antigos, quer acreditassem ou não na lenda, situavam a terra das amazonas ao leste, em geral na região norte da

Turquia, no litoral do mar Negro, mas alguns afirmavam que essa nação de guerreiras surgira no norte da África. Parte do problema era que a tradição das amazonas se dividia mais ou menos em três períodos muito distintos, tanto em relação ao tempo quanto ao local.

O último desses períodos delimitava como região das amazonas a sua lendária capital no mar Negro – Temiscira – e seu entorno. Aos poucos elas teriam sido espremidas por todos os lados, até se extinguirem ou serem absorvidas pelas tribos próximas. Podia-se dizer que essa fase tinha sido um longo e vagaroso outono que culminara em uma última floração por volta de 330 a.C., quando uma rainha amazona supostamente fizera uma visita a Alexandre, o Grande, e pedira que ela e seu séquito de mulheres passassem duas semanas com ele na esperança de conceber filhos daquela verdadeira lenda viva. Quando os romanos apareceram, cerca de um século depois apenas, a nação das amazonas já havia desaparecido.

O auge de sua civilização foi sem dúvida o período intermediário, a época da guerra de Troia, que a maioria dos especialistas situa mais ou menos 3 mil anos atrás, em algum momento entre 1.300 e 1.100 a.C. Foi nessa época que as amazonas foram dizimadas por Aquiles diante das altas muralhas de Troia e que Hércules percorreu o território em volta da cidade para cumprir um de seus doze trabalhos: roubar o cinturão da rainha. Foi também a época em que as amazonas supostamente atacaram Atenas e conseguiram enfim conquistar seu lugar nas imagens esculpidas nos mármores do Partenon.

Antes disso, porém, houve uma primavera amazônica com grupos esporádicos, o mais importante deles no lendário lago Tritônis, no norte da África. Alguns afirmavam ser esse o berço das amazonas que, segundo se dizia, haviam reunido um grande exército e invadido países vizinhos.

Comparados às amazonas do mar Negro que surgiriam mais tarde, porém, esses dois primeiros grupos tinham muito menos estrutura histórica. Muitas vezes eu até vira fanáticos pelas amazonas revirarem os olhos ao ouvir falar nos mitos do lago Tritônis, sem perceber, talvez, que para os céticos isso equivalia a ver gente que acreditava na Fada do Dente desdenhar o Coelhinho da Páscoa.

A questão, é claro, se complicava pelos fatos de o clima do norte da África ter passado por mudanças colossais desde a Idade do Bronze e de o lago Tritônis, caso tivesse mesmo existido, haver desaparecido tempos atrás. Eu conhecia muitos arqueólogos desesperados para escavar na região... mas por onde começar? O deserto do Saara é um imenso manto que cobre todos os lindos sonhos que alguém possa ter de encontrar civilizações ainda desconhecidas, mas as chances de ir até lá com uma pá e um balde e encontrar um piolho que seja são quase nulas.

Assim sendo, o fato de estarmos a caminho da Tunísia, que segundo alguns era onde ficava o lago Tritônis, era de fato empolgante. Seria possível a Fundação Skolsky ter encontrado indícios da existência de uma sociedade matriarcal de guerreiras? O potencial era estarrecedor.

– Djerba é onde viviam os lotófagos de Homero – disse o Sr. Ludwig, interrompendo meus devaneios. – Eram homens assustadores, praticamente zumbis, sempre drogados com uma planta local. – Ele cobriu os olhos com a venda, mas ela só escondeu parcialmente sua expressão arrogante quando ele emendou: – Me parece o lugar perfeito para um acadêmico.

Era um comentário tão óbvio para me provocar que foi fácil descartá-lo com uma risada.

– Admiro seus conhecimentos no assunto. Mas não foi por causa da planta que o senhor me convidou, foi? – Encarei-o, tentada a espiar por baixo da venda para ter certeza de que ele estava prestando atenção. – Isto é sobre as amazonas, não é?

Ele ajustou o descanso inflável de cabeça e conseguiu acrescentar mais algumas camadas de queixo à sua farta papada.

– Não me pergunte. Eu nunca tive envolvimento nenhum com as escavações. Não sei nem muito bem por que estou na Europa se a floresta Amazônica fica na América do Sul. Mas... – Ele uniu as mãos sobre a barriga e deu de ombros. – Quando o Sr. Skolsky me diz para fazer alguma coisa, eu faço. Não deixo minha razão atrapalhar.

Deve ter sido sorte ele pegar no sono depois desse curto diálogo, pois estávamos começando a dar nos nervos um do outro. Apesar da sua aparente generosidade, ou no mínimo disposição para gastar o dinheiro do Sr. Skolsky, havia no Sr. Ludwig uma mesquinhez e uma arrogância ofensivas.

O fato de eu estar louca para pegar o caderno de vovó não ajudava. Desde que o encontrara no sótão algumas horas antes, estava desesperada para verificar se alguma parte da inscrição na parede da foto correspondia às palavras do caderno. Só que, entre aquele momento e agora, eu não tivera um só instante para me sentar e usar minha lupa.

Talvez fosse bobagem manter o caderno escondido do Sr. Ludwig, mas enquanto eu estava sentada ali, abrindo e fechando a revista de bordo, escutando os seus trancos e roncos conforme atravessávamos cada camada de turbulência da atmosfera britânica, senti que ele não era um homem digno de confiança. O problema não era só sua predileção preocupante pelo sigilo, para não dizer desonestidade; seria só minha imaginação ou ele tinha mesmo observado meu bracelete com mais curiosidade do que o normal?

Em formato de cobra, mas tendo em uma das extremidades uma cabeça que parecia um cachorro de orelhas pontudas, o bracelete de bronze dava duas voltas em meu pulso. Eu não podia culpar meu companheiro de viagem por ficar intrigado. Mas as circunstâncias que haviam me levado a herdar aquela peça me deixavam pouco à vontade com a sua curiosidade, por mais inocente que pudesse ter sido.

Vovó usava aquele bracelete com a mesma constância com que se usaria uma aliança de casamento e, até onde meus pais sabiam, levara a joia consigo para o túmulo. Eu nunca tinha me atrevido a lhes contar que certo dia, cerca de um ano depois de começar a pós-graduação em Oxford, encontrara um pequeno envelope acolchoado enfiado sem a menor cerimônia na minha caixa de correio na portaria da faculdade. Não havia recado, apenas aquele bracelete de chacal que minha avó um dia me dissera que "só uma amazona de verdade pode usar".

Receber esse tesouro especial de forma tão inesperada de um remetente anônimo em Berlim havia me provocado um misto desagradável de medo e espanto. Será que aquilo significava que vovó tinha morrido? Ou será que era um chamado seu? Nesse caso, com certeza alguma explicação viria a seguir.

Só que não houve explicação nenhuma e acabei guardando o envelope na minha gaveta de lingerie sem comentar nada com ninguém. Uma ou duas vezes cheguei a pensar em mostrar a peça a Rebecca, na esperança de que ela conseguisse submetê-la a algum tipo de análise científica... mas isso teria significado ressuscitar um tema espinhoso. Por mais segredos de infância que nós duas compartilhássemos, a verdade sobre o desaparecimento de vovó era algo que eu jamais poderia dividir com ninguém, nem mesmo com ela.

JÁ ESTAVA ESCURO QUANDO POUSAMOS em Djerba. Assim que saímos do avião e começamos a descer a escada estreita, fomos envolvidos por uma brisa morna, perfumada e quase inebriante. Fazia muitos anos que eu não sentia a empolgação provocada pelos climas mais ao sul e, até aquele momento, nunca me ocorrera quanto isso me fazia falta.

Rebecca sempre culpava Oxford por ter me transformado em uma pessoa caseira, que só vivia carregando seu chá para lá e para cá, e eu nunca a contradizia. A verdade era que eu teria adorado viajar regularmente como todas as outras pessoas e ler pergaminhos antigos na Jordânia ou examinar documentos controversos em alguma biblioteca grandiosa de Roma... mas não tinha dinheiro para isso. Acho que eu não tinha jeito para escrever pedidos de financiamento convincentes. Assim, eu havia ficado onde estava, limitando-me a assuntos ao alcance da minha bicicleta e vivendo por procuração graças aos postais pregados na geladeira coletiva.

– Tudo bem? – perguntou o Sr. Ludwig enquanto atravessávamos o aeroporto adormecido. – Não se preocupe: logo, logo vai se livrar de mim.

Após uma curta viagem de táxi, paramos em frente a um prédio branco que parecia bem menos majestoso do que a maioria dos numerosos resorts turísticos pelos quais havíamos passado no caminho. Apesar da aparência externa, entretanto, a modesta porta da frente do hotel Dar el Bhar se abria para um reino sedutor de elegância e tranquilidade e, embora as paredes caiadas e pórticos nada tivessem em comum com as gárgulas góticas de Oxford, eu me senti em casa na hora.

Depois da área da recepção ficava um pátio interno com árvores altas plantadas em grandes canteiros e lanternas bruxuleantes pousadas direto no piso de lajotas. Ali, mais do que eu já sentira, o ar estava tomado por especiarias e, de algum lugar na escuridão daquele jardim mágico, vinha o som de uma fonte.

Não sei ao certo quanto tempo passei ali, com os olhos fixos em uma planta repleta de frutos amarelos dentro de um vaso, perguntando-me se estava diante do meu primeiro limoeiro, mas o Sr. Ludwig acabou aparecendo, me entregou a chave de um quarto e disse:

– A senhora está registrada como Dra. Mayo. É só por precaução. Se eu não a vir amanhã... – Ele estendeu a mão. – Boa sorte. Meu colega vai assumir a partir daqui.

Olhei em volta pensando que ele fosse me apresentar ao colega, mas não vi ninguém.

O Sr. Ludwig sorriu.

– Nós nunca nos encontramos pessoalmente.

– Deixe-me adivinhar: protocolo da Skolsky?

O sorriso dele foi irônico.

– É mais uma questão de horário. Ahmed vive em um fuso só seu.

Meu quarto ficava no andar de cima, recuado em relação ao pórtico que dava a volta em todo o pátio interno e proporcionava uma vista fantástica daquela selva particular na altura das copas das árvores. Era uma suíte linda, com almofadas vermelhas de franjas e uma tigela de tâmaras como presente de boas-vindas, mas a essa altura eu já estava tão cansada que meus olhos quase fechavam sozinhos. Era só meia-noite, mas a animação me impedira de dormir muito na noite da véspera e, na anterior, eu ficara acordada até altas horas para terminar minha apresentação.

Mesmo assim, desde que saíra da casa dos meus pais naquela tarde, eu vinha esperando a hora de poder me dedicar ao caderno de vovó. Assim, depois de um jantar leve de pão com *hummus* que pedi no serviço de quarto, joguei uma água no rosto e me sentei para examinar de novo a foto dada pelo Sr. Ludwig, dessa vez à procura de conjuntos específicos de símbolos que pudessem representar palavras isoladas para eu procurar na densa lista de vovó.

Só que o desafio foi maior do que eu calculava e minha animação inicial de concluir que os dois sistemas de escrita eram de fato idênticos foi logo esmagada pela enormidade da tarefa.

Mesmo com a ajuda da lupa, não consegui identificar nenhum ponto ou traço que pudesse funcionar como divisor das palavras. Tudo o que vi foi uma longa sequência de letras ou sílabas em uma língua que eu não conhecia. Além disso, o "dicionário" de vovó não estava na ordem alfabética do meu idioma – nem, aparentemente, na do outro. Ou seja, a coisa toda era frustrante de tão aleatória e me fez lembrar que eu poderia estar tentando impor razão aos rabiscos obsessivos de uma mente desequilibrada.

Após duas horas concentrada no trabalho, fiquei exausta. Tomando por base o caderno de vovó, a primeira palavra da inscrição na foto poderia ser "lua", "água" ou "mulher". Resolvi me contentar com isso e me levantei para escovar os dentes.

Afora a inscrição misteriosa, o maior enigma de todos era como minha avó tivera conhecimento daquele idioma antigo. Talvez suas alucinações fossem apenas os efeitos colaterais indesejados de um dia ter estudado arqueologia ou, quem sabe, como eu, filologia. Não era impossível que aquele sistema de escrita já tivesse sido descoberto ou mesmo decifrado pela equipe de alguma universidade desconhecida que jamais chegara a publicar um artigo a respeito. Ou então publicara, mas ninguém se dera o trabalho de ler.

Inteiramente exaurida, mas sem conseguir relaxar, fiquei deitada no escuro aproveitando a brisa suave da janela aberta. Uma incrível variedade de sons de insetos e pássaros – a agitação, o farfalhar de asas e todo tipo de pios e grasnados – já prenunciava o nascer do sol e, além dessa cacofonia da vida selvagem, em algum lugar lá fora se ouvia o barulho pulsante do mar.

Em uma tarde de verão, quando eu tinha 9 anos, minha família deu uma festa no jardim de casa e convidou todos os vizinhos. Algumas noites antes do grande dia, fiquei sentada na escada ouvindo meus pais debaterem se deveriam ou não deixar vovó comparecer.

– Você sabe que vai ser um desastre – minha mãe não parava de repetir. – Ela com certeza vai ofender alguém ou dizer algo inadequado. Além do mais... imagine a cara das pessoas quando perceberem que tem uma louca morando no nosso sótão!

Dessa vez, no entanto, o lado prático de meu pai tinha se mantido firme. Depois de muito escutar, ele dissera:

– Com certeza apresentá-la aos vizinhos de forma civilizada é a melhor maneira de garantir que ela *não* vire algum tipo de monstro invisível que habita a imaginação deles. Assim que a virem com Diana, nossos vizinhos vão perceber que ela é totalmente inofensiva.

Assim, acabei sendo incumbida de acompanhar minha recém-adquirida avó pela festa, apresentando-a aos convidados e ajudando-a com a comida. De modo geral, a estratégia foi um sucesso. Todos a trataram como tratariam uma pessoa normal, dizendo amenidades sobre o jardim, e vovó sorria e aquiescia como se aquilo lhe fizesse alguma diferença.

Em determinado momento, contudo, nos vimos no meio de um animado grupo de senhoras que havia conseguido encurralar o novo administrador da igreja, um homem solteiro, contra uma árvore.

– E a senhora? – perguntara o pobre homem à minha avó, ansioso para fazer amizade e puxar conversa. – Também foi criada por aqui?

– Não – respondera ela, calma, dando mais um gole no vinho que eu deveria ter trocado por limonada. – Eu venho das montanhas Hodna. Meu nome é Kara. Sou a vice-líder.

O administrador enfiara um dedo no colarinho, decerto para entrar um pouco de ar fresco.

– Vice-líder de quê, exatamente? Se a senhora me permite perguntar...

Vovó lhe franzira o cenho, indignada.

– Das amazonas, claro. Quem lhe ensinou sobre o mundo? O senhor não sabe nada. Por que está falando comigo? Homens como o senhor... – Ela estalara os dedos num gesto de quem o descartava, depois se afastara marchando.

Mais tarde, de volta à segurança do sótão, perguntei-lhe se era mesmo verdade que ela já tinha sido uma amazona chamada Kara. Agradava-me bastante a ideia de vovó como uma jovem guerreira, armada e a cavalo, perseguindo administradores de igreja e senhoras fofoqueiras com flechas e gritos de guerra.

Segundo a mãe de Rebecca, que se considerava especialista em qualquer questão paranormal por ser casada com um pároco, as exuberantes amazonas não passavam de invenção da ignorância pagã. Em uma aula de catecismo particularmente marcante, ela dissera:

– A simples possibilidade de um grupo de mulheres viver sem homens é ao mesmo tempo nefasta e absurda. Eu com certeza nunca ouvi falar em um comportamento tão anormal...

– E as freiras? – rebatera eu, tentando sinceramente entender, mas a Sra. Wharton fingira não me escutar.

– Então é verdade? – perguntara outra vez a vovó, quicando na cadeira de tanta animação. – A senhora foi mesmo uma amazona?

Só que nessa hora, para minha consternação, ela descartara aquela conversa toda com um grunhido e começara a andar para lá e para cá pelo quarto, ajeitando e reajeitando cada móvel e badulaque com meticulosidade obsessiva.

– Não preste atenção no que eu digo. Sou uma velha maluca. Esqueci a regra número dois. Nunca esqueça a regra número dois.

Murchei de decepção.

– Qual é a regra número dois?

Vovó parara com as mãos no encosto de uma cadeira e olhara bem nos meus olhos.

– Sempre se certifique de que *eles* subestimem *você* – falara, bem devagar para ter certeza de que eu prestasse atenção. – É esse o segredo.

– Mas por quê? – insistira eu. – E eles quem?

A pergunta a fez hesitar. Ela contornou a cadeira na ponta dos pés e se ajoelhou na minha frente.

– Os homens de roupa verde – sussurrara, com os olhos subitamente arregalados de medo. – Eles espiam dentro da sua cabeça e cortam fora as coisas em que você não deve pensar. Então você precisa aprender a não pensar nada. A nunca deixá-los saber quem você é. Consegue fazer isso?

Fiquei tão assustada com a veemência dela que quase comecei a chorar.

– Mas eu não sou amazona...

– Shh! – Vovó apertara meus ombros com tanta força que doeu. – Nunca diga essa palavra em voz alta. Não deve nem pensar nela. Entendeu?

Só então, quando viu que tudo o que consegui fazer foi menear a cabeça com cara de choro, ela aninhou minha cabeça nos braços e abrandou a voz.

– Você é corajosa. Tenho grandes esperanças em você. Não me decepcione.

CAPÍTULO OITO

Lago Tritônis

Mirina e Lilli passaram a tarde inteira a bordo do barco de pesca, percorrendo o litoral pantanoso e verificando as armadilhas, quase todas vazias. Quando veio a calmaria da tarde, Mirina começou a temer que elas fossem passar a noite na água, rodeadas pelas monstruosas serpentes, mas então os homens finalmente entraram em uma enseada margeada por cabanas de praia.

Depois de sua longa e solitária andança, ver homens e mulheres atarefados encheu Mirina ao mesmo tempo de alegria e apreensão. Sua mãe sempre dizia que as pessoas que moravam perto do mar eram as mais simpáticas de todas, mas, pensando bem, ela também havia falado em água azul cristalina e praias de areia, e nada disso se revelara verdadeiro. Na realidade, a cor do mar era um verde lamacento e a água da enseada era uma sopa inerte de algas apodrecidas e penas.

Depois de puxarem o barco até a praia e de entregarem a magra pesca a uma mulher com um cesto grande, um dos pescadores gesticulou para que Mirina e Lilli o seguissem, sempre sorrindo e meneando a cabeça como se quisesse lhes assegurar de suas boas intenções. Ele as conduziu até diante de um homem idoso vestido com uma longa capa vermelha e sentado com as costas bem retas, muito digno, sobre uma esteira de palha em frente a uma cabana, comendo castanhas que tirava de uma tigela vitrificada. Adivinhando que aquele era um dos anciãos da aldeia, Mirina se ajoelhou com Lilli em meio às cascas de castanha espalhadas a seus pés.

– Saudações – disse ela em sua própria língua.

O idoso não respondeu, então ela repetiu o cumprimento nos outros três idiomas que conhecia: a língua antiga, a língua do povo da montanha e a língua nômade. Nenhuma de suas tentativas anteriores havia funcionado com os pescadores no barco, mas quando ela começou a falar na língua dos nômades do deserto, o homem uniu as mãos calosas, animado.

– Você sabe falar as palavras do povo dos camelos!

– Só algumas – retrucou Mirina. – Como o senhor conhece o povo dos camelos?

– Eles vinham aqui fazer comércio. – O homem acenou com um dos braços descarnados para o ar à sua volta, como quem indica que as coisas mudaram, e não para melhor. – Quando o rio corria forte, o comércio aqui era bom. Já não é mais.

Embora Lilli nunca houvesse aprendido a língua nômade, pareceu entender por instinto o que o homem estava dizendo, e as duas ficaram sentadas em silêncio por alguns instantes, compartilhando a sua tristeza. Ele então lhes ofereceu um pouco d'água em uma cabaça para beber e disse, em tom objetivo:

– Agora é a sua vez de falar. Como posso ajudá-las, jovens?

– Estamos indo ver a Deusa da Lua – começou Mirina. – Na cidade grande. Minha irmã ficou cega depois de uma febre, mas temos esperança de que possa ser curada.

– Sinto muito pela sua irmã. – O homem balançou a cabeça, desanimado. – Muitas, muitas pessoas viajam ao encontro da Deusa da Lua. Ela é muito ocupada.

– Mesmo assim, gostaríamos de vê-la – falou Mirina.

O homem deixou transparecer uma leve irritação, então deu de ombros e jogou as mãos para o céu como quem diz: eu fiz o que pude.

– Não fica muito longe. Eu mostro o caminho, mas primeiro vocês precisam comer e dormir.

Na última hora antes de o sol nascer, quando pairava no limiar da consciência, Mirina sentiu os corpos adormecidos à sua volta, ouviu os suaves sussurros das mães e por um instante pensou que tivesse voltado para casa.

No canto, imaginou, estava deitada sua irmã mais velha, Lana, com o bebê recém-nascido aninhado debaixo do braço. E ali bem perto, junto ao seu peito, estava Lilli, quentinha, aconchegada e encantadora...

O cheiro ruim a fez cair em si. Após semanas sem tomar banho, com crostas de sujeira e sangue nos cachos emaranhados, os cabelos de Lilli eram um lembrete cruel de tudo o que as duas tinham perdido.

Mirina virou a cabeça para o outro lado e trincou os dentes, expulsando tudo de sua mente: os sons, os cheiros, as silhuetas amadas e conhecidas. "Pare de pensar", ordenou a si mesma repetidas vezes, até não restar mais nada a não ser essas três palavras e seu eco insistente.

Quando o sol nasceu e foi chegando a hora de partir, Mirina tirou seu colar e o entregou aos pescadores como retribuição por sua hospitalidade. Todos balançaram a cabeça, recusando o presente, mas Mirina se mostrou irredutível; embora ela e a irmã fossem pobres, ainda tinham dignidade.

O colar era uma fieira com mais ou menos uma dúzia de delicados botões – não de plantas, mas das planícies salgadas, que de vez em quando produziam flores de pedra de extraordinária beleza. Fora um presente do pai de Mirina para sua mãe quando ela nascera, a pequena prova de amor de um nômade que se dizia marido, mas cujas visitas nunca duravam tempo suficiente para tanto. "Pode ficar com isto aqui", dissera a mãe de Mirina certo dia, quando estava examinando seus adornos. "Tome." Com o cenho franzido e uma expressão determinada, ela havia fechado os dedos da filha ao redor do colar. "Talvez ele se lembre de que tem uma filha se você usar isto. Onde quer que ele esteja."

Desde esse dia, Mirina não se atrevera a tirar o colar, por medo de que isso a separasse do pai para sempre. Agora que sua casa tinha virado cinzas, porém, sabia que ele nunca mais conseguiria encontrá-la, com ou sem colar.

Assim, ela e Lilli saíram da aldeia de pescadores descansadas e de barriga cheia, porém mais pobres do que antes. Não restava uma só seta boa na aljava de Mirina, e agora que elas não tinham mais sequer o colar, era pouco provável conseguirem arrumar outra refeição até chegarem ao seu destino.

– Poderíamos vender a pulseira da mamãe – murmurou Lilli enquanto as duas caminhavam pela estrada rumo à cidade.

– Não! – Mirina tirou a bolsa das mãos da irmã. – Ela não iria querer isso. E agora estamos tão perto...

Ao ver a cidade assomar à sua frente no horizonte, porém, com suas construções infindáveis e gigantescas a cintilar com força sob o sol da manhã, até mesmo Mirina começou a se perguntar se elas estavam de fato tão perto assim. Para alguém que nunca vira uma cidade maior do que sua aldeia natal, com suas três dúzias de casas e um espaço coletivo central, uma aglomeração imensa como aquela fugia a qualquer padrão.

A estrada logo ganhou mais movimento, com pessoas e carroças passando impacientes por elas, sem nunca parar para cumprimentá-las ou perguntar de onde vinham. Mirina achou tudo aquilo muito desanimador, porém não disse à irmã. Em um lugar tão grande e agitado, onde os seres humanos pareciam tão atenciosos e acolhedores quanto besouros, começou a temer que, apesar de todas as garantias da mãe, ela e Lilli acabassem descobrindo não ter quase nenhuma importância para a Deusa da Lua ou para qualquer outra pessoa.

– Me diga o que está vendo! – implorou Lilli. – Já dá para ver o templo?

Mas Mirina não via nada que se parecesse com o magnífico edifício descrito pela mãe. Segundo ela dissera, o Templo da Deusa da Lua tinha altura e largura monumentais e era feito de uma pedra brilhante que parecia vir de outro mundo. Do esplendor dessa morada celeste, a Deusa controlava as marés, curava os males femininos e, de forma valente, enfrentava o reino do Sol e o desafiava, acendendo o céu noturno quando ele virava as costas. Durante toda a sua longa jornada, Mirina tivera certeza de que, se ela e Lilli algum dia conseguissem chegar à cidade na beira do mar, o templo dessa poderosa divindade faria todas as estruturas em volta parecerem anãs. Como se enganara... Ao percorrer as ruas coalhadas de gente com Lilli em seu encalço, viu muitos edifícios maravilhosos, alguns de altura inacreditável, mas nenhum que parecesse feito de qualquer outra coisa que não tijolos de barro secos ao sol.

O desafio imediato, entretanto, era se locomover em meio aos movimentos imprevisíveis da multidão. Mais de uma vez Mirina levou a mão à faca em seu cinto por causa disso. Por sorte, a maioria dos habitantes da cidade estava totalmente entretida com os próprios afazeres: alguns carregavam ferramentas e escadas como se fossem construir ou consertar uma casa, enquanto outros, com certeza a caminho do mercado, iam pelas ruas conduzindo animais que mugiam, baliam ou cacarejavam.

Havia, porém, pessoas com a clara intenção de negociar com quem passasse por ali. Algumas que vendiam adornos ou peças de roupas chegaram a ter a desfaçatez de enrolar suas mercadorias no pescoço de Lilli, o que fez Mirina empurrá-las para longe. Outras ofereciam seus serviços em sussurros roucos antes de sumir nos becos escuros. Não levou muito tempo para a curiosidade de recém-chegada de Mirina se transformar em desdém e desconfiança. Ela logo aprendeu a evitar contato visual com qualquer um que parecesse ocioso e a se esquivar sempre que alguém se aproximasse com um sorriso largo demais.

Não houve necessidade de explicar o que estava fazendo; Lilli entendeu por instinto. Deixou a irmã conduzi-la em meio ao tumulto. Quando a rua enfim se alargou e elas puderam parar para recuperar o fôlego, a menina tremia da cabeça aos pés.

– Ai, Mirina! – exclamou. – E pensar que este lugar existia o tempo todo... com todas estas pessoas. Como é incrível!

– Não sei o que tem de tão incrível... – começou Mirina, mas então se arrependeu das próprias palavras.

Havia esperado muito que a irmã recuperasse a habitual alegria de viver; não iria sufocá-la agora.

– Que cheiro horrível é esse? – Lilli tapou o nariz de nojo. – Que horror!

Elas estavam à beira de uma grande área aberta lotada de pessoas e animais. A julgar pela presença de velhas conchas quebradas na areia batida, não fazia muito tempo que aquele terreno inclinado tinha sido um litoral, ou talvez até um local em que os mercadores atracavam suas embarcações. Para onde quer que Mirina se virasse, pilhas de melões e montes de especiarias coloridas estavam dispostas sobre esteiras e gritos de agonia deixaram claro que animais eram abatidos bem ali, no meio de tudo.

– É um mercado – falou para Lilli. – Maior do que você pode imaginar. Mas tem também... – Ela se esticou para ver além da confusão. –... uma casa. Imensa. Com largos degraus na frente e colunas muito altas feitas de pedra.

Enquanto elas serpenteavam pelo caos a caminho da bela construção, Mirina sentiu um calafrio ao perceber que, acima das altas colunas, havia uma sequência larga e colorida representando todas as fases lunares, com a lua cheia bem no meio, acima da porta colossal.

– Não tenho certeza – disse, parando. – Mas acho que talvez seja aqui.

– Até que enfim! – Lilli jogou o corpo para a frente e para trás, ansiosa para prosseguir. – Por que paramos?

– Nossa tarefa não é fácil.

Mirina olhou por cima da horda de pessoas aglomeradas diante do templo; era óbvio que estavam ali em busca de ajuda. Nunca tinha visto tanta gente reunida em um só lugar.

– Vamos.

Puxando a irmã pela mão, avançou hesitante, tomando cuidado para não incomodar os doentes deitados em esteiras ou as mães esquálidas que tentavam consolar os filhos aos prantos. Mas não tinha ido muito longe quando uma velha se levantou para impedir sua passagem, fazendo algum comentário maldoso em uma língua que ela não entendeu.

– Acho que temos de esperar a nossa vez. – Mirina correu os olhos pelas poças fétidas. O mau cheiro era quase insuportável. – Essas pessoas estão aqui há muitos dias. Mas não se preocupe. – Ela segurou Lilli com firmeza pelos ombros, decidindo que as duas não passariam sequer uma noite naquele lugar, cercadas por lamentos estridentes e feridas purulentas. – Vamos dar um jeito.

Puxando a irmã consigo, afastou-se depressa da multidão para ver o que havia do outro lado do templo. Ficou intrigada ao descobrir um muro alto que começava nos fundos da gigantesca construção de pedra e delimitava o que devia ser um conjunto de casas pertencentes ao complexo sagrado. E mais encorajador ainda: lá atrás, rodeadas por arbustos cheios de espinhos, duas altas palmeiras tinham crescido sem entraves, uma delas levemente inclinada em direção ao muro do templo. Era uma tentação irresistível para qualquer um com coração de caçador.

– E você pensando que os deuses estivessem contra nós – comentou Mirina, apoiando as costas na palmeira para testar sua força. – Ouça o que eu digo, eles estão do nosso lado. Se eu não estiver enganada, a Deusa da Lua acaba de nos abrir sua porta dos fundos. Agora fique aqui enquanto eu procuro alguém que nos ajude.

Ela entregou sua lança e seu arco para Lilli e passou a bolsa pelos ombros.

O SOL DO MEIO-DIA ERA como ouro a se derramar no pátio do templo. Seu reflexo na piscina revestida com ladrilhos rebuscados projetava nas paredes em volta uma miríade de estrelas cintilantes, e as poucas mulheres que descansavam nesse refúgio particular estavam quase todas adormecidas em esteiras à sombra das árvores plantadas em vasos, com as mangas dos compridos vestidos brancos a cobrir com elegância os olhos. Por causa disso, foi preciso algum tempo para alguém reparar na silhueta de pé sobre o alto muro do jardim, com as mãos erguidas em uma saudação.

– Venho trazendo amizade! – Mirina disse as palavras que havia escolhido para aquela ocasião.

Embora não esperasse que ninguém a compreendesse, estava confiante de que o seu sorriso por si só bastaria para convencer aquelas mulheres de suas intenções pacíficas. Aparentemente, porém, tudo o que as mulheres viram foi uma ladra imunda prestes a pular do muro do jardim para junto delas, pois um ou dois segundos depois aquele lugar tranquilo explodiu em gritos de pânico.

– Não! Por favor...

Mirina chegou para o lado quando uma das mulheres lhe atirou uma pedra. Mas aquele braço delicado coberto pela fina manga branca obviamente não tinha prática naquilo, pois a pedra caiu dentro da piscina com um *plof* inofensivo.

Mesmo assim, Mirina decidiu sair daquela posição de risco. Correu alguns metros, pulou para outro muro mais baixo e, de lá, para cima de uma pilha de esteiras de palha no chão. Assim que recuperou o equilíbrio, tornou a erguer as mãos, sorriu para as mulheres e disse:

– Vim em missão de paz. Não estou armada. Esta coisinha aqui é só para caçar – falou, apontando para a faca no cinto. – Entenderam?

Por algum motivo, as mulheres recomeçaram a gritar, e Mirina olhou em volta, nervosa, perguntando-se para que lado fugir. Tinha vários vãos escuros de porta entre os quais escolher... Mas não chegou a ter essa oportunidade.

Ouviu passos pesados e pessoas arfando em algum lugar atrás de si e, ao se virar, viu três homens imensos se aproximarem. Tentou se esquivar, mas dois deles já tinham lançado cordas à sua volta como se ela fosse um animal selvagem. Debateu-se, tentando se soltar, mas o terceiro enfiou um saco em sua cabeça.

Enquanto a levavam embora, ela tentou protestar em todos os idiomas que conhecia, explicando que estava ali por causa da irmã, da pobre irmã que aguardava lá fora ao sol. Mas o saco empoeirado encheu sua garganta de areia e as suas súplicas foram logo interrompidas por violentos acessos de tosse.

Em seu desespero, Mirina não tinha como prever aonde os homens a estavam levando. Amarrada e cega, tudo o que conseguiu deduzir, pelo som ao redor, foi que a carregaram por longos corredores cheios de murmúrios, depois desceram um lance de escada e mais outro... antes de finalmente a largarem em um chão duro e frio e puxarem o saco de sua cabeça.

Piscando, Mirina tentou compreender onde se encontrava, mas antes que sua visão se acostumasse à luz fraca e trêmula de uma única tocha, ela ouviu um pesado ruído de metal deslizando sobre pedra. Os homens haviam destampado um buraco negro no chão bem aos seus pés.

Ela tentou se afastar, mas não pôde. Antes disso, sem dizer nada, eles a empurraram.

Mirina despencou com um grito na escuridão.

CAPÍTULO NOVE

Esse canto do mundo agrada meus olhos mais
do que qualquer outro.

Horácio, *Odes*

Djerba, Tunísia

Fui arrancada do sono pelo toque altíssimo de um telefone antiquado. O aparelho estava em cima da mesa de cabeceira, a meio mundo de distância.

– Alô? – balbuciei, ainda sem saber ao certo onde estava.

– Desculpe ligar tão cedo – disse a voz bem desperta do recepcionista do hotel. – Mas o Sr. Ahmed já chegou.

– Quem?

Só então consegui emergir, ainda que à força, do poço da sonolência. De acordo com meu relógio de pulso, eu havia dormido pouco mais de duas horas, e a luz tênue sobre o chão de lajotas avermelhadas confirmava que, além do limite das venezianas, a escuridão tinha cedido lugar à aurora.

– O Sr. Ahmed está esperando – insistiu a voz. – Ele disse para a senhora vir agora.

O hotel ainda parecia dormir quando cheguei ao pórtico, atordoada por meu muito necessitado descanso ter sido interrompido tão cedo. Apesar da ordem para me apressar, parei um instante para me apoiar no corrimão e inspirar a calma do pátio lá embaixo. Um gato solitário passeava por entre os vasos de plantas, confiante e em silêncio. O único som a perturbar a paz matinal era o débil sussurro de uma vassoura raspando em um piso de pedra.

Somente então reparei na figura à espreita na colunata próxima à área da recepção do outro lado do pátio, bem de frente para o meu quarto. Usando uma roupa branca comprida e um turbante preso por um cordão, o homem parecia muito árabe, e senti certo temor ao perceber que aquele devia ser Ahmed.

Assim que desci a escada, ele veio impaciente na minha direção, como se eu o houvesse deixado esperando ali por horas. Sem saber como agir, parei no meio do pátio lutando contra uma onda de enjoo. Se aquele fosse mesmo Ahmed, pensei, era difícil vinculá-lo ao elegante Sr. Ludwig e à óbvia prosperidade da Fundação Skolsky. Vista de perto, a brancura da túnica de Ahmed estava comprometida por uma profusão de manchas e rasgos e, em relação ao sujeito em si, seus traços já pouco marcantes eram encobertos por uma barba preta malcuidada e um par de óculos de plástico baratos.

– Dra. Mayo? – Ele me estendeu a mão encardida.

– Quem? Ah... – Fiquei tão confusa que hesitei mais tempo do que deveria.

Foram só um ou dois segundos, tenho certeza, mas tempo suficiente para Ahmed retirar a mão com um grunhido de consternação.

– Por aqui – disse ele, virando-se para ir embora.

Abalada demais para perguntar o que quer que fosse, segui-o feito um robô pela área da recepção e, quando saímos pela porta da frente, o sol da manhã me fez piscar.

Do lado de fora do hotel, bem onde o táxi havia deixado o Sr. Ludwig e a mim na véspera, estava agora estacionada uma monstruosidade que só poderia ser o jipe de Ahmed, se é que "jipe" era mesmo a palavra certa para descrever aquele veículo.

– Por favor! – Provavelmente mais por impaciência do que por cavalheirismo, ele segurou a porta do carona para mim. – A senhora viaja sem muita bagagem. Isso é bom.

Encarei-o, protegendo os olhos com a mão.

– Está dizendo que... nós não vamos voltar para o hotel?

Ainda que eu não conseguisse ver seus olhos através do plástico preto sujo, senti que ele me encarava.

– John não avisou?

– John?

Subi mais um pouco o zíper do meu suéter.

– Sim. – Ahmed hesitou, como se ele também estivesse subitamente questionando a nossa associação. – John Ludwig. O homem que a trouxe até aqui.

– Ah, claro!

Consegui recuperar um sorriso. O Sr. Ludwig. O homem que havia me prometido o estrelato acadêmico e 5 mil dólares.

– Em um dia bom, são doze horas de carro, e já estamos atrasados – falou Ahmed e usou a manga para dar uma limpada no banco do carona. – Então vamos!

Devo dizer que o comportamento de meu novo acompanhante já tinha evoluído de forma considerável quando eu finalmente saí do hotel trazendo minha bagagem.

– Desculpe, mas não me avisaram que a senhora chegaria tão tarde – disse ele, guardando um celular nas dobras da túnica encardida. – Me dê isso aqui... – Ele pegou minha mala e, com uma agilidade espantosa, jogou-a na traseira do jipe, por cima do santantônio. – Pronta para partir?

Enquanto nos afastávamos do hotel, pensei na loucura de tudo aquilo. Se algum dia tivessem me apresentado um questionário perguntando sobre a probabilidade de entrar em um carro com um desconhecido de etnia obscura trajando andrajos e deixá-lo me levar até um lugar secreto em um país estrangeiro, eu com certeza teria feito um x no quadradinho de "muito improvável".

No entanto, ali estava eu.

Apesar de ser outubro, o vento que soprava em meu rosto e fustigava meus cabelos estava quente e seco, tão diferente da umidade e do frio de Oxford que me senti tão deslocada quanto se houvesse aterrissado na Tunísia em uma máquina do tempo. Minha mala feita às pressas continha basicamente roupas para serem usadas em Amsterdã, com algumas peças mais leves acrescentadas por puro otimismo. Só que naquela manhã, com a afobação, eu não tivera a presença de espírito de vestir nada além da mesma calça jeans e suéter da véspera.

– Café? – Ahmed levou a mão até atrás de seu banco e pegou duas barras de cereais e uma garrafa térmica surrada.

– Não sou muito fã de café – respondi.

– Tome. – Ele me lançou em vez disso uma garrafa de água mineral. – Lacrada da fábrica.

Enquanto eu comia a barra de cereal, atravessamos a ponte que ligava a ilha de Djerba à parte continental da Tunísia. Conforme nos embrenhávamos no interior do país e nos afastávamos da costa, a paisagem sofreu uma mudança radical. Sem o efeito amenizador do oceano e os valorosos esforços dos jardineiros do hotel, a vegetação aos poucos foi se afogando em ondas de areia vindas do sul. Lavouras, bosques, pomares... embora demasiado sutil para ser discernida a olho nu, a maré arenosa do deserto era impossível de deter, e as banquinhas de produtos à venda no acostamento eram dominadas por pedaços de arenito curiosamente fascinantes, em diferentes formatos e tamanhos.

– São rosas de areia – explicou Ahmed, ao ver que eu me virava no banco para olhar. – Minerais. Elas se formam naturalmente aqui. Os turistas gostam.

Fiquei quieta, absorvendo a vastidão do deserto à nossa volta e lembrando a mim mesma que aquilo que eu podia ver era apenas uma gotinha infinitesimal no oceano de areia do Saara. Milhares de anos antes, aquelas regiões tinham sido férteis e abrigaram prósperas comunidades urbanas, mas a natureza havia lhes lançado um feitiço e posto tudo para dormir sob um cobertor de esquecimento formado por finos grãos que nenhum estudo, por mais detalhado que fosse, poderia ter a esperança de remover.

– O senhor se importa se eu der um telefonema rápido? – perguntei, depois de algum tempo.

– Contanto que não diga a ninguém onde está – respondeu Ahmed. – E não pode usar o seu celular. Sob hipótese nenhuma. Tome. – Ele equilibrou a xícara de café sobre o painel e enfiou a mão dentro de um dos bolsos. – Use este aqui. É um telefone por satélite, então vai ter algum delay.

Apesar da camada de suor e sujeira que o cobria, o telefone de Ahmed me proporcionou uma excelente conexão com a Inglaterra e com a única pessoa para quem eu sabia que precisava ligar: James Moselane. Ele não só era insuperável na arte de fazer as coisas acontecerem na faculdade sem alertar as pessoas erradas, como as palavras que dissera na soleira da minha porta duas noites antes me levaram a acreditar que se importava mais com a minha segurança do que eu pensava até então.

Eu sabia, é claro, que James não ficaria nada contente com o fato de eu ter viajado sem dizer nada, e senti um franco alívio quando a ligação caiu direto na caixa postal. Usando as palavras mais leves possíveis, deixei um recado curto pedindo-lhe por favor, se não fosse muito trabalho, que cancelasse as minhas aulas e orientações daquela semana. De preferência sem que o professor Vandenbosch soubesse.

Quando devolvi o telefone a Ahmed, notei algo parecido com um sorriso em algum ponto dentro do ninho de esquilo que era sua barba e decidi interpretar aquilo como uma abertura para conversarmos.

– Mas me diga, que tipo de homem é esse Sr. Skolsky? – perguntei.

– O Sr. Skolsky? – Ahmed tornou a atarraxar a tampa da garrafa térmica e a jogou por cima do ombro em direção à traseira do jipe, onde ela aterrissou em meio a uma pilha de cilindros de propano. – Não tenho a menor ideia. Eu não o conheço.

Olhei para a paisagem desolada lá fora e vi um menino tocando um rebanho de cabras por um deserto de sal.

– Mas o senhor trabalha para ele?

– Digamos apenas que ele me contrata para... serviços especiais.

Ahmed me intrigava. Com seu visual de beduíno e seus modos um tanto ocidentais, estava claro que ele era um tipo paradoxal. Tirando o sotaque, seu inglês tinha uma informalidade suspeita. Na verdade, eu estava começando a desconfiar que ele não passava de um norte-americano excêntrico com predileção por se fantasiar, mas então seu telefone tocou e ele atendeu falando um árabe acelerado.

– Problemas? – atrevi-me a perguntar depois que ele desligou.

– Quando se lida com o governo, como é possível não ter? – resmungou ele, tamborilando os dedos no volante. – Mas não, está tudo bem. Estamos só bolando uma estratégia em relação a onde cruzar a fronteira.

Sem motivo específico, minha pulsação começou a galopar.

– Que fronteira?

Ahmed balançou a cabeça.

– Dra. Mayo, nós estamos na Tunísia indo na direção oeste. Ninguém ensina geografia naquela sua universidade chique?

Ao completar 10 anos, Rebecca ganhou de presente um quebra-cabeça gigante mostrando o mapa-múndi. Foi dado por uma tia divorciada que sempre escolhia presentes um tanto perversos. Não teve permissão para montá-lo em casa; aquela insanidade de mil peças ocuparia muito espaço na modesta residência paroquial.

Como já tínhamos feito com tantos outros objetos subversivos nos meses anteriores, acabamos levando o jogo para os aposentos de vovó no sótão. Despejamos as peças no chão abaixo da janela e começamos por separar as margens. Quando a hora do jantar chegou, tudo o que tínhamos conseguido montar eram os quatro cantos e uns poucos pedaços entre eles.

No dia seguinte, quando voltamos da escola, o quebra-cabeça estava sobre a mesa de jogos no meio do sótão, todo montado.

– Caramba! – exclamara Rebecca, levando a mão à boca de forma graciosa e soando muito como a mãe. – Foi a senhora sozinha, Sra. Morgan?

Ambas encaramos minha avó: sentada em sua poltrona habitual, ela olhava pela janela com uma expressão vazia, com uma das pernas cruzadas a chutar de maneira distraída nada em especial. Um pouco chateada por ela ter privado Rebecca de montar o próprio presente de aniversário, falara:

– Como a senhora foi *capaz* de fazer isso?

Vovó dera de ombros.

– Foi fácil. Só que o mapa está errado...

– Não – dissera Rebecca, subindo em uma cadeira para admirar de cima o quebra-cabeça. – Está perfeito. Olhe só, Diana... ela fez até os oceanos!

Vovó se levantara e acenara com a tampa da caixa.

– Está escrito aqui que é um mapa do mundo todo. Só que não é. – Ela gesticulara em direção ao quebra-cabeça. – Esse mundo está errado.

– É? – Rebecca estava intrigada. – Como assim?

Mesmo antes de vovó começar a formular seu comentário, entendi que iríamos escutar algum absurdo complexo que me deixaria sem graça. Eu não ligava para isso quando estávamos sozinhas, mas me doía toda vez que via aquela expressão no rosto da minha amiga: a expressão de extrema boa educação que se tem ao ficar cara a cara com alguém insano.

– Em primeiro lugar... – começara vovó, debruçando-se sobre o quebra-cabeça com o cenho franzido. – O que significa esta bobagem aqui?

Ambas acompanhamos seu dedo.

– A senhora está falando... da América? – perguntou Rebecca, com os olhos arregalados de espanto.

– Estou falando de tudo. – Ela fizera um gesto largo para indicar o Novo Mundo de modo geral. – E isto... – Ela apontara para a Estátua da Liberdade. –... deveria estar aqui.

Rebecca e eu seguimos a trajetória de seu dedo e a vimos situar o famoso monumento na Argélia.

– Acho que não, Sra. Morgan – falara Rebecca com aquela sua voz segura que eu tanto invejava. – Isso é o deserto do Saara, entende? Não acontece muita coisa por lá. A menos que eu esteja muito enganada...

– E está! – Vovó se curvara para a frente de modo abrupto, como se desejasse parar alguma transformação em curso no quebra-cabeça. – Isso tudo é um disfarce. Três camelos e só? Que ridículo! Será que vocês não veem? – Ela batera com o nó de um dedo na fronteira entre a Tunísia e a Argélia. – Nós nascemos aqui. Foi aqui que tudo começou.

– Tudo o quê? – indagara Rebecca, alheia ao fato de eu estar puxando sua manga. – Está dizendo que a senhora nasceu na Argélia? A senhora não tem *cara* de argelina. Não que eu algum dia tenha *visto* um argelino...

Um espasmo de dor atravessou o semblante de vovó. Rebecca, é claro, não sabia que a questão das origens da minha avó era um tabu na família, porque meu avô, velho amargurado que era, levara tudo consigo para o túmulo. A própria vovó, por sua vez, era tão confusa e instável que ninguém, exceto eu, se atrevia a lhe fazer qualquer pergunta direta. Qualquer que fosse o tema, meus pais sempre descartavam suas palavras, considerando-as "só coisa do remédio" ou "o que se poderia esperar de alguém que passou por *aquilo*". Eles nunca se referiam de forma explícita à lobotomia na minha frente. Se eu não tivesse bisbilhotado com Rebecca e visto a palavra impressa nos documentos da escrivaninha do meu pai naquele dia, anos depois, talvez jamais tivesse sabido.

É triste, mas enquanto vovó ainda estava conosco eu nunca entendi por completo o motivo de sua amnésia parcial, de seus temores repentinos e da infantilidade ocasional que tanto me envergonhava. Para mim, aquilo era sobretudo questão de vontade: se ela quisesse mesmo, *é claro* que conseguiria se lembrar da própria infância. E eu quase chorava de frustração por haver tanta coisa que ela, no meu entender, se recusava a compartilhar comigo.

De onde vinha tudo aquilo, aquela boca larga e aqueles olhos do mar do Norte que mudavam de cor e que eu tão obviamente herdara dela? Meu desejo mais ardente era conseguir atrelar a narrativa de quem eu era a uma nação de pessoas iguaizinhas a nós – altas, sonhadoras, com os cabelos da cor do centeio maduro – em vez de sentir, como acontecia com frequência, que ela e eu éramos uma dupla de alienígenas desorientadas tentando se adaptar entre terráqueos de mente limitada.

– Eu acho que me lembro de estar aqui – falara vovó, examinando mais uma vez o quebra-cabeça de Rebecca. – Ela deixara uma das mãos pairar acima de Creta, depois acima da Grécia continental, remexendo os dedos como quem tenta sentir alguma corrente invisível. – Ou talvez tenha sido aqui. – Sua mão se movera para o oeste da Turquia e prosseguira rumo ao norte em direção à Bulgária e à Romênia. – Eu usava roupas de pele. Uma vez, éramos onze crianças dividindo um único ovo. Também me lembro...

– Ovo de quê? – Rebecca tivera de perguntar.

A pergunta tirou vovó de seu transe e ela olhou para nós duas com uma expressão desencantada.

– Não sei. De galinha, eu acho.

Quando tornei a abordar a questão naquela noite, enquanto a observava escovar os cabelos antes de ir dormir, vovó parecia ter esquecido por completo a conversa.

– Essa sua amiga é legal – foi só o que dissera, olhando-me pelo espelho. – Mas fala demais. Não é uma caçadora.

Nunca mais fiz progresso na investigação das raízes de vovó. Por mais mapas e atlas diferentes que levasse até o sótão debaixo do meu cardigã, tudo o que ela e eu conseguimos determinar foi que o norte da África era, de modo geral, um lugar absolutamente subestimado.

Um tapinha no braço me despertou do cochilo e vi o celular de Ahmed balançando à minha frente.

– Para a senhora. James Moselane.

Formigando de nervosismo, levei o aparelho ao ouvido.

– Mil desculpas por dar trabalho...

– Morg! – Pelo barulho, James parecia estar ao ar livre, andando debaixo de um temporal. – Devo entender então que você foi mesmo para Amsterdã?

A pergunta direta fez eu me retrair. Minha vontade era responder "não", mas eu sabia que isso provocaria outra pergunta que eu não tinha permissão para responder. Em vez disso, falei:

– Você acharia muito ruim se eu lhe pedisse outro favor?

Ouvi um breve farfalhar, o baque de uma porta metálica e então os ruídos inconfundíveis de aparelhos de ginástica deslizando e batendo.

– Seu desejo é uma ordem, minha senhora – retrucou James, com um tom que deixou claro que eu estava passando dos limites, mas que ele seria cavalheiro.

– Tem um aquário no meu apartamento – comecei. – Esqueci de dizer no recado. Ele quase não precisa de cuidados...

– Pode continuar.

Pigarreei, consciente de que estava abusando.

– Tem um potinho de comida para peixe na geladeira.

Expliquei rapidamente minha rotina de alimentação dos guppies do professor Larkin, torcendo para meu tom animado aliviar o peso do pedido. Quando James enfim se pronunciou, fiquei aliviada ao detectar um sorriso em sua voz.

– Confesso que estava esperando uma tarefa mais arturiana. Por que não pedir aos seus alunos para cuidarem dos peixes? Assim eles ficariam entretidos até você voltar.

Nossa conversa se encerrou com um comentário bem-humorado, mas mesmo assim fiquei me sentindo péssima. Havia algo em James, uma espécie de integridade do Velho Mundo, que sempre me impelia a ser totalmente sincera com ele. Mas mesmo assim ali estava eu, mentindo e tirando vantagem de sua gentileza.

Eu havia até lhe contado sobre a doença de vovó certa vez, durante um café, embora soubesse que isso poderia fazê-lo achar, como eu própria às vezes achava, que os meus genes estavam contaminados pela loucura. Com a sombra da traição de Federico ainda a me seguir, eu tinha buscado abrigo em uma atitude de desafio. Não ligava muito para manter as aparências, nem mesmo com James.

– Em uma escala de 1 a 10... – dissera eu, posicionando o creme e o açúcar em extremidades opostas de nossa pequena mesa no café. – Onde 10 é a loucura total, tipo assassino do machado usando camisa de força, e 1 somos você e eu, eu diria que minha avó era quatro. – Posicionara minha xícara de café de acordo com essa avaliação. – Quero dizer, no contexto geral, o único problema dela era uma convicção absurda de que era uma guerreira amazona chamada Kara. Ela não planejava bombardear o palácio de Buckingham nem nada...

– Bom, em primeiro lugar... – James se esticara para afastar ainda mais o potinho de creme, exalando um agradável cheiro de sândalo ao fazê-lo. – Eu protesto quanto a ser 1. Você me permite ser zero?

Nossos olhares se cruzaram e, em algum lugar daquele sorriso, por baixo do verniz platônico, pude ver que James sabia muito bem que para mim ele era qualquer coisa, menos um zero.

– Em segundo lugar – continuara ele, empurrando a própria xícara de café para a frente. – Infelizmente eu acho que sua vovó vai ter de ser rebaixada para 3, de modo a podermos encaixar meu tio Teddy, que era tão lelé que queria se casar com o próprio cavalo e escreveu 29 cartas ao bispo argumentando a lógica dessa união. – A xícara de café de James se aproximara da minha. – Isso *sim* é um 4, Morg. – Ele tornara a se recostar na cadeira, com as pernas cruzadas no tornozelo. – E por que não 5?, você deve estar se perguntando. Bom, veja bem, tio Teddy antes foi casado com uma moça chamada Charlotte...

Ao fim da narrativa de James, a família Moselane havia anexado todas as peças de louça disponíveis, e vovó fora relegada ao cinzeiro da mesa ao lado.

Nessa tarde, voltando para a faculdade, enfim reconheci que *estava* perdidamente apaixonada por James e que jamais poderia haver outro homem para mim, nem se eu vivesse cem anos sem receber sequer um beijo de boa-noite dele.

Chegamos à fronteira argelina ao meio-dia. A julgar pela camada virgem de areia que cobria a estrada, fazia muitas horas, quiçá dias, que ninguém passava ali. Foi então que entendi por que Ahmed precisava de mais do que um simples 4x4.

Quando nos aproximamos do pequeno posto de fronteira, levei a mão à bolsa para pegar meu passaporte. Enquanto estava curvada revirando minhas coisas na bolsa no chão, o carro de repente deu uma guinada para a esquerda e logo depois para a direita, fazendo minha cabeça bater no porta-luvas.

– Ai! O que...

O posto de fronteira estava agora atrás de nós.

– Está tudo bem? – indagou Ahmed, sem parecer muito preocupado.

– Não! – Girei o corpo para ele. – O senhor acabou de contornar aquela cancela!

Ele deu de ombros.

– Não tem ninguém lá. Está fechada.

– Mas nós não podemos simplesmente...

Eu mal sabia como expressar minha indignação. Comecei a imaginar guardas de fronteira com metralhadoras em punho.

– O quê? – Ele sequer olhou para mim. – A senhora quer mesmo dar meia-volta, procurar outro posto de fronteira, solicitar um visto e aguardar dois dias? – Então meneou a cabeça para o meu passaporte. – Confie em mim, não é um tipo de carimbo que vá querer aí.

– Também não quero passar vinte anos presa na Argélia.

Ahmed me lançou um sorriso largo que revelou uma dentição impressionante.

– Pelo menos ficaríamos lá juntos.

Não tive ideia do que responder. A situação era tão absurda que talvez o sarcasmo dele fosse compreensível. Atrás de nós havia uma construção abandonada grande como o barracão de ferramentas do meu pai. A única coisa que demarcava a fronteira era uma cancela de 1,5 metro de comprimento com a qual ninguém se importava o suficiente a ponto de pô-la em operação. Nenhum muro, nada de cerca nem de arame farpado...

Num piscar de olhos, me vi aos 7 anos, voltando a pé sozinha da escola pela primeira vez. É claro que fui encurralada por dois valentões sardentos que tinham levado um pito recente do meu pai. Os dois se aproximaram de mim, rindo e puxando meu cabelo, e um deles usou um galho para desenhar um círculo à minha volta na lama.

– Fique aí, górgona! – ordenara ele. – Até a gente dizer que você pode sair.

Mesmo depois de os meninos sumirem, rindo e disputando o galho, continuei com medo de me mexer. Dali a pouco começou a chover e a linha no chão se apagou, mas não tive certeza se isso significava que eu estava livre.

Foi nesse dia que fiz amizade com Rebecca, que estava um ano na minha frente. Ela vinha descendo a rua saltitando e cantarolando e quase trombou comigo ali, em pé no meio da poça, agarrada à mochila.

– Minha cara Srta. Morgan! – exclamara com a voz alegre e aguda que sua mãe sempre usava com os paroquianos mais velhos. – O que está fazendo do lado de fora neste tempo horrível? Vamos lá. – Ela me pegara pela mão e me puxara do círculo já invisível. – Olhe só como você está... que lástima!

A lembrança me desagradou. Aparentemente, aos 28 anos, eu ainda precisava que outros me tirassem de linhas desenhadas na areia por valentões distantes.

Ahmed olhou de relance para mim, talvez pensando se o que me causara tamanha repulsa tinha sido seu comentário impróprio.

– Caso a senhora não tenha percebido, estamos tentando apagar o seu rastro.

– Já reparei – retruquei, arrependida do arroubo. – Só não entendo por quê. Talvez possa fazer a gentileza de me esclarecer... Ahmed. Posso chamá-lo pelo primeiro nome?

Ele se remexeu no banco com um movimento abrupto, como se aquele tema fosse muito desconfortável.

– A senhora faz alguma ideia de como o mercado negro de antiguidades é grande? Sabe quantas pessoas estão envolvidas em escavações ilegais, saques a tumbas, pilhagem? – Ele pegou o telefone e o deixou cair no meu colo. – Por que não liga de novo para o seu namorado? Ele pode lhe contar uma ou duas coisinhas sobre resgatar a história de outro povo.

Fiquei tão atônita que pensei que talvez não houvesse escutado direito.

– Você conhece o James?

– Conheço a família dele. Quem não conhece? Aliás, meu nome não é Ahmed. É Nick Barrán. Pode me chamar de Nick.

Encarei-o, ainda sem saber o que dizer.

– Nick, apelido de Nicholas?

– Não foi à toa que eles lhe deram o título de doutora, hein?

Essa piadinha deu o tom do restante da nossa viagem. Ao longo das muitas horas seguintes, abordei o tema da Fundação Skolsky de todos os ângulos possíveis, mas sem sucesso. Em matéria de táticas e gracinhas evasivas, Nick fazia até mesmo o Sr. Ludwig parecer um amador.

No final das contas, decidi que não importava. Afinal, antes de o dia terminar, a tarefa daquele homem irritante de me transportar estaria terminada e eu enfim iria conhecer as pessoas que haviam me escolhido e me convidado a ir até lá.

CHEGAMOS AO NOSSO DESTINO MAIS ou menos uma hora depois do cair da noite. Eu já tinha pegado no sono tempos antes no banco do carona, usando a bolsa como travesseiro, e acordei com fragmentos de conversa e o barulho de um portão metálico se abrindo. A noite do deserto era muito escura. Levei alguns instantes para distinguir vozes graves e as luzes fortes que percorriam meu rosto.

Minha primeira impressão foi de que tínhamos entrado em um estaleiro, pois estávamos cercados por contêineres e gruas, e homens de capacete e macacão corriam para todo lado, guiados por refletores ofuscantes em postes de metal. Antes que eu pudesse perguntar a Nick onde estávamos, porém, um homem de costeletas peludas com uma lanterna no capacete se aproximou para nos cumprimentar.

– Bem a tempo de jantar! – bradou ele com sotaque escocês. – Eu disse para o Eddie guardar algumas almôndegas. – Então se virou para mim e prosseguiu em um tom mais educado. – Dra. Mayo? Sou Craig, o encarregado. – Ele apertou minha mão com cuidado, como se temesse esmagá-la com seu punho gigantesco. – Bem-vinda ao sítio de escavação de Tritônis.

– Na verdade, meu nome é Diana Morgan – falei, rouca de sono.

Meio perplexo, Craig olhou para Nick.

– Não se preocupe. – Sorri para os dois, abraçando a bolsa que continha o caderno de vovó. – Eu *sou* a pessoa de quem o senhor precisa.

CAPÍTULO DEZ

Templo da Deusa da Lua

Quando Mirina recobrou os sentidos, seu primeiro pensamento foi: *Lilli.*

Mas a irmã não estava lá. Em vez disso, havia outra coisa na escuridão. Seus instintos lhe disseram que ela corria perigo. Ouviu um farfalhar... algo deslizando... um sibilo. Algo frio deslizou por cima de seu tornozelo. Ela imaginou que fosse uma pequena víbora, mais provavelmente venenosa. Então outra, não tão pequena assim, passou bem junto à sua orelha. Mordendo o lábio, Mirina forçou a si mesma a não se mexer, a não respirar. Estava deitada sobre algo esponjoso. Seria uma pilha de gravetos e folhas em decomposição? O que quer que fosse, o cheiro pútrido lhe deu ânsia de vômito. Então a memória enfim lhe voltou: os guardas do templo a tinham jogado dentro de um fosso.

Muito devagar, em total silêncio, ela começou a soltar os braços das cordas. Por sorte, os homens estavam com pressa demais para dar nós de verdade. Decerto imaginavam que ela morreria na queda, e ela poderia muito bem ter quebrado todos os ossos do corpo, já que, a julgar pela débil trama de luz que entrava pela grade metálica lá em cima, o fosso era fundo feito um poço d'água – na verdade, provavelmente era *mesmo* um velho poço agora seco.

Mirina reprimiu um calafrio de fúria e sofrimento. Fúria contra os homens que a haviam tratado feito um animal; sofrimento ao pensar em Lilli à sua espera, assustada e sob o sol escaldante. Até mesmo a dor que latejava em suas costas devido à queda brutal perdia a força se comparada a isso.

Bem nessa hora, os sibilos cessaram. Ela prendeu a respiração e, por alguns segundos, tudo foi silêncio. As pequenas víboras se foram. A garganta de Mirina se contraiu de apreensão. Outra coisa se aproximava.

Ela apurou os ouvidos e por fim escutou: um corpo pesado deslizando sobre pedra.

Puxou a faca do cinto e se preparou. Se a sua suposição estivesse certa, o animal que agora contornava a parede externa do fosso à procura de uma entrada era uma cobra grande, do tipo que se enrola nas vítimas e as sufoca antes de engoli-las inteiras. No seu povoado, a cada dois anos ou algo assim, alguém morria dessa maneira horrenda. Mirina ainda se lembrava do terror provocado pelo sumiço do filho de um vizinho. Dias depois, a barriga de uma cobra gigante foi aberta revelou o cadáver pálido do menino.

Demônios da lama, era como os habitantes do povoado chamavam aquelas criaturas. A cada primavera, os anciãos iam até a fonte em uma longa procissão, com tambores, canções e galhos de árvores floridos implorar paz a esse antigo mal.

Desde muito pequena, Mirina desconfiava que a cerimônia fosse em vão. Não porque as cobras não escutassem, mas porque se importar com aquilo não fazia parte da natureza delas. Seu pai tinha lhe dito isso, assim como dissera tantas outras coisas em suas saídas pela mata. Cobras não tinham o respeito do caçador pela presa, explicara ele quando Mirina havia chorado por causa de um filhote de cervo; répteis não eram capazes de misericórdia. Eles não sentiam nem amor nem ódio; eram desprovidos de emoção.

E para combatê-los era preciso também pôr de lado qualquer emoção.

Mirina se levantou, ergueu os braços acima da cabeça e ficou esperando a serpente encontrá-la. Se houvesse mais luz dentro do fosso, talvez tivesse se posicionado melhor. Mas ali os seus olhos de nada valiam. Ela só podia confiar nos ouvidos e na faca em sua mão.

No entanto, por mais corajosa que fosse, Mirina quase desmaiou de terror quando a cobra enfim conseguiu penetrar aquele espaço fechado. Havia se preparado para a sensação das escamas frias e lisas em sua pele, mas não para o tamanho colossal do bicho. Quando a cobra começou a se enroscar e a subir por suas pernas e coxas, o simples peso de seu corpo a fez cair ajoelhada com um grunhido.

Mirina enfiou a faca no corpo rígido que agora a envolvia na cintura. No início, a lâmina sequer penetrou o couro grosso e escamoso, mas o desespero aumentou sua força, e ela logo pôde sentir a cobra reagir. O animal parou como se estivesse confuso, e então, à débil luz vinda de cima, Mirina viu o clarão de uma bocarra medonha antes de esta se fechar com um movimento rápido em volta de seu braço esquerdo.

Aos gritos, ela se pôs a golpear a cabeça da cobra, mirando nos olhos. A dor em seu braço era tão avassaladora que ela mal conseguia saber se estava causando algum dano ao animal. No final, a cobra deu um tranco violento, fazendo Mirina perder o que lhe restava de equilíbrio. Presa por aquele corpo imenso, desabou no chão e sentiu o ar ser espremido para fora de seu peito, enquanto a faca escorregava de sua mão.

Ela estava morrendo.

Mas continuava respirando. Apesar de todo o peso da cobra gigantesca a esmagá-la, o animal já não a apertava.

Mirina precisou fazer um esforço imenso para conseguir se mover, mas as mandíbulas do terrível monstro haviam se aberto com sua morte e, com cuidado, ela conseguiu libertar o braço daqueles dentes pontiagudos. Então, centímetro por centímetro, mexeu-se até se desvencilhar, liberando as pernas e os pés.

Tivera sorte, pois embora seu braço latejasse e estivesse pegajoso de sangue, não era um sangramento incontrolável e seu osso não se quebrara...

Mirina estava ocupada demais examinando as próprias feridas, de forma que não percebeu nenhuma movimentação lá em cima até que de repente a grade de metal foi arrastada. Ergueu o rosto e viu uma tocha tremeluzente e duas pessoas com expressão de repulsa. Então veio uma enxurrada de acusações em uma língua que ela não compreendeu e um vislumbre do que parecia ser sua bolsa de viagem, segura por um punho carnudo e sacudida com violência no ar. Lutando contra o impulso de gritar com os guardas, Mirina se levantou, com o braço sangrando, pousou um dos pés sobre o corpanzil que acabara de abater e ergueu as palmas em gesto de amizade.

– Me tirem daqui e eu lhes conto tudo – falou na língua antiga, com a voz falhando diante da enorme necessidade de que seus captores a entendessem.

Por uns poucos e terríveis instantes, os homens sumiram de vista e Mirina temeu que fossem embora outra vez. Então algo desceu chicoteando lá de cima, e a ponta amarrada com um nó parou com um tranco bem na sua frente.

Uma corda.

Quando os homens tiraram o saco empoeirado de sua cabeça pela segunda vez, Mirina sentiu alívio ao ver que estava dentro de um grande recinto no templo, cujo telhado alto era sustentado por imensas colunas. Não havia janelas nem luz natural onde quer que fosse; o lugar era iluminado por um sem-número de pontos de fogo que ardiam em recipientes sustentados no alto por três varas. Mirina levou algum tempo para discernir as pessoas ali reunidas, que a encaravam através das sombras dançantes.

Como eram todas mulheres e usavam os mesmos vestidos brancos e exibiam a mesma expressão horrorizada, Mirina supôs que fossem sacerdotisas que serviam à Deusa da Lua e não estavam acostumadas a ver sangue e contusões. O que a confundiu foram os arcos e aljavas presos às suas costas, pois nenhuma delas lhe parecia ter a postura de uma arqueira.

Seus pensamentos desgovernados foram interrompidos por uma voz autoritária vinda de cima. Após alguns instantes de desorientação e vários cutucões impacientes dos homens em pé atrás dela, Mirina se virou e viu a temível mulher em uma cadeira feita com esmero no alto de uma plataforma de pedra. Adivinhando que estava diante da suma sacerdotisa, inclinou a cabeça em sinal de respeito. Teria se ajoelhado também, mas os homens a tinham amarrado apertado demais para isso.

– Você é acusada de invadir o templo – começou a mulher com perfeita fluência na língua antiga. – E possivelmente de ser uma assassina. Entende qual é a punição para esses crimes?

Assustada demais para responder, Mirina fez que não com a cabeça.

– Se não me responder, serei obrigada a concluir que é culpada – continuou a mulher. – E terei de entregá-la às autoridades da cidade... algo que preferiria evitar.

Ela ergueu um pequeno objeto e, só quando este cintilou à luz dos fogos acesos, Mirina reconheceu o bracelete da mãe. Então, de repente, tudo começou a fazer sentido: os homens acenando furiosamente acima do fosso com sua bolsa de viagem, depois puxando-a lá de baixo para ser interrogada.

Ela não foi a única a reconhecer a pulseira: a simples visão da joia provocou um arquejo coletivo nas sacerdotisas.

– Então me diga: como conseguiu isto? – continuou a suma sacerdotisa, com a voz mais grave do que antes.

Mirina endireitou sua postura.

– Era da minha mãe. Ela usou esse bracelete todos os dias de sua vida.

Assim que as palavras ecoaram no recinto vazio, foram seguidas por murmúrios de incompreensão. Somente aí, ao ver as sacerdotisas virando-se para um lado e para o outro em busca de explicação, Mirina notou que todas usavam adornos iguais àquele.

– Silêncio! – ordenou a suma sacerdotisa, correndo os olhos severos pelo recinto antes de se virar para Mirina outra vez. – Qual era o nome da sua mãe?

– Talla.

– Talla? – A mulher se inclinou para a frente, segurando-se com força nos braços do trono. – Você é filha de Talla e mesmo assim se atreve a voltar aqui?

Ao sentir os homens se agitarem atrás dela, como a se preparar para levá-la embora outra vez, Mirina foi tomada pelo medo.

– Por favor! – exclamou ela. – Eu vim aqui porque minha mãe sempre me dizia que nós pertencíamos à Deusa da Lua. Ela serviu fielmente à deusa durante toda a vida...

A suma sacerdotisa se levantou de supetão.

– Talla violou as regas deste templo. Ela se uniu a um homem e foi maculada. Se não tivesse fugido, teria sido atirada no fosso, exatamente como você.

Mirina ficou grata por as cordas a manterem de pé.

– Eu compreendo – falou, fazendo força para articular as palavras. – Joguem-me de novo no fosso se for preciso, mas por favor... – Ela ergueu os olhos para a suma sacerdotisa. –... por favor, tenham piedade da minha irmãzinha. Ela passou esse tempo todo esperando por mim lá fora. Está cega e não tem o que comer.

Mirina tentou novamente dobrar os joelhos, mas não conseguiu.

– Se tirarem estas cordas, eu me ajoelharei para implorar à senhora.

A suma sacerdotisa desceu os degraus de pedra com uma dignidade contida.

– Diga-me – falou, parando em frente a Mirina. – O que leva uma jovem a invadir um templo? – Ela estendeu a mão e tocou a mordida ensanguentada em seu braço. – A sofrer tamanha agonia?

– Eu sou uma irmã – falou Mirina, reprimindo um arrepio de dor. – É isso que me move. Vim aqui na esperança de que a Deusa curasse os olhos de Lilli... Agora vejo que fui ingênua e que o meu erro vai prejudicar minha irmã ainda mais. É essa a minha agonia.

A suma sacerdotisa avaliou seu rosto por algum tempo.

– Sua coragem me intriga. Os eunucos me disseram que você matou um monstro, é verdade?

– Sou uma caçadora – respondeu Mirina. – É isso que eu faço.

Um débil sorriso de admiração repuxou os cantos da boca da suma sacerdotisa.

– A maioria dos homens diria que mulheres não podem ser caçadoras.

– Os homens das aldeias podem dizer isso. – Mirina ergueu o queixo. – Mas outros afirmam que as mulheres são as melhores caçadoras, pois são ágeis, silenciosas e pacientes. – Ela se controlou e acrescentou, mais humilde: – Meu pai é nômade. Ele me ensinou a caçar.

A suma sacerdotisa franziu o cenho.

– Onde está seu pai agora?

Mirina desviou os olhos.

– Ele costumava ir e vir, como fazem os nômades. Sempre dizia que viajaríamos o mundo juntos quando eu estivesse crescida. Só que... acho que os nômades mudam de rota, e ele parou de aparecer.

A suma sacerdotisa meneou a cabeça devagar.

– Quantos homens você amou?

Mirina ficou tão espantada com a pergunta que quase esqueceu o medo.

– Nenhum. Eu nunca amei ninguém. Só minha família.

– Não foi isso que eu quis dizer...

– Entendi o que a senhora quis dizer – garantiu Mirina. – E a resposta é nenhum. Não gosto de homens, e eles têm a gentileza de me corresponder na mesma moeda. Nenhum homem quer uma mulher que corra mais rápido ou dispare setas com precisão maior do que a sua.

A suma sacerdotisa ficou parada sem dizer nada por algum tempo. Então se virou e retornou com extrema graciosidade à sua cadeira no alto.

O silêncio tomou conta do recinto. Todos estavam ansiosos para saber qual seria a sentença final; até mesmo os três eunucos se mantiveram estranhamente imóveis, com os braços imensos inertes junto ao corpo.

Recostando-se no trono de pedra, a suma sacerdotisa demorou tanto refletindo sobre a situação que Mirina se perguntou se iria dizer alguma coisa. Então, por fim, veio o veredito.

– Em todos os meus anos, nunca vi um caso tão claro de intervenção divina – disse ela. – Pela infinita justiça da Deusa, você sofreu e sobreviveu à punição de sua mãe, lavando assim a culpa de ambas. E depois de ouvi-la defender sua irmã... – Ela olhou para as sacerdotisas silenciosas. –... eu diria que você passou em todos os testes de dignidade. O que me dizem, filhas da Deusa? Não concordam?

Houve um zum-zum de aprovação relutante.

Estalando os dedos para os eunucos, a suma sacerdotisa os mandou enfim desamarrar Mirina.

– Sua coragem a salvou – disse ela, sorrindo da própria benevolência. – Salvou você *e* sua irmã. Esta noite, quando a lua nascer, vamos acolhê-la em nossa irmandade feminina.

Livre das cordas, Mirina cambaleou para a frente.

– Está querendo dizer...

A suma sacerdotisa aquiesceu.

– Vai ser uma de nós. Na verdade, acredito que já seja. – O sorriso deu lugar a uma expressão severa. – Ser sacerdotisa não é uma vocação fácil. Você viu a multidão revolta lá fora. A terra está secando e as pessoas estão morrendo de fome. Não se passa um mês sem a notícia de piratas saqueando o litoral. Vivemos tempos desesperadores... – Ela fez um gesto de lamento em direção ao círculo de sacerdotisas. – E somos poucas para todas as tarefas que precisam ser cumpridas.

– Pelo bem da minha irmã, eu vou tentar – falou Mirina. – Mas nunca agradei a ninguém com meu canto.

A suma sacerdotisa balançou a cabeça.

– Não é para isso que você está aqui. A Deusa a chamou até o templo para nos fazer sentir vergonha. Sua força, sua coragem, sua habilidade com as armas... – Ela fez outro gesto em direção às sacerdotisas, dessa vez acusador. – Olhe só para nós! Somos meras sombras das nobres figuras de outrora. Nós nos dizemos generais do exército da Deusa da Lua, mas na verdade estou cercada de preguiçosas tolas e comilonas, incapazes de manejar um arco para salvar este templo!

Com um ar de repulsa, ela se deixou cair recostada no trono.

Mirina pôde sentir os olhares ressentidos vindos de todos os lados. Ficou desesperada para dizer alguma coisa e de algum modo abrandar aquela censura, mas não se atreveu a correr esse risco. Lilli continuava lá fora e, quanto antes as coisas chegassem a uma conclusão, melhor.

– Agora vamos todas agradecer à Deusa... – prosseguiu a suma sacerdotisa, abrindo os braços e fazendo as mangas largas da roupa se abrirem feito as asas de uma fênix. – Obrigada, gentil senhora, por ter nos mandado esta jovem para nos treinar. Por favor, ajude-a a eliminar nossas tolices e fraquezas, para que possamos montar guarda outra vez ao redor de sua radiosa majestade com nossos arcos tesos.

CAPÍTULO ONZE

Houve um tempo em que existiu, nas partes ocidentais da Líbia,
nos confins do mundo habitado, uma raça governada por mulheres
cujo modo de vida era diferente daquele que prevalece entre nós.

Diodoro da Sicília, *Biblioteca Histórica*

ARGÉLIA

Minha primeira noite na escavação de Tritônis foi decepcionante. Não levei muito tempo para perceber que não havia nenhum comitê de boas-vindas à minha espera com champanhe e rosas; Nick parecia ser o único representante da Skolsky no local.

Após uma refeição morna no refeitório vazio, Craig, o encarregado, me levou até a minúscula cabine que seria o meu lar naquela semana. Foi um alívio enfim ficar sozinha. Mal esperei a porta se fechar atrás dele para pegar o caderno de vovó. Apesar da minha exaustão, estava decidida a seguir trabalhando nele e sabia que o passo seguinte deveria ser organizar os símbolos desconhecidos em algum tipo de ordem alfabética. Mas a luz azulada da lâmpada de teto que zumbia não facilitou em nada a minha tarefa. Munida de um timer, ela me obrigava a levantar e puxar uma cordinha de contas plásticas mais ou menos de dois em dois minutos e, depois de fazer isso no mínimo cinquenta vezes sem avançar muito no caderno, acabei desistindo e fui me deitar.

Na manhã seguinte, logo depois do café, saí do refeitório e dei de cara com Craig e Nick à minha espera com três camelos. O céu ainda estava escuro, mas clarões roxos e alaranjados no leste do horizonte sugeriam que o sol estava a caminho. O ar matinal estava fresco e agradável; desconfiei que o calor logo fosse aumentar.

– Espero que tenha trazido o seu chicote – disse Craig, rompendo o silêncio. – Nós fechamos a escavação para veículos motorizados.

Ergui os olhos para os camelos, que tinham um ar solene de tédio.

– Desconfio que um chicote não seja o melhor jeito de cair nas boas graças de um bicho desses.

Craig sorriu para Nick.

– Viu? Ela não é tão sem noção quanto você pensa.

Instantes depois, partimos. Fiquei feliz ao descobrir que os orgulhosos quadrúpedes caminhavam em um ritmo regular e cheio de indiferença que me permitia manter a cabeça erguida e admirar a paisagem. À nossa volta, o deserto mudava aos poucos de cor. Conforme o sol subia no céu, a areia se acendia como se fosse uma imensa bandeja de brasas, até se incendiar com o primeiro toque da aurora. Sentada no camelo, balançando-me para a frente e para trás, senti que assistia de um lugar privilegiado a um gigantesco teatro de sombras nas dunas: para cada vulto claro e montanhoso, um reflexo negro distorcido se formava como contraparte, mas os minutos faziam esses lagos de negrume encolherem até se transformarem em poças, depois em filetes, e por fim em nada, conforme o sol ia tomando posse do mundo por completo.

O espetáculo do nascer do sol no Saara, porém, foi logo maculado pelos vestígios da atividade humana. Quando passamos a crista da duna e olhamos lá para baixo em direção a uma grande bacia de areia, deparamos com equipamentos de perfuração espalhados e uma torre de metal caída. No meio de tudo aquilo havia uma barraca marrom de beduíno com dois cavalos amarrados na frente.

– Encontramos a construção quando estávamos tentando determinar o melhor ponto de instalação para a torre – explicou Craig enquanto descíamos em direção à barraca solitária. – Fica bem abaixo de onde estamos, a uns poucos metros de profundidade, mas por algum motivo nossos equipamentos de imagem não a detectaram... interpretaram tudo apenas como sedimento no leito do velho lago.

– Aqui tinha um lago? – Olhei em volta e tentei imaginar um corpo hídrico naquela paisagem seca.

– Ah, tinha sim – respondeu Craig, aquiescendo. – Provavelmente um mar interior que cobria partes da Argélia e da Tunísia e se ligava ao Mediterrâneo por alguma espécie de canal. Dá para ver o formato dele em um mapa de paleo-hidrologia. Mas isso faz milhares de anos. Com o tempo, o mar virou lago, o lago virou pântano e o pântano virou deserto. – Ele deu um sorriso irônico. – Os climas mudam; sempre foi assim, e não há nada que possamos fazer em relação a isso. Quem manda é o chefão lá de cima – falou, apontando para o céu.

Quando chegamos perto da barraca, dois homens saíram lá dentro para nos cumprimentar. Usavam trajes paramilitares e não pude deixar de reparar em suas armas de tamanho considerável. Embora ambos tivessem cumprimentado Nick e Craig com sorrisos e curvado a cabeça para mim com educação, tive a sensação de que eram homens que, caso achassem necessário, não pensariam duas vezes antes de ferir alguém; na verdade, talvez até gostassem da ideia.

A barraca beduína acabou se revelando nem tanto um abrigo para os guardas, mas sim um disfarce para nosso acesso ao subterrâneo. À primeira vista, parecia haver um grande barril de aço bem no meio do chão da barraca; só quando me curvei para espiar lá dentro foi que percebi que o barril não tinha fundo. Era um buraco de formato circular perfeito, com 60 centímetros de largura, e levei alguns instantes para entender que era para lá que estávamos indo: iríamos descer por um duto improvisado no meio de um oceano de areia.

Ergui a cabeça pronta para expressar minha preocupação com o fato de ter sido levada até ali sem ser alertada quanto aos perigos potenciais daquele último estágio. Nick, porém, já estava me estendendo uma lanterna para prender na cabeça e um cinto, e até mesmo Craig parecia estar se comportando como se entrar e sair do subsolo por um canudo gigante fosse uma coisa perfeitamente normal.

– Não se preocupe – disse-me ele, prendendo o cinto em mim com gestos seguros. – Eu vou na frente e pego você. Tome aqui. – Ele prendeu um elástico em volta da minha cabeça e posicionou uma máscara protetora sobre minha boca e meu nariz. – É só se lembrar de respirar devagar. Vai se acostumar rapidinho.

"Me acostumar com quê?", eu quis perguntar, mas Craig já tinha passado uma das pernas por cima da borda do tubo de aço e, sem dizer mais nada, desapareceu na escuridão.

Sentindo-me estranha, como se fosse uma simples espectadora boquiaberta de meu próprio número de circo, deixei Nick e os guardas me ajudarem a entrar no tubo e colocarem um capacete de segurança na minha cabeça, como se aquilo de fato fosse fazer diferença. Quando dei por mim, eles já tinham me baixado para dentro do tubo e, por algum tempo, não consegui ouvir nada a não ser os rangidos perturbadores da corda presa ao meu cinto e minha respiração descompassada de pânico, amplificada pela máscara e pelo metal em volta.

Então, do nada, eu estava totalmente dentro do tubo e todos os sons conhecidos se dissiparam dentro de um vazio imenso e frio. Fiquei pendurada feito uma isca em um anzol, perguntando-me que monstros estariam à espreita naquele mundo escuro e esquecido.

CERTA VEZ, DURANTE UM JANTAR de domingo, vovó entrou em transe olhando para o empadão de frango. Minha mãe teve de pedir a ela três vezes que lhe passasse o sal e só então ela despertou e me encarou por cima da mesa.

– Está tudo lá – dissera ela, como se estivesse respondendo a uma pergunta minha. – Debaixo da superfície. Basta encontrar.

– Calculei três pedaços de frango por pessoa – interrompera minha mãe, pegando o saleiro com um muxoxo de irritação. – Estão bem distribuídos dentro do empadão.

– Eles acham que sumiu, mas não – continuara vovó, ainda com os olhos cinza-azulados presos aos meus. – Acham que podem destruir tudo e que nós vamos esquecer, mas não. É esse o grande erro deles.

Somente então me ocorrera que ela devia estar se referindo aos recortes de jornal que meu pai havia retirado pouco tempo antes das paredes de seu quarto no sótão. Por eu ser criança, o arquivo cada vez mais rico de recortes de vovó me parecia uma construção gradual, nada preocupante. Sempre que eu lhe trazia um dos jornais descartados por meus pais, um ou dois recortes se somavam à coleção e acabavam pregados nas paredes com gotas de cola escolar.

– Sobre o que eles falam? – eu lhe perguntara uma ou duas vezes. – Todos esses artigos?

A resposta de vovó fora apontar para um recorte recente ainda em cima da mesa. A manchete dizia ESCRITORA FOGE DE PRISÃO DOMICILIAR. Li o texto duas vezes, com cuidado, mas não vi ligação alguma com minha avó nem com qualquer outro conhecido.

Ao notar minha incompreensão, vovó sorrira daquele seu jeito infantil e sussurrara:

– Amazonas! – Então se pusera a andar pelo cômodo e apontar para os recortes pregados nas paredes, um depois do outro. – Amazonas – ia repetindo, com a voz cada vez mais segura. – Amazonas.

Eu parara diante de um recorte pregado um pouco mais baixo do que os outros. O título dizia KHANABAD: APEDREJAMENTO TERMINA EM TUMULTO, e havia uma imagem em preto e branco de homens e mulheres de véu atrás de algum tipo de barricada, protegendo a cabeça com os braços.

– Essas mulheres são amazonas? – perguntara, louca para entender.

Vovó chegara ao meu lado, mas tudo o que fez foi dar um muxoxo de repulsa.

– Não! Essas mulheres são tão ruins quanto os homens! Mas elas tiveram o que mereciam. Olhe só para elas!

– Mas... – Eu não sabia o que pensar. – O que significa "apedrejamento"?

Naquele exato instante, uma súbita rajada varreu o aposento, e os recortes de jornal esvoaçaram como folhas secas.

Quando olhei para trás, vi minha mãe em pé no vão da porta, com a mão a tapar a boca em uma expressão de silêncio horrorizado. Dez minutos depois, meu pai apareceu com um balde e removeu todos os pedaços de papel sem dizer nada, deixando apenas uma constelação de pontinhos de cola seca. Não nos olhou sequer uma vez ao fazer isso; eu nunca o vira tão pálido nem tão abalado.

Vovó ficara apenas assistindo enquanto o seu acervo cuidadosamente reunido de atividades imaginárias das amazonas era desmantelado e levado embora, e a cada recorte que sumia seu rosto endurecia mais um pouco.

Embora vários dias tivessem transcorrido desde o incidente, os olhos de vovó ainda estavam cheios de ressentimento, e fora só a contragosto que ela havia aceitado descer para jantar conosco no domingo, decerto por saber que, caso contrário, não comeria.

– Suponho que esteja gostando da comida – comentara minha mãe por fim, incapaz de deixar passar uma oportunidade de pontuar os maus modos da sogra.

Em um acesso incomum de lucidez, vovó respondera na hora, com uma voz tão cheia de ódio que espalhou um frio pela sala:

– Regra número três: jamais suponha.

Minha mãe não disse mais nada sobre o assunto, o que era compreensível, mas o olhar que lançou a meu pai bastou para fazer a comida entalar na minha garganta. Mais tarde naquela noite, eu me sentara na escada como sempre fazia e ouvi meus pais baterem boca na sala. Na verdade não chegou a ser um bate-boca, nunca chegava, pois a maioria das participações do meu pai tomava a forma de suspiros profundos e passos nervosos para lá e para cá.

– Isso não pode continuar! – dizia e repetia minha mãe, cada vez mais desesperada. – Temos que pensar em Diana. Eu não posso mais aturar esse comportamento obsessivo. Só Deus sabe o que ela encontrou naqueles jornais. Você pode por favor *dizer* alguma coisa, Vincent?

Quando os dois finalmente se calaram, ouvi o inconfundível rangido da porta do sótão e entendi que vovó também estivera escutando. Mesmo triste e com frio, eu quis muito subir e reconfortá-la, mas tive medo de que isso só fosse deixar minha mãe ainda mais chateada caso descobrisse que eu não estava na cama.

Na mesma noite, enquanto eu estava deitada no escuro, mas acordada, minha mãe entrou no meu quarto. Deve ter achado que eu estava dormindo, pois meus olhos estavam fechados. Curvou-se para me dar um beijo e sussurrar junto à minha testa:

– Eu nunca vou deixar nada de ruim acontecer a você.

Desse momento em diante, vivi num medo constante de perder vovó. Talvez um dia, muito em breve, pensava, chegasse em casa da escola e não a encontrasse mais. Então meus pais se recusariam a me dizer onde ela estava. Pensariam que, tirando-a do meu mundo, conseguiriam eliminar sua influência sobre mim. Para eles, o silêncio sempre tinha sido uma cura para todos os males, e eles o aplicavam em doses generosas sempre que necessário, em geral comigo.

Foi o grande erro deles.

Pendurada em uma corda em algum lugar abaixo da superfície do deserto argelino, eu estava tão absorta em meus medos primitivos que, quando algo agarrou minhas pernas, gritei de susto.

– Sou só eu! – disse Craig, a voz amplificada pelo eco enquanto me punha no chão e soltava meu cinto. – O bicho-papão ligou dizendo que estava doente.

Enquanto eu me esforçava ao máximo para respirar com calma naquele ar frio e estagnado, Craig acendeu uma lanterna. A luz fantasmagórica revelou que estávamos em pé em um recinto tão enorme que eu não conseguia ver as paredes. Aqui e ali havia pilhas de areia que deviam ter entrado por rachaduras no teto antes do dia em que a construção inteira fora tragada pelo deserto.

– Que incrível – falei. Minha voz transmitiu exatamente o medo que eu sentia e pareceu reverberar pela escuridão durante muito tempo. – Nem acredito que a pressão da areia não fez tudo desabar.

– É espantoso, mesmo – concordou Craig. – Mas o nosso minerologista deu uma boa explicação. Tem algo a ver com a concentração de sal na areia. Dependendo das condições climáticas, ela forma uma crosta. Nesse caso, parece ter formado uma parede de contenção. Cuidado!

Saímos os dois da frente quando Nick se juntou a nós. Ele desceu pela corda feito um macaco, como se nunca tivesse usado uma escada na vida. Coordenação motora e agilidade em contraste com roupas enlameadas e barba desgrenhada.

– Tudo bem ainda? – perguntou ele, cegando-me com a lanterna de seu capacete.

Quando os dois homens se puseram a andar, mal consegui acompanhá-los, de tão atarantada que estava com tudo à minha volta. A julgar pelo modo como o som de nossos passos primeiro desapareceu e depois retornou na forma de um eco fraco e distante, a construção tinha um tamanho colossal, com o teto alto sustentado por dezenas de colunas.

– Impressionante! – falei para Craig, com a voz abafada pela máscara. – Devia ser algum tipo de palácio real. – Caminhei até uma das colunas e a examinei da melhor forma que pude com a pouca luz. – Se eu conseguisse ver melhor... mas acho que devo ser sem noção demais para ganhar uma lanterna extra. – Dei um passo para trás e apontei para as várias pequenas prateleiras e ganchos afixados à pedra. – Olhem aquilo! Talvez isto aqui tenha sido algum tipo de mercado coberto.

– Temos quase certeza de que foi um templo – disse Craig, erguendo a lanterna. – E essas prateleiras e ganchos deviam servir para oferendas. Algumas delas continuam aqui. Pequenas urnas, possivelmente contendo cinzas humanas. Mas isso... – Ele me olhou com um sorriso de provocação. –... é o que estamos torcendo para que *você* nos diga.

À medida que seguíamos pelo corredor central, eu tentando acompanhar o ritmo de Nick, minha apreensão inicial com aquele lugar foi se transformando em verdadeiro temor. Se Craig quisesse mesmo saber sobre aqueles artefatos antigos, pensei, precisaria de um exército inteiro de arqueólogos, não de uma única filóloga.

O corredor era ladeado por recipientes metálicos onde um dia foram acesos fogos para iluminação. Alguns estavam inclinados de modo perigoso, outros caídos. No final da nave havia um pódio com degraus e uma grande cadeira de pedra. A presença daquela solitária peça de mobília, por mais severa e impessoal que fosse, me fez pensar nas pessoas que tinham vivido ali e no que havia acontecido com elas.

Craig notou meu desconforto.

– Só Deus sabe o tamanho deste complexo. Tentamos mapear o subsolo... – Ele parou para me mostrar um buraco no chão com degraus de pedra estreitos. –... mas os rapazes não conseguiram. Tem um mundo de cavernas lá embaixo e nós todos ficamos um pouco apavorados com a... com a população animal.

Quando finalmente alcançamos Nick, ele estava em pé no limiar de uma porta no fim do salão principal e apontava uma lanterna para os recantos escuros de um cômodo menor para verificar, supus, a presença de animais indesejados.

– Chegamos! – Craig parou na soleira e ergueu a lanterna. – O santuário interno. O que me diz, doutora, já viu alguma coisa parecida?

Eu estivera tão preocupada com o que Nick procurava ali que não tinha erguido a cabeça, portanto não percebera que agora estava enfim diante da inscrição da foto do Sr. Ludwig: os misteriosos símbolos que tinham me trazido de Oxford. Ali estavam eles: três paredes cobertas de caracteres que ocasionalmente davam lugar a desenhos vermelhos, pretos e amarelos. E no meio do chão havia uma pedra retangular grande que devia ter sido usada como altar.

– Parece que os desenhos foram feitos primeiro – falei, entrando no recinto e esquecendo-me por completo de qualquer coisa assustadora que pudesse surgir das sombras. – E os escritos vieram depois. Estão vendo? – Peguei a lanterna de Craig e a levantei para demonstrar o que estava dizendo. – Reparem em como os caracteres às vezes se sobrepõem um pouco aos desenhos.

Deixei os dois boquiabertos a encarar a parede e dei uma volta rápida pelo recinto com a lanterna erguida. Assim de perto, as inscrições assomavam acima de mim em uma profusão de cores, de modo que foi bom descobrir que a fotografia do Sr. Ludwig não tinha de modo algum lhes feito justiça. Havia variações interessantes na densidade da tinta e no tamanho dos caracteres em si, como se o autor houvesse rabiscado tudo aquilo com grande afobação usando quaisquer pigmentos disponíveis e diluindo-os cada vez mais, provavelmente com ovo ou óleo, até os símbolos se tornarem quase invisíveis.

Além do mais, o meu exame atento revelou que na realidade o texto continha, sim, divisores de palavras. O motivo pelo qual a fotografia não os havia captado era que sua cor estava muito desbotada. Eram pequenos asteriscos amarelos inseridos entre símbolos. Na maior parte das vezes um só era usado, o que interpretei como uma quebra de palavras, ao passo que a presença de dois devia indicar o fim de uma frase.

Fiquei tão animada que não consegui me conter. Estendi o braço e encostei a mão no gesso liso e frio. As pontas dos meus dedos formigaram quando pensei na possibilidade de voltar ali com o caderno de vovó.

Saquei a câmera e comecei a tirar fotos em close dos divisores de palavras, mas fui interrompida por um estalar dos dedos de Nick.

– Vamos, hora de trabalhar.

Craig e ele se dirigiram até o altar no meio do recinto e começaram a empurrar a pedra. Somente na terceira tentativa a parte superior finalmente cedeu, como se fosse uma enorme tampa, e juntos eles a giraram noventa graus até revelar que o grande bloco era na verdade oco.

– Venha dizer oi – chamou Craig, acenando para que eu me aproximasse.

Estiquei-me para ver.

– É um sarcófago? Eu em geral não... não lido com sarcófagos.

Nick se endireitou e limpou as mãos.

– Não fiz você atravessar metade do Saara para ficar aqui sem fazer nada. Então, por favor, quer vir até aqui e nos dizer qual deve ser nosso próximo passo?

Ajeitei minha máscara e fui até o caixão de pedra preparada para ver uma múmia envolta em gaze. Só que lá dentro não havia nada de muito dramático, apenas um esqueleto ressecado no fundo, deitado sobre um leito de poeira.

– Puxa vida – falei, lamentando não conseguir encontrar um comentário mais respeitoso. – Não tem muita coisa aí dentro. Nenhum tesouro pessoal, nenhum presente para os deuses do além-túmulo...

– Na verdade... – começou Craig, mas um olhar de Nick o fez calar.

– Talvez algum antigo ladrão de túmulo tenha chegado antes de nós – comentei.

– Não acho provável. – Craig apontou para o sarcófago. – Está vendo o bracelete? Não teriam deixado aquilo para trás. Mas além do mais... não está notando uma coisa esquisita nesse pobre coitado?

Não respondi, então ele tornou a apontar:

– Olhe. Ele não tem cabeça.

– Não acredito – balbuciei.

Mas o meu espanto tinha menos a ver com a falta de cabeça do que com o bracelete que a pessoa, fosse homem ou mulher, usava no braço direito, logo acima do pulso, e que continuava ali, parcialmente coberta de poeira. O formato era inconfundível, mas parecia impossível que...

– Então – falou Nick, tirando a lanterna da cabeça. – Do que você precisa?

– Do que preciso? – Recuei para longe do sarcófago. – Na verdade, de nada. Só de tempo. – Meneei a cabeça para as paredes à nossa volta. – Essas coisas às vezes demoram para ser decifradas.

– Deixe as paredes pra lá – falou Nick. – Esse caixão foi aberto na semana passada. Precisamos preservar o corpo.

– Infelizmente acho que nisso não vou poder ajudar – falei, consciente de que Craig acompanhava nossa conversa com crescente incompreensão. – Não sou arqueóloga.

– *O quê?* – Nick me encarou, irado. – Eu disse para John arrumar um arqueólogo...

– Desculpe – falei, decidida a manter a pose –, mas o Sr. Ludwig me disse *especificamente* que vocês precisavam de um filólogo... de alguém que conseguisse decifrar essas inscrições. – Fiz um gesto na direção do texto que nos encarava de todas as paredes. – Não quero parecer presunçosa, acreditem, mas se quiserem saber o que está escrito aí...

Nick ergueu uma das mãos e estreitou os olhos como se eu de repente houvesse começado a emitir uma luz ofuscante.

– Tudo bem. Você não é arqueóloga. Está aqui por causa da inscrição. Ótimo. Quanto tempo vai levar para decifrar tudo?

Dei de ombros e olhei em volta.

– Difícil dizer. Pode levar alguns dias... ou algumas semanas. Ou então pode levar anos. Tudo depende...

Parei de falar. Não podia dizer a ele que tudo dependia da precisão do caderno de vovó.

– Anos? – Nick me encarou com uma expressão muito estranha nos olhos.

Dei um sorriso tranquilizador.

– Bom, em um mundo ideal...

– Não. – Ele falou com calma, como se apenas pensasse em voz alta. – Isso não vai dar certo. Eu sabia. Vamos voltar para o posto de perfuração. Agora.

Ao perceber horrorizada que estava sendo expulsa da minha aventura, segurei--o pela manga.

– Mas vocês precisam de mim! Eu sou especialista nas amazonas...

Nick encarou minha mão com fúria.

– Nas *o quê*?

– Nas amazonas – gaguejei. – Da mitologia grega. Eu achei que...

Houve um silêncio breve, mas desagradável. Então ele apenas balançou a cabeça, me deu as costas e foi embora.

CAPÍTULO DOZE

TEMPLO DA DEUSA DA LUA

Mirina sorriu, mas ninguém lhe devolveu um sorriso.

Já sentadas às longas mesas no salão de refeições, amontoadas com seus pratos em grupos fechados, as cerca de trinta sacerdotisas de branco acolheram em silêncio suas duas novas irmãs.

Não foi surpresa para Mirina. Pôde ver nos olhos das outras que elas ainda a consideravam uma invasora violenta que sobrevivera ao fosso das cobras poucas horas antes, e a Lilli um ser inferior cuja cegueira havia tornado também surda e burra. O fato de a suma sacerdotisa ter feito todas passarem uma enorme vergonha também não ajudava; se ela houvesse planejado provocar ressentimento contra as recém-chegadas, não poderia ter escolhido maneira melhor.

Controlando a frustração, Mirina lembrou a si mesma que aquele templo e aquela irmandade eram a melhor chance de sobrevivência de Lilli em um mundo agonizante e que somente a Deusa da Lua tinha o poder de lhe devolver a visão. "É isso que mamãe iria querer que eu fizesse", pensara ela, enquanto os eunucos guardavam suas armas de caça e a escoltavam junto com a irmã até uma imensa casa de banhos subterrânea. Ali foram confiadas aos cuidados de uma megera carrancuda, que raspara seus cabelos emaranhados, jogara suas roupas no fogo e as esfregara da cabeça aos pés com sabão e óleo até sua pele ficar ardida de tão limpa. Para Mirina, esse calvário tinha sido particularmente doloroso, pois a mulher apertara e puxara seus membros feridos sem a menor compaixão. Na verdade, quase parecera feliz com suas caretas e gemidos enquanto limpava bem com sabão o grande machucado da mordida da cobra e o enfaixava o mais apertado possível. "A segurança de Lilli é mais importante do que a minha liberdade", Mirina lembrara e relembrara a si mesma. "Pelo bem dela, eu vou aguentar isso também."

Nua e trêmula, Lilli havia tentado se esconder atrás da irmã, mas não houvera como fugir das vestes de cânhamo que pinicavam o corpo e dos pequenos gorros pontudos que as identificavam como servas da Deusa.

– Como você está elegante! – dissera Mirina, puxando a irmã para um abraço. – E tenho certeza de que nunca a vi tão limpa.

– Eu preferiria mil vezes estar coberta de esterco – resmungara Lilli, esfregando-se, zangada. – E percorrer o deserto com você.

Mas ambas sabiam que o deserto não era lugar para Lilli. Mesmo antes da febre, quando ainda conseguia ver, a menina preferia o conforto da aldeia às trilhas solitárias. Mirina tinha lhe ensinado a caçar, sim, mas a alegria da irmã eram as atividades agrícolas que ela própria sempre achara um tédio: semear, cuidar dos brotos, dar comida às galinhas. Uma rotina sem fim que exigia a paciência que Mirina não possuía.

Sua mãe sempre dizia que as três filhas haviam herdado, cada uma, as mãos de seus pais, que eram muito diferentes entre si.

– Essas aí... – observara ela certa vez, meneando a cabeça para Lana, a mais velha das irmãs, quando estavam todas sentadas em volta da fogueira descascando feijões. – ... são mãos que contam grandes histórias. Mãos capazes de levar uma menina ingênua a fazer qualquer coisa... a quebrar qualquer regra. – Ela fizera uma careta ao se lembrar de seu primeiro amor, cujo nome nunca revelara, mas que pelo visto morava na grande cidade à beira do mar. – E essas mãos aí... – Ela se virara para Mirina, a filha do meio. – Elas adoram o perigo e, ouçam bem o que estou dizendo, irão segui-lo até o final dos tempos.

As meninas continuaram sentadas, compartilhando o silêncio nostálgico da mãe, até Lilli estender as mãos sujas de terra.

– E eu, mãe?

– As suas mãos contam histórias maravilhosas sobre um homem doce – respondera Talla, beijando os dedinhos da filha um a um. Então parara para deixar passar um lampejo de tristeza. – São mãos feitas para cuidar e preservar. Mas elas não são páreo para os animais selvagens que atacam o rebanho. Então você, meu amor... – Ela estendera o braço e puxara a caçula mais para perto. – Você tem que ficar perto do fogo, onde os leões têm medo de chegar.

Uma trilha iluminada feita de pétalas tinha levado Mirina e Lilli diretamente da humilhação da casa de banhos à iniciação no santuário interno. O piso de pedra salpicado de cores alegres com certeza tinha por objetivo alegrá-las, mas a Mirina aquilo parecera uma trilha de grãos que conduzia ao laço de uma armadilha.

Ela passara a cerimônia inteira entorpecida, em um estado de negação. Mesmo após seu juramento, quando a suma sacerdotisa pegara no altar a terrível faca sacrificial e fizera um corte em seu seio esquerdo e no de Lilli para derramar sangue na tigela dourada, Mirina mal sentira a dor. Ou talvez estivesse tão preocupada com a reação de Lilli que sequer reparara no próprio sofrimento. A menina, porém, fora corajosa e, enquanto as duas estavam ali em pé de mãos dadas, ela sentira uma onda de admiração pela irmã.

– Alegrem-se! – dissera a suma sacerdotisa ao colocar em seus pulsos os braceletes sagrados da Deusa da Lua, ambos idênticos aos de sua mãe. – O seu sangue se uniu ao nosso. Vocês agora estão unidas a nós. Esse bracelete é um símbolo de nossa irmandade sagrada e da sua promessa de jamais deixar um homem macular sua pureza. Se alguém as atacar, vocês irão descobrir que esse bronze afiado é uma excelente arma. Mas lembrem-se: se traírem a Deusa ou suas irmãs, esse chacal dourado vai ser tornar *seu* inimigo, e *vocês* irão sentir sua mordida. Pois a fidelidade dos cães de caça da Deusa é eterna: se obedecerem aos comandos divinos dela, eles as protegerão com as próprias vidas, mas se a desobedecerem eles irão caçá-las e fazê-las em pedaços.

Esse tinha sido o discurso de acolhida de Mirina e Lilli ao templo. No entanto, assim que as duas apareceram na porta do salão de refeições exibindo seus braceletes, foram recebidas com olhares que não tinham nada de fraternos.

Por fim, Mirina deu um passo à frente.

– Alguém pode me dizer quem jogou a pedra em mim quando eu estava em cima do muro do jardim?

Silêncio sepulcral.

– Estou perguntando porque foi um belo lançamento – prosseguiu ela, mantendo-se ereta diante da profusão de olhares desconfiados. – Meus parabéns.

Um murmúrio percorreu o recinto. Então alguém gritou:

– Foi Animone quem atirou a pedra!

O murmúrio se transformou em uma balbúrdia total. O refeitório com certeza teria se tornado uma batalha de comida jogada caso Mirina não houvesse dado um assobio agudo.

– Nesse caso, Animone é minha primeira amiga – concluiu ela, assim que recuperou a atenção de todas. – E quero que ela conheça Lilli. – Ela levantou a menina para todos verem. – Ela é a irmã mais doce que se pode ter. Não há nada de errado com ela a não ser o fato de não conseguir ver os seus rostos amargurados. E isso, acho eu, é uma perda feliz.

Mirina teve o prazer de ver surpresa e até vergonha no olhar das sacerdotisas quando suas palavras se espalharam pelo recinto em vários idiomas diferentes. Algumas mulheres permaneceram sérias e hostis, evitando encará-la de propósito, mas logo foram neutralizadas pela animação geral.

Três jovens sacerdotisas chamadas Animone, Pitana e Klito agora pareciam dispostas a fazer amizade.

– Como você conseguiu sobreviver ao fosso das cobras? – quis saber Animone, com o olhar atraído pela atadura no braço de Mirina. – Conte-nos como matou o monstro.

– Vou fazer melhor – garantiu Mirina, inclinando-se para a frente em atitude conspiratória. – Vou *mostrar*.

A AVENTURA FURTIVA DE MIRINA e suas três novas amigas ao subsolo do templo à meia-noite mais do que confirmou que as filhas da Deusa da Lua precisavam de treinamento. Até mesmo esse trio, que se dispusera a acompanhá-la, recuou horrorizado quando Mirina lançou uma corda para dentro do fosso e as instigou a segui-la.

– Mas lá embaixo tem cobras! – exclamou a animada Animone, com um gesto de nojo.

– E por que você acha que eu joguei tochas primeiro? – Mirina meneou a cabeça para o buraco iluminado em que a gigantesca criatura jazia enrolada e morta. – Cobras têm medo de fogo. Venham...

– Não sei se consigo descer por essa corda – disse Pitana, moça desengonçada quase tão alta quanto Mirina, mas sem os mesmos músculos. – Meus braços são compridos, não fortes. Eu posso até conseguir descer, mas jamais teria forças para subir de novo.

– Klito? – chamou Mirina, virando-se para a última das três: uma moça linda e saudável, com um brilho de aventura nos olhos.

Mas nem mesmo Klito aceitou descer.

– Vou ficar olhando aqui de cima – prometeu, balançando a cabeça entusiasmada. – E incentivando.

Mirina balançou a cabeça e começou a descer pela corda, com a faca de caça recém-recuperada enfiada entre os dentes. As três a observaram fascinadas esfolar a cobra e enrolar as escamas malhadas até formar uma grande trouxa.

– Isso é a coisa mais nojenta que eu já vi – observou a aventureira Klito lá de cima. – Por favor, não traga aqui para cima.

– Vou limpar e secar este couro para fazer roupas – disse Mirina. – Vocês vão ver. Agora puxem isso para mim. Prometo dar a cada uma de vocês uma peça para vestir.

– Sabe de uma coisa? – disse Animone, balançando a cabeça. – Não tenho certeza se quero ser sua amiga.

ISSO FOI SÓ O COMEÇO.

Antes de uma semana, a suma sacerdotisa instruiu todas a iniciarem um treinamento com armas no pátio.

– Nossos exercícios serão supervisionados por Mirina – disse-lhes ela na língua antiga, com um tom que não admitia resistência. – As aulas serão diárias, logo após o desjejum. Animone fará a tradução para quem não entender Mirina. Vocês se dividirão em grupos de seis, sem exceção!

É claro que esse novo arranjo criou forte resistência assim que a suma sacerdotisa virou as costas. Por que aquela bobagem repentina de treinamento com armas? Por que as coisas não podiam continuar como estavam? As sacerdotisas mais velhas, sobretudo, não entenderam o raciocínio por trás daquela mudança e logo se tornaram mestras em arrumar desculpas.

Mas o maior desafio de Mirina acabou sendo um pequeno grupo de mulheres mais jovens acostumadas a dar as ordens. Ainda que não tivessem nenhum título que lhes conferisse mais autoridade do que as outras, elas de alguma forma tinham conseguido assumir papéis de comando. Para elas era inconcebível submeter-se aos ensinamentos de uma recém-chegada. Uma delas, uma encrenqueira com grandes olhos escuros chamada Kara, fazia questão de faltar a todos os treinamentos e, para isso, nem se mantinha afastada do pátio, apenas fingia cochilar em uma rede bem na frente das outras.

Apesar dessas dificuldades, Mirina achava ótimo passar as manhãs ao ar livre, fazendo aquilo que amava. Não levara muitos dias para se cansar da cerimônia dentro do prédio do templo; até mesmo as muitas oferendas de ouro e prata que cintilavam de modo tão fascinante expostas à luz dos vários pontos de fogo logo perderam a graça. Além do mais, a suma sacerdotisa tinha mandado Lilli fazer voto de silêncio total até a lua nova como forma de conquistar as boas graças da Deusa e merecer a cura para sua cegueira, portanto Mirina achara melhor manter distância da irmã, para que ela não se sentisse tentada a falar.

Lembrando-se das críticas incansáveis do pai, que tantas vezes haviam atrapalhado sua mira, Mirina começou os treinos com incentivos. Elogiou as irmãs sagradas por seus dotes de dançarinas e pés ágeis e as mandou começar todos os dias com um exercício físico que tinha certeza de que iriam dominar.

Então, em vez de desencorajá-las imediatamente com um treino com armas, inspecionou todos os seus arcos e balançou a cabeça, dizendo:

– Como esperam que vocês façam algo com estas coisas aqui? A madeira está velha e seca; precisamos pedir arcos novos. – Ela então reuniu todas e baixou a voz. – Enquanto isso, vamos brincar e fingir que treinamos.

Assim, elas haviam começado puxando cordas e levantando baldes d'água. Só quando Mirina ficou segura de que todas no grupo conseguiriam esticar um arco ela começou a treiná-las em tiro ao alvo usando flechas.

No entanto, não importava o que ela fizesse, o pequeno grupo de Kara permanecia hostil e fazia todo o possível para atrapalhar o treino. Viviam perdendo os arcos, quebravam as flechas... obviamente instigadas pela própria Kara, que não parava de recompensá-las com risadas e muxoxos.

– Não ligue para ela – disse Animone certa noite, quando ela e Mirina se despiam no dormitório em meio ao burburinho habitual de intrigas da hora de dormir. – Ninguém gosta dela. Vive se gabando por ser filha de um chefe tribal. Tenho certeza de que, até você chegar, ela achava que podia mandar em todas nós.

Ambas relancearam os olhos para Kara, que era o centro das atenções em volta do lavatório e distribuía doces para o seu séquito.

– Por que ela se sente ameaçada por mim? – perguntou Mirina, lutando para se desvencilhar do traje de sacerdotisa ainda pouco familiar. – Eu não quero mandar em ninguém.

– Porque você é tudo o que ela não é. Olhe só para você! – Animone correu a mão pela pele firme de Mirina com um gesto de admiração. – Você é viva de verdade. É quase um homem...

Mirina começou a rir, mas logo ficou séria.

– Se eu fosse homem, ninguém me manteria enclausurada desse jeito. Na verdade, se nós fôssemos homens... – Ela passeou os olhos pelo dormitório, onde as sacerdotisas ainda se agitavam, cacarejando feito galinhas. – Não nos comportaríamos assim. Não é?

Ela buscou uma resposta nos olhos de Animone, mas tudo o que viu foi admiração.

Será que as coisas também eram assim em sua aldeia? Mirina achava que não. Embora as brigas fossem frequentes na aldeia de Tamash, com certeza nunca houvera trocas de socos por causa de uma escova de cabelos quebrada. Por causa de uma ferramenta agrícola roubada ou de um amante infiel, sim... mas esses conflitos faziam sentido para Mirina, ao contrário das preocupações e interesses frívolos de suas companheiras de sacerdócio.

Eu só queria vê-las comigo lá no deserto, pensou quando lançou um último olhar de repulsa para Kara e seus doces. Não durariam um dia. Mesmo que eu lhes ensinasse tudo o que sei, não seria suficiente. Se meu pai estivesse aqui agora, diria o seguinte: você pode afofar a juba de um gato quanto quiser, mas não vai conseguir transformá-lo em leão.

NÃO DEMOROU MUITO PARA QUE os ataques de Kara contra as recém-chegadas culminassem em uma cena diante da suma sacerdotisa, cuja expressão cansada confirmou para Mirina que a vida no templo era repleta dessas disputas triviais.

– *Ela* disse àquela gente imunda que o filho deles tinha lugar garantido no salão da Deusa! – exclamou Kara, apontando um dedo acusador para Mirina. – Isso apesar de *eu* dizer e repetir que a oferenda deles era insignificante demais. *Eu* sigo as regras, mas *ela* simplesmente... – O pensamento lhe deu um calafrio. – Ela só diz o que quer.

– Todos ficaram muito abalados – acrescentou uma das amigas de Kara, uma moça magra chamada Egeia, cuja voz estridente mais do que compensava seu tamanho diminuto. – Tivemos de chamar os eunucos. Foi quase um motim.

A suma sacerdotisa se virou para Mirina com as sobrancelhas arqueadas.

– Para ser franca, não entendo por que não podemos dizer a essas pessoas o que elas querem ouvir – falou Mirina, cruzando os braços. – Como é que *nós* vamos saber quem vai conquistar a vida eterna e quem não vai? – Ela deu um passo em direção à suma sacerdotisa, confiando na bondade do seu coração. – Eles estavam chorando. Era o *filho* deles.

Mordeu o lábio, torcendo para a suma sacerdotisa ser mais parecida com sua mãe, para quem o amor entre pais e filhos era algo sagrado. Ainda recordava o dia em que um grupo de moradores do povoado havia se reunido em segredo atrás da pilha de esterco para debater o destino de uma criança cujos pais eram considerados incapazes.

– Nós achamos melhor tirar esse menino deles e criá-lo direito, em outra casa – dissera um morador.

Como ainda era criança, Mirina mal conseguira acompanhar a conversa. Mas com certeza entendera que a mãe estava uma fera quando esta se meteu:

– Como é que vocês podem propor afastar um menininho das pessoas que ele mais ama neste mundo? Quaisquer que sejam os outros sofrimentos que imaginem que ele enfrente, isso é nada comparado à dor de romper os laços familiares. – Ela gesticulara para os vizinhos como se a mera presença deles a repugnasse. – Vão para casa, seus enxeridos, e sintam vergonha de seus corações.

A suma sacerdotisa, porém, apenas tamborilou os dedos nos braços do trono e disse:

– Não podemos nos deixar guiar pela pena, Mirina. Imagine se todos vivessem para sempre no salão da Deusa... que barulheira! Seria insuportável.

– Mas talvez a Deusa, divina como é, possa garantir que os barulhentos fiquem separados dos silenciosos... por uma parede, quem sabe? – arriscou Mirina, apesar das caretas horrorizadas de Animone lhe dizendo para parar.

– Chega, Mirina! – A suma sacerdotisa se levantou abruptamente. – Volte para os seus afazeres e, daqui em diante, preste atenção para seguir as regras.

Que regras? Mirina olhou em volta à procura da resposta, mas não encontrou. Animone mantinha a cabeça baixa de vergonha e Kara exibia um sorriso arrogante e ardiloso que durou a noite inteira e doeu mais em Mirina do que uma semana inteira de olhares de desdém.

Nessa mesma noite, durante o jantar, Animone apontou com a colher para a parede do salão de refeições e disse:

– Está tudo ali. As regras do templo. Alguém deveria ter explicado a você. Acho que esquecemos. Estamos tão acostumadas...

– Onde?

Mirina encarou a parede, mas nada viu a não ser um motivo decorativo preto sobre o gesso lisinho. Além disso, sua cabeça ainda zumbia por causa do esforço de entender o que Animone tinha dito; durante o jantar, todas falavam a língua oficial do templo e, embora aprendesse depressa, ela ainda tinha dificuldade para compreender até mesmo as frases mais simples. O fato de Lilli ainda estar sujeita ao voto de silêncio não ajudava em nada: embora sua irmã estivesse sentada no banco bem ao lado do seu, remexendo-se de inquietação por ter de ficar calada, não havia como avaliar quanto ela compreendia.

– Na parede! – Animone tornou a apontar. – Está tudo escrito ali. O que podemos e não podemos fazer. Não está vendo?

Outra mulher se meteu na conversa. Mais velha do que ambas, tinha os cabelos grisalhos bem arrumados dentro do gorro.

– Chama-se *escrita* – explicou ela a Mirina, com os olhos repletos de uma sinceridade calorosa. – Todos aqueles pequenos desenhos são palavras. – Ao ver o ar perplexo de Mirina, ela pegou um punhado de sal e espalhou uma fina camada sobre a mesa. – Quando nós falamos, usamos a boca para emitir sons. Quando escrevemos, usamos as mãos para formar desenhos. Mas a ideia é a mesma. Está vendo? – Com um dedo, ela traçou dois desenhos no sal. – Ci-me. Eu posso falar, mas também posso escrever. Entendeu?

– O que é "Cime"? – indagou Mirina.

A mulher riu.

– Sou eu. É o meu nome, Cime. Meu pai era escriba. Foi assim que aprendi a ler e escrever. Não era para ter aprendido, claro... – Ela apontou para si mesma sorrindo. – Mas minhas orelhas são grandes. Olhe aqui. – Cime apagou o próprio nome e, com os olhos acesos de animação, fez outro desenho. – Mi-ri-na.

Fascinada, Mirina fitou o desenho. No entanto, na mesma hora em que esticou a mão para tocá-lo, um arquejo percorreu o recinto e Cime limpou rapidamente o sal.

Um eunuco estava postado à porta.

– Coma! – Nervosa e curvada acima do prato, Animone deu uma leve cotovelada em Mirina. – É Dais. Não olhe para ele.

O eunuco fez uma ronda vagarosa pelo recinto, parando por um breve instante junto à sua mesa, obviamente em busca de uma chance de exibir sua superioridade. Como não encontrou nenhuma, acabou completando sua ronda e foi embora.

– Não temos autorização para aprender o alfabeto – atreveu-se então a sussurrar Animone, olhando com raiva para Cime por tê-las feito correr tamanho perigo. – Nem devemos desperdiçar sal desse jeito. Está nas regras.

Mirina olhou das palavras escritas em preto na parede para a mesa sobre a qual ainda restavam alguns grãos de sal.

– As regras dizem que não podemos ler as próprias regras?

Animone deu de ombros.

– Bom, todo mundo já sabe o que elas dizem, mesmo.

– Olhe... – Ignorando os sussurros de súplica à sua volta, Cime espalhou mais um punhado de sal na mesa. – O que *eu* acho é o seguinte.

Com um dedo firme e desafiador, ela traçou outro desenho, dessa vez mais comprido.

– O que está escrito? – quis saber Mirina.

Cime retraçou orgulhosamente as palavras.

– Dais... tem... peitos.

Logo se ouviam risadinhas por todo o salão. Em pouco tempo, a única pessoa séria era Animone.

– Meu avô era marinheiro – disse ela a Mirina, passando a falar a língua antiga. – Ele não perdia tempo com brincadeiras. – Ela inclinou a cabeça em direção às regras do templo escritas na parede. – Conheço todas de cor... já as escutei muitas vezes. Todas nós escutamos. De que adianta ler?

Segundo as regras, as refeições eram servidas pontualmente três vezes ao dia e determinadas tarefas deveriam ser cumpridas em certos horários. Saudar os peregrinos, receber suas oferendas, escutar suas preces... e, todos os dias, ao meio-dia, entreter os visitantes, em sua maioria estrangeiros desengonçados, com uma procissão que seguia cantando ao ritmo solene do tambor de couro de boi.

– Que *porcaria* é esse que elas estão fazendo? – sussurrara Lilli, esquecendo o voto de silêncio, na primeira vez que as irmãs haviam presenciado o espetáculo.

– Uma pequena cantoria com dança – sussurrara Mirina em resposta. – Deve ser em troca de todas as oferendas recebidas.

Mas nem todos os peregrinos se contentavam com aquele espetáculo. Alguns criavam tumulto ao descobrir que não haveria resultado imediato para os presentes caros oferecidos à Deusa da Lua. Muitos tinham vindo de longe, trazendo nos ombros as esperanças e as vidas de aldeias inteiras, e se recusavam a sair do templo antes de terem visto a Deusa com os próprios olhos.

– Chame os eunucos! – respondeu Animone quando Mirina perguntou como se comportar caso isso acontecesse. – Faça o que fizer, nunca deixe gente de fora entrar no santuário. Eles não iriam entender.

Mirina apenas aquiesceu, conforme esperado. Ela também não entendia. Após sua iniciação, tentara descrever a Deusa da Lua para Lilli, mas não encontrara as palavras certas.

– Ela parece uma velha, mas não é. É muito mais alta do que uma pessoa normal e completamente negra, com exceção do branco dos olhos. Daria para dizer que está sorrindo. Um sorriso misterioso.

Bem lá no fundo, porém, escondida debaixo de suas esperanças em relação aos olhos da irmã, Mirina podia sentir a verdade, dura feito um caroço de fruta. A Deusa da Lua que elas tinham viajado tanto para encontrar não era um ser vivo. Era feita de pedra. E, a menos que ela estivesse muito enganada, a probabilidade de que ela reagisse a preces não era maior do que a chance de a pedra sagrada de sua aldeia ou as cobras do rio fazerem o mesmo. Não importavam quais fossem as histórias tristes dos peregrinos nem o valor de suas oferendas, dia após dia, semana após semana, a seca não terminava nem os rios voltavam. Tampouco Lilli, apesar de todas as suas súplicas silenciosas, recuperava a visão.

Mas a Deusa da Lua, no alto de seu pedestal, continuava a sorrir.

CAPÍTULO TREZE

Lembrem-se: as mulheres talvez não sejam
fracas demais para desferir um golpe.
Sófocles, *Electra*

Argélia

Quando era criança, Rebecca tinha um *bichon frisé* chamado Spencer. Nós duas levávamos o cãozinho para centenas de passeios e passávamos horas tirando carrapichos de sua barriga. Chegamos até a levá-lo para visitar vovó um dia, na esperança de alegrá-la com as brincadeiras do animal. A reação dela, como sempre, foi impetuosa.

– Isso não é um cachorro! – exclamara, olhando com fúria para o convidado de quatro patas. – Olhem só para ele! Esse bicho esqueceu a sua parte lobo. Acha que o mundo é fofo e cheio de biscoitinhos. Vocês precisam protegê-lo ou ele vai ser devorado.

A expressão de Rebecca se transfigurou e tive medo de ela cair no choro, algo que minha avó detestava.

– Como? – perguntara eu, pondo-me rapidamente entre as duas. – Com arco e flecha?

Vovó começara a andar de um lado para o outro, como sempre fazia ao discutir estratégias.

– Arcos são armas de longo alcance – lembrara-me. – Servem para um arqueiro hábil e um alvo distraído. Mas vocês não são hábeis e os seus inimigos vão ser rápidos e imprevisíveis.

Eu olhara de relance para Rebecca e ficara aliviada ao ver sua consternação se transformar em um fascínio que a deixou de olhos esbugalhados.

– Que tal facas, então? – sugerira ela.

– Facas são para curto alcance – continuara vovó e, pelo cenho franzido, eu suspeitara que ela havia ficado chateada por eu não ter lembrado o que ela já dissera tantas vezes. – E são só para alguém com o braço e o coração fortes. Minha recomendação é que vocês nunca passeiem com essa coisa peluda aí sem um galho na mão. – Ela relanceara os olhos para Spencer. – Um galho bom, firme, mais ou menos do comprimento da sua perna e com a extremidade pontiaguda. – Ela olhara para nós duas com grande seriedade. – Andar armada não é um privilégio, pequenas. É um dever.

Rebecca nunca levou a sério o conselho de vovó. Sempre que eu ia caminhar com ela, revirava os olhos para mim por levar um galho. Mas um dia, quando estávamos andando pela floresta com Spencer, de repente ouvimos pessoas gritarem por perto. O desespero em suas vozes nos fez parar.

Foi então que o vimos: um animal pequeno, marrom-avermelhado, vindo para cima de nós a toda a velocidade, voando por sobre pedras e galhos caídos, mal tocando o chão com os pés. Seria um cachorro? Parecia mais uma raposa raivosa.

No início, tudo aconteceu depressa demais. Simplesmente fiquei parada, atônita, enquanto Rebecca por instinto se abaixava para pegar Spencer e apertá-lo contra o peito. Mas ela fez isso tão às pressas que perdeu o equilíbrio e caiu, bem na hora em que o agressor partia para cima do monte de pelos brancos em seu colo.

Quando o cachorro violento aterrissou perto da minha amiga, rosnando e preparando-se para atacar outra vez, minha cabeça finalmente parou de girar. Ouvi Rebecca gritar, sem conseguir se levantar porque segurava Spencer com força, e vi aquele bicho marrom-avermelhado voar novamente para cima dela...

Só aí me lembrei do galho que tinha na mão.

Corri e, não sei como, consegui enfiar o galho entre os dois para impedir o ataque, de modo que Rebecca saiu apenas arranhada, mas não mordida. E quando o cão furioso tornou a atacar, dessa vez sem impulso, tive tempo de puxar o galho de volta e lhe desferir um golpe que o fez cair ganindo.

Rebecca mais tarde me disse que eu gritei tantos palavrões para o bicho que ela chegou a temer que eu estivesse possuída por um espírito mau da floresta. E quando os donos do cachorro finalmente apareceram, pisando com passos largos as folhas mortas e exibindo suas roupas campestres tinindo de novas – nada mais típico para denunciar turistas –, se comportaram como se *nós* fôssemos a ameaça, e não seu monstruoso bicho de estimação.

– Pare com isso! – gritara o homem para mim. – Pare agora mesmo ou eu chamo a polícia!

– Pode chamar! – eu reagira, enquanto o cão assassino era recolhido e acariciado por sua dona protetora. – Por que não chama mesmo? Tenho certeza que o chefe Murray *adoraria* dar uma palavrinha com o senhor.

De modo nada surpreendente, o casal bateu em retirada e na certa passou o resto do fim de semana escondido em seu chalé alugado. Pelo menos torci por isso.

– Ai, Sra. Morgan! A senhora devia ter visto a Diana! – exclamara Rebecca mais tarde naquele dia, quando subimos correndo a escada para contar a vovó sobre o incidente. – Ela foi cruel! Quase tão cruel quanto o cachorro!

Vovó assentira de sua poltrona, com as mãos unidas no colo, tranquila.

– Que bom. – Ela olhara para as pernas enlameadas da minha calça, para meu zíper quebrado e para meu rosto corado, e seus olhos escureceram de satisfação. – Que bom que você leva jeito.

Nick tinha me dito para fazer a mala e me preparar para ir embora da escavação depois do almoço, mas não obedeci. Em vez de arrumar minhas coisas na pequena cabine, sentei em cima da roupa de cama embolada tendo o caderno de vovó, a foto do Sr. Ludwig e minha câmera em mãos, decidida a aplicar na inscrição a minha recente descoberta sobre a forma de delimitar as palavras.

Dessa vez, usando as imagens em close que havia tirado naquele dia de manhã, não levei muito tempo para solucionar o enigma da primeira frase. Ela dizia: "Presságio lua chegada homens monstros navios" ou, em leitura mais livre: "A lua previu que homens monstruosos chegariam de navio."

O duplo asterisco após "navios" sugeria o final de uma frase e início da seguinte, que dizia apenas: "Sacerdotisas rezam deusa protege", afirmação que praticamente não precisava ser interpretada. Era óbvio que estávamos lidando com um relato de acontecimentos reais, gravados com esmero no gesso em algum momento do passado pré-histórico. Qualquer que fosse a narrativa naquela parede, o simples fato de eu conseguir lê-la era quase um milagre. Grigor Reznik e sua maldita *Historia Amazonum* não tinham mais a menor importância... o dicionário feito por vovó havia me projetado a uma nova esfera acadêmica.

Armada com aquela fantástica descoberta e uma leve camada de batom, não perdi tempo: desci às pressas do trailer e saí correndo em busca de Nick. Depois de nossa desavença no templo e durante toda a desagradável subida até o posto de perfuração, ele não havia demonstrado o menor interesse pelos argumentos em defesa da minha permanência. Por algum motivo absurdo, aquele homem que havia me feito viajar centenas de quilômetros estava agora determinado a se livrar de mim o quanto antes. No entanto, se eu conseguisse demonstrar meus avanços em solucionar o enigma da inscrição, ele com certeza cairia em si.

Na noite anterior, Craig havia me apontado onde ficavam os aposentos de Nick. Ao que parecia, a Fundação Skolsky tinha julgado suficiente instalar seu representante na grande barraca central de uma pequena aldeia formada por tendas marrons de beduíno, e essa disposição me fez pensar em uma imagem que já vira muitas vezes na literatura antiga: o acampamento de um líder guerreiro em uma região pouco civilizada.

Alguns homens de turbante me olharam com curiosidade e apreensão quando passei andando pela areia. Sem saber ao certo qual era o protocolo para visitas àquelas estruturas de tecido, parei à porta de lona que duas estacas de metal mantinham aberta feito um toldo. Após alguns segundos de hesitação, pigarreei bem alto na esperança de que isso bastasse para alertar Nick.

Não houve reação no interior da barraca, então me curvei para espiar lá dentro, mas na mesma hora recuei ao ouvir uma súbita irrupção de palavras. Pelo jeito, Nick estava ao telefone; sua fala era pontuada por silêncios e, embora eu não fizesse a menor ideia do que estava sendo dito, tudo indicava que ele estava sendo repreendido via satélite.

Essa não foi a primeira vez na vida em que me arrependi de não ter aprendido árabe, mas com certeza foi aquela em que fiquei mais apreensiva, pois, a menos que eu estivesse muito enganada, na enxurrada de palavras agressivas que Nick usou para se defender, o nome "Moselane" foi repetido no mínimo três vezes.

Bem quando eu me afastava da porta, tendo demorado a me dar conta de que estava bisbilhotando, Nick irrompeu de dentro da barraca e quase me derrubou no chão. Seu olhar se estreitou na mesma hora.

Morta de constrangimento, ergui a foto do Sr. Ludwig e disparei:

– Consegui. As primeiras duas frases. Eu consigo!

Sem nem olhar para a fotografia, Nick me segurou pelo cotovelo e me conduziu até dentro de sua barraca.

– Sente-se.

Corri os olhos ao redor. Havia poucos móveis. Um laptop aberto repousava sobre um tapete persa ao lado de uma bandeja de refeitório com um prato de ovos mexidos deixado pela metade. O único outro lugar para sentar era o divã um tanto imponente que devia lhe servir de cama.

– Vim só dar a boa notícia – falei, virando-me para ele.

Na penumbra da barraca, praticamente só dava para ver a barba e o cenho franzido que eu já conhecia tão bem. Meu olfato, porém, preencheu as lacunas. Nick precisava de um banho, e o cheiro forte de seu corpo me deixou quase tonta.

– É claro que, se você não estiver nem aí para o que está escrito, isso não faz a menor diferença, mas *se estiver*, sugiro que a gente recomece do zero. – Dei o sorriso mais encantador de que fui capaz naquelas circunstâncias. – O que me diz?

Foi como se Nick tivesse de ir buscar seus pensamentos em um lugar muito distante.

– Você decifrou o código? – disse ele por fim, baixando os olhos para a foto que eu segurava. – Foi bem rápido. Como conseguiu?

Dei meio passo para trás.

– Sou filóloga, lembra? Se me contratasse, eu poderia lhe explicar minha técnica.

Deixei a frase no ar.

– Tá – disse ele, cruzando os braços. – Eu peço desculpas.

Olhei-o de cima a baixo com um desdém estudado, empolgada por ter conseguido enfim virar o jogo.

– Desculpas não me interessam. O que me importa é como vamos continuar a partir daqui. Alguma sugestão?

No silêncio pesado que se seguiu à minha pergunta, tive a nítida sensação de que, para Nick, a melhor forma de prosseguir incluiria ele empunhar um chicote. Sem dizer mais nada, abaixei-me para passar pela porta de lona e, bastante aturdida, saí andando pela areia.

Ele não levou muito tempo para me alcançar e se postar na minha frente.

– Que tal 10 mil dólares?

– Para quê, exatamente? – retruquei. – Para ser o seu saco de pancadas?

– Para ficar até o final da semana, como combinado?

Atônita e um pouco desconfiada, ergui a fotografia contra o sol e estudei o rosto dele para tentar descobrir qual era a pegadinha.

– Está propondo dobrar o meu pagamento?

Mesmo na claridade ofuscante, seus olhos estavam escuros.

– Estou.

– Tá, eu aceito. Mas... por quê? – Meu alívio demorou um instante para chegar e me deixou quase tonta. – Eu teria feito isso de graça.

Nick olhou para o outro lado, e o contorno de seu perfil contra o céu do deserto era inescrutável.

– Eu sei.

Assim que voltei para a minha cabine, fui dominada por uma ânsia de ligar para Rebecca. Durante nosso longo trajeto desde Djerba, Nick havia deixado bem claro que eu não podia usar meu celular, mas, depois do seu comportamento de ogro, eu não nutria por ele qualquer sentimento de lealdade.

Ao constatar que meu celular estava sem bateria e que o meu carregador não encaixava na tomada, fui até o escritório do posto para ver se Craig poderia me ajudar.

– Não se preocupe – disse ele, olhando para o imenso plugue britânico de três pinos do meu carregador. – A gente carrega pra você. – Depois de algumas gambiarras, meu telefone voltou à vida.

Três mensagens de voz haviam entrado na caixa postal desde que eu saíra de Oxford. A primeira era do meu pai, incentivando-me a aproveitar as delícias de Amsterdã. Pude ouvir minha mãe gritar ao fundo: "Diga a ela que eu a amo, aconteça o que acontecer!" enquanto programava o micro-ondas, e esse pequeno vislumbre do lar fez o já conhecido bolo de culpa subir de novo pela minha garganta.

O segundo recado era de Rebecca. Com seu tom acelerado habitual, ela me informava que tinha uma coisa incrível para me contar, mas não dava nenhum indício do que poderia ser.

Fiquei empolgada ao ver que o terceiro e último recado era de James e que fora deixado poucas horas antes. Quando o escutei, porém, minha alegria logo desapareceu: "Não sei onde você está", dizia ele, com uma amargura inabitual na voz, "mas achei que você devia saber que o telefone que usou ontem está em nome da Fundação Aqrab. Lembra aquilo que eu falei sobre os fanáticos da restituição em Dubai? Bem, são eles." James respirou fundo, como se falar com calma fosse um esforço. "Não tenho ideia do que essa gente quer com você, Morg, mas não me agrada que esteja aí com eles. Por favor, ligue para mim assim que puder."

Quando desliguei, minhas mãos tremiam. Se James estivesse certo, e é claro que estava, Nick tinha mentido para mim. Ele não trabalhava para a Fundação Skolsky, que eu desconfiava sequer existir, mas sim para o vil Sr. Al-Aqrab, um homem cujo nome dava calafrios no mundo dos museus britânicos.

Alguns meses antes, durante um café, James havia descrito em detalhes a Fundação Aqrab e seus métodos implacáveis. Nos últimos dez anos, ele me contara, o pessoal da Aqrab vinha importunando os museus da Grã-Bretanha com exigências de que os artefatos antigos fossem restituídos a seus países de origem. O Sr. Al-Aqrab não se acanhava diante de ameaças de violência e terrorismo; ao que parecia, esse desavergonhado bilionário de Dubai tinha verdadeiro ódio pelos britânicos e pelos acadêmicos de Oxford em especial.

Peguei-me encarando Craig distraída enquanto tentava entender aquilo tudo. Era óbvio que o gentil escocês tinha decidido que minha presença valia como incentivo para limpar sua mesa, e agora inspecionava o mofo que havia se formado dentro de uma xícara. Até que ponto ele estaria metido naquele golpe?, pensei.

Mais importante, porém: o que *eu* estava fazendo ali? Se o Sr. Al-Aqrab de fato considerava Oxford sua inimiga número um, por que havia mandado o

Sr. Ludwig ir lá me contratar? Por mais experiente que eu fosse, não era a única filóloga do mundo.

O caderno de vovó surgiu na minha mente em um clarão. Mas aquilo era absurdo. Eu tinha certeza de que suas fantasias sobre as amazonas eram um segredo de família muito bem guardado.

Pretendia retornar a ligação de James sem demora, na privacidade do meu quarto, mas não consegui chegar até lá. Assim que saí do escritório de Craig, reparei em dois homens assumindo uma postura de prontidão do outro lado do pátio de areia e, instantes depois, Nick me interceptou quando eu subia os degraus para minha cabine.

Assim que ele estendeu a mão, compreendi o que queria. Mas seu pressuposto de que 10 mil dólares lhe davam o direito de me intimidar não me agradou, sem falar no fato de ele ter mentido sobre o próprio empregador, de modo que encarei seus óculos escuros fingindo não entender.

– Pois não?

– Seu celular – disse ele, sem sequer fingir boas maneiras. – Eu achei que tivesse deixado absolutamente claro...

– Deixou, sim – respondi, dando um passo corajoso escada acima. – E eu escutei. Devo entender que não confia em mim?

Ele apenas estalou os dedos para me mostrar que continuava esperando. O gesto fez minhas bochechas corarem de raiva.

– Isto aqui é o quê? Um gulag?

– Com uma exceção. Você está livre para ir embora quando quiser.

Algo no seu modo de falar me fez perceber que era exatamente isso que ele esperava que eu fizesse. Apesar de seu esforço para fazer as pazes e seguir em frente, não fora Nick quem havia me oferecido 10 mil dólares para passar a semana ali. Fora outra pessoa. Mas quem? E por quê?

Pus meu telefone na palma da sua mão com tanta dignidade quanto a situação permitia.

– Obrigado – disse ele, guardando-o no bolso. – Você sabe o que há lá embaixo. Sabe por que eu preciso agir assim.

– Para ser bem franca... – falei, enrolando o fio do carregador com dedos irados e enfiando-o no bolso. – É difícil entender por que o tal Sr. Skolsky acha que este templo é sua propriedade particular.

Resisti ao impulso de fazer uma careta ao pronunciar aquele nome mentiroso.

– É isso que você acha que está acontecendo?

– Que outra conclusão eu posso tirar?

Olhei-o com a maior sinceridade de que fui capaz, mas a cooperação com que ele havia acabado de acenar já se acabara outra vez.

Tudo o que ele disse foi:

– É exatamente por isso que preciso ficar com o seu telefone.

Mais tarde nessa noite, Craig me levou para uma caminhada noturna sob as estrelas. Embora ele não tivesse mencionado nada a respeito, desconfiei que soubesse do incidente com o celular e estivesse tentando me dar uma animada.

Enquanto caminhávamos, a tentação de confrontá-lo com perguntas sobre a Fundação Aqrab foi grande, mas eu sabia que seria um erro revelar que descobrira a verdade. Mesmo que não estivesse na folha de pagamento de Al-Aqrab, Craig fazia parte da sua equipe. Por que outro motivo os teria alertado, e somente a eles, quando sua equipe de escavação encontrou o templo?

– Então, para que empresa você trabalha? – acabei perguntando, tentando parecer que estava apenas puxando papo. – E o Nick? Vocês trabalham para as mesmas pessoas?

Craig deu algumas tragadas no cachimbo.

– É melhor perguntar para outra pessoa. Eu só recebo ordens.

Quando ele viu minha decepção, me deu um sorriso torto.

– Olhe, eu não sei o que têm lhe falado. Prefiro ficar fora disso.

– O que têm me falado é o seguinte – comecei, um pouco irritada com a sua covardia. – Disseram que isso tem a ver com as amazonas. Que de alguma forma... – Gesticulei na direção do templo enterrado. –... este lugar seria uma prova de que elas realmente existiram. Mas como você ouviu hoje de manhã, Nick não recebeu esse memorando.

Olhei para ele com o que me restava de esperança.

– E você? Ouviu alguma menção às amazonas? Alguém falou sobre isso? Alguma coisa?

Ele deu de ombros, pouco à vontade.

– Desculpe, moça. Não é para mim que você tem de perguntar.

Seguimos andando em silêncio até darmos em um portão simples de metal. Como estava escuro, demorei a perceber que tínhamos chegado a um curral e que havia outras pessoas ali, encostadas em silêncio nas estacas metálicas.

Craig meneou a cabeça sem dizer nada e, quando olhei para dentro do curral, vi duas silhuetas se moverem devagar: um cavalo negro preso a uma corda e um homem vestido apenas com uma calça branca. Levei alguns instantes para reconhecer Nick e, apesar de meu desprezo crescente em relação à sua pessoa, havia algo de totalmente fascinante naquela lenta dança ao luar.

– Observe – articulou Craig com a boca sem emitir som.

Dentro do curral, Nick se ajoelhou na areia. O cavalo negro deu algumas voltas, depois chegou perto e esticou o pescoço para descansar a cabeça no ombro dele.

Um zum-zum coletivo percorreu os homens reunidos junto à cerca e Craig olhou para mim com uma expressão radiante e o cachimbo a se sacudir de animação no canto da boca.

– Apostei em dez dias. Ele conseguiu em cinco. Está no sangue.

– O que está no sangue? – indaguei, quase sem conseguir desgrudar os olhos de Nick.

Craig gesticulou com o cachimbo, os olhos franzidos em um sorriso misterioso.

– Cavalos árabes são muito inteligentes. Eles sempre adivinham o que você vai fazer. Não é possível domá-los; é preciso esperar eles adotarem você. Olhe!

– Bom... – Virei as costas para o espetáculo, sentindo os acontecimentos do dia pesarem em cada membro. – Acho que eu sou tarefa para mais de cinco dias.

O sorriso de Craig desapareceu.

– Se quiser o meu conselho...

– Por favor!

– Aceite o dinheiro, faça o seu trabalho e vá embora. Não olhe para trás. E aconteça o que acontecer... – Ele me encarou bem fundo, para ter certeza de que eu estava escutando. – Não contrarie essa gente. Eles não vão ser legais com você.

CAPÍTULO CATORZE

Templo da Deusa da Lua

O ataque aconteceu à noite.

Sob o manto de um céu nublado, cinco navios estrangeiros atravessaram com dificuldade o grande pântano e chegaram ao litoral perto do Templo da Deusa da Lua. Se tivessem chegado três meses antes, jamais teriam conseguido cruzar as águas rasas; deviam seu sucesso a uma estação de chuvas particularmente forte, que por um breve período havia restaurado a antiga costa.

Mesmo quando as quilhas cobertas de breu foram fincadas na areia, nenhum cão ladrou, nenhum ganso deu o alarme. Todos os ruídos foram abafados pelo ar pesado de umidade característico daquela época do ano, quando céu e terra enfim se encharcavam. Nessa bruma traiçoeira, os cinco navios despejaram sua carga mortal: homens com armas refinadas e desejos brutais, cujas necessidades tinham sido avivadas por longas semanas no mar.

A invasão foi tão silenciosa que Mirina só percebeu o perigo ao ser despertada por uma pequena cotovelada em suas costelas.

– Você ouviu isso? – sibilou Lilli, sentando-se abruptamente na cama. – Escute.

Contrariando as regras do templo, mas com a bênção secreta da suma sacerdotisa, que gostava da ideia de ter Mirina como sentinela, as duas irmãs passavam a maioria das noites em cima do telhado, e preferiam o relento à segurança enclausurada do dormitório. Lilli no início hesitara, com medo da subida pela escada de corda, o que era natural. Mas depois de aprender onde colocar as mãos e os pés, e com Mirina logo atrás, em pouco tempo passou a gostar das escapulidas noturnas. Sozinhas no telhado, as irmãs podiam conversar a sós sobre os acontecimentos do dia.

Mesmo durante a estação das chuvas, continuaram a dormir nesse poleiro, encolhidas debaixo de um pequeno tecido impermeabilizado e enroladas no mesmo cobertor. À medida que a tão ansiada água subira, a linha da costa avançara o suficiente para que, do telhado, fosse possível avistar a vasta área pantanosa e esverdeada à beira-mar.

De vez em quando, de manhã bem cedo, Mirina ficava sentada admirando o nascer do sol na água e tentava descrever para Lilli a transição das cores, e as duas recordavam seus amigos que viviam da pesca e ficavam especulando se a pescaria teria melhorado com as chuvas.

Mas, ao subir, o mar despertara mais do que lembranças.

Ultimamente, Lilli vinha tendo pesadelos com navios estrangeiros e mais de uma vez acordara chorando, convencida de que o templo estava prestes a ser atacado. "Não é um sonho!", insistia ela sempre que Mirina tentava acalmá-la. "É uma visão. Um aviso."

Em troca da visão perdida, a Deusa da Lua dera a Lilli o dom da profecia. Pelo menos era isso que a suma sacerdotisa afirmava desde que ficara claro que a menina jamais voltaria a enxergar. Cega a todas as coisas materiais, Lilli podia ver o futuro. E nesse futuro ela via sangue.

Sempre que os pesadelos aconteciam, Mirina simplesmente abraçava a irmã em silêncio e a ninava até que ela voltasse a dormir, como sua mãe costumava fazer. Lilli sempre tivera sonhos vívidos e, até onde a memória de Mirina alcançava, a menina acordava praticamente a cada duas noites tremendo de medo. Assim, não foi surpresa para ela quando, nessa noite específica, Lilli de repente se ajoelhou no telhado do templo e sibilou:

– O que foi isso? Está ouvindo vozes?

Obediente, Mirina também se sentou e olhou em volta.

– Deve ser...

Foi silenciada pela mão assustada da irmã em seu ombro.

– Homens. Armas. – Lilli escutou com atenção. – Eles chegaram. Os navios negros. Passei o dia inteiro sentindo.

Ainda meio dormindo, Mirina se levantou e estreitou os olhos para a escuridão de modo a tentar distinguir a linha da costa. Foi só quando as nuvens se abriram e permitiram à lua um breve clarão de alerta que ela viu: os contornos das embarcações puxadas até a margem e as sombras a se esgueirar pela encosta em direção à entrada do templo.

– Não está ouvindo? – insistiu Lilli, tomando por descrença o silêncio horrorizado de Mirina. – São eles!

– Silêncio! – Ela sentou a irmã em um lugar escondido. – Preciso avisar às outras. Fique aqui e permaneça quieta. Entendeu?

Assim que Lilli concordou com um meneio de cabeça assustado, ela saiu correndo por cima das telhas. Não havia tempo para usar a escada de corda; em vez disso, ela pulou para o pátio do mesmo jeito que tinha feito naquele primeiro dia, seis meses antes.

O pátio tinha um ar sinistro nessa noite, envolto em sombras... e dessa vez foi ela quem chamou os eunucos, e não o contrário.

– Acordem! – gritou, batendo em suas venezianas fechadas ao passar correndo. – Acordem e vão proteger a porta da frente!

Ao passar pela piscina de ladrilhos, ficou intrigada ao notar uma série de ondulações ritmadas na água. Parou para escutar e pôde ouvir ao longe o bater de madeira em madeira e, embora não soubesse o que estava causando aquele barulho, entendeu que seu intuito era destruir.

Quando finalmente chegou ao dormitório, encontrou-o vazio, com lençóis e roupas espalhados por toda parte. Aliviada ao deduzir que as sacerdotisas tinham sido rápidas para perceber o perigo e assumir suas posições, correu para verificar a caixa secreta... mas soltou um grunhido consternado.

As armas estavam todas ali, no lugar exato em que ela as havia guardado depois da última sessão de treinamento, quatro dias antes. Aonde quer que suas colegas sacerdotisas tivessem ido, estavam mais desarmadas e indefesas do que nunca.

Juntou o máximo de lanças e arcos que conseguiu carregar e seguiu pelo corredor sem diminuir o passo até o templo principal, parando de vez em quando apenas para ajeitar as armas. Foi só quando chegou ao santuário interno que pôde enfim escutar gritos e súplicas chorosas. Esticou-se para ver e distinguiu a suma sacerdotisa atrás do altar, com os braços cruzados em postura defensiva, rodeada por um amontoado de mulheres aos prantos.

– O que está acontecendo aqui? – Mirina largou as armas no chão. – Rápido, armem-se!

Todas as cabeças se viraram ao ouvir o clangor dos objetos, mas ninguém se moveu para obedecer ao seu comando.

– Ela disse que a Deusa da Lua ordenou que ficasse – disse Pitana aos prantos, bem mais alta do que as outras, acenando desesperada para a suma sacerdotisa com os braços compridos. – E *elas* não querem abandoná-la. Ah, por favor, Mirina, convença-a a mudar de ideia!

– Não há tempo para isso! – Mirina deu a volta correndo no altar e agarrou a suma sacerdotisa pela manga. – Vamos! Temos de nos posicionar...

– Saia! Vá embora daqui! – A suma sacerdotisa se desvencilhou das mãos de Mirina e estendeu a sua para a coroa sacrificial pousada sobre o altar, um enorme diadema enfeitado com serpentes de bronze. – Eu vou ficar. É meu dever sagrado proteger a Deusa...

Mirina trincou os dentes.

– A Deusa pode se proteger sozinha. A senhora nos ensinou isso, lembra? – Ela pegou a coroa com um gesto impaciente e tornou a colocá-la no altar. – Agora vamos! Foi a senhora quem me disse para treinar todo mundo e nos prepararmos para o pior.

Sua atitude ousada despertou apenas o desafio da suma sacerdotisa. Sem dizer mais nada, a suma sacerdotisa tornou a pegar a coroa e a colocou com firmeza na própria cabeça, cambaleando por um instante por causa do peso.

Desviando-se das serpentes protuberantes, Mirina segurou a mulher pelas duas mãos.

– Por que faz tanta questão de nos atrasar? – exigiu saber. – Nossa esperança morre um pouco mais a cada batida naquela porta. Será que a senhora não entende?

Houve um breve silêncio, durante o qual Mirina quase conseguiu se convencer de que a suma sacerdotisa havia começado a se dar conta de seu erro trágico, mas o barulho de madeira sendo partida tornou todas essas especulações inúteis.

Em um piscar de olhos, o templo foi invadido por hordas de demônios uivantes. Criaturas pálidas e animalescas, com barbas emaranhadas e expressões selvagens, atiravam-se para um lado e outro com seus escudos e espadas em busca de corpos para transpassar e tesouros para roubar. Sua presença era tão aterrorizante que Mirina não fez outra tentativa de armar as irmãs, tampouco se atreveu a procurar as próprias armas na pilha do chão. Encurralada no santuário interno e entorpecida de medo, não havia nada a fazer senão esperar e rezar.

Por algum tempo, a preocupação dos invasores foi com as riquezas do templo principal. Uma a uma, as oferendas foram arrancadas das paredes e jogadas em uma pilha cada vez maior no chão de pedra. Em seguida, o líder mirou a porta aberta do santuário e as mulheres assustadas ali reunidas. Bradando algo em uma língua gutural incompreensível, abriu caminho pelo tumulto, chutou para o lado a pilha de arcos e lanças de Mirina e cruzou a soleira do recinto sagrado.

Ficou ali parado por um ou dois segundos, encarando as mulheres.

Então seu olhar pousou na suma sacerdotisa.

– Venha, eu lhe imploro! – Mirina mais uma vez tentou puxar a mulher mais velha para o anonimato da multidão, mas novamente se deparou com uma feroz resistência.

– Não! – A suma sacerdotisa pôs as mãos no peito de Mirina e a empurrou para longe com toda a força de que foi capaz. – Deixe-me, Mirina, é uma ordem!

Contida por Animone e Pitana, Mirina nada pôde fazer a não ser ficar parada, impotente, enquanto o homem atravessava o recinto, pulava sobre o altar e, sem a menor demonstração de respeito ou arrependimento, brandia a espada contra a suma sacerdotisa.

Alheio aos gritos das mulheres, recolheu a cabeça decepada e a segurou bem alto, como se ela fosse um prêmio, e ele, um vitorioso merecedor.

Então chegaram seus companheiros, derramando-se recinto adentro feito ratos e, antes que Mirina pudesse reagir, um golpe na cabeça fez tudo escurecer.

Quando ela recobrou os sentidos, estava sendo arrastada pelo chão do templo principal, seu corpo sofrendo convulsões. Um homem a puxava pelos cabelos como se ela não passasse de uma presa morta. Ela gritou de dor quando ele desceu os degraus de pedra e atravessou o que restava da área antes ocupada pelos peregrinos.

O homem a deixou na praia junto a uma pilha de objetos saqueados e Mirina passou um tempo deitada, gemendo, certa de ter quebrado todos os ossos do corpo. À sua volta, em meio à névoa cinza da aurora, estavam deitadas outras sacerdotisas com as roupas rasgadas e manchadas de vermelho. Sempre que uma delas acordava e tentava se sentar, um braço peludo ou uma bota de couro a derrubava no chão na mesma hora. Ao ver isso, Mirina sequer tentou se mover; ficou onde estava, ouvindo os gritos vindos do templo e tentando conter o sangue e o vômito que insistiam em sair de sua boca.

Lilli.

Rezou para a irmã ainda estar segura no telhado, onde a deixara. Mais do que nunca, desejou ter armas consigo. Sua faca de caça... seu arco e sua aljava... mas, pensando bem, o que poderia ter feito? De que adiantava um único arco contra um exército do mal?

Quando a escuridão de uma noite de infelicidade se transformou no inclemente sol da manhã, os invasores começaram a carregar seus cinco navios com os objetos que consideravam mais valiosos. Em determinado momento, iniciou-se uma discussão entre o líder e o resto, claramente relacionada à Deusa da Lua, que eles haviam conseguido remover do pedestal no santuário interno e transportar por todo o caminho até a praia com a ajuda de cordas e troncos de madeira.

A julgar pelos grunhidos e dentes cerrados daqueles homens, a Deusa era excessivamente pesada, e sem dúvida comprometeria a estabilidade da embarcação que a transportasse. Mas o líder estava decidido e, a um comando seu, a maciça divindade foi posta, ainda que com dificuldade, em seu navio, junto com outros objetos sagrados, entre os quais, temia Mirina, um saco ensanguentado contendo a cabeça da suma sacerdotisa.

Em seguida dividiram por cinco os objetos saqueados e os transportaram aos navios. Uma vez que todas as cinco tripulações estavam satisfeitas com o seu quinhão, começaram a preencher o espaço restante com mulheres. Algumas sacerdotisas, entre elas a linda Klito, foram embarcadas sem demora; outras foram despidas e inspecionadas apenas para serem descartadas com um sorriso de desdém.

Mirina foi uma das descartadas. Bastou os marinheiros darem uma olhada em seu corpo robusto e seios pequenos para caírem na risada. Um deles pareceu defender os méritos de sua juventude e força, mas foi logo derrotado.

Bem na hora em que se atreveu a começar a engatinhar para longe, pensando não ter mais serventia para eles, Mirina sentiu uma dor lancinante nas costas. Virou-se a tempo de ver um homem puxar de volta a lança com que a perfurara. Em vez de pânico, porém, tudo o que ela teve foi uma estranha sensação de alívio ao desabar na areia.

Os DEUSES DO MUNDO INFERIOR a receberam em seus escuros salões, cortaram fora seu coração e o pesaram em sua balança... mas o julgaram incompleto. Algo estava faltando. Somente quando eles a mandaram para a câmara da verdade, onde os demônios de cabeça de chacal dilaceraram sua carne, foi que ela finalmente se lembrou.

Lilli.

Escavando com as próprias unhas o caminho para sair das cavernas da morte, Mirina voltou para a luz lá em cima e se viu de novo caída na beira da lagoa, sob o sol que a tudo devorava. Quando finalmente abriu os olhos, o mundo estava envolto em uma bruma dourada e era como se seu corpo não tivesse peso nenhum. Levantou-se e se pôs a caminhar a esmo, sem sentir dor. O céu girou à sua volta uma ou duas vezes e a praia tentou engoli-la como se ela estivesse na areia que se esvai numa ampulheta... mas ela não sentiu medo.

Ao se ver completamente sozinha ali, voltou para as escadas do templo, que subiu pensando se o ataque teria sido apenas um sonho causado por uma insolação. Mas, assim que passou pela porta e viu a destruição lá dentro, entendeu que tudo tinha sido real e que, por algum motivo que ela talvez jamais entendesse, os deuses a haviam poupado com sua mão protetora.

A toda a sua volta estavam espalhados objetos de cerâmica quebrados e roupas rasgadas, e então, por fim, Mirina sentiu a névoa dourada se dissipar e suas faculdades retornarem ao perceber que algumas daquelas peças ensanguentadas ainda estavam enroladas em corpos. Sentiu-se sufocada pelo desespero. Precisava saber quem tinha sido assassinado com tanta brutalidade, mas tinha medo de reconhecer as vítimas.

As sobreviventes estavam reunidas no dormitório das mulheres, agachadas no chão em pequenos grupos amedrontados. Até onde Mirina pôde ver, Lilli não estava entre elas.

– Querida! – Cime veio correndo, com os cabelos grisalhos soltos e o rosto bondoso contorcido de dor. – Pensamos que você tivesse morrido! Ah, que ferida horrível!

De repente, mãos surgiram por toda parte para tentar fazê-la deitar, mas Mirina as afastou.

– Onde está Lilli? – exigiu saber, sentindo o funil de areia puxá-la cada vez mais forte.

– Fique calma – pediu Cime, tocando sua testa com a mão gelada. – Descanse.

Ao se deitar em uma das camas, ela se sentiu deslizar para a escuridão, mas assim que pensou que não fosse mais aguentar, Animone apareceu. Mirina não reconheceu a amiga na hora, pois a forma oval que apareceu na névoa ao seu lado estava tão machucada e pálida que parecia não um rosto, mas um melão caído de uma carroça e deixado à beira da estrada para apodrecer.

– Olhe só para nós – murmurou aquela forma, inclinando-se mais para perto e depositando um beijo trêmulo na bochecha de Mirina. – Nós somos as que tiveram sorte.

Mirina tentou falar, mas sua língua estava pesada demais.

– Você vai ter uma morte sagrada – continuou Animone. – E eu... – Sua voz falhou, mas ela se forçou a continuar. – Eu prefiro ser estuprada uma vez por um bruto sem nome do que pelo resto da vida por alguém que se diz meu mestre. E a Deusa da Lua...

Com o pouco de força que ainda lhe restava, Mirina segurou Animone pelo pulso, logo abaixo do bracelete de chacal.

– Onde ela está?

Sua amiga emitiu um ruído de repulsa.

– A Deusa? Eles que fiquem com ela! O que a Deusa fez para nos proteger? Passamos a vida inteira a seu serviço... sendo castas por ela. E qual é a sua retribuição? Ir embora com um bando de estupradores!

Mirina deu um puxão no braço da amiga e a encarou com uma impaciência febril.

– Estou falando de Lilli! Onde ela está? Eu a deixei no telhado...

– Shh. – Pitana apareceu, com o corpo alto curvado de preocupação. – Você precisa descansar. – Ela alisou o rosto ardente de Mirina com dedos trêmulos. – Está muito mal...

– Digam! – exigiu Mirina, encarando as duas amigas. – Onde ela está?

Animone fechou os olhos e abaixou a cabeça ferida.

– Ela se foi também. E Kara. Por mais que ela causasse problemas, sinto pena dela...

– Eles a levaram? – Mirina tentou se sentar, mas não conseguiu. – Para onde? Para onde eles a levaram? Quem eram esses monstros? Animone, seu avô era marinheiro... você deve saber alguma coisa. Vamos, me ajude a levantar. Onde está meu arco?

– Arcos são para caçadores – murmurou alguém.

– E nós somos o quê? – rebateu Mirina. – A caça? – Ela conseguiu finalmente se sentar. – Um animal caçado sente medo. Se debate. É devorado. – Ela encarou os rostos machucados e atônitos, um de cada vez. – Por que essa cara de medo? A lua cheia sempre não favoreceu o caçador?

Ela pretendia dizer mais, muito mais, mas a sua força já estava nas últimas havia muito tempo. Com um grunhido de exaustão, desabou de volta na cama, onde ficou deitada, imóvel como na morte, durante dois dias inteiros, fazendo as outras sacerdotisas se perguntarem que poder sobrenatural a mantinha viva e por quê.

CAPÍTULO QUINZE

E assim cheguei aonde vivia a Górgona. No caminho, em campos e à beira das estradas, vi homens e animais por todos os lados, qual estátuas, transformados em pedra cinza pela visão do rosto da Medusa.

Ovídio, *Metamorfoses*

Argélia

Levei quatro dias para decifrar a inscrição no santuário interno. Mesmo depois de descobrir os asteriscos que separavam palavras e frases – e apesar de, mesmo caindo de sono, eu passar várias horas por noite colocando o dicionário de vovó em ordem alfabética –, foi muito difícil entender o que a narrativa na parede dizia.

O gesso rachado e lascado em vários pontos (com certeza por causa da umidade ou das mudanças na estrutura ao redor) dificultava o trabalho. Em alguns lugares, grandes pedaços da parede tinham ruído por completo, deixando lacunas de bordas irregulares, de forma que faltava cerca de um terço da inscrição.

O que restava era um registro incompleto de acontecimentos apocalípticos e de violência nauseante. Destruição, estupro e assassinato haviam marcado o fim daquela civilização antiga e desconhecida e, muito embora a lista de vovó não contivesse nem de longe todas as palavras usadas pelo narrador, entendi o suficiente para ligar os pontos.

Quando finalmente cheguei ao fim da última parede, deitei-me por algum tempo sobre minha esteira de palha e fiquei pensando em como aquilo tudo se encaixava no mundo antigo que eu pensava conhecer tão bem. Não me restava dúvida de que o templo tinha no mínimo 3 mil anos e de que eu estava diante do legado de uma civilização da Idade do Bronze que não deixara vestígio nenhum a não ser no universo dos mitos. A pergunta era: quais mitos?

O Sr. Ludwig tinha me dito explicitamente que a Fundação Skolsky havia encontrado resquícios das amazonas, mas a inscrição não mencionava mulheres guerreiras; muito pelo contrário. E, já que a Fundação Skolsky se revelara uma farsa, será que eu deveria supor que a conexão com as amazonas também o era? Teria aquilo tudo sido uma forma de me ludibriar?

Caso fosse, por que alguém do alto escalão da Fundação Aqrab decidira *me* despachar até a Argélia, em vez do arqueólogo que Nick havia solicitado? Como estava sem celular, ainda não pudera pesquisar o Sr. Al-Aqrab na internet. Lembrei-me, no entanto, de James ter dito que ele era um daqueles típicos novos ricos sem limites que tinham um campo de golfe em sua cobertura e não hesitavam em alugar um navio de cruzeiro inteirinho para a festa de aniversário da esposa. Tive de me perguntar por que um homem assim daria alguma importância à narrativa incompleta escrita naquela parede, quanto mais empreenderia uma escavação de proporções tão gigantescas.

E mais uma vez pensei em vovó. Será que ela sabia daquela civilização esquecida? Parecia impossível. Mas ali estava eu, com seu caderno na mão...

Minhas especulações terminaram quando Craig entrou no santuário interno com um sorriso e meneou a cabeça.

– Imaginei que fosse encontrá-la aqui. Venha, doutora! É noite de sexta-feira e vamos matar o bezerro gordo.

Na realidade, o bezerro gordo veio na forma de mais um misterioso ensopado do refeitório, mas o fato de Craig ter me convidado para me sentar com ele e os amigos ao redor de uma fogueira no acampamento ajudou. Acima de nós e à nossa volta, uma profusão de estrelas cintilantes tornava o breu infinito do Universo um pouco menos intimidador e, após horas e mais horas passadas debaixo da areia ou dentro da caixa claustrofóbica que era a minha cabine, eu estava mais do que feliz por desfrutar a noite do deserto, sem falar em um pouco de companhia.

– Então, doutora, conte para a gente o que anda encontrando lá embaixo – pediu Craig, pondo a manta de microfibra da empresa em volta dos meus ombros. – Quem é o bonitão sem cabeça do caixão?

A julgar pelos grunhidos de surpresa à minha volta, poucos daqueles homens tinham ouvido falar no esqueleto.

– Não é um homem – falei para eles. – É uma mulher. Ela foi decapitada. Houve um ataque. Uma pequena frota de navios estrangeiros...

Olhei em volta e vi que os homens me encaravam com fascínio.

– É sempre a mesma coisa, não é? – continuei. – Saques e pilhagem. Homens empenhados em destruir e mulheres...

Na mesma hora em que eu disse isso, ocorreu-me que eu era a única mulher em um acampamento cheio de homens, que ninguém havia me feito mal e que eu estava compartilhando o seu jantar. Minhas tataravós teriam achado aquilo impossível. De fato, na longa história de mulheres que se estendia entre os infelizes acontecimentos descritos na parede e o aqui e agora, a anomalia era a *minha* situação.

– A maioria das sacerdotisas foi morta – continuei, puxando a manta para mais junto do corpo. – Algumas foram levadas embora como escravas... as bonitas, imagino. Não estou cem por cento certa do que aconteceu com as outras pessoas que moravam aqui, mas a inscrição parece sugerir que os invasores atearam fogo na cidade antes de ir embora.

Ao ver a expressão nos rostos à minha volta, balancei a cabeça.

– Desculpem. Não é uma história muito alegre.

– E a mulher no caixão? – insistiu Craig. – Por que ela era especial?

– Até onde eu entendo, ela era a suma sacerdotisa. – Tirei o laptop da bolsa e fui percorrendo as fotos do santuário interno. – A representação terrena da Deusa da Lua. Que também foi roubada, por sinal. A estátua, quero dizer. Parece que a suma sacerdotisa tinha uma coroa de cobras venenosas.

Parei para dar close em um desenho na parede que retratava uma figura feminina intimidadora, com serpentes enroscadas a brotar dos cabelos.

– Olhem aqui. – Ergui o computador para todos verem. – Impressionante, não?

Os homens se esticaram para olhar a imagem na tela e deixei que passassem o laptop de mão em mão. Quando a máquina chegou a Craig, ele soltou um ganido.

– Ela é a cara da minha sogra!

Esperei as risadas diminuírem, então falei:

– Na mitologia grega, Perseu viaja a terras distantes para matar a Medusa, um monstro com cabelos de cobra. Mas ele não só a *mata*: ele corta sua cabeça e a leva consigo para usar como arma. Parece que a Medusa era de uma feiura tão aterradora que, só de ver sua cabeça, um homem se transformava em pedra.

– Ela é *mesmo* a minha sogra! – exclamou Craig.

Ignorando as risadinhas que se seguiram, continuei:

– Dizem que a Medusa viveu exatamente aqui, no norte da África. Segundo a literatura grega, estas regiões abrigavam muitas variedades de... bem, de monstros, sobretudo.

– Mas para onde Perseu levou a cabeça? – quis saber Craig.

– Ele passou um tempo carregando a cabeça consigo – respondi. – Na verdade, ela era bem útil. Quem não iria gostar de às vezes conseguir transformar os outros em pedra? Mas o mais interessante é que essa cabeça com cabelos de cobra acabou virando uma decoração assustadora no escudo de Palas Atena. A deusa do Olimpo Palas Atena, sabem? A que ajudou Odisseu na longa viagem de volta de Troia.

Ao ouvir isso, Craig e alguns outros aquiesceram para sinalizar que conheciam a história.

– Além do mais, o filósofo grego Platão afirmava que Palas Atena era na verdade uma figura originária do norte da África – continuei, encorajada por seu aparente interesse.

Levei a mão à testa para tentar segurar aquele súbito fio de compreensão que me deixava eufórica.

– Será que foi isso que aconteceu com a Deusa da Lua roubada? E se ela tiver sido levada para a Grécia antiga e rebatizada de Palas Atena? Isso explicaria por que traz a cabeça da Medusa no escudo e por que Homero e Hesíodo a chamavam de "Tritogeneia". Não estão vendo? Elas chegaram à Grécia ao mesmo tempo, a deusa Palas Atena e sua monstruosa arma secreta, as duas únicas sobreviventes de uma magnífica civilização perdida às margens do lago Tritônis. Faz todo o sentido!

– Não houve nenhum outro sobrevivente?

Sobressaltei-me ao ouvir a voz de Nick. Fazia alguns dias que ele não dava as caras, e eu deduzira que estivesse atrás de um arqueólogo para me substituir. Mas ali estava ele, observando-me através da luz tremeluzente da fogueira.

– Bom, as que foram levadas como escravas é como se tivessem morrido – respondi. – Mulheres negras levadas à força para um mundo de brancos...

Balancei a cabeça.

– Como sabe que elas eram negras?

Hesitei, espantada com seu tom combativo.

– Como você sabe, as mulheres retratadas nas paredes do templo estão coloridas de marrom. Além disso, as inscrições fazem referência à pele clara dos invasores...

– E as que não foram levadas como escravas? Deve ter havido outras sobreviventes. Quem gravou o testemunho em primeira mão na parede?

– Infelizmente, o texto tem uma lacuna – falei, irritada com ele por me contestar na frente de todo mundo.

– Lacuna?

Encarei-o com fúria. Seu ar de desprezo me dizia que ele sabia muito bem o que era uma lacuna. Uma lacuna era uma parte que faltava. Algo que não estava lá. Como ele não me dizer que trabalhava para a Fundação Aqrab, por exemplo. Ou não pedir desculpas por sua grosseria. Ou não devolver meu telefone.

– Tem um buraco deste tamanho na parede – falei, abrindo os braços e balancei a cabeça para confirmar. – Mas, sim, houve sobreviventes. Uma meia dúzia, não mais do que isso. E a inscrição diz que elas partiram em busca das amigas roubadas.

Nick deu um passo à frente; seus olhos refletiam a dança das chamas.

– Para onde elas foram?

Hesitei. Pensei que ele quisesse apenas me provocar com suas perguntas insistentes, mas nessa hora entendi que não tinha nada a ver comigo.

– Não sei – respondi. – Essa parte está faltando.

A decepção ficou óbvia em seu rosto. Sem dizer mais nada, ele virou as costas e foi embora, e fiquei me perguntando, mais uma vez, quais seriam as motivações da Fundação Aqrab e seus objetivos ao me contratar.

Quando o Sr. Ludwig me procurara em Oxford, na semana anterior, ele e a fundação não tinham como saber se eu conseguiria decifrar a inscrição. Eles poderiam me pagar milhares de dólares e me transportar por várias zonas climáticas diferentes a troco de nada. Além do mais, ao me escolherem, eles em teoria haviam alertado toda a comunidade acadêmica de Oxford quanto à existência da escavação.

Minha confusão só fez aumentar quando voltei à minha cabine nessa noite e encontrei meu celular em cima da cama com um bilhete dizendo: "Pode ligar à vontade."

Sem surpresa nenhuma, minha caixa postal estava lotada de mensagens. Meus pobres pais cada vez mais perplexos com minha ausência, Rebecca sem entender por que eu não tinha retornado sua ligação e James começando a temer que eu tivesse sido raptada por um xeique do deserto, talvez não sem motivo, e que ele fosse ter de passar o resto do ano letivo dando comida aos peixes. "A propósito, seus alunos deram com a língua nos dentes", continuava ele, com um tom mais sério. "A velha gata selvagem sabe que você sumiu. Seria bom ligar para ela."

A velha gata selvagem era minha supervisora Katherine Kent, com quem James e eu tínhamos jantado na véspera da minha viagem. Eu esperava conseguir manter minha ausência em segredo, pois ela com certeza me tacharia de boba por abandonar minhas obrigações em Oxford no meio do semestre, mesmo que apenas por uma semana.

Depois de conferir rapidamente as horas, liguei para Katherine. Conforme eu desconfiava, ela não estava na sala, e deixei um recado curto que dizia: "Desculpe ter sumido assim, mas estou envolvida em uma coisa espetacular, sério. Com certeza está valendo a pena. Um sistema de escrita novo... é inacreditável. Tenho quase certeza de que consegui decifrar; mal posso esperar para lhe mostrar."

Isso feito, tornei a pensar no comentário de James sobre o xeique do deserto. Seria possível ele saber que eu estava no norte da África? Ou será que ele estava apenas brincando com o fato de a Fundação Aqrab ter sede em Dubai? Obviamente, para um historiador como James, o fato de eu ter sido quase raptada por uma gangue de fanáticos em restituição de arte antiga tornava a situação particularmente precária; se de fato os exércitos do Sr. Al-Aqrab estivessem atacando os museus britânicos, eu estaria, por assim dizer, atrás das linhas inimigas.

Sábado foi meu último dia no templo. Eu já tinha quase acabado de trabalhar na inscrição e, depois de passar a manhã melhorando meu texto traduzido, voltei para o santuário interno à tarde para tirar fotos de mais alguns detalhes das paredes e, acho eu, para me despedir do lugar.

Não avisei nem a Craig nem a Nick que voltaria ao templo depois do almoço. Até onde eles sabiam, eu estava ocupada fazendo a mala e, como Craig tinha comentado, trançando meus cabelos de Rapunzel antes de voltar para a torre de marfim.

Depois de fazer o trajeto tantas vezes, sabia que o templo não ficava tão longe assim do acampamento: não mais do que meia hora em marcha acelerada por dunas de areia. Como a nossa partida para Djerba só estava marcada para dali a algumas horas, gostei da ideia de fazer um pouco de exercício solitário.

Os guardas na barraca pareceram achar estranho que eu chegasse à escavação a pé e sozinha, mas não eram pagos para fazer perguntas, então não hesitaram em me ajudar a descer pelo tubo.

Logo o resto do mundo se tornou irrelevante. Eu estava no templo, bem longe da agitação da vida e, mais uma vez, sozinha com meus próprios pensamentos. Úmido, poeirento e escuro, aquele com certeza não era um lugar muito confortável, fosse do ponto de vista físico ou mental, mas a maravilha que eram as paredes do santuário interno logo me distraíram do fato de eu estar debaixo da terra e de que uma simples corda me conectava ao mundo lá em cima.

Eu agora já conhecia as mulheres naquelas paredes, e estar ali embaixo, respirando o mesmo ar que elas haviam respirado, de certa forma criava uma relação entre nós que transcendia o tempo. Quaisquer que fossem os acontecimentos do passado e o que quer que ainda viesse a acontecer, aquele lugar silencioso era nosso refúgio comum, e não pude evitar uma pontada de tristeza por ter de ir embora tão cedo. Nick havia jurado que eu estaria de volta a Oxford na segunda de manhã e, considerando sua vontade de se ver livre de mim, eu sabia que ele cumpriria a promessa.

Dali a pouco tempo, pensei ao percorrer o santuário interno em silêncio, o templo estaria coalhado de arqueólogos e a mídia ficaria louca para ter acesso àquela descoberta sensacional. Enquanto isso, eu estaria em Oxford, dando o melhor de mim para escrever um artigo acadêmico sobre a inscrição sem revelar como conseguira traduzir aqueles símbolos misteriosos.

Peguei a câmera e tirei mais algumas fotos em close dos desenhos nas paredes e da inscrição. Na pressa de decifrar os escritos, vergonhosamente dera pouca atenção às imagens coloridas, que sem dúvida eram mais antigas que o texto. A maioria era de cenas de sacrifício e uma delas em especial parecia sugerir que os sacrificados nem sempre eram animais. Ali estava a imagem que me fizera pensar no mito da Medusa: usando um adereço de cabeça feito de cobras vivas, a suma sacerdotisa tinha a mão estendida para uma mulher de vestido branco que ela parecia apunhalar com um facão. Quaisquer que fossem aquele ritual e o destino da vítima, pensei, não seria de espantar se aquela mulher de cabelos de cobra entrasse para a mitologia como um monstro.

Segurando bem alto a lanterna, examinei com mais atenção a figura da suma sacerdotisa. O gesso estava lascado, mas, além do assustador adereço de cabeça, tive quase certeza de que ela usava um bracelete de chacal idêntico ao que eu vira no braço do esqueleto dentro do sarcófago... sem falar no que eu usava, escondido sob a manga do suéter.

Mas o esqueleto, as sacerdotisas e eu não éramos as únicas mulheres no recinto com um chacal de bronze em comum. Ao dar a volta por todo o santuário com a lanterna apontada para as paredes, contei pelo menos mais oito figuras com braceletes parecidos. Todas vestiam branco e, embora seus cabelos estivessem escondidos por pequenos gorros pontudos, os bustos e ancas largas sugeriam se tratar de mulheres.

Como já havia acontecido muitas vezes, peguei-me pensando até que ponto aquelas mulheres de roupas brancas estariam relacionadas à lenda das amazonas. Deixando de lado qualquer feito guerreiro, talvez eu estivesse à procura de um elemento mais íntimo, talvez até secreto de suas vidas: os rituais e crenças que tinham forjado seu vínculo sagrado de irmandade. No entanto, se fosse mesmo o caso, por que elas não tinham se defendido dos invasores? Será que eu estava diante das últimas horas de uma civilização de amazonas?

Ou de seu início?

Ainda me lembrava de quando vovó tinha me mostrado seu bracelete, dizendo que o chacal era imortal. Ao que parecia, apesar da imobilidade, o corajoso canino estava vivo e era muito exigente em relação às suas hospedeiras humanas.

– Ninguém herda este bracelete – explicara-me ela. – É preciso merecê-lo. Só então o chacal escolhe você.

Na época, eu levara isso para o lado pessoal. Eu tinha entendido que ela estava se referindo a mim. Ficara um pouco ofendida com a sugestão de que não era digna de usar sua joia. Bom, não faz mal, pensara eu. Afinal de contas, quem quer ser escolhida por um chacal?

Mas, na verdade, era justamente isso que parecia ter acontecido: o bracelete de vovó havia escolhido a mim como sua hospedeira. Por mais que eu tentasse, nunca conseguia tirá-lo do braço; nem sabonete nem óleo adiantavam. É claro que essa fora a primeira coisa em que eu havia pensado ao ver o esqueleto no caixão: sabia que tinha de garantir que Nick não visse meu bracelete, para que não ficasse pensando em qual poderia ser o vínculo. Mesmo na confusão de todo o resto que estava acontecendo, eu continuava tentando tirá-lo... só que não conseguia.

Parecia ser uma daquelas coisas sinistras e irreversíveis: uma vez colocado, o bracelete não saía mais. Ou quem sabe o calor do deserto tivesse me deixado inchada. Contudo, pensando bem, ali embaixo no templo eu vivia com frio, o que tampouco parecia fazer a menor diferença. Eu tinha posto aquela joia por impulso, agora estava presa a ela.

Será que a mesma coisa acontecera com vovó?

Se na juventude ela houvesse feito parte de uma equipe arqueológica e trabalhado para decifrar aquela língua desconhecida, não era inconcebível que tivesse internalizado alguns dos rituais da antiga cultura que ajudara a descobrir. Talvez, só de brincadeira, ela houvesse posto um bracelete recém-encontrado e depois descobrira que não conseguia tirá-lo. Ou talvez não tivesse querido tirar.

Fui até o sarcófago, pousei a lanterna no chão e tentei mais uma vez empurrar a tampa de pedra. Mas é claro que não consegui. Nem mesmo Nick tinha conseguido movê-la sozinho.

Todas aquelas horas solitárias passadas naquele recinto ao longo dos últimos dias... tão perto do esqueleto, mas fisicamente incapaz de confirmar se o adorno em seu braço era mesmo idêntico ao meu. E agora eu iria voltar para casa...

Um ruído estranho e baixo de alguma coisa arranhando interrompeu minhas especulações. Fiquei parada por um instante e tentei identificar a origem do som, mas não consegui.

Um a um, todos os pelinhos do meu braço se eriçaram de medo. Desde a minha primeira visita ao templo, seis dias antes, eu vivera apavorada que a estrutura inteira desabasse em cima de mim. Só que o barulho que eu acabara de escutar não era um tijolo de barro cedendo, concluí. Parecia o som de um saco pesado sendo arrastado pelo chão.

Fiquei parada, escutando com atenção, e quase me convenci de que ouvia vozes também. Não as vozes graves e decididas de Craig ou Nick, mas um murmúrio débil e fantasmagórico que se enroscou em mim até eu mal conseguir respirar.

Assustada demais para ficar onde estava, presa no santuário interno, esgueirei-me até o templo principal a passos hesitantes. Nunca me sentira confortável naquele recinto enorme, sombrio e cheio de ecos, e sempre mantivera uma boa distância do buraco quadrado e negro no chão que, segundo Craig, conduzia a uma escadaria de pedra estreita rumo ao desconhecido.

Apontando a lanterna para um lado e outro, tentei determinar se estava mesmo sozinha. No entanto, tudo o que vi foram intermináveis fileiras de colunas e sombras a brincar de esconde-esconde com meu facho de luz.

Chamei, ansiosa, na direção da escuridão. Ninguém respondeu.

Desde a primeira vez que eu havia entrado ali, aquele templo titânico tinha me enchido de medo. E toda vez que voltara para trabalhar na inscrição, apressara-me em passar para o relativo conforto do santuário interno. Era como se as pessoas que tinham vivido e morrido ali houvessem marcado o ar de forma demoníaca, como se fossem imagens à espreita prontas para pular em cima de mim assim que eu baixasse a guarda. Nem as visitas repetidas tinham aliviado meu desconforto com aquele vazio cimério tão frio e que continha tantos segredos. E agora, com a gola levantada enquanto percorria devagar a grande galeria atrás de sons misteriosos, fiquei tão congelada de medo que tive de cerrar os dentes para que não batessem.

De tão atarantada, fui mais longe do que já tinha ido, bem depois da corda que indicava a saída e até o final da nave do templo. Craig tinha me dito que na outra ponta havia uma grande porta dupla, muito provavelmente a entrada principal original, mas eu nunca chegara a vê-la.

Apesar de todos os seus gestos amplos, Craig não tinha feito justiça à porta. Tão descomunal que alguém poderia atravessá-la no lombo de um camelo, ela fazia tudo à minha volta parecer diminuto, inclusive meu conhecimento. Que tipo de mundo teria existido além daquela porta? Será que era habitado por pessoas como eu ou por uma raça mais forte e mais bem preparada? Eu não fazia ideia.

Enquanto estava ali em pé, novamente admirada com as habilidades de engenharia daquela civilização perdida, ocorreu-me que a porta tinha algo estranho. Não o fato de ter sido evidentemente quebrada e consertada, mas sim de estar trancada com uma imensa tora de madeira.

Trancada por dentro.

Quem quer que tivesse feito aquilo, milhares de anos antes, obviamente tomara a decisão de ficar dentro do templo para proteger seus segredos. Teria sido um gesto grandioso e suicida, pensei, para o bem da irmandade do bracelete? Ou será que o templo tinha outra saída, que eu desconhecia?

Craig me dissera que o subsolo era um labirinto de cavernas e que ele não conseguira convencer seus homens a seguir nenhum deles até o fim. Até mesmo os durões do posto de perfuração tinham ficado assustados com aquele lugar, e fiquei pensando o que exatamente poderiam ter encontrado lá embaixo.

Seria de lá que vinham os barulhos? Do subsolo do templo?

Mais uma vez, pus-me a escutar com atenção.

Então ouvi passos. Bem atrás de mim.

Virei-me com um grito e ergui a lanterna, pronta para espatifá-la na cabeça do intruso.

– Sou eu! – bradou Nick, segurando com força o meu pulso. – O que você está fazendo aqui?

– Eu ouvi alguma coisa... – comecei, com a voz trêmula.

– Vamos! – Ele pegou a lanterna e começou a andar em direção à corda de saída, puxando-me com ele. – Hora de ir embora.

Meu medo se transformou em irritação.

– Preciso pegar meu casaco.

Saí correndo pelo escuro. A única coisa a me guiar era a luz da lanterna que havia deixado no santuário interno. Atrás de mim, pude ouvir Nick gritar que eu parasse. Seu tom ficava cada vez menos educado. Mas o caderno de vovó estava no bolso do meu casaco, e para mim era mais importante recuperá-lo do que cair nas graças de Nick.

Quando por fim cheguei ao santuário, tudo estava exatamente no mesmo lugar em que eu deixara. Exceto por...

– Diana! – Nick apareceu logo atrás de mim. – Não temos tempo para...

– Que estranho. – Peguei meu casaco e, enquanto verificava que o caderno continuava no bolso, meus olhos percorreram o recinto. – Alguma coisa aconteceu aqui...

– Vamos! – Nick tentou pegar o casaco da minha mão. – Vamos logo.

– Peraí! – De repente, senti todos os meus nervos ficarem alertas. – Olhe! – Apontei para o sarcófago. – Está aberto! Alguém abriu!

Nick nem olhou. Simplesmente me pegou pelo braço e começou a me puxar, com o cenho franzido de apreensão.

Enquanto saíamos correndo do santuário, ouvi um barulho terrível que meu cérebro levou alguns segundos ofegantes para processar: uma explosão abafada, não muito distante, e tijolos de barro desabando.

CAPÍTULO DEZESSEIS

As mulheres sozinhas não são nada;
não têm Ares dentro de si.

Ésquilo, *As suplicantes*

Assim que chegamos ao pé do buraco de acesso, Nick segurou a corda ali pendurada e me mostrou o mosquetão preso a ela, o mesmo que eu já conhecia bem de tantas vezes que descera e subira.

– Daqui a alguns segundos, você vai prender isto aqui no seu cinto – instruiu ele. – Eu vou estar lá em cima e vou puxar você – falou, apontando para ilustrar o que dizia. – Entendeu?

Senti mais uma onda de dormência provocada pelo pânico.

– Por que os guardas não...?

– Os guardas não estão lá.

Nick tirou a camisa folgada e olhou lá para cima com apreensão.

– Agora me dê um minuto.

Só quando ele limpou as palmas das mãos na calça foi que entendi que iria escalar a corda e me deixar sozinha.

– Peraí! – exclamei, cada vez mais apavorada. – O que está acontecendo? Por que os guardas não estão lá?

Ele me segurou pelos ombros e deu uma sacudidela.

– Você vai ficar bem. Eu prometo. Só não deixe de respirar.

Suas palavras foram seguidas por um ronco distante, e puder ver em seus olhos que ele também estava incomodado com aquele barulho. Sem mais qualquer tentativa para me acalmar, ele começou a subir pela corda. Não havia nenhum nó para lhe dar sustentação; tudo de que ele dispunha eram a força das próprias mãos e braços e o pouco de apoio que conseguia ao enroscar a corda nos pés.

Nunca tinha me sentido tão abandonada quanto na hora em ele enfim desapareceu dentro do tubo de aço. Prendi o mosquetão ao cinto com dedos trêmulos e olhei para o escuro em volta, sentindo muito bem que o perigo se aproximava por todos os lados. Toda vez que eu inspirava, conforme ele instruíra, parecia-me que mais escombros despencavam de repente em algum lugar mais abaixo ou do outro lado da parede... não dava para dizer qual dos dois.

Igualmente perturbador era o ronco fraco e crescente que fazia o chão vibrar sob meus pés. Cada vez mais em pânico, quase pude imaginar a raiva de algum monstro pré-histórico despertada em algum lugar nas cavernas debaixo daquele prédio colossal. E esse animal temível avançando na minha direção com passos pesados e vagarosos.

Quando por fim senti um puxão firme na corda presa ao meu cinto, que me tirou uns dois palmos do chão, dei um grito de alívio. Ficou claro que Nick tinha chegado lá em cima e dava o melhor de si para me içar.

Bem na hora em que eu estava pendurada no ar, uma nova explosão soou, dessa vez mais perto. Por instinto, cobri o rosto enquanto meu corpo inteiro era fustigado pela areia que voou.

Quando me atrevi a abrir os olhos, tudo o que consegui distinguir foi areia e escuridão. Respirando com o casaco embolado em frente à boca e ao nariz, tentei encontrar o leve brilho da lanterna que tínhamos deixado no santuário interno, mas ele havia sumido. Tampouco pude ver o reconfortante pontinho de luz do dia no final do tubo acima de mim.

Desesperada para apressar minha fuga do templo que ruía, segurei a corda e tentei subir por ela, mas é claro que não consegui. Tudo o que consegui foi fazer Nick me deixar cair uns 30 centímetros – que avançara com esforço – e gritar comigo pelo tubo.

Pelo menos o som da voz dele teve um efeito calmante, e me esforcei ao máximo para parar de me mexer. Instantes depois, cheguei à segurança da superfície e Nick desatou meu cinto com os olhos semicerrados de preocupação.

– A gente está... – comecei, mas o que pretendia dizer foi interrompido pelo barulho de outra explosão subterrânea.

– Rápido! – gritou Nick, já me puxando da barraca para o sol ofuscante.

Corremos em direção a um solitário cavalo amarrado a uma estaca.

– Eu monto primeiro. – Ele soltou rapidamente as rédeas e montou no animal irrequieto. – Ponha o pé aqui.

Usei o estribo para montar na sua garupa e, assim que o abracei pela cintura, ele esporeou o cavalo com força.

Enquanto nos afastávamos a galope, uma série de explosões rasgou o chão logo atrás de nós; foi como se estivéssemos sendo alvejados por um avião invisível. Em pânico, o cavalo parou e empinou, derrubando nós dois sobre uma duna.

– Caramba! – gemi, vendo estrelas e com a boca cheia de areia. – Está tudo bem?

Mas Nick já tinha se levantado e fazia o possível para acalmar o cavalo. Foi então que vi, logo atrás dele, a barraca de beduíno desabar e sumir, sugada por um estrondoso funil de areia.

– Olhe! – gritei. – Temos que...

Assim que Nick viu do que eu estava falando, nós dois escalamos a duna o mais depressa que conseguimos; sequer tentamos montar de novo no cavalo. O rugido da destruição foi aumentando às nossas costas e, quando por fim chegamos ao topo e me atrevi a olhar para trás uma última vez, consegui ver apenas uma cratera de areia que devorara tudo. Nada havia sobrado: a barraca, o duto de acesso, o equipamento de perfuração. O vale inteiro tinha virado uma gigantesca boca que sugara com avidez cada pedacinho do aqui e agora para preencher o vazio dos milênios perdidos.

Depois de falar com seu pessoal e dar seus telefonemas, Nick me encontrou exatamente onde havia me deixado: sentada em um dos bancos do refeitório vazio, encarando uma xícara de chá.

– Está se sentindo melhor? – perguntou, sentando-se do outro lado da mesa com uma caneca de café. Parecia mais calmo agora, quase em paz. Ou talvez estivesse apenas fingindo para me animar.

– Esqueci de lhe agradecer – falei, endireitando as costas. – Por ter salvado a minha vida.

Nick aquiesceu.

– De nada.

– Você não precisava ter feito isso – continuei, girando a xícara. – Eu não tenho sido exatamente a sua... melhor amiga. Não é?

Ele deu um gole no café.

– Não quero encrenca com os Moselanes.

Fiquei pasma.

– Como é que é?

Só então percebi que ele estava brincando. Como sempre acontecia, sua barba atrapalhava minha percepção da sua expressão, como um círculo de arbustos espinhosos em volta do seu verdadeiro eu. Balancei a cabeça, exausta de repente.

– Quer por favor me dizer o que está acontecendo?

Ele deu de ombros.

– Alguém resolveu explodir o templo...

– Alguém?

Evitando meus olhos, Nick se recostou na cadeira e coçou o pescoço.

– Craig recebeu uma ligação anônima. Um alerta. Foi por isso que resolvi mandar os guardas saírem de lá. E foi sorte, porque do contrário não saberia que você estava lá embaixo.

– Mas isso é um absurdo! – exclamei. – Quem faria uma coisa dessas? Por quê? *Como*, pelo amor de Deus? – As possibilidades giravam em minha cabeça, e tive de inspirar fundo algumas vezes para conter a náusea. – Que loucura – retomei, dessa vez mais baixo. – Quem quer que seja, deve estar morto agora, não é?

Nick deu de ombros.

– Devem ter acionado a bomba por controle remoto.

– Mas os barulhos que eu escutei...

Ele tornou a dar de ombros.

– Não adianta ficar especulando. A gente nunca vai saber.

– Ah, fala sério!

Encarei-o desesperada por respostas, mas ele apenas bebeu o resto do café em um gole só, empurrou a caneca para o lado e sacou um maço de dinheiro. Só quando começou a contar as notas sobre a mesa entre nós dois foi que entendi o que estava fazendo. Aquele sangue-frio me fez sentir um ódio... Pelo visto, para Nick, tudo ainda continuava apenas profissional. Bombas, cordas, hematomas... era só um dia como outro qualquer na Fundação Aqrab.

– Certo, 10 mil dólares – disse ele por fim, empurrando o dinheiro na minha direção. – Acho que é isso que estávamos lhe devendo.

– Ora, obrigada – falei, um tanto ríspida, enfeitiçada por aquela ridícula pilha de dinheiro. – Então é só isso que eu mereço. Nenhuma explicação?

Nick se levantou; tinha os olhos vazios de qualquer emoção.

– A gente poderia continuar conversando. Mas você iria perder o avião.

Saímos do posto de perfuração sob a luz dourada do fim de tarde. Apesar de tudo o que havia acontecido, Nick continuava decidido a me fazer chegar a Djerba a tempo de pegar meu voo para Gatwick na manhã seguinte, tanto que estava disposto a passar a noite dirigindo.

Quando me sentei ao seu lado no carro, exaurida demais para sentir algo além de um bem-vindo torpor, ele tamborilou os dedos no volante e disse:

– Achei que você fosse gostar de saber que um grupo ambientalista assumiu a autoria do atentado. Eles mandaram um fax logo antes de a gente sair... a mesma baboseira anticapitalista imbecil de sempre.

Olhei para ele. O sol se punha atrás de nós e seu rosto estava envolto em sombras, como sempre parecia estar.

– Que prático – comentei, espantada com meu próprio sarcasmo. – Isso explica tudo.

Nick relanceou os olhos para mim.

– Você não acredita?

– E você esperava que eu acreditasse? Você também não acredita, não é?

Ele deu de ombros.

– Sei lá. Não faz sentido para mim. Eu esperava que fizesse sentido *para você*.

– Vejamos. – Recostei-me no banco, feliz com o convite inesperado para falar sobre o incidente que quase havia custado a vida de nós dois. – Você vai até a Argélia protestar contra uma perfuração, mas em vez de se acorrentar ao equipamento ou de pichar os trailers com seus slogans, rasteja por túneis infestados de criaturas indizíveis para explodir um sítio arqueológico que é patrimônio da humanidade? Não, para mim não faz sentido. Quem mandou esse fax está tentando esconder a verdade.

Nick hesitou.

– E *qual* é a verdade?

Olhei para um oásis que passava, ou melhor, cinco solitárias palmeiras amontoadas em desafio ao imenso nada que as atacava por todos os lados.

– Boa pergunta. Acho que a única coisa que se pode dizer com qualquer grau de certeza é que a pessoa que fez isso não é amiga de nenhum de nós dois. Afinal de contas, amigos não deixam amigos morrerem na explosão de um templo subterrâneo. Certo?

– É, acho que sim – disse Nick, sem parecer muito convencido.

– E já que estamos falando nesse assunto... – Tirei as botas e pus os pés calçados com meias sobre o painel do carro. – Ainda estou esperando alguém me dizer por que não foi nenhum outro filólogo que teve o privilégio de quase morrer na explosão. Por que o Sr. Ludwig foi procurar *a mim*? *Você*, é óbvio, nunca me quis lá no templo. Esse papo todo sobre as amazonas... de onde isso veio?

Nick se remexeu no banco, pouco à vontade.

– John é meio brincalhão.

– Bobo da corte, você quer dizer – corrigi, decidida a não deixá-lo encerrar a conversa. – O único objetivo de um bobo da corte é agradar ao rei. Então, já que você pertence à mesma corte, diga uma coisa: por que o seu poderoso rei mandou seu bufão me seduzir com uma conversa sobre as amazonas?

Nick não respondeu, então o cutuquei com o pé esquerdo. Afinal de contas, ali estávamos nós, a poucas horas de nos despedirmos para sempre, e eu sabia que se quisesse solucionar o quebra-cabeça da viagem, aquela era minha oportunidade.

– Ah, por favor – falei, tentando ganhar sua amizade. – Você não pode me deixar assim no vácuo.

Nick sorriu, mas foi um sorriso bem desanimado.

– Você está partindo do princípio de que o poderoso rei confia em reles cavaleiros. Bom, não é o caso.

– Então por que não pega esse seu nobre celular e liga para algum duque ou príncipe que saiba?

– Hoje é domingo. O escritório está fechado. – Ele me olhou de esguelha. – Mas, afinal de contas, por que você está tão interessada nas amazonas? Já não basta ser a única filóloga do mundo a ter podido decifrar um alfabeto desconhecido?

– E agora soterrado por 10 toneladas de areia.

– Mesmo assim... – Nick tirou uma das mãos do volante para contar nos dedos. – Você tem as fotos. O texto. A narrativa. Sem falar em 10 mil dólares no bolso. O que mais você quer?

Dei um suspiro alto, frustrada por não termos saído da estaca zero.

– Uma explicação!

Nick contraiu o maxilar.

– Bom, está importunando o cara errado. Eu sou só um funcionário. A única coisa que posso dizer é que o fax do grupo ambientalista foi enviado de um cibercafé em Istambul.

Ele me lançou um olhar que interpretei como de desconfiança.

– O que você sabe sobre Grigor Reznik? – perguntou.

Fiquei tão espantada com a pergunta que comecei a rir.

– O colecionador? Pouca coisa. – Parei para reunir o conhecimento que tinha. – Escrevi para ele uma ou duas vezes solicitando acesso a um manuscrito antigo que ele comprou no ano passado chamado *Historia Amazonum.* Mas ele nunca respondeu.

Nick franziu o cenho.

– É isso que em geral acontece quando você fala com um ladrão sobre o que ele roubou.

– Como assim?

– Quando Reznik negocia antiguidades, em geral é sob a mira de uma arma – respondeu ele, tamborilando outra vez no volante. – De onde veio esse manuscrito? Quem vendeu para ele?

As perguntas de Nick me deixaram pouco à vontade. Katherine Kent tinha dito algo parecido quando eu cometera o erro de mencionar minhas cartas para Reznik, mas eu havia descartado suas preocupações como boatos sem fundamento.

– Tá – falei, rendendo-me ao que parecia ser a opinião da maioria. – Quer dizer que Reznik tem métodos pouco convencionais...

– Para não dizer outra coisa! – Nick me lançou um olhar de reprovação. – Ele é um escroque! Não feche os olhos para isso só porque ele tem algo que você quer.

Fiquei extremamente tentada a usar isso como deixa para confrontá-lo sobre o fato de ele trabalhar para a Fundação Aqrab, mas resolvi deixar essa flecha na aljava por enquanto.

– Bom, alguns dizem que Reznik se redimiu do ponto de vista moral – falei, em vez disso. – Parece que ele perdeu o filho em um acidente de carro no ano passado e ficou arrasado...

– Não vamos usar as palavras "Reznik" e "moral" na mesma frase – disse Nick, interrompendo-me. – Quanto ao filho dele, Alex, pode acreditar em mim: aquele filhote de coisa ruim pediu. Você já ouviu falar em filme *snuff*? – Ao ver que eu sabia do que se tratava, ele aquiesceu com um ar sombrio. – Aquele marginal cruel merecia bem mais do que um acidente de carro. É o tipo de pessoa que faz a gente querer acreditar que o inferno existe.

– Parece que você conhecia o cara.

– De ouvir falar. E já é mais do que suficiente. Só para você ter uma ideia, em alguns círculos ele era conhecido como "Serra de Osso".

– Grata pela imagem – falei.

– De nada. Mas a pergunta mais interessante é: por que Grigor Reznik se interessa por um velho manuscrito? Ele não é intelectual. Explique isso, por favor.

– Por quê? Porque você acha que ele está por trás do atentado?

Nick deu de ombros.

– Estou só tentando juntar as peças. O fax foi enviado de Istambul. Reznik está em Istambul...

– Mas ele não é idiota – rebati, erguendo uma das mãos para me proteger da poeira ao cruzarmos com um caminhão. – Se ele tiver *mesmo* mandado o tal fax, não teria feito isso de algum outro lugar? De *qualquer* outro lugar?

– Talvez. Ou talvez o remetente tenha querido incriminá-lo. Por quê?

– Tudo o que posso dizer é que se acredita que o *Historia Amazonum* contenha informações sobre o destino das últimas amazonas e sobre o lendário Tesouro das Amazonas. – Acenei com a mão no ar para acrescentar um pouco de dramaticidade. – Tesouro não no sentido histórico, mas no sentido literal de conjunto de objetos valiosos.

– Um tesouro?

– Isso. É claro que até quem acredita nas amazonas acha que isso não passa de uma velha lenda romântica... assim como a ideia de que elas cortavam um dos seios para manejar melhor as armas.

Parei para reavaliar minha própria opinião sobre o assunto e concluí, como já tinha feito tantas vezes, que eu tampouco acreditava no Tesouro das Amazonas.

– Se for disso que Reznik está atrás, ele não é só mau, mas também louco. Que combinação infeliz... Não sei muito bem de onde veio essa fantasia absurda, de que um bando de guerreiras nômades e pobres pudesse transportar um tesouro por aí, mas garanto a você que isso não passa de um conto de fadas.

– Assim como as próprias amazonas – acrescentou Nick.

Aquiesci.

– É o que a maior parte dos estudiosos diria.

– As amazonas em cujo templo nós dois acabamos de estar.

Pasma, virei-me no banco para encará-lo.

– Cinco dias atrás, você não conseguia nem *soletrar* amazona. Quem sabe agora seja uma boa hora para me dizer o que aconteceu nesse ínterim?

– Quem sabe agora seja uma boa hora para você me falar sobre o bracelete?

Chocada com a armadilha, levei uma das mãos à manga da roupa.

– Não sei bem se...

– Você achou mesmo que eu não fosse reparar?

Remexi-me no banco, pouco à vontade, consciente de que estava presa naquele carro com ele.

– Não entendo o que você tem a ver com isso...

– Ah, é? – rebateu Nick, e sua recente simpatia se esvaiu como se nunca houvesse passado de uma máscara. – Estou vendo que você puxou aos seus conterrâneos. Apropriar-se de artefatos antigos é uma questão que sequer merece discussão.

Só então me dei conta de que ele na verdade não estava me interrogando sobre o bracelete de chacal de vovó. Não: ele estava me acusando de roubar a joia do sarcófago. Se eu negasse o roubo, porém, restaria o mistério de como aquela joia específica tinha ido parar no meu braço. Nas atuais circunstâncias, esse era um assunto que eu faria de tudo para evitar.

Assim, tomei uma decisão rápida e falei, com a maior calma possível:

– Se eu não tivesse pegado, ele teria se perdido para sempre, não é? Mas não se preocupe, nunca tive a intenção de ficar com ele, só queria mantê-lo seguro por enquanto. – Virei a cabeça e tornei a olhar para o perfil de Nick, que se mostrava inescrutável como sempre enquanto ele escutava a minha defesa. – De qualquer forma, não entendo por que ele pertenceria a você mais do que a mim. Esta joia deveria estar exposta para todos verem...

– Então tire. Eu posso garantir que ela vá para um museu. Um museu do tipo *certo*.

Seu sorriso desdenhoso me informou que os museus britânicos não pertenciam a essa categoria.

Passamos alguns instantes sentados em silêncio. Apesar da brisa fria do início da noite, eu suava enquanto meu cérebro se esforçava para salvar a situação. No final, decidi me ater à verdade.

– Eu não consigo tirar.

Nick olhou com fúria para o meu pulso; estava claro que não acreditava em mim. Estendi o braço na sua direção.

– Fique à vontade.

Não era um blefe; eu sabia que ele tampouco conseguiria. Mas ele sequer tentou.

NESSA NOITE DORMI NO CARRO e sonhei de novo com vovó.

Estávamos as duas em pé junto a um penhasco, olhando para uma paisagem deserta de sonho. Eu estava de pijama e vovó usava seu velho roupão esgarçado e tinha os cabelos grisalhos soltos nas costas. Atrás de nós, meus pais discutiam aos berros sentados dentro do carro, achando que não podíamos escutar.

– Isso não pode continuar assim – dizia minha mãe. – Hoje de manhã encontrei mais um daqueles desenhos na cama da Diana.

Ela estava se referindo a meus desenhos de amazonas imaginárias, a maioria dos quais eram feitos a quatro mãos, por mim e minha avó, produzidos no frenesi criativo daqueles poucos e preciosos dias em que não éramos vigiadas pelos homens imaginários vestidos de verde. Sentadas à mesa de jantar do sótão, ela e eu desenhávamos guerreiras amazonas com riqueza de detalhes, usando lápis de todas as cores.

Eu em geral tomava cuidado para guardar no fundo do armário todos os indícios de nossas atividades clandestinas, mas de vez em quando ficava tão encantada com um desenho específico que à noite dormia com ele debaixo do travesseiro. Sem dúvida era um desses desenhos que tinha caído nas mãos de minha mãe, e ela decerto teria preferido achar o recado de um colega de colégio apaixonado do que uma mulher a cavalo armada com um machado de combate.

– E se ela fosse um menino? – sugeriu meu pai, em um raro momento de objeção. – Você se preocuparia com os desenhos?

Minha mãe deu um grunhido de irritação. Não estava acostumada a ser contrariada e certamente não por seu dedicado marido. Os dois haviam se conhecido a bordo de um ônibus turístico em Londres uns doze anos antes; ela era a turista americana de agenda cheia, conquistando o Velho Mundo com sua câmera fotográfica, e ele, o solteiro distraído que subira no ônibus por acidente depois de confundi-lo com o N19 que ia para Finsbury Park.

Esses papéis permaneciam os mesmos.

– Não é fácil para mim dizer essas coisas – continuou minha mãe, com seu tom de voz que encerrava todas as discussões. – Afinal de contas, você é filho dela. Mas ela está *doente*, Vincent...

Pressionei as mãos nos ouvidos para tentar não escutar o que estava por vir. Mas não havia como impedir o inevitável. Vovó também sabia disso.

– Não chore, minha pequena – sussurrou ela, tocando minha bochecha. – As coisas sempre estiveram fadadas a ser assim. – Ela apertou o cinto do roupão e semicerrou os olhos para a vastidão do deserto. – Preciso voltar para junto das minhas semelhantes...

– Mas eu não quero que você vá embora! – Abracei-a com ímpeto. – E eles não podem obrigá-la a ir. Se fizerem isso, eu fujo de casa...

– Não! – Ela soltou meus braços. – Preciso que você cresça e fique grande, forte e sábia em relação ao mundo. Aprenda tudo o que houver para saber sobre as amazonas, mas jamais revele que é uma de nós. – Ela me segurou pelos ombros e cravou em mim seu olhar azul. – Não esqueça: deixei instruções para você.

Contive as lágrimas.

– Que tipo de instruções?

Jamais obtive resposta. Com a exuberância surreal tão típica de meus sonhos com ela, vovó deu um passo em direção à borda do precipício e desapareceu. Saltei para a frente e tive um vislumbre de seu roupão flutuando pelo ar bem lá embaixo até finalmente ir parar sobre uma onda de areia imaculada. De vovó já não havia nem sinal. E em um piscar de olhos o roupão também sumiu, engolido por um súbito redemoinho de areia até desaparecer por completo nas entranhas sempre famintas do deserto.

Para garantir que tudo corresse bem e eu não perdesse o voo, Nick me acompanhou até o controle de segurança. Quando enfim o vi afastar-se pelo hall vazio do aeroporto, senti um breve latejar de arrependimento. Apesar de sua resistência, estava convencida de que ele conhecia as respostas para a maioria das minhas perguntas, e agora nunca mais teria chance de conseguir extraí-las dele.

Assim que passei pelo controle, meu celular tocou. Era Rebecca.

– Estava superpreocupada – disse ela, depois de ouvir meu relato confuso. – Não conseguia entender por que você não me retornava.

– Bom, aqui estou – falei, enquanto me encaminhava para o portão de embarque. – Voltando para casa.

– Peraí! Você *precisa* vir aqui ver o que eu encontrei – falou ela e, apesar de tudo o que eu tinha lhe contado, parecia exultante. – E traga o caderno da vovó.

Estaquei bem no meio do saguão.

– Por quê?

– Porque... – Como sempre, Rebecca ficou dividida entre o desejo de permanecer misteriosa e a compulsão de revelar tudo ali na hora. – Venha e pronto. Troque esse voo. Preciso muito lhe mostrar isso.

– Bex! – Eu não estava com disposição para mais mistérios. – Esta última semana foi uma loucura total...

– É uma tabuleta de argila – disparou Rebecca. – E nela estão inscritos exatamente os mesmos símbolos da foto que você me mandou por e-mail. Está bem aqui, no nosso arquivo. Tentei tirar uma foto, mas o meu celular é uma porcaria. Você precisa ver pessoalmente, mas tem que ser *agora*, antes que o chefe da equipe volte...

Parte de mim quis acalmar Rebecca e dizer que aquilo não era uma questão urgente, mas mesmo assim... se ela tivesse mesmo encontrado uma tabuleta antiga com símbolos iguais aos do templo argelino e aos do caderno de vovó, eu não poderia descansar antes de tê-la nas mãos. Se pegasse um voo direto dali para Creta, talvez ainda conseguisse estar de volta a Oxford na segunda. Considerando a situação como um todo, o que significavam mais 24 horas?

PARTE III
SOL

CAPÍTULO DEZESSETE

Ilha de Creta

O sol batia em seu rosto e o vento a atingia por trás.

Em pé na proa do navio, com as mãos na amurada, Mirina saboreava o subir e descer de cada onda e sentia um imprevisto fio de esperança. Era seu primeiro dia sem enjoar, o primeiro em que conseguia de fato ficar feliz por estar enfim a caminho.

Auxiliada por Animone, fizera um grande esforço para convencer as irmãs sobreviventes a deixar para trás suas vidas arruinadas e acompanhá-la rumo ao desconhecido. A doce Lilli, Kara, filha do chefe tribal, e a linda Klito com seus olhos cheios de aventura... onde estariam elas agora? Ao todo, nove mulheres tinham sido raptadas. Seria possível encontrá-las?

Por mais inútil que pudesse ser aquela busca, Mirina não sossegou até que todas as sacerdotisas concordassem em ir. O que os saqueadores haviam deixado em seu rastro era um mundo desesperado, violento, povoado por bandos de ladrões que enchiam as ruas para roubar qualquer coisa que parecesse ter algum valor e abandonar cadáveres ao relento para serem devorados por ratos e cães. As incertezas da viagem não eram preferíveis à certeza de infelicidade permanecendo ali?

Segundo Animone, Creta era onde elas poderiam encontrar ouvidos interessados e respostas para suas perguntas. Partindo das histórias do avô marinheiro, ela insistia que aquela próspera ilha no meio do grande mar setentrional era uma das preferidas pelos homens do mar para se abastecerem de água e comida. Com certeza os cretenses conheciam os navios maus de casco negro... na verdade, era até possível que os saqueadores também parassem ali a caminho de casa.

Uma vez tomada a decisão, as doze sacerdotisas se esforçaram juntas para transformar seu templo destruído em um túmulo. Retiraram os objetos sagrados da pedra oca do altar e puseram lá dentro o corpo mutilado da suma sacerdotisa, aninhado nas cinzas das que tinham acabado de morrer e cercada por seus braceletes de chacal. Depois de bem fechado o caixão, Cime escreveu nas paredes do santuário interno um relato completo daqueles últimos e penosos dias.

– No futuro, as pessoas vão entrar neste templo e perguntar o que aconteceu aqui – disse ela às outras. – Quero que elas saibam tudo em detalhes, para poderem honrar nossas irmãs mortas que não podem mais contar a própria história.

Enquanto isso, Mirina reuniu todas as armas que conseguiu encontrar e garantiu que cada irmã tivesse no mínimo uma faca, um arco e uma aljava com muitas flechas. Dessa vez, a única a protestar foi Egeia, a altiva seguidora de Kara, que não gostou quando Mirina lhe disse o que fazer.

– Por que fica me dando estas coisas horríveis? – lamentou-se ela, recusando as armas. – Passo mal só de vê-las.

– Passa mal? – Mirina teve de fechar os olhos para manter a calma. – E ver suas irmãs assassinadas? Qual o efeito disso em você? Ou pensar nas suas amigas raptadas? – Ela empurrou o arco e a aljava para as mãos de Egeia. – Quer saber o que *me* faz passar mal? Uma mulher saudável e capaz que não quer se defender porque acredita que armas são más.

Ela pousou uma das mãos no ombro de Egeia e o apertou de leve em um gesto de conciliação.

– Aqueles homens que vieram aqui, *eles*, sim, são maus. E quem lhe deu essas ideias falsas sobre as armas está para sempre manchado com o sangue dos inocentes.

Quando finalmente ficaram prontas, depois de reforçar as roupas com couro de cobra – antes repulsivo até mesmo para as companheiras mais próximas de Mirina, mas agora uma bem-vinda proteção para sua tão abalada confiança –, juntas, as mulheres travaram a colossal porta do templo com mais uma barra, imobilizando-a da melhor maneira que conseguiram. E, depois de uma última prece à Deusa da Lua ausente, Mirina conduziu o pequeno grupo para fora do templo pelo complexo sistema de cavernas subterrâneas, que ela já explorara bastante tempos antes, enquanto as outras aproveitavam o descanso da tarde.

– Por aqui! – acenou, segurando a tocha próxima ao chão para manter as cobras afastadas. – A chama logo vai morrer, apressem-se!

Sem a Deusa da Lua e com a suma sacerdotisa morta, as mulheres não demoraram muito a retornar às habilidades e paixões de suas vidas anteriores. A mais experiente das sobreviventes era Animone, que sempre se declarara à vontade no manejo de embarcações a vela e em águas abertas e que agora tinha enfim uma possibilidade de provar às outras suas aptidões.

– Por que não acreditam em mim? – exclamara ela, ao ver a hesitação das companheiras diante do barco de pesca abandonado que ela e Mirina haviam arrastado a duras penas pela margem do lago. – Eu sei velejar neste barco, estou dizendo. Mas primeiro precisamos consertá-lo. Precisamos de cordas... – Transbordando com uma animação esquecida tempos antes, ela havia começado a contar nos dedos. – Precisamos de estacas, de fio resistente e de agulhas e precisamos de um pano grosso para a vela.

Mirina, por sua vez, teimosa, seguiu afirmando que era caçadora. Nada mais nem nada menos do que isso. Trajando uma túnica de couro de cobra, com os preciosos arco e aljava presos aos ombros, não fez nenhuma tentativa de assumir o comando. No entanto, como as outras não paravam de procurar nela respostas e incentivo, foi natural que a liderança lhe coubesse. Aonde quer que ela fosse, as outras iam atrás; nem mesmo Egeia se atreveu a desejar que fosse diferente.

A TERRA DOS CRETENSES REPOUSAVA no oceano qual um gigante deitado.

Íngreme e intimidadora, vários trechos de sua costa não permitiam que o barco atracasse. Segundo Animone, até mesmo as mais belas enseadas eram traiçoeiras para marinheiros inexperientes. Logo abaixo do turquesa cintilante daquelas leves ondas, explicou, pedras afiadas como dentes e cobertas por algas escorregadias esperavam para arremessar e lacerar desconhecidos sem sorte.

Mirina sabia que de nada valia reclamar. Se não fosse Animone, elas já teriam morrido. Houvera várias situações de risco desde que tinham deixado para trás os pântanos onde viviam. Engolidas por ondas gigantes, esmagadas por penhascos, naufragadas em costas desconhecidas... de uma forma ou de outra, teriam sucumbido muito antes de pousarem os olhos no litoral de Creta. Era graças ao conhecimento jamais esquecido de vela e navegação da amiga que haviam chegado.

– Ali! – exclamou Animone, apontando para a frente. – É ali que os mercadores atracam. O palácio do rei não fica muito longe. Só que eles não o chamam de "rei". Tenho certeza de que o meu avô me disse que ele é chamado de Minos.

Semicerrando os olhos por causa do sol, Mirina estudou com grande interesse aquele litoral movimentado. Toda sorte de embarcações se aproximava ou se afastava do porto construído pelos homens, mas nenhuma delas se parecia com os navios negros que tinham levado a pobre Lilli e tantas outras. Embora parte dela ansiasse por vê-las, Mirina sabia também que ainda não estava pronta para enfrentar aqueles homens bestiais. Em pé na proa de seu valente barquinho, com as mãos a proteger o rosto, sentiu a ferida em suas costas lhe avisar que ainda não estava totalmente curada e que, apesar de todas as suas palavras de incentivo às outras e dos treinos coletivos de arco, ela e as irmãs ainda eram pouco mais do que presas para caçadores.

– Tem certeza de que seremos recebidas em paz? – perguntou Pitana, chegando ao seu lado na amurada e pousando os braços finos de modo casual sobre a madeira envelhecida.

Apesar dos membros compridos e magros, ela havia revelado uma força e uma obstinação quase equivalentes às de Mirina e, naqueles últimos dias, a descoberta dessa potência oculta praticamente fizera desaparecer sua postura encurvada.

– Na época do meu avô, isto aqui era o maior mercado do mundo – respondeu Animone. – Comerciantes de todas as cores e idiomas vinham dos mais diversos cantos do oceano trocar suas mercadorias em paz e obter informações sobre rotas, direção dos ventos, e... – Sua voz falhou. – Sobre o destino de pessoas que amavam.

Primeiro, porém, elas precisavam encontrar comida. Seus parcos mantimentos tinham se esgotado fazia tempo e nos últimos três dias elas vinham sobrevivendo praticamente da água trazida em cantis de bexiga de cabra e dos eventuais peixes enganchados em um minúsculo anzol por algum espírito piedoso do oceano.

Para piorar ainda mais a situação, um funcionário do porto lhes informou que elas precisavam pagar uma taxa se quisessem pernoitar ali. Deu esse inospitaleiro recado em várias línguas diferentes antes de finalmente chegar àquela usada no Templo da Deusa da Lua, idioma que Mirina havia se esforçado muito para dominar desde que se tornara sacerdotisa.

– Nunca ouvi falar nessa taxa – disse Cime ao sujeito com a voz confiante de quem conhece o mundo muito melhor do que seria honesto admitir. – E o senhor, quem é?

O homem espichou o queixo barbado.

– Sou o coletor de impostos. O comércio está enfraquecendo, mas mesmo assim precisamos garantir a manutenção deste porto. – Ele gesticulou para a balbúrdia à sua volta. – Quando seus homens voltarem, não se esqueçam de explicar a situação para eles.

– Talvez o comércio não enfraquecesse se vocês não tivessem começado a cobrar uma taxa – observou Cime.

Mas nada conseguiu fazer o homem mudar de ideia. Alguma forma de pagamento precisava ser encontrada antes de o sol se pôr, de preferência na forma de peças de cobre, embora o homem também aceitasse alguma iguaria apetitosa.

– Se ao menos eu pudesse caçar – começou Mirina, olhando mais à frente para a aglomeração urbana que não deixara nenhuma árvore de pé.

– Por favor, não diga mais a palavra "caça" – pediu Egeia, ainda hostil a Mirina mesmo depois de muitos dias no mar. – Estou farta disso.

– Caçar de nada nos serviria aqui – concordou Animone. – Brigar também não. Agora vamos pensar e encontrar uma saída.

Elas haviam deixado o templo sem nada de valor exceto comida e armas. Mesmo rudes e brutais, os saqueadores haviam prestado atenção ao retirar das prateleiras todas as oferendas de ouro e prata e não deixar para trás nada que pudesse ter valor em qualquer outro lugar. Tampouco as sacerdotisas conheciam a existência de peças de cobre e com certeza nunca tinham visto uma.

– Não gosto do som dessa palavra – comentou Cime, torcendo o nariz e exercendo o privilégio de ser a mais velha. – Ouro e prata eu consigo entender, mas *peças* de ouro e prata? *Peças?* Vá saber o que ele quis dizer com isso. Não, vamos até a cidade tentar trocar algo por comida. O que esse detestável homem dos impostos não levar, nós mesmas comemos. Porque estou com tanta fome que se não encontrarmos outro alimento sou capaz de comer as cracas daquele cais.

– Trocar algo por comida – repetiu Egeia. – Como o quê, por exemplo? Nós não temos nada. Embora quem sabe... – Ela sacou a faca do cinto. – Talvez alguém veja valor nisto.

– Não vamos nos desfazer das nossas armas! – Mirina tornou a enfiar a faca no cinto de Egeia. – Como a sua memória é curta... Sim, nós chegamos a uma cidade que parece tranquila, mas ambas sabemos como isso pode mudar rápido.

Assim, duas irmãs ficaram vigiando o barco e as outras desembarcaram e começaram a percorrer as muitas pontes e docas interligadas. Ao pisarem enfim em terra firme, cambalearam por causa da sensação desconhecida e tiveram de sentar um pouco e esperar a terra parar de ondular sob seus pés.

Quando se sentaram, um homem apareceu para lhes fazer uma pergunta em seu próprio idioma. Sua expressão foi tão lasciva que Mirina adivinhou mais do que entendeu o que ele queria. Acenou para ele ir embora, mas ele apenas riu e chegou mais perto, como se aquela recusa enojada fizesse parte do jogo.

– Vamos! – Pitana se levantou com um movimento abrupto e puxou as irmãs consigo. – Já descansamos o suficiente.

Quando entraram na cidade, Mirina se lembrou de sua chegada à cidade da Deusa da Lua, tantos meses antes, e do fascínio de Lilli com tudo. A doce Lilli, que franzira o nariz por causa dos cheiros ruins, mas mesmo assim quisera continuar... como Mirina ansiava por ter a irmã junto de si outra vez, sempre alegre mesmo diante da adversidade.

– Eu proponho o seguinte – falou Animone, virando a cabeça em direção a um homem com um macaco amestrado que divertia os passantes em troca de restos de comida. – Vamos cantar nossas canções sagradas e deleitar os cretenses com nossas vozes harmoniosas. – Ela apontou para um espaço vazio entre as bancadas lotadas. – Por que não tentamos aqui? Tem espaço suficiente para uma pequena roda e o barulho com certeza vai cessar assim que começarmos.

Mirina olhou em volta. Os vendedores ofereciam galinhas vivas e cabeças de bode fervidas, e ela viu muitas mercadorias mudando de mão em um fluxo constante de clientes.

– Eu não ficaria surpresa se houvesse mais uma taxa a ser paga... – começou.

– Se houver, nós pagamos!

Animone tirou o arco das costas e verificou todas as suas trancinhas para ter certeza de que estava com sua melhor aparência. Nenhuma das outras teve coragem de lhe dizer que mesmo agora, três semanas depois do ataque no templo, seu rosto ainda exibia uma verdadeira máscara de hematomas em vários tons.

– Espere só e você vai ver – disse Animone, com a determinação de alguém acostumado a ter razão.

Mas as canções sagradas, que atraíam a atenção e causavam arquejos nos peregrinos do templo, mal fizeram umas poucas cabeças se virarem no mercado e com certeza não inspiraram ninguém a oferecer presentes como sinal de apreciação. Não demorou muito para as esperanças de Animone serem esmagadas pelo desinteresse das pessoas que passavam.

– Que lugar detestável! – sibilou ela depois de tentarem cada canção e cada passo de dança duas vezes. – Essa gente não entende a nossa arte. Que cabeças duras! Deveriam ser obrigadas a pagar!

– Vamos voltar para o barco e tentar pegar mais um peixe – sugeriu Cime, pálida de fome e cansaço. – Ou dois, melhor dizendo. Um para nós e outro para o homem.

– Enquanto vocês fazem isso... – falou Mirina, ajeitando o arco nas costas. – Eu vou caçar.

Antes de penetrar mais fundo na cidade, ela cobriu a cabeça com os restos esfarrapados das vestes de sacerdotisa. Com apenas os olhos à mostra, imaginou, as pessoas naturalmente a tomariam por um homem, pois ela era mais alta do que a maioria das mulheres e sua túnica de couro de cobra era comprida o bastante para esconder as coxas. Além disso, com o arco e a aljava nas costas, poucas pessoas pensariam que ali embaixo pudesse haver um corpo de mulher.

Foi entrando na cidade e procurou pessoas de idade sentadas à sombra das construções, velhos falastrões que tivessem visto muita coisa e gostassem de rememorar o passado com desconhecidos. Sem se demorar muito no mesmo lugar, perguntou sobre navios de casco negro, que transportavam homens gananciosos e brutos até litorais distantes, dos quais eles voltavam trazendo ouro em profusão.

Mas quase ninguém entendia as línguas que Mirina falava e, quando ela finalmente foi apresentada a um velho marinheiro deitado em uma rede, nem mesmo esse homem, que falava o idioma antigo, pôde lhe revelar muita coisa.

– Muitos navios têm quilhas cobertas de breu – contou ele, abanando-se com uma folha de figueira. – Eles podem ser de qualquer lugar. Devem ser do norte, já que o senhor diz que os homens tinham a pele clara. Os meus negócios eram sobretudo no sul, por isso conheço a sua língua.

Mirina resolveu se concentrar na questão mais premente, a saber: como alimentar as irmãs e pagar o pernoite no porto.

– Se eu estivesse à procura de uma refeição e não tivesse nada para dar em troca, aonde deveria ir? – perguntou antes de se afastar do marinheiro.

Ele respondeu sem hesitar.

– Ao Porto Oriental. É lá que os navios grandes atracam. Tente os troianos. Se eles estiverem aqui, vai encontrá-los bem no final do porto. Imagino que eles devam ter algo sobrando.

Assim, ela foi até o lado oriental do porto, com o tecido que lhe cobria o rosto escondendo também sua vergonha por ter de agir como uma pedinte. Mas não conseguia ver nenhuma alternativa mais honrada. Como se prostituir ou roubar estavam fora de cogitação e como era improvável que ela ou suas irmãs conseguissem encontrar outra saída, restava-lhe a humilde esperança de encontrar algum comerciante misericordioso com mercadorias sobrando.

Abrindo caminho às cotoveladas por entre os desconhecidos de terras distantes, que haviam chegado ali em navios tão grandes que ela no início os tomara por construções em terra firme, Mirina acabou chegando ao fim do passeio construído no cais, ao lugar onde a costa se transformava outra vez em praia e as gaivotas rodeavam os barcos de pesca atracados na areia. Ali, sob a luz laranja enviesada do sol poente, viu um grupo de homens assando frangos e legumes em espetos sobre uma fogueira. O barulho que faziam era carregado de alegria, de forma que ela se convenceu de que eram amistosos. Seriam esses os troianos que o velho marinheiro mencionara?

Chegando mais perto, viu que eles estavam entretidos lançando pedras dentro de círculos, uma brincadeira de criança que ela havia jogado com o pai quando ainda era pequena demais para caçar e, muitas vezes depois, sozinha, para passar o tempo e apurar a mira.

Um dos homens, um rapaz de rosto bem barbeado, ombros largos e roupas bonitas e bordadas, tinha um talento especial para acertar pedras no centro dos círculos e, ainda que Mirina não entendesse sua língua, ficou claro que ele estava provocando os outros, desafiando-os a derrotá-lo.

Encorajada pela atmosfera jovial, Mirina pegou uma pedra e lançou-a. Ela aterrissou com um pequeno baque dentro do círculo mais próximo e mais fácil, não exatamente no centro, mas perto o suficiente para fazer com que os homens se virassem para ver quem a lançara.

Ao ver suas expressões de espanto, Mirina apontou para o jogo, em seguida para o jovem campeão e, por fim, para si mesma, dando a entender que gostaria de desafiá-lo. Seu gesto fez um burburinho bem-humorado percorrer os colegas do rapaz, que a encarou com uma expressão incrédula, como se estivesse desacostumado àquele tipo de desafio.

Ao vê-lo hesitar, Mirina tornou a apontar para o jogo, em seguida para os frangos que assavam, depois para a própria boca por trás do pano. O rapaz então disse algo que ela não entendeu, e seus olhos argutos cor de âmbar vasculharam seu rosto coberto à procura de um sinal de compreensão. Mas Mirina apenas se abaixou para catar seis pedras, três das quais lhe estendeu... e então seus braços foram agarrados abruptamente pelos companheiros do rapaz.

Perplexa com aquela mudança de comportamento, Mirina arqueou o corpo e começou a chutar, louca para se ver livre. Mas uma gargalhada do rapaz seguida por um diálogo rápido entre ele e os amigos os fez soltá-la depressa.

– Tome... – disse ele, pegando as três pedras que ela deixara cair na areia. – Vou falar na língua dos nômades do deserto, pois você me parece nômade. Entendeu?

Mirina aquiesceu. Embora pudesse ter lhe respondido com palavras, resolveu ficar calada por medo de que a voz revelasse seu segredo.

– Ótimo. – Ele abaixou a cabeça para encará-la com gravidade, do jeito que os touros avaliam os adversários antes de atacar. – Você me desafiou, e isso não é um fato qualquer.

Mas a centelha de travessura em seus olhos lhe mostrou que aquela gravidade era só brincadeira.

– Valendo um frango. E quem sabe uma cenoura. Que vença o mais faminto. – Ele meneou a cabeça para os círculos desenhados na areia. – Você primeiro.

Mirina mirou e atirou a primeira pedra, fazendo o possível para ignorar as provocações em volta. A pedra aterrissou bem no meio do mais próximo dos cinco círculos, uma primeira tentativa nada boa.

– Muito bem – disse o seu adversário, fingindo preocupação. – Como é que vou conseguir igualar esse feito?

Antes mesmo que ele terminasse de falar, seu primeiro lançamento voou pelos ares e foi parar bem no meio do segundo círculo.

– Ah. Que sorte. Sua vez.

Mirina cerrou os dentes e atirou a pedra seguinte, muito consciente de que o rapaz zombava dela. No entanto, algo na expressão de seus olhos lhe transmitia bondade e, mesmo quando o seu segundo lançamento perfeito, no terceiro círculo, foi equiparado pelo dele no quarto, ela continuou esperançosa de sair daquele lugar com algo para comer.

Assim que ela atirou sua última pedra no quinto círculo, porém, ele lançou a última pedra do jogo e empurrou a dela para fora, rindo a valer de seu infortúnio.

– Ah, não... – Ele fez uma careta de simpatia fingida. – Lá se vai o seu frango, garoto. Mas eu lhe dou uma cenoura para compensar.

Sem dizer nada, Mirina se abaixou para pegar outras seis pedras e lhe entregou três, mas ele não aceitou. Em vez disso, falou:

– Estou farto deste jogo. Vamos tentar outra coisa?

Ele olhou em volta à procura de inspiração, incentivado pelas provocações dos amigos, e seus olhos recaíram sobre o arco de Mirina, que despontava acima do ombro.

– Isso aí é só um brinquedo ou você sabe atirar?

Mirina hesitou. Fazia meses que não conseguia treinar direito. Além disso, o ferimento em suas costas ainda doía tanto que ela mal havia disparado uma flecha desde o ataque ao templo, mesmo quando treinava com as irmãs.

– Vamos ver se você é bom.

O homem abriu uma bolsinha de couro e pegou cinco pedacinhos de bronze. Eram as tais peças de cobre.

– Isto aqui é seu, e o frango também, se conseguir acertar a gaivota pousada naquele mastro – continuou ele e apontou para um barco de pesca parado na areia a uns 100 metros dali, com o mastro inclinado.

Mirina fez que não com a cabeça.

– Por que não? – O homem a encarou com um interesse renovado. – Ah, entendi. Não quer matar uma ave por esporte. – Ele riu e fez uma careta na direção dos amigos. – Quanta nobreza! Então que tal o seguinte: eu lanço uma maçã no ar e você atira nela?

Mirina não protestou, então ele estendeu a mão e um dos outros homens depositou nela uma maçã.

– Está pronto?

Antes mesmo que ela tirasse o arco das costas, a maçã saiu voando pelos ares em um longo arco... e caiu sobre as ondas, intacta.

O homem balançou a cabeça.

– Você é lento demais, rapaz. Mas vou lhe dar outra chance.

Dessa vez, Mirina estava pronta. Tirou o arco das costas antes de ele pegar a maçã e sacou a flecha da aljava na mesma hora em que ele se preparou para o arremesso. Se tivesse parado para pensar, teria se atrasado ou errado o alvo. Mas a sua flecha voou, inabalável e certeira, e partiu a suculenta maçã ao meio antes de mergulhar graciosamente na água.

Os homens ficaram tão assombrados com aquele tiro perfeito que ninguém reparou quando Mirina cambaleou de dor.

– Que olho você tem! – comentou seu carrasco, sorridente, dando-lhe um tapinha admirado nas costas. – Vamos testá-lo outra vez.

Mas ao ouvir seu grunhido abafado, espontâneo demais para ser outra coisa que não um som feminino, ele puxou a própria mão, horrorizado.

Vendo o ar de assombro em seu rosto e temendo o interrogatório que viria a seguir, Mirina rapidamente se ajoelhou para catar os cinco pedaços de cobre que ele deixara cair na areia, segurou-os junto ao peito e saiu correndo dali. Estava tão desesperada para fugir antes que o rapaz arrumasse outro jeito de retê-la e tomar seu prêmio que sequer parou para pegar o frango.

– Espere!

O homem partiu atrás de Mirina. Sua voz transmitira irritação suficiente para fazê-la apressar o passo. Ela subiu correndo os degraus de pedra que conduziam ao cais e atravessou o passeio do Porto Oriental, esquivando-se das pessoas pelo caminho. Ao olhar por cima do ombro, viu que ele a seguia. Sua postura era a de alguém furioso, então, em vez de seguir para o Porto Ocidental, onde as irmãs a aguardavam, ela decidiu correr em direção ao movimentado mercado.

Não tinha certeza do motivo que levava aquele homem a persegui-la, mas desconfiava de que a intenção dele jamais fora deixá-la levar suas cinco peças de cobre. Se Mirina houvesse ficado lá, ele sem dúvida a teria convencido a fazer alguma outra aposta qualquer e a ridicularizaria para divertir os amigos.

Estava tão absorta nessas possibilidades que não percebeu que os muros se fechavam cada vez mais à sua volta. Acabou indo parar em um beco sem saída repleto de lixo do qual escorria um caldo fétido. Ao deparar com aquilo, ela se virou com uma careta...

E viu o rapaz parado bem ali, impedindo a sua passagem.

– Sem saída – observou ele, de forma um tanto redundante, com a cabeça inclinada para um dos lados. – A menos que você tenha um par de asas escondido debaixo dessas escamas.

– Por favor. – Apertando os pedaços de cobre em uma das mãos, Mirina tirou a faca do cinto com a outra. – Não quero machucá-lo.

O rapaz ergueu os braços, mas seu rosto não exibia nenhuma preocupação verdadeira.

– Também não quero que você me machuque. Só quero ver o seu rosto.

Mirina deu um passo para trás e seu calcanhar se enterrou em algo morno e macio.

– Por quê?

O rapaz riu.

– E por que não?

– Estes cobres são meus. – Mirina estendeu o punho fechado. – Não são?

Ele fez cara de surpresa.

– É claro que são.

– Então o que você quer?

Ela deu mais um passo para trás e se desequilibrou por um instante na imundície escorregadia.

– Já disse. – O homem chegou mais perto, sorrindo como se tudo aquilo não passasse de uma brincadeira. – Quero ver o seu rosto. Só isso.

Mirina empunhou a faca para impedi-lo de se aproximar.

– E depois?

Ele deu de ombros.

– Depois nada. Você pode ir embora.

Ela hesitou, tentando avaliar a sinceridade dele. Então tornou a embainhar a faca e soltou rapidamente o tecido que lhe cobria o rosto.

– Pronto! – falou, encarando o chão para evitar aquilo que, tinha certeza, devia ser um olhar de desprezo. – Já viu o suficiente?

O rapaz não respondeu. Quando enfim ergueu os olhos, ela não conseguiu interpretar o que ele pensava.

– Posso ir agora? – indagou, enrolando de novo o pano em volta do rosto. – Por favor?

Por fim, ele deu um passo para o lado. Sem mais um olhar sequer na sua direção, Mirina saiu correndo o mais depressa que pôde, com os preciosos pedaços de cobre bem apertados junto ao peito.

Reencontrou as irmãs bem na hora em que o sol se punha no mar. Estavam envolvidas em mais um bate-boca com o coletor de impostos.

– Espere! – gritou, percorrendo a passarela a passos largos até o cais em que seu barco estava atracado. – Quantas peças de cobre pelo pernoite?

– Depende – respondeu ele. – Quantas a senhora tem?

Mirina abriu a mão e lhe mostrou.

– Ah – disse ele. – Então duas, digamos. E mais duas por amanhã.

– *O quê?* – Cime deu um passo à frente, com o rosto corado por causa da discussão. – Não podemos pagar essas duas amanhã?

O coletor de impostos fez que não com a cabeça.

– Nesse caso vocês vão ter que ir embora quando o sol nascer. Só que não vão conseguir. Não do jeito que o vento do norte está soprando.

Mais tarde nessa noite, depois de uma refeição insuficiente – uma dúzia de bolinhos de caranguejo que lhes custou a única peça de cobre restante –, Mirina ergueu o rosto e viu um homem mais velho e bem-vestido em pé no cais junto ao barco, encarando as mulheres.

– Saudações – disse ele na língua dos nômades.

O sotaque e a postura fizeram Mirina pensar nos jogadores que havia encontrado na praia mais cedo.

– Posso ajudar? – perguntou ela, levantando-se educadamente e torcendo para estar errada.

– Talvez – respondeu o homem com um tom paciente e digno. – A senhora é a arqueira que acertou a maçã, não é?

– O que houve? – quis saber Animone, puxando a manga da amiga. – O que ele está dizendo? Nós já pagamos a taxa de amanhã; diga isso a ele.

– Não tenham medo – disse o homem a Animone, igualmente fluente nos dois idiomas. – Vim convidá-las para um jantar.

Os olhos dele foram atraídos pelos tristes restos da parca refeição no fundo do barco.

– Ou talvez eu devesse dizer um banquete, oferecido por meu generoso mestre, o príncipe Páris.

Não houve reação imediata, então o homem acrescentou com um sorriso de superioridade:

– Meu mestre é conhecido como o herdeiro da realeza de Troia.

CAPÍTULO DEZOITO

Ao chegar a Creta levando um novelo de fio dado por Ariadne, que havia se apaixonado por ele, e instruído por ela quanto ao modo de usá-lo para achar seu caminho no labirinto, conseguiu de lá fugir e matar o Minotauro.

Plutarco, *Teseu*

Djerba, Tunísia

O voo para Heraklion estava quase vazio. Pelo visto, Creta não era um grande destino turístico no início de novembro, e o funcionário da companhia aérea havia trocado minha passagem de bom grado.

Eu já me acomodara com os pés sobre o assento vazio ao meu lado quando um homem de calça jeans e casaco de camurça parou no corredor e começou a guardar sua bolsa de lona no compartimento logo acima da minha cabeça.

Bonito, pensei, e puxei os pés. Só quando ele se sentou ao meu lado percebi que era Nick. Sem barba.

– Não se preocupe, vai crescer de novo – disse ele ao perceber meus olhos arregalados de incredulidade.

Quis retrucar à altura e disfarçar meu espanto com alguma tirada de humor britânico, mas por algum motivo o centro da linguagem no meu cérebro ficou vazio. O cabelo dele, antes revolto, também tinha sido aparado, e o que restava eram fios negros como breu. Mas foi a ausência da barba que me deixou sem fala. Havia algo de indecente em ver o rosto de Nick assim. Fiquei quase tão pasma quanto se ele tivesse surgido nu em pelo na minha frente.

– Então, o que tem lá em Creta? – perguntou ele, ao passar na minha frente.

Sua arrogância me trouxe de volta à realidade. Além de me espionar depois de nos despedirmos no aeroporto – de que outra forma poderia ter descoberto minha mudança de planos na última hora? –, aquele homem ainda tinha a desfaçatez de me confrontar? Como se *eu* houvesse cometido alguma transgressão, não ele.

– Como se atreve a me seguir desse jeito? – perguntei, enfiando às pressas o caderno de vovó na bolsa. – Nosso compromisso profissional acabou.

– Na verdade, eu não estou seguindo você. – Nick bateu com o passaporte no meu bracelete. – É *ele* que estou seguindo. Enquanto esse cachorrinho estiver no seu braço, meu compromisso profissional é *você*.

A afirmação era tão infame, a situação tão absurda... que se não estivéssemos dentro de um avião eu teria me levantado e ido embora.

– Pense um pouco – continuou ele, com um sorriso irritante. – É como uma pequena algema que prende você a mim.

Ficamos sentados em silêncio enquanto o avião decolava. Foi bom ter uma oportunidade de repensar minha estratégia. Nick parecia estar ali por acreditar que eu havia roubado o bracelete. E se eu lhe contasse a verdade? Ou pelo menos os aspectos básicos da verdade, sem mencionar o caderno de vovó?

– O negócio é o seguinte – comecei, torcendo para ele perceber que eu estava sendo sincera. – Eu na verdade *não roubei* este bracelete do sarcófago. Acredite ou não, ele pertencia à minha avó...

Nick balançou a cabeça.

– O memorando que recebi a seu respeito dizia que o seu QI era 153. Então, das duas, uma: ou o memorando está errado ou você anda se contendo. Por quê?

Quase engasguei de tão indignada.

– Perdão?

– Eu a perdoo, sim. O tempo todo. – Ele começou a folhear uma revista de bordo, fingindo interesse. – O que houve? Alguém aí não sabe o que responder?

Fulminei-o com o olhar, mas ele nem percebeu.

– Quem sabe quando as coisas pararem de explodir à minha volta e as pessoas pararem de me espionar... quem sabe aí eu consiga demonstrar mais inteligência. Só não sei se você conseguiria apreciar isso. Homens do seu tipo raramente conseguem.

Nick arqueou as sobrancelhas.

– Tente. Diga algo inteligente.

Mordida, abri a boca para fazer justamente isso, mas um pequeno redemoinho de fúria destruiu qualquer resposta potencial. Em vez disso, optei pelo silêncio.

– Para pensar tanto assim, é melhor que seja bom mesmo – comentou Nick. – Ainda estou esperando para ouvir o que vamos fazer em Creta.

– Bem-vindo ao clube das perguntas sem resposta – disparei, de modo um tanto infantil. – O que houve com a sua barba?

– Não preciso mais dela.

– Por quê?

Nick fez cara de surpresa.

– Pensei que já tivesse entendido.

– Já chegamos à conclusão de que eu não sou muito inteligente.

– Tudo bem. – Ele se virou para mim, e toda a sua arrogância havia desaparecido. – Então eu explico. Onde quer que haja descobertas ou invenções, os parasitas não demoram muito a chegar. O maior de todos eles, claro, é o governo, mas no mundo do comércio de antiguidades existe todo um ecossistema de negociantes, contrabandistas e saqueadores de túmulo. São todos iguais, parasitas que se alimentam da história alheia e roubam sua herança cultural.

Nick fez uma pausa breve, encontrou um mapa no final de uma revista de bordo, tirou do bolso uma caneta e fez um X na Argélia.

– Então, para os saqueadores de túmulos, eu sou o X que indica o local – prosseguiu ele, entregando-me a revista. – Tudo o que eles precisam fazer é me seguir. Sabem que vou conduzi-los direto a uma nova escavação. Mesmo que não consigam acessar o local em si, vão começar a escavar por perto na esperança de encontrar alguma coisa que deixamos passar. E se conseguirem, vão subornar nossos escavadores para que eles contrabandeiem artefatos da escavação oficial antes que sejam catalogados. – Ele esfregou o queixo. – Pensei que a barba e roupas esfarrapadas pudessem despistá-los. Pena que não deu certo.

Encarei o mapa, incomodada com as implicações do que ele acabara de revelar. Ao conhecê-lo, fazia exatamente uma semana, eu o havia tomado por um homem das cavernas incompetente para quem transportar uma acadêmica de Oxford era apenas mais um trabalho. Com o passar dos dias, porém, eu percebera meu equívoco. Agora tinha certeza: embora Nick gostasse de dar a impressão de haver saído das páginas do Apocalipse, ele na verdade era uma figura importante.

– Você acha que foi por isso? – ouvi-me perguntar. – Quer dizer, acha que os saqueadores de túmulos estão por trás das explosões?

Nick olhou para mim, mas tive a impressão de que na verdade não era eu que ele estava vendo.

– Parasitas inteligentes não costumam matar o hospedeiro. As explosões ainda não fazem sentido para mim. Mas tenho a sensação de que isso está prestes a mudar.

Senti vontade de rir, mas o resultado foi bem triste.

– Espero sinceramente que não esteja sugerindo que eu tive algo a ver com aquilo.

Nick ainda me encarou por mais alguns segundos, então deu de ombros e olhou para o outro lado.

– Meu chefe gastou centenas de milhares de dólares em troca de nada. Você ganhou 10 mil e um bracelete. Sem falar que é a única estudiosa a ter visto o templo e que agora essa história é *sua*. Mas não, não estou sugerindo nada, só estou tentando garantir que chegue em casa bem.

Rebecca estava à minha espera no aeroporto de Heraklion, com os cachos ruivos colados pela chuva na testa sardenta. Com suas galochas e seu vestido anos 1920 curto e desbotado, acenando impaciente por trás da barreira metálica, minha velha e fiel amiga parecia prestes a explodir de tanta empolgação. Ao ver Nick, porém, e perceber que estávamos juntos, sua agitação logo se transformou em uma incompreensão muda.

– Bex! – Abracei-a com força. – Você está encharcada! Obrigada por ter vindo me buscar nesse tempo horrível. Este é Nick Barrán.

Dei um passo para o lado para que eles se cumprimentassem.

– Ele não quer me largar – emendei.

– É o que acontece quando se começa a roubar – falou Nick.

Ainda que Rebecca fosse *blasée* por natureza e apesar da rajada de chuva que nos atingiu assim que saímos do prédio do aeroporto, minha amiga só recuperou o sangue-frio quando estávamos todos espremidos no banco surrado de seu pequeno carro. Nick se oferecera para ir atrás com nossa bagagem (e ficar chacoalhando junto com uma mistura de fragmentos de pedra, ferramentas enferrujadas e uma ou outra banana de dinamite). Mas Rebecca, ainda sem entender a dinâmica tensa entre nós dois – sem falar em quem ele era, para começo de conversa – insistira em que ele fosse na frente conosco.

– Desculpe não fazer jus aos catálogos turísticos – disse ela, estendendo-nos pedaços úmidos de toalha de papel. – Infelizmente vocês chegaram em plena estação das chuvas.

Como a cidade de Heraklion no momento não passava de um borrão cinza, pulamos o roteiro turístico e fomos direto para o sítio arqueológico de Cnossos, com os limpadores de para-brisa a chiar na potência máxima.

Na última vez que eu estivera ali – dez anos antes, por incrível que parecesse, durante uma viagem com Rebecca pela Europa antes de qualquer uma de nós saber que ela acabaria indo morar em Creta – o clima era tão quente e seco que até mesmo as cigarras se calavam. Nós passeávamos de short e sutiã de biquíni. Nossos ombros queimados de sol viraram uma colcha de retalhos descascada, rosa e marrom, até finalmente nos ocorrer que precisávamos de uma camada de tecido entre nossa pele e o sol. Por falta de coisa melhor, tínhamos comprado duas blusas masculinas, que precisávamos usar dobradas para caberem, e foi com esse visual nada na moda que percorremos as antigas ruínas de Cnossos, oscilando ao peso de nossas mochilas e da pilha de livros sobre a Grécia Antiga pegos na biblioteca e que eu insistira em levar.

Nem é preciso dizer que não reconheci nada naquela paisagem desmilinguida que atravessávamos agora, muito menos a empolgação que sentira em minha primeira visita.

– Desculpe – Rebecca não parava de repetir enquanto se inclinava e esfregava com gestos frenéticos a toalha de papel na janela embaçada. – Em geral se tem uma boa visão do acesso norte.

Com uma olhadela nervosa para Nick, ela se apressou em explicar que parte do antigo palácio fora reconstruída, com belas colunas vermelhas, e que o local da escavação não era apenas a montanha de entulho cor de terra que se poderia esperar.

– Temos até um monstro – acrescentou, orgulhosa. – O temível Minotauro. Mas infelizmente vocês não vão vê-lo esta noite. Parece que ele não gosta de molhar o cabelo.

– Minotauro? – repetiu Nick. – Soa familiar.

– Metade homem, metade touro. Morava por aqui antigamente. – Rebecca lhe lançou outro olhar curioso. – Pergunte a Dee; a especialista em mitologia é ela.

Quando por fim chegamos a um estacionamento, olhei em vão ao redor à procura da imponente propriedade que Rebecca tantas vezes havia descrito. Tudo o que consegui ver à nossa volta foi o débil contorno de um complexo caiado em formato de ferradura, semelhante a um hotel de beira de estrada.

– Sei que não é a Villa Ariadne – falou Rebecca, lendo meus pensamentos. – Mas achei que seria melhor... – Ela hesitou, decerto por se dar conta de que não era recomendável entrar em detalhes na frente de Nick, e prosseguiu em tom mais alegre. – A vantagem é que a maioria dos quartos está vazia. Além disso, estamos pertinho da escavação. Quando o nevoeiro baixar, vai dar para ver as ruínas do palácio.

Apesar das minhas caretas e indiretas, Rebecca acomodou Nick no quarto bem ao lado do meu. Não que ela não tivesse percebido meu comportamento estranho; apenas decidiu ignorá-lo.

– Pra mim já chega – sibilou ela, quando enfim ficamos a sós. – Que porcaria é essa que está acontecendo?

Ciente de que Nick estava separado de nós por apenas uns poucos metros quadrados de parede de gesso, informei-a do que pude, da melhor maneira que fui capaz, confirmando que de fato aquele era o mesmo Nick sobre quem lhe falara ao telefone: o farsante que jamais confessara trabalhar para a Fundação Aqrab.

– Ainda não sei por que ele está aqui – concluí. – Mas tenho certeza de que o bracelete é só um pretexto. Ele deve estar tentando entender por que troquei o voo e se isso tem algo a ver com o que aconteceu na Argélia.

Rebecca não pareceu convencida.

– Ainda não entendo. Você roubou mesmo esse bracelete?

– Bex!

Comecei a rir, mas ela não riu junto. No mundo de Rebecca, que era arqueóloga, pegar artefatos encontrados em uma escavação era como cometer assassinato. "Bom, talvez não assassinato", dissera ela certa vez, depois de perceber que tinha se exaltado ao ler uma nota do tipo em uma revista semanal. "Mas quando leio essas coisas, que algum artefato de valor inestimável foi encontrado no espólio de algum finado colecionador, é como ler sobre uma criança raptada que alguém manteve prisioneira num galpão no quintal durante quinze anos." Naturalmente, seu choque ao descobrir que a melhor amiga talvez fosse uma dessas sequestradoras foi considerável.

– Deixe de ser ridícula – falei, sentindo uma pontada de raiva pelo fato de ela me considerar capaz de tal coisa. – É o bracelete da vovó, você não lembra?

Estendi o braço para lhe mostrar.

– Lembro – respondeu ela depois de algum tempo. Então ergueu os olhos para mim com uma expressão acusatória. – Só não sabia que você o tinha herdado.

Andei até a janela. Lá fora, a chuva transformara o pequeno estacionamento em um lago alimentado por riachos de lama. Uma névoa vespertina insistente me impedia de ver mais do que a silhueta das estruturas do outro lado do pátio. Embora estivéssemos em Cnossos, antigo palácio minoico e maior atração turística de Creta, o lugar parecia estranhamente deserto. Com certeza era a época do ano perfeita para quem quisesse evitar as multidões – ainda que tivesse de enfrentar as intempéries.

Eu só tinha visitado o sítio uma vez, fazia uma década, naquele glorioso dia com Rebecca. O interessante era que, de nós duas, a mais apaixonada pelo lugar na época tinha sido *eu*. Graças a vovó, havia decidido muito tempo antes seguir uma carreira em história antiga e na época já me considerava de certa forma especialista nas civilizações da Idade do Bronze.

Armadas com meia dúzia de livros e nossa garrafa de água mineral, Rebecca e eu havíamos passado muitas horas estudando as fundações do palácio, maravilhadas com a reconstrução dos aposentos reais e com os achados dos depósitos subterrâneos. Desdenhando os turistas que andavam apressados para lá e para cá, sem olhos para nada que não estivesse no guia, demos a volta no sítio arqueológico, decididas a apreciar toda a grandeza do prédio original. Chegamos a cogitar ficar ali depois que o lugar fechasse as portas, para admirar o efeito da luz da lua sobre as ruínas. "Juro por Deus", dissera Rebecca, encaminhando-se com um ar sonhador para a saída enquanto os seguranças trancavam o portão de metal atrás de nós. "A gente um dia vai voltar e passar a noite aqui, mesmo que isso nos leve à morte."

Agora, olhando a névoa pela janela do quarto em que estava hospedada, esses dias alegres e ensolarados me pareciam de fato muito distantes.

– Bom – falei por fim, percebendo que Rebecca ainda estava à espera de uma explicação. – Ele chegou pelo correio um dia. Acho que vovó sempre quis que ficasse comigo.

O choque de minha amiga foi tamanho que ela se levantou de imediato.

– Não acredito que você nunca me contou! Por que não... como foi que ela...?

– Bex – falei apenas, de repente esmagada pelo cansaço.

Mal havia pregado o olho na véspera, e aquilo tudo estava começando a me afetar: o horror do que acontecera na Argélia, a longa viagem de carro até Djerba, o choque de rever Nick.

– Não vamos perder tempo com isso agora. Me conte sobre o disco de argila. Você tirou uma foto?

Rebecca levou a mão à cabeça, como se mudar de assunto lhe causasse dor. Então foi pegar o laptop e me mostrou algumas imagens de um objeto redondo.

– É isso. Não consegui melhorar muito a imagem.

Estudei a tela do computador, mas não fui nem mesmo capaz de concluir se o disco estava inscrito com os símbolos de vovó.

– Tem razão. Esta foto não adianta nada. Cadê o disco?

Rebecca fez uma careta.

– Já não tenho certeza se isso é uma boa ideia...

– Bex! Eu acabei de atravessar o Mediterrâneo de avião...

– Eu sei! – Ela abriu os braços, exasperada. – Tá, o que aconteceu foi o seguinte: eu sei que você me disse para não fazer isso, mas...

– Você mostrou a foto do Sr. Ludwig para o Sr. Telemakhos?

Não era sequer uma pergunta. Apesar de toda a sua integridade profissional, Rebecca era incapaz de guardar um segredo. Mesmo quando éramos crianças, eu sabia que precisava mantê-la longe da minha mãe sempre que estávamos fazendo alguma bobagem, para impedir que ela revelasse nossos planos na hora mais inconveniente possível. Adulta, eu às vezes me perguntava se minha levemente preocupante tendência ao segredo havia se desenvolvido como um contraponto necessário à incontinência de minha amiga.

O Sr. Telemakhos, por sua vez, era uma daquelas figuras pseudoacadêmicas imprevisíveis (para o bem e para o mal) que eu fazia o possível para evitar. Rebecca, que sucumbira ao seu feitiço durante um simpósio de pós-graduação em Atenas, tinha me dito várias vezes que o "oráculo" grego, como costumava chamá-lo, tinha interesse em me conhecer e talvez até colaborar em algum projeto meu. Até então, porém, eu não fizera nenhum movimento para conhecer aquele autodidata excêntrico, em parte porque uma viagem à Grécia não cabia no meu orçamento e em parte por medo de que ter meu nome vinculado ao dele prejudicasse minha reputação acadêmica. "Não se associe a um charlatão desses", dissera Katherine Kent quando eu havia pedido a sua opinião. "Ele não tem formação, não publicou nada... pelo amor de Deus, o sujeito é professor de escola primária!"

Apesar de sua obsessão pela pureza acadêmica, Rebecca não tinha os mesmos escrúpulos; o Sr. Telemakhos era o simpático tio que ela jamais tivera e, eu tinha certeza, um ardoroso ouvinte das fofocas que ela sempre tinha para contar.

– Mandei um e-mail para ele. – Rebecca não parecia nada arrependida; na verdade, sua expressão era de puro triunfo. – E você deveria me agradecer por isso. Se não fosse por ele, eu nunca teria sabido da existência do disco. Estou dizendo, esse homem se lembra *de tudo*. Ele reconheceu na hora que a escrita da sua foto era idêntica aos símbolos de um disco do nosso depósito... um disco que ele só viu uma vez, vinte anos atrás. É inacreditável. O único problema é que... – Ela olhou para o relógio de pulso e fez uma careta. – O chefe da equipe não pode ficar sabendo. E ele volta amanhã cedo.

– Por que ele não pode ficar sabendo?

Rebecca estreitou os olhos.

– Porque ele me odeia. Tenho certeza de que passa o dia inteiro bolando motivos para me mandar embora. – Ela se virou e olhou pela janela. – Você me conhece. Quando as pessoas erram as datas ou exageram a importância de algum achado... eu simplesmente não consigo ficar quieta.

Esperei que minha amiga continuasse, mas ela apenas suspirou.

– Que saco – falei enfim.

Estava tentando não pensar que eu já tinha escutado aquela história diversas vezes. Do mais reles calouro ao mais ilustre professor, ninguém estava a salvo da paixão de Rebecca pelos fatos. Ainda era um mistério para mim como o Sr. Telemakhos tinha conseguido passar por seu crivo.

– Mas você está aqui há três anos – argumentei. – Este lugar é praticamente *seu*.

Ela deu um sorriso pesaroso.

– Não mais.

Ali em pé usando seu velho vestido, com a chuva ainda a escorrer dos cabelos, Rebecca de repente me pareceu a mesma menina que eu conhecera tão bem, mas que havia quase esquecido: a filha do pároco, louca para ser *blasée* em relação ao mundo, mas que na verdade, bem lá no fundo, morria de medo dele.

– Tá – falei, levantando-me. – Então vamos lá olhar agora.

Rebecca fez que não com a cabeça.

– Não é tão fácil assim. Talvez a gente devesse pedir para o Nick...

– De jeito nenhum!

Encarei-a, perguntando-me como Rebecca ainda não suspeitava da Fundação Aqrab como eu.

– Alguém em Dubai está interessado no sistema de escrita de vovó. E até esse alguém vir me procurar para me dizer que porcaria está acontecendo e onde as amazonas se encaixam nisso tudo, não vou oferecer *nada* a eles. Sim, eu decifrei a inscrição do templo e, sim, eles me pagaram, mas é só isso. Ninguém vai me forçar a trabalhar para eles outra vez, e com certeza não de graça. O disco não é da conta do Nick. Entendido?

– Se você está dizendo. – Rebecca mordeu o lábio, discordando em silêncio. – Mas não vamos ter tempo de olhar o disco antes do jantar.

– Vamos fazer o seguinte. – Comecei a andar de um lado para o outro. – Você vai distrair o Nick enquanto eu vou olhar o disco sozinha. Assim vou ter certeza de que ele não está me seguindo. E quando o seu queridinho chefe de equipe chegar, amanhã, eu vou embora. Fim de papo.

Olhei para Rebecca, animada, pronta para pôr o plano em ação.

– Onde você falou que o disco está?

– Bom. – Ela sorriu, encabulada. – É esse o problema.

Saímos para um jantar de fim de tarde na Taberna Pasífae, na mesma rua das ruínas de Cnossos. A chuva finalmente cessara, deixando tudo molhado e um tanto frio, e quando nos sentamos em meio às oliveiras que pingavam no pátio, um clarão de luz laranja do sol rompeu a névoa remanescente para nos lembrar de quem, afinal, era o soberano do céu.

– Então, me fale mais sobre esse tal Minotauro – pediu Nick em determinado momento, olhando para mim com um ar ansioso. – Metade homem, metade touro. Qual metade é o quê? Não estou entendendo.

– Ah, deixe para lá. – Desviei os olhos, ainda chateada com a sua presença. – Isso não é assunto para o jantar.

– E por que não? – rebateu ele e se virou para Rebecca. – Só quero saber como alguém vira metade touro. Estou intrigado.

– Tá bom – concordou ela, sorrindo, e fiquei impressionada com seu dom de se comportar como se nada secreto estivesse sendo tramado. – De acordo com o mito, o rei aqui de Cnossos tinha uma rainha, Pasífae... em homenagem a quem este estabelecimento foi batizado, o que não deixa de ser perturbador. – Rebecca meneou a cabeça para a entrada da taberna e a placa pendurada acima da porta. – Só Deus sabe o que realmente aconteceu com a coitada, mas segundo a tradição ela se apaixonou por um touro e o resultado disso foi um monstro com cabeça de touro e corpo de homem.

– Como assim, resultado?

– Bem... – Rebecca chegou a enrubescer. – Dizem que a rainha encomendou uma vaca oca feita de madeira e mandou colocá-la no campo perto do touro. Imagino que ela tenha pensado que isso... facilitaria o seu namoro. Enfim, ela acabou dando à luz o Minotauro, um ser horrendo que se alimentava de homens e era mantido em um labirinto escuro debaixo do palácio real. Segundo a lenda, os atenienses tinham que mandar sete meninos e sete meninas para Creta a cada ano para servir de alimento ao monstro, e fizeram isso obedientemente, ano após ano, até que o herói Teseu se infiltrou no grupo, matou o Minotauro e conseguiu sair do labirinto com a ajuda do fio de um novelo.

– Como se explica uma lenda assim? – quis saber Nick. – Será que ela tem alguma raiz em fatos históricos?

Rebecca ficou radiante. Era o tipo de pergunta que ela adorava.

– Sem dúvida alguma. Na época antiga existia aqui em Creta um culto ao touro e não é impossível que ele envolvesse a prática de sacrifícios humanos executados por sacerdotes que usavam máscaras desse animal – disse ela. – É bem razoável que a assustadora figura do Minotauro venha daí.

– E o labirinto? Ele ainda existe?

– Por assim dizer. – Rebecca inclinou a cabeça em direção às ruínas do palácio. – A maioria dos arqueólogos acredita que a palavra "labirinto" seja apenas uma referência ao palácio em si. Afinal, o lugar era uma construção imensa, vastíssima, e devia ser bem intimidadora para os visitantes, mesmo sem o atrativo extra do Minotauro.

Ela fez uma pausa para olhar para mim e entendi que estávamos pensando a mesma coisa. Havia um segundo labirinto debaixo das ruínas, um lugar escuro e assustador conhecido apenas por alguns especialistas.

– Isso é um enigma para muitos arqueólogos – interpus, com medo de Rebecca estar perdendo o sangue-frio. – Como explicar o fato de essa cultura minoica aparentemente feliz e pacífica ter pilhas de ossos humanos com marcas de faca escondidos em cavernas sagradas no subsolo?

– Esses achados podem ser exceções – falou Nick.

Rebecca aquiesceu.

– Podem. Mas, como o meu amigo, o Sr. Telemakhos, sempre diz, exceções são exceções e achados são como formigas: se você encontrar um, pode ter certeza de que vai haver vinte.

– E a rainha e o touro? – indagou Nick, servindo mais vinho para todo mundo. – Qual é a interpretação científica disso?

– O mais provável é que seja só mais uma história inventada para depreciar a paixão feminina... – falei, torcendo para impedir uma retomada do assunto.

– Ou então... – interrompeu Rebecca, incapaz de guardar seu conhecimento para si, sobretudo em um tema tão saboroso. – O culto ao touro também podia ter um elemento de... – Ela enrubesceu de novo. – De *hieros gamos*, para usar a expressão em grego.

– Eu não falo grego – lembrou-lhe Nick.

Isso provocou em Rebecca um sorriso deliciado que fez suas covinhas surgirem pela primeira vez em horas.

– Eu poderia lhe ensinar.

– Me ensinar o quê? – indagou ele, também sorrindo. – *Hieros gamos* ou grego?

Recostei-me na cadeira e fiquei assistindo, incrédula, enquanto os dois começavam a praticar umas poucas expressões em grego, para grande diversão de ambos. Não era a primeira vez que eu via minha amiga se livrar de um casulo de pessimismo após umas poucas taças de vinho, mas fiquei assombrada ao ver Nick também se entregar à brincadeira. Se não estivesse tão bem informada, teria achado que ele estava de fato se divertindo.

E talvez estivesse, mesmo. Talvez o charme destrambelhado de Rebecca tivesse despertado um lado até então oculto daquele homem difícil de decifrar, um lado que eu talvez jamais tivesse visto, uma vez que não tinha a mesma doçura da minha amiga. Ou quem sabe a mudança tivesse sido provocada outra vez por aquela voz do além, a mesma que mandara Nick me contratar de volta e dobrar meu cachê naquele dia na Argélia... e que quase com certeza lhe ordenara que consertasse a besteira feita e me seguisse até Creta. De quem seria essa voz? Do Sr. Al-Aqrab? Ou será que havia outra pessoa no éter nebuloso à minha volta que instruíra Nick a deixar de lado o pessimismo?

– O que houve, Diana? – perguntou Rebecca de repente. – Foi a comida?

– Eu sinto muito, estou morrendo de dor de cabeça – falei, empurrando a cadeira para trás. – Por favor, não me deixem estragar a festa...

– Eu a acompanho – ofereceu-se Nick, levantando-se também.

– Não! Não, obrigada. Sério, não precisa. – Acenei para ele se sentar outra vez. – Vocês dois... podem ficar aqui.

De volta ao meu quarto, troquei de roupa depressa: pus o velho blusão e os tênis que Rebecca havia emprestado para minha missão noturna. O disco de argila ficava guardado em um depósito naquela parte labiríntica do subsolo do palácio que nós havíamos tomado o cuidado de não mencionar para Nick. Ao descrever o lugar para mim antes do jantar, Rebecca fizera de tudo para me persuadir a não descer lá sozinha, mas o orgulho me impedira de mudar o plano do qual já fora tão difícil convencê-la. Além do mais, minha curiosidade sempre achava um jeito de vencer minha prudência e, naquele momento, estava me impelindo com gritos de guerra dignos das amazonas.

Ao que parecia, a sala das tabuletas era considerada uma espécie de inconsciente coletivo pelos arqueólogos que trabalhavam em Cnossos. Entre as suas paredes se abrigavam centenas de placas de argila, a maioria gravada com a escrita linear B e identificada como antigas listas de armazenagem. O misterioso disco gravado com os símbolos de vovó estava lá havia muitos anos, guardado em um canto escuro. Pelo que Rebecca sabia, ninguém nunca fizera qualquer tentativa real de decifrar a mensagem impressa com tanto cuidado na argila mais de três milênios antes. "Sei que é difícil acreditar", dissera minha amiga ao notar meu ceticismo. "Mas, segundo o Sr. Telemakhos, havia um boato de que esse disco em especial era amaldiçoado. Algumas das pessoas que o tocaram sofreram acidentes, e... bem, você sabe como essas coisas funcionam", contara, revirando os olhos como quem descarta uma teoria. "Talvez seja por isso que ele está escondido há tanto tempo."

Enquanto eu reunia as coisas de que precisaria na expedição – minha bolsa, a lanterna e o novelo de barbante que Rebecca havia insistido em que eu levasse – ouvi uma voz interior dizer que eu não deveria entrar em lugar nenhum de forma sorrateira tão pouco tempo depois do susto que levara na Argélia. Mas eu sabia que não poderia ser diferente; prometera a Rebecca que estaria longe do subsolo bem antes do raiar do dia. Além disso, estava decidida a esconder o disco de Nick até saber o que estava escrito nele. Não era só por causa da ligação dele com a Fundação Aqrab, mas também porque, como me confessara, ele era seguido por terroristas e saqueadores de túmulos e o seu envolvimento comprometeria minhas chances de solucionar o mistério da língua secreta de vovó.

Pensando nisso, depois de procurar em vão um lugar seguro onde esconder os 10 mil dólares que Nick tinha me dado na Argélia, resolvi pôr o dinheiro na bolsa e levá-lo comigo. Não me sentia à vontade deixando uma quantia daquelas no quarto, a poucos metros de um homem que atraía ladrões aonde fosse.

Já estava quase escuro quando saí. Seguindo as instruções de Rebecca, atravessei depressa o estacionamento enlameado e entrei no sítio arqueológico por um buraco na cerca. Ela havia feito aquilo parecer facílimo, mas, quando tentei me espremer pela minúscula abertura, o metal partido agarrou em meus cabelos e na minha roupa, lembrando-me de que eu era consideravelmente maior do que minha amiga.

Chapinhando pelo chão cheio de lama, tentei pisar nas rochas esparsas e nas pontas pedregosas sempre que possível. Apesar de meus esforços, porém, uma umidade fria logo começou a penetrar os tênis de Rebecca. Quando cheguei ao barracão que ela havia me descrito, estava com os pés encharcados.

Por medo de ser vista se me atrevesse a acender a lanterna, avancei pela fachada irregular tateando as paredes. Ao encontrar a porta, enfim, entrei da maneira mais silenciosa possível, torcendo para que ninguém escutasse o rangido das dobradiças velhas e gastas quando a fechei.

O barracão me acolheu com aquele fedor específico e forte de mofo que em geral anuncia ninhos de aranha. Quase dei meia-volta na mesma hora. Segundo Rebecca, porém, aquele era o acesso mais seguro para descer ao subsolo do antigo palácio. Havia outras entradas, mas eram arriscadas demais.

Quando acendi a lanterna e vi a escada de madeira improvisada que desaparecia no subterrâneo diante de meus pés, entendi por que o detestável chefe de equipe de Rebecca considerava quase crime visitar a sala das tabuletas depois do expediente e sem permissão.

Com o coração acelerado de tão nervosa, peguei o mapa que Rebecca havia desenhado para mim e comecei a descer os degraus precários. Vacilei um pouco no pé da escada e explorei com a lanterna aquela escuridão bolorenta, tentando entender para que lado tinha de virar o mapa.

Aquele corredor antigo, que estava mais para uma caverna comprida e irregular do que para qualquer coisa construída pelo homem, estendia-se escuridão adentro para ambos os lados e parecia apenas uma pequena parte do enorme complexo de salas de depósito sob o velho palácio. Só ao ver como o lugar era claustrofóbico e quanto já tinha me confundido entendi por que minha amiga havia me dado o novelo de barbante.

Tirei-o da bolsa e me ajoelhei para prender a ponta no degrau mais baixo da escada, conforme ela me instruíra. Então comecei a seguir o túnel na direção que torci para ser a da sala das tabuletas, apontando a lanterna para a frente da melhor maneira possível e desenrolando o barbante à medida que avançava. Foi preciso todo o meu autocontrole para me manter concentrada no mapa e nos poucos metros de claridade à minha frente; mais de uma vez tive de repetir em voz alta a minha missão para conter as vozes de meus medos indomados.

– Disco de argila. Sala das tabuletas.

Embora eu tivesse sido criada para fazer pouco de fantasmas e monstros, não pude evitar a sensação de que eles estavam a toda a volta, esperando que eu os notasse. Sempre que eu dobrava outra quina escura ou passava por outro vão de porta aberto, sentindo uma lufada de mofo ou podridão, me preparava para ver algo terrível. Durante o jantar, fora fácil discorrer em termos racionais sobre um ogro devorador de humanos que vivia no labirinto de Cnossos, sobre sacerdotes mascarados e rituais macabros. Era bem diferente estar ali embaixo sozinha, percorrendo as grutas perdidas no tempo que tinham gerado esses mitos bestiais.

Quando finalmente cheguei à sala das tabuletas, só me restavam uns poucos metros de barbante. Após destrancar a pesada porta de madeira com a chave secreta de Rebecca, amarrei a ponta do novelo na maçaneta e, hesitante, adentrei o recinto apontando a lanterna em volta.

Depois de percorrer toda encolhida o labirinto escuro, senti-me reconfortada ao ver que estava em um espaço bastante grande, angular, com prateleiras de pedra a cobrir cada parede, do chão até o teto... prateleiras repletas de tabuletas de argila, centenas delas, apoiadas umas nas outras como livros em uma biblioteca.

Quando acendi as luzes, as lâmpadas penduradas em hastes móveis presas a uma grade de metal me cegaram por um instante. A maioria apontava para uma mesa formada por dois cavaletes e uma grande porta azul disposta por cima. Ficou claro que aquilo era a estação de trabalho da pessoa que manuseava as tabuletas – um tanto improvisada, mas, apesar disso, limpa e organizada. Nenhum papel, nenhuma caneta, nem mesmo uma garrafa d'água vazia fora deixada ali, o que não chegava a ser surpresa. Segundo Rebecca, o chefe da equipe fazia uma ronda de inspeção todas as manhãs, quando o dia raiava.

Depois de verificar as instruções rabiscadas em meu mapa, iniciei a busca pelo disco de argila nas prateleiras situadas no canto mais afastado da sala. Encontrei-a exatamente onde Rebecca tinha dito que estaria: confortavelmente ao alcance da mão. Inserida entre outras tabuletas de tamanho equivalente, ela era, porém, bem diferente das demais, uma vez que se tratava de uma das poucas redondas de toda a coleção.

Peguei o disco e o levei até a mesa, onde o pousei com todo o cuidado. A argila avermelhada estava lascada nas bordas e uma rachadura no meio, fina feito um fio de cabelo, poderia se transformar em um verdadeiro desastre caso a tabuleta fosse submetida a vibrações ou exposta a mudanças bruscas de umidade. Na realidade, pensei, com uma pontada de culpa, eu não deveria manuseá-la sem luvas de proteção e um desumidificador portátil.

Inclinando-me sobre a mesa, inspecionei com cuidado os símbolos diminutos gravados em espiral na argila. Apesar das lâmpadas halógenas, foi difícil distingui-los; não era à toa que as fotos de Rebecca não tinham conseguido dar conta do recado. Mesmo assim, não levei muito tempo para confirmar que ela e o Sr. Telemakhos tinham razão: os símbolos eram iguais aos da Argélia e do caderno de vovó.

Sem conseguir resistir, peguei o caderno com as mãos trêmulas. Havia prometido a Rebecca não me demorar na sala das tabuletas mais do que o absolutamente necessário. Eu apenas copiaria a inscrição em um pedaço de papel. Só tentaria decifrá-la quando estivesse de volta à segurança da superfície. Mas... agora que estava finalmente ali, formigando de tanta animação, eu *precisava* sentir um gostinho do meu achado.

Folheei o caderno e me apressei em decifrar a primeira palavra gravada na argila. Depois de trabalhar com aqueles símbolos de forma tão intensa, todos eles me pareciam conhecidos... mas com aquela primeira palavra eu nunca havia deparado.

– Ah! – falei em voz alta quando enfim encontrei o que estava procurando. – Rainha.

A segunda palavra, contudo, foi bem mais difícil.

– Rainha o quê? – balbuciei enquanto tornava a folhear o caderno. – Rainha quem?

Mas a palavra não estava ali. Decepcionada, tornei a me virar para o disco de argila, pronta para pular para a terceira palavra. Mas algo naquela segunda palavra, que talvez fosse um nome de três sílabas, não parava de me incomodar...

No fim das contas, abri o computador para olhar minhas anotações da Argélia. E ali estava ela, dentre os muitos mistérios sem solução do templo enterrado: a mesma palavra de três sílabas, escrita junto ao pé da última parede. Segundo minhas anotações, era quase com certeza o nome da sacerdotisa que assumira o comando após o ataque, mas cujas ações posteriores, infelizmente, tinham se perdido em uma lacuna de gesso desmoronado.

Mas ali estava ela outra vez, no palácio de Cnossos. Agora rainha.

Fervilhando de agitação, peguei a câmera e tirei várias fotos do disco antes de copiar com atenção a espiral de símbolos em uma folha de papel. Então, lembrando-me do pedido de Rebecca para me apressar, guardei a frágil tabuleta exatamente onde a havia encontrado e arrumei minhas coisas. Com a cabeça a quilômetros dali (ou pelo menos no quarto, traduzindo o resto do texto antes de o dia amanhecer), peguei a lanterna e fui até a porta. Assim que a abri, porém, tomei um choque de realidade.

Pois a ponta do barbante que eu havia amarrado com tanto cuidado na maçaneta da porta não estava mais lá.

CAPÍTULO DEZENOVE

Ilha de Creta

Os troianos estavam atracados no Porto Oriental, bem ao lado da praia onde Mirina havia ganhado as cinco peças de cobre. Enquanto seguia o mensageiro pela multidão vespertina junto com as irmãs, ela não pôde evitar uma apreensão crescente diante da possibilidade de encarar outra vez o rapaz que tanto a provocara diante dos companheiros. Pior ainda: temia que seu único motivo para convidá-la fosse zombar dela ainda mais.

Fosse o que fosse, não conseguira recusar o convite. O mensageiro troiano havia pintado um atraente retrato de comidas e bebidas e, após tantos dias no mar e tantas decepções, Mirina sabia que o conforto das irmãs devia ser mais importante que o seu.

– Olhem! – Animada, Pitana meneou a cabeça para os prodigiosos navios que assomavam logo à frente. – Já viram algo tão maravilhoso?

Os três navios troianos de fato faziam as outras embarcações no porto parecerem anãs. Altos e largos, com as proas curvas enfeitadas por pinturas intrincadas, eram capazes de sustentar velas imensas, e cada um parecia ter uma casa inteira na popa.

– Por aqui, por favor. – O mensageiro as conduziu até o navio do meio e começou a subir a passarela na frente de Mirina. – Não tenham medo; é bastante seguro.

Era óbvio que ele estava se referindo à comprida tábua de madeira sobre a qual andavam, que sacudia um pouco sempre que alguém dava um passo. Mas Mirina estava menos preocupada com a passarela do que com o amontoado de guardas armados de semblante grave que as aguardava no convés.

– Bem-vindas a bordo – disse um homem alto e barbado, que Mirina reconheceu da praia mais cedo. – Suas armas, por favor.

Ficou evidente que os guardas esperavam que as mulheres se desarmassem antes do banquete prometido, e Mirina pôde sentir as irmãs a encará-la, ansiosas para saber como deveriam reagir. Tinham consciência de que sua líder detestava se separar do arco e com certeza da faca, mas aquelas eram circunstâncias fora do normal.

– Não estou gostando nada disso – sussurrou Animone. – Eles podem ser mercadores de escravos.

– Talvez. – Mirina olhou para o homem barbado, e sentiu que por trás da atitude defensiva havia um bom coração. – Mas eu duvido.

Ela soltou o arco e a aljava.

– Façam o que ele pediu.

Quando elas terminaram, uma pilha de armas havia se formado no convés, encimada pela imponente faca de caça de Mirina.

– Certo – disse o mensageiro, cujos olhos haviam se esbugalhado de surpresa a cada lança e adaga escondida que fora jogada na pilha. – Venham comigo.

Ele as conduziu até a casa na popa, que se revelou uma estrutura semelhante a uma barraca, feita com um pano grosso amarrado a amuradas opostas do navio e sustentado bem alto no meio por estacas de madeira. O resultado era um amplo recinto em formato triangular margeado por compridos bancos e coberto por delicados tapetes. Sobre eles, uma profusão de travessas transbordava de comida, e nos bancos estavam sentados uns dez homens bem-vestidos que encararam as mulheres com grande curiosidade.

No ponto mais distante do recinto, de costas para a proa, uma silhueta régia trajando azul estava sentada em uma cadeira separada, confortável, com um cálice dourado na mão. Então era mesmo ele, pensou Mirina, sentindo uma onda de calor quando seus olhares se cruzaram em lados opostos do banquete. O rapaz que a seguira pela cidade apenas para dar uma olhada em seu rosto sujo era um príncipe bem-nascido, e enquanto, sentado ali em seu torno, ele meneava a cabeça com um ar superior para lhes dar as boas-vindas e gesticulava para que se sentassem, sua expressão deixou claro para Mirina que era com grande prazer que ele revelava sua posição e, mais ainda, observava a reação dela.

– Vamos – sibilou Egeia, empurrando-a para a frente. – Estou faminta.

Seguindo o exemplo de Mirina, as mulheres se sentaram ali mesmo, no chão forrado com o tapete, espremendo-se bem próximas umas das outras, feito coelhos encurralados por raposas. Embora tentasse não olhar para os homens sentados nos bancos, Mirina sentia seus olhares curiosos e lascivos. Quando viu Egeia estender a mão para um cesto de pão que lhe era oferecido, deu um pinote para a frente e afastou as mãos da irmã.

– Não toquem em nada antes de entendermos nosso papel aqui hoje – sussurrou para as companheiras. Então se ajoelhou, curvou a cabeça para o príncipe Páris e começou a falar. – Obrigada pelo convite. Estou certa de que não merecemos tanta gentileza.

A resposta dele foi um sorriso que parecia destinado somente a ela.

– No meu país nós temos um ditado: se é preciso bater, não se esqueça de acompanhar a dor com um beijo.

As palavras ficaram no ar por algum tempo, lançadas para um lado e outro pelas risadas dos homens. Mas só Mirina havia entendido o que Páris realmente quisera dizer: era ela quem deveria dar o beijo, pois fora ela quem ferira sua dignidade ao sair correndo e puxar uma faca para ele.

– Entendo – falou, tornando a se sentar, as bochechas quentes de constrangimento. – Portanto lhe devo desculpas. Pois não somos mulheres com quem qualquer homem deveria esperar trocar beijos. Assim sendo, a menos que o senhor goste de ouvir hinos sagrados, nunca poderemos lhe agradecer de forma adequada por isso.

Ela fez um gesto de pesar em direção à comida.

Os belos traços de Páris se contraíram de irritação.

– Mais uma vez, sua mira se mostra certeira. Se eu fosse um homem mais reles, diria que estou ofendido. – Ele abriu os braços e sorriu. – Mas eu não sou. Portanto, senhoras, acalmem-se e saboreiem a nossa homenagem à sua santidade. Não tenham medo de que queiramos lhes dar outra coisa que não comida.

Ele olhou direto para Mirina com uma expressão de desafio nos olhos. Mas depois as deixou comer em paz, e o recinto se encheu com o som de colheres raspando em tigelas de argila, cordas rangendo e água chapinhando sempre que as ondas balançavam a enorme embarcação e puxavam as cordas que a prendiam. De vez em quando os homens trocavam alguns balbucios, mas o príncipe Páris se manteve calado, e seu olhar brilhante ficou fixo em Mirina com a mesma vigilância e paciência de um predador em repouso.

Na metade da refeição, dois meninos entraram em silêncio no recinto e acenderam uma profusão de pequenas lamparinas a óleo feitas de argila, espantando na mesma hora a penumbra do crepúsculo. Os homens então começaram a se servir de doces e pão de mel, e um líquido escuro de cheiro estranho foi passado de mão em mão em uma jarra de bronze.

Embora todos os pratos estivessem deliciosos, Mirina mal prestou atenção na comida. Estava curiosa demais em relação aos homens para não estudá-los com olhares fortuitos: a língua que eles falavam, sua aparência, seu comportamento. Qualquer que fosse sua terra de origem, estava claro que os troianos eram um povo civilizado, e seus traços eram tão belos quanto os modos. Tudo neles transmitia riqueza e opulência: os navios, os móveis, a comida. Quanto mais Mirina escutava o tom calmo de suas conversas, mais vergonha sentia de seus temores iniciais. E pensar que havia pressentido depravação e ardileza ao entrar naquele recinto... estava claro que tudo fora apenas obra de sua imaginação. Por mais tempo que aqueles homens tivessem passado cruzando o mar e por mais que ansiassem por um toque feminino, não era provável que violassem as regras sagradas da hospitalidade. Não, era *ela* quem havia fracassado em seus deveres de hóspede ao se permitir acalentar tais medos.

Quando a refeição estava quase no fim, Mirina ergueu o rosto e se dirigiu a Páris num tom que torceu para ser de desculpas.

– O senhor se mostrou mais do que gentil conosco – falou, levando a mão ao peito. – Não podemos partir sem lhe retribuir. Permite-nos cantar um hino como gesto de gratidão?

O príncipe pareceu achar graça na proposta, mas conseguiu transformar o sorriso em um altivo franzir de cenho.

– Podem poupar seus hinos, caras senhoras. Vocês não nos devem nada.

Mirina se esforçou para encontrar uma alternativa.

– Mas nós devemos agradecer...

Páris inclinou a cabeça.

– A senhora me daria o seu arco?

A pergunta franca fez Mirina recuar de tão pasma. A boa educação exigia que ela concedesse o pedido, mas, apesar do impulso para ser generosa, ela constatou que era difícil dizer sim.

Ao vê-la tão abalada, Páris jogou a cabeça para trás e soltou uma sonora gargalhada.

– Não tenha medo! Eu preferiria arrancar seu coração do peito a pegar o seu arco, pois creio que lhe faria mais falta.

Mirina o encarou sem entender direito.

Ainda sorrindo, Páris estendeu o cálice dourado para um dos rapazes encarregados de servir, que tornou a enchê-lo na mesma hora com vinho.

– Não fique tão consternada. De que me serviria outro arco... ou outro coração?

Ele olhou em volta à procura de aprovação, e os outros homens o encorajaram com risadinhas.

– Não, minha santa arqueira... será que essa expressão existe mesmo? – Páris franziu os lábios como quem reflete sobre o assunto. – O que *a senhora* acha?

Dessa vez, Mirina não se deixou enganar. Entendeu que Páris estava sentindo um prazer genuíno com aquela conversa... mas que não podia ser totalmente sincero na frente de seus homens, pois estes poderiam considerar seu líder um homem molenga e bobo.

O elegante príncipe pareceu a Mirina mais diferente dela do que qualquer pessoa civilizada poderia ser. Não em matéria de força e habilidade, pois ele também era alto e capaz, mas sim em termos de intelecto e comportamento: enquanto ela era escura, ele possuía uma claridade esplendorosa. Seus cabelos e olhos tinham quase o mesmo tom acobreado do mel de flores silvestres que sua mãe havia ensinado Lilli e ela a colher, mas o mais importante era que ele parecia totalmente imune ao peso do destino. Mesmo naquela hora, com a escuridão cada vez mais densa, irradiava um brilho fascinante. Era como se o seu corpo retivesse o brilho do sol... como se aquele rapaz, ainda a transbordar de luz, estivesse decidido a impedir sozinho a existência da noite.

– Com certeza a expressão existe se o senhor permitir que exista – respondeu ela, por fim. Ao ver que havia conseguido surpreendê-lo, e de forma agradável, prosseguiu com mais ousadia. – Agora tenha a gentileza de revelar o que deseja de nós. Pois estou certa de que deseja algo, só não consigo adivinhar o quê.

Impressionado com o pedido, Páris se recostou na cadeira.

– Muito bem – falou, com um meneio de cabeça. – Eu quero a sua história. Onde fica a sua casa? As senhoras pertencem a uma nação de mulheres? Na terra de onde eu vim, o poder da Grande Mãe já declinou faz tempo, e o homem, o orgulhoso homem, governa o céu e a terra.

Ele estendeu a mão como quem pede perdão.

– Por acaso pode me culpar por estar curioso?

– Se existir uma terra sem homens, seremos as primeiras a querer saber onde fica – retrucou Mirina, olhando para as irmãs. – Como o senhor decerto pode constatar, já sofremos muito e imaginamos que vamos sofrer mais ainda, pois esse mundo de navios e viagens não foi clemente conosco.

Ela baixou a cabeça quando as imagens dos invasores do templo desfilaram diante de seus olhos.

– A felicidade se esgotou em nós há muito tempo. Agora nos resta escolher entre o perigo e o arrependimento, nenhum dos quais jamais poderá resgatar as vidas que perdemos.

Quando ela se atreveu a encarar Páris, ficou aliviada ao ver que a provocação e o divertimento tinham cedido lugar a um desejo sincero de compreender a tragédia que se abatera sobre suas convidadas. Inclinando-se para a frente na cadeira, o belo príncipe parecia ter esquecido por ora os homens ao seu redor. Até o vinho em seu cálice permaneceu intocado enquanto ele aguardava Mirina prosseguir.

Sentindo um interesse genuíno, ela decidiu expor todo o mapa da sua infelicidade, com os fatos conhecidos e desconhecidos, sem poupar nenhum detalhe cruel. Enquanto falava, as irmãs a acudiram mais de uma vez, lembrando-lhe este ou aquele momento de horror ou completando uma triste frase quando as palavras ficavam entaladas em sua garganta.

– Como o senhor pode ver, não nos resta esperança além de continuarmos vivas – concluiu ela, enxugando uma lágrima da face. – Nosso sangue pulsa pelas que foram raptadas e que decerto sofrem mais do que nós. Não sabemos para onde elas foram levadas, mas juramos encontrá-las a qualquer custo.

Seu relato foi seguido por um profundo silêncio. Não houve um só homem no recinto que não olhasse para elas com pena. Páris agora estava curvado, o semblante grave, e batia no queixo com o nó de um dedo enquanto refletia.

– Desconfio que os piratas fossem gregos – falou, por fim. – Os navios revestidos com breu, as armas de excelente qualidade, o idioma que a senhora descreveu.

Ele olhou em volta para os conterrâneos, que aquiesceram, sérios.

– Nós dividimos com eles o mar setentrional e sabemos muito bem como se comportam.

Um murmúrio pelo recinto confirmou esse fato e deixou claro que Páris não tinha feito um elogio.

– O mar setentrional – repetiu Mirina. – Fica muito longe daqui?

Ele a olhou de esguelha.

– O problema não é a distância. Com o vento certo, qualquer um pode velejar até lá. Mas os gregos são uma raça cheia de ambição e inveja. Eles fundaram muitas cidades, que protegem com unhas e dentes... acima de todas, Micenas, lar de seu grande rei, Agamenon. Situada no alto de uma colina dentro de uma baía protegida, eu diria que ela é intocável. A menos, é claro, que se disponha de uma frota poderosa e de um exército terrestre, coisas que suponho que as senhoras não tenham.

A decepção de Mirina tornou qualquer resposta impossível.

– Para os gregos, as mulheres valem pouco mais do que gado e as estrangeiras são consideradas ainda de menor valor – continuou Páris. – Foi por isso que os piratas de Agamenon não pensaram duas vezes antes de atacar um templo estrangeiro e violentar as sacerdotisas, e é por isso que a aconselho a esquecer essa busca. Se suas amigas já não estiverem mortas, em breve estarão. Por que jogar mais corpos na pira?

As palavras deixaram Mirina tão estupefata que seu respeito crescente pelo príncipe Páris quase se dissipou.

– Se eu fosse homem, o senhor não teria falado assim comigo – disse ela, endireitando as costas. – Como sou mulher, supõe que o meu objetivo na vida seja o conforto e que minha honra resida apenas na minha castidade. Não posso culpá-lo, pois está apenas falando o que pensa que eu espero ouvir. Mas o senhor está errado. Nós temos objetivos maiores do que isso... objetivos que nos guiam como estrelas no escuro, e não é tão fácil assim desencorajar nossa missão.

Suas palavras pareceram ecoar por algum tempo. Mirina pôde sentir as irmãs se remexerem, pouco à vontade, com medo de ela ter desferido o derradeiro golpe na boa vontade de seu anfitrião. Mas, no fim, Páris apenas suspirou e disse:

– Amanhã vou me encontrar com o Minos no palácio de Cnossos. Vamos discutir negócios. Talvez a senhora devesse me acompanhar e expor a ele as suas reclamações. Ele é aliado dos gregos, que apoiam o seu governo. Se existe alguém capaz de influenciá-los nessa questão, é ele. Se suas amigas ainda estiverem vivas, talvez possamos trocá-las por algo.

Apesar de tudo, Mirina quase gargalhou.

– A sua generosidade o tornou cego para a minha condição. Com certeza não vai querer se degradar acompanhando uma maltrapilha...

Páris ergueu a mão para silenciá-la.

– Não vejo nada que não possa ser resolvido com um banho. Passem a noite aqui, todas vocês, durmam no conforto deste recinto e iniciem o dia de amanhã com um desjejum e um banho de água do mar. Aposto, e, como já sabe, gosto de apostar, que depois de uma noite de sono segura e de uma troca de roupa a senhora talvez se revele uma rainha.

Ele sorriu, e uma centelha de travessura tornou a surgir em seus olhos.

– Caso contrário, nós a deixaremos parecida com uma.

O PALÁCIO DE CNOSSOS SE erguia acima da cidade, com camadas e mais camadas de telhados e colunatas pintados em cores vivas. Uma estrutura harmoniosa e, ao que parecia, sem o menor indício de fortificação.

– Algum problema? – indagou Páris ao ver Mirina espiar pela frágil cortina da liteira. – Gostaria de estar montada no formidável animal que tenho entre as pernas?

A pergunta provocou risadas a toda a volta. A manhã não fora escassa de diversões para os troianos. Começara com uma peça tragicômica improvisada na praia, quando eles receberam a missão de proteger as mulheres durante o banho, e fora concluída com a comédia de apresentar a rainha Mirina ao seu régio meio de transporte.

– Pelo amor da Deusa! – exclamara ela, recuando horrorizada ao ver o animal que Páris desejava que montasse. – O que é *isso*?

Mais altas do que vacas, porém menores do que camelos, além de consideravelmente mais indóceis do que ambos, as criaturas que os troianos conduziam pela passarela até o caís pareceram a Mirina mais belas, sim, mas também mais inconstantes do que qualquer outro animal domesticado que ela já vira. Obviamente agitadas depois da longa estadia a bordo, elas escoiceavam e empinavam, ferozes como gatos selvagens, e quando Páris confirmara a suspeita cada vez maior de Mirina de que seria preciso montar em uma, ela recuara e fizera que não com a cabeça.

– Vamos lá, eu a chamei de destemida! – provocara ele. – Não me faça passar por mentiroso. Não há nada mais simples do que montar um cavalo. Observe.

Ele montara com facilidade, sem se deixar intimidar pelo animal arisco e agitado.

– Tudo o que a senhora precisa fazer é se segurar.

Mas nada que ele dissesse conseguiu fazer Mirina montar um cavalo por livre e espontânea vontade. Páris tampouco conseguiu convencê-la a montar na sua garupa.

– Por favor – dissera ela por fim, buscando com os dedos a segurança da corda de seu arco e da alça de sua aljava, mas encontrando apenas o vestido bordado que haviam lhe comprado naquela manhã, sem dúvida a um grande custo. – Por que não posso ir a pé?

– *A pé?* – Páris quase caíra para trás na sela. – Desde quando um príncipe de Troia deixa uma rainha andar *a pé* pelas ruas, feito uma prostituta?

Um tanto a contragosto, ele mandara o criado buscar uma liteira. Quando esta finalmente foi trazida, tudo o que Mirina pôde fazer foi subir nela. Sua repentina timidez, concluíra ela, era consequência de terem lhe tirado as armas e a haverem prendido naquelas roupas inúteis... mas ainda assim ela sabia que tinha a ver com Páris, e isso a surpreendia. O modo como ele a encarara ao pôr o fino aro dourado em sua cabeça e dizer "Pronto! Ganhei a aposta. Você é *mesmo* uma rainha!" a assombrou durante toda a travessia da cidade. Nenhum comentário bem-humorado conseguiu acalmar a tola palpitação em seu peito.

Os GUARDAS DO PALÁCIO NÃO os detiveram por muito tempo. Sem nem mesmo olhar dentro da liteira, eles deixaram os troianos passar pelo grande portão e entrar no pátio. Por trás das cortinas, Mirina ouviu os cavalos saírem da terra batida e começarem a pisar em lajotas.

Espiou de novo lá fora e viu os ângulos perfeitos dos prédios a se destacar contra o céu azul muito claro, além de uma ampla escadaria coalhada de gente. Era uma visão magnífica, muito mais grandiosa e bem mais sofisticada do que o Templo da Deusa da Lua, onde elas residiam. Mirina ficou assombrada ao se dar conta de que aquele cintilante labirinto de corredores imponentes e colunatas de um vermelho tão vivo fora erigido para mortais: um governante e seus administradores.

A cortina foi então afastada e Páris estendeu a mão para ajudá-la a descer.

– Rainha Mirina – disse ele, cordial, sem sorrir. – Permita-me.

Ao descer da liteira e se ver rodeada por troianos de semblantes impassíveis e por altivos funcionários do palácio, Mirina se sentiu estranhamente pequena. Embora as delicadas sandálias que completavam seu traje tivessem saltos elevados de madeira, era como se ela tivesse diminuído de altura ao tirar a túnica de couro de cobra e vestir aquele caro disfarce. Páris era alto, sim, mas antes não lhe parecera tão maior do que ela. Pouco importava que o aro dourado dele estivesse agora na cabeça *dela*. Vestido com sua túnica e manto azuis bordados, o herdeiro de Troia não perdera nada de seu porte de príncipe, ao passo que ela, apesar de toda a elegância emprestada, jamais se sentira tão reles.

Mesmo que os troianos tivessem razão ao lhe garantir que seu porte era nobre e que ela poderia com facilidade se fazer passar por um membro da realeza, Mirina estava muito consciente da forma desajeitada como andava por usar aqueles sapatos traiçoeiros. E apesar dos muitos meses no Templo da Deusa da Lua, onde era obrigatório usar vestidos, nunca se sentira confortável movendo-se para lá e para cá com o ar etéreo de uma sacerdotisa. "Você não está tentando surpreender uma marmota, Mirina!", repreendera-a a suma sacerdotisa certa vez, para grande divertimento de Kara e Egeia. "Você é um corpo celeste, uma estrela no céu, uma coisa sem pensamentos."

Apesar de toda a vontade de se adaptar, Mirina nunca chegara a dominar a arte de ser uma coisa sem pensamentos. E ao soltar a mão de Páris para arrumar a saia com gestos canhestros, temeu que os guardas do palácio não vissem nem rainha nem mulher, apenas uma estrangeira mal disfarçada.

Caso tivessem visto, não demonstraram nada. Curvando-se diante de Páris e dos sete outros troianos com o maior respeito, os funcionários do palácio conduziram os convidados por um mosaico de ladrilhos muito mais complexo do que aqueles que Mirina tinha visto nos salões sagrados do templo.

– Está vendo o machado de fio duplo? – sussurrou Páris, meneando a cabeça para o desenho. – É um símbolo sagrado aqui.

Quando subiam a escadaria branca bem varrida até o salão de audiência, Mirina olhou para o pátio e se perguntou por que aquele espaço aberto aparentemente acolhedor a incomodava tanto. No final do amplo quadrado revestido de ladrilhos, uma porta dupla vermelha se destacava contra o amarelo-claro dos tijolos ao redor e um desenho dourado de cabeças de touro e machados de fio duplo acima da porta sugeria que ela guardava um local sagrado.

– Agora lembre-se – sussurrou Páris, segurando com força a mão de Mirina.

– Quando entrarmos na sala do trono, primeiro faça uma reverência para a Mãe Sagrada, ainda que o verdadeiro poder seja exercido pelo Minos.

Apesar do nome imponente, a sala do trono não era grandiosa, mas estava tão cheia que Mirina poderia não ter visto a Mãe Sagrada caso não a tivesse procurado. Sentada em um trono diante da parede decorada em cores vivas, afundada como se estivesse dormindo, a Senhora de Cnossos dava a impressão de ser um grande mamífero terrestre vestido e arrastado para dentro de casa contra a própria vontade. Somente quando Mirina se ajoelhou na sua frente a mulher levantou a cabeça e fixou um olhar desconfiado na faixa de ouro que coroava os cabelos encaracolados daquela suplicante incomum. Então, com uma resignação bovina, a Mãe Sagrada ergueu a mão enfeitada com joias e apontou para Mirina o verdadeiro governante de Creta.

O Minos estava no canto mais afastado, envolto em uma névoa de política. Cercado pelos gestos enfáticos de homens com interesses contrários, ficou claro para Mirina que aquele era um homem que raramente tinha paz. Mesmo do lado oposto daquele recinto movimentado, não havia como não ver a astúcia reptiliana de sua expressão. Ninguém contrastaria mais com a Senhora de Cnossos do que aquele homem baixinho e irrequieto. Ao se ajoelhar na sua frente, Mirina se pegou pensando na ligação entre os dois. Seriam marido e mulher? Mãe e filho? Era difícil dizer.

– Hoje trouxe comigo a rainha Mirina – disse Páris ao Minos no idioma falado no Templo da Deusa da Lua, com a voz e o comportamento totalmente imunes à agitação. – Ela veio de muito longe para visitar este país e nos trazer um presente de paz.

Ele acenou para Enéas, seu companheiro de confiança, que deu um passo à frente com a pequena tabuleta que Cime e Mirina haviam gravado naquela manhã mesmo.

A mudança no Minos foi imediata. Assim que ele viu o disco de argila redondo com a elegante espiral de texto, abriu os braços em uma generosa saudação.

– Levante-se, cara rainha! – exclamou, pegando a tabuleta da mão de Enéas. – E fale-me sobre o seu país. De que lugar exótico a senhora veio?

Mirina sequer tentou responder. Páris havia lhe ensinado que, apesar de todas as palavras e gestos gentis, somente os homens tinham permissão para dirigir a palavra ao Minos.

– A rainha Mirina governa um vasto país próximo ao lago Tritônis – mentiu Páris no lugar dela.

– Ah! – exclamou o Minos, perdendo o entusiasmo por um breve instante e em seguida se animando outra vez. – Entendo. Imagino que tenha vindo pedir comida. Para ajudar o seu povo até os bons tempos voltarem.

Ele baixou os olhos para a tabuleta e seu cenho se franziu.

– Não conheço este idioma. Que tipo de promessa é esta?

– São bênçãos – explicou Páris. – E uma oferta de amizade.

– O quê? Nenhuma oferenda humana? Ora, nas atuais circunstâncias... – O Minos virou o disco de argila como se esperasse encontrar no verso a promessa desejada. – É uma época desesperadora para o seu povo!

Ignorando Mirina por completo, ele apontou para Páris.

– Com certeza ela deve entender que os deuses estão zangados e precisam ser aplacados.

Com o semblante inteiramente plácido, Páris assentiu.

– A rainha sabe disso. Mas não veio aqui pedir comida. Está aqui porque sabe que Creta tem relações de amizade com os gregos.

O Minos se empertigou.

– Sim, de fato. O filho do rei Agamenon acabou de vir aqui.

– É mesmo? – falou, e dirigiu o olhar para Mirina. – Então ele deve ter vindo diretamente do lago Tritônis.

O Minos franziu o cenho.

– Ele comentou que teve de arrastar seus navios por um pântano infestado de cobras antes de voltar ao mar. E houve algumas referências a uma grande estátua negra. Mas posso saber por que está tão interessado na movimentação dos gregos? Espero sinceramente que não haja nenhum outro conflito se formando.

Mirina deu um passo à frente, esquecendo-se, tamanha sua empolgação, de que precisava ficar calada. Antes que ela conseguisse falar, porém, Páris apertou seu braço com tanta força que ela fez uma careta.

– Três semanas atrás, o filho de Agamenon visitou o palácio da rainha Mirina sob um pretexto de amizade, mas foi embora levando vários objetos preciosos, entre eles nove donzelas primas da rainha – disse ele.

O Minos deu um passo para trás.

– Estou chocado!

– A rainha, é claro, está furiosa – continuou Páris. – Mas ela preferiria não dar início a uma campanha.

– Claro.

O Minos engoliu em seco. Páris havia explicado a Mirina que sua riqueza e poder dependiam inteiramente da livre movimentação de navios ao redor de sua costa. Uma guerra sufocaria esse tráfego e tornaria o mundo do comércio ainda mais inseguro. Por isso, e só por isso, o Minos sempre fora um homem de paz.

– Talvez isso não seja um fato notório, mas a rainha comanda um exército de milhares de homens, a maioria montada a cavalo – prosseguiu Páris.

Outro beliscão informou Mirina que até mesmo naquele momento Páris estava brincando com ela.

– Com certeza não é do interesse de ninguém ver tamanha violência se abater sobre a humanidade.

O Minos ensaiou um sorriso.

– É claro. Mas por que veio falar comigo? Em que eu poderia ajudar?

Páris indicou o disco de argila com um meneio de cabeça.

– A rainha espera conseguir um acordo dizendo que o senhor concordou em se aliar a ela. Diante de uma aliança assim, os gregos talvez possam ser convencidos a devolver o que roubaram...

– Ah. – O Minos suspirou. – Isso vai levar um tempo. Os sacerdotes estão ocupadíssimos, mas eles precisam aprovar... consultar previsões...

Mirina não conseguiu mais se conter.

– Por favor, o senhor não pode abrir uma exceção? – falou, antes que Páris a impedisse.

Um arquejo geral de horror a fez perceber a gravidade da transgressão antes mesmo que o Minos se manifestasse.

– Talvez seja melhor a rainha ir se acomodar com as outras mulheres enquanto os homens resolvem as coisas aqui – sibilou ele, quase sem conseguir falar.

Páris não demorou muito para concluir a conversa com o Minos e ir procurar Mirina do outro lado da sala do trono. Quando ele a acompanhou de novo até a luz ofuscante do lado de fora, Mirina temeu que sua careta de desprezo houvesse sido provocada por seu comportamento impetuoso.

– Eu sinto muitíssimo – começou ela, tentando acompanhar seus passos zangados. – Não consegui me controlar.

Páris parou na escada e olhou em volta à procura dos homens que havia deixado ali fora.

– Se precisar mesmo se desculpar, lamente não tê-lo insultado ainda mais. Que homenzinho mais incapaz. Amordaçado pelos próprios sacerdotes. Escreva o que estou dizendo: esta ilha já viu seus dias de glória.

Enquanto Páris e Mirina desciam juntos a escada, Enéas se aproximou com seus braços e pernas compridos e falou em tom urgente ao ouvido de Páris. Embora não tivesse compreendido suas palavras, Mirina calculou que a narrativa fosse horrível, pois Enéas estava pálido de aflição e a expressão de raiva e desprezo de Páris logo deu lugar a um ultraje que deixou seus lábios contraídos.

– O que foi? – perguntou-lhe ela quando Enéas se calou.

– Nada – respondeu Páris, com o olhar atraído pela porta dupla vermelha do outro lado do pátio. – Vamos sair daqui sem demora.

– Mas o que aconteceu de tão horrível? – Mirina tentou intuir os pensamentos que haviam pintado uma expressão tão medonha em seu rosto. – É sobre os gregos?

Páris só respondeu quando eles tornaram a pegar os cavalos e já estavam prontos para sair.

– Parece que nós os perdemos por um triz – disse ele, tentando imprimir um tom leve à voz. – Eles foram embora seis dias atrás. Voltaram direto para Micenas.

Mirina o encarou, pressentindo que havia mais coisa.

– Alguma notícia das minhas irmãs?

– As mulheres não saíram dos navios – contou Páris ao segurar a mão de Mirina para ajudá-la a subir na liteira. – Com exceção de uma. Ela foi dada de presente ao Minos...

Mirina levou a mão à boca.

– Ela está aqui? No palácio?

Os homens trocaram olhares graves e mais uma vez os olhos de Páris foram atraídos para a porta dupla do outro lado do pátio.

Sem dizer mais nada, Mirina soltou sua mão e começou a andar, tão depressa quanto se atrevia, em direção ao quadrado vermelho coroado por símbolos dourados.

– Não entre aí! – alertou Páris, pondo-se a correr atrás dela.

Mas Mirina tirou os sapatos, esquivou-se dele e acelerou. Não ligou para quem pudesse estar olhando; jamais poderia deixar uma irmã para trás.

Ao encontrar a porta destrancada, Mirina passou por ela sem hesitar e adentrou o recinto sagrado com Páris e Enéas em seu encalço. O contraste entre o pátio ensolarado e a caverna sem janelas a cegou. Ainda assim, ela seguiu cambaleando pela penumbra, mais preocupada em fugir dos troianos do que em se preparar para o que talvez encontrasse.

O recinto era longo e estreito, mais parecido com um corredor, margeado por algumas tochas acesas enfiadas em receptáculos de metal. No final do corredor, uma escada descia rumo ao desconhecido.

– Mirina! – chamou Páris ao finalmente alcançá-la. – Nós não deveríamos estar aqui.

Ao perceber a determinação em seu olhar, porém, ele não disse mais nada, apenas a seguiu.

Os dois desceram juntos os degraus, com os outros troianos logo atrás. No pé da escada havia outro corredor, mais escuro, que por sua vez se abria para um recinto circular iluminado por fogos sacrificiais acesos dentro de tigelas de bronze. Era o santuário interno do palácio.

Mirina se deteve no limiar e olhou em volta para as cabeças de touro douradas presas à parede e para os altares com pilhas de carne e ossos. Sacrifícios de animais não lhe eram desconhecidos e, por ser caçadora, ela estava acostumada a vísceras e membros esquartejados, mas algo no cheiro insuportável de podridão daquele lugar contrariava todos os seus instintos...

Foi então que ela viu as cabeças humanas arrumadas em uma pequena pirâmide sobre o altar principal, com braços e pernas desmembrados dispostos em pilhas bem-feitas de cada lado. Alguns dos membros estavam enegrecidos pela putrefação, enquanto outros, apenas cinzentos e exangues, pareciam ter sido postos ali recentemente. Enquanto olhava para aquilo, horrorizada, um objeto brilhante atraiu a luz das tochas tremeluzentes... Era um bracelete de chacal em volta de um pulso fino.

CAPÍTULO VINTE

Então, vendo o cão de guarda adormecido em um sono profundo,
Enéas aproveitou a deixa: afastou-se depressa
do rio do qual alma nenhuma retorna.

Virgílio, *Eneida*

Ilha de Creta
Dias atuais

Sem querer me render ao pânico, vasculhei o chão áspero do corredor da maneira mais meticulosa que consegui à luz que vinha da sala das tabuletas. Então ampliei a busca: virei a lanterna e comecei a voltar por onde tinha vindo... mas de nada adiantou. O barbante sumira.

Talvez uma rajada de vento repentina houvesse esticado o fio, pensei, e assim ele se soltara da maçaneta. Essa rajada poderia inclusive ter tirado o barbante do túnel e do meu campo de visão. Fiz um esforço para me convencer de que a explicação era essa, pois a única alternativa racional – eu não estava sozinha no labirinto – era aterrorizante demais para ser contemplada.

Fiquei parada no limiar da escuridão. O facho da lanterna estava tão fraco que me perguntei se as pilhas estariam acabando. Tremendo de tão nervosa, desliguei-a e voltei para a sala das tabuletas para avaliar melhor a situação. Meu celular estava ligado, mas não fiquei surpresa ao constatar que não pegava. Afinal de contas, milhares de toneladas de tijolos antigos e terra me separavam do mundo contemporâneo. Além do mais, o que eu diria a Rebecca se conseguisse telefonar? Que pretendia passar o resto da noite na sala das tabuletas, com a porta trancada e as luzes acesas, refugiada atrás da mesa de trabalho, até o chefe da equipe me encontrar durante sua ronda matinal?

Não, decidi; eu não era tão covarde assim. Não iria pôr em risco o emprego da minha amiga. Eu devia isso a ela: tinha de sair daquele subsolo proibido tão discretamente quanto entrara, sem deixar o menor vestígio da minha presença.

Abri de novo a porta que dava para o corredor e passei alguns segundos à escuta, mas não ouvi nada. Havia uma leve corrente de ar, quase um sussurro, mas só. Respirei fundo e desdobrei o mapa de Rebecca. Com ou sem barbante, bastava eu ficar calma e seguir a lógica para voltar pelo mesmo caminho da vinda, e dali a pouco estaria deitada na cama em meu quarto e rindo daquilo tudo.

No entanto, assim que comecei a avançar pelo corredor, seguindo o facho instável da lanterna cada vez mais fraca, a calma e a lógica logo sucumbiram a uma maré de medo. Não pude evitar: mesmo sem o mistério do barbante desaparecido, aquelas cavernas escuras me deixavam atordoada. Meus olhos saltavam de pânico a cada sombra distorcida que se projetava na parede irregular e, sempre que eu focava a lanterna no mapa, a escuridão me cercava por todos os lados.

Então, de algum lugar bem lá no fundo, uma voz que era parte minha, parte de vovó, começou a recitar um mantra que ela havia me ensinado muito tempo antes e que eu jamais iria esquecer. Fora no dia depois do incidente com o cachorro assassino, e estávamos no meio do chá quando me ocorreu que ela vinha me tratando de um jeito diferente: com menos paciência, porém mais respeito.

"Eu sou uma amazona, matadora de animais e de homens", ela dissera, com os olhos azul-acinzentados iluminados por um brilho febril, metálico. "A liberdade corre em minhas veias; corda nenhuma pode me prender. Eu nada temo; é o medo que foge *de mim*. Ando sempre para a frente, pois esse é o único caminho. Quem tentar me impedir sentirá minha fúria." Ela havia repetido inúmeras vezes essa declaração tão imperiosa, até eu aprendê-la de cor. Então me fizera recitá-la até minha voz se tornar firme e confiante e eu me postar diante dela com o corpo ereto e acreditando em cada palavra.

Eu já tinha usado o mantra algumas vezes antes de uma prova importante ou de uma disputa de esgrima, mas ele nunca me dera forças como nessa noite ao percorrer o labirinto. Era para aquilo que vovó havia me preparado: não para os desafios simples da vida moderna, mas para aqueles momentos cruciais, quando nos vemos presos na teia do destino e os verdadeiros monstros aparecem.

Assim, quando me aproximei da primeira curva sem ver nenhum sinal do barbante, preparei-me para um possível encontro. Agora tinha certeza de que alguém ou alguma coisa tinha passado por aquele corredor enquanto eu me ocupava na sala das tabuletas. Apertando a bolsa contra o peito, recuei com a lanterna para poder usá-la como arma... mas quando me estiquei para olhar vi apenas outro túnel vazio que desaparecia em um limbo.

Ou melhor, não totalmente vazio, pois distingui algo caído no chão alguns passos à frente: o novelo de barbante. Muito bem enrolado.

Fiquei tão atarantada que fui pega de surpresa. Na escuridão do túnel, tudo o que vi foi uma sombra repentina e imensa que me engoliu por trás. Aterrorizada, encolhi-me por instinto. Teria começado a correr se algo não houvesse agarrado meu blusão com um grunhido de advertência que fez meu sangue gelar.

Desesperada para fugir, eu me virei e golpeei o agressor às cegas com a lanterna. Em meio a uma névoa de pânico, pude discernir uma cabeça, mas nenhum rosto... apenas sobrancelhas grossas e dois olhos sem vida. Aos gritos, golpeei a coisa com o máximo de força que consegui, várias vezes, até a lanterna ser arrancada da minha mão e logo voltar com um golpe atordoante bem na minha têmpora.

A próxima coisa que senti foi o chão frio e duro do túnel encostado em minha bochecha. Um segundo mais tarde, algo me segurou pelo braço com violência e me virou de barriga para cima. Morta de medo e sem conseguir ver nada naquele breu, tentei chutar o corpo agressivo e ofegante parado acima de mim, mas minhas pernas foram agarradas e imobilizadas contra o chão da caverna. Apesar de eu gritar e me debater, garras rasgaram com fúria o meu casaco.

Finalmente me lembrei do afiado bracelete de chacal e, com esforço, consegui desferir alguns golpes com as costas da mão. Um deles fez meu agressor dar um grunhido de dor e me soltar. Temendo o pior, encolhi-me para me proteger.

Mas o ataque não veio. Ouvi pés correndo, senti uma corrente de ar e então...

Silêncio.

Tremendo da cabeça aos pés, passei muito tempo agachada no chão do túnel, pensando se a coisa iria voltar, o que quer que fosse. A escuridão era tal que sequer tive certeza de estar com os olhos abertos. Precisei de toda a minha força de vontade para me levantar e começar a procurar a lanterna.

Não a encontrei. Aos arquejos, em pânico, pus-me a tatear às cegas pelo chão pedregoso até por fim me ocorrer que poderia usar o telefone. Felizmente, o aparelho estava intacto e se acendeu na mesma hora em que o abri, proporcionando alguns segundos de luz azul por vez. Não era o suficiente para ver muito longe, mas o bastante para ler o mapa de Rebecca. Só que o precioso pedaço de papel não estava em lugar nenhum. Tampouco minha bolsa. Percebi que o agressor tinha conseguido levar tudo. Até um dos meus sapatos estava faltando. Tudo o que me restava eram os poucos objetos que eu havia guardado nos bolsos: o celular, a câmera e o caderno de vovó, com a transcrição do disco de argila guardada dentro.

Com as pernas bambas, comecei a descer o túnel escuro outra vez em direção à sala das tabuletas. Bastava dobrar uma esquina, pensei; com certeza eu conseguiria voltar para lá, mesmo sem o auxílio do mapa.

Mas não consegui. Cheguei a um recinto circular que não vira antes e então compreendi que tinha ido longe demais. Virei-me na intenção de sair dali pelo mesmo caminho que usara para chegar, mas por mais absurdo que fosse, peguei-

-me olhando para três portas idênticas, incapaz de distinguir por qual das três havia entrado.

Quase aos prantos de tanto choque e frustração, além de assustada demais para ficar parada por mais de uns poucos segundos, acabei escolhendo a da esquerda, decidida a voltar caso sentisse que não era a certa. No início foi impossível distinguir aquele túnel do outro em que estava antes; eu notava detalhes que poderiam ou não ter estado ali antes, simplesmente porque não os havia procurado. Uma pilha de entulho, uma rachadura na parede. A pressão de constatar o inevitável foi tamanha que tive vontade de me sentar ali mesmo, na esperança de que uma equipe de busca conseguisse me encontrar antes que o monstro voltasse para me atacar de novo.

Assim que consegui superar esse impulso de covardia, o túnel se alargou e virou um corredor de verdade. Encorajada pelos apoios para tochas nas paredes, avancei depressa segurando o celular em frente ao corpo e acabei chegando a uma caverna de teto abobadado. Não dava para ver grande coisa à luz débil do aparelho, mas o que vi foi promissor. Eu estava perto do que parecia ser um canal subterrâneo. A fantasmagórica presença de um bote retangular de fundo chato e de uma vara sugeria que o canal já tinha sido navegável; aquilo antigamente conduzia a algum lugar. Talvez fosse um tipo primitivo de rede de esgoto; talvez eu estivesse diante do escoamento de águas do palácio. Nesse caso, o canal devia conduzir ao lado de fora. Até mesmo as entranhas de Hades precisavam desaguar em algum lugar.

Concluindo que aquela era minha melhor chance de encontrar uma saída, fui avançando em meio ao que devia ser o esgoto do palácio e rezei para não chegar a um beco sem saída feito de escombros. A essa altura, eu estava morrendo de frio, aterrorizada pelo que havia acontecido e pelo que ainda poderia acontecer, e meu pé calçado apenas com a meia latejava de dor a cada passo, o que era um lembrete constante de quanto eu era frágil e humana.

Cambaleando pelos detritos do esgoto do palácio, perdi o equilíbrio várias vezes e ralei as mãos ao tatear às cegas em busca de algo em que me segurar. Abria o telefone a intervalos regulares para tentar ver as horas, mas não conseguia. Os números haviam perdido o significado. Para acalmar a mente, tentei algumas vezes recitar o canto de amazona de vovó, mas meus dentes batiam tanto que tive de parar.

Em determinado momento, minha mão esquerda roçou em algum tipo de teia úmida e pegajosa. Abri o celular e vi raízes caindo lá de cima. Incentivada pelo cheiro terroso e pela óbvia proximidade de vida, segui em frente, afastando o entulho e escalando rochedos... até a passagem se tornar tão estreita que tive de prosseguir de quatro.

Anestesiada pelo frio, fui me espremendo por aquele espaço confinado enquanto limpava com obstinação o caminho à frente, recolhendo pedaços de pedra e jogando-os para o lado. Estava tão angustiada, tão perto de perder as esperanças, que quase não me atrevi a acreditar em meus sentidos quando enfim emergi por um buraco coberto de musgo escorregadio e percebi uma escuridão de outro tipo.

Olhei para cima e dei um grito de alegria ao ver a lua crescente... e de repente saltei para o lado quando um par de faróis veio na minha direção, mas eles se desviaram no último instante, bem na direção dos prédios marfim de Rebecca.

Segui mancando pelo estacionamento enlameado e subi os degraus de pedra até a varada compartilhada em frente aos quartos, esforçando-me ao máximo para andar depressa. Ao ver as luzes do quarto de Nick ainda acesas, passei por sua porta pé ante pé e tentei não fazer barulho enquanto procurava no bolso a chave do quarto.

Não a encontrei. Tampouco achei a chave da sala das tabuletas, que Rebecca havia colocado no mesmo chaveiro para facilitar. Abalada com a estupidez daquilo tudo, encostei a cabeça na porta trancada, tomada por uma agonia muda.

– Melhorou?

O choque de ouvir uma voz masculina me fez levantar a cabeça com um tranco. Apoiado na parede, a menos de dez passos de mim, Nick me observava de braços cruzados.

– O que houve com seu outro sapato?

Embora sua atitude não fosse exatamente amigável, senti meu corpo amolecer com aquela pergunta e baixei a cabeça de exaustão.

– Não sei bem.

Só então Nick se aproximou; seus pés descalços e bronzeados sobressaíam no piso caiado da varanda.

– O que está acontecendo, Diana?

Ergui os olhos para ele, relutante, sem querer explicar nada. Assim que ele viu meu rosto, sua expressão mudou. Sem dizer nada, ele me segurou pelo braço e me levou até seu quarto.

– Olhe para baixo. – À luz da luminária de teto, ele inspecionou a contusão na minha têmpora. – Você perdeu os sentidos?

– Acho que não... – falei.

Então vi meu reflexo em um espelho na parede. O aspecto da contusão era ainda pior do que a sensação que ela me provocava: além de vermelha e inchada bem no ponto em que a lanterna havia batido, uma mancha escura se espalhara até meu olho direito.

– O que houve?

Afastei-me quando ele tocou o hematoma.

– Trombei com uma porta.

Nick desapareceu dentro do banheiro.

– Vou ter mesmo que perguntar outra vez? – indagou ele ao voltar, pressionando um pano molhado com firmeza no local do machucado.

Aquela atitude arrogante me fez perder a calma.

– Pode perguntar quantas vezes quiser – falei, afastando a mão dele. – Não tenho obrigação *nenhuma* de lhe dizer nada. Você só me encheu de mentiras desde o primeiro dia...

Nick se sobressaltou.

– Que mentiras?

Encarei-o, furiosa, sem conseguir conter a raiva que vinha fervilhando dentro de mim havia tanto tempo.

– Talvez fosse bom você começar me dizendo o nome do seu patrão. E por favor não responda "Sr. Skolsky".

– Por que perder meu tempo com isso? – Nick estava totalmente impassível. – Você já sabia desde o início.

Atônita por um instante, sentei-me na beira da cama. Tinha desferido meu melhor golpe, mas o contragolpe dele sequer exigira esforço. Ele me olhou com um sorriso superior de quem diz: "Isso é mesmo o melhor que você tem?", depois balançou a cabeça e me entregou o pano molhado.

– Quer dizer que você admite ter me enganado? – perguntei, pegando o pano.

Nick deu de ombros.

– Eu sou mentiroso, você é ladra. Nas atuais circunstâncias, acho que o melhor que a gente tem a fazer é trabalhar juntos. – Ele meneou a cabeça para a minha contusão. – Sua cabeça não concorda?

Nesse exato instante, escutamos uma leve batida na porta.

– Deve ser a Bex – falei com um suspiro. – A gente ia se encontrar...

Nick foi até a porta.

– Vou pedir a ela para buscar gelo.

– E uma garrafa de Metaxa – acrescentei, pressionando o pano na cabeça.

Mais tarde nessa noite, aninhada na cama de Nick depois de tomar também uma bem-vinda dose do analgésico local, meu choque aos poucos foi se transformando em amargura e incompreensão. Rebecca ficou horrorizada com meu relato sobre o ocorrido e, ainda que Nick tivesse falado pouco, eu sabia que ele também estava pasmo. Sentado no canto em uma velha poltrona com estampa de flores, ele parecia cada vez mais soturno à medida que tamborilava os dedos no braço esgarçado.

– Quem mais sabia que você estava lá embaixo? – perguntou ele por fim.

Olhei para Rebecca, sentada na cabeceira bem ao meu lado, preparando-se para me servir uma segunda dose da bebida.

– Você falou para o seu querido Sr. Telemakhos que eu desceria lá hoje à noite? – perguntei a ela.

Ela franziu o cenho, com um ar meio ofendido.

– Não lembro. Mas você não pode estar desconfiando *dele*.

Tomei mais alguns goles de Metaxa enquanto Rebecca se esforçava para explicar a Nick o fenômeno Sr. Telemakhos. É claro que não era hora para um bate-boca, mas eu estava muito desconfiada de que a minha amiga linguaruda de alguma forma havia me posto em apuros.

– Só para recapitular. – Os olhos de Nick percorreram minhas roupas imundas e meus joelhos ralados antes de voltar ao galo avermelhado na minha têmpora. – Você perdeu o laptop e um molho de chaves. O que mais tinha na bolsa?

– Ah, pouca coisa. – Arregacei a manga para examinar meu cotovelo que latejava. Quando o fiz, a pulseira de vovó surgiu com toda a sua graça atemporal, lembrando a nós dois que mentirosa eu podia ser. – Só um envelope com 10 mil dólares.

Ignorei o arquejo de horror de Rebecca e balancei a cabeça.

– Todo o resto estava ou no meu quarto ou no meu bolso.

– Todo o resto?

Senti um frio súbito e puxei mais a coberta na minha direção. Ainda que estivesse dizendo a verdade, minha voz soou falsa.

– Bom, ainda tenho a câmera com as fotos da Argélia. – Levei a mão até a parte interna do blusão preto jogado na cama ao meu lado. – Espero que não tenha quebrado.

Sem hesitar, Nick pegou o aparelho da minha mão e retirou o cartão de memória.

– Se me permite.

Não era um pedido.

O laptop de Nick era um daqueles modelos parrudos, feito para suportar sujeira, estradas no deserto e pequenas explosões. Uma excelente escolha, considerando para quem ele trabalha, pensei ao vê-lo posicionar o equipamento em cima da cama e descarregar minhas fotos na sua biblioteca de imagens. Quando dei por mim, um ano inteiro da minha vida começou a desfilar diante de nossos olhos em um embaraçoso slide show de James jogando tênis, meu pai cortando o peru de

Natal com seu avental de esquilo, alguns narcisos fora de época que eu havia comprado em um mercado ao ar livre, minha mãe saboreando um raro sorvete... e por fim todas as minhas fotos da Argélia, seguidas pelas que eu havia tirado poucas horas antes, na sala das tabuletas.

– Parece que eu me mudei para dentro do seu computador, por assim dizer – comentei, um pouco irritada diante da naturalidade com que Nick se apropriara da minha vida particular.

– Não faz mal. – Ele se inclinou para a frente e estudou a imagem na tela. – Estava faltando algo interessante nele. É esta a tabuleta?

Aquiesci, e ele balançou a cabeça.

– Você arriscou a vida para fotografar uma panqueca gravada?

Decidi deixar aquilo passar. Afinal de contas, era um alívio ver Nick tratando o precioso disco de argila com tão pouco respeito. Se ele houvesse demonstrado algum interesse real, eu poderia ter duvidado de novo da sua motivação para ir a Creta.

Um zumbido estranho me surpreendeu.

– Com licença. – Nick tirou o celular de um dos bolsos da calça e saiu do quarto.

Assim que a porta se fechou atrás dele, Rebecca chegou bem perto de mim, louca para investigar o computador ele.

– Vamos ver o que ele tem aí! – instou ela. – Rápido!

– Pode hackear, é todo seu. – Empurrei o laptop na sua direção. – Fique à vontade.

Rebecca baixou os olhos para as teclas e só então percebeu que eram todas em árabe.

– Xi.

– Tá. – Tornei a puxar o laptop para a minha frente. – Não achou que ele fosse facilitar as coisas tanto assim, achou?

– E as fotos dele? – Rebecca cutucou a tela, ansiosa. – Tente abrir outra pasta.

Eu deveria ter dito não, mas a verdade era que estava mais curiosa do que ela. Depois de uma semana de convivência intensa, ainda não sabia quase nada sobre Nick exceto que ele era um cara polivalente e cheio de lábia que trabalhava para a Fundação Aqrab.

À primeira vista, sua biblioteca de imagens não continha nada explicitamente incriminatório. Até onde pude ver em minha afobação motivada pela culpa, a maioria das fotos era de sítios arqueológicos e mostrava os diferentes estágios da escavação e da limpeza de achados diversos. Alguns eram tumbas, com esqueletos cercados por armas e recipientes de argila; outros eram construções que despontavam de dunas no deserto, e os artefatos encontrados ali incluíam joias de ouro e cálices.

Mas em meio às fotos de escavações e artefatos havia também as de guardas armados e veículos blindados; eles eram o arame farpado a cercar toda a coleção de imagens. Embora os guardas muitas vezes estivessem sorrindo e posando, uma violência latente permeava aquelas imagens, logo abaixo da aparência científica.

Somente então me ocorreu verificar a pasta mais recente. Conforme esperado, ela continha fotos do templo na Argélia, inclusive vários closes do sarcófago no santuário interno. Dei scroll nas imagens com os dedos trêmulos e mal me permiti olhar com atenção até chegar à última.

– Olhe! – sibilou Rebecca. – O seu bracelete!

Incrédula, não consegui desgrudar os olhos. A foto de fato mostrava um chacal enrolado pousado sobre um guardanapo de papel, com o bronze antigo escurecido pelo tempo. Mas aquele bracelete com certeza não era meu. Devia ser o do sarcófago. Minha cabeça ferida latejou. Só poderia haver uma explicação para a presença daquele objeto entre as fotos de Nick: era *ele* quem havia retirado o bracelete do esqueleto. Sua afirmação de que a ladra era *eu* não passava de uma desculpa conveniente para me seguir até Creta.

Nesse exato instante, a porta se abriu e Rebecca, que não tivera meu treinamento precoce em situações clandestinas, recuou com um arquejo. Nick a encarou por vários instantes, depois se aproximou e fechou o laptop.

– Hora de dormir.

Nessa noite, quando me aconcheguei na mesma cama com Rebecca, não consegui pegar no sono. Os últimos acontecimentos não paravam de rodopiar na minha mente, e eu estava embriagada por uma estranha animação, o que não fazia o menor sentido. Havia passado por uma provação infernal e minha testa latejava tanto que eu mal conseguia ficar deitada. No entanto... eu tinha sobrevivido. Resistira ao meu agressor e conseguira escavar com obstinação um caminho para sair daquele submundo. Em matéria de reações retardadas, minha inexplicável embriaguez vinha misturada ao triunfo.

Vai ver eu não era igual à maioria das outras pessoas, pensei. Talvez fosse devido ao preparo que vovó me dera e à sua obsessão com a dureza das amazonas... ou quem sabe fosse por ter herdado dela alguma falha genética; meu cérebro poderia ter ligações nervosas a menos. Não era a primeira vez que eu tinha essa desconfiança, mas era a primeira vez que abraçava com alegria a possibilidade de, em alguns aspectos, ser mais parecida com minha avó e menos com todos os outros.

Fizemos um brunch com Nick na Taberna Pasífae. O dia amanhecera enevoado, mas o sol finalmente despontava em meio à bruma e a claridade contribuiu em muito para dissipar as lembranças soturnas da noite. Era óbvio que nenhum de nós três estava com pressa para voltar ao assunto de minha desventura no labirinto. Nick relanceou os olhos uma ou duas vezes para minha contusão, mas nem chegou a perguntar como eu estava me sentindo.

Ele agora usava uma roupa folgada composta por camisa sem colarinho e calça de cadarço na cintura, conjunto que minha mãe, em sua infinita insensibilidade com relação aos costumes alheios, teria se apressado em classificar como um belo pijama. Interpretei isso como um sinal de que ele iria pegar o próximo avião para a Argélia, ou quem sabe para Dubai, e fiquei aliviada com a sua partida.

– Então. – Ele me encarou com um sorriso experiente. – O que diz a panqueca? Eu sei que você decifrou o texto.

Hesitei. Com o rabo do olho, percebi que Rebecca ficara incomodada, mas acabei decidindo que o assunto era inofensivo o bastante para eu não precisar mentir. De fato, eu passara a manhã inteira decifrando a transcrição feita na folha de papel, com auxílio do caderno de vovó. Só não encontrara menção a tesouros repletos de metais preciosos ou qualquer outra coisa passível de despertar o interesse de pessoas como o Sr. Al-Aqrab.

– Parece um tratado – respondi, sincera. – Ou pelo menos uma proposta de tratado entre uma rainha e, pelo que presumi, o governante aqui de Cnossos.

– E você vê alguma relação entre essa tabuleta e a inscrição da Argélia... tirando o idioma? – perguntou Nick, com os olhos pregados nos meus.

– É possível. – Fiquei um pouco incomodada com a intensidade do seu olhar. – O nome da rainha é o mesmo de uma das sacerdotisas mencionadas na parede do templo e o tratado também descreve o inimigo e seus "navios negros". Não tenho certeza de como interpretar essas semelhanças, a não ser...

Não concluí a frase, consciente de que a narrativa que havia alimentado em minha própria mente – uma história de mulheres violentadas em busca de vingança – era extravagante demais, embaraçosa de tão improvável.

– Então tá. – Nick me avaliou com aqueles seus olhos escuros, que não paravam de me fazer sentir que a trapaceira era *eu*, não ele. – Como você conseguiu? Decifrou em cinco dias o texto da Argélia. E agora esse. Qual é o segredo?

Senti um formigamento de nervosismo. Embora não tivesse feito nenhum grande esforço para esconder dele o caderno de vovó, tampouco chegara a lhe falar sobre sua importância. Até onde Nick sabia, eu era apenas uma talentosa decifradora de códigos, capaz de identificar padrões e conexões onde os outros nada viam.

– Não ponha a perfeccionista na berlinda! – exclamou Rebecca, pulando da cadeira e bagunçando meus cabelos. – Ela não consegue evitar. É maníaca por decifrar códigos.

Nessa hora, seu celular tocou e ela pediu licença para atender. Enquanto estava ausente, o garçom reapareceu com nosso pedido e comecei a comer, muito consciente de que Nick me observava.

– O que foi? – perguntei por fim, incapaz de suportar aquele escrutínio por mais tempo.

Mas ele apenas balançou a cabeça e continuou a me encarar. Embora as cadeiras de madeira da taberna fossem um tanto duras, ele havia conseguido se acomodar; parecia ser uma especialidade sua. Com um braço apoiado no encosto da própria cadeira e um chinelo casualmente pousado sobre a de Rebecca, teria passado por um homem completamente à vontade, não fosse a expressão intrigada em seu rosto.

– Mil desculpas, mas tenho que ir – falou Rebecca, voltando para a mesa toda agitada e nervosa. – O chefe da equipe quer me dar alguma incumbência que pelo visto não pode esperar.

Ela fez uma careta e deu um gole rápido no café. Então partiu, deixando nós dois diante de um monte de comidas deliciosas, mas que de repente me reviravam o estômago. Afinal, apesar de todas as minhas boas intenções, aquela passadinha por Creta tinha sido um desastre. Eu estava com um galo na testa do tamanho da Sicília, lembranças amargas de 10 mil dólares perdidos, um cabo e uma fonte, só que zero laptop, e sem dúvida, lá em Oxford, o curso de Larkin devia estar uma bagunça na minha ausência. Como se não bastasse, eu dera um jeito de me envolver com o tipo errado de pessoa – e uma delas agora me encarava com uma expressão desconfiada e olhos semicerrados, como se o bandido da história fosse *eu*, e não ele.

Depois de algum tempo, enquanto espetava com o garfo os ovos mexidos, falei:
– Estou curiosa. Você conseguiu encontrar alguém lá no seu escritório capaz de explicar a ligação com as amazonas?

Nick se remexeu na cadeira. Ainda não tinha tocado a comida, apenas segurava um copo de suco de laranja.

– Que ligação exatamente?

– Bem. – Senti minha irritação se avivar um pouco. – Está claro que *alguém* com quem você trabalha decidiu que precisava de mim na Argélia, sem dúvida o *mesmo* alguém que mandou o Sr. Ludwig até Oxford me seduzir com uma conversa sobre as amazonas. Agora, na verdade, está claro que vocês *de fato* precisavam de mim... mas, apesar disso, ainda não sei o que aquelas sacerdotisas do templo têm de tão importante. Elas eram amazonas? Nesse caso, por que o Sr. Ludwig começou a pensar isso? E, aproveitando o embalo, pergunte ao seu adorável Sr. Aqrab por que não param de me machucar! – arrematei, apontando para a contusão na têmpora.

Passamos algum tempo sentados em silêncio até Nick finalmente afastar o prato como se a nossa conversa exigisse toda a sua atenção.

– Naquela noite, em volta da fogueira, ouvi você falar em um herói lendário que roubou a cabeça da Medusa – começou ele, inclinando-se por cima da mesa. – Você disse que isso a fazia pensar na deusa Palas Atena, que talvez tenha sido uma importação do norte da África. Algo mais a dizer sobre esse assunto?

A pergunta me pegou totalmente desprevenida.

– Não. Por quê?

Nick deu de ombros.

– Só estou tentando solucionar o mistério. Quem eram essas mulheres... para onde elas foram depois... como acabaram virando amazonas na cabeça de John Ludwig. Eu acho que tudo se encaixa. E o mais divertido... – Ele empunhou o garfo, espetou um tomate-cereja e o apontou para mim. –... é que eu acho que você já sabe a resposta.

Fiquei tão pasma que sequer consegui pensar em uma resposta inteligente.

– Me ajude com uma coisa – prosseguiu ele, comendo o tomate. – As sacerdotisas saíram da Argélia e foram de navio para Creta. E de lá, para onde elas foram?

Diante da minha incredulidade muda, ele estendeu os braços, suplicando com garfo e tudo.

– Vamos lá! Me dê alguma coisa para dizer ao chefe. Qualquer coisa.

– Não faço a menor ideia do que você quer... – comecei.

Nick balançou a cabeça e tornou a se recostar na cadeira.

– Você nunca trabalhou em uma empresa grande, não é? Empresas podem ser como governos: cada funcionário tem um orçamento para gastar. E como ele está só administrando o dinheiro de outra pessoa – Nick estendeu a mão e espetou outro tomate –, bem lá no fundo, na verdade está cagando. É só um emprego. E tudo o que eles querem ouvir na grande reunião é que você bateu sua meta.

Fiquei tão chocada que não consegui determinar na hora se ele estava mentindo ou não.

– Então é isso que você é? – perguntei. – Um funcionário com orçamento para viagens?

Nick sorriu, como se estivesse bastante à vontade com esse rótulo.

– Um funcionário com excesso de trabalho, na verdade. É bom estar de férias. – Ele olhou em volta para os outros clientes da taberna, como se estivesse mesmo aproveitando a estada. – Sempre gostei de Creta. As pessoas aqui são mais simpáticas.

Mais simpáticas do que em que lugar?, pensei. Seria aquele o mesmo homem que tinha gritado comigo porque eu não quis mexer no sarcófago como ele esperava? O mesmo homem que havia confiscado meu celular com os modos de um agente carcerário? O que poderia ter transformado um homem implacável e viciado em trabalho em um preguiçoso disposto a dizer qualquer bobagem para tirar férias à custa do patrão? Simplesmente não fazia sentido. Sim, Nick podia ser convincente em seu papel de pau-mandado da Aqrab e fazer questão de exibir aqueles trajes desleixados e um relógio de pulso que mais parecia uma caixa de cereal, mas dessa vez não me deixei enganar. Já tinha passado tempo suficiente com ele para saber que aquilo era só mais um disfarce e que, por baixo de tudo, havia um manipulador sagaz cuja única responsabilidade, pelo menos nos últimos tempos, parecia ser ficar de olho em *mim*.

– Tá bom. – Encarei-o enquanto ele enfim começava a comer a torrada. – Você está de férias. Acho que deve ser bem relaxante ver os outros apanharem.

– É – disse Nick, franzindo o cenho. – Sinto muito ter obrigado você a descer sozinha naquele labirinto. Como posso me redimir? – Ele fingiu refletir sobre o assunto, então tornou a falar. – Tive uma ideia: você me diz o que escrever no meu relatório e eu lhe faço um cheque para compensar suas perdas. O que me diz?

Eu não podia ter ouvido direito.

– Está me oferecendo outros 10 mil dólares?

Ele assentiu.

– *E* um laptop novo.

Tive de me esforçar para não soltar uma gargalhada.

– Tá. Qual é a pegadinha?

– Não tem pegadinha. Basta responder à minha pergunta. Quem eram os homens nos navios negros? Para onde as sacerdotisas foram depois de Creta?

Encarei-o, tentando, como tantas outras vezes, entender qual era o seu jogo.

– Tá bom – falei, ignorando o alerta em minha mente de que aquilo era tudo armadilha e que, de alguma forma, por baixo das palavras brincalhonas de Nick, havia uma bomba-relógio. – Pode escrever no seu relatório que todas as flechas apontam para a Grécia. O herói Perseu, que roubou a cabeça da Medusa, a deusa Palas Atena, mas o mais importante de tudo: os navios negros, que conhecemos graças a Homero... – Fui enumerando esses itens nos dedos. – Não estou dizendo que estou certa, mas se estiver, e se nos permitirmos acreditar que os mitos antigos contêm um fundo de verdade, então os piratas que saquearam o Templo da Deusa da Lua eram gregos. Na época antiga, os gregos eram uma potência a ser levada em conta, um império, digamos, formado por vários pequenos estados, dos quais o mais forte se chamava Micenas. Era o lar de Agamenon, que, como você sabe, lançou uma frota de milhares de navios e deu início à Guerra de Troia. E por quê? Porque os troianos, de maneira um tanto estúpida, eu poderia acrescentar, tinham raptado a bela Helena de Esparta... e como o marido de Helena, Menelcue, era irmão do grande rei Agamenon, digamos apenas que teria sido melhor para o príncipe Páris se ele houvesse se mostrado um pouco mais criterioso na escolha da mulher a ser raptada. Estou fazendo jus aos meus 10 mil dólares?

Nem um pouco impressionado, Nick aquiesceu.

– Quase. E onde as amazonas se encaixam nisso?

Seu súbito interesse em um tópico que até recentemente parecia animar poucas pessoas além de mim foi uma tentação grande demais. Minha sequência de especulações fantasiosas teria feito a maioria dos meus colegas se revirar em suas poltronas de couro. Tive de prosseguir:

– Bom, segundo o mito, Perseu, que matou a Medusa, era considerado o fundador de Micenas, ou seja, a capital do império grego na época de Homero. Em outras palavras, talvez exista um vínculo histórico entre o norte da África e a Grécia que foi esquecido há muito tempo. Quanto às amazonas, a lenda diz que elas eram inimigas ferrenhas dos gregos, a ponto de ficarem ao lado dos troianos na Guerra de Troia.

– Não me lembro de tê-las visto por lá.

– É verdade. Nem mesmo Hollywood, apesar de todas as suas super-heroínas, abraçou as amazonas. Já me perguntei várias vezes por quê. Talvez um cartel de amazonas modernas esteja impedindo qualquer iniciativa desse tipo.

Olhei para Nick, tentando ver sua reação, mas ele apenas franziu o cenho.

– Voltando aos gregos. Algum outro vínculo?

Senti meu pulso acelerar. Talvez fosse apenas minha imaginação, mas ele me pareceu descartar o tema das amazonas modernas de forma abrupta demais.

– Bem... um fato interessante é que um dos principais elementos do folclore das amazonas é o seu ataque a Atenas, que os gregos nunca conseguiram engolir. Foi isso que valeu às amazonas seu lugar na famosa decoração do Partenon...

– Acho que você está se referindo à Sala 18 do Museu Britânico.

Mal dei ouvidos ao que ele disse.

– Sim, mas o fato é que, na época de Homero, Atenas era insignificante. Se as amazonas tivessem mesmo em busca de um alvo importante, teriam atacado Micenas.

– O coração do império grego. Mas por que correr esse risco?

– Boa pergunta. – Pensei por alguns instantes. – Segundo o antigo escritor Plutarco, os gregos haviam raptado, entre outras, a rainha das amazonas, e suas companheiras estavam decididas a libertá-la.

Nick abriu um largo sorriso.

– Viu, eu sabia que você já tinha a resposta. Piratas gregos saquearam um templo das amazonas na Argélia e elas, em resposta, saquearam o que teria sido a Atenas da época, ou seja, Micenas, para libertar as companheiras raptadas. Faz todo o sentido.

Dei uma gargalhada.

– Você deveria conversar com o Sr. Telemakhos, amigo de Rebecca. Ele tem uma casa em Micenas e *também* é louco.

Nick assentiu.

– Gostei. Vamos lá.

– Aonde? – Encarei-o, pensando que ele estivesse brincando. – Para Micenas?

– Por que não? – Ele olhou para o relógio. – Ainda vai dar para você chegar a Oxford amanhã de manhã. Com seus 10 mil dólares no bolso. O que me diz?

NÃO LEVEI MUITO TEMPO PARA encontrar Rebecca: deitada na cama, com a cabeça enterrada em um travesseiro.

– Bex! – exclamei, correndo até ela. – O que houve, algum problema?

– Todos – murmurou ela, com a voz abafada pelo travesseiro. – Você está sozinha?

Quando lhe garanti que sim, ela levantou a cabeça, e fiquei chocada ao ver sua expressão. Nunca tinha visto um ódio tão patente em seu rosto.

– Idiota inútil! – rosnou ela para algum espectro visível somente aos seus olhos. – Eu deveria ter dito exatamente o que penso dele.

O chefe de sua equipe, explicou ela em seguida, a havia chamado até sua sala sob o pretexto de lhe mostrar uma coisa. Essa coisa, como ela descobriu, era o sapato que eu tinha perdido durante o ataque no labirinto. Estava bem ali, em cima da mesa dele, enquanto ele irradiava triunfo em sua cadeira giratória. Ainda agarrada ao travesseiro e recusando o copo d'água que eu lhe estendia, Rebecca continuou.

– E quando eu disse que não era meu, o que você acha que ele fez, aquele verme? Pegou as chaves que você esqueceu na fechadura e as sacudiu no ar.

– Ai, Bex! – Senti pontadas de dor por ela. – Eu sinto muito...

– Não precisa! – A voz melíflua de Rebecca havia se transformado temporariamente em um duro rosnado. – Ele estava só esperando uma desculpa para se livrar de mim. Não consegue suportar o fato de eu saber mais do que ele sobre este lugar.

– Ele... ele demitiu você, mesmo?

Ela enfim jogou longe o travesseiro e pegou o copo d'água.

– Mais ou menos. Ele me disse para tirar duas semanas e pensar nas coisas, ou seja, traduzindo em bom inglês: vá arrumar outro emprego.

– Que droga.

Tentei abraçá-la, mas ela não deixou.

– Mas o que houve com *você*? – indagou em vez disso, com uma tensão incompreensível na voz. – Está com uma cara radiante.

Balancei a cabeça.

– Eu acho que você quer dizer furiosa. Nick quer devolver os 10 mil dólares que eu perdi...

– Ué, excelente! – Rebecca estava chateada demais para me ouvir até o fim. – A gente pega um avião até Milão e torra tudo em sapatos. Que tal?

O jeito como ela me olhou sugeriu que, apesar de garantir o contrário, ainda me considerava a principal culpada por aquela confusão.

– O problema é o seguinte: Nick quer conhecer o Sr. Telemakhos – acrescentei. – Ele só vai me pagar se eu o levar até Micenas.

Rebecca estreitou os olhos. Quase pude ver as engrenagens girarem dentro da sua cabeça.

– Que interessante.

– Nem pensar – falei. – Eu não viajo mais nem um quilômetro junto com aquele homem. E não estou nem aí para o dinheiro. Vou voltar para casa.

A reação de Rebecca foi se levantar da cama e pôr a chaleira no fogo.

– Fico imaginando o que sua avó diria sobre isso.

Ela bateu a porta da geladeira e tirou a tampa da garrafa de leite com um gesto zangado.

– Pensei que isso tudo fosse para encontrá-la. Você não disse que sentia sua avó atraí-la para perto de um jeito que não conseguia explicar?

– Disse, mas...

– E a teoria de que era tudo um chamado... o Sr. Ludwig, a foto, a inscrição... e de que talvez, em algum lugar por aí, ela esteja à sua espera?

Rebecca me olhou como se, com um só golpe mortal, eu a houvesse traído e à minha avó também.

Levantei-me por fim. Meus joelhos machucados doeram.

– O que você quer que eu faça?

Rebecca se aproximou com a bandeja e me entregou.

– Que você seja a amazona que eu sei que é. Eu não perdi o emprego para você sair de fininho desse jeito. O bonitão quer ir a Micenas? Ótimo, eu levo vocês até lá, de primeira classe. – Com gestos agora mais suaves, ela voltou para conferir a chaleira. – E você, quer queira, quer não, finalmente vai conhecer o Sr. Telemakhos.

Pousei a bandeja sobre um banquinho, esforçando-me para inventar uma objeção que não deixasse minha amiga ainda mais brava.

– Você não precisa fazer isso...

– Acho que você está se esquecendo de que a Fundação Aqrab faz escavações no mundo todo. – Ela tentou fazer uma cara de ironia, mas não conseguiu. – Quem sabe eu consiga convencer o Nick a me arrumar outro emprego...

– Não! – Fiz gestos vigorosos com a cabeça. – Não, não, não...

– Por que não? – Ela me olhou de cima a baixo, e uma centelha de mágoa tornou a surgir em seus olhos. – Por que *você* pode trabalhar para eles e eu não? Onde eles escavam? Quantos arqueólogos estão na folha deles?

Dei um suspiro.

– Não faço ideia. Estava querendo pesquisar no Google...

– *O quê?* – Ela me encarou, furiosa. – Você nem pesquisou os caras? Está viajando para lá e para cá com esse sujeito, fugindo de bombas e sendo espancada... sem nem ao menos conhecer *os fatos*? – Ela balançou a cabeça, consternada, sem deixar que eu me defendesse. – Pode ter certeza, minha cara Srta. Morgan, de que tudo isso está prestes a mudar.

Levei algum tempo para tomar coragem e ligar para James. Meio esperando que ele fosse estar em um almoço de caridade, com o celular desligado e alguma viúva de tiara pendurada em seu braço, até me espantei quando ele atendeu na hora. Ouvi um barulho de água, e então:

– Morg! Já não era sem tempo. – Sua voz soava mais grave do que o normal.

– Talvez não seja uma boa hora... – comecei, perdendo a coragem.

Mais sons de água.

– Não desligue! Vou só fechar isto aqui.

Atônita, fiquei escutando James interromper o que só podia ser uma ducha para falar comigo.

– Ainda está aí? – Sua preocupação soava genuína. – O que está acontecendo, Morg?

Expliquei a situação rapidamente, deixando de fora qualquer detalhe que pudesse alarmá-lo. O resultado foi um relato curto, que se concluiu com a promessa de voltar para Oxford no dia seguinte ou no outro.

– A questão é que eu tenho uma aula amanhã à tarde – concluí, abordando enfim o motivo da ligação. – Introdução ao sânscrito. Estava pensando se conseguiria convencê-lo a me substituir e dar sua palestra sobre o Império Assírio em vez da aula...

Houve um silêncio breve, desagradável. Então James pigarreou e disse:

– Por você eu faço tudo. Só me prometa uma coisa: o que quer que aconteça, não deixe essas pessoas fazerem sua cabeça.

Fiquei tão surpresa que comecei a rir.

– Você está preocupado com a minha *cabeça*?

Nenhum ruído sugeriu que James compartilhasse o meu bom humor.

– Você é uma moça inteligente, Morg. Se eles conseguirem fazer a sua cabeça, vão conseguir fazer qualquer coisa. Cuidado com Kamal... ele é um ovo podre.

– Quem?

– Kamal... ou Karim, ou sei lá como você disse que ele se chamava.

– Nick, você quer dizer?

– Isso. O cara que faz o trabalho sujo da Aqrab. Não dê mole para ele.

Por um instante, vi-me de volta ao templo que desabava e senti Nick me puxar até um lugar seguro.

– Pode deixar – falei. – Estou praticamente a caminho de casa.

– Foi o que você disse lá na Argélia – assinalou James. – Acho bom ter uma explicação bem razoável para a velha gata selvagem.

Senti minha coluna congelar.

– Sei.

Encerrei a ligação, mas continuei sentada por algum tempo na cama de Rebecca. Simplesmente não conseguia me mexer. Havia alguma coisa errada. E não era o fato de eu estar ficando cada vez menos popular na Inglaterra. Eu tinha certeza absoluta de que jamais havia revelado a James, nem a Katherine Kent, aliás, que o meu misterioso destino fora a Argélia.

CAPÍTULO VINTE E UM

Ilha de Creta

Mirina recuou aterrorizada diante daquela cena macabra. Sabia que os cultos religiosos podiam assumir muitas formas, mas nunca tinha visto uma adoração que utilizasse sacrifício humano. Tampouco lhe ocorrera que uma irmã que procurasse já houvesse tido um fim tão abominável.

– Para fora – grasnou Páris, estendendo os braços para impedir os outros de avançarem mais. – Nunca vi um lugar tão amaldiçoado.

Mas interromperam a saída quando uma sacerdotisa surgiu – ou pelo menos Mirina supôs que fosse uma sacerdotisa, a julgar pelos seios nus e pelas ricas joias. Com o rosto contorcido por um misto de raiva e incredulidade, a mulher pegou um machado sobre uma das mesas sacrificiais e começou a brandi-lo a esmo. Por pouco não acertou Enéas.

– Seu demônio imundo e repulsivo! – disse Páris com desprezo, estendendo a mão para pegar a própria adaga.

Com um só movimento fluido e natural, a arma saiu de seu cinto e foi se enterrar no peito da sacerdotisa, que caiu contra a parede e desabou no chão com um lamento agudo, os olhos arregalados tão pavorosos na morte quanto tinham sido quando ainda estava viva.

– Rápido! – Páris acenou para todos seguirem na direção da escada. – Podem vir outras.

E de fato vieram. Alarmadas pela confusão, duas outras sacerdotisas surgiram de uma porta que Mirina nem sequer havia notado. Assim que viram o corpo da companheira, jogaram-se no chão e imploraram por suas vidas.

Suas súplicas foram tão estridentes que os troianos não perceberam a movimentação atrás de si. Somente Mirina, ainda petrificada de choque, viu se aproximar o monstro que parecia ter se materializado do nada, saído de algum nicho escuro atrás do altar principal. Alto e largo demais para as proporções humanas, com o aspecto bestial ainda mais realçado pela máscara com chifres, aquele ogro se precipitou mirando uma lança comprida nas costas de Páris.

Mirina agiu por instinto. Sem as próprias armas, pegou o machado de fio duplo que a sacerdotisa morta deixara cair e, com toda a sua força, brandiu-o contra o monstro.

A lâmina mortal se alojou com precisão na garganta da criatura, fazendo-a estacar de olhos esbugalhados, surpresa por ter sido golpeada com tanta facilidade. Só quando seu corpo gigantesco caiu no chão com um baque alto, erguendo uma nuvem de poeira, os troianos deram meia-volta e notaram o que havia acontecido às suas costas.

Mirina estava ocupada demais removendo o machado do pescoço do inimigo para ver a expressão no rosto de Páris ao perceber que ela havia salvado sua vida. Quando ergueu os olhos e o encarou, porém, ela pensou a mesma coisa.

– Vamos sair daqui – disse Enéas, com a voz cheia de repulsa. – E essas duas?

Ele meneou a cabeça para as sacerdotisas encolhidas no chão, cujas súplicas estavam ainda mais estridentes do que antes.

– Matem-nas – ordenou Páris, estendendo a mão para puxar Mirina e avançando em direção à escada. – Matem-nas como elas merecem: como animais.

Para Mirina, o trajeto de volta ao porto foi um borrão.

Eles tinham voltado ao pátio do palácio do Minos bem na hora em que outra delegação chegava. Assim, para grande alívio de Páris, os funcionários estavam preocupados demais para reparar que troianos saíam do santuário.

Páris dispensou a liteira que transportara Mirina na vinda. Suspendeu-a em seu cavalo e a envolveu com sua capa. Ela continuava a segurar firme o machado. Instantes depois, eles já haviam se afastado com segurança do pátio e percorriam em ritmo acelerado as ruas da cidade, dessa vez morro abaixo, em direção ao mar. Nem ocorreu a Mirina que aquilo era o que ela não quisera fazer antes: montar o cavalo de Páris. Tudo o que sentia era a garganta embargada pela tristeza diante do que acabara de ver, além de uma fúria nauseante contra o Minos, um homem capaz de receber visitas com grande eloquência no andar de cima ao mesmo tempo que permitia atos hediondos de canibalismo no subsolo.

No Porto Oriental, Mirina apeou com a ajuda de Páris e deu alguns passos em direção à passarela... mas não conseguiu continuar.

– Como posso dizer às minhas irmãs o que acabei de testemunhar? – sussurrou ela, mais para si do que para ele. – A maldade daquilo tudo...

– Venha. – Páris tirou o machado duplo de suas mãos e a puxou para longe do cais, até a praia onde os dois haviam se conhecido. – Primeiro vamos lavar o sangue do seu rosto, ou com certeza as fará desmaiar.

Sem parar para se despir, ele a puxou para o meio das ondas, avançando até as saias subirem ao redor da cintura de Mirina como as pétalas de uma flor.

– Pronto – falou, usando um pedaço do tecido para limpar o rosto dela. – Uma rainha não pode ter o rosto sujo de sangue como uma caçadora.

– Mas é isso que eu sou: uma caçadora – disse Mirina, cravando os olhos nele.

Páris a segurou pelo queixo e a encarou, sério.

– Você salvou a minha vida. Pelos critérios humanos, isso faz de você uma nobre. E tenho certeza de que os deuses já a nomearam rainha há muito tempo. – Ele fez uma pausa e seu olhar se demorou por um breve instante nos lábios dela. – Assim como eu.

Mirina se afastou.

– O senhor faria melhor em me largar na sarjeta em que me encontrou. Eu posso ter salvado a sua vida, mas não se esqueça de que também fui eu quem nos colocou em perigo. E agora o Minos com certeza vai ser seu inimigo.

Ela suspirou e balançou a cabeça.

– O senhor é bondoso demais, não estou acostumada. Para o seu próprio bem, não acaricie minha infelicidade. Ela só sabe responder com uma violenta mordida.

– Espere. – Ele a segurou pelo pulso. – Tem uma pergunta que venho querendo fazer.

Puxando-a mais para perto de si na água, ele a fez girar e baixou o vestido de seus ombros.

Com um arquejo indignado, Mirina segurou a roupa contra o peito.

– O que está... – começou ela, mas foi silenciada pelos dedos dele, que tocaram a antiga ferida em suas costas.

– Estou preocupado com isto aqui. – Páris pressionou a pele para avaliar o estrago. – Por que não me contou?

Mirina se soltou e, atrapalhada, puxou o vestido para tornar a cobrir os ombros.

– Porque não é nada. E está cicatrizando...

– Acho que não está, não. – Páris começou a chapinhar em direção à praia. – Assim que estivermos no mar, vou olhar melhor.

– No mar?

Ele parou e se virou com um sorriso torto.

– A não ser que você prefira passar a noite com o Minos. Acho que o convite dele não vai demorar.

Nenhuma das mulheres protestou ao ver os troianos prepararem os navios para zarpar e ao descobrir que não tinha escolha além de permanecer a bordo.

Mesmo que seus futuros ainda fossem incertos, Mirina sabia que, no íntimo, as irmãs estavam aliviadas por deixarem para trás as dificuldades do velho barco de pesca.

Uma vez distante da costa, com as grandes velas infladas por um vento cada vez mais forte, ela as reuniu à sua volta no convés e explicou com mais detalhes os motivos daquela partida apressada. Como desconfiava, o relato de sua terrível descoberta no palácio do Minos provocou em todas tamanho estado de tristeza e consternação que elas mal suportaram ouvir as palavras.

– Deu para ver... quem era? – perguntou Animone por fim, com as mãos ainda tapando a boca de tão estupefata.

– Acho que era Neeta – sussurrou Mirina, com os olhos fechados para impedir a visão das várias cabeças cortadas. – Mas não tenho certeza.

Neeta era uma moça calada, que raramente chamava a atenção. As irmãs nunca tinham dedicado a ela tanto amor e atenção quando nessa noite, sentadas no convés sob uma lua indiferente, recordando seu temperamento doce.

– Ela cumpria as tarefas sem reclamar – sussurrou Pitana, com o olhar perdido nas próprias lembranças. – Nunca violava as regras.

Por ser a mais velha, Cime tentou manter a calma durante essas recordações.

– Acima de tudo, Neeta nos mostrou que pode haver tanta virtude nas coisas que *não* fazemos quanto nas que fazemos – disse ela, balançando a cabeça com tristeza.

Elas passaram algum tempo em silêncio, enxugando lágrimas que não paravam de brotar. Então Egeia, que ao contrário de Neeta era capaz de encontrar motivo de contenda em qualquer situação, falou para Mirina:

– Ainda não entendo por que não podemos parar e fazer um funeral decente para ela. *Você* pode se deleitar quebrando as regras, mas *eu* digo que ainda existem regras que devem ser observadas. E agora estamos a caminho de Troia... – Sua voz se fez ainda mais amargurada. – Quer dizer, imagino que estejamos a caminho de Troia...

– Tenho uma nova regra para você – disse Mirina, levantando-se antes de perder a paciência. – Pare de imaginar. E sei do nosso destino tanto quanto você, não sou a tirana traiçoeira que você quer que eu seja. Assim como todas nós, você está aqui porque não temos nenhum lugar melhor para estar.

Mais tarde nessa noite, Mirina encontrou Páris sozinho na proa do barco, olhando para o vermelho-escuro do mar e para as estrelas no céu.

– O mapa do firmamento é diferente lá na sua terra? – indagou ele.

Mirina ergueu os olhos para o céu que conhecia tão bem.

– Não. Acho que nossas estrelas nos seguem aonde formos.

– Aquela ali foi batizada em sua homenagem. – Ele apontou para uma constelação. – Nós a chamamos de Caçadora. – Ele a encarou com um ar de provocação. – E vocês, como a chamam?

Mirina se inclinou para a frente e apoiou os cotovelos na amurada do barco.

– Minha mãe a chamava de As Três Irmãs. Segundo ela, havia três irmãs apaixonadas pelo mesmo homem, e elas pediram que ele escolhesse qual era a mais linda. O resultado foi guerra e destruição. – Ela o olhou de relance. – Minha mãe tinha certeza de que as estrelas são o que resta de um mundo anterior e que foram deixadas no céu como um alerta.

Páris pousou o braço bem junto ao seu.

– Um alerta contra o quê?

Mirina se empertigou e empurrou os ombros para trás para deter a dor que ainda latejava em suas costas.

– Fique longe de irmãs. – Ela o olhou de soslaio. – Sobretudo de irmãs sagradas.

Páris se virou e apoiou-se na amurada para vê-la melhor.

– E quão sagrada você é, exatamente? Pelo visto não o bastante para manejar uma arma feito uma guerreira. Me diga, o que mais você maneja?

Mirina tentou encerrar a conversa com um olhar de ira, mas a escuridão não lhe permitiu.

– Venha. – Ele segurou pela mão com firmeza. – Quero ver seu ferimento.

– Espere!

Mirina tentou diminuir o passo, mas se viu arrastada até debaixo do convés passando por um espaço estreito repleto de homens que dormiam em redes a balançar suavemente. Só quando chegaram a uma área de armazenagem na popa do casco ela se atreveu a protestar mais alto do que um sussurro.

– Com certeza cuidar de feridas não é tarefa para um príncipe – falou, observando-o acender uma lamparina.

Páris se virou para ela com uma expressão de total sinceridade.

– Você acha mesmo que eu deixaria alguma outra pessoa tocar minha rainha? Agora tire isso – falou ele, indicando a túnica de couro de cobra.

Mirina não se mexeu. Ele balançou a cabeça e deu um passo à frente.

– Preciso mesmo tirar para você?

– Não! – Mirina recuou, mas não conseguiu ir além da parede de barris de madeira. – O senhor me chama de rainha, mas me trata como uma vadia. É por isso que está me levando para Troia? Para me submeter à sua luxúria?

Mesmo com a luminosidade fraca, ela viu a consternação no rosto de Páris.

– Por favor, mulher, descanse esse machado – falou, com a voz embargada pela derrota. – Não tive a intenção de insultá-la. Eu... – Ele correu as duas mãos pelos cabelos como quem tenta despertar de uma alucinação. –... só estou tentando cuidar de você.

Mirina pressionou a testa com uma das mãos, arrependida do arroubo.

– Imploro que me perdoe. O senhor se mostrou nobre de todas as formas possíveis. Os acontecimentos recentes me convenceram de que homens estrangeiros só trazem dor e tristeza... – Ela virou os olhos na direção dele, grata pelas sombras que lhe ocultavam o rosto. – Mas o senhor me ensina que não é assim. Se todos os troianos tiverem a sua bondade, Troia deve ser um lugar abençoado tanto para os homens quanto para as mulheres. Mal posso esperar para vê-la.

Páris sorriu, por fim.

– Então é meu desagradável dever decepcioná-la, pois não estamos a caminho de Troia. Como poderíamos estar? Vamos para Micenas, tentar resgatar suas irmãs. Agora vire-se e deixe-me ver o que se pode fazer com esse ferimento. Não tema que meu objetivo seja o prazer. Vai arder.

Vista do mar, a terra dos gregos não era muito diferente da ilha de Creta: atraente para os olhos, mas mortal para qualquer marinheiro descuidado. Saber que aquele litoral, aquelas colinas altivas e verdejantes, aquelas enseadas suaves e felizes tinham dado à luz uma raça de brutos dedicada à destruição bastou para fazer Mirina e suas irmãs se encolherem diante de tamanha beleza, murmurando umas com as outras que o pântano verde da sua terra, apesar das cobras rastejantes, era superior em todos os aspectos.

– Atrás daqueles morros fica Esparta, a mais implacável de todas as cidades – explicou Enéas, apontando enquanto o navio avançava. – Os homens de lá são criados para o combate e não conhecem prazer maior do que cravar suas lanças na carne de seres vivos. Seu rei é irmão de sangue do homem que vamos visitar; eles têm uma aliança e são temidos nestas regiões e em outras mais distantes.

As irmãs de Mirina encararam a costa em silêncio, imaginando o que não podiam ver. Então Animone, que nunca havia cessado de pedir desculpas por sua presença a bordo nem de agradecer aos troianos por sua bondade, perguntou a Enéas:

– Vocês teriam vindo até aqui, até esta costa hostil, se não fosse por nossa causa?

Ele deu de ombros.

– Os gregos não vão nos incomodar. Eles não podem se dar ao luxo de ter nosso rei Príamo como inimigo.

Animone olhou para Mirina, mas não disse mais nada. Depois de ficar claro para as mulheres quanto crescia a admiração mútua entre sua líder e o príncipe

Páris, Animone não perdera nenhuma oportunidade de lembrar a Mirina seus votos e responsabilidades. "Você pode ter por Páris um sentimento de bondade, e eu não posso culpá-la, pois ele é um dos homens mais capazes que já vi", dissera ela após presenciar uma troca de olhares dos dois. "Mas lembre-se do pacto que fez com a Deusa da Lua. Onde quer que ela esteja, tenha certeza de que continua a observá-la. Portanto, se você gostar mesmo de Páris, deixe-o em paz." Animone tocara a pulseira de Mirina. "Lembre-se: o chacal é uma criatura ciumenta."

Mas Animone não precisava lembrar Mirina do perigo; ela já estava ciente. Devido a ventos desfavoráveis, a viagem que deveria ter demorado três dias havia durado nove. Nesse turbilhão atemporal, Mirina foi ficando cada vez mais atraída pelo charme de Páris, a ponto de quase já não ter mais forças para resistir. Todas as noites, sob o pretexto de cuidar de sua ferida em cicatrização, ele pousava a mão em suas costas por um pouco mais de tempo que da última vez, seu hálito chegava um pouco mais perto... Não fosse Animone, que vinha agradecer profusamente ao príncipe e levar Mirina embora, algum toque ou som com certeza teria sido trocado pelos dois e palavra nenhuma seria capaz de desfazer seu efeito.

À noite, deitada em meio às irmãs no chão do recinto usado para as refeições, virando-se e revirando-se nas ondas dos próprios pensamentos, Mirina sentiu a força do ciúme do chacal. E como estava decidida a não transferir nenhuma parcela daquela bile demoníaca para o homem que havia se mostrado tão bondoso com ela, passou o dia inteiro a evitá-lo, sofrendo sozinha com bravura.

Mas Páris, sempre no convés, sempre alerta, parecia mesmo assim ter sido atingido pelo veneno. Seu olhar buscava Mirina aonde quer que ela fosse, sorvendo sua imagem, e sua sede aumentava a cada dia em que ele confundia a doença com a cura.

Quando os três navios troianos finalmente chegaram à baía de Argos, Mirina sentia que poderia haver mais perigo a bordo do que à espreita em terra firme. Foi a primeira a se oferecer para desembarcar e ficou indignada quando Páris não permitiu. Postou-se de cara feia junto à amurada enquanto o príncipe e seus homens de mais confiança se afastavam em um bote a remo para reunir informações sobre o porto.

– Mas você não entende que seria desastroso se alguém nos reconhecesse? – indagou Animone, em pé ao seu lado.

– Pode ser que sim. – Mirina acompanhou o bote com o olhar até o mais longe que conseguiu. – Pode ser que não. Ainda não sei qual é o plano de Páris.

Na realidade, nem tinha certeza de que Páris *tivesse* algum plano para sua visita a Micenas. Ele tampouco havia prometido nada. "Primeiro precisamos descobrir se as suas irmãs estão de fato aqui no palácio", dissera-lhe antes de ir embora.

Quando os homens voltaram da expedição de reconhecimento, porém, Mirina viu na hora que Páris lhe trazia notícias.

– O Minos não nos enganou – disse ele, chamando-a de lado. – O filho do rei Agamenon acaba de voltar de viagem, e muito se fala sobre uma deusa negra que será dada de presente a um chefe mais acima no litoral. Nós vamos levar os navios até o porto, pois hoje à noite jantaremos na corte. E, sim, você poderá ir junto. – Páris ergueu a mão para retardar as expressões de entusiasmo de Mirina. – Só que dessa vez não vai usar minha coroa. Você será minha escrava, e acredite: vou gostar de lhe dar ordens.

A CORTE REAL DE MICENAS ficava no interior, a alguns quilômetros da cidade portuária de Argos. Entre Argos e Micenas havia uma vasta planície aberta, rodeada por uma proteção de morros e cultivada em faixas compridas e estreitas. Agora sem cor e adormecida por causa do inverno, a paisagem prometia grande fartura para o verão. Mirina achou tão espantoso o contraste entre aquele lugar e as ressecadas planícies de sal da sua infância que mal soube onde pousar os olhos.

– Você gostaria daqui – comentou Páris, espiando-a por cima do ombro.

Montado à sua frente no lombo do cavalo gigante, parecia mais preocupado com a reação dela ao ambiente em volta do que com a estrada.

– É um lugar cheio de caçadores, agricultores e conversas animadas – contou ele. – Talvez não tão refinado quanto o mundo que você conheceu, mas desconfio que se sentiria em casa aqui.

Mirina sorriu por trás do lenço que lhe cobria a cabeça deixando apenas uma abertura para os olhos e mudou novamente as mãos de posição para tocá-lo o mínimo possível enquanto o animal os sacudia. Havia resistido a se sentar na mesma sela de Páris, pois sabia que a proximidade a agradaria mais do que deveria, mas acabara cedendo ao bom senso. "Ir a pé levará muitas horas", dissera-lhe o príncipe. "Se quiser me acompanhar, vai ser no lombo do meu cavalo. E suas irmãs terão de suportar a mesma indignidade", completara, indicando com a cabeça Animone, Egeia e Pitana, que haviam insistido em acompanhá-los. Mesmo ao constatar o nervosismo de Mirina, ele sorrira e a desafiara: "A decisão é sua."

A residência real de Agamenon ficava no alto de uma colina com vista para a planície de Argos, e a pequena porém próspera cidade de Micenas se estendia a seus pés. Grossas muralhas protegiam tanto a cidade quanto a cidadela e, apesar do tráfego constante de entrada e saída do portão central, a atmosfera era de medo e desconfiança.

Conforme a estrada foi ficando mais íngreme, Mirina sentiu o sangue acelerar nas veias, de tanto nervosismo e expectativa. Olhou de relance para Animone, montada na garupa de Enéas, e desconfiou que a amiga estivesse igualmente tomada por temores e dúvidas, pois a percebeu cada vez mais calada à medida que se aproximavam do portão da cidadela. Embora apenas uma nesga dos olhos de Animone estivesse visível por trás do lenço, esse vislumbre bastou para convencer Mirina de que os pensamentos da amiga não estavam apenas nas mulheres que esperavam encontrar na corte de Agamenon. Animone também pensava nos homens que talvez reconhecessem, aqueles demônios responsáveis por destruir sua vida idílica no templo e que decerto nunca haviam imaginado que a sombra maligna lançada por eles os seguiria até sua casa.

As residências reais de Micenas formavam um complexo heterogêneo de construções que havia crescido não segundo um planejamento, mas ao sabor dos caprichos e preferências de seus residentes, ao longo do tempo. Em contraste às moradias de sua corte, o palácio do Minos era um prédio elegante e anguloso. Ao ver essa paisagem, Mirina ficou imaginando que, para um pássaro no céu, tudo aquilo devia parecer um amontoado de cogumelos brancos que brotavam de alimentos em putrefação.

Para onde quer que olhasse, ela via outra escadaria ou outro beco coberto a conduzir mais para longe; o lugar era desorientador. Os troianos, porém, não ficaram confusos quando por fim chegaram ao último nível da cidadela. Tanto Páris quanto Enéas sabiam se orientar ali, pois já tinham visitado o rei Agamenon várias vezes para reforçar as relações diplomáticas entre Micenas e Troia. Deixando os cavalos com Pitana e Egeia como combinado, prosseguiram subindo uma larga escadaria que conduzia ao pátio central, com Páris na frente e as falsas escravas Mirina e Animone no fim do cortejo, de cabeça baixa e em atitude submissa.

Do outro lado do pátio ficava a entrada para a sala do trono, uma porta larga situada depois de um pórtico e protegida por quatro homens fortes armados com lanças. Apesar de haver prometido manter-se discreta, Mirina não se conteve e avaliou os guardas ao passar. Embora sua estatura física fosse parecida com a dos invasores do templo, nada nos quatro lhe pareceu particularmente conhecido.

– Escrava. – Páris se deteve na soleira da porta para falar com Mirina por entre os dentes. – Lembre-se da sua condição. E controle-se.

Um funcionário do palácio então se adiantou para cumprimentá-los com mesuras exageradas e apertos de mão nervosos, e eles por fim adentraram o recinto ao qual os troianos mais cedo haviam se referido, em tom grave, como "covil do leão". Pois ali estava, sentado em seu trono, o barbado rei de Micenas, um homem às vezes sanguinário. Vivia cercado por gente que faria qualquer coisa e mataria qualquer um para agradar a seu mestre. Aos visitantes que iam procurá-lo, qualquer que fosse o objetivo da visita, Agamenon e seus asseclas se assemelhavam de fato a uma matilha de leões; ninguém ousado ou imprudente o bastante para entrar em seu abrigo podia ter certeza de sair vivo de lá.

O trono real era quase uma cadeira comum: o rei de Micenas não precisava nem de móveis pomposos nem de ser posto no alto para ser temido. Todos os assentos da sala, inclusive o de Agamenon, estavam dispostos ao redor de um buraco no chão usado para acender fogueiras e grande o suficiente para conter um boi inteiro – e era exatamente isso que girava em um espeto acima das chamas: um touro enegrecido ainda com os chifres presos à cabeça.

– Páris! – exclamou o rei, erguendo o cálice em um gesto de boas-vindas.

Mirina não entendeu o que ele disse a seguir, tampouco foi capaz de acompanhar a elaborada resposta de Páris. Tudo foi dito na língua que ela só havia escutado uma vez, durante uma manhã e uma noite de horror indizível. Aos seus ouvidos, a cadência daquele idioma era o som mais medonho do mundo.

Acomodado no banco acolchoado com tecido de lã, Páris acenou para que seus homens se sentassem ao seu lado, todos menos Enéas, que ficou com Mirina e Animone no chão de pedra atrás do banco para poder, aos sussurros, traduzir para elas as partes da conversa que julgasse necessárias.

No início, pouco se disse além de comentários educados e perguntas inofensivas. Mirina olhou em volta com discrição, tentando distinguir os semblantes dos homens reunidos em volta da fogueira do rei. Muitos eram velhos e grisalhos como ele. Alguns lhe pareceram dolorosamente conhecidos. Na maioria das vezes, após seguir nervosa a direção do olhar da amiga, Animone baixava a cabeça e aquiescia com o peso da certeza.

Quando a carne e o vinho foram distribuídos, Mirina já estava praticamente certa de que pelo menos quatro dos quinze gregos reunidos na sala do trono haviam participado do saque ao Templo da Deusa da Lua. Lembrava-se de seus traços e de seus gestos na praia, onde eles haviam distribuído o butim e disputado as sacerdotisas. Ao ver Animone se retrair à chegada de mais um homem, que ingressou na sala vindo de um recinto nos fundos, seu instinto lhe disse que, em relação a ele, não era apenas do rosto ignóbil que a amiga se lembrava.

– Agora eles estão falando sobre seu país – sussurrou Enéas, inclinando-se na direção de Mirina. – Meu mestre perguntou ao rei se ele tinha visto com os próprios olhos algum indício da seca de que tanto se fala, e o rei está dizendo que seu filho acaba de retornar do lago Tritônis. Segundo ele, por causa da água baixa, eles tiveram de arrastar os navios pela terra firme para voltar ao mar. Está dizendo que aquilo lá é uma região de serpentes monstruosas e bruxas horrendas.

Enéas se calou por algum tempo; o constrangimento estava óbvio em seus olhos. No banco à sua frente, Mirina viu Páris se retesar enquanto escutava o relato de Agamenon.

– O que ele está dizendo? – perguntou a Enéas.

O troiano hesitou.

– Está dizendo que as mulheres de lá são teimosas e arrogantes. Está repreendendo o príncipe, seu filho, por ter trazido tantas delas para casa. – Enéas indicou a fogueira com um meneio de cabeça. – O príncipe está sentado logo ali. Consegue vê-lo? Talvez se você se inclinar um pouco para a frente.

Quando Mirina se moveu para tentar ver o filho de Agamenon do outro lado da fogueira, deparou com um rosto que jamais esqueceria: o do homem que havia massacrado a suma sacerdotisa e erguido sua cabeça cortada em um gesto de triunfo.

– Agora meu mestre está dizendo que a história do rei o deixou curioso – continuou Enéas. – Está perguntando se pode ver com os próprios olhos essas tais estranhas mulheres. E o rei...

Mas Enéas não traduziu mais. Agamenon estalou os dedos e um criado corcunda saiu da sala a galope e voltou quase na mesma hora com uma jovem de vestido branco.

Só o modo de andar já foi suficiente para que Mirina a reconhecesse. Desamparada e hesitante, ela chegou agarrada ao braço do criado, de quem dependia para atravessar o recinto desconhecido. Vê-la fez Mirina se retrair, tomada por uma mistura de dor e alívio, pois a moça era Lilli.

CAPÍTULO VINTE E DOIS

Ó rei, meu rei,
como irei pranteá-lo?
O que pode dizer meu coração cheio de piedade?
Aí jaze tu, preso nessa teia de aranha,
com a vida sufocada de ti em morte indecente,
derrubado de bruços nessa cama de vergonha
pela mão traiçoeira de sua dama.

Ésquilo, *Agamenon*

Cnossos, Creta

Dar uma passadinha em Micenas para um papo rápido com o Sr. Telemakhos não se revelou propriamente a experiência de primeira classe que Rebecca havia prometido. Assim que concordei em acompanhá-la, minha amiga sumiu durante quase uma hora. Quando voltou, usava uma jaqueta de aviador muito estilosa e um capacete de couro justo com viseira.

– Não achou que eu fosse conseguir, achou? – perguntou ela, com um sorriso, referindo-se a uma de nossas muitas conversas tarde da noite sobre os prós e os contras de se pilotar o próprio avião. – Bom, eu finalmente tirei meu brevê. Ou melhor, vou tirar assim que Stavros consertar a impressora dele.

– Que novidade incrível, Bex – falei, já sentindo a apreensão tomar conta de mim. – Espero que não esteja planejando de fato decolar para algum lugar.

– É claro que estou! – Ela me conduziu até o lado de fora e trancou a porta. – Na verdade, acho que é o único jeito de ir. Dá para voar direto de escavação em escavação, sem nunca ter de lidar com o mundo moderno.

Depois de pegarmos Nick, entendi a que Rebecca estava se referindo. Ela nos conduziu em seu pequeno carro por uma estradinha de cascalho sacolejante até um hangar caindo aos pedaços com três aviões a hélice. Dois pareciam capazes de voar; o terceiro me pareceu o tipo que deveria estar em um museu com uma placa de NÃO TOQUE pendurada na asa.

– É Stavros quem me ajuda a alugar – explicou Rebecca, estacionando a picape junto ao hangar. – O bichinho precisa de um pouco de amor, mas o preço é em conta – falou, indicando o avião surrado com um meneio de cabeça.

– Quem é Stavros? – indaguei, ainda abalada demais para pensar direito. – E por que ele está tentando matar você?

Mas Rebecca já tinha pulado do carro e deixado a porta escancarada. Nick a seguiu sem qualquer palavra de protesto. Fiquei ali, sozinha com as minhas dúvidas, perguntando-me como um voo impulsivo em uma aeronave condenada poderia me aproximar de vovó. O que me incitava a prosseguir era a consciência de que ainda tinha assuntos a resolver com Nick. E não era o dinheiro que ele iria me pagar de novo (que eu estava decidida a dividir com Rebecca): eu estava convencida de que, em algum lugar, em um escritório de Dubai, havia uma pasta ultrassecreta com a resposta para todas as minhas perguntas sobre as amazonas.

Mais cedo nesse mesmo dia, Rebecca e eu tínhamos passado uma boa meia hora em seu computador pesquisando informações sobre a Fundação Aqrab. O pouco que descobrimos bastou para alimentar meus medos e confirmar o que James já tinha me dito. Violência, tiroteios, processos judiciais... a abordagem Aqrab da arqueologia ia contra tudo o que eu prezava no mundo dos estudos antigos. Em lugar nenhum encontramos uma celebração da beleza e da poesia do passado; em vez disso, o que importava eram dinheiro e direitos de propriedade.

Rebecca e eu ficamos tão confusas com essas descobertas que quase deixamos passar a notícia mais relevante, pelo menos para mim. Além de vir processando museus britânicos havia anos – afirmando que compravam, com conhecimento de causa, artefatos roubados do Oriente Médio –, a coleção dos Moselanes fora recentemente incluída na lista de alvos da empresa, em um verdadeiro bombardeio do que me pareceram acusações forjadas. Eu agora entendia por que James me alertara, poucas horas antes, para não deixar Nick e outros da sua laia "manipularem minha mente".

A descoberta havia aumentado ainda mais minha confusão. Será que, de alguma forma, eu tinha me transformado em uma bola de pingue-pongue que quicava entre Al-Aqrab e lorde Moselane? Seria por isso que James havia se interessado tanto pelo meu paradeiro a ponto de rastrear o telefone de Nick e descobrir que eu estava na Argélia? Eu não sabia o que pensar.

– Alô? Terra para a Idade do Bronze, câmbio. – Rebecca interrompeu minhas infelizes reflexões enfiando a cabeça dentro do carro. – O Oráculo está esperando. E, sim, você talvez morra, mas pelo menos vai virar mártir da amizade.

Apesar de todas as suas virtudes, entre as quais as mais relevantes eram decolar e voar de verdade, a maravilha para oito passageiros proporcionada por

Stavros era um perigo pela instabilidade e o estrondo irregular de seu motor era infernal.

– É porque ele trocou o motor! – gritou Rebecca quando finalmente levantamos voo, com a voz quase engolida pelo rugido e pelos sacolejos da aeronave. – Vai melhorar quando chegarmos à altitude de cruzeiro.

– Por falar em altitude de cruzeiro – gritei em resposta, agarrada a meu colete salva-vidas –, você não deveria estar em contato pelo rádio com alguma... autoridade?

– Não vejo por quê. – Rebecca verificou os instrumentos; parecia estar no controle da situação. – Estamos voando abaixo do radar. Além disso, na improvável eventualidade de cruzarmos com outro avião, existem regras básicas. É tudo muito direto, uma maravilha.

Nick ficou calado durante a viagem, o que era compreensível, mas mesmo assim deu a impressão de estar à vontade. Havia se sentado logo atrás de Rebecca, mas sem lhe dirigir a palavra. Ficou apenas observando o que ela fazia e olhando pela janela de vez em quando. Mas, pensando bem, se eu fosse acreditar em tudo o que acabara de ler na internet, até mesmo um frágil avião pilotado por uma amadora devia ser um ambiente mais seguro do que aquele com que Nick estava acostumado como agente da Aqrab. Quem sabe, pensei, avaliando-o com um misto de curiosidade e relutância, como já fizera tantas vezes, ele não estivesse mentindo ao dizer que precisava de férias.

Quando finalmente pousamos na planície de Argos, apenas meu respeito pela dignidade de Rebecca me impediu de beijar o chão. Ainda estava tonta quando o Sr. Telemakhos veio nos buscar, e o fato de que parte de mim ainda relutava em conhecer aquele homem excêntrico não ajudou. Nos últimos três anos, eu havia me esquivado das tentativas de Rebecca de nos apresentar, torcendo para que o homem que ela havia apelidado de "Oráculo" acabasse entendendo a indireta. No entanto, apesar de todos os meus esforços, o Destino estava decidido a fazer com que nos encontrássemos.

– Bem-vindos a Micenas, bárbaros! – bradou o Sr. Telemakhos, batendo a porta de seu conversível enferrujado.

Era um homem tostado pelo sol, careca, cuja autoridade natural não ficava nem um pouco comprometida pela camisa de *tie-dye* aberta nem pelo cordão dourado que descia pela selva de pelos em seu peito.

– Minha pequena Hermes. – Ele esperou Rebecca se aproximar e lhe deu um abraço. – O que me trouxe dessa vez? – Antes que ela pudesse responder, contudo, ele me lançou um olhar de triunfo e arrematou: – Diana Morgan. Até que enfim.

Abri a boca para dizer algo afável, como seria adequado, mas não houve necessidade. O Sr. Telemakhos já olhava para Nick, e um largo sorriso de reconhecimento se espalhou por seu rosto.

– O senhor outra vez!

Tanto Rebecca quanto eu levamos um susto; já Nick pareceu atônito.

– Eu nunca estive aqui... – começou ele.

– Esteve, sim! – insistiu o Sr. Telemakhos, agora de cenho franzido. – Veio me fazer perguntas e passamos a noite inteira conversando. Não se lembra?

Incomodado por aquela lembrança e fazendo questão de estar certo, o Sr. Telemakhos nos levou direto para sua casa: um bangalô de pedra situado na encosta de cascalho de uma colina, de frente para as ruínas da antiga Micenas. Murmurando consigo mesmo em grego, ele seguiu na nossa frente até a sala de jantar e depois voltou, quase na mesma hora, trazendo um grande caderno de recortes.

– Arrá! – Ele pousou o livro sobre a bancada da cozinha, em cima de uma tábua de corte coberta de migalhas de pão. – Agora vejamos.

Começando pelo fim, o Sr. Telemakhos foi folheando o grosso volume de trás para a frente, examinando cada foto e cada legenda. Quanto mais avançava, mais impaciente ficava.

– Sei que estou certo! – insistiu. – Está aqui, em algum lugar.

Quando enfim encontrou o que procurava, porém, sua animação murchou. A foto tinha trinta anos. Além disso, apesar das cores desbotadas, era óbvio que o homem nela guardava apenas uma vaga semelhança com Nick. Era bonito, sim, mas os traços eram mais sombrios, a expressão mais distante.

– Chris Hauser – disse o Sr. Telemakhos, lendo a legenda manuscrita. – De Baltimore. O senhor conhece?

Nick fez que não com a cabeça, mas pareceu incomodado. Não dava para culpá-lo. Arriscara a vida voando com Rebecca para se encontrar com um louco, sem falar nos 10 mil dólares que me devia. Imaginei que, mesmo para alguém que trabalhava para um milionário, somando tudo, a conta começava a entrar no vermelho....

Pouco depois, Nick foi até lá fora dar dezenas de telefonemas. Cerca de meia hora depois, quando sua ausência começava a ficar constrangedora, saí à procura dele e o encontrei atrás da garagem, andando para lá e para cá pelo mato alto com a camisa aberta.

– Não diga isso nem em pensamento – ouvi-o murmurar ao telefone. – A informação é totalmente extraoficial.

Recuei um pouco, torcendo para ele não ter me visto. Em pé logo antes da quina do prédio, ouvi suas palavras seguintes com uma clareza que me revirou as entranhas:

– Bem, parece que é real, sim. As pessoas estão procurando há 3 mil anos. Os especialistas com quem estou trabalhando têm certeza de que estamos no caminho certo. – Ele se calou por alguns instantes, depois prosseguiu. – Isso eu não posso dizer. Mas estão falando que é mais grandioso do que qualquer outra coisa que já encontramos. Chamam de "Tesouro das Amazonas".

Quase nauseada de choque e confusão, apoiei-me na parede meio em ruínas, louca para continuar escutando. Mas foi só isso. Após algumas outras gentilezas, Nick desligou e fez uma nova ligação, dessa vez em árabe.

Voltei para a casa dominada por uma raiva incontrolável. Quantas vezes ele havia mentido para mim agora? Quando eu havia lhe contado sobre o antigo manuscrito *Historia Amazonum*, no carro ao sair da Argélia, poderia ter jurado que ele jamais ouvira falar no Tesouro das Amazonas. Conhecia o colecionador de Istambul Grigor Reznik, sim, mas nada sabia sobre o tesouro. Isso fazia dois dias. Ou ele conseguira esconder de modo brilhante o fato de que *já* sabia ou então algo extraordinário havia acontecido de lá para cá. Mas o quê?

Convencido de que o meu súbito mal-estar fora causado pela fome, o Sr. Telemakhos nos levou para um jantar cedo no Rei Menelau, um restaurante localizado na rua onde ele morava. O estabelecimento era administrado por um primo distante, mas simpático, e o Sr. Telemakhos tinha uma mesa cativa na varanda ocupada por pilhas de jornais e velhos bilhetes de loteria para desencorajar turistas ou qualquer outra pessoa a sentarem ali.

Com os pelos a despontar pela camisa aberta com o mesmo vigor que outrora deviam brotar de sua cabeça, o Sr. Telemakhos insistiu em escolher o prato de cada um de nós, alegando saber exatamente do que precisávamos.

– Um homem jovem como o senhor precisa comer carne – falou, dando um tapinha no ombro de Nick com uma camaradagem repleta de nostalgia. – Lembre-se disso. Muita carne. – Ele chegou mais perto para desfiar sua sabedoria disfarçado por um jornal. – Do contrário não vai ter energia para manter as senhoras felizes. Não é mesmo?

Ele riu daquela cumplicidade secreta, e em seguida retomou em tom mais grave.

– Foi isso que aconteceu com Menelau. Ele não comeu carne e não conseguiu segurar a mulher – falou o Sr. Telemakhos, depois suspirou e balançou a cabeça, estendendo a mão para o copo de licor de anis. – Acontece nas melhores famílias.

– A mulher dele era a linda Helena, que fugiu com o carnívoro Páris e deu início à Guerra de Troia – interveio Rebecca, dirigindo-se sobretudo a Nick.

Ela sorriu, ansiosa para manter o tom alegre. O Sr. Telemakhos era recém-divorciado, contara-nos mais cedo, e precisava muitíssimo de um pouco de alegria.

– Um brinde a Menelau – propôs nosso anfitrião, erguendo o copo. – Que só deu valor ao que tinha quando perdeu. Helena, aquela vadia infiel.

– Aos vegetarianos, que fizeram zarpar mil navios – disse Nick, erguendo ele também seu copo.

Olhei para ele, admirada com sua calma. Logo depois de cravar uma faca nas minhas costas, ali estava o sujeito, parecendo não ter uma preocupação sequer na vida. Se a linda Helena fora uma vadia infiel, Nick era o quê?

– E foi daqui, como você já adivinhou, que os navios de Menelau zarparam – disse Rebecca, passando-lhe uma tigela de alcaparras. – A cidade do irmão mais velho, Agamenon... a pedra fundamental do poderio grego na Idade Heroica.

– Heroica! Até parece. – O Sr. Telemakhos enxotou as palavras como se fossem uma mosca incômoda. – Homens são homens, aconteça o que acontecer. Eles matam primeiro e explicam depois. É por isso que temos um cérebro tão grande, entendem? – Ele segurou a cabeça como se quisesse arrancá-la. – Para podermos ficar aqui sentados contando belas histórias depois. Homero era bom nisso.

– Parece que a linda Helena nunca existiu – interveio Rebecca, que pelo visto já tinha ouvido aquelas queixas antes. – Ela foi inventada para dar um aspecto romântico à destruição de Troia.

– Lamento interromper, mas qual era a localização *exata* de Troia? – perguntou Nick, reclinando-se na cadeira até onde era humanamente possível.

Dei um grunhido mudo. Seria aquilo mais uma encenação? Mas Rebecca se prontificou a mergulhar em uma das maiores questões arqueológicas de todos os tempos.

– Até os dias de hoje, depois de muitas décadas de escavações em Hisarlik, alguns de meus colegas não estão convencidos de terem a resposta – disse ela a Nick.

– Hisarlik fica na Turquia – esclareci. – Na costa noroeste da Anatólia, bem onde o mar Egeu encontra o mar de Mármara. – Apontei por cima do ombro. – Para lá, mais ou menos. A quatro dias de barco na época de Homero.

– E era esse o problema, justamente. – Rebecca se inclinou para a frente de modo a retomar a narrativa. – Localização, localização, localização. Troia era uma região de suma importância para quem quisesse dominar o mar Egeu.

– A Guerra de Troia não foi motivada por nada pessoal – contribuiu o Sr. Telemakhos, parecendo tão preocupado quanto se tivesse culpa nos acontecimentos da época. – Nós, os gregos, estávamos construindo um império comercial e Troia estava no caminho. – Ele espetou algumas rodelas de linguiça e as transferiu para o prato. – Podem chamar do que quiser, mas não nos chamem de heróis.

Depois do jantar, fomos dar um passeio à luz da lua pelas ruínas de Micenas. Ficamos maravilhados com a qualidade da construção naquela encosta aparentemente remota. O contraste entre as grossas muralhas e o palácio de Cnossos em Creta, que não tinha fortificações, era impressionante. Difícil acreditar que as duas civilizações tivessem sido tão próximas tanto no tempo quanto no espaço.

– Os gregos assumiram o controle de Creta em algum momento por volta de 1.450 a.C. – disse Rebecca. – Tradicionalmente, pensava-se que o palácio de Cnossos tinha sido destruído por um incêndio apenas meio século depois, mas houve intensos debates com relação à data desse incêndio, e *algumas* pessoas... – Suas sobrancelhas arqueadas sugeriram que ela era uma delas. –... estão dispostas a jurar que ele só aconteceu por volta de 1.200 a.C. Vejam, por exemplo, as tabuletas de Pilos...

– Para onde essa conversa está indo? – resmungou Nick, deixando os acadêmicos entretidos passarem na frente e, assim, ganhando a oportunidade de dar uma palavrinha discreta comigo.

– Não sei bem – falei, embora soubesse exatamente o que Rebecca estava fazendo.

Apesar de todos os meus alertas em relação a farsas e bombas-relógio, ela estava tentando impressionar Nick com seu conhecimento na esperança de que isso produzisse uma proposta de emprego.

– Parece que o Sr. Telemakhos tem uma surpresa para a gente.

E você também, pensei, observando Nick enquanto ele verificava uma mensagem de texto nova. Embora ele estivesse usando roupas comuns, jeans e camisa de malha, eu sabia que essa normalidade era só fachada. Ele era cheio de surpresas desagradáveis.

– Queria lhe perguntar uma coisa – disse Nick, interrompendo meus pensamentos amargos. – O que vai fazer da próxima vez que alguém a atacar? Esperar que saiam correndo de novo, feito o cara no labirinto?

A intenção da pergunta era me provocar. Funcionou.

– Eu vou ficar bem, muito obrigada – falei. – Sei me cuidar.

– Venha cá. – Ele acenou para eu chegar mais perto. – Quero lhe mostrar uma coisa.

Pensando que ele estava se referindo a algo em seu celular, fiz o que ele pedia. Assim que me aproximei, porém, ele segurou meu braço com força e me girou, fazendo minhas costas se colarem à frente de seu corpo.

– Peguei você – disse ele no meu ouvido. – E agora, o que vai fazer?

Fiquei tão chocada que nem tentei me soltar.

– Contar até três...

– E depois? Não vai conseguir se safar de tudo só pela *conversa*.

– Um! – falei, com uma paciência forçada.

O fato de Nick se sentir à vontade para fazer aquele tipo de brincadeira comigo me deixava furiosa. Eu estava decidida a não me rebaixar até seu nível.

– Dois...

– Você está apostando no fato de eu ser um cara legal. E se eu não fosse?

– Três.

Esperei com calma ele me soltar. Quando comecei a temer que isso não fosse acontecer, ele o fez.

– Diana – disse ele, balançando a cabeça. – Você tem sorte de estar viva. E da próxima vez? Como pode não querer aprender a se defender ou a defender as pessoas que ama? Eu posso ensinar uns truques fáceis...

– Aposto que pode, mesmo.

Encarei-o com raiva enquanto ele ficava ali parado, rodeado pelas ruínas enluaradas, com cara de quem estava sendo sincero e de que minha segurança era sua prioridade.

– Mas não preciso dos seus truques baratos. Acontece que eu faço parte da equipe de esgrima da minha faculdade. – Ao me dar conta de como aquilo soava patético, arrematei, com mais dignidade: – Prefiro o cavalheirismo e as boas maneiras tradicionais a métodos de troglodita.

Nick assentiu. Era evidente que estava um pouco impressionado.

– Muito bom. Que ótimo. Mas cadê o seu florete? – perguntou, abrindo os braços e fingindo olhar em volta.

Triturando respostas mudas entre os dentes, virei-lhe as costas e continuei pela trilha à procura dos outros. Não parei sequer uma vez para ver se Nick estava me seguindo. Precisava aumentar a distância entre nós, em vários sentidos.

Rebecca e o Sr. Telemakhos esperavam à entrada da antiga cidadela. Estavam emoldurados por rochas descomunais e por um lintel colossal feito de um bloco único de pedra, que eu mal consegui distinguir por causa da pouca luz, mas que reconheci por tê-lo visto em ilustrações de livros: aquele era o célebre Portão do Leão, com um relevo de dois animais ferozes sentados um de frente para o outro.

– Construído por gigantes – disse o Sr. Telemakhos, dando uns tapinhas orgulhosos na pedra imponente. – Os micenianos eram ursos das montanhas, entendem? Homens grandes e peludos, que gostavam de se sentar em volta de uma grande fogueira e falar sobre guerra. – Ele coçou o peito e olhou ao redor. – Eles construíram um império à força, mas no final foram atacados por piratas. O que acham dessa justiça poética?

– Quem pela espada vive... – falei.

– Leva um tiro de quem não vive – resmungou Nick logo atrás de mim.

– E não vamos esquecer o seu legado de histórias que inspiraram para todo o sempre as tragédias gregas e a literatura ocidental – assinalou Rebecca, enquanto continuávamos a subir a trilha íngreme. – Agamenon, Cassandra... que voltou de Troia para encontrar a própria morte. Orestes, que matou a própria mãe. E Electra...

A lista dela continuou. Foi só quando nos vimos sobre as fundações da antiga residência real, com vista para as colinas de calcário em direção às luzes distantes de Argos e ao oceano negro mais além, que ela parou para tomar fôlego.

– Muito bem, Diana Morgan – disse o Sr. Telemakhos, que apesar do tamanho não parecia nem um pouco cansado pela subida puxada. – Diga-nos por que estamos aqui.

O pedido poderia ter me feito sorrir se eu não estivesse tão entretida com pensamentos conflitantes. Percebia que passara a gostar de Nick muito mais do que deveria e, por mais que tentasse mudar isso, tinha a impressão de estar nadando contra uma correnteza que acabaria me puxando para debaixo d'água. Estivesse ele atrás do que fosse, e quem quer que o estivesse auxiliando, era tudo tão grande que a minha contribuição parecia insignificante. Eu obviamente não era um dos especialistas que ele mencionara em seu telefonema, pois – como tinha lhe dito no carro, em nossa primeira conversa sobre o tema – eu jamais acreditara que o Tesouro das Amazonas existisse mesmo. Tampouco tinha ideia de onde tal tesouro poderia ser encontrado, se é que ele de fato existia.

Ao perceber que todos esperavam por minha resposta, falei:

– Bem, são muitas incógnitas...

O Sr. Telemakhos deu um muxoxo parecido com o de uma mula.

– Fique à vontade! Pode ser chata. Mas, se quiser saber a minha opinião, existe um belo parque de diversões entre o conhecido e o desconhecido. E nesse parque de diversões todo mundo tem um nome. O nome da sua sacerdotisa-rainha de três sílabas, por exemplo, não é difícil de adivinhar. – Ele meneou a cabeça para Rebecca, que havia lhe contado tudo por telefone antes de sairmos de Creta. – E você, Diana Morgan, já deveria ter adivinhado há muito tempo. – Ele sacudiu um dedo acusador na minha direção. – Qualquer um com experiência em palavras cruzadas seria capaz de adivinhar. Rainha amazona do norte da África. Como ela se chama?

Recuei diante daquele dedo estendido. Apesar de todo o meu conhecimento sobre mitos gregos e folclore das amazonas, jamais me ocorrera que o nome talvez fosse um que eu já conhecia. Despencar por esse caminho de investigação e bater com a cabeça na resposta que eu já sabia foi um choque tão grande que quase não consegui pronunciar o nome.

– Mirina.

– Muito bem! – O Sr. Telemakhos bateu palmas. – Você *sabia*, está vendo?

– Espere um instante... – Dei um passo à frente, com a cabeça girando, para refrear o entusiasmo dele antes que este saísse galopando com todos nós. – Como *o senhor* sabe esse nome? Como pode ter tanta certeza?

O Sr. Telemakhos se inclinou para trás apoiado nos calcanhares, tentando baixar os olhos para mim.

– Eu confio nos mitos. Eles me dizem que as amazonas existiram. Elas vieram do norte da África e sua rainha se chamava Mirina. Eu acredito em tudo. Você não?

NESSA NOITE, DEPOIS DE NOS levar de volta para a sua casa, o Sr. Telemakhos começou a narrar um extraordinário conto sobre as primeiras amazonas do norte da África. Auxiliado por copiosas doses de retsina, ele teceu uma colorida teia de aventura e nos conduziu do lago Tritônis até a Guerra de Troia, passando por Micenas... Sua matéria-prima provinha de um saco sem fundo de obscuros fragmentos de informação literária e de uma tradição oral local que ninguém jamais se dera o trabalho de registrar.

Estávamos sentados na sala de estar da sua casa, desprovida de móveis com exceção de uma mesa de jantar feita com um velho quadro-negro grande, além de cinco cadeiras desemparelhadas, todas dando sinal de já terem visto dias melhores. As paredes à nossa volta estavam cobertas por pilhas de revistas e volumes puídos; parecia que alguém havia acabado de se mudar para ali... ou melhor, de se mudar dali.

– Ela levou até as estantes, acreditam? – comentou o Sr. Telemakhos na primeira vez que nos mostrou a casa. – Agora não consigo achar mais nada. – Ele lançou para Nick um olhar de quem se desculpa. – É por isso que eu me confundo com as coisas.

Pelo resto da noite, nosso anfitrião não parou de interromper a si mesmo no meio de um raciocínio para encarar Nick e perguntar "Egito?", ou "Líbano?", ao que este simplesmente balançava a cabeça. Foi só quando Rebecca fitou Nick com um ar de súplica, pedindo para nos poupar de novas interrupções, que ele finalmente se rendeu e disse:

– Irã.

O Sr. Telemakhos espalmou as duas mãos contra a mesa preta, fazendo uma tigelinha de azeitonas emborcar.

– Mas isso eu já falei! Eu disse "Pérsia"!

Nick cruzou os braços.

– Esse foi o nome que *vocês* nos deram. O *nosso* nome é Irã.

– Ah! Mistério resolvido. Eu sabia. O senhor tem um nariz persa, eu bem que falei. Mas me diga... – Ele se inclinou para a frente e fitou Nick com intensidade. – O que um cidadão iraniano está fazendo com um nome cristão e um passaporte brasileiro?

Eu me encolhi. Fora ingenuidade minha mencionar a Rebecca o passaporte (que eu tinha visto no avião que pegáramos em Djerba), sem pensar que de alguma forma essa informação iria ser jogada de volta na minha cara.

– Ganhando tempo – respondeu Nick, inabalado pela informação do Sr. Telemakhos. – Brasileiros não são aterrorizados pela segurança dos aeroportos. Iranianos, sim.

– Mas você já morou no Brasil? – quis saber Rebecca.

– Claro. Minha mãe é do Rio. A gente morou lá quando eu era pequeno. Meu pai é músico de rua.

Nick cruzou olhares comigo por cima da mesa. Pela primeira vez desde que eu o conhecera, tive a sensação de que ele estava dizendo a verdade.

– O melhor que há – emendou ele. – Sempre sabia interpretar a reação do público. E eu era o moleque que ficava passando o chapéu. – Ele nos encarou, um de cada vez, sem se deixar abalar por nosso silêncio grave. – Então agora vocês sabem por que acho um absurdo essa conversa toda sobre fronteiras, cores e nacionalidades. As pessoas tentam catalogar você em um ponto do mapa e pintar você de certa cor para simplificar as coisas. Só que o mundo está longe de ser simples, e seres humanos inteligentes não gostam de ser catalogados e pintados pela mão de ninguém, seja ele deus, padre ou político.

– Quer dizer que você não é... religioso? – perguntou Rebecca, ainda um pouco abalada.

Nick pensou um pouco antes de responder.

– Para mim só existe um Deus. Uma presença sem nome que nós nunca vamos entender. Todo o resto é política humana. Foram seres humanos que escreveram os livros sagrados e seres humanos que criaram todas as regras e rituais. Em outras palavras, são os seres humanos que transformam a vida em um inferno. Então, sim... – Ele pegou o copo de vinho. – Eu tento viver segundo o espírito de

Deus, mas não segundo as regras, porque as regras são criadas pelo homem, e o homem não passa de uma pulga muito da convencida no mamute da Criação.

Rebecca nem tentou responder. Podia ter passado a vida inteira fugindo desse fato, mas bem lá no fundo ainda era a filha do pároco. Bem, pensei, pelo menos agora ela talvez se mostre um pouco menos disposta a se meter com a Fundação Aqrab e um pouco mais receptiva quando eu lhe contar sobre o comportamento suspeito de Nick.

Quando o Sr. Telemakhos finalmente guardou o gasto cotoco de giz de volta no bolso da camisa e limpou os dedos, o quadro-negro da mesa de jantar estava povoado por um exército de mulheres-palito e de rabiscos em diversos idiomas, tudo entrelaçado a migalhas de pão e pocinhas de azeite.

– Pronto, aí está – concluiu ele. – Diodoro da Sicília estava certo ao dizer que as amazonas vinham do norte da África e eram lideradas por uma rainha chamada Mirina. Foi só depois que elas se mudaram para o mar Negro e se tornaram as guerreiras sobre as quais nós lemos nos livros.

– Diodoro da Sicília foi um historiador grego antigo – expliquei a Nick. – Ele trabalhou com muitas fontes às quais nós nunca tivemos acesso. Deve ter passado a maior parte do seu tempo na Biblioteca de Alexandria... você sabe, a famosa biblioteca que depois foi destruída. Já vi homens adultos chorarem por causa dos tesouros literários e históricos que poderiam ter sido encontrados lá.

Nick pareceu achar certa graça na minha seriedade.

– Vamos torcer para muitos alexandrinos terem esquecido de entregar seus livros emprestados naquela semana.

– E você, meu amigo metade persa. – O Sr. Telemakhos se inclinou em direção a Nick e o encarou. – Diga-nos o que está pensando. Sei que está pensando algo. Os persas sempre estão. Mesmo aqueles que são só metade persa. E este grego aqui gostaria de saber o que é.

Ainda de braços cruzados, Nick sorriu.

– Estou achando que o senhor tem alguma carta escondida na manga. Os gregos sempre têm.

– Ah! – O Sr. Telemakhos se levantou da cadeira. – Os persas são inteligentes. É esse o problema. – Ele acenou para que nós o seguíssemos. – Vou lhes mostrar um grande segredo. Vocês não podem contar a ninguém, entenderam?

Nick foi o primeiro a se levantar e seguir nosso anfitrião por um lance de degraus de pedra que descia para a escuridão bolorenta debaixo da casa. Tanto Rebecca quanto eu hesitamos em segui-lo.

– Por que tudo precisa ser subterrâneo? – murmurei para ela, enquanto descíamos a escada traiçoeira. – Eu já passei tempo de mais operando abaixo do nível da consciência nos últimos dias.

Apesar do comentário descontraído, a umidade e o silêncio do espaço secreto do Sr. Telemakhos estavam provocando em mim um déjà-vu visceral, não apenas de meu susto recente em Creta, mas também do templo na Argélia. Será que algum dia eu conseguiria ficar em um subsolo sem sentir calafrios?

– Muitos anos atrás, quando eu era menino e brincava nestas colinas, encontrei uma coisa muito especial – disse o Sr. Telemakhos, de algum lugar na escuridão, com uma voz ribombante.

Ele acendeu uma lâmpada que pendia solitária do teto e pude ver que estávamos no meio de um cômodo com paredes e mesas inteiramente cobertas por pedaços de papel e recortes de jornal. Eu nunca tinha visto nada como aquilo... pelo menos não desde que meu pai subira com um balde para limpar o sótão de vovó e arrancara das paredes o seu acervo de atividades imaginárias das amazonas.

O Sr. Telemakhos foi até um velho cofre no canto e começou a digitar uma senha.

– Não contei a ninguém na época, porque senão um burocratazinho sebento qualquer iria chegar de caminhonete e levar tudo embora para Atenas. É lá que se tem de ir para ver os artefatos de Micenas hoje em dia; está tudo no Museu Arqueológico Nacional. Ou então, é claro, no Louvre, em Paris – falou ele, com uma careta de desgosto.

Depois de abrir o cofre, vasculhou um pouco lá dentro antes de finalmente pegar um saquinho de plástico transparente.

– Venham dar uma olhada! – falou, acenando para nos aproximarmos. – Ela não morde.

Dentro do saco havia um bracelete de chacal.

– Tome. – Ele me entregou o saco, radiante com a sensação que aquilo lhe provocava. – Acho que vai constatar que é igual ao que você está usando.

Senti uma pontada de surpresa diante do seu súbito interesse pelo bracelete de vovó. Ele havia passado o dia inteiro bem na sua frente, mas mesmo enquanto nos deliciava com histórias das amazonas ele não tinha feito qualquer menção à joia, na qual mal parecera reparar.

– Encontrei esta pequena joia amazona na colina junto às ruínas do palácio – continuou o Sr. Telemakhos. – Bem no fundo de uma cratera provavelmente aberta por um raio. Imagino que as pessoas fossem lá fazer oferendas aos deuses do Sol.

– Estou chocada! – falou Rebecca, recusando-se a tocar o saco. – Isso é um achado único. Será que não deveria estar... em um museu?

As sobrancelhas peludas do Sr. Telemakhos se ergueram em sinal de consternação.

– Quando meu trabalho terminar, vou revelar sua existência. Mas por enquanto estou protegendo esses tesouros insubstituíveis da estupidez e da ganância de burocratas e outros ladrões.

– Concordo – falou Nick.

Levei a mão trêmula à testa, perguntando-me se era possível ter febre só por estar tão consternada.

– Não entendo – falei. – Como pode ter tanta certeza de que estes braceletes pertenciam às amazonas? Não poderiam ser apenas joias normais, usadas por pessoas comuns? O desenho do chacal não é tão raro assim.

O Sr. Telemakhos sacudiu a sacola diante dos meus olhos.

– Este chacal é especial, e você sabe. Mas me deixem contar o que aconteceu.

Ele se esticou para guardar a sacola no cofre outra vez.

– Quando achei este bracelete, comecei a fazer perguntas. Tomei cuidado, mas mesmo assim algumas pessoas me encontraram. Por exemplo, o seu amigo Chris Hauser – disse ele, meneando a cabeça para Nick.

– E o que ele queria? – perguntou Nick. – O meu amigo Chris Hauser?

De repente, o Sr. Telemakhos pareceu constrangido.

– Bem, na verdade foi *ele* quem me disse que esse era um bracelete das amazonas. E quis saber se eu tinha visto outros. Na época eu não tinha.

– Mas depois o senhor descobriu outros? – insisti.

O Sr. Telemakhos fechou o cofre com delicadeza.

– Sim.

– Onde?

– É isso que eu quero lhes mostrar. – Ele começou a andar na direção da escada. – Amanhã. Tem uma pessoa que vocês precisam conhecer...

– Só para ficar claro – disse Nick, com um último olhar em direção ao cofre. – Por que o senhor acha que Chris Hauser estava tão interessado nesse bracelete?

O Sr. Telemakhos estacou, com a mão na cordinha da lâmpada.

– O que todos os homens querem? Ser violentados por uma amazona, é claro.

Nick não chegou a rir, mas quase.

– Isso é o senhor quem está dizendo.

Pela primeira vez, o Sr. Telemakhos não pareceu achar graça. Em pé naquele subsolo, rodeado pelos indícios da devoção de uma vida inteira a um tema que, pelo visto, na sua opinião, não deveria ser exposto, o velho caçador de amazonas me fez pensar nos escoceses queimados de sol que eu tantas vezes vira na TV afirmando veementemente que o monstro do lago Ness existia mesmo, apesar de todos os indícios científicos de que isso era impossível.

– Ainda não entendo – falei. – Como Chris Hauser sabia que era um bracelete das amazonas?

A pergunta não contribuiu em nada para apagar as rugas de preocupação do rosto do Sr. Telemakhos.

– Ele não quis dizer.

Olhei para Rebecca e vi que ela também encarava nosso anfitrião com um ar incrédulo. Seria mesmo possível o homem que ela chamava de "Oráculo" ter baseado o trabalho de toda a sua vida em algo tão pouco substancial quanto aquilo, o frágil capricho de um rapaz de Baltimore? Olhei de relance para Nick, esperando vê-lo balançar a cabeça com um ceticismo equivalente ao meu. Seus olhos, porém, estavam cravados no meu pulso, e não restava em sua expressão qualquer sinal de bom humor. Para nós todos, percebi de repente, havia muito mais em jogo do que o simples desenrolar de uma lenda antiga.

– Vocês são jovens – disse o Sr. Telemakhos, por fim, endireitando os ombros e nos encarando um de cada vez. – Têm muito tempo para encontrar o que estão procurando. Mas para alguém como eu já existem mais dias no lixo do que no calendário da parede. Por isso estou impaciente... – Ele meneou a cabeça para o meu bracelete. – E por isso eu quero mais, mais e mais.

– Mais o quê? – indagou Nick, inclinando-se para examinar um dos muitos pedaços de papel pendurados na parede.

O Sr. Telemakhos deu um muxoxo de impaciência.

– Passei três décadas tentando provar não apenas que as amazonas *existiram*, mas que elas *ainda* existem. – Ele gesticulou para a bagunça em cima da mesa e nas paredes em volta. – A cada semana que passa, encontro mais indícios.

– De quê? – perguntou Rebecca, com uma voz fraca que não era do seu feitio.

O Sr. Telemakhos foi até um dos quadros de aviso e pegou um pedacinho de papel.

– Uma menina foi molestada por um estuprador em liberdade condicional. Duas mulheres, desconhecidas tanto da menina quanto de sua família, encontraram o sujeito e cortaram os testículos dele. – O Sr. Telemakhos ergueu os olhos para tentar nos convencer. – Se uma coisa dessas não estiver assinada com o nome "amazona", podem me internar em um hospício.

– Interessante – disse Nick, exibindo uma capacidade surpreendente de autocontrole diante do que, aos seus olhos, devia parecer uma sandice total. – Devo dizer que essa ideia me agrada e que espero que o senhor tenha razão. Mas deixe-me fazer uma pergunta... – Ele deu alguns passos próximo à parede, examinando os recortes de jornal. – Em que momento isso deixa de ser apenas uma sensação? Onde estão as provas? Onde está o óvni no Hangar 18 do governo americano?

O Sr. Telemakhos se melindrou.

– Não estou falando de alienígenas! As amazonas estão entre nós, amigo. Só que elas são astutas e não querem ser descobertas. Há quem diga que nunca usam telefone nem e-mail para se comunicar... que usam uma forma impossível de ser rastreada... talvez uma espécie de panfleto impresso.

Ele estendeu os braços como quem diz que, embora convencido de ter razão, infelizmente não tinha nenhuma prova.

– Pensem um pouco. Elas agem contra a lei, formam o que se poderia chamar de milícia. Imaginem quantas pessoas querem encontrá-las e detê-las. Não só os próprios criminosos, mas os governos também. Lembrem-se: o estado detém o monopólio da justiça. Mesmo quando faz um trabalho ruim, quando os policiais cujos salários são bancados pelos impostos do Sr. Telemakhos só fazem ficar sentados esperando o Sr. Telemakhos ultrapassar o limite de velocidade na estrada, mesmo *nesse caso* nós não podemos fazer o que eles *deveriam* estar fazendo e perseguir os *verdadeiros* criminosos. É por isso que as amazonas não querem ser encontradas. É por isso que vocês jamais irão reconhecê-las nas ruas. Na verdade... – Ele apontou um dedo para mim. – Como vocês sabem que Diana não é uma delas? Ela está usando o bracelete, não está?

Nick se virou e me encarou com uma expressão que não consegui decifrar. Enquanto isso, vi Rebecca fazer uma careta para o Sr. Telemakhos de modo a lhe avisar que estávamos adentrando um território traiçoeiro, e ele felizmente entendeu a deixa.

– Mas está ficando tarde! – falou ele, unindo as mãos com um gesto abrupto. – E amanhã de manhã queremos começar cedo. A aventura nos aguarda!

Por algum motivo, todos os olhos se voltaram para mim.

– Amanhã é terça – falei com algum pesar. – Eu preciso mesmo ir embora.

O Sr. Telemakhos me encarou por vários instantes.

– Você não pode vir até aqui e não ver aonde isso tudo vai dar. Pode?

– Aonde *o que* vai dar? – indagou Nick. – O rastro das amazonas?

Nosso anfitrião encarou nós três com um olhar apertado e misterioso.

– Vou contar a vocês o que os cientistas dizem sobre todas as pequenas partículas do Universo: não posso lhes mostrar onde elas estão, só posso lhes mostrar onde *estavam*. Se há uma coisa que aprendi nos últimos trinta anos é que, quanto mais você tenta encontrar as amazonas, menos elas querem ser encontradas.

A curiosidade e o dever travavam uma batalha dentro de mim. Eu estava desesperada para ficar em Micenas até extrair o último fragmento de informação do Sr. Telemakhos e louca para ver aonde ele queria nos levar e por quê. Mas sabia que não podia. Já era ruim o bastante ter abandonado meus alunos por mais de uma semana; adiar mais ainda minha volta seria imperdoável.

– Desculpem, não posso mesmo – falei, com um suspiro. – Eu *preciso* estar em Oxford amanhã à noite.

O pessimismo temporário do Sr. Telemakhos deu lugar a um sorriso deliciado.

– Amanhã à noite? Ora, excelente! Faremos nossa excursão pela manhã e você pode pegar um voo à tarde.

– Mas eu preciso mesmo... – comecei.

– *Stamata!* – Em um raro acesso de irritação, o Sr. Telemakhos ergueu a mão para me silenciar. – Eu sei do que você precisa, Diana Morgan. E prometo que vai ter.

CAPÍTULO VINTE E TRÊS

MICENAS, GRÉCIA

A empolgação de Mirina ao ver Lilli com vida e aparentemente ilesa foi tão grande que Enéas teve de pousar a mão em seu ombro para alertá-la.

– O rei disse que essa menina é a única coisa útil que o filho trouxe da viagem – sussurrou o troiano, traduzindo o odioso diálogo que acontecia na corte real, enquanto segurava Mirina da melhor maneira possível. – Segundo o rei, ela fala com a voz de um espírito, e o que ela diz se realiza. Parece que ela previu nossa visita, disse que amigos chegariam.

Ávido para fazer uma demonstração, o rei Agamenon mandou o criado percorrer o recinto com Lilli para ela poder tocar a palma da mão dos convidados e ler seu futuro. Ao observar a irmã com os olhos estreitados, Mirina pôde ver que ela não estava em seu estado normal. Não conseguiria se equilibrar se o criado não estivesse ali para ampará-la. Mesmo assim ela sorria, como se nada de muito terrível a houvesse acometido, e as previsões que fez para os chefes gregos reunidos em volta da fogueira do rei, pelo visto, foram boas, pois sempre que o criado as traduzia o indivíduo em questão exibia um ar satisfeito.

Ao chegar perto dos troianos, Lilli concedeu ao companheiro que estava à esquerda de Páris – cujo nome era Dares, e cujo físico, de tão avantajado, mal cabia no banco – a mesma atenção e delicadeza com que presenteara a todos os outros. Sua expressão foi mudando ao tatear as linhas de sua mão imensa. Acabou se fixando em um sorriso.

– O senhor é um homem de grande coragem – disse Lilli, e Mirina então percebeu que a irmã falava a língua que as duas haviam aprendido no Templo da Deusa da Lua. – A sua glória viverá para sempre. Daqui a milhares de anos, os homens ainda irão pronunciar seu nome com admiração.

Dares deu uma risadinha e lhe respondeu diretamente, antes mesmo que o criado traduzisse.

– Eu teria me contentado com uma vida feliz, mas obrigado mesmo assim.

Lilli fez cara de surpresa, em seguida soltou sua mão e virou-se para Páris.

– E o senhor? – falou, cambaleando de leve. – Gostaria de saber o seu futuro?

– Será que é bom para um homem conhecer o próprio destino? – perguntou o príncipe, mas, mesmo relutante, lhe estendeu a mão. – Não tenho certeza.

Lilli correu os dedos por sua palma como tinha feito com Dares e o seu semblante tornou a adquirir uma falsa expressão de amabilidade. Não demorou muito, porém, para isso mudar: primeiro seu cenho franziu de incredulidade, em seguida ela expressou o mais puro e simples assombro.

– Mirina! – exclamou, com alegria estampada no rosto. – Mirina?

Ergueu a mão até a face de Páris e tateou com um horror crescente a barba que havia começado a despontar durante o dia, como a se perguntar que moléstia deformadora havia acometido a irmã. Então, sem dizer mais nada, seus olhos cegos se reviraram nas órbitas e ela desabou aos pés de Páris, com a cabeça sobre o seu colo.

O incidente provocou uma explosão de risadas dos homens em volta.

– Está vendo? – Agamenon parecia muito satisfeito ao deixar de falar grego para provocar seu convidado. – Um pequeno e encantador oráculo. Ela consegue olhar dentro do coração dos homens. – Ele ergueu o cálice para Páris. – E nós agora sabemos o que existe dentro do seu.

Páris se remexeu no assento, pouco à vontade, sem saber como acomodar o corpo desfalecido de Lilli.

– Que menina intrigante – concordou. – Gostaria de vê-la fazer isso na corte do meu pai. Ela poderia ajudá-lo a ler o pensamento das esposas.

O rei riu e se recostou na cadeira.

– Isso nem os deuses conseguem fazer. Mas na próxima vez que o seu pai vier nos visitar, mandarei a menina ler o seu futuro.

– Ele iria gostar – falou Páris. – É um homem de gostos bem diversos. Na verdade, tive de navegar até o fim do mundo para lhe trazer este lindo presente.

Ele acenou para Dares tirar algo de uma sacola de couro.

– Tenho certeza de que vai assombrar até mesmo ele. O senhor já viu algo parecido?

O objeto foi passado com reverência pelo círculo de convivas até ir parar nas mãos de Agamenon. Era uma máscara de ouro, gravada com os traços de uma barba masculina e dotada até de orelhas e de um nariz protuberante.

– Magnífica, não? – Páris observou com atenção o rei admirar a máscara. – Puro ouro egípcio. Mas, na verdade, me pergunto se a sua pequena vidente não seria uma diversão ainda maior para o meu pai.

O rei arqueou as sobrancelhas peludas.

– Quer trocar *isto* por aquela bruxinha?

Páris hesitou.

– Talvez não. No entanto... fui incumbido de comprar escravos para casa, não de voltar com joias inúteis. – Ele gesticulou outra vez para Dares tirar alguma coisa do saco, dessa vez um par de brincos de ouro na forma de libélulas. – Minha mãe sempre reclama que tem mais ouro do que consegue carregar e que lhe faltam mãos para ajudar a colocá-lo.

– Uma triste situação – concordou o rei, espiando os brincos do outro lado do recinto. – Que tipo de escravos para casa está procurando?

Páris se inclinou para trás com um ar contemplativo, as mãos ainda pousadas sobre a cabeça de Lilli.

– O seu relato sobre essas mulheres me diverte. Desconfio que minha mãe gostaria de se cercar de criaturas tão exóticas. Ela nunca apreciou muito as mais temerosas e recatadas...

– Não diga mais nada! – Com a máscara de ouro ainda sobre os joelhos, o rei levou as mãos ao alto. – Elas são suas. Todas elas. Sete, mais a menina. Ficarei feliz em me livrar de sua carrancuda presença...

Um súbito clamor silenciou o rei e Mirina viu o abominável príncipe ir até o pai e se opor com veemência ao acordo.

Após um diálogo breve, porém ríspido, Agamenon tornou a se virar para os troianos, com os braços estendidos em um pedido casual de desculpas.

– Eu falei sete? Na verdade, são seis. Seis, mais a menina. Ao que parece, meu filho se afeiçoou a uma delas, e que pai pode negar um brinquedo ao seu primogênito?

Assim que o acordo foi feito, Páris acenou para que Mirina e Animone tirassem Lilli do seu colo e a levassem para fora. Sua expressão foi de absoluta indiferença, como se tudo aquilo não passasse de uma diversão temporária, já quase esquecida. No entanto, a expressão em seus olhos quando Mirina se ajoelhou para pegar a irmã era tão sombria, tão cheia de palavras não ditas, que ela soube que ele estava tão ansioso quanto ela para reunir todo mundo e voltar para os navios antes que Agamenon mudasse de ideia. Só que o protocolo exigia que os homens permanecessem sentados, saboreando bolo de mel e ouvindo música, até o rei se cansar de sua companhia e lhes dar adeus.

Enquanto isso, no pátio lá fora, o crepúsculo rosado se transformava em uma noite opaca. Mirina desceu a escada devagar e insistiu em carregar Lilli sozinha enquanto Animone ia na frente. Nenhuma das duas se atreveu a abrir a boca antes de chegar à segurança do terraço inferior, onde Pitana veio cumprimentá-las com um aceno nervoso.

– Egeia saiu para fazer um reconhecimento e ainda não voltou – sibilou ela. Somente então reparou no corpo flácido nos braços da companheira. – Quem é essa?

– Lilli. – Mirina se ajoelhou e pôs a irmã no chão com cuidado. – Acho que eles a drogaram. Mas espero que ela volte a si em breve.

Ao ver a expressão alarmada de Pitana, Mirina e Animone se apressaram em narrar os acontecimentos que lhes haviam permitido levar Lilli embora assim sem mais, sob os auspícios do rei ávido por ouro. E, quando Egeia finalmente voltou, suada devido ao esforço de passar despercebida e animada por ter ouvido a notícia da negociação das mulheres escravizadas, contou que a novidade já tinha se espalhado pelo palácio.

– Está havendo grande confusão – disse ela, tirando com gestos ansiosos o lenço que trazia em volta da cabeça. – Até onde pude constatar, já se espalhou a notícia de que algumas das escravas serão levadas embora por novos senhores, e todas as outras estão muito enciumadas.

– Você por acaso descobriu o nome da escrava que conquistou o filho do rei? – indagou Mirina. – Pois ela é a única que terá de ficar.

Egeia fez que não com a cabeça.

– Mas eu vi o lugar em que ele a mantém. Quero dizer, vi a porta e o guarda postado na frente. Uma velha senhora que conhecia nosso idioma me deu a entender que o príncipe entra e sai sempre que tem vontade, de dia ou à noite, e que infelizmente o que todos escutam... – Ela se deixou cair sobre um degrau de pedra. – Não tinha me dado conta de que atrás daquela porta estava uma das minhas irmãs. Que destino terrível. Parece que as mulheres que ele tranca naquele quarto nunca saem de lá vivas.

Sua angústia só se dissipou quando os troianos voltaram, pois entre eles caminhavam seis mulheres de braços amarrados, mas com os semblantes acesos e radiantes de esperança. Quando elas reconheceram as quatro irmãs, todas com as mãos pressionadas sobre a boca para impedir um grito, correram direto para um abraço mudo, um ninho de braços entrelaçados que se adensava a cada corda que os troianos cortavam.

Só quando todos já haviam deixado os portões do palácio bem para trás foi que as libertas se atreveram a falar. A julgar pelos olhares nervosos, nenhuma tinha dúvidas de que os homens de Agamenon viriam atrás delas de lanças em punho, para frustrar sua liberdade. Desceram a colina e atravessaram as ruas em seu sopé com passos tão aflitos que quase ultrapassavam a velocidade dos cavalos.

De volta à segurança da planície de Argos, foram recebidas pelos cavaleiros que Páris tinha posto ali caso fossem necessários quando eles voltassem. O corpo desfalecido de Lilli foi entregue com cuidado ao parrudo Dares, e o restante das libertas foi rapidamente distribuído entre os outros homens montados. Pouco se ouviu a não ser as óbvias exclamações de gratidão. Mas o que havia a dizer, afinal? Elas estavam livres e felizes por isso. Somente uma tivera de ficar para trás.

Kara.

Nessa noite, nenhuma das sacerdotisas conseguiu dormir. Após uma refeição tardia e muitos agradecimentos, os troianos lhes deram boa-noite e desceram para descansar antes da partida, no raiar do dia.

– Temos mesmo de ir embora tão depressa? – indagou Mirina a Páris, seguindo-o até o convés. – Seus homens devem estar cansados...

– Meus homens querem ir embora daqui tanto quanto vocês – disse ele, erguendo o lampião para ela poder ver seu rosto. – Foi tudo fácil demais. Os gregos ou seus deuses ciumentos em breve irão lamentar nossa sorte.

Mirina chegou mais perto.

– Como poderei algum dia lhe agradecer?

Páris estendeu a mão e tocou seu rosto.

– O que você me deve e o que eu devo a você são assuntos importantes demais para um breve boa-noite. Não concorda?

Ela apoiou a face na sua mão.

– Depois do que o senhor fez por minhas irmãs, estou decidida a agradá-lo de todas as formas possíveis.

– Não é uma decisão sensata. – Páris tocou seus lábios. – Pois os meus bons modos estão quase se esgotando.

Dito isso, ele virou as costas e desceu em passo acelerado a escada do convés.

Mirina voltou às irmãs e as encontrou todas reunidas, conversando aos sussurros sobre o destino da pobre Neeta, que sucumbira à crueldade, e sobre a terrível situação de Kara, ainda viva. Apesar de felizes por terem escapado ao seu destino de escravas, o alívio das libertas estava temperado pelo arrependimento de não terem conseguido salvar as outras duas.

– O orgulho de Kara estimulou o príncipe – disse a liberta Klito, cujo aspecto anterior tão saudável e tão pronto para a aventura havia sido substituído por uma expressão sofrida. – Os gregos não conseguem tolerar mulheres que lhes dizem não. Ele com certeza a teria jogado ao mar no primeiro dia caso a tripulação não estivesse rindo da sua cara. Assim, preferiu espancá-la até ela perder os sentidos, e... – Ela balançou a cabeça, engolindo os detalhes. – Mas vocês todas conhecem

Kara. Depois de se recuperar, ela tornou a lhe dizer não, chegou a cuspir em seu rosto. Desde então, ele ficou obcecado por dominá-la.

Nesse momento, Lilli se mexeu no assento ao lado de Animone, porém voltou a ficar inconsciente.

– Foi um mês cruel – falou Mirina, sentando-se no chão aos pés da irmã, tão sujos e castigados quanto naquele dia muito distante em que as duas haviam chegado ao Templo da Deusa da Lua. – E duvido que os deuses tenham terminado de nos castigar.

Ela olhou em volta para cada uma das companheiras.

– Preciso lhes fazer uma pergunta: se formos embora sem Kara, será que algum dia conseguiremos chegar a outro lugar?

A única a sustentar seu olhar foi Egeia.

– O que está propondo? – perguntou ela.

Mirina não respondeu, então ela se inclinou para a frente com um movimento abrupto.

– Você perdeu o juízo? Você viu aquele lugar! Vou lhe dizer uma coisa: Kara não teria voltado *por nós*. E principalmente não *por você*.

Mirina deu um suspiro, e sua cabeça pendeu com o peso de todos aqueles problemas. Ela então se endireitou e disse a Egeia:

– Se você estivesse tentando me convencer a partir, não poderia ter usado um argumento mais convincente. A única coisa que me retém é o perigo, não para mim ou para quem tiver a coragem de ir comigo, mas para os homens que salvaram todas nós... e estão dormindo lá embaixo. Se fracassarmos e perecermos, terá sido a nossa própria decisão. Mas eles não foram consultados, e não deveriam se tornar reféns de nossa sorte ou infortúnio.

– Mesmo agora, você só está pensando *nele*, não em nós – disse uma voz amargurada.

Pasma, Mirina virou a cabeça e encarou Animone, que nunca antes havia se oposto a ela na frente das outras.

– Se eu não pensasse nas minhas irmãs, não estaria sentada aqui propondo uma missão impossível – falou, com a voz rouca de tanta decepção.

– Por que não? – Animone espichou o queixo; tinha os olhos vermelhos de emoção e cansaço. – Que forma melhor de garantir a admiração *dele* do que se lançar em outra caçada insana?

– Chega! – Mirina se levantou, as pernas exaustas. – Vamos dormir, todas nós, antes de sufocarmos com nosso próprio veneno.

Embora sua vontade fosse gritar de frustração, ela se retirou o mais silenciosamente possível. Lá fora, longe dos olhares que a encaravam, foi até a amurada e encheu os pulmões com o ar da noite. Elas haviam chegado tão longe, conquistado tantas coisas... mas mesmo assim ela sentia o sabor amargo da derrota. Em algum lugar daquela escuridão, depois da planície de Argos, uma mulher cujo rosto ela conhecia estava sendo morta de maneira vagarosa, porém certeira, por um homem que deveria ter sido abatido há muito tempo caso alguma misericórdia existisse no céu.

– Então, qual é o plano? – indagou Pitana, indo se apoiar na amurada ao seu lado. – Ainda faltam algumas horas para o sol nascer.

– Ninguém precisaria saber – disse outra voz atrás delas. – Tem um jeito de passar pelos guardas do palácio.

Mirina se virou e viu Klito em pé ao seu lado, com as faces encovadas ainda mais visíveis no escuro.

– Você voltaria lá? – perguntou-lhe. – Depois de enfim escapar?

Klito fez que sim com a cabeça.

– Se alguma escrava do palácio estiver por lá, ver um rosto conhecido vai acalmá-la. Todas odeiam seus senhores.

– A caminhada é longa.

– Não tão longa quanto o resto da minha vida. – Klito tentou sorrir, mas sua boca tinha esquecido como fazê-lo. – A não ser que ela acabe hoje.

Mirina mordeu o lábio.

– Se algo sair errado, se alguém nos vir... não poderemos voltar para este navio. Vamos ficar longe das outras, talvez para sempre.

– Ora, pensem um pouco – interpôs Pitana. – Todos suporiam que ela fugiu sozinha. Ninguém acusaria os troianos de tamanho ato de loucura.

– Talvez não. – Mirina respirou fundo. – E tem razão, é mesmo uma loucura. Mas às vezes a loucura é o único caminho para avançar. Vamos...

Ela se calou quando a sentinela noturna passou.

– Era Ideu – sussurrou Pitana. – Vou pedir que Brianne o distraia. O pobre homem tem uma queda por ela.

Uma vez tomada a decisão, as três deixaram qualquer escrúpulo de lado e passaram a pensar apenas na missão que tinham pela frente. Precisariam estar armadas, é claro, mas sem carregar muito peso. Após algum debate, Mirina optou por levar o machado de fio duplo pego em Creta em vez de sua lança.

– Ele é muito útil, uma vantagem para quem tem os braços fracos – explicou ela a Klito.

Não mencionou de onde viera o machado, nem sua desconfiança de que talvez aquela tivesse sido a mesma arma que matara Neeta.

– Mas os seus braços não são fracos – contrapôs Pitana, pondo a aljava nas costas. – No mar, quando você disputou uma queda de braço com Páris, eu vi o suor na testa dele.

Mirina fingiu estar ocupada amarrando as sandálias. Por diversão, Páris a deixara pensar que estava ganhando. Ela empurrara sua mão até esta ficar a centímetros da mesa... então ele dera uma risada e forçara a mão dela até pousá-la com delicadeza sobre a as tábuas de madeira, por baixo da sua. E até esse instante a única pessoa a suar fora Mirina.

– Sim, sim – murmurou ela, apenas, lutando para tirar da cabeça qualquer pensamento sobre Páris. – Os guardas do palácio são outro tipo de criatura. A maioria dos homens é assim. Até os gordos e preguiçosos têm mais força nos braços do que nós. A natureza os fez assim, presumo, para que pudessem nos dominar com mais facilidade. De que outra forma a raça humana conseguiria se reproduzir? E é por isso... – Ela enfiou o machado no cinto e o deixou pendurado pela cabeça dupla. –... que vocês nunca devem estar ao alcance de um homem, a menos que saibam como compensar essa injustiça da natureza.

Klito espiou o machado com inveja.

– Eu poderia ter usado isso aí muitas vezes. E pensar que antes ansiava pelo toque de um homem. – Ela fez uma careta. – Como você diz, a natureza nos provoca com as nossas fraquezas.

Mirina segurou Klito pelos ombros.

– Não é uma provocação. É um desafio.

Uma vez prontas, as três desceram a passarela até o cais deserto, olhando para trás de vez em quando para ter certeza de que o vigia noturno, Ideu, continuava entretido com Brianne. Assim que Mirina pensou que tivessem conseguido escapar com segurança, porém, ouviu pés correndo atrás dela. Virando-se com um arquejo de culpa, ficou aliviada ao ver que era Animone.

– Por favor! – disse ela, ofegante. – Quero ir com vocês.

Mirina apenas aquiesceu e levou um dedo aos lábios.

Enquanto elas atravessavam outra vez a planície de Argos, agora sem a vantagem dos cavalos, ela fez um grande esforço para superar a própria incerteza. Ali estavam, discutindo como entrar no palácio sem serem vistas e, se preciso fosse, matar os guardas. Menos de um ano antes, essas mesmas mulheres – Pitana, Klito e Animone – eram tão medrosas que mal tinham se atrevido a ir com ela até o subsolo do templo ver a cobra morta no fosso...

– Não se preocupe – disse Klito enquanto corriam, como se lesse os pensamentos de Mirina. – Qualquer um que tenha visto e sentido o que eu vi e senti está pronto para brandir esse seu machado, acredite.

Atrás delas, Animone concordou com um arquejo.

– Passei todas as últimas semanas imaginando o que faria com o porco que... – Ela se interrompeu com um grunhido. – Para o seu próprio bem, espero que ele não tente nos impedir.

As palavras fizeram o rosto de Mirina se contrair, mas ela não tentou demover as amigas, que se instigavam mutuamente com visões de vingança. Não tinha passado pela mesma coisa que as outras; podia apenas imaginar o tamanho de seu ódio.

Foi só quando elas chegaram a Micenas que Klito e Animone retornaram a um silêncio que deixava claro seu nervosismo. À luz pálida da lua minguante, a residência do rei Agamenon parecia mais do que nunca um amontoado espectral de cogumelos venenosos. Vê-la fez o estômago de Mirina revirar.

Tomando coragem, ela subiu o caminho em direção ao grande portão de pedra... mas se deteve quando Klito pôs a mão em seu braço e sussurrou:

– É aqui que devemos pegar o outro caminho. O santuário onde Lilli depositou seu chacal em nome de todas nós fica ali em cima, perto do topo. – Ela apontou para a encosta da colina, à esquerda do palácio. – Existe um caminho secreto desse lugar sagrado até a cozinha do palácio, por um buraco no muro do jardim. Os senhores não sabem, claro, mas as escravas o usam o tempo todo para escapar e fazer oferendas aos deuses na esperança de conseguirem se libertar deste lugar.

Enquanto elas seguiam Klito encosta acima, Mirina ouviu Pitana sussurrar, incrédula:

– Se podiam sair do palácio com tanta facilidade, por que não fugiram?

– E para onde iríamos? – rebeteu Klito, abrindo os braços como se desejasse ressaltar que havia apenas colinas desoladas em volta. – Viver na natureza, onde eles se deleitariam nos caçando?

– Que gente má, má, *má* – cuspiu Animone.

Mais uma vez Mirina ficou calada, mas um olhar demorado de Pitana lhe informou que ela não era a única a ter percebido o paradoxo. Suas irmãs escravizadas tinham sido corajosas o bastante para sair do palácio sem serem vistas e rezar pela salvação, mas não corajosas o bastante para fugir. Mas afinal, como Mirina sabia muito bem, o que matava a presa era perder as esperanças, perder a força para lutar. Talvez esse, mais do que tudo, fosse o motivo pelo qual ela não queria deixar Kara para trás: Kara nunca havia deixado de acreditar que deveria ser livre.

A PASSAGEM SECRETA PARA A cozinha do palácio seguia por um canteiro com ervas, colmeias de abelhas e árvores frutíferas. Mesmo naquela época do ano, bem longe da plena atividade do verão, o lugar estava tão bem cuidado e repleto de aromas deliciosos que era difícil conciliar sua beleza com a brutalidade dos gregos.

– Por aqui! – sussurrou Klito, abaixando-se para passar por dentro de uma sebe espinhosa. – Silêncio!

Elas seguiram algum tempo abaixadas no meio dos arbustos, à espera de qualquer sinal de alguém trabalhando na ala dos criados. Na escuridão do céu, um pássaro soltou um grasnado de alerta. Mais embaixo, roedores se agitaram na pilha de esterco. Tirando isso, tudo era silêncio.

De quatro, Klito se esticou para espiar pela quina a pequena construção do outro lado do pátio da cozinha, onde Kara era mantida prisioneira. Em seguida, com um arquejo animado, tornou a se esconder e sussurrou:

– O guarda saiu. Isso significa que o príncipe está lá dentro com ela.

– Ah, não! – Animone se remexeu sobre o solo úmido, nervosa. – E agora?

– Esperem aqui.

Klito se levantou e se esgueirou pelas sombras do arbusto até sumir de vista. Quando voltou, seus gestos animados fizeram as outras entenderem que trazia boas notícias.

– Nenhum barulho – disse ela. – Devem estar dormindo.

– Ah, não – tornou a dizer Animone.

– Ah, sim – contrapôs Pitana, puxando a faca do cinto. – Pode ser que o príncipe nunca mais acorde.

– Espere. – Mirina segurou Pitana. – Não podemos entrar todas. Quatro pessoas, mesmo silenciosas, fazem um barulho considerável. Klito e eu vamos, e vocês duas ficam aqui.

– Mas se a porta estiver trancada... – protestou Pitana.

Klito cobriu o rosto com o lenço.

– Tem uma janela. É pequena, mas fica sempre aberta. Como a construção é afundada no chão, uma pessoa magra do lado de fora deve conseguir entrar, mas ninguém consegue sair se estiver dentro: a janela fica muito acima do chão.

Depois de se aproximar com cautela pelas sombras, Mirina chegou à porta e tentou empurrá-la. Para seu alívio, esta logo cedeu à sua pressão. Ela olhou para Klito e viu que as duas estavam pensando a mesma coisa: talvez aquele pequeno sinal de descuido fosse indício de um homem inconsciente de tão bêbado.

No início, Mirina não conseguiu ver nada dentro do quarto, mas, depois de piscar algumas vezes, seus olhos se acostumaram ao estreito facho de luar que entrava pela janela aberta. O que viu confirmou aquilo que seu olfato já havia lhe informado: a presença de dois corpos deitados a esmo sobre os próprios fluidos.

Deitados na mesma cama, as silhuetas poderiam ter passado por dois amantes... não fosse o fato de o príncipe, ferrado no sono, repousar sob o conforto de uma pele de carneiro, enquanto Kara, a bem-nascida Kara, filha de um chefe tribal, estava deitada nua ao seu lado, com os braços amarrados por grossas cordas a uma das colunas da cama.

Meneando a cabeça para Klito ficar de olho na porta, Mirina desfez seu lenço e seguiu na frente, pé ante pé, para ir acordar a desafortunada irmã. Para sua surpresa, encontrou os olhos de Kara já abertos. Ela encarava o teto sem expressão. Com uma pontada de pânico, Mirina estendeu a mão e buscou pulso no pescoço frio e pegajoso.

Kara ainda estava viva.

Só quando Mirina tocou seu rosto ela piscou e virou a cabeça. No entanto, embora tivesse olhado bem para ela, não deu qualquer sinal de reconhecimento. Na verdade, não deu sinal de nada.

Mirina tentou sorrir.

– Sou eu, sua irmã Mirina. Nós viemos salvá-la. Venha...

Mas assim que ela pegou a faca para cortar as cordas, Kara se encolheu de medo e começou a soluçar.

– Shh! – Mirina pressionou uma das mãos sobre sua boca. – Quieta.

Mas o seu pedido surtiu o efeito contrário e, assim que se viu com as mãos soltas, Kara começou a empurrar e estapear Mirina com toda a força de que foi capaz.

– Vá embora! Não quero você aqui! Vá embora!

– Fique quieta! – silvou Mirina, puxando os braços que não cooperavam. – Vamos! Rápido!

– Não! – Kara gritou a palavra a plenos pulmões, curvando-se na cama de onde não devia sair fazia muitos dias. – Me deixe em paz!

Por fim, o príncipe acordou.

Sentou-se na cama e ficou olhando para a escuridão até distinguir as três mulheres, agora imóveis feito pedras, e reparar na nesga de luz que entrava pela porta entreaberta. Então, com um rugido, estendeu a mão para o chão e tentou pegar a arma. Agindo com o mesmo instinto que teria diante de um predador no ataque, Mirina puxou o machado do cinto e o atirou em cima dele com toda a força de seu medo.

O golpe acertou o príncipe bem no meio do peito e o lançou ao chão. Seus últimos gritos não passaram de um derradeiro chiado animal.

– Desgraça!

Mirina não teve certeza se proferira aquela palavra em voz alta ou se apenas em pensamento. Seu plano de entrar e sair sem deixar vestígio caíra por terra. Se fosse outro o cadáver, elas poderiam tentar escondê-lo, mas aquele era o filho do rei Agamenon.

– Vamos! – instou ela às outras. – Rápido!

– Espere – falou Klito, em pé ao seu lado, de lança em punho. – Temos que nos certificar de que ele morreu. – Ela se curvou mais perto e cutucou a vítima. – Seu verme nojento... sabe qual é a punição por macular uma sacerdotisa?

Foi então que Kara despertou de seu estado de catatônico.

– Parem! – gritou ela, tentando arrancar a lança das mãos de Klito antes de acrescentar, com um pouco de atraso: – Por favor, não o machuquem...

– Chega disso! – Mirina passou por cima do corpo e arrancou o machado de seu peito.

Ao fazê-lo, constatou que não havia necessidade alguma da lança de Klito; ele estava morto mesmo.

– Precisamos ir embora antes que alguém descubra isso!

Sua retirada, planejada para ser silenciosa e repleta de alegria, foi o contrário. Lamentando a morte súbita de seu captor, Kara no princípio se recusou a deixar o quarto, cuspindo xingamentos para as irmãs. Em seguida, quando estas decidiram ir embora, Kara saiu correndo atrás das outras gritando de pânico.

– Fique quieta! – ordenou Klito e segurou a cabeça e a boca de Kara entre as duas mãos, louca para silenciá-la. – Vai acordar todo mundo...

Mas já era tarde. De volta ao arbusto onde Animone e Pitana haviam ficado escondidas, elas toparam com um grupo de pelo menos doze escravas, todas mulheres, entretidas em uma furiosa troca de sussurros e gestos.

– Acho que elas querem ir conosco – explicou Pitana com uma careta.

– Diga que não podem – falou Mirina para Klito, que afirmava ter aprendido um pouco do idioma grego durante seu breve cativeiro. – Diga apenas que elas serão caçadas e massacradas vivas.

Sem esperar Klito transmitir a mensagem, Mirina seguiu em frente pelo canteiro de ervas arrastando consigo Kara, ainda relutante e aos soluços.

Estava tudo confuso e ruidoso, e Mirina temeu que em poucos instantes aparecessem homens para detê-las.

– Controle-se! – ordenou, amarrando seu lenço de cabeça em volta do corpo nu e trêmulo de Kara. – Nós viemos salvá-la, e agora sua histeria pode nos levar à morte.

Imaginando que elas fossem ser interceptadas pelos guardas do palácio, Mirina hesitou em frente ao buraco no muro do jardim, sem entender por que não havia ninguém ali. Como não tinha muita opção, empurrou Kara pelo buraco, depois foi puxando-a colina abaixo o mais rápido que as duas conseguiam correr.

Não demorou muito para ouvir vozes cada vez mais altas atrás delas. Quando parou e se virou, viu que o grupo inteiro de mulheres ainda as seguia, apesar das ardorosas tentativas de Klito de impedi-las. Com um grunhido de frustração, esperou que elas a alcançassem e disse, o mais alto que se atreveu:

– Eu sinto muito. Vocês não podem vir conosco. Fujam, se quiserem, mas não temos espaço para mais ninguém.

– Por favor. – Klito lhe estendeu as mãos unidas. – Eu conheço essas mulheres. São todas boas e estão sofrendo. Será que nós não podemos...?

Mirina segurou a cabeça.

– Não podemos levar todas as escravas do palácio. Você quer começar uma guerra?

Klito se virou mais uma vez para as mulheres e lhes explicou da melhor maneira que conseguiu, mas as suas súplicas foram tão dignas de pena que até mesmo Pitana fraquejou.

– Temos mesmo de largá-las aqui? – perguntou ela entre os dentes. – Esses rostos vão me assombrar para sempre.

Mirina se empertigou, com raiva ao sentir a lógica ser vencida pela emoção.

– Está bem. Se quiserem podem vir conosco. Mas digam que elas terão de seguir as regras da nossa irmandade. Não podem nunca mais se deitar com homens, devem aprender a matar em vez de amar, e... – Ela fez uma pausa e inspirou fundo, decidida a inventar mais alguma condição que com certeza desencorajasse todas elas –... e terão de se submeter a ter um dos seios cauterizado para poder manejar melhor o arco.

Ela meneou a cabeça com firmeza para todas.

– São essas as condições para se juntarem a nós. Então, quem vai querer vir?

A tradução de Klito arrancou um ganido horrorizado de todo o grupo, e nenhuma das mulheres se adiantou.

– Foi o que pensei – concluiu Mirina e, satisfeita ainda que desanimada, virou-se para ir embora.

– Esperem! – pediu uma menina bem jovem, ainda não uma mulher, e deu um passo em direção a Mirina com os punhos cerrados de convicção. – Eu vou.

Mirina olhou para Klito, que encarava a menina com o cenho franzido, como se tentasse reconhecê-la, mas sem conseguir.

– Que seja, então. – Mirina se virou para ir e fez uma careta para Pitana. – Pequena como ela é, ninguém sequer vai se dar conta de que sumiu.

Elas chegaram de volta ao porto bem na hora em que o sol surgia a leste no céu, conduzindo sua carruagem dourada através do véu rosado da aurora. Mesmo a essa hora, o cais já fervilhava de atividade. Os troianos traziam a bordo os últimos barris de água antes da partida e homens subiam e desciam a passarela correndo e gritando instruções.

Em nenhum momento ocorrera a Mirina que os barcos pudessem zarpar sem elas; na verdade, ao pensar na volta de Micenas, tinha imaginado um cais tão deserto quanto ao partirem, com as tripulações dos barcos ainda adormecidas.

Mas os marinheiros de Troia estavam bem despertos, além de ocupados demais para dar atenção às mulheres. A única a ser alvo de um ou outro olhar quando elas subiram a bordo foi Kara, que mancava de exaustão após a travessia da planície de Argos e cuja roupa improvisada era feita apenas de lenços.

Enquanto as outras a arrastavam passarela acima, bem devagar para que não perdesse o equilíbrio, Mirina viu Páris no convés olhando na sua direção. De braços cruzados, ele parecia fazer força para se controlar, mas mesmo assim não disse uma palavra sequer, nem para sua tripulação nem para ela. Ficou apenas observando a aproximação das mulheres com olhos que de repente deixaram Mirina fraca de tanta incerteza. Então, na hora em que elas pisaram a bordo, ele virou as costas e ordenou a partida.

PARTE IV
ZÊNITE

CAPÍTULO VINTE E QUATRO

Eu colhia flores frescas,
que juntava em minhas vestes para levar
até Palas Atena no brônzeo templo,
quando ele me carregou pelos ares
até seu inútil país,
pobre de mim, transformada em troféu de guerra.

Eurípides, *Helena*

NÁUPLIA, GRÉCIA

O Sr. Telemakhos nos fez descer até o porto logo após o nascer do sol. Antes de entrar no carro, lembrei-o de sua promessa de me levar até o aeroporto naquela tarde.

– Sim, sim, sim – respondeu ele, abrindo-me a porta de trás com um gesto brusco. – Sei que você tem coisas mais importantes a fazer.

O tom de desafio e mágoa com o qual ele falou me deixou constrangida por ter levantado a questão outra vez.

Seu barco, um veleiro de dois mastros chamado *Penélope*, estava atracado em Náuplia, poucos quilômetros ao sul de Micenas. A antiga cidade surgira em volta de uma península rochosa que se estendia até bem dentro do mar Egeu. As lindas fachadas de cores vibrantes que seguiam o traçado em meia-lua de sua costa faziam dela um lugar prezado por iates e navios de cruzeiro. Mesmo às sete da manhã, o porto estava animado, cheio de marinheiros aproveitando o sol e à procura de um lugar para tomar café.

O *Penélope* era uma embarcação de madeira com velame de cor creme, pelo visto fruto de muito amor, com todas as peças de latão polidas a ponto de reluzir e todas as velas imaculadas.

– Este barco salvou minha vida – disse o Sr. Telemakhos, dando alguns tapinhas na amurada marrom-dourada enquanto subia a bordo na nossa frente. – Era do meu pai. Ele praticamente passou os últimos dez anos de vida morando no barco. Eu nem sabia que ele ainda estava vivo, mas aí um dia ele apareceu na minha cozinha bem na hora em que eu estava abrindo a carta.

– Que carta? – indagou Rebecca, ajudando-o a carregar os mantimentos para o barco.

O Sr. Telemakhos grunhiu e parou para equilibrar uma imensa lata de azeite de oliva sobre a coxa.

– A carta dos oligarcas da administração da escola dizendo que não precisavam mais de mim. Vá tomar cicuta, seu fóssil. Foi o que eles disseram. Pegue o seu quadro-negro rabiscado e suma daqui! Os jovens de hoje querem professores com controles remotos.

Ele desapareceu debaixo do convés com o azeite, mas ainda pudemos ouvir sua voz ribombante quando ele começou a remexer na cozinha do barco.

– Então eu me aposentei. E o médico disse: olhe, agora que você virou esse fóssil, não pode mais comer carne. Então parei de comer carne, e foi aí que tudo começou a dar defeito na casa de máquinas. Quando me dei conta... minhas estantes tinham sumido.

Enquanto o ajudávamos a trazer isto ou aquilo a bordo, tive de conter a impaciência. Por que estávamos estocando mantimentos para uma travessia do Atlântico quando iríamos apenas dar um pulinho costa acima e voltar para Náuplia a tempo de almoçar? Quando expressei meu incômodo a Rebecca, ela revirou os olhos e disse:

– Será que você não consegue relaxar? Ele fez um esforço para nos receber; o mínimo que a gente pode fazer é dar uma ajudinha. – Ela deu de ombros, ainda irritada comigo por ter insistido em voltar para casa. – Depois que você for embora, a gente talvez saia de barco outra vez.

Enquanto Nick e o Sr. Telemakhos transportavam garrafas de água potável para algum lugar debaixo do convés, liguei para a portaria da minha faculdade em Oxford e garanti ao porteiro que estaria de volta à minha sala, pronta para receber alunos, dali a poucas horas. Bem quando eu desliguei, meu pai telefonou.

– Desculpe fazer vocês passarem por essa situação – falei para ele. – Foi tudo meio confuso, mas vou voltar para casa hoje à noite.

– Pego você no aeroporto – falou ele com aquele seu modo brusco, disfarçando a preocupação com uma armadura verbal. – A que horas você chega?

Um barulho estridente de furadeira sob o convés me forçou a descer do barco para o cais. Rebecca já estava ali, sentada sobre um rolo de corda, estudando um mapa do litoral.

– Não sei bem – confessei, equilibrando-me em uma âncora grande.

O contato com o metal aquecido pelo sol da manhã foi agradável, mas seria preciso bem mais do que isso para aliviar minha consciência depois de ter deixado meus pobres pais tanto tempo sem entender o que estava acontecendo. Sabia que logo teria de confrontá-los com a minha descoberta de que o caderno de vovó não era fruto da loucura que eles imaginavam. Sabia quanto eles ficariam transtornados. Na verdade, ocorreu-me que talvez fosse bom tocar no assunto agora, a distância, para lhes dar tempo de se recompor antes de nos encontrarmos.

– O negócio é o seguinte – falei, com uma das mãos pressionada diante dos olhos para afastar as distrações. – Sei que o senhor não gosta de falar nesse assunto, mas algumas semanas atrás eu deparei com uma inscrição em um alfabeto desconhecido.

Quase pude ouvir meu pai expirar de alívio, achando que no fim das contas tudo aquilo tinha a ver apenas com filologia.

– Só que na verdade ele já foi decifrado. – Pigarreei, esforçando-me para manter a calma. – Porque parece que vovó decifrou em algum momento. E ela escreveu tudo... naquele caderno.

Trinquei os dentes, preparando-me para a reação dele.

Só que não cheguei a ouvi-la. Tudo o que escutei foi o grito assustado de Rebecca atrás de mim... E então o celular foi arrancado da minha mão por uma mulher esbelta que passou de patins em disparada.

Foi tudo tão rápido que eu não entendi que tinha sido furtada até reparar em minha mão vazia. Meu corpo, contudo, reagiu na hora.

Sem nem mesmo olhar para Rebecca, saí correndo atrás da ladra, que já descia o cais com movimentos dignos de um esquiador olímpico. Ela decerto não percebeu que eu a estava perseguindo; só quando chegou ao passeio do porto e precisou diminuir a velocidade por causa dos pedestres que atravessavam a pista olhou por cima do ombro e me viu logo atrás.

Como eu estava correndo o mais depressa que conseguia, não pude focar tão bem o seu rosto. Mesmo assim, tive a impressão de que, depois da primeira careta de espanto, ela chegou a me exibir um sorriso de desprezo, que teve como efeito renovar minha indignação e me fazer correr mais depressa ainda.

– Pare! – gritei, torcendo para alguém entender o que estava acontecendo e deter a ladra.

Mas a mulher foi passando sem esforço por todos os obstáculos, ganhando cada vez mais velocidade. Depois de algum tempo, ela entrou numa esquina entre dois cafés e sumiu.

Quando cheguei à esquina, ela já desaparecera fazia muito tempo. Mas eu ainda não estava disposta a desistir. Segui em velocidade máxima pela estreita rua de pedestres à minha frente, verificando cada beco lateral pelo caminho. Ao ver que todos eram sem saída ou iam dar em íngremes escadarias, concluí que a mulher tinha passado direto e fora se encontrar com alguém em alguma rua mais movimentada do outro lado.

Eu estava certa. Quando por fim alcancei uma praça ensolarada, logo avistei um Audi prata parado com o motor ligado e o porta-malas aberto. Junto ao carro, a mulher que eu seguira desamarrava seus patins. Ela não estava sozinha. Do outro lado do porta-malas aberto, outra mulher em pé, usando uma roupa de mergulho com o zíper aberto até a cintura, vestia calmamente uma camiseta.

O que eu deveria fazer? Seria capaz de enfrentar as duas sozinha? E o motorista do carro, que gesticulava para ambas se apressarem? Irritada comigo mesma por tanta indecisão, mesmo assim comecei a avançar em direção ao carro. Quando as duas me viram, a ladra de patins fechou o porta-malas com força na mesma hora e as duas pularam no banco de trás, sem terminar de se vestir. Menos de um segundo depois disso, o Audi prata saiu à toda, cantando pneus, e me deixou sozinha na praça deserta.

Ainda ofegante, com a cabeça latejando por causa do fracasso, sentei-me sobre uma lata de lixo virada para me recuperar antes de enfim voltar para o veleiro, com as pernas tão pesadas quanto se houvesse corrido uma maratona.

– Rápido! – exclamou Rebecca, que me aguardava impaciente no cais. – Temos que cancelar sua conta de celular antes de ela fazer um monte de ligações caras...

– Bex! – Pus uma das mãos em seu ombro, mas logo a retirei quando notei quanto suara. – Não foi um furto aleatório. Isso foi planejado. Por alguém bem longe daqui.

A testa de Rebecca se contraiu até formar uma monocelha nem um pouco bonita.

– Deixe de ser ridícula. Quem iria...? Por que alguém...?

– Mais duas excelentes perguntas para acrescentar à maior lista do mundo de perguntas excelentes – falei, subindo a bordo do veleiro bem na hora em que Nick aparecia, vindo de baixo do convés.

– Temos que achar uma delegacia – insistiu Rebecca, ainda no cais.

– Para quê? Para passar cinco horas sentadas enquanto algum funcionário mal-humorado anota o meu endereço cheio de erros de ortografia em um formulário de dez páginas que vai direto para o arquivo? – Balancei a cabeça, consciente de que Nick observava nós duas sem entender. – *Vamos embora*, pelo amor de Deus.

Pelo visto, Rebecca não estava disposta a deixar para lá, mas a presença de Nick a fez hesitar. Eu havia lhe contado sobre os telefonemas clandestinos dele e o Tesouro das Amazonas mais cedo naquele dia e, embora a sua primeira reação tivesse sido exclamar: "Que emoção! É uma caça ao tesouro. Pena que você vai voltar para casa", ela não levara muito tempo para concordar que algo ilícito estava acontecendo.

– Uma ladra – falei por fim, em resposta às sobrancelhas arqueadas de Nick. – De patins. Levou meu celular. Eu quase consegui pegar.

– Foi mesmo? – Ele correu os olhos por minhas roupas desalinhadas e meu rosto afogueado. – Você deve ser a filóloga mais veloz do mundo.

– Não tão veloz quanto gostaria – falei, mais séria do que pretendia. – Por favor, diga que estamos prontos para zarpar.

Depois de passarmos pelo tráfego do porto, vasculhei nossa pilha de bagagem em busca do casaco que Rebecca havia me emprestado. A baía protegida e ensolarada de Náuplia nos enganara: assim que saímos dela, o frio vento do norte nos fez lembrar que, afinal de contas, era início de novembro.

Foi nessa hora, quando fui procurar meu protetor labial, que descobri a verdadeira magnitude do roubo sobre patins.

– Bex? – Levantei-me, ajeitando o rabo de cavalo salpicado de sal. – Você viu minha bolsa?

Na realidade nem era *minha*, mas uma bolsa de camurça e franjas emprestada por Rebecca depois que a minha sumira no labirinto de Cnossos.

– Tinha certeza de ter colocado bem aqui – comentei.

Ao embarcarmos, eu prestara atenção ao enrolar a bolsa na jaqueta de piloto de Rebecca e enfiá-la debaixo da bolsa de viagem de Nick, de forma a escondê-la melhor. A bolsa de Nick e a jaqueta continuavam ali, mas a bolsa de Rebecca, não. Minha amiga tampouco se lembrava de tê-la visto depois de partirmos do porto.

– Nick, você mexeu nestas coisas? – perguntei, cada vez mais em pânico.

Mas Nick não se lembrava de sequer ter tocado na "bolsa hippie", como a chamava. Enquanto Rebecca e eu estávamos no cais, ressaltou, ele estava dando duro debaixo do convés.

Talvez tenha sido o mar batido ou o chocante confronto com minha própria estupidez... mas de repente fiquei tonta. Apoiei-me na amurada e tive que me esforçar para não pôr para fora o omelete de presunto e linguiça que o Sr. Telemakhos havia preparado para o nosso café da manhã antes de o sol raiar. O caderno de vovó estava naquela bolsa. E agora tinha sumido.

– Dee? – Rebecca sacudiu meu braço de leve. – Está tudo bem?

– Claro! – Tentei rir. – Agora outra pessoa vai ter que pagar minhas faturas de cartão de crédito. E o meu passaporte estava quase vencido mesmo.

Apesar de meus esforços para descontrair a situação, Nick não se deixou enganar.

Ele não parava de olhar para mim como se de certa forma esperasse me ouvir despejar alguma terrível confissão, como que estava carregando moedas de ouro roubadas costuradas no forro da bolsa.

Mal sabia ele que perder o caderno de vovó era muito mais devastador do que qualquer revés financeiro. Já era ruim o suficiente eu ter perdido a longa lista de palavras traduzidas; também não conseguia me livrar da sensação de que o caderno continha um mistério que eu ainda não tinha entendido, uma mensagem secreta que ainda precisava encontrar. E que agora jamais encontraria.

No meu décimo aniversário, em um sábado ensolarado de abril, Rebecca chegou à festinha com uma hora de antecedência e o rosto vermelho de tanto chorar.

– Ele foi atropelado – choramingara enquanto subíamos correndo a escada, para longe das bolas de encher e dos bolinhos que assavam no forno. – O Sr. Perkins disse que não podia fazer nada. Então meu pai cavou um buraco no jardim, atrás do canteiro de morangos.

Foi preciso que vovó pedisse com calma algumas vezes até que Rebecca sentasse na poltrona e contasse de forma coerente a história da morte de Spencer.

– Meu pai não quis nem me deixar segurá-lo – foi a triste conclusão do apressado enterro do cachorro. – Nem falar com ele. Disse que eu precisava me controlar porque... – Ela mal conseguia pronunciar as palavras. –... porque tudo acontece por um motivo.

– Isso é errado – rebatera vovó; felizmente, ela havia esquecido ou reprimido seu desdém por Spencer. – A morte é um teste. Ela nos força a lembrar que somos humanos, não animais.

Apesar das rígidas instruções para nunca sair de casa sem meus pais, vovó vestira seu roupão e levara nós duas até a residência paroquial. Entramos no jardim sem sermos vistas, pela pequena ponte de madeira que levava ao cemitério, onde Rebecca nos assegurara que não estaríamos visíveis da casa.

– Suponho que seja aqui – cogitara vovó, parando diante de um pequeno círculo de terra recém-revirada com duas pás espetadas em cima.

– É – concordara Rebecca, ainda aos soluços. – Ele está lá embaixo. Sozinho.

– Bem – falara vovó, soltando as pás. – Vamos desenterrá-lo.

Não me ocorreu protestar. Ao ver a determinação com que Rebecca começara a executar a tarefa, pus-me a cavar também, enquanto vovó, em pé bem do nosso lado, supervisionava tudo. Quando finalmente vimos um tufo de pelos brancos, a menos de dois palmos da superfície, vovó nos empurrou para o lado e desenterrou ela mesma o resto do cachorro com as próprias mãos.

– Tome – falara, depositando o corpo flácido nos braços de Rebecca com a mesma delicadeza com que teria tratado um bebê adormecido. – Agora você pode conversar com ele.

Então sentara ali mesmo, sobre o montinho de terra que acabáramos de formar, e ficara aguardando.

Não tenho ideia de quanto tempo ficamos ali, esperando Rebecca parar de chorar. Eu também chorara ao receber a notícia e depois, ao ver morto o cachorro que conhecera tão bem. Passado algum tempo, entretanto, tudo em que conseguia pensar era Rebecca e se ela algum dia voltaria a ser minha amiga feliz e engraçada.

Estávamos todas duras de frio quando ela finalmente deu um suspiro fundo e falou:

– Estou muito cansada.

Ela ficara deitada no chão com Spencer no colo, mas então sentara devagar, tão pálida e exausta que pensei que fosse desmaiar.

– Muito bem – dissera vovó, a quem o chão úmido não parecia afetar nem um pouco. – Agora vá buscar as coisas preferidas dele. A caminha, o brinquedo de que ele mais gostava, algo para comer...

– A coleira? – sugerira Rebecca, esforçando-se para focar os olhos inchados no rosto de vovó.

– Ele gostava da coleira?

– Sempre ficava feliz quando a via – respondera Rebecca, com o queixo tremendo outra vez.

– Então vão, vocês duas – ordenara vovó. – Ajudem uma à outra e voltem o mais rápido que conseguirem. Rápido, rápido, rápido!

Quando Spencer finalmente foi posto para descansar em cima de sua almofada azul, com seus objetos favoritos em volta – todos pegos da casa enquanto o pároco e sua esposa estavam ocupados com uma privada entupida – Rebecca recomeçou a chorar, e eu também. Só que era um tipo diferente de tristeza.

– Lembrem-se – falara vovó. – Vocês podem voltar aqui e falar com ele sempre que quiserem. Mas agora ele precisa dormir um pouco. Abaixem a cabeça.

Obedecemos, e vovó recitou uma comprida fieira de palavras em uma língua estrangeira. Não entendemos nada, mas aquilo teve um estranho efeito tranquilizador. Ela então nos passou as pás e nos disse para encher a cova. Quando terminamos, pegou um punhado de terra que esfregou em nossos rostos.

– Você está de luto – falara para Rebecca, emoldurando com as mãos o rosto sujo de terra. – Mas fez a coisa certa.

Foi só quando passamos pela porta da frente da minha casa que de repente me lembrei da festa de aniversário. Alguns balões flutuavam a esmo e um cheiro de bolo de gengibre pairava no ar, mas um silêncio esquisito reinava na casa. Uma pequena coleção de sacolas estava pousada no chão de lajotas debaixo do cabide de casacos, mas não dava para ver os presentes. Somente então ouvi o relógio da sala bater as cinco. Os convites de aniversário com cavalos prateados em relevo diziam três da tarde.

Quando subíamos a escada, pé ante pé, meus pais apareceram na porta da cozinha. Estavam ambos sérios e pálidos, mas não disseram nada, apenas nos olharam enquanto ficávamos ali paradas, sujas de terra, sem saber se subíamos ou se descíamos.

– Acho que foi tudo culpa minha – dissera-lhes Rebecca com uma voz débil, mas firme. – E peço desculpas. Sei que é... que é imperdoável, mesmo.

– Bem – dissera minha mãe, fechando mais o xale à sua volta. – Por que não vêm comer um pouco de bolo de aniversário, meninas?

Depois desse dia, não houve mais conversas noturnas na sala, nem olhares irados de súplica de minha mãe para meu pai... apenas silêncio. Um silêncio dolorido, exausto, definitivo. E uma semana depois meus pais começaram a frequentar reuniões em lugares distantes. Voltavam com panfletos e formulários que tomavam cuidado para esconder de mim.

Mas eu sabia – toda criança compreende instintivamente quando um adulto está sendo dissimulado – aonde tudo aquilo levaria. Meus pais estavam se preparando para mandar vovó embora para algum edifício impenetrável cheio de homens que nunca sorriam e grandes chaves de ferro, e eu nunca mais a veria. Iriam amarrá-la a uma cama e espetar agulhas em seu braço, e seria tudo culpa minha... por deixá-la ser minha amiga.

O ÚNICO A NÃO SER AFETADO pelo roubo foi o Sr. Telemakhos, que, com seu jeito teimoso, se recusava a aceitar que minha bolsa fora roubada.

– Vai acabar aparecendo! – ele não parava de dizer, acenando com uma das mãos peludas em referência aos assombrosos caprichos do destino. – Sempre aparece.

Para esconder minha infelicidade, joguei-me de cabeça em todas as tarefas que havia no barco e prometi a mim mesma pensar o mínimo possível naquilo. A estratégia foi tão eficaz que levei mais de uma hora para erguer a cabeça do que estava fazendo. Somente então senti um tremor de suspeita. Se estávamos apenas subindo a costa, por que não se via nada em nenhuma direção além de um mar azul e brilhante?

Cheguei perto do Sr. Telemakhos, que conversava e ria com Nick e Rebecca enquanto manejava o leme.

– Com licença – falei, sentindo-me de repente uma intrusa. – Aonde vamos exatamente? Já são dez da manhã...

O Sr. Telemakhos deu um sorriso afetado.

– Já disse: estamos indo para o lugar onde tudo termina.

Continuei a encará-lo, exigindo mais informações, então ele falou mais alto, como quem se dirige a alguém com problemas auditivos.

– Vamos para Troia. Eu a raptei, Diana Morgan. Durante os próximos dias, vocês três serão reféns da minha necessidade obsessiva de companhia inteligente.

Ficamos todos em choque diante daquela convencida confissão, o que o fez soltar uma estrondosa gargalhada.

– Daqui a dez anos, perguntem a si mesmos: será que ele era um pirata ou um anjo?

– Mas o senhor prometeu... – comecei, quase engasgando de tão indignada.

– Prometi levá-la aonde você precisava ir – retrucou ele, meneando a cabeça como se nós dois concordássemos. – E é isso que estou fazendo. Além do mais, de que adianta levá-la para o aeroporto se você não tem mais passaporte?

Fiquei tão fula que poderia ter empurrado aquele homenzarrão por cima da amurada. Virei-me para Nick.

– Pode me ajudar a dar meia-volta no barco? – perguntei, querendo que o Sr. Telemakhos me escutasse.

Após hesitar um segundo, Nick cruzou os braços.

– Não sou marinheiro. Sinto muito.

Alguma coisa em seus olhos me disse que ele estava mentindo. Devia ser a satisfação marota disfarçada em seu pedido de desculpas.

Olhei para Rebecca, que guardava um estranho silêncio.

– Por favor, explique para o seu amigo... – Meneei a cabeça para o Sr. Telemakhos. –... que isso é absolutamente inaceitável.

A expressão atônita da minha amiga se transformou em irritação.

– Você acha mesmo que ele não sabe disso?

Ela lançou um olhar raivoso para o Sr. Telemakhos, que reagiu com um sorriso indiferente, como se a nossa discussão não passasse de um canto de pássaro para os seus ouvidos.

– Bex, a cada dia que não cumpro meus compromissos em Oxford, um ciclope chamado professor Vandenbosch arranca mais um pedaço da minha carreira – falei, lutando para controlar o desespero.

Rebecca desviou os olhos, parecendo já aceitar seu destino de raptada.

– Pelo menos *você* tem compromissos. Isso deve ser maravilhoso.

Ao perceber que estava sozinha na minha ira e que nem Rebecca nem Nick iriam me ajudar a convencer o Sr. Telemakhos a voltar para Náuplia, deixei-os ali e caminhei a passos largos até a proa do barco. Poucas vezes me sentira tão impotente. Não queria que eles me vissem quase chorando de tanta frustração.

Era verdade que eu não poderia embarcar em avião nenhum sem passaporte, mas isso apenas tornava ainda mais urgente a minha necessidade de voltar a terra firme. Eu teria que arrumar algum transporte e, mesmo que tudo corresse bem, não havia a menor possibilidade de chegar a Oxford antes do fim de semana. Na verdade, minha situação era extremamente preocupante, mesmo sem a complicação extra de agora ser uma prisioneira a bordo do *Penélope*.

No entanto... apesar do desalento, não pude evitar uma traiçoeira pontinha de animação diante da ideia de visitar Troia. Afinal de contas, não era justamente aquele o meu desejo secreto? Continuar seguindo a trilha das amazonas? Por maior que fosse minha determinação em voltar para Oxford sem mais atrasos, eu não tinha conseguido reprimir uma forte sensação de que, ao fazer isso, estaria jogando fora minha única chance de encontrar o elo perdido entre vovó e as sacerdotisas da Argélia.

Em pé na proa, olhando para o mar Egeu e as ilhas que se materializavam ao longe, decidi que o melhor era aceitar a situação. Estávamos a caminho de Troia e não havia nada que eu pudesse fazer em relação a isso; ficar emburrada não adiantava. Assim que voltasse a Oxford, compensaria todas as orientações perdidas e daria tanta atenção a meus alunos que eles passariam a considerar minha ausência uma bênção. Quanto a Katherine Kent, aferrei-me à esperança de que ela me perdoaria depois que eu me explicasse, como sempre fizera.

Enfim confiante da minha atitude, tornei a me juntar aos outros. Agora quem manejava o leme era Rebecca, embriagada de tanta empolgação, enquanto o Sr. Telemakhos lhe dava instruções. O único a prestar atenção em mim foi Nick, que me lançou um olhar de esguelha e disse entre os dentes:

– Acho que você acaba de quebrar o recorde mundial de ficar emburrada. Menos de dez minutos. Muito impressionante.

– Eu não fico emburrada. Eu faço planos.

À noite, depois de passar o dia inteiro parecendo paciente, deixei Rebecca dormindo na cabine que dividíamos e, sem fazer barulho, subi até o convés para ficar sozinha. O jantar fora alegre e eu chegara até a rir, mas minha raiva ainda não havia passado. O Sr. Telemakhos estava tão orgulhoso de seu poder sobre nós, tão cheio de si... Uma parte infantil de mim queria lhe dar uma lição.

Havíamos lançado âncora em uma baía tranquila, e os únicos sons que eu conseguia escutar eram as ondas a lamber o casco do veleiro e um ocasional farfalhar de asas sobre a água. Mais cedo, sob o brilho dourado do poente, a baía parecera desabitada, mas agora, bem depois do cair da noite, algumas luzes acesas eram visíveis em janelas nas colinas. A que distância estariam essas casas?, pensei. Será que alguém na ilha poderia me ajudar? Ou será que os pontinhos de luz na verdade eram estrelas que haviam acabado de surgir acima das cristas arborizadas? Apesar do luar, eu não conseguia definir exatamente onde acabava a terra e onde começava o céu.

Enquanto estava sentada no convés abraçando os joelhos e tramando elaborados planos de fuga, Nick apareceu. Não o escutei chegar, pois ele estava descalço e, como sempre, se movia em silêncio. Após hesitar alguns instantes, ele se sentou ao meu lado e meneou a cabeça para a lua crescente.

– Está quase cheia.

Não respondi, então ele continuou:

– Um sábio contramestre um dia me disse que existe um anjo da guarda que zela pelos rapazes. Para mim, esse anjo sempre foi a lua. Ela salvou minha vida muitas vezes.

– Sério? – falei.

Apesar de Nick não ter feito absolutamente nada para me ajudar com o Sr. Telemakhos mais cedo, eu ainda preferia a sua companhia ao mau humor da minha solidão.

– Ela já libertou você de barcos pilotados por capitães gregos insanos?

Senti que ele sorria no escuro.

– A gente pode tentar. Ela talvez realize um desejo seu. O que você quer? Voltar para Oxford neste instante?

Por algum motivo, meu "sim" entalou na garganta.

– Não se preocupe – disse Nick bem junto ao meu ouvido. – Eu não conto para ninguém.

Um pouco irritada com ele por pensar que eu havia sido conquistada com tanta facilidade assim, afastei-me um pouco e disse:

– Eu prometi para todo mundo que voltaria hoje.

– Tome. – Nick me estregou seu celular. – Ligue e explique.

– Obrigada. Quem sabe amanhã. Meus pais agora estão dormindo.

– E o namorado? Ele não atende depois das dez?

Sem saber o que dizer, balancei a cabeça e lhe devolvi o aparelho. Nick deu uma risadinha.

– Relaxe! Ninguém vai demiti-la. Eles precisam de você. Você é inteligente. Na minha experiência, mulheres bonitas só são atraentes até abrirem a boca. No seu caso, quanto mais você fala, mais... – Ele se interrompeu de modo abrupto; quando tornou a falar, sua voz saiu mais baixa. – Quem me dera ter a sua capacidade de concentração. Passar dias sentada em uma biblioteca... meses... e simplesmente *ler*. Nunca tive essa paciência. E também nunca me tornei realmente bom em nada.

Talvez percebendo que estava cometendo uma injustiça consigo mesmo, ele me cutucou com o cotovelo, brincalhão.

– Bom, algumas coisas eu faço bem, ou assim me disseram.

Embora ditas em tom de brincadeira, as palavras penetraram fundo na minha imaginação, provocando uma silenciosa explosão de caos.

– E no que mais você é bom? – escutei-me perguntar.

Nick se empertigou.

– Em correr riscos. Nisso eu sou perito.

– Me dê um exemplo.

Ele pensou um tempinho, então falou:

– Que tal escalada livre? Ou canoagem no rio Nahanni em novembro?

Franzi o cenho.

– Eu nem sei onde isso fica. O que mais?

– Ah – fez ele e se encolheu um pouco, como se no fundo não sentisse tanto orgulho assim de si mesmo. – O de sempre. Tentar superar os limites. Impressionar meus amigos.

Soltei os braços; já não estava com tanto frio quanto antes. Parte do calor, percebi, emanava do corpo de Nick e pairava no espaço estreito entre nós, atraindo-me mais para perto.

– Por algum motivo imaginei você prestando serviços humanitários – brinquei, grata pelo rumo cada vez mais bem-humorado de nossa conversa. – Levando comida de caminhão até aldeias famintas...

– Isso eu também fiz – falou ele, com calma, dando de ombros, e nem sequer se importou em me olhar para ver se eu acreditava. – Até perceber que as únicas pessoas que ajudava assim eram os guerrilheiros e os políticos burros e teimosos que estavam na origem do problema.

– Entendi.

Avaliei seu perfil e me perguntei se enfim o via como de fato era ou se aquilo era apenas mais uma interpretação em seu repertório aparentemente infindável de papéis.

– Você ficou desmoralizado pelas disfunções da sociedade civil e como resultado disso se entregou aos prazeres frívolos?

Ele pensou por alguns instantes.

– Me entreguei à busca da dor, para ser mais exato. Mas sim, foi mais ou menos isso. Ei, se você algum dia ficar desanimada com as disfunções do meio acadêmico, deveria tentar relações públicas – disse e, num tom mais baixo e conspiratório, emendou: – Eu a contrato para me representar.

– Talvez eu comece praticando canoagem no rio Nahanni – contrapus. – Em julho.

– Você vai ser devorada por moscas negras. Ou por ursos-pardos.

Dei um soquinho de brincadeira na sua coxa.

– Eu o contrato para ser meu guia.

Nick riu.

– Talvez você se arrependa. Eu ficaria sem fazer a barba e a gente teria que dividir o mesmo saco de dormir.

Essa imagem fez minhas bochechas corarem, e fiquei grata por ele não enxergar nada além do óbvio.

– Por que não daria para ter dois?

Bem-humorado, ele bateu com o ombro no meu.

– Por que você quer acampar comigo, para começo de conversa?

– Ah, sei lá. – Pigarreei, pasma com o tom de paquera que a conversa tinha adquirido. – Você tem um papo divertido.

Não pude evitar: alguma coisa nos olhos dele me fez chegar um pouco mais perto e, durante alguns segundos ofegantes, tive certeza de que ele iria me beijar. Para dizer a verdade, apesar de não podermos estar em campos mais opostos, torci por isso.

Mas não. Ele estendeu a mão para pegar alguma coisa e me entregou um objeto plano, com uma textura que me era familiar.

– Tome. Eu me permiti tirar isso da sua bolsa hoje de manhã, antes de sairmos de casa.

Era o caderno de vovó.

– Mas...

Fiquei tão atarantada com a reaparição de meu bem mais precioso que dei uma gargalhada. Apertando o caderno contra o peito, finalmente consegui me recuperar o suficiente para lhe agradecer, embora parte de mim estivesse consternada com o fato de ele ter mexido na minha bolsa.

– Depois do ataque em Creta, tive um palpite de que o seu misterioso ladrão tentaria outra vez. Quis falar com você sobre isso, mas não ficamos sozinhos.

– Isso tudo é meio... chocante – gaguejei, enquanto minha percepção em relação a Nick dava cambalhotas dentro da minha cabeça.

Se alguma ínfima parte de mim ainda pensava que *talvez* pudesse ter sido ele, e não a gangue dos patins, que dera sumiço na minha bolsa de franjas, essa possibilidade estava agora enterrada de vez sob uma avalanche um tanto desagradável de vergonha.

– Fique feliz e pronto – continuou Nick, provocando-me outra vez. – Eu ainda não a paguei. Não tenho certeza se consigo acompanhar o ritmo das suas perdas...

– Ah. Dinheiro de novo.

– O que o dinheiro tem de ruim? Não é por isso que você está aqui... comigo?

Balancei a cabeça, ainda abalada demais para ser discreta.

– Não tem nada de ruim. Na verdade eu sou uma grande fã de dinheiro, mas não é por isso que estou aqui.

– Então me diga por que é.

Olhei para seu rosto, que as sombras da lua tornavam ainda mais grave. Sentada assim, tão perto dele, não parecia certo haver fingimento entre nós. É bem verdade que ele tinha seus próprios objetivos em relação às amazonas, mas afinal de contas eu também tinha. Na verdade, percebi de repente, a percepção que Nick tinha de mim poderia muito bem ser tão pouco lisonjeira quanto a que eu tinha *dele*. Talvez, aos seus olhos, eu também não passasse de uma fuinha trabalhando para o time errado.

– Em Creta, você me perguntou como eu tinha feito – falei. – A tradução. Pensou que tivesse algum truque. Bom... – Levantei-me e caminhei para longe dele. –... você estava certo.

Em pé junto à amurada, fitando os reflexos da lua na água preta feito tinta, contei-lhe sobre vovó, o caderno e o bracelete que ela havia me deixado. Ela devia ter sido arqueóloga, expliquei. Talvez tivesse encontrado o sistema de escrita das amazonas em alguma outra escavação e conseguido traduzi-lo.

– Mas nem ela, apesar de toda a obsessão com as amazonas, tentou me ensinar esse estranho idioma – concluí. – Na verdade, ela nem sequer comentou a respeito. Só me deixou esse caderno.

Quando finalmente parei de falar, Nick se aproximou e se apoiou na amurada ao meu lado. Pensei que ele fosse me repreender por não ter lhe contado aquela história antes, mas em vez disso ele apenas perguntou:

– Como a sua avó morreu?

Atingida por um conhecido sentimento de culpa, eu me encolhi.

– A verdade é que... ela desapareceu. Meus pais estavam prestes a despachá-la para um hospital psiquiátrico, e ela...

Calei-me, incapaz de continuar. Nas raras ocasiões em que me vira forçada a contar essa história, tinha dito que vovó fugira, sem mencionar as portas trancadas e a sua total falta de recursos financeiros.

– A verdade é que dei a ela todo o dinheiro que eu tinha, fui com ela até a rua principal e a ajudei a embarcar em um ônibus – ouvi-me dizer, e para Nick, ainda por cima.

– Para onde?

Engoli em seco, encurralada por emoções reprimidas.

– Eu não sei. Tinha 10 anos. Passei o resto da minha infância me torturando com as coisas horríveis que poderiam ter acontecido com ela. Sempre que uma carta estranha chegava pelo correio ou que recebíamos um telefonema inesperado, tinha medo de ser algo relacionado com vovó. Medo de ela ter sido encontrada morta em algum lugar. – Estremeci ao pensar nesses antigos temores. – Só mais tarde descobri que meus pais pagaram um detetive particular durante dois anos inteiros. Ele não descobriu absolutamente nada, só cobrou uma conta monstruosa.

Nick tirou o suéter e o pôs em cima dos meus ombros sem dizer nada, enrolando as mangas em volta do meu pescoço.

– Desculpe o épico tão longo – falei, encarando a água negra. – Eu na verdade nunca tinha contado isso para ninguém. Nem para a Bex.

Quando Nick enfim falou, sua voz saiu suave.

– Tem certeza de que ela era mesmo louca?

– Eu... não sei.

Mais uma vez, sua linha de questionamento me levava de volta a perguntas com as quais eu vinha lutando havia muitos anos.

– Os médicos achavam que sim. Ela com certeza não era normal pelos padrões de ninguém, mas vá saber o que isso significa.

– Você sabe se ela tinha algum amigo? Se mantinha comunicação com alguém?

Senti uma leve pontada de desconfiança.

– Como assim? Espero que não esteja levando a sério aquele papo do Sr. Telemakhos sobre as amazonas modernas.

– Por que não? Em que você prefere acreditar: que estava tudo na cabeça dela ou que existia alguma coisa por trás? Você acabou de me dizer que sua avó também tinha um acervo de recortes de jornal... que não parava de ver indícios de atividade das amazonas pelo mundo. Por que tem tanta certeza de que ela estava errada?

Senti Nick avaliando meu perfil no escuro enquanto esperava em vão por uma resposta. Ele então continuou.

– Tirando todo o papo sobre coragem, sua avó algum dia *se comportou* como uma amazona? Machucou alguém?

– Bem...

Meus pensamentos se voltaram àquele dia clandestino, tantos anos antes, que eu passara sentada no chão com Rebecca, examinando os papéis da escrivaninha do meu pai. Entre eles havia uma avaliação psicológica narrando os trágicos acontecimentos que tinham conduzido à primeira internação de vovó.

– Só no início, tenho certeza, antes de perceberem que ela sofria de um distúrbio mental. Na época ninguém tinha nome para isso, mas acho que vovó teve uma depressão pós-parto que fugiu ao controle. Em todo caso, ficou convencida de ter dado à luz uma menina em vez do meu pai e se recusava a ouvir o contrário. Trancou-se dentro de um quarto com o bebê, meu pai, e não quis mais sair. No final das contas, tiveram que usar a força e ela... bom, ela se defendeu com um atiçador da lareira. Foi horrível. Um policial acabou internado. – Estremeci, como tantas vezes já acontecera, ao pensar em vovó derramando o sangue de outro ser humano. Então, percebendo quão chocante tudo aquilo devia estar soando para Nick, apressei-me em esclarecer: – Tenho certeza de que ela não queria machucar ninguém. Dizem que ela teve uma alucinação de que era errado ter um filho homem e que se *elas* descobrissem levariam o menino embora.

De costas para a lua, Nick não passava de uma silhueta escura e senti – mais do que vi – a intensidade do seu olhar.

– Quem eram "elas"?

– Suas companheiras amazonas, claro. Uma amazona não pode criar um filho homem, certo? Você nunca leu Estrabão?

Nick não respondeu, apenas enfiou as mãos nos bolsos e deu uma voltinha pelo convés, talvez pensando que eu precisasse de tempo para me recompor. Quando ele voltou, tirei seu suéter das costas e lhe devolvi.

– Desculpe falar tanto. Eu já deveria ter lhe contado, mas...

A frase ficou suspensa entre nós dois por algum tempo. Então Nick jogou o suéter sobre os ombros e disse:

– Você teve razão em não confiar em mim. Não tenho nem certeza se ainda confio em mim mesmo. – Após uma pausa dolorida, ele arrematou: – Além do mais, você *tentou* me falar sobre o bracelete. Só que eu não quis escutar. Pensei que você tivesse roubado. Me desculpe.

– Espere um pouco. – As fotos de seu laptop fizeram um desfile na minha cabeça. – Foi *você* quem pegou. Não foi? Você tirou até uma foto!

A acusação não provocou a confissão esperada. Em vez disso, Nick falou:

– Quando a gente abriu o sarcófago pela primeira vez, encontrou catorze pulseiras.

– *O quê?*

Encarei seu perfil solene, incapaz de compreender o que ele dizia.

– Simplesmente espalhadas lá dentro. Todas idênticas à sua. – Ele meneou a cabeça para o meu braço. – E sim, eu tirei fotos. Mas resolvi deixar uma no esqueleto, porque queria que um arqueólogo fizesse as coisas direito.

A informação me deixou tão atônita que senti uma vontade irracional de abraçá-lo.

– Mas se nem você nem eu roubamos o bracelete... então quem foi?

– Como você sabe que foi roubado? – Nick me encarou no escuro. – Porque o sarcófago estava aberto?

– Vou reformular. Quem abriu o sarcófago e por quê?

Nick deu de ombros.

– Não adianta olhar para mim.

– Por que não? – Decidi me arriscar. – É você quem está no meio de uma caça ao tesouro.

Esperei sua reação, mas ele não disse nada.

– Vamos lá – falei depois de algum tempo, chegando mais perto. – Eu ouvi você no telefone, falando sobre o Tesouro das Amazonas. O que está acontecendo, Nick?

Ele por fim deu um grunhido e esfregou o rosto.

– Eu queria deixar você fora disso...

– Bom, eu já estou dentro, droga!

Com um suspiro, ele se sentou e apoiou as costas no mastro principal.

– Lembra o que eu disse no carro domingo passado? Que eu sou o X que indica o local? Bom, depois do que aconteceu na Argélia, não sou exatamente o X mais popular do escritório.

– Mas não foi culpa sua. Como eles podem...?

– Ah, não é nada pessoal. É assim que a gente opera. Eu agora represento um risco. Tem vários criminosos na minha cola, como ambos podemos confirmar. – Nick abriu os braços só um pouquinho. – Peço desculpas. Mas tem muita coisa acontecendo este mês na Fundação Aqrab. Então o patrão achou que talvez fosse uma boa ideia... – Ele parou e respirou fundo. – Me mandar embora por um tempo. Para longe dos pontos sensíveis.

Senti um aperto no peito.

– Mas... para onde você vai?

Mesmo no escuro, pude ver o constrangimento em seu rosto.

– Não, você não está entendendo. Já me mandaram embora. É por isso que eu fui para Creta com você. É por isso que estou *aqui*.

Ele se interrompeu, pelo visto à espera da minha reação. Como não reagi, tornou a suspirar.

– Diana, tanto você quanto eu sabemos que o Tesouro das Amazonas é uma bobagem. Mas *eles* não sabem.

Levei alguns instantes para entender. Quando entendi, o susto me arremessou para trás, contra as cordas da amurada.

– Então é isso? – exclamei. – Espere, deixe-me entender direito... A gente está sendo seguido e você basicamente está me usando como isca... para tirar os criminosos da rota certa? É isso que está dizendo?

Nick se levantou.

– Olhe, não é algo de que eu me orgulhe...

– Não! – Ergui as mãos para impedi-lo de se aproximar. – Que imbecil eu fui, uma imbecil! *É claro* que você nunca teve nenhum interesse nas amazonas; mal sabia quem elas eram! Mas isso não o impediu de sequestrar uma filóloga sem um tostão e usá-la como isca, não é?!

– Escute... – Nick deu um passo hesitante na minha direção, depois outro. – A ideia não foi minha. E eu com certeza nunca quis que você se machucasse. Todos esses acidentes...

– Não foram acidentes, Nick. Foi tudo parte de um lindo plano. – Senti um impulso absurdo de rir. – Enfim tudo faz sentido! Ah, cara, eu pensei que estivesse ficando maluca... Pensei que estivesse sendo perseguida pelas amazonas. Que fantástico...

Tentei encará-lo nos olhos, mas a lua não deixou.

– Vamos lá, pode rir! Você deveria estar feliz que o seu plano esteja dando tão certo. Os filhos da mãe não só morderam a isca, como levaram uns bons pedaços *de mim* pelo caminho. Muito bem, Nicholas! O X que indica o local fez jus ao seu bônus.

Nick parecia abalado.

– Como posso me redimir com você?

Antes que eu conseguisse responder, porém, ele estendeu a mão e tocou meus lábios com um dos dedos.

– Agora não – falou. – Pense um pouco. Vá para a cama e conte até 10.

Afastei a mão dele.

– Que tal eu contar até 10 mil?

Ele aquiesceu devagar.

– Amanhã lhe dou um cheque.

– Prefiro em dinheiro vivo – retruquei, desviando-me dele em direção à escada. – E que tal uma bela gorjeta por ter aturado *você* esse tempo todo?

CAPÍTULO VINTE E CINCO

Mar Egeu

Lilli acordou assim que o barco entrou em águas abertas. Espreguiçou-se, bocejou, sentou-se e tateou em volta, curiosa. A cama macia forrada de tecido... a parede de pano arredondada para dentro pela pressão do vento do mar. O quarto na popa do navio troiano lhe era tão estranho que ela sentiu medo.

– Klito? – chamou ela. – Já está acordada?

– Estou, sim – respondeu a outra e lhe deu um beijo na cabeça.

– Estamos no mar outra vez? – perguntou Lilli, franzindo o cenho. – Tinha um homem... um homem com o cheiro de Mirina...

– Tenho uma surpresa – falou Klito, com lágrimas de felicidade a escorrer pelas faces. – Uma surpresa que vai fazer você rir.

Sem conseguir mais esperar, Mirina avançou e envolveu Lilli em um abraço firme. As outras haviam insistido em que seria melhor dar a notícia aos poucos, para não assustar a menina, mas Mirina sabia melhor do que ninguém quanto a irmã era forte e que na verdade aquele era um susto que ela adoraria levar.

– Nossas preces foram atendidas – disse uma das sacerdotisas libertadas, cujo nome era Pylla. – Está claro que foi o bracelete de chacal de Lilli que comprou nossa liberdade. Vamos agradecer aos deuses...

– Talvez vocês devessem começar agradecendo a Mirina – falou Pitana. – Ela não descansou, mal se sentou desde que vocês foram levadas.

– Posso fazer uma sugestão? Que tal *nós todas* recebermos agradecimentos? – interveio Egeia. – Não vamos deixar Mirina carregar sozinha o fardo da sua gratidão...

Ninguém quis se opor. Depois de passar as primeiras horas do dia lidando com a histeria de Kara, que agora felizmente dormia um sono profundo, nenhuma das outras mulheres queria enfrentar outro drama. Tampouco tentaram questionar a menina que se juntara a elas em Micenas. Ela dissera se chamar Helena e por ora isso era tudo o que qualquer uma queria saber.

Depois de passar a manhã no quarto, sem conseguir tirar os olhos de Lilli, no fim Mirina acabou saindo em busca de Páris. Encontrou-o na proa do barco, muito entretido em uma conversa com Enéas e Dares.

Nenhum dos três sorriu ao vê-la se aproximar. Com um grave meneio de cabeça para Páris, os dois outros pediram licença depressa e se retiraram. Páris tampouco parecia pronto para conversar com ela: virou-lhe as costas e olhou para o oceano, dando a impressão de não ter reparado na sua presença.

Apesar da acolhida hostil, Mirina ficou onde estava e disse:

– Pelo menos permite que eu peça desculpas?

Quando ele enfim respondeu, sua voz saiu raivosa:

– O que eu permito ou deixo de permitir não parece fazer muita diferença para você.

– Mesmo assim...

Ele se virou para ela, corado de irritação.

– Mirina, não sou uma pessoa que dê importância a palavras e boas intenções... sobretudo não quando os atos as contrariam. Se quiser pedir desculpas, peça aos meus conterrâneos. Eles serão as vítimas da minha fé insana em você. Nunca mais um grego irá confiar na palavra de um marinheiro troiano...

Abalado demais para concluir o raciocínio, Páris virou as costas para ela outra vez e sacudiu a cabeça.

– Mal tenho coragem de perguntar o que aconteceu ontem à noite. Mas preciso saber. Vi que conseguiu libertar sua amiga, mas não sei que preço ainda terei de pagar por ela.

– Talvez achem que ela fugiu sozinha... – começou Mirina.

– Está me dizendo que conseguiu entrar e sair do palácio sem ser vista?

Mirina hesitou, então jogou a cabeça para trás e o encarou.

– O príncipe está morto. Morto no chão do cárcere que ele mesmo fez, encharcado com o sangue das minhas irmãs. Mas as mulheres que nos viram não dirão nada. Não há nada mais silencioso do que uma mulher cheia de ódio.

Páris fechou os olhos. Quando tornou a abri-los, estava dez anos mais velho.

– Se eu fosse um homem que vivesse segundo as regras, não, se fosse um homem *sensato*, manobraria este barco e levaria todas vocês de volta para lá. Mas não sou. Se fosse um deus lá do céu, acredite, fustigaria a malévola Micenas com raios e a apunhalaria sem parar. Mas, como sou homem, preciso me contentar em crivá-la de insultos e fugir o mais depressa possível.

Ao ver que Mirina estava prestes a dar sua opinião, ele balançou a cabeça.

– A coisa mais bondosa que você pode fazer é ficar longe de mim. Vá comemorar com suas irmãs. Que eu não a veja mais. Daqui a dois dias, se os ventos estiverem a favor, vamos atracar em Éfeso. Eu ia lhe oferecer um lar em Troia, mas nas atuais circunstâncias não posso fazê-lo. Você decide para onde irá a seguir, mas nos despediremos em Éfeso.

Após três dias de silêncio sofrido e olhares acusatórios da tripulação, as irmãs de Mirina ficaram naturalmente aliviadas quando os navios chegaram à costa depois de atravessar o mar. Impelida por um temporal cada vez mais forte, a frota troiana foi levada direto para dentro do porto de Éfeso, sem conseguir ancorar. Os navios passaram a noite inteira se balançando e esbarrando no cais e, pela manhã, todos corriam de um lado para outro acima e abaixo do convés, avaliando os estragos.

– Não há pressa – disse Páris quando Mirina foi se despedir. – Só vamos embora quando tudo estiver consertado.

Ele a encarou ao falar, e ela ficou aliviada ao ver que, após dois dias teimando em ficar longe dela, sua raiva tinha diminuído pelo menos o suficiente para ele querer fitá-la outra vez.

– Mas se você e suas irmãs estiverem prontas para ir embora, como vejo que estão, deixe-me levá-la até a Senhora de Éfeso para fazer as apresentações. Como logo irá constatar, não foi por coincidência que eu a trouxe até aqui.

Páris saiu do porto a pé e acompanhou as mulheres até a cidade. Sem pressa de concluir a tarefa, deu o braço a Lilli para guiá-la e foi descrevendo tudo conforme eles passavam: os vendedores de frutas, os tingidores de roupas, os velhos sentados à sombra lamentando o rumo que o mundo vinha tomando. Mais de uma vez, fez a menina rir com algum comentário que Mirina mal conseguiu escutar.

Enquanto isso, Klito e Egeia faziam o possível para levar Kara com o grupo. Embora ela finalmente houvesse parado de chorar a morte do homem que, segundo insistia, no fundo gostava dela, ainda se recusava a falar com Mirina ou a reconhecer que precisara ser salva.

– Eu o amava! – exclamou mais de uma vez para quem pudesse escutar. – E ele me amava!

– Foi por isso que a fez passar fome, que a amarrou e espancou? – perguntou Pitana por fim.

Mas Kara se mostrava surda a todas as vozes; havia tempos buscara refúgio em uma vida que só existia dentro da própria mente.

Situada entre suaves colinas e um campo luxuriante e desabitado, a cidade de Éfeso deu a Mirina a impressão de ser um lugar calmo e inofensivo. Era ali que ela e as irmãs iriam morar até conseguirem juntar recursos para ir embora... ou até todas envelhecerem e ficarem sentadas à sombra como aqueles anciãos gentis e sem dentes que ruminavam lembranças de vidas tranquilas. Não era uma perspectiva ruim se comparada ao horror que haviam deixado em casa ou ao que viram em Micenas, mas mesmo assim Mirina constatou que não lhe causava grande prazer, pois, como quer que visualizasse essa imagem, era um futuro sem Páris e, embora ela o conhecesse havia pouco tempo, já se sentia ligada a ele. Aonde quer que ele fosse, ansiava por segui-lo. Se ele sumisse de vista, mesmo que por um instante, ela se sentia tão instável quanto uma cadeira à qual faltasse um pé.

Era uma sensação estranha e preocupante para alguém que aprendera a não depender de ninguém exceto de si mesma. Apesar disso, Mirina tinha se apegado tanto a ela que a possibilidade de perder Páris a enchia de medo. Não um medo agudo e temporário, que podia ser superado por atos de coragem, mas um medo tão profundo e generalizado que lançava uma sombra sobre tudo o que ela fazia ou dizia e mesmo sobre seu alegre reencontro com Lilli.

Que coisa esquisita, pensou ela, correndo os olhos pela cidade pitoresca, tão calma e convidativa, e seus habitantes: ela, que já vira tanto perigo e estivera tantas vezes à beira da morte... que ironia do destino *ela*, dentre todas as pessoas do mundo, chegar a um lugar abençoado assim e ter a sensação de que sua vida tinha acabado.

MIRINA IMAGINARA A SENHORA DE Éfeso vivendo em um lugar elegante e isolado, sobre alguma colina com vista para a cidade, por isso foi uma surpresa quando Páris parou em uma rua comum e guiou todas elas por um portão aberto. Ela foi a última a entrar e viu que estavam em um pátio silencioso cercado por construções e por um pórtico sombreado. De olhos arregalados e cheios de curiosidade, suas irmãs admiravam as plantas exóticas cuidadosamente cultivadas em vasos. Pelo visto, a Senhora de Éfeso era uma mulher que prezava a tranquilidade e a elegância, duas qualidades que Mirina ainda precisava adquirir.

Consciente das próprias deficiências, uma das quais eram os pés encardidos, ela se recolheu às sombras do pórtico... e então, de repente, todas aquelas pequenas preocupações foram esquecidas. Pois ali, entre as colunas e trepadeiras sinuosas, estava uma figura que ela conhecia bem: a Deusa da Lua.

Verdade seja dita, ela não era lisa e negra, mas esculpida em madeira, e a túnica de linho que vestia seu corpo estava coberta com uma profusão de manchas marrons, decerto respingos dos pedaços de carne apodrecidos pendurados em seu pescoço.

– Vejo que vocês duas já viraram amigas – falou Páris ao se aproximar de Mirina e da estátua, ainda guiando Lilli pelo braço. – De todas as cidades do litoral de Troia, sabia que esta era a que mais lhes agradaria. Aqui homem nenhum tem poder. A Senhora de Éfeso protege as caçadoras e as donzelas, combinação que sempre considerei específica deste local... – Ele balançou a cabeça. – Até conhecer você.

– Isto aqui são...?

Mirina chegou mais perto para examinar os pedaços de carne pendurados em volta do pescoço da deusa. Pareciam ser testículos de animais, as partes que ela sempre cortava e deixava para as hienas.

– Temo que sim. – Páris fez uma careta. – É uma tradição por aqui. Ai de qualquer macho que cruzar a trilha de caça das filhas de Otrera. Cervos, ursos, homens...

Ele sorriu; era evidente que a estava provocando.

– Ninguém está a salvo – concluiu ele. – Este lugar vai ser perfeito para vocês.

– Quem é Otrera? – indagou Mirina.

Mas nesse exato instante uma mulher mais velha, com o pescoço rígido de tanta dignidade e usando um longo vestido cinza de mangas largas, apareceu em uma sacada que dava para o pátio, intrigada, o que era compreensível, com a súbita aparição daqueles desconhecidos.

– Hipólita? – chamou ela. – Pentesileia?

– Otrera é a suma sacerdotisa e irmã da minha mãe – explicou Páris a Mirina, radiante de admiração. – Mas ela odeia qualquer cerimonial, assim como todas as suas filhas. Elas vivem para a caça e são exímias em montaria; na verdade, a maioria passa todo o tempo no campo, nos arredores da cidade, onde criam e treinam cavalos.

Ele olhou para Mirina com um sorriso encabulado, uma raridade no seu caso.

– Foi assim que meu pai conheceu minha mãe. Ele veio aqui comprar cavalos.

Ela o encarou.

– Seu pai... o rei de Troia?

Páris franziu o cenho.

– Você com certeza deve ter percebido que nós levamos nossos cavalos muito a sério.

– Sim, mas... – Ainda sem entender direito, Mirina ergueu os olhos para a mulher na sacada. – Quantas filhas Otrera tem?

– Provavelmente umas trinta – respondeu Páris. – Mais as noviças.

Ele lhe lançou um olhar de esguelha.

– Impressionante para uma mulher que nunca conheceu um homem – comentou ele. – Venha, deixe-me apresentá-la. Tenho certeza de que ela vai reconhecer a língua que você usa com suas irmãs; minha tia é muito culta e se orgulha de sua fluência na maioria dos idiomas estrangeiros.

Já era final de tarde quando Otrera enfim se levantou de sua cadeira de palha no pórtico de mármore. A essa altura, as montanhas distantes, já vestidas para a noite, exibiam delicados tons de vermelho e uma grande paz caía sobre o mundo à medida que o sol mergulhava no horizonte, exausto e satisfeito.

– Então está decidido – disse a nobre mulher, cujo rosto grave, depois de tudo o que ela havia escutado, exibia empatia por Mirina e suas irmãs. – Vocês poderão ser nossas hóspedes pelo tempo que quiserem. E caso se afeiçoem a este lugar, poderão ganhar seu sustento e passar a chamá-lo de lar, pois há sempre trabalho a ser feito com os animais e nas plantações. Na verdade... – Ela lançou um olhar severo para Hipólita e Pentesileia, que haviam chegado a cavalo no meio do relato de Mirina, suadas e desalinhadas. –... como é raro minhas filhas estarem onde penso que estão, mãos sobressalentes virão bem a calhar.

Pouco depois, Páris se despediu de todas com uma vaga promessa de voltar antes do fim do mundo, como ele mesmo disse. Não queria se comprometer com uma data e se retirou, determinado, mal parando para dizer adeus a Mirina.

– Espere... – pediu Mirina. Ainda que hesitante, ela o seguiu porta afora e pela rua por um trecho. – Nunca mais vou vê-lo?

Ele parou e se virou. Tinha o cenho franzido de contrariedade.

– Otrera as aceitou. Você não depende mais de mim. Acho que isso deve ser um alívio para nós dois.

De pé na rua inclinada, o sol formava um halo em volta da cabeça de Páris. Ele nunca parecera mais bonito nem mais desesperado.

Mirina se aproximou, mas algo nos olhos dele a fez parar.

– Queria que fosse diferente – falou.

– O quê, exatamente? – Páris inclinou a cabeça. – Você preferiria que não tivéssemos nos conhecido?

– Não! Mas eu... sei que lhe causei muita dor...

Apesar da evidente decisão de se manter sério, Páris soltou uma gargalhada.

– É verdade. Mas a culpa foi toda minha. – Ele olhou por cima do ombro para os mastros do porto. – Eu deveria ter jogado você no mar quando tive oportunidade.

Então, ao ver a expressão magoada de Mirina, suavizou consideravelmente a sua.

– Você disse querer que as coisas fossem diferentes – falou ele, aproximando-se cada vez mais, até seus peitos quase se tocarem. – Então me diga, insaciável Mirina, o que mais deseja de mim?

Ela ergueu a cabeça, tentando se proteger do encanto dele.

– Você já gastou muito comigo. A máscara de ouro em Micenas...

– Não estou me referindo a ouro.

Mirina hesitou, sem saber ao certo como se expressar.

– Bem – falou por fim, vendo que ele ainda aguardava. – Se tiver tempo e nada mais a fazer, eu gostaria que... – Ela vasculhou a mente e lançou mão da única coisa que conhecia. –... que me ensinasse a lutar como um homem.

Páris arregalou os olhos.

– É mesmo? Eu diria que você já tem prática mais do que suficiente nesse quesito. Na verdade... – Ele abaixou a cabeça e falou bem no seu ouvido. –... acho que a única lição que você ainda precisa aprender é se entregar como uma mulher.

Mirina sentiu uma onda de calor.

– Por que uma mulher deve sempre se entregar? Não sou uma presa...

– Não, a presa *sou eu*. E sua flecha me atingiu faz tempo. – Páris pegou sua mão e a levou ao próprio peito. – Bem aqui. E toda vez que tento tirá-la, você torna a cravá-la em mim.

Ele usou a mão dela para demonstrar. Ficaram os dois assim por um tempo, com a mão de Mirina tão apertada contra o peito de Páris que ela pôde sentir o coração bater por baixo do tecido bordado. Então ela falou:

– Por favor, não vá embora. Não suporto pensar nisso.

– Nisso o quê? – Páris baixou os olhos para sua mão. – Em não ter tudo e, ao mesmo tempo, não ter nada? – Ele cutucou o bracelete de chacal com um ódio evidente. – Você valoriza tanto essa sua liberdade, mas se deixa escravizar por um pedaço de metal.

Então, soltando-a, deu alguns passos para trás e uma expressão desafiadora dominava seus olhos cor de âmbar.

– Se quiser mesmo que seja diferente, faça por onde. Você é a única com poder para isso.

Páris não voltou no dia seguinte, nem no outro. No terceiro dia, quando Mirina saiu às escondidas da casa para procurá-lo, não conseguiu mais ver os navios troianos no porto.

Ele tinha ido embora. Sem mais nenhuma palavra de despedida.

Sua decepção foi tão grande que ela quase se sentou no meio da rua e chorou. Passara dois dias sonhando com o instante em que tornaria a vê-lo e insistira, de modo egoísta e irracional, contrariando os planos de Otrera, para que ela e as irmãs ficassem na cidade em vez de irem logo para o campo... só para o caso de ele voltar.

Entrou de novo no prédio sentindo o peso da derrota e encontrou todas ocupadas com as mesmas coisas que faziam desde a chegada: algumas na cozinha, moendo grãos e vigiando panelas, outras agachadas no pátio interno estendendo a roupa lavada sobre as lajotas quentes. Todas, até mesmo Egeia, haviam abraçado aquelas incumbências simples com alegria e gratidão. Depois de tudo por que haviam passado, qualquer tarefa que não fosse interrompida por um mar bravo ou por um homem violento era um alívio.

Até mesmo Kara começava a dar pequenos sinais de recuperação. Já não resmungava sozinha e não passava o dia inteiro dormindo, com ódio, de costas viradas para as outras. No entanto, mesmo quando acordada, ao participar das tarefas da casa, de vez em quando ela ainda ficava alheia a tudo. Enquanto varria um piso ou batia um tapete, parava e se apoiava na vassoura por um longo tempo, decerto pensando em Micenas, não na Micenas que Mirina tinha visto, mas em uma imaginária só sua, onde ela, Kara, era rainha.

Quando consultada sobre o assunto, Otrera aconselhou Mirina e as outras a não confrontá-la nem a se mostrarem impacientes.

– Kara vai voltar quando estiver pronta – falou, enquanto caminhava com Mirina debaixo da sombra do pórtico. – A mente muda, assume a forma que melhor lhe convém: às vezes é um leão, outras vezes um rato... e quanto mais você a persegue, mais depressa ela corre e mais fundo se esconde.

Elas pararam diante da estátua da Senhora de Éfeso e, a pedido de Otrera, Mirina descreveu os ritos da Deusa da Lua. Ao ouvi-los, Otrera passou o braço pelo de Mirina e iniciou mais uma volta pelo pórtico silencioso:

– Tenho certeza de que as nossas senhoras, a sua e a minha, são a mesma. Pois nós também veneramos a noite, quando os homens dormem, e nossas paixões são tão puras quanto os corações das gazelas na mata. Amamos os animais, cavalos acima de tudo, e cada uma de minhas filhas sabe que o homem, por mais fascinante que seja, traz apenas engodo e destruição. É o homem, e somente o homem, quem rouba da mulher sua dignidade natural e a infecta com o desespero e a morte.

– Com certeza deve haver *alguns* homens bons – começou Mirina, pensando não apenas em Páris e nos corteses troianos, mas também em seu pai e no pai de Lilli, este último tão ou mais cuidadoso e paciente que qualquer mulher.

Otrera encarou Mirina bem nos olhos. Suas íris castanho-claras pareciam tão calmas quanto as de um leão em repouso.

– Eu não disse que o homem corrompe a mulher de propósito, só falei que é isso que sempre acontece. Esta aqui já foi a casa de uma mãe que perdeu todas as filhas ao darem à luz. – Ela fez um gesto amoroso para a construção à sua volta. – Três filhas ela teve, três adoráveis meninas que cresceram, foram cortejadas, se casaram... e foram arrancadas pela morte no auge da felicidade. Essa mulher, segundo diz a história, passou muitas noites em claro aqui, sentada aos pés da Senhora Ártemis, muito entretida em uma conversa com a deusa, até compreender por fim que havia uma lição a aprender com tudo aquilo. Assim, decidiu abrir a casa para desconhecidas e convidar meninas órfãs de longe e de perto para se refugiarem aqui, contanto que elas aceitassem um pacto de pureza. – Otrera apontou para um afresco de cavalos correndo na parede do pórtico. – Foi essa pobre mãe enlutada quem descobriu os poderes curativos da caça, e devo dizer que nunca vi uma mulher que não tenha ficado inteiramente satisfeita por trocar um homem por um cavalo e uma rédea.

Com o passar das semanas, Mirina começou a entender o significado do que Otrera lhe dissera. Embora fosse inverno e as terras estivessem adormecidas, mesmo assim seu vilarejo agrícola, espalhado pelo sopé de um morro, fervilhava de atividade.

No início, as filhas de Otrera se mostraram céticas em relação às recém-chegadas, não por não aceitarem a chegada de gente nova e de modos estrangeiros, mas porque o tipo de vida que Mirina e suas irmãs sagradas levavam no Templo da Deusa da Lua lhes parecia excessivamente regrado e tão tedioso que elas mal conseguiam conceber que alguém pudesse viver assim por escolha própria, em sã consciência.

– E você? – perguntou certo dia Pentesileia, a dos ombros largos, a Mirina, quando as duas estavam dando de comer às galinhas. – Como pode se dizer caçadora se nem ao menos sabe montar?

Mirina interpretou a frase como resultado de uma confusão de línguas diferentes, não como má vontade, e sorriu para a nova amiga:

– Eu dependo das minhas próprias pernas, não das de um animal caprichoso. Além do mais, minha arma é o arco, e não vejo como se pode manejá-lo e montar a cavalo ao mesmo tempo.

– Então faça como nós – retrucou Pentesileia. – Use a lança. Venha.

Ela limpou dos dedos finos os últimos grãos de comida para galinhas e começou a andar em direção à estrebaria.

– Vou lhe mostrar!

Se pudesse agir de acordo com as próprias apreensões, Mirina sem dúvida teria mantido distância das estrebarias por um bom tempo, mas seu orgulho a impedia de dizer isso à destemida Pentesileia. Na verdade, o que levou Mirina a decidir dominar aquela arte foi sobretudo perceber que aquelas outras mulheres, algumas tão frágeis que não conseguiam erguer sequer um saco de cereais, se mostravam inteiramente à vontade na companhia daquelas criaturas temperamentais... Ela decidiu vencer o medo nem que fosse para silenciar as provocações.

Assim que iniciou o treinamento, suas irmãs também se prontificaram, encorajadas pelo fato de ela ainda estar viva e, tirando alguns hematomas nas costelas, praticamente ilesa. Auxiliada por Pentesileia e por Hipólita, que era um pouco mais compreensiva, elas passaram os meses de inverno aprendendo a montar e a controlar os cavalos, e antes de as primeiras flores da primavera brotarem do solo, até mesmo Animone já cavalgava com segurança pelos pastos.

Lilli, é claro, implorava para fazer parte de tudo aquilo. Mas Mirina relutava em deixar a irmã montar sozinha ou mesmo ficar perto dos animais no chão, por medo de ela levar um coice ou ser pisoteada. O cavalo de Pentesileia, em especial, era um animal imprevisível e agressivo, e ela nada fazia para domar seu temperamento; muito pelo contrário. Assim, Mirina ia até a casa montada no próprio cavalo pelo menos uma vez por dia, se aproximava da entrada situada um pouco acima do nível da rua e punha Lilli na sua frente ou na sua garupa, segurando bem firme. Desse modo, as duas trotavam por um campo de feno ainda por cortar ou iam até a praia devagar para galopar na areia. Mesmo assim, Lilli nunca parava de falar no dia em que montaria sozinha, e Mirina não sabia se deveria ficar feliz ou preocupada com o fato de a irmã, que na verdade nunca tinha *visto* um cavalo, continuar a ter tamanha tendência para a aventura.

No início, tentara incentivar uma amizade entre Lilli e Helena, a garota que elas haviam resgatado de Micenas. De idades próximas, as duas poderiam ter encontrado consolo na companhia uma da outra... mas tinham temperamentos tão díspares que era como tentar promover a amizade entre um cão e um gato. Enquanto Lilli era a mesma menina feliz e agradável de sempre, Helena era calada e carrancuda e tinha os olhos cheios de rancor. Sempre que abria a boca, algo que por sorte era raro, suas palavras eram tão agressivas que Mirina tinha vontade de cobrir as orelhas de Lilli com as mãos.

– Pensei que vocês fossem guerreiras – disse Helena certa vez, quando Mirina lhe pediu de modo um tanto direto para justificar seus modos emburrados. – Disseram palavras grandiosas. Eu as segui porque sou uma guerreira. Mas vocês, não. Vocês não lutam.

Mesmo a descoberta de que na verdade não precisaria cauterizar um dos seios só fizera enfurecer a garota.

– Vocês mentem sobre tudo! – sibilou ela para Mirina, apontando-lhe um dedo cheio de ódio. – Igualzinho ao meu pai.

A exclamação deixou Mirina espantada; por algum motivo, imaginara que Helena fosse órfã.

– Onde está seu pai? – perguntou, já cogitando mandar a desagradável garota de volta para os pais, onde quer que eles estivessem. – Ele também foi capturado pelos gregos?

Helena torceu o nariz de nojo.

– Eu não sou escrava. E não vou voltar para casa. Meu pai vai me matar. Eu *sei* que vai. Ele matou minha mãe. E minha irmã. Eu sei que matou. – Sua boca se contraiu. – Queria poder matá-lo.

Mais de uma vez, Mirina surpreendeu Helena atrás do celeiro, entretida praticando com alguma arma. Às vezes ela se juntava à jovem, e as duas treinavam juntas o arremesso de lanças e facas. Mas depois, de volta à casa, Helena olhava Mirina com olhos mais frios do que nunca, como se a prática não houvesse contribuído em nada para abrandá-la.

Em meio a essa profusão de novos desafios, que incluíam aprender a língua de Éfeso, Mirina quase não tinha tempo livre para devaneios durante o dia. E à noite, deitada em silêncio no escuro, quando tentava recordar Páris, em geral adormecia de tão exausta antes que a imagem dele pudesse vir ao seu encontro. Mesmo assim, ele nunca estava distante, tampouco a emoção que provocava em Mirina fraquejava nem diminuía. Na maior parte do tempo, isso a deixava feliz, mas de vez em quando sua felicidade era vencida pelo pânico e ela temia nunca mais tornar a vê-lo. Pois, embora ele houvesse curado sua antiga ferida, deixara em seu lugar uma cicatriz: um vínculo que nenhuma quantidade de banhos, fossem eles quentes ou frios, era capaz de apagar.

Por ironia, foram essas sensações que acabaram possibilitando a Mirina se aproximar de Kara. Certa noite, depois de limparem juntas a cozinha, as duas estavam sentadas em silêncio nos degraus da porta, acariciando os gatos da casa, quando Kara de repente disse, com uma voz carregada de desafio:

– Estou esperando o filho dele. Você entende?

E, de uma estranha maneira, Mirina entendia. Já tinha ouvido as outras falarem, com um ar cansado e balançando a cabeça, sobre a gestação imaginária de Kara, mas até ali ninguém pedira a sua opinião. Pelo que sabia, Klito e Egeia tinham provas de que aquilo não passava de fantasia e haviam tentado envergonhar Kara e fazê-la voltar à razão, mas o resultado fora outra semana de lágrimas e um silêncio cheio de ódio.

Sentada ali nos degraus com Kara, ambas cansadas por causa do trabalho, Mirina quase pôde sentir a sua dor... quase pôde sentir o bolo de emoções disformes que a outra carregava dentro de si. Assim, passou o braço em volta da mulher que por tantas semanas se recusara a lhe dirigir a palavra e disse baixinho:

– Entendo.

Desde a sua primeira conversa com a altiva Pentesileia, Mirina acalentava uma ambição secreta. Quanto mais as filhas de Otrera zombavam de seu amado arco e louvavam as vantagens da lança, mais determinada ela ficava a adaptar a arte do arco e flecha à montaria. A tarefa não era fácil, pois independentemente de como ela segurasse o arco, o cavalo ficava sempre na frente. No fim das contas, decidiu que, como não era possível fazer nada para alterar o formato do animal, a solução tinha de ser melhorar o formato da arma.

– O que foi? – perguntou Lilli certa noite, ao ouvir Mirina grunhir de frustração.

As irmãs dividiam uma cama em um dos cantos do dormitório. Todas as outras mulheres já dormiam, depois de um longo dia de tarefas e treinamento, porém Mirina, obstinada, continuava a mexer em seu novo arco à luz de uma pequena lamparina de barro.

– Está sentindo alguma dor? Você se cortou? – insistiu Lilli.

– O que está doendo é o meu orgulho – sussurrou Mirina. – Porque eu não consigo inventar um jeito... – Lutando contra a madeira e a corda, ela interrompeu a frase no meio. – Volte a dormir. Desculpe ter acordado você.

– Deixe-me ajudar. – Lilli estendeu a mão para tatear o instrumento ainda inacabado. – Pensei que você tivesse dito que era um arco. Este pedaço de madeira está curto demais...

– Tem que ser curto – suspirou Mirina, limpando do colo fibras de corda e farpas de madeira. – Senão fica impossível de manejar a galope. Mas quanto mais curto eu o deixo, mais fraco ele fica. Puxe só! É uma arma infantil agora. A madeira perdeu todo o poder.

Lilli testou a corda e correu as mãos por aquele objeto tão impecavelmente construído.

– É lindo – falou. – Liso, obediente... Mas como torná-lo mais forte?

Ela pensou por alguns instantes.

– Talvez, como no caso dos humanos, a força venha da provocação... de ser forçado e precisar resistir. Talvez... – Ela devolveu o arco para a irmã. – Talvez você deva forçar a madeira de um jeito inesperado. Tente surpreendê-la e provocar sua força oculta para fazê-la emergir.

Com isso, a menina tornou a se deitar e pegou no sono na mesma hora, enquanto Mirina ficou sentada encarando o desafio em suas mãos, mais desperta do que nunca.

QUANDO ELA FICOU PRONTA PARA exibir seu invento, a primavera já havia se transformado em verão. Fabricar um arco não era uma tarefa simples: primeiro era preciso construir as ferramentas, depois encontrar e curtir os materiais... e acima de tudo era preciso trabalhar com discrição, sem que Pentesileia descobrisse. Pois se a arma fosse um fracasso, Mirina sabia que a zombaria seria sua única recompensa por um trabalho tão árduo.

– Que coisinha disforme é essa? – perguntou Pentesileia, meneando a cabeça para o curioso objeto que Mirina trazia em uma das mãos.

Era um arco cujo comprimento era mais ou menos a metade do de um arco convencional, com as pontas forçadas para trás com o auxílio de chifre e tendões. À primeira vista, não parecia grande coisa, e Mirina não pôde culpar as outras por rirem e balançarem a cabeça.

– Eu o batizei de arco recurvo – disse-lhes ela, com paciência, mas também desafio. – Na minha opinião, é superior à lança como arma para ser usada a cavalo. Alguém quer testar?

Aceitando o desafio com um muxoxo, Pentesileia montou seu cavalo e seguiu na direção do alvo, com a lança recuada para um golpe potente. Com um grito de satisfação, arremessou a arma de certa distância, e a ponta se fincou no cervo de palha com tanta força que o fez cair no chão com um baque.

– Pronto! – exclamou ela, voltando para perto de Mirina em um trote triunfal. – E *você*, vai matar o quê?

Mirina meneou a cabeça para o cercado de cavalos vazio.

– Aquilo ali.

Todas se viraram para olhar, e foi preciso alguns instantes para Hipólita entender o que ela indicara e gritar:

– Olhem! Em cima das estacas da cerca!

De fato, uma em cada três estacas tinha uma bola de palha equilibrada em cima; o cercado estava rodeado por nada menos que dez alvos.

Sem dizer mais nada, Mirina esporeou o cavalo até ganhar o máximo de velocidade possível sem sacrificar sua mira. Então retirou a primeira flecha da aljava e a apoiou no arco. Porém seu desejo de pôr Pentesileia no devido lugar a levou a soltar antes da hora a flecha, que passou voando pelo alvo sem tocá-lo.

Furiosa consigo mesma por deixar preocupações mesquinhas prejudicarem sua concentração, ela seguiu em frente e disparou a flecha seguinte com cuidado...

depois a terceira e a quarta. Todas acertaram os alvos em cheio, e as bolas de palha foram caindo no chão uma atrás da outra, varadas por suas flechas. Animada com o sucesso, Mirina apressou o galope, e sua mira permaneceu certeira, apesar da velocidade. Quando ela completou a volta no cercado e apareceu do outro lado depois de derrubar todos os alvos pelo caminho, sua velocidade era tão grande que as mulheres abriram caminho, saindo da frente. Otrera foi a única que não se mexeu. A distinta senhora permaneceu totalmente imóvel enquanto o cavalo parava diante dela, escorregando nos cascos.

– Errei um – falou Mirina, olhando furiosa para a bola de palha na primeira estaca.

Otrera se virou devagar em direção à cerca, depois encarou as outras. Sua expressão era indecifrável.

– O que me diz, Pentesileia? Mirina errou um alvo. Devo dar a vitória a você?

Pentesileia não retrucou; a vermelhidão em suas bochechas já dizia tudo. E embora todas à sua volta também tivessem ficado caladas, em seu coração Mirina pôde ouvir seus estrondosos vivas.

Era uma manhã clara de verão quando aconteceu. Sozinha no celeiro de feno, Mirina perseguia uma galinha fujona quando uma sombra comprida se desenhou no chão. Ela olhou para cima e tirou os cabelos despenteados da frente do rosto. Não o reconheceu na hora, pois a luz do sol que entrava pela porta atrás dele estava tão forte que ela teve de proteger os olhos.

– Continua caçadora, pelo visto – disse uma voz que ela conhecia bem, uma voz pela qual havia ansiado durante meses a fio. – Está pronta para a sua aula?

CAPÍTULO VINTE E SEIS

Sempre houve em meu coração um afeto
inabalável por esses frígios e suas cidades
que agora ardem após sucumbir às lanças de Argos,
arruinadas, saqueadas, destruídas.

Eurípides, *As troianas*

Mar Egeu
Dias atuais

No dia seguinte, quando chegamos à ilha de Delos, o Sr. Telemakhos deu uma olhada no termômetro que media a temperatura da água, lançou a âncora por cima da amurada com um grunhido e anunciou que estava na hora do banho.

– Dezenove graus! – garantiu, acenando com o termômetro antes de jogá-lo na água outra vez. – Melhor do que um chuveiro.

Sob o sol do meio-dia, a água era de um azul transparente e suave, e mais acima se estendia a areia do litoral. Pensei em dizer que, de minha parte, aquilo não era um cruzeiro de férias, mas nem mesmo a minha rabugice foi páreo para aquela linda enseada banhada de sol. A única coisa que me impediu de arrancar as roupas e pular na água foi o orgulho; não queria que o Sr. Telemakhos pensasse que eu tinha me rendido ao seu estratagema de sequestro.

– Vamos lá, mulher do mar do Norte! – provocou ele, claramente interpretando minha hesitação como frescura. – Aquela em homenagem a quem você foi batizada nasceu nesta ilha! E não estou falando da princesa Diana – continuou ele, em uma explicação para Nick. – Estou me referindo à deusa grega da caça, Ártemis, ou Diana para os romanos.

– Sim. – Olhei de esguelha para os dois. – Mas como vocês sabem, não é bom para os mortais ver Diana se banhar. Porque isso pode levá-los à morte.

Tive certeza de ouvir Nick resmungar entre os dentes: "Então o nome acertou em cheio." Tínhamos passado a manhã inteira nos evitando e, sempre que nossos olhares se cruzavam, ele me lançava uma expressão irônica, como se apenas tolerasse minha presença, o que não incentivava muito o diálogo. Tampouco eu estava muito ansiosa pela nossa próxima interação. Passara a maior parte da noite fazendo caretas ao lembrar algumas das coisas que tinha dito a ele, mas mesmo assim, pensando bem, não desejava retirar nenhuma delas.

Antes de pular na água, Nick me passou seu celular e disse:

– Tenho certeza de que alguém lá em Oxford está esperando uma atualização.

Com ele ali em pé na minha frente, bronzeado em toda a sua glória, era impossível não admirar seu corpo, tão bem esculpido e liso quanto uma estátua romana e igualmente convidativo a um toque. Afirmei para mim mesma que, apesar de toda aquela presença física, Nick era tão distante de mim em tudo que na verdade poderia muito bem ser feito de mármore. Mas não adiantou: mesmo assim ele fez meu sangue disparar nas veias.

– Obrigada – falei, olhando para o outro lado. – Quer que eu dê algum recado?

– Diga que você fez jus a cada centavo. Tome... – Ele pôs um rolo de notas na minha mão. – Metade em euros, metade em dólares.

Pesei as notas na mão.

– Está tudo aqui?

– Menos a gorjeta, então é melhor você me tratar bem.

Ouvi-o mergulhar e fiquei ali, segurando o dinheiro e o celular dele, com uma sensação insistente de arrependimento. Mais cedo, enquanto Rebecca e eu fazíamos a cama em nosso pequeno compartimento, ela havia perguntado qual era o problema comigo. Estava claro que minha raiva em relação ao Sr. Telemakhos era apenas a ponta do iceberg. Cansada demais para inventar qualquer coisa mais lisonjeira do que a verdade, fiz um rápido resumo da confissão de Nick na noite anterior.

– Quer dizer, está claro então que ele é um charlatão, mentiroso e ladrão – concluíra, enquanto afofava o travesseiro. – Infelizmente, na sua insondável estupidez, a sua ridícula amiga de infância deu um jeito de ficar um tiquinho...

– Eu sabia! – Rebecca se empertigara, com os cabelos ainda desgrenhados da cama. – Ele é o quarto cavaleiro. Eu soube assim que olhei para ele. Pronto, pensei, é esse o homem que vai finalmente superar aquele esgrimista mentiroso na arte de partir o coração de Diana.

– Ah, sem essa! – dissera eu, já arrependida por ter confiado nela.

Rebecca quase arrancara a colcha da minha mão.

– Não foi você quem me disse que ele era nojento? Que ele fedia?

Eu tinha feito uma careta para ela, com medo de que Nick conseguisse nos escutar através da divisória.

– Sim, mas o problema é que eu *gosto* do cheiro dele. Mesmo quando ele é nojento, não que ele seja. – Eu balançara a cabeça para tentar dissipar a confusão. – É como se estivesse presa em alguma espécie de balão onde as leis da física não se aplicam...

– Então me permita furar o seu balão. – Rebecca dera a volta na cama e usara a escova de cabelos para bater no meu traseiro. – Pronto! Está se sentindo melhor?

– Ai! Doeu.

– Que bom! Agora controle-se. É isso que acontece com as pessoas em barcos: elas esquecem quem são e o que realmente importa.

Depois de nadar, liguei para meus pais, que por sorte não estavam em casa.

"Eu sinto muito, é que o meu celular parou de funcionar", falei para a secretária eletrônica. Em seguida enviei um torpedo curto para James dizendo apenas: "A caça às amazonas continua. Próxima parada: Troia. Pretendo estar de volta na segunda."

– Então – falou Nick, estendendo a toalha ao lado da minha. – Mal posso esperar para continuar de onde paramos.

– E onde paramos, exatamente?

Olhei para Rebecca e a vi revirar os olhos antes de sumir debaixo do convés para mudar de roupa.

Nick se recostou apoiado nos cotovelos e estreitou os olhos por causa do sol da tarde.

– E o caderno da sua avó?

– Ah.

Por causa do início brincalhão, eu esperava que voltássemos ao saco de dormir compartilhado na margem do rio Nahanni e fiquei um pouco chateada por ter me deixado levar sozinha por esse caminho.

– Ontem à noite, quando você me contou sobre a sua avó, disse que ela muito provavelmente devia ter tido formação em arqueologia e que o caderno devia ser fruto de seus esforços para decifrar um idioma antigo desconhecido – continuou ele, cujo cenho franzido confirmou que estávamos a quilômetros de distância um do outro.

– Parece a única explicação lógica... – falei, recriminando-me por admirar seu corpo reclinado e mais ainda por ter lhe dito tanta coisa.

– Então como você explica as palavras modernas? – Ele se virou para mim de modo abrupto. – Tomate. Milho. Cacau.

Demorei a reagir, então ele sorriu e continuou:

– Vamos lá, Dra. Morgan, não me decepcione. Essas plantas todas vieram da

América no século XVI. Então explique por que uma civilização norte-africana da Idade do Bronze precisava de palavras para se referir a elas.

Abri a boca para responder, mas a verdade era que, mesmo já conhecendo bastante bem o caderno, nunca havia prestado muita atenção nessas palavras ditas modernas. Meu ponto de partida sempre tinham sido os símbolos antigos, nunca o glossário em inglês. Ou seja, o motivo pelo qual eu nunca havia me deparado com o termo "tomate" era ele nunca haver aparecido no texto que eu estava traduzindo. O mesmo, sem dúvida, valia para "milho" e "cacau".

– Quer dizer que você folheou o caderno? – perguntei por fim.

Nick fez o celular girar sobre a madeira envernizada em um gesto distraído.

– Claro.

– Para quê? Para encontrar vestígios das amazonas atuais?

Ele enfim me encarou e, por baixo de toda a provocação dele, pude ver o lado sombrio que me lembrava tão bem de ter visto na Argélia.

– Tem também palavras para hotel, trem e envelope. Eu considero isso mais do que vestígios, Diana.

Chocada com o fato de ele ter descoberto tanta coisa no caderno de vovó, apoiei-me nos cotovelos, imitando sua pose.

– O que está querendo dizer?

– Preciso mesmo explicar?

Balancei a cabeça, sem querer levá-lo a sério. Ali estava eu, alguém que havia passado a vida inteira acreditando nas amazonas e que tinha todos os motivos do mundo para aceitar a existência de amazonas modernas... mas que mesmo assim se pegava petrificada pela indecisão diante desse derradeiro salto no escuro. E ali estava Nick, vindo do nada e pronto para pular.

– Que importância isso tem para você? – perguntei. – Isso tudo não é só um truque, uma encenação para enganar o inimigo?

Nick rolou para longe de mim e pôs um braço em cima do rosto.

– O que importa é que *eles* acreditam. A propósito, seu laptop está em Genebra.

– Como é que você sabe?

– Tem um grupo na Suíça que a gente vem monitorando faz algum tempo. No porto franco de Genebra existe uma rede eficaz de contrabandistas e traficantes, com presença em todos os mercados internacionais importantes. – Ele moveu o braço e me lançou um olhar de cumplicidade. – Tenho quase certeza de que estão mancomunados com os seus amigos Moselanes.

O sol ainda proporcionava algum calor, mas de repente senti um calafrio.

– Nick, sério mesmo...

Ele uniu as mãos sobre o peito e prosseguiu.

– Já perguntou ao seu namorado como o antepassado dele conseguiu o título de nobreza? Bom, vou lhe contar. Foi uma recompensa do rei por trazer tantos tesouros do mundo antigo. Lorde Moselane precisa fazer jus a uma orgulhosa tradição familiar, e a rede de Genebra é o seu fornecedor de confiança. Essas pessoas são especialistas em remover impressões digitais sujas e inventar procedências falsas. A minha preferida é "presente de um colecionador suíço anônimo".

Mais do que tudo, foi a forma arrogante com que Nick se referiu a James que tornou a despertar minha raiva da véspera. Estivesse ele mentindo ou não, e eu desconfiava muito de que estivesse, sabia que o seu ataque aos Moselanes não tinha outro objetivo a não ser me provocar.

– Como você sabe que meu laptop está na Suíça? – perguntei, estudando o rosto dele. – E meu celular? Deixe-me adivinhar: você está rastreando meus pertences com algum tipo de aparelho.

Ele não me contradisse, então balancei a cabeça e continuei:

– E ainda tem o topete de chamar os outros de trapaceiros!

Nick fez cara de contrito, mas não por muito tempo.

– É a natureza do jogo – falou, com um dar de ombros desanimado. – Pensei que você tivesse sido comprada por Grigor Reznik.

Fiquei tão claramente aturdida que ele logo se explicou.

– Por que outro motivo teria fingido embarcar em um avião para o Reino Unido quando na verdade ia para Creta? Eu não consegui entender. Mas sei que Reznik é obcecado por esses braceletes de chacal. – Ele meneou a cabeça para o meu pulso. – O cara pagaria um bom dinheiro por esse daí, acredite. Não é de espantar que ele queira ver o que tem no seu laptop. Já o seu celular... – Ele deu de ombros de forma casual. – O seu celular parece estar dando um passeio pela Espanha. Não me pergunte por quê.

Fiquei tão desorientada que mal consegui me lembrar do que tínhamos falado ao sair da Argélia em relação ao criminoso colecionador de arte de Istambul e seu filho que morrera no acidente de carro.

– Eu não sabia que os braceletes faziam parte da fixação de Reznik pelas amazonas – falei. – E como você sabe que era *ele* quem estava atrás do meu laptop? Achei que tivéssemos concordado que ele *não* estava por trás das explosões no templo... que alguma outra pessoa tinha tentado incriminá-lo...

Nick fez cara de surpresa.

– Acho que esqueci a parte mais importante: Reznik é a eminência parda por trás da rede em Genebra que acabei de mencionar. Seja ele ou não responsável pela explosão do templo, o pessoal dele *está* nos seguindo, sim, desde o começo. Eu aposto a minha vida.

– Mas *por quê*?

Eu não aceitaria sua teoria sem antes pesar alguns prós e contras.

– Reznik acredita mesmo no Tesouro das Amazonas? Se acredita, parece que a caça ao tesouro dele começou muito antes que *nós* aparecêssemos.

– É óbvio que ele sabe alguma coisa que a gente desconhece – ponderou Nick. – Mas o quê? Talvez a resposta seja o seu *Historia Amazonum*... isso explicaria por que ele está tão interessado em você. Escreveu para ele pedindo para ver o manuscrito, não foi?

– Mas ele nunca respondeu.

– Ah, respondeu sim. – Nick meneou a cabeça para minha têmpora machucada. – Aposto que você está na mira dele desde então. Ele deve ter grampeado o seu celular. Foi assim que descobriu que você estava em Creta.

– Mas, nesse caso, por que mandaria roubarem meu telefone? – contrapus. – Não faz o menor sentido. Agora ele não pode mais escutar minhas conversas.

Nick ficou calado por algum tempo. Então estreitou os olhos na direção do horizonte enevoado e disse:

– Parece que temos duas opções. Nos separamos, você vai para casa e faz todo o possível para convencer Reznik de que desistiu, ou então... – Ele me lançou um sorriso atrevido. – Ou então continuarmos juntos e encontrarmos o tesouro *antes* dele.

Chegamos ao estreito de Dardanelos na sexta-feira à tarde. O Dardanelos, ou Helesponto, como é chamado pelos gregos, é a passagem muito estreita que liga o mar Egeu ao mar de Mármara. É tão pequeno que só pode ser comparado ao estreito do Bósforo, uns 300 quilômetros mais ao leste, onde o mar de Mármara encontra o mar Negro, e é naturalmente um lugar de muito vento e arriscado para velejar.

Após a liberdade do mar aberto, foi assustador entrar no perigoso estreito, que logo se fechou sobre nós por ambos os lados até o curso d'água ficar pouco mais largo do que um rio grande. Durante a última hora, mais ou menos, o Sr. Telemakhos vinha acompanhando nosso avanço pela costa com comentários do tipo: "Tenedos! Dizem que foi aqui que os gregos esconderam a frota enquanto esperavam os troianos morderem a isca", ou "Estão vendo aquela costa ali? Antigamente era uma baía aberta, como Homero descreveu."

Quando enfim atracamos na movimentada Çanakkale, a cidade mais próxima das antigas ruínas de Troia, Rebecca dormia a sono solto em um colchão no convés, alheia ao pandemônio que reinava no porto. Durante nosso tempo no mar, ela havia começado a tirar cochilos em horas muito estranhas, e eu desconfiava que, apesar da aparente animação, ela estivesse achando aquela situação toda deprimente. Expulsa de sua amada Creta, ali estava ela, viajando na companhia de uma amiga que costumava ouvi-la, mas que agora andava com a cabeça cheia demais de preocupações para isso; até mesmo o Sr. Telemakhos estava tão ocupado curtindo aquela inesperada leva de jovens que não podia dedicar muito tempo à difícil situação de Rebecca.

Quanto a Nick, ele vinha demonstrando uma indiferença grosseira aos esforços de minha amiga para incrementar nosso passeio com informações pertinentes. Até ali, o tão esperado convite para trabalhar na Fundação Aqrab não acontecera. A única proposta feita por ele tinha sido para mim: com ou sem tesouro, Nick estava disposto a me pagar mais 10 mil dólares para continuar seguindo a trilha das amazonas com ele.

Eu respondera que iria pensar no assunto. Não que desejasse puni-lo por causa da incerteza que ele não hesitara em me infligir, mas sim porque eu própria não estava segura de qual deveria ser meu próximo passo. Apesar das frustrações decorrentes de estarmos presos a bordo do *Penélope*, e apesar do comportamento dissimulado de Nick, era difícil me imaginar longe dele, que passara a representar tudo o que vovó previra para o meu futuro: aventura, perigo e descoberta.

Em contraste, a realidade que me aguardava em casa já praticamente não me seduzia. Após quase duas semanas fora, eu precisava me esforçar para recordar o que uma carreira em Oxford tinha de tão atraente e por que era tão importante voltar correndo. Quanto mais eu me familiarizava com o mundo antigo à minha volta, mais a terra do rei Arthur, com suas paredes rachadas, cobertas de musgo, e seu rigor gótico, sumia na bruma.

– Arrá! – O Sr. Telemakhos virou as costas para o porto movimentado e meneou a cabeça para o litoral do outro lado do estreito, a menos de 1,5 quilômetro de distância. – Onde estamos agora?

– Na Turquia? – sugeriu Nick.

– E para lá?

– Também é a Turquia.

– Isso, isso. – O Sr. Telemakhos parecia meio contrariado. – Mas e no contexto maior, mais geral?

– Isto aqui é o famoso Helesponto – expliquei para Nick, com os dentes tiritando por causa do vento frio de novembro que descia encanado pelo mar de Mármara, vindo direto, supunha eu, das estepes russas. – O ponto de encontro entre dois continentes. Aqui é onde a Europa beija o Oriente.

Com as mãos nos bolsos, Nick olhou para uma costa, depois para a outra.

– Está mais para "joga um beijo", você não acha?

– Solte a imaginação – retruquei. – E mergulhe no romance. Foi o que lorde Byron fez. Ele atravessou o estreito a nado, como tantos outros.

– Hero e Leandro! – exclamou o Sr. Telemakhos, balançando a cabeça com tanta tristeza como se os dois fossem seus parentes. – Ela era sacerdotisa de Afrodite e morava em uma cidade aqui perto. Apaixonou-se por Leandro, que infelizmente morava do outro lado. Então ele passou a fazer a travessia a nado até que um dia... morreu afogado. – Ele deu de ombros, já com a cabeça em outra coisa. – Quem vai acordar a moça?

– Por que é sempre o homem que tem de nadar? – resmungou Nick.

Um Sr. Telemakhos nervoso rodeava Rebecca, que estava deitada, encolhida.

– Parece que melhora muito o sistema circulatório – respondi, citando sem querer minha mãe em uma de suas muitas tentativas fracassadas de levar meu pai para passar o fim de semana na praia.

– Não se preocupe, mulher do mar do Norte. – Nick segurou minhas mãos geladas e as esfregou com as suas. – Não tem nada de errado com o meu sistema circulatório.

Eu ainda estava um pouco abalada com aquela intimidade inesperada quando o Dr. Özlem, velho amigo do Sr. Telemakhos e curador de um museu próximo, apareceu para nos encontrar. Embora os dois tivessem se cumprimentado com a mesmo alegria desinibida, percebi na hora que o Dr. Özlem trazia uma tranquilizadora dose de *yin* para o *yang* inesgotável de nosso efusivo capitão.

Franzino e, calculei, castigado por uma vida inteira de trabalhos ingratos, o doutor acolheu nós quatro com as costas curvas e um olhar desconfiado enquanto apertava nossas mãos. Mal havíamos nos aboletado dentro de sua velha Kombi suja quando ele nos olhou pelo retrovisor e deu um suspiro desanimado.

– Vocês querem ver as pulseiras? – perguntou, com um tom que fazia pensar que estávamos a caminho de um funeral de família. – Tudo bem, eu mostro.

Os braceletes das amazonas estavam expostos numa vitrine no andar principal do museu administrado pelo Dr. Özlem, um humilde conjunto de galpões dedicado aos achados arqueológicos da região de Çanakkale.

– Aqui estão – disse ele, apontando casualmente com a cabeça para os dois chacais de bronze enrolados que, à primeira vista, pareciam idênticos ao meu. – Belo trabalho, não?

Rebecca foi a primeira a romper nosso silêncio atônito.

– Está dizendo que são falsos? – indagou. – Réplicas?

O Dr. Özlem esticou o queixo para a frente.

– Infelizmente, sim.

– Mas... – Achei muito difícil aceitar o fato de que duas réplicas dos braceletes das amazonas estavam expostas em uma vitrine de museu na Turquia. – Mas como?

– Elas foram encontradas aqui em Troia mais de cem anos atrás – explicou o Dr. Özlem. – Só que naquela época a arqueologia era algo primitivo, e não sabemos em que camada elas estavam. Uma foi encontrada em um túmulo perto do litoral antigo, a outra, enterrada nas ruínas do palácio real.

Ele baixou os olhos para o chão de ladrilhos, que pelo visto não era limpo havia semanas.

– O correr do tempo, como vocês sabem, está enterrado abaixo de nós em camadas, com as épocas mais recentes por cima e o passado mais distante por baixo. Quando nosso caro Heinrich Schliemann começou a procurar a Troia de Homero, no final do século XIX, tinha certeza de que ela estaria por baixo, de modo que não prestou muita atenção nas camadas que teve de escavar para chegar até lá. – O Dr. Özlem endireitou as costas, respirou fundo, como se para acalmar os nervos, em seguida expirou bem devagar, talvez por recomendação médica. – Então as coisas ficaram meio confusas desde então, entendem?

Olhei em volta com discrição e entendi do que ele estava falando. A disposição da sala não fazia sentido para mim: uma mesma vitrine continha objetos de vários períodos diferentes e uma fileira de pedestais exibia bustos aos quais já não restava quase nenhum traço e que sequer tinham etiquetas de identificação, o que era compreensível.

– Eu sei – suspirou o Dr. Özlem, depois de seguir a direção do meu olhar. – É que só algumas das nossas vitrines têm tranca, então precisamos pôr a segurança na frente da cronologia.

– Em geral dizemos que Troia tem nove camadas – interveio Rebecca, em grande parte para Nick. – Schliemann estava convencido de que a Guerra de Troia havia ocorrido na camada muito antiga e profunda chamada Troia 2, mas hoje em dia a tendência é considerar que a *verdadeira* Troia na verdade é Troia 7, bem mais tardia. Infelizmente, como vocês podem imaginar, boa parte de Troia 7 acabou indo parar na pilha de lixo de Schliemann. Mas ele achou ouro, o que contribuiu muito para incentivar o financiamento de futuras escavações.

Ela fez uma careta, como se aceitasse isso com certa relutância.

– Quer dizer que a camada 7 era a Troia de Homero? – indagou Nick.

Os olhos de Rebecca se acenderam.

– Nem me fale nesse assunto.

– Fale, sim – incentivei. – Peça para ela falar. Por favor.

– O fato é que todos nós gravitamos na direção da camada 7 porque ela parece ser a menos implausível de todas as teorias. – Rebecca olhou para o Dr. Özlem com uma deferência tímida. – Mas garanto que ninguém poria a mão no fogo por isso. Ou será que poria?

Ao ver o leve meneio de cabeça e o sorriso do Dr. Özlem, ela continuou, mais convicta.

– Se estamos à procura de uma Troia realmente espetacular, com muralhas altas dignas das descrições de Homero, então Troia 6 deixa todas as outras camadas no chinelo. Mas o problema é que todo mundo vem procurando uma Troia que tenha sido arrasada pela guerra... *também* para se manter fiel a Homero. E isso parece ter acontecido com a camada 7. Na minha modesta opinião, porém, a verdadeira aglomeração da Troia 7 era apenas um triste resquício da cidade espetacular que um dia existiu... nem de longe digna de um cerco de dez anos. Além do mais, Troia 7 provavelmente foi destruída por volta de 1190 a.C., o que, na opinião de muita gente, é tarde demais. Como os gregos puderam zarpar rumo à guerra com mil navios quando eles próprios já estavam sendo erradicados? Na verdade, o retrato que surge é que aqueles foram os últimos dias da civilização que eles conheciam; bárbaros ainda sem alfabeto saqueavam as costas do Mediterrâneo em ondas de destruição, e a região inteira mergulhou em uma idade das trevas que durou várias centenas de anos, até os gregos basicamente reinventarem o alfabeto por volta de 800 a.C.

Bati palmas.

– Estão vendo? Bex sabe tudo.

– Longe disso – falou Rebecca e deu de ombros, olhando para o Dr. Özlem, em um pedido de desculpas nervoso. – Estou só conjecturando, igual a todo mundo.

– Então, se Troia não ficava na camada 7, onde ficava? – perguntou Nick.

– Ah! – Rebecca levantou um dedo, com os olhos brilhando. – Como eu já disse, quando olhamos o plano da cidade em si, Troia 6 se destaca como a mais impressionante de todas as camadas. É nela que estão as altas muralhas e é nela que os cidadãos viviam em relativo conforto. Além do mais, Troia 6 foi destruída uns cem anos antes de Troia 7, ou seja, por volta de 1275 a.C., o que para mim faz muito mais sentido. O único problema é que nós achamos que Troia 6 foi arrasada por um terremoto, não por uma guerra. Mas suponhamos que na realidade não tenha sido um terremoto... – Ela corou de forma encantadora conforme se aproximava do clímax de sua teoria. – Suponhamos que tenha sido um aríete. Ou será que eu deveria dizer um *cavalo*-aríete?

Ela cobriu a boca com uma das mãos, como se precisasse conter a própria empolgação, e olhou para todos nós em volta, esperando alguém compreender.

– Entendi – falou Nick, aquiescendo devagar. – Você acha que o famoso cavalo de Troia na verdade era um gigantesco aríete?

– Pensem um pouco! – continuou Rebecca, com uma nova onda de animação. – Não é *possível* ter sido apenas um imenso cavalo oco de madeira. Que troiano iria cometer a inacreditável burrice de pensar: "Ora! Que belo presente de despedida dos malditos gregos", abrir o portão da cidade e levar o cavalo para dentro? Sério?

– Gostei da teoria – falou o Sr. Telemakhos, aquiescendo. – Mas sempre gostei de teorias malucas. O que acha, Murat? Um imenso aríete poderia ter destruído Troia 6, em vez de um terremoto?

– Tenho que pensar um pouco. – O Dr. Özlem ergueu os ombros de leve. – Depois de mais de um século escavando, temos muitas teorias, e já escutei todas elas.

Ele virou a cabeça e olhou pela janela toda suja de poeira e condensação.

– Às vezes gostaria de ainda ser um simples agricultor. Por que toda essa nossa ânsia de transformar um lindo mito em realidade? Eu não entendo.

Somente quando ele nos deixou para dar uma palavrinha com um de seus funcionários, que havia deixado uma das vitrines destrancadas, foi que o Sr. Telemakhos teve a chance de explicar as circunstâncias que haviam tornado tão amarga a relação de seu amigo com a arqueologia.

– Ele passou vinte anos escrevendo para pessoas de toda a Europa, tentando fazer todos os artefatos troianos serem devolvidos à região e depositados neste museu recém-dedicado a eles. – O Sr. Telemakhos gesticulou para o modesto complexo de construções à nossa volta. – E teve bastante sucesso. Muitas coisas foram mandadas para cá, entre elas os dois braceletes. Mas infelizmente, poucos meses depois de o museu abrir, descobriu-se que alguns dos artefatos mais valiosos tinham sido retirados e substituídos por falsificações... e a suspeita recaiu sobre Özlem. Ele passou oito anos lutando para limpar seu nome, sempre correndo o risco de ser preso. As autoridades daqui só desistiram de acusá-lo quando ele adoeceu, três anos atrás. Até hoje ele tem inimigos que o chamam de ladrão, e a maioria dos objetos de valor que sobraram foi transferida para outros museus, equipados com sistemas de alarme mais eficazes.

O Sr. Telemakhos chegou mais perto, para que seu velho amigo não o escutasse.

– Tenho medo de que fechem o museu. Seria o fim para ele.

Virei-me para Nick, que estava em pé atrás de mim com os braços cruzados e uma expressão grave adequada ao tema.

– Tesouros roubados por ocidentais malvados – falei para ele. – E devolvidos à sua terra natal, onde serão perdidos para sempre. Me diga de novo, é isso mesmo que você quer?

– Ah, eles não estão perdidos para sempre – disse o Dr. Özlem, tornando a se juntar a nós e trazendo uma bandeja de copinhos de chá. – Nós sabemos onde eles estão. Chá de hortelã, amigos? Infelizmente não temos cadeiras.

– O senhor já pensou em pedir ajuda à Fundação Aqrab? – perguntou Nick, pegando um dos copos.

O Dr. Özlem acenou no ar com a bandeja vazia.

– Ah, não. Eles são uns trogloditas. Quando dão dinheiro, ficam querendo mandar em tudo e dizer aos outros o que fazer. – Ele estremeceu. – Eu não gosto que ninguém me diga o que fazer. Muito menos trogloditas.

Nick não pareceu particularmente ofendido com essa acusação. Seu sorriso de ironia sugeriu que não era a primeira vez que ouvia aquilo.

– Talvez seja disso que o senhor precisa – disse ele, girando o copinho que parecia absurdamente pequeno na sua mão. – De alguns trogloditas na sua equipe.

Mais corcunda do que nunca, o Dr. Özlem olhou para Nick como se não houvesse reparado na sua presença antes e estivesse agora se perguntando se mais alguma peste iria se abater sobre ele.

– Pode ser. Mas eu estou velho...

– Com licença – falei, aflita para salvar o Dr. Özlem e fazer a conversa voltar ao assunto em pauta. – Mas como o senhor sabe que esses braceletes são *mesmo* falsos?

O doutor pousou a bandeja e destrancou a vitrine.

– Tome aqui – falou, entregando-me um dos chacais enrolados. – Em geral é preciso ser especialista para notar isso, mas olhe do lado de dentro, embaixo da cabeça. O que está vendo?

Dei um passo mais para perto da vitrine e inspecionei o objeto de bronze.

– Nada.

– Justamente. – O Dr. Özlem estendeu a mão para que eu devolvesse a joia. – Nos originais havia pequenas incisões. Três pequenos símbolos nesta aqui, dois naquela.

Fiquei tão animada que não consegui largar o chacal.

– Que tipo de símbolos?

O doutor olhou para o Sr. Telemakhos, aquiescendo como se eles já houvessem planejado aquele momento.

– Pronto. Agora pode fazer sua mágica.

O Sr. Telemakhos se virou para a janela encardida e desenhou dois símbolos com o dedo na vidraça. Eu conhecia os dois, pois ambos faziam parte do alfabeto das amazonas de vovó, mas a palavra em si era nova.

– Isto estava escrito no primeiro bracelete – disse ele.

Atarantada, encarei os dois símbolos. Ali parecia estar, enfim, a prova de que os braceletes e os símbolos de fato estavam ligados. Será que todos os chacais tinham aquelas incisões gravadas? Será que o meu tinha? Nunca me ocorrera verificar.

– Duas sílabas – falei, ofegante de animação – Será o nome da dona? *Tem* que ser.

– E tem mais. – O Sr. Telemakhos desenhou outros três símbolos, em seguida se virou para mim com um ar de expectativa. – Era esse o nome que estava inscrito no outro bracelete...

Nick falou mais depressa do que nós.

– Nossa sacerdotisa-rainha de três sílabas – disse ele, estranhamente desapontado. – Mirina. Ela chegou mesmo a Troia.

– Que incrível! – Tive vontade de segurar Nick pelos ombros e sacudi-lo. – Nós seguimos *mesmo* a trilha delas.

– Sim – falou ele, pesaroso. – E é aqui que a trilha termina. Pobre Mirina... veio até tão longe para morrer.

Percorremos as ruínas de Troia ao pôr do sol, maravilhados ao pensar que aquela colina isolada e rodeada por campos de cereais, com seus confusos rudimentos de antigas construções em alvenaria, tinha sido outrora uma das grandes civilizações mundiais.

Talvez na tentativa de poupar o Dr. Özlem de uma palestra que ele decerto já tinha dado centenas de vezes, Rebecca assumiu a tarefa de nos informar sobre as ruínas.

– Como vocês podem ver, a cidade se expandiu com o tempo, e as muralhas se alargaram junto com ela, como anéis concêntricos na superfície da água, para acomodar esse crescimento – explicou minha amiga, seguindo na frente por um labirinto de antigos muros e fundações, algumas ainda surpreendentemente altas.

– Mas que Troia é esta, exatamente? – indagou Nick, olhando para os resquícios de uma imensa torre.

– Troia 6 – respondeu Rebecca com as mãos no quadril, em uma pose de quem era dona do lugar. – A *verdadeira* Troia, na minha opinião. Foi quando toda esta muralha externa foi construída, assim como vários outros prédios imensos. Não concorda que estas são muralhas dignas da Troia de Homero?

Ela olhou para mim em busca de apoio.

– O problema é que nada significativo foi encontrado nessa camada – disse o Dr. Özlem. – Pelo menos não que eu saiba.

– Exceto uma gigatonelada de tijolos – murmurou Nick, sobretudo para mim.

– É possível que os gregos tenham atacado muitas vezes – continuou o Dr.

Özlem, arrancando algumas ervas daninhas de um dos muros e enfiando-as distraidamente no bolso do casaco. – E quem sabe o terremoto tenha até ajudado Troia no final?

Ele olhou para Rebecca e ficou claro que, aos poucos, a oportunidade de especular o reanimava.

– Talvez a senhora tenha razão. Talvez seja mesmo Troia 6. Com certeza ela teve grande importância estratégica.

O Sr. Telemakhos assentiu.

– Vocês viram como o estreito é exíguo. É por ali que todos os navios tinham de passar a caminho do mar Negro. Às vezes eles ficavam semanas parados lá, esperando até que o vento do norte parasse de soprar. Era um lugar perfeito para se ter um negócio: os clientes não podem ir embora.

Ele foi avançando entre as ervas daninhas e pulou em cima de um promontório coberto de grama e cercado por entulho.

– Não é de espantar que esses troianos fossem populares. Orgulhosos troianos, domadores de garanhões, senhores do mar oriental. Pensem só no tesouro real, nas riquezas que ele deveria conter. – Ele abriu os braços para indicar esse esplendor imaginado. – Não é de espantar que o rei de Troia precisasse de muralhas altas.

Virei-me para Nick e peguei-o encarando meu bracelete de chacal. No barco, sentira seus olhos pousados em mim muitas vezes, a ponto de a sensação me deixar tão ofegante quanto se ele houvesse de fato me tocado. Mas agora estávamos novamente em terra firme, percorrendo mais uma realização humana que o tempo cobrira de mato, e o seu rosto não dava sinais de nada a não ser distanciamento. Será que alguma vez tinha lhe ocorrido, pensei, que o jogo traiçoeiro que mantinha com seus inimigos poderia ter enormes consequências na vida de todos nós, não só na minha e na de Rebecca, mas potencialmente também na do Sr. Telemakhos e do Dr. Ölzem, cuja sinceridade e dedicação deixavam tão mais evidente a malícia do Sr. Al-Aqrab?

– É importante lembrar que aqui nasceu o Tesouro das Amazonas – falei para Nick. – Acreditava-se que ele fosse formado pelo ouro de Troia.

– E não um ouro qualquer – interrompeu o Sr. Telemakhos, depois de ouvir meu comentário. – Estamos falando das peças centrais da civilização troiana. Foram salvas pelas amazonas antes da queda da cidade.

Ele sorriu, brincalhão, como se mesmo ele, por maior que fosse sua crença nas amazonas, nunca houvesse acreditado na existência do tal tesouro.

– Mas o que eu queria dizer é que qualquer um louco o suficiente para pensar que o Tesouro das Amazonas um dia existiu, e ainda existe, pode vir bater na porta do Dr. Özlem muito em breve – falei em voz mais baixa, virando-me outra vez para Nick. – E talvez não sejam muito legais. Não se forem as mesmas pessoas que atacam mulheres em labirintos escuros.

Nick me encarou com as sobrancelhas arqueadas.

– Por que não diz isso à acadêmica de Oxford que escreveu cartas para Reznik e deu início a essa história toda?

Ainda não de todo pronta a admitir minha própria culpa em relação àquilo, andei depressa até os outros e falei:

– Então, todos nós concordamos que a história da linda Helena de Troia era pura ficção? Que para Aquiles e todos aqueles heróis gregos que perderam a vida, a Guerra de Troia foi motivada por ouro?

O Dr. Özlem deu de ombros.

– Quem pode saber o que os seus líderes lhes disseram? Os homens sempre gostam de culpar as mulheres por tudo o que dá errado. Basta ver Adão e Eva. – Ele suspirou. – Se pelo menos tivéssemos algum registro histórico... só que não temos. O que temos são alguns antigos tratados feitos com outros povos, mas eles não informam muita coisa, e os nomes causam confusão. Será que o Alaksandu mencionado é o mesmo Páris histórico? Será que o "Grande Rei" de Ahhiyawa é o Agamenon de Homero? Mas onde está Heitor? Onde está Aquiles? Será que eles de fato estiveram aqui ou será que fizeram parte de outra história, que mais tarde se misturou à lenda de Troia?

Continuamos a descer uma trilha lamacenta em direção à parte mais antiga das ruínas.

– Eu com certeza não sentiria falta de Aquiles – interveio Rebecca. – Sério, que herói estupra o cadáver de um adversário em pleno campo de batalha?

Nick fez uma careta, por isso Rebecca riu e arrematou:

– Estou me referindo à rainha das amazonas na época, Pentesileia. Segundo a lenda, as amazonas se aliaram aos troianos na guerra contra os gregos. Na *Ilíada*, Homero as chama de *antianeirai*, ou seja, "aquelas que lutam como homens". Reza a história que Aquiles só se deu conta de que estava combatendo uma mulher quando ela morreu e ele espiou por baixo da armadura.

Nick se virou para mim com o cenho franzido.

– Será que Pentesileia pode ser outro nome para Mirina? Ou será que as amazonas tinham duas rainhas na época?

Era uma ótima pergunta, mas eu estava irritada com a hipocrisia dele. Qualquer que fosse o seu motivo para estar ali e pôr todos nós em risco com sua presença, eu estava convencida de que pouco lhe importava a verdadeira história das amazonas. Como no caso dos invasores gregos, o que valia mesmo para ele era o ouro. Nick não parava de falar do Tesouro das Amazonas como se fosse apenas ficção, mas eu já não me deixava enganar. Ele estava atrás do tesouro desde o início. Sua recente oferta de mais 10 mil dólares para ajudá-lo a chegar antes de Reznik com certeza sugeria isso.

– Diana! – bradou o Sr. Telemakhos. – Aqui estamos nós, diante da pergunta mais importante de todas: as suas amazonas argelinas conseguiram chegar a Troia, e sua rainha de fato se chamava Mirina? Ao que Homero responde...

Ele gesticulou para eu completar a frase, mas eu estava tão abalada que não o compreendi. O Sr. Telemakhos então ergueu o dedo em um gesto didático.

– Não esqueça Homero. É ele quem nos resgata. Ele menciona especificamente a nossa rainha ao descrever um pequeno morro na planície do Escamandro. – Enquanto subia a escada tomada pela vegetação à nossa frente, com os braços bem abertos, ele recitou o trecho: – "Denominado Batieia pelos homens, mas pelos deuses o monte da ágil Mirina."

Minha surpresa foi tanta que me senti enraizada no chão.

– O senhor acha que isso é uma referência à *nossa* Mirina?

O Sr. Telemakhos encarou o antigo campo de batalha com os olhos semicerrados, como se fosse um oficial sobrevivente que voltasse ao cenário de uma devastadora derrota para entender onde havia errado.

– Se eu acredito? Eu acredito que a *Ilíada* é um código, um código cifrado para quem for merecedor...

– E a guerra de Troia? – indagou Nick. – Ela aconteceu mesmo?

– Algo com certeza aconteceu aqui – assegurou o Dr. Özlem e fechou o zíper de seu casaco impermeável para se proteger da friagem do fim do dia. – Só não temos certeza do quê. Mas eu duvido muito que tenha sido por causa de uma mulher.

Ele olhou para o relógio de pulso.

– Está ficando tarde. Minha mulher fez comida. Querem jantar conosco?

Quando voltávamos para o estacionamento – e o grande cavalo de madeira que indicava o acesso às ruínas –, uma silhueta masculina emergiu do sol poente e começou a avançar, determinada, na nossa direção. Alto e atlético, com as mãos nos bolsos, ele parecia um Apolo relutante ou alguma outra divindade despachada do Monte Olimpo para uma última tarefa: ajudar mais um humano que perdera o rumo.

– Xi – falou Rebecca, encolhendo-se na jaqueta de aviador. – Agora é que vamos ter encrenca.

– Como assim? – comecei, mas então também reconheci o homem.

Era James.

CAPÍTULO VINTE E SETE

Éfeso

Mirina ficou tão chocada ao deparar com Páris que esqueceu de segurar o frango que finalmente conseguira capturar. A ave indignada escapou de suas mãos, batendo as asas com alguns cacarejos.

– Tome...

Páris lhe lançou uma adaga de treino, feita de madeira, mas Mirina não teve presença de espírito para pegá-la antes que caísse no chão a seus pés, erguendo uma pequena nuvem de poeira.

– Não vou lhe ensinar a lutar como homem, porque você não é homem. Goste disso ou não, você é mulher, e como tal tem algumas limitações naturais. Nunca se esqueça disso.

Ainda atordoada demais para falar, Mirina ficou observando Páris enquanto ele brandia a própria espada de madeira, duas vezes mais longa do que a adaga que havia lançado, e uma estaca comprida com uma bola de pano cravada em uma das pontas. Sua expressão estava perfeitamente séria e serena; era como se a separação houvesse conseguido curar qualquer fraqueza que ele outrora pudesse ter sentido por ela.

No entanto, assim que Mirina ergueu os braços para prender os cabelos com um barbante, viu-o lutar para desgrudar os olhos de seu corpo... e ser derrotado com uma careta.

– Nunca faça isso na frente de um homem – disse ele com uma voz grave e rouca. – De uma forma ou de outra, ele vai acertá-la.

Deixando os cabelos como estavam, Mirina catou a adaga de brinquedo e a segurou em frente ao corpo.

– E é assim que você quer que eu me defenda? Uma faca de cozinha contra *isso* e *isso*? – Ela indicou com a cabeça as duas armas que ele tinha nas mãos.

– Se isto aqui fosse de verdade, com certeza representaria tanto perigo para quem a estivesse segurando quanto para a vítima – disse Páris, mostrando-lhe a espada de madeira. – Muitos homens, querendo parecer invencíveis, carregam espadas compridas demais para sua força e acabam encontrando uma morte prematura quando a lâmina se volta contra eles. Uma mulher inteligente não deve repetir esse erro. E isto aqui é outra arma que o seu inimigo fará a gentileza de carregar para você. – Ele ergueu a lança de mentira. – Uma lança de arremesso será atirada uma vez e pronto, naturalmente; na maioria das vezes, uma lança espetada no inimigo terá o mesmo destino. Pois acredite: no meio de uma batalha, retirar a ponta dela de um cadáver vestido com uma armadura de couro a tempo de evitar o ataque seguinte não é um exercício agradável.

– Mas *o senhor* entraria armado assim em uma batalha – falou Mirina.

Páris aquiesceu.

– Por ser homem, preciso fazer o que é honrado, mesmo sabendo que isso irá me condenar. Mas uma mulher está livre para fugir, e ninguém jamais irá zombar e dizer que deveria ter feito outra coisa. Porém a rainha Mirina não se contenta com isso. Então venha aqui e me mate.

Ele sorriu por fim, abrindo os braços.

Os dois se rodearam algumas vezes. Páris sorria, mas Mirina ainda não sabia como interpretar sua presença. Então parou e baixou a adaga.

– O senhor está brincando comigo. Conheço esse seu sorriso. Assim que eu chegar perto com este bastão de madeira, vai me golpear com essas varas e rir.

Páris fez que sim com a cabeça.

– Lembre-se do que está fazendo agora, da sua atitude. É assim que você sempre deve iniciar os seus combates: fazendo parecer que já se rendeu. Uma das regras mais importantes para uma mulher é esta: sempre tenha certeza de que o adversário a subestima. A inclinação natural será considerá-la fraca, e essa é a sua maior vantagem.

– Fraca?

Mirina finalmente partiu para cima dele. Assim que o fez, contudo, a espada de madeira se interpôs a eles, bem rente ao seu pescoço.

– Essa era a regra número dois – disse Páris, sem deixar de sorrir. – A número um é a seguinte: Nunca subestime *o adversário.*

Com isso, empurrou-a para longe, e Mirina cambaleou para trás, por pouco não tropeçando em um garfo de feno.

Nesse exato instante, quando ela estava refletindo sobre o que fazer a seguir, uma terceira pessoa surgiu na porta. Era Otrera, vestida com elegância excessiva para o celeiro e obviamente intrigada com os ruídos de arquejos e de pés arrastando no chão.

– Sobrinho? – chamou ela, observando as sombras cheias de poeira. – Disseram que você tinha chegado. Que surpresa agradável!

– Eu estava só... – Em uma rara demonstração de timidez, Páris pigarreou. – Eu só pensei que...

– Sim. – Otrera lhe estendeu uma das mãos. – Estou vendo.

Pelo resto do dia, Mirina ficou ocupada com tarefas intermináveis, todas executadas onde Otrera pudesse ouvi-la. Quando Páris finalmente voltou para seu navio, Mirina já estava em desespero por não ter trocado mais nenhuma palavra com ele.

No entanto, quando atravessava o pátio mal iluminado da residência particular de Otrera, Páris fez questão de parar para ajeitar a sandália bem ao lado de uma coluna coberta de jasmim. De alguma forma, sabia que Mirina estava bem ali, escondida de todos, torcendo para vê-lo uma última vez.

– Encontre-me na praia quando o sol nascer – disse ele entre os dentes, sem sequer olhar na sua direção. – E esteja armada.

Nessa noite, Mirina não conseguiu dormir. Remexia-se e suspirava tanto que Pentesileia lhe ordenou que ficasse quieta e Lilli acordou aos prantos, murmurando frases desconexas relacionadas a navios e incêndios na praia.

– É ela! – sibilou Lilli quando Mirina tentou consolá-la e fazê-la voltar a dormir. – Eles estão vindo atrás *dela*.

– Dela quem, meu amor? – sussurrou Mirina, abraçando-a com força junto ao peito e torcendo para que o barulho não acordasse mais ninguém.

– *Dela!* – respondeu Lilli, como sempre chateada com o fato de a irmã não entender. – Da princesa. Ela está escura agora, mas está aqui.

Após uma longa noite sem pregar o olho, Mirina finalmente saiu do dormitório e se esgueirou por trás do celeiro para selar seu cavalo. Sabia que ainda faltava bastante para o sol nascer, mas estava demasiado nervosa para esperar. E se seu estratagema fosse descoberto? E se Otrera tentasse detê-la? O perigo não era nem tanto o constrangimento, mas o risco de não poder encontrar Páris como planejado.

O cavalo, um tordilho castrado, bufou de alegria ao vê-la, mas Mirina o silenciou, aflita. Em vez de sair montada com um grito de felicidade, como normalmente faria, ela fez o animal passar em frente à casa puxando-o pelas rédeas, na esperança de que ninguém a visse nem escutasse. Não que sua excursão tivesse nada de pecaminoso, mas... o jeito como Otrera a havia encarado na noite anterior sugeria que os outros talvez pensassem diferente. Afinal, Páris era homem.

Enquanto percorria os campos em direção ao mar, respirando o ar frio e tranquilizador, Mirina viu a névoa matinal se erguer do solo com uma graça relutante.

Embora já fosse verão, a terra não estava com pressa para revelar seus esplendores ante a chegada do sol; só quando ele estendeu os dedos dourados e a fez lembrar o calor de seu toque foi que ela se despiu da última camada de bruma e o acolheu com uma irrupção de cantos de pássaro.

Também foi o sol que incentivou Mirina, impelindo-a com a mão quente em suas costas e espalhando à sua frente a luz gloriosa da manhã conforme ela descia das dunas e chegava à praia. Num breve instante, a vastidão desolada da praia foi amorosamente despertada do sono, sua cor mudando de um cinza arroxeado para um tom de mel.

E ali, no meio daquilo tudo, ela viu Páris cavalgar na sua direção, segurando em uma das mãos a espada de mentira. Mas ele não parou ao alcançá-la, apenas sorriu e seguiu pela praia como se quisesse chegar até o promontório rochoso.

Mirina partiu atrás dele e deu o melhor de si para ultrapassá-lo. Quando enfim chegaram a uma pequena enseada protegida que ela jamais soubera existir, os dois apearam, aos risos.

– Veja só você! – exclamou Páris, com uma decepção fingida. – E eu querendo lhe ensinar a montar... Vejo que as filhas de Otrera chegaram primeiro.

– O senhor deve estar vendo muitos defeitos no meu estilo – disse Mirina, tirando as sandálias. – Hipólita vive me chamando a atenção por causa dos joelhos...

Páris sorriu.

– Eu não me atreveria sequer a reparar nos seus joelhos. Tudo o que vejo é o rosto de uma mulher no comando, saboreando a cavalgada. E isso mais do que basta.

Ele se conteve e virou-se para tirar a sela do cavalo.

– Diga-me, os meus atos imprudentes lhe causaram problemas em casa? – perguntou Mirina, ansiosa para retardar a sua brincadeira com armas até conseguir respostas para suas perguntas mais prementes.

Páris a olhou por cima do ombro.

– Se tivessem causado, eu não estaria aqui.

– Então o senhor... me perdoou?

– Não sei muito bem o que essa palavra significa. – Ele tirou a sela do cavalo e a pousou sobre um rochedo. – O que sinto em relação a isso é tão confuso que já parei de tentar entender. Tentei cortar meus sentimentos, mas eles cresceram outra vez.

Ele deu de ombros e sacou a espada de mentira.

– Está pronta?

Mirina hesitou, louca para entender do que ele estava falando, mas consciente de que novas perguntas só trariam novos enigmas. Assim, pegou suas duas facas de madeira e cruzou os braços na frente do corpo, como se estivesse com medo.

– Pronto. Estou indefesa o suficiente para o seu gosto?

Páris aquiesceu.

– Não está ruim. Mas eu a conheço bem demais para me deixar enganar. É algo nos seus olhos... precisamos dar um jeito nos seus olhos. Mas primeiro vamos falar sobre os seus pontos fortes, porque são eles as suas verdadeiras armas. – Ele meneou a cabeça na direção de suas pernas. – Em primeiro lugar, sua elasticidade. Pés velozes e ágeis. Você poderia vencer um homem na corrida, fácil. Na verdade... – Ele sorriu. –... já me venceu muitas vezes.

Mirina franziu o cenho.

– Eu lhe pedi para me ensinar a lutar. Ninguém precisa de instruções sobre como fugir.

Páris ergueu a mão em um alerta.

– Você é impaciente demais. É uma de suas fraquezas. Seja a primeira a atacar... e seria o mesmo que cravar a lâmina no próprio peito. Esperar, esperar, esperar... depois esperar mais um pouco: é esse o segredo.

– Esperar... – Mirina fez uma careta. – Enquanto meu oponente me corta em pedacinhos?

Páris assentiu.

– Ele vai tentar. Mas você saberá se esquivar dos golpes. E então, na hora em que *ele* ficar impaciente, descuidado e cansado, é aí que você vai atacar. Mas primeiro... – Páris bateu com a lâmina de madeira na palma da mão. –... primeiro vou lhe ensinar a prever e evitar a espada.

Quando ele finalmente a deixou descansar, Mirina estava toda dolorida, cheia de hematomas e arranhões. Agora sabia bloquear melhor e evitar as investidas dele, sim, mas só depois de ter levado inúmeros cutucões e espetadas, a maioria nos braços e pernas, mas também algumas nas costelas. Mesmo quando ela cambaleava e caía, ele não lhe dava trégua: batia com a lâmina de madeira em seu traseiro até que Mirina se levantasse outra vez.

Quando ele relaxou a pressão, Mirina desabou na areia com um grunhido, sem saber se algum dia tornaria a ter forças para se erguer.

– Tome.

Páris lhe ofereceu água, mas ela estava exausta demais para aceitar.

– E eu pensando que o senhor fosse nobre – murmurou ela, segurando o cotovelo. – O senhor na verdade é cruel. Quando vou poder ter um escudo?

– Eu esqueci algum lugar? – Ele se ajoelhou ao seu lado e segurou seu braço. – Hum... – Passou o dedo sobre o hematoma. – Que tal isso? – Ele se inclinou e encostou os lábios ali. – Melhorou?

Ela o encarou, sentindo "sim" e "não" se digladiarem na garganta.

– Sim? Bom, nesse caso... – Páris tornou a se levantar e limpou a areia dos joelhos. – Levante-se, ágil Mirina. Nós mal começamos.

De fato, ao longo de várias semanas, Páris encontrou Mirina na praia e continuou a treiná-la, às vezes cedo, outras vezes tarde, de modo que ninguém pudesse perceber um padrão nas ausências dela.

Fiel à sua palavra, ensinou-lhe o domínio das armas que tinha, acima de tudo a velocidade, a flexibilidade e o equilíbrio, e em pouco tempo ela já conseguia se encolher e saltar para evitar a maioria de seus golpes, para sua grande diversão e crescente consternação dele.

– Eu lhe ensinei bem demais! – exclamou ele certo dia, bem na hora em que o sol se punha depois de uma tarde longa e quente. – Agora quem desfere os golpes é *você*... na minha dignidade. Espere. O que está fazendo?

Jogando longe a lança e a espada, ele pulou em cima dela bem na hora em que ela se sentou para descansar, esmagando-a sobre a areia.

– O que foi que eu lhe disse? Nunca pense que acabou antes de estarem todos mortos. Mesmo desarmado, mesmo de joelhos, seu inimigo ainda vai tentar pegar o seu pescoço.

Ele imobilizou seus braços e pernas, apoiando todo o peso em cima dela.

– Agora me empurre.

Mirina trincou os dentes e tentou empurrá-lo com toda a força, mas ele era pesado demais.

– Vamos lá – incentivou ele. – Sempre existe um ponto fraco. Um momento de descuido. Encontre-o e use-o.

Ela tentou outra vez, depois mais outra, mas não encontrou fraquezas. Grunhindo por causa do esforço, encarou-o nos olhos para tentar adivinhar o que ele estava pensando. Não foi difícil, pois estavam em sintonia com os dela.

Ainda aos arquejos, ela parou de lutar.

E então ele a beijou: o beijo pelo qual ambos ansiavam havia tanto tempo, um prêmio ofegante e febril que poderia ter durado para sempre... se o calcanhar de Mirina não houvesse encontrado apoio em um montinho de areia e lhe permitido virar a ambos, derrubar Páris de costas e encostar uma das adagas de mentira na sua garganta.

– E você diz que *eu* sou cruel? – grasnou ele, com os traços deformados pela humilhação. – Você com certeza é a rainha do tormento eterno.

Mirina pressionou a adaga um pouco mais no seu pescoço.

– Eu ainda não o matei. Certo?

Páris franziu o cenho.

– E por que não?

Em vez de responder, ela se inclinou e tornou a beijá-lo, ávida para ter outra vez o prazer que acabara de sentir. E quando, alguns instantes depois, ele voltou a ficar por cima, Mirina não se importou, pois aquilo não parecia mais uma derrota.

Uma vez liberta, sua paixão foi qual dois filhotes de leão em combate, ao mesmo tempo brincalhões e incansáveis. Páris não se fartava de seus lábios... aqueles lábios que tantas vezes o haviam provocado e dito não, enquanto Mirina mal conseguia conter o deleite por enfim poder senti-lo... sentir aquele corpo forte que tantas vezes havia admirado, que tantas vezes desejara ter contra o seu.

– Minha linda Mirina – murmurou ele, correndo a mão quente por seu braço até fechá-la em volta do bracelete de chacal. – Vamos tirar isto agora mesmo...

– Não – disse ela e afastou o braço.

– Não se preocupe. – Sem parar de beijá-la, ele estendeu a mão para o bracelete outra vez. – Deixe que eu faço.

– Não! – Ela se encolheu para longe dele e o braço ficou torcido às costas. – Nós não podemos!

– Não podemos o quê? – Ele a puxou de volta e tornou a imobilizá-la debaixo de si. – Ofender o cachorrinho? Ele não pareceu se incomodar quando eu a beijei, não é? Na verdade, desconfio que esteja gostando muito.

Mas o estrago estava feito.

– Por favor. – Mirina pressionou o punho cerrado contra o rosto para conter as lágrimas. – Não quero machucá-lo...

Páris se sentou, corado e irritado.

– Então por que será que tudo o que você faz invariavelmente produz a mais excruciante das dores?

Ele se levantou com um grunhido e se afastou pela praia, brandindo a espada de mentira contra adversários invisíveis.

Mais tarde, quando ele selava o cavalo, Mirina se aproximou e o abraçou por trás.

– Eu o avisei – sussurrou, tomada por uma tristeza tão profunda que mal conseguia falar. – Minha resposta é sempre uma mordida violenta.

Páris deixou os braços caírem.

– Quem dera. Mas os deuses, em sua infinita ironia, deram aos seus lábios o sabor mais doce que há. – Virando-se, ele segurou seu rosto e lhe deu outro beijo; parecia muito abalado. – Eu deveria ir embora e nunca mais voltar, mas não consigo. Me encontrará aqui amanhã?

Eles passaram mais três dias lutando, até Páris por fim cravar a espada e a lança na areia e cair de joelhos, balançando a cabeça.

– Está se rendendo? – indagou Mirina, em pé na sua frente, sem saber o que fazer, ainda com as adagas em riste.

– Mirina. – Ele segurou o próprio rosto. – Minha formosa Mirina. Será que você nunca vai ser minha? Estarei fadado a me subordinar a um *cachorro*?

Ela se ajoelhou na sua frente, desesperada para aliviar sua angústia, mas com medo do que poderia acontecer caso tentasse.

– Preciso voltar para Troia – disse Páris, por fim. – Assim que o dia raiar.

– Não! – Mirina o envolveu com os braços. – Não me deixe outra vez. Por favor! Prometa que vai voltar logo...

Ele baixou a cabeça.

– Não posso.

– Mas... – Ela encostou a bochecha na dele. – Mas você não gosta de mim?

Páris levantou a cabeça; seus olhos eram pura reprovação.

– Se eu gosto de você? Mirina, você é a minha *rainha*... eu a quero mais do que minha própria vida. – Ele engoliu em seco antes de prosseguir com súbita determinação. – Vá ao meu encontro. Vá para Troia e seja minha mulher. – Com olhos escuros e solenes, ele tocou seu queixo. – Ou fique aqui para sempre, escravizada por um senhor imaginário.

Mirina o encarou e afastou do rosto os cabelos despenteados.

– Você se casaria comigo?

Páris balançou a cabeça.

– Você acha que eu ensinaria qualquer um a lutar comigo até a morte? Quero que você seja minha mulher. Minha única mulher. – Ele a segurou pelo pescoço e a beijou com firmeza na boca. – Bem perto de Troia existe uma colina chamada Batieia; porei um homem de sentinela ali, dia e noite, até você chegar. Batizarei o lugar de "monte Mirina" em sua homenagem.

Encarando-a, ele segurou sua mão e a pressionou contra a própria face.

– Um frio cachorro de metal... ou um homem com o sangue a pulsar em cada membro? A decisão é *sua*, mas eu lhe imploro: decida logo.

MIRINA VOLTOU PARA A CASA depois de escurecer. Jamais havia sentido com maior intensidade o poder de atração daquele lugar: as portas e janelas escancaradas e acesas com um calor conhecido, além das muitas vozes erguidas em um coro caótico de alegria.

Ao atravessar a porta do jardim, encontrou todas ocupadas pondo a mesa do jantar, rindo sem nenhum motivo especial e absortas em toda sorte de coisas sem importância. De repente se sentiu uma estranha, uma intrusa que houvesse trapaceado para ser aceita lá dentro.

Só então lhe ocorreu como havia se tornado mestra em ignorar os próprios desejos, outrora simples, mas que aos poucos tinham se tornado complexos. Um ano antes, quando ela e Lilli haviam atravessado juntas o deserto, nada a teria deixado mais satisfeita do que deparar com uma mesa posta por amigos. E depois de sair do Templo da Deusa da Lua em busca das irmãs raptadas, ela com certeza teria caído ajoelhada de gratidão caso soubesse que um dia, em breve, todas elas, com exceção de uma, estariam vivendo outra vez em feliz isolamento, em uma área cultivada junto ao mar, cercadas por pessoas bondosas e terras férteis.

Uma vez que sua tarefa estava cumprida e as irmãs, seguras, porém, os próprios desejos tinham caído por terra, sem vida e obsoletos, como as cordas que os homens usam para erguer altas muralhas. E ela se tornara vítima do mal que acomete todos os grandes arquitetos: quando o prédio fica pronto, ele não consegue habitá-lo com serenidade e colher os frutos de seu trabalho: precisa se ocupar com planos de uma nova construção, depois outra... até enfim ir se sentar à sombra da árvore dos velhos e ver que sua vida foi uma construção sem fim e que nunca teve tempo de habitá-la.

Ou talvez ela estivesse sendo injusta. Com certeza houvera ocasiões em que tinha se comprazido genuinamente com os desafios de cultivar a terra e a companhia das novas amigas tão apaixonadas pela caça quanto ela. Lilli também parecia feliz naquele lugar. Embora as noites da menina estivessem outra vez atormentadas por sonhos ruins, seus dias eram alegres, repletos de gatos, patos e tarefas prazerosas. Otrera tomava um cuidado especial para que as suas filhas incapazes de participar por completo da confusão de atividades – e havia muitas meninas assim, pois o povo da região não queria criá-las – nunca ficassem ociosas e para que nunca lhes faltassem responsabilidades que fossem só suas. Tanto que Lilli desenvolvera uma atitude de quem se julgava indispensável ao bom funcionamento da cozinha e protegia seus domínios com uma possessividade cada vez maior. "Não suporto pensar no que elas comiam antes de chegarmos", dissera ela a Mirina poucas semanas antes. "Pode me ajudar a limpar a despensa? Ninguém parece ligar para essas coisas."

Como tinha pouco mais o que fazer, Mirina havia aceitado. Juntas, as duas tinham limpado o subsolo, provando os itens em estoque para ver se estavam bons ou estragados, mas, acima de tudo, haviam podido conversar a sós sobre o que esperavam do futuro. Quando o sol se pôs nesse dia e a despensa ficou enfim arrumada, Mirina tinha certeza de que as duas gostavam igualmente daquela nova vida e que não conseguiam pensar em nenhum lugar melhor para estarem.

Mas então Páris voltara e, com ele, uma enxurrada de emoções e ambições que perseguiam Mirina aonde quer que fosse, sempre a atormentá-la, por mais que ela mergulhasse no açude atrás do celeiro, quase se afogando para tentar escapar.

Quando ela se sentou para jantar nessa noite, após se despedir de Páris e vê-lo partir a cavalo sob a luz do crepúsculo, quase pôde sentir o chamado de Troia entrar pelas janelas abertas. Já ouvira a cidade ser descrita muitas vezes como um lugar magnífico, de muralhas e torres orgulhosas, mas nessa noite o lugar havia adquirido um brilho diferente: era o lar de um homem incapaz de lhe negar o que fosse e cuja proximidade era tão fascinante que ela mal conseguia pensar em outra coisa.

Depois do jantar, bloqueando os ouvidos para o burburinho habitual da cozinha, Mirina passou uma hora instalando ratoeiras. Aquela podia não ser a mais nobre das ocupações, mas ela encontrou uma estranha satisfação em fazer o que precisava ser feito com o mínimo de sofrimento possível para as vítimas. Estava tão entretida montando suas arapucas que só reparou que tinha companhia quando Otrera pousou a mão sobre sua cabeça e disse:

– Estava me perguntando por que não era mais incomodada pelos guinchos dos camundongos antes de morrer. Agora, tudo o que ouço é um estalo, depois silêncio.

– Quem dera fosse possível obrigar o coração humano a fazer o mesmo – murmurou Mirina, lutando para desatar um nó.

– Venha. – Otrera acenou para ela se levantar. – Vamos caminhar. A noite está muito calma.

Mirina entendeu na hora o que havia por trás daquele convite. A mãe da casa, que tudo via, descobrira suas idas clandestinas até a praia, quer por meio de uma testemunha, quer por simples dedução. O navio dos troianos tinha passado três semanas atracado no porto, mas Páris só fora jantar com ela uma vez. Por quê? O que o sobrinho escondia?

Preparando-se para a merecida bronca, Mirina seguiu Otrera pela horta até a campina que havia mais adiante. Ali, banhada pela luz da lua que nascia e lançando sua sombra disforme sobre os cereais, ficava a Árvore da Harmonia, um velho carvalho repleto de sinetas movidas pelo vento. Ninguém ainda lhe explicara a lógica daquela árvore e de seus pesarosos suspiros, mas Mirina já tinha adivinhado tempos antes que ela funcionava como guardiã dos mortos cujas cinzas, supunha, estavam enterradas no solo junto às suas raízes.

Intrigada com o fato de estarem ali, parou ao lado de Otrera e esperou a mulher mais velha falar. Temia que o assunto fosse pecado e punição e já se preparava para alegar inocência quando Otrera estendeu a mão, acariciou a casca da árvore e disse:

– Você não chegou a conhecer Sisirbe. Ela foi a melhor filha que já tive. Nunca violou uma única regra, nunca recusou uma tarefa que fosse. Montava a cavalo com destreza. Mas foi abatida por uma febre antes mesmo de virar adulta. E Barkida... – Otrera fez uma pausa para firmar a voz. – Barkida caiu do cavalo e quebrou o pescoço. Ela e muitas outras morreram jovens demais. O Destino nem sempre favorece quem é merecedor, entende? Tudo o que podemos fazer é ser honestas com nós mesmas e torcer pelo melhor. Uma vida infeliz, interrompida antes da hora por uma morte injusta... sem dúvida é essa a maior de todas as tragédias.

As duas ficaram paradas sem dizer nada por algum tempo, olhos erguidos para os sinos silenciosos. Então, depois de não conseguir encontrar crítica no que acabara de escutar, Mirina perguntou:

– A senhora está me dizendo para... ser feliz?

Otrera suspendeu um pouco as saias e começou a avançar mais para dentro da campina. Seguiu uma pequena trilha até um banco de pedra com vista para a encosta onde ficavam os cercados dos cavalos.

– Quem sou eu para adivinhar o que o Destino lhe reserva? – disse ela por fim, sentando-se no banco. – Estou apenas lhe dizendo o que sinto no coração.

Com alguns tapinhas no banco, chamou a moça para se sentar ao seu lado.

– Venha, deixe-me contar sobre o homem que amei.

Mirina se deixou cair sentada com um arquejo e sua expressão de espanto fez Otrera rir.

– Não tenha medo. Já faz muito tempo e nosso amor nunca passou de olhares de admiração. Pois eu nada fiz para encorajá-lo. Afinal de contas, estava dedicada à Deusa. – Ela fez uma pausa, lançou um olhar severo para Mirina, depois continuou: – Assim, esse homem inconstante começou a cortejar minha irmã e acabou convencendo-a a abandonar os votos e se casar com ele.

Otrera alisou a saia com as duas mãos, talvez revivendo a tristeza do passado. Então suspirou e prosseguiu.

– Eles cometeram a tolice de comemorar o casamento aqui, debaixo do teto da Deusa, e ela, que é muito ciumenta, retribuiu com o mais terrível presságio. Na noite de suas núpcias houve um incêndio e o telhado da casa em que eles estavam desabou, quase matando os dois. – Otrera balançou a cabeça. – Você pode imaginar os videntes prevendo morte e maldição eternas e aconselhando-os a matar a criança concebida naquela noite. Mas minha irmã, claro, se recusou a adotar medida tão cruel e supersticiosa, e o menino foi criado com muito amor e se tornou muito amado por seu povo.

Mirina se remexeu no banco, pouco à vontade. De repente se lembrou de Páris lhe dizer, quando eles haviam chegado em Éfeso, que Otrera era irmã de sua mãe e que seus pais tinham se conhecido ali mesmo, naquela terra. Seria possível, pensou, que Páris fosse a criança concebida no dia do incêndio? Seria possível um menino tão capaz, tão sorridente, hoje homem feito, ter nascido em meio a presságios tão ruins?

– Então, como vê, se eu tivesse mesmo amado esse homem, hoje seria uma velha amargurada. – Otrera ergueu as mãos e as deixou cair outra vez sobre o colo, sem vida. – Eu diria que a Deusa puniu *a mim*, não minha irmã. – Ela parou de falar e se empertigou. – Mas somente os insensatos fazem julgamentos prematuros. O destino é paciente. Mais cedo ou mais tarde, ele nos alcança.

– Os votos que fiz foram com a Deusa da Lua... – começou Mirina.

– E com suas irmãs.

– É verdade. – Mirina se inclinou para a frente e pousou os cotovelos sobre os joelhos. – Mas gosto de pensar que já paguei minha dívida com elas faz tempo. Quanto à Deusa... ela nada fez para nos proteger. Se alguém traiu seus votos sagrados, foi *ela*.

– Cuidado. – Otrera ergueu a mão. – Até os deuses precisam obedecer ao Destino. Pode ser que exista algum plano grandioso no céu... e pode ser que não. Mas não vamos zombar de poderes que não compreendemos.

– Desculpe – sussurrou Mirina, baixando a cabeça. – Nunca consegui segurar a língua diante de uma injustiça.

Otrera afagou sua mão.

– E é por isso mesmo que vamos sentir tanto a sua falta.

CAPÍTULO VINTE E OITO

Os homens cuja glória adveio com honestidade
Têm toda a minha admiração. Mas os impostores
Não merecem nenhuma: sorte e falsidade é só o que são.
Eurípides, *Andrômaca*

TROIA, TURQUIA

Enquanto morava conosco, vovó nunca escondeu seu ódio pelos homens, ou, no que me dizia respeito, pelos meninos. Não por eles serem necessariamente malvados, mas porque os considerava um desperdício do nosso tempo. "Não deixe nenhum menino imaturo de cabelos despenteados atrapalhar o seu treinamento", ela nunca se cansava de repetir. "Mais tarde, quando você for madura e tiver demonstrado o próprio valor, poderá saborear a companhia de um macho saudável da mesma forma que saboreia uma boa refeição. Coma, durma e esqueça."

Contudo, talvez jamais tivesse ocorrido a vovó que eu necessitasse de conselhos tão explícitos se Rebecca – em um típico exemplo de falta de controle do que poderia ou não contar – não tivesse revelado a história por trás da presença da bola de golfe da propriedade dos Moselanes na caixinha de objetos que colecionávamos.

– A gente acha que essa bola pertence a James Moselane – sussurrara ela, aninhando a esfera nas mãos como se fosse um filhote de passarinho.

– Sei – dissera vovó, cheirando com desagrado o sabonetinho de hotel. – Quem é James Moselane e por que as bolas dele merecem estar nesta caixa?

Ao fim da explicação de Rebecca, vovó balançara a cabeça e dissera:

– Vocês precisam tirar esses pensamentos inúteis da cabeça. Vocês duas. E precisam treinar mais! Seus braços continuam fracos. – Ela estendera a mão e endireitara o ombro de Rebecca. – Quando forem fortes o suficiente para se manterem eretas e quando tiverem matado um homem em combate, *aí sim* poderão brincar com James Moselane. Não antes disso. E lembrem-se de dividir. Entenderam?

Agora que nós duas estávamos paradas entre as ruínas de Troia observando James se aproximar, Rebecca parecia tão aterrorizada quanto nesse dia distante ao ouvir as instruções de vovó. E eu temia estar também.

– James! – exclamei, com o coração aos pulos, tentando decidir como cumprimentá-lo.

Nós em geral nunca nos tocávamos, com exceção de uma breve mas possivelmente acidental carícia quando ele me ajudava a tirar o casaco. Dessa vez, contudo, ele andou direto até mim e me deu um beijo na bochecha.

– Morg – falou, com um sorriso caloroso. – Desculpe ter demorado tanto.

Então, virando-se para o Sr. Telemakhos e o Dr. Özlem, cumprimentou-os como se os dois fossem velhos amigos.

Enquanto isso, atrás dele, vi Rebecca olhar nervosa para Nick e em seguida para mim, como para se assegurar de que os sentimentos que eu havia lhe confessado no barco não estavam evoluídos a ponto de nos fazer mergulhar em algo sórdido como um triângulo amoroso. Mas nós não tínhamos nada a temer de Nick: ele me olhou como se eu sequer estivesse presente, ou talvez, para ser mais exata, como se fosse uma desconhecida e não merecesse uma mudança de expressão. Só pude torcer para conseguir parecer tão blasée quanto ele.

Ao contrário do restante de nós, Nick não pareceu nem um pouco espantado com a súbita aparição de James.

– Estava me perguntando quando você viria se juntar a nós – falou, apertando a mão estendida com um entusiasmo contido. – Desde que o seu nome apareceu no meu telefone.

– É, bom... – James forçou um sorriso rápido. – Eu queria ter vindo antes. Oxford gosta de saber o paradeiro do seu pessoal. Nick, é isso?

– Você sabe quem eu sou.

Era preciso conhecer bem James para ver o seu rosto se contrair de irritação. Seria muito fácil confundir aquilo com um sorriso.

– Ouvi dizer que os nossos advogados estão se entendendo às mil maravilhas – disse ele. – Umas cartas muito espirituosas de parte a parte.

Nick não retribuiu o sorriso.

– Acho que perdi o senso de humor.

Houve um silêncio breve durante o qual os dois se encararam com a mesma intensidade de dois duelistas que esperam o lenço cair. Então, por fim, Nick se afastou e James se virou para mim e balançou a cabeça.

– Tem gente que não consegue se contentar com o que tem e *precisa* tentar se apoderar das coisas dos outros – disse ele, alto o suficiente para Nick escutar.

Não tive certeza se ele estava se referindo a mim ou à coleção da propriedade Moselane, mas busquei abrigo temporário nessa incerteza. Estava claro para mim, porém, que James tinha ido a Troia me salvar da Fundação Aqrab; meu último torpedo para ele fora enviado do celular de Nick. Sua presença ali sugeria que ele queria levar nossa amizade um passo adiante. Por que outro motivo ele se daria o trabalho de me rastrear na Turquia quando sabia que eu estaria de volta em Oxford poucos dias depois?

– Me diga uma coisa – falei, quando todos começaram a andar em direção ao estacionamento e tivemos a oportunidade de ficar para trás. – Como sabia que estaríamos aqui hoje?

James parou e segurou minha mão.

– Morg – falou, encarando-me com aqueles olhos hipnóticos e profundos. – Eu te liguei tanto, tanto...

Sua sinceridade me fez amolecer.

– Roubaram meu celular – falei. – Eu queria ter voltado três dias atrás, mas... as coisas se complicaram. Meus alunos a essa altura devem estar com ódio de mim.

– Que hematoma é esse?

James levou os dedos à minha têmpora com um carinho pouco característico. Eu nem sequer me dera conta de que o galo ainda estava visível.

– Não se preocupe, jovem Morgan. – Ele passou um braço em volta dos meus ombros e deu um leve apertão. – Eu estou aqui agora e está tudo sob controle. Quando recebi seu torpedo, pensei: sabe de uma coisa? *Nunca* estive em Troia. Talvez esta seja a oportunidade.

Ele olhou para Nick, que nos aguardava ao lado da Kombi do Dr. Özlem, tamborilando os dedos no metal descorado.

– Além disso, meu tio tem uma casa no mar Negro. Sou capaz de inventar qualquer desculpa para dirigir os carros dele. – James meneou a cabeça para o único outro veículo no estacionamento: um Aston Martin verde, modelo de corrida. – Ao mesmo tempo que resgato donzelas em perigo.

O CASAL ÖZLEM MORAVA EM uma pequena casa de fazenda no meio de um pasto. Quanto mais eu observava aquela humilde residência, mais convencida ficava de que ela fora originalmente construída para abrigar animais, não seres humanos.

– Não vou acender a lareira porque minha mulher acha que fica um cheiro muito forte de vaca quando as paredes esquentam – anunciou o Dr. Özlem em determinado momento, confirmando minhas suspeitas sobre a estrutura. – Já eu não consigo sentir mais cheiro nenhum – completou, indicando com tristeza o próprio nariz. – Dizem que às vezes acontece.

Embora não falasse inglês, a Sra. Özlem entendeu o teor da conversa, e senti uma pontada de pena ao ver a expressão atormentada em seu rosto gentil. Franzina e vestida com roupas esgarçadas em tons de cinza, ela se movia com a graça dolorida de uma velha bailarina, e cada passo e gesto seu eram dedicados ao bem-estar do marido. Se o Sr. Telemakhos já não houvesse mais do que aludido à doença do Dr. Özlem, a preocupação impressa no rosto de sua esposa teria nos dito tudo o que precisávamos saber sobre a fragilidade de seu marido.

– Que chalé encantador – comentou James, que havia aceitado na hora o convite para jantar e agora fazia o possível para recompensar nosso anfitrião com observações alegres. – Imagino que esta possa ser considerada uma arquitetura turca tradicional, não?

– Sim – respondeu o Dr. Özlem, servindo a todos uma água turva de uma jarra de bronze de três pernas. – Arquitetura turca para vacas. A nossa casa era aquela ali em cima. – Ele apontou para uma fotografia emoldurada na parede. – Nós vendemos para pagar os advogados. Nosso filho estuda direito, mas agora é tarde. – Ele começou a nos passar os copos cheios d'água com gestos tão dignos quanto se estes contivessem o mais caro dos champanhes. – Agora preferiria que ele estivesse estudando medicina. Ou que se tornasse bombeiro hidráulico. Bombeiro hidráulico seria bom.

Mais tarde, durante o jantar sobre duas mesas posicionadas lado a lado, James sorriu para todo mundo e disse:

– Mas então, como anda a caça às amazonas? Estou surpreso por vocês terem demorado tanto para chegar aqui. A Turquia não é tida como o verdadeiro território das amazonas? O templo de Ártemis em Éfeso, logo ao sul daqui, não foi supostamente construído por elas? Uma das sete maravilhas do mundo, se não me engano...

Ele olhou para o Dr. Özlem em busca de confirmação.

– Alguns estudiosos acreditam que o antigo mundo mediterrâneo tinha mais de uma sociedade matriarcal – disse nosso anfitrião, aquiescendo, felizmente alheio à tensão em volta da mesa que fazia todos cerrarem os dentes. – Um dos exemplos seria a ilha de Lemnos. Mas a expansão da cultura grega de dominação masculina foi empurrando essas sociedades cada vez mais para o leste, até elas acabarem virando colônias no mar Morto. É possível que Éfeso também tenha sido uma sociedade matriarcal, e as muitas lendas que relacionam as amazonas a esta região sugerem que já existiu uma tradição matriarcal aqui.

– E é por isso, imagino eu, que heróis como Hércules consideravam seu dever lançar uma campanha preventiva contra elas de vez em quando e roubar suas cintas.

James me lançou um olhar de quem reconhecia estar tomando emprestados os meus termos em relação ao tema. Ainda sorrindo, olhou para Nick do outro lado da mesa.

– Conhece os doze trabalhos de Hércules? Esse foi um deles, sabia? Roubar a cinta da rainha das amazonas. Algum sucesso nisso até agora?

Nick olhou para James com uma expressão muito estranha, como se seus pensamentos estivessem muito distantes. Então, de repente, voltou a si e disse:

– Não sou tão culto quanto você no que diz respeito aos trajes íntimos femininos.

Uma gargalhada explosiva do Sr. Telemakhos finalmente dissipou a atmosfera sombria. Até mesmo Rebecca se animou o suficiente para sussurrar em meu ouvido:

– *Por favor*, vamos continuar com os mitos sem entrar em assuntos pessoais.

Embora eu não estivesse com disposição para conversas amenas, sabia que ela estava certa.

– Permitam que eu esclareça, já que sou *eu* que tenho um diploma em moda amazona – falei para os dois. – Pode ser decepcionante, mas essa cinta é só um cinturão largo que protege a parte inferior do tronco. A versão da Idade do Bronze de uma calcinha da vovó à prova de balas. Um homem usava esse cinturão para carregar armas, uma espada ou uma adaga, mas a mulher, pelo menos nos textos, usava-o como símbolo de proteção e virgindade. No caso da rainha das amazonas, é claro, as duas coisas se aplicam. Ao roubar o cinturão, Hércules de certa forma privava a rainha das amazonas ao mesmo tempo de seu poder masculino e de sua dignidade feminina. Ou, falando de maneira menos filosófica, ele a estuprou *e* roubou o spray de pimenta dela. Um herói e tanto.

Depois de fazer circular pela mesa várias tigelas e travessas, o Sr. Telemakhos disse a Nick:

– Se quiser, podemos continuar subindo a costa e visitar o lar das amazonas no litoral sul do mar Negro. – Ele virou a cabeça para o Dr. Özlem. – Murat conhece todos os arqueólogos que estão escavando em Karpu Kale e em Ikiztepe...

Ao ouvir isso, Rebecca enfim conseguiu recuperar a animação.

– Vamos, por favor! – exclamou ela, olhando para os dois homens mais velhos como se eles houvessem lhe oferecido um lugar em um bote salva-vidas. Então algo lhe ocorreu e ela olhou para mim com um ar nervoso. – O que acha, Dee? Mais uns diazinhos...?

Antes que eu conseguisse ao menos reiterar todos os meus motivos para *não* prosseguir nem mais um quilômetro na prisão flutuante do Sr. Telemakhos, James se intrometeu na conversa e disse:

– Na verdade, vou roubar Diana para ir a uma festa em Istambul amanhã à noite.

Não fui a única a encará-lo com incredulidade.

– Obrigada pelo convite, mas vou organizar uma festinha particular de cinco dias para voltar à Inglaterra – falei. Quando vi que ele não tinha entendido, apressei-me em explicar. – Perdi meu passaporte.

– Ah, deixe de ser boba! – exclamou ele. – Meu tio trabalha no Consulado Britânico em Istambul. Consigo um passaporte novo para você em uma hora. Depois da festa já vai estar pronto.

– Que festa é essa? – perguntou Rebecca por todo mundo.

James sorriu, mas sobretudo para mim.

– Lembra-se de Reznik, o colecionador para quem você escreveu sobre o *Historia Amazonum*? Ele vai dar um festão amanhã... uma espécie de baile de máscaras. Tomei a liberdade de nos incluir na lista de convidados. Pensei que seria uma ótima oportunidade para você conhecer a figura.

Olhei para Nick do outro lado da mesa. Ele tinha dito que os Moselanes estavam mancomunados com Grigor Reznik e com os contrabandistas de Genebra... Seria mesmo verdade? Meses antes, quando falei pela primeira vez com James sobre minhas cartas para Reznik, ele não tinha dito nada sobre conhecer o sujeito pessoalmente.

Encarando-me com uma solenidade inabitual, Nick balançou a cabeça com discrição como quem diz: "Não faça isso."

– Reznik! – deixou escapar o Sr. Telemakhos, incapaz de conter sua ojeriza por mais um segundo que fosse. – Aquele filho de um jumento tem um casarão em Istambul cheio de antiguidades roubadas. Ele chega a se gabar para os estrangeiros e celebridades, para fazê-los pensar que é alguém. Onde vocês acham que os dois braceletes de amazonas roubados de Murat estão agora? Hein?

Ele encarou James com ira; era óbvio que o responsabilizava por associação.

– Dizem que ele tem um cofre no porão cheio de ouro de Troia que ninguém nunca soube existir. – O Dr. Özlem encostou a mão espalmada no peito, como se tentasse acalmar o coração. – Nosso filho fez faculdade com Alex Reznik e diz que o garoto se vangloriava dos crimes do pai para quem quisesse ouvir. Tal pai, tal filho. Pobre coitado. Acabou pagando por tudo isso.

– Coitado, tudo bem – falou Nick com os olhos semicerrados. – Mas pobre, não.

– Bom – disse James, parecendo um pouco irritado com a minha falta de entusiasmo. – *Eu* vou ao baile de máscaras e posso levar acompanhante.

– Todos nós? – indagou Rebecca, entendendo errado. Ela se empertigou, subitamente inspirada, e então virou-se para mim. – Que fantástico! – exclamou. – James e eu distraímos Reznik enquanto *você* dá uma olhada no *Historia Amazonum*.

– Ótima ideia – falei. – E vocês me tiram da cadeia depois?

James revirou os olhos.

– O manuscrito fica exposto na biblioteca de Reznik para todo mundo ver. Não está nem conectado a um alarme.

– Como é que você sabe? – perguntei, mas ele não pareceu me escutar.

– Aaah! – exclamou o Sr. Telemakhos balançando a cabeça com ar sonhador. – Como eu gostaria de pôr as mãos nesse manuscrito. Dizem que ele contém informações vitais sobre o destino das últimas amazonas.

– Últimas?

Encarei-o, intrigada. Se ele acreditava mesmo que as amazonas ainda existiam, como podia se referir a algumas delas como as últimas?

O Sr. Telemakhos deu de ombros e a mesa inteira balançou.

– Estou só repetindo o que escutei. É essa a questão sobre o *Historia Amazonum*: nós só vamos saber quando ele for devidamente traduzido e publicado. – Ele meneou a cabeça para mim. – Fama eterna, minha filóloga de cabelos claros, caberá ao estudioso que cumprir essa tarefa.

– Que roubar o manuscrito de Reznik, o senhor quer dizer?

– Roubar... pegar emprestado... convencê-lo a ceder. – O Sr. Telemakhos não parecia muito preocupado com as implicações jurídicas de tal ato. – Em se tratando daquele homem, eu diria que vale qualquer coisa.

Pude sentir o olhar de alerta abrasador de Nick, mas o ignorei.

– Eu só quero dar uma olhadinha rápida...

James aquiesceu para me dar a entender que eu tinha tomado a decisão certa.

– Dar uma olhadinha rápida e arrumar um passaporte. Pode contar com as duas coisas.

Partimos para Istambul no dia seguinte de manhã cedo. Apesar das tentativas um tanto constrangedoras de James para desconvidá-los, tanto Rebecca quanto Nick insistiram em nos acompanhar. "Ficou maluca?", retrucara Rebecca quando lhe pedi que ficasse no barco com o Sr. Telemakhos e começasse sem demora sua busca por emprego no mar Negro. "Acha mesmo que vou deixar você ir a essa festa sozinha? Nem pensar. A gente vai entrar na água e virar comida de tubarão *juntas*. Você e eu podemos ser as duas belas acompanhantes de James e Nick pode ser nosso guarda-costas... já que ele sabe tão bem ser musculoso e monossilábico. Não é, Nick?"

No papel, a viagem de carro durava sete horas; para Rebecca e eu, apertadas feito sardinhas no banco de trás enquanto James e Nick cuidavam de coisas mais importantes no da frente, pareceu uma vida inteira. Pouco importava que nós mesmas tivéssemos nos oferecido para sentar atrás; nosso aperto físico não era nada comparado ao mau pressentimento que me dominou no instante em que saímos de Çanakkale e continuou a reverberar por minhas entranhas conforme seguíamos pela costa em direção ao norte. Meu plano impulsivo de acompanhar James ao baile de máscaras de Reznik fazia sentido enquanto envolvia apenas nós dois. Mas será que era justo eu continuar arrastando a pobre Rebecca comigo? Quanto a Nick, eu tinha certeza de que ele saberia se cuidar, mas mesmo assim estava preocupada com ele também. E se Reznik o reconhecesse?

– Que tragédia se todas aquelas criancinhas na escola, que tanto amam frequentar museus, tiverem de recomeçar a ler livros para aprender sobre antigas civilizações – ouvi Nick dizer a James do banco do carona, com uma das alpargatas pousada sobre o painel. – Imagine só um mundo em que todos os artefatos do Egito Antigo estivessem *de fato* no Egito e toda a Grécia Antiga fosse restituída à Grécia. Sério, a gente vai ter que *viajar* para ver essas coisas? Não vai mais poder só roubar e pronto?

– Mas, se você enveredar por esse caminho, quando é que vai parar? – rebateu James, como ele e sua família já deviam ter feito muitas vezes. – Quando os museus estiverem vazios? É perigoso puxar um fio da grande tapeçaria da civilização. A trama toda pode se desfazer.

– Sabe de uma coisa? – falou Nick. – Muita gente tem ninfeias do Monet acima do sofá. Mas posso jurar a você que nenhuma dessas pessoas se martiriza por não ter o original. E por quê, você poderia perguntar? Porque, tirando os socialistas e os ladrões de banco, pessoas normais e sensatas não se sentem no direito de pegar coisas que não lhes pertencem.

Ele se remexeu no banco; estava claro que desejava aumentar a distância em relação a James.

– Aliás, ninguém está tentando desfazer a grande trama da civilização, apenas corrigir o desenho.

James balançou a cabeça.

– Boa sorte. Quem dera o mundo fosse assim tão administrável. Qualquer um que tente determinar qual país tem a propriedade legal de um artefato está comprando uma dor de cabeça para a vida toda.

– Diga isso ao Museu Nacional da Dinamarca – falou Nick, apoiando-se no vidro da janela. – Eles já devolveram 35 mil artefatos inuítes para a Groenlândia. Acho que consideram isso uma *prevenção* da dor de cabeça.

– Dinamarqueses. Sempre os dinamarqueses.

James mal olhou por cima do ombro antes de entrar em uma pista movimentada de carros que passavam.

– A história não existe em lugar nenhum a não ser nos livros. Nos livros que *nós* escrevemos. Pense um pouco. A maioria dos artefatos teve muitos proprietários legítimos ao longo da história. Para quem seria correto devolvê-los? Será que determinada estátua deveria ser devolvida à Grécia, onde foi fabricada, ou a Roma, onde foi vendida pelo agente do artista, ou então à França, onde o comprador romano foi procônsul, ou ainda à Espanha, para onde os seus herdeiros se mudaram depois de sua morte? – Ele lançou a Nick um olhar surpreendentemente compreensivo. – Na sua pressa de fazer justiça, o mais provável é que você crie uma série de novas injustiças.

Sentada no banco de trás ao lado de Rebecca, perguntei-me mais uma vez por que Nick havia decidido ir a Istambul conosco. Enquanto James podia estar movido por um impulso romântico de ser o meu protetor, eu duvidava que os motivos de Nick fossem tão nobres. Havia algo mais em jogo... talvez algo além de um tesouro.

"Estava me perguntando quando você viria se juntar a nós", dissera Nick quando James chegara a Troia. Seriam essas palavras a chave para o meu papel naquilo tudo? Será que o meu *verdadeiro* objetivo tinha sido fazer os Moselanes saírem de seu abrigo para a luz? Nesse caso, não seria tão estranho assim Nick viver se referindo a James como meu namorado. Talvez essa fosse a palavra usada no memorando da Fundação Aqrab sobre Diana Morgan.

E se a questão no final das contas não fossem os Moselanes, então... eu estava de volta à estaca zero, lutando para entender por que Nick se submetia ao tormento de passar um dia inteiro no Aston Martin daquele jeito por nenhum outro motivo além da estranha oportunidade de se fazer passar por guarda-costas de James na festa de Reznik.

Sempre que eu fechava os olhos, via um desfile de contradições entremeado a imagens de vovó me olhando através da janela encardida de um ônibus e dizendo algo que eu não conseguia escutar antes de o motorista fechar a porta entre seu mundo e o meu e levá-la embora rumo ao desconhecido.

James entrou de carro no centro histórico de Istambul e estacionou bem em frente a um complexo de banhos públicos chamado Cagaloglu Hamam.

– Não sei vocês, mas estou pronto para um banho turco – falou, olhando para Rebecca e para mim pelo retrovisor.

Enquanto estávamos em pé na calçada conversando sobre que roupas usar para a festa de Reznik e onde comprá-las, Nick pôs a bolsa de viagem sobre um dos ombros e disse:

– Bem, obrigado pela carona. Tome... – Ele me lançou um bolo de notas pequeno e compacto. – Pensei que você fosse gostar de receber a gorjeta em liras turcas. Divirta-se hoje à noite.

– Mas... espere aí! – Dei um passo na sua direção e quase tropecei no meio-fio. – Você não vem com a gente?

Nick olhou para o relógio de pulso.

– Não sei se vai dar tempo.

Só então percebi que havia passado os últimos tempos em um estado de leveza singular; de repente, a gravidade retornou com força total.

– Então é isso?

Ele me abriu um sorriso totalmente descontraído e apertou minha mão com uma brevidade profissional.

– Boa sorte com seus futuros trabalhos. E lembre-se. – Ele indicou com a cabeça meu bracelete de chacal. – Não deixe Reznik ver isso.

James riu, aliviado com aquele desdobramento.

– Pensei que você fosse o meu guarda-costas! Isso quer dizer que não vai se sacrificar por mim?

Nick deu um passo para trás, depois outro.

– Eu já me sacrifiquei.

Apesar do acesso discreto e até humilde na rua, o banho turco se revelou um lugar de rara magia. Situado no final de um longo corredor, bem no interior de um complexo de construções contemporâneas, o magnífico e antigo *hamam* parecia um cristal incrustado em rocha, uma caverna de beleza atemporal, perfeitamente protegida do mundo exterior.

Só quando estávamos esparramadas sobre uma plataforma de mármore na sauna a vapor feminina vazia, quase nuas, foi que Rebecca enfim murmurou, já molenga por causa do calor:

– O que ele quis dizer com aquele comentário sobre o sacrifício?

– Não faço a menor ideia. – Olhei para a cúpula acima de nós, onde um desenho de pequeninos furos criava uma deslumbrante explosão de luz.

– Vem, tu que és a noite no dia... ou seria tu que és o dia na noite?

– É essa a ideia – falou Rebecca, para minha surpresa bem à vontade sobre o mármore molhado, com um braço por cima dos olhos. – Estava preocupada com você, sabia? Tinha certeza de que Nick seria o quarto cavaleiro.

– Bom, pode ficar tranquila. – Sentei-me de modo abrupto, sem disposição para conversar sobre aquele assunto. – Como você viu, ele me atropelou a galope.

Antes que Rebecca pudesse dizer qualquer outra coisa, atravessei o recinto até uma das pias de mármore na parede e usei a concha de cobre para jogar água fria no corpo.

Não adiantou. Em vez de aliviar minha cabeça que latejava, os respingos gelados só fizeram lavar a camada de fingimento que eu havia aplicado com tanto cuidado. Não foi a água que me fez arquejar, mas sim a imagem realçada de Nick se afastando a passos céleres do Cagaloglu Hamam e da minha vida.

Se o Sr. Telemakhos estivesse ali conosco – e não era difícil imaginá-lo à vontade sobre a plataforma de mármore dos banhos, usando um tapa-sexo digno de Homero em volta do tronco volumoso e comendo uvas no cacho – sem dúvida teria me informado que Nick iria aparecer de novo mais cedo ou mais tarde –, como uma bolsa perdida. Até então, porém, ele estivera errado em relação à minha, e eu temia que fosse estar errado também em relação a Nick.

O homem que havia apertado a minha mão e se afastado de mim uma hora antes, verificando casualmente os recados no celular, não me parecera alguém que apareceria na festa de Reznik ou em qualquer outro lugar. Depois de passar o dia com três britânicos e de ser castigado de modo incansável pelo humor de James, Nick parecia pronto para atravessar o Helesponto a nado para fugir de nós.

Era lógico que eu poderia entrar em contato com ele por meio da Fundação Aqrab; ele não tinha desaparecido sem deixar rastro. Um telefonema para Dubai e o assunto estaria resolvido. Mas o que eu diria? Por que era tão importante para mim entrar em contato com Nicholas Barrán?

Suspirei e tornei a encher a concha de água. Quando me inclinei para a frente, o bracelete de vovó roçou na pia de mármore, e fui dominada por uma raiva irracional do bronze enrolado por não me soltar nem mesmo ali. Era um absurdo, claro, mas quase senti que o chacal tinha contribuído para repelir Nick... como se houvesse notado que, nas últimas 24 horas, ele estava aos poucos ultrapassando James na corrida secreta para ganhar meu coração.

Foi preciso uma dona de loja de roupas com muita iniciativa no shopping center de Kanyon para finalmente colocar uma focinheira no pilantrinha. Para esconder meu bracelete sem comprometer o visual glamoroso, a vendedora insistiu para que eu usasse luvas de cetim com babados e um tomara que caia longo. Além disso, para ter certeza de que ninguém interpretaria aquilo como nada além de uma opção de estilo, Rebecca deveria usar uma roupa igual. Com sapatos forrados no mesmo tecido, claro.

– Vovó não iria gostar – foi a única coisa que consegui pensar em dizer quando nos postamos lado a lado em frente ao espelho dourado da loja, Rebecca de verde para valorizar os cabelos ruivos, eu de azul para combinar com meus olhos.

– Tenho que discordar – disse ela, cujo humor havia sofrido uma considerável melhora durante nosso trajeto até o shopping, quando eu dividira com ela meus 10 mil dólares mais gorjeta. – Sua avó sempre disse que os maiores poderes de uma mulher estavam na sua capacidade de tapear o inimigo e fazê-lo pensar que ela era fraca e burra, certo?

Um bipe interrompeu nossa conversa. Era o celular de Rebecca, anunciando a chegada de um torpedo.

– Não sei por quê, mas desconfio que seja para você – disse ela, franzindo o cenho para a tela antes de me estender o aparelho.

Não reconheci o número, mas soube na hora que o torpedo era de Nick. "Seu laptop está em Istambul", dizia o texto. "Fique longe de GR."

– Parece que Reznik roubou *mesmo* o meu computador – falei para Rebecca, esforçando-me ao máximo para usar um tom bem-humorado. – O que você diria: é melhor desistirmos?

– Não, caramba! – Com as mãos nas cadeiras, Rebecca fulminou nossos reflexos. – Não estamos planejando roubar o computador de volta nem nada. Reznik não vai nem *saber* que é você.

Estudei meu próprio reflexo no espelho. Era provável que Rebecca tivesse razão: jamais ocorreria a Reznik que eu fosse ao seu encontro por livre e espontânea vontade, movida apenas por uma humilde esperança de ver o *Historia Amazonum* com os próprios olhos e, quem sabe, se a festa estivesse mesmo boa, dar uma folheada rápida no manuscrito...

"Tarde demais", respondi para Nick. "Mas obrigada."

Mais tarde, enquanto comíamos um kebab em pé na praça de alimentação, peguei o bilhete que o Sr. Telemakhos tinha posto na minha mão quando nos despedíramos.

– Tome aqui – sussurrara ele, com uma discrição que não era do seu feitio. – Tem outro bracelete de chacal por aí. Achei que pudesse interessar.

O bilhete dizia apenas "Museum und Park Kalkriese. Dra. Jäger."

– Na Alemanha? – indagara eu, sem saber ao certo o que ele queria que eu fizesse.

O Sr. Telemakhos assentira.

– Perto de Ösnabruck. Essa mulher, a Dra. Jäger, sabe muito mais do que dá a entender. Ela talvez tenha as respostas que você está procurando.

– O que é isso? – perguntou Rebecca, apontando para o bilhete com o kebab. – Uma carta de amor?

– Por assim dizer – respondi, mostrando-lhe o papel. – O Oráculo quer que eu faça uma viagem para ele. Parece que conseguiu virar *persona non grata* no universo dos museus alemães, e se eu algum dia for lá não devo mencionar o nome dele.

– Sério?

Rebecca fez uma cara estranha, magoada, e entendi que estava incomodada com o fato de o Sr. Telemakhos ter se confidenciado *comigo* dessa forma sem dizer nada a *ela*.

– Não se preocupe. – Como eu não tinha bolsa, pus o papel dentro da minha bolsinha de noite em cetim azul. – É claro que não vou para a Alemanha.

– Não. – Rebecca tentava administrar os respingos do kebab. – Você vai passar um fim de semana romântico com James. Até que enfim!

A imagem fez com que eu me encolhesse.

– Sem chance. Assim que conseguir outro passaporte, vou é dar o fora.

Rebecca me olhou por vários instantes, mas felizmente não chegou a expressar com palavras a sua irritação. Durante anos a fio, eu a havia infernizado com minhas conversas sobre James. Agora que ele estava ao meu alcance, eu não queria encostar nele.

Embora James continuasse a ser James, não era mais o cara que eu tinha conhecido em Oxford. De um bem-educado amigo, ele de repente fora jogado para um compromisso tácito comigo, pulando por completo qualquer abordagem tradicional. Era como se, na sua mente, não houvesse necessidade sequer de perguntar o que eu sentia... como se ele estivesse tão convencido da minha devoção que não precisasse nem se dar mais o trabalho da conquista. Assim, tratava-me como se pensasse que o páreo estava ganho. Cada olhar seu, cada palavra que ele me dizia parecia encenado. Tudo me soava estranhamente oco.

A residência de Grigor Reznik era uma aberração moderna situada no bairro exclusivo de Ulus. Entramos na propriedade a pé, por um portão alto coalhado de seguranças. Quando avançamos até a casa por um caminho margeado por tochas no jardim, pudemos admirar uma ampla vista do escuro estreito do Bósforo, das pontes iluminadas e das linhas entrecruzadas dos postes na margem oriental.

– Pensei que ele fosse apaixonado por antiguidades de qualquer espécie – murmurou Rebecca.

Sua maquiagem de pavão em azul e verde se contraiu diante da visão da casa angulosa e inteiramente desprovida de adornos que se erguia à frente. A luz se derramava sobre nós por três níveis de janelas panorâmicas, mas tinha um tom frio, fluorescente, um brilho calculado que estava mais para alerta do que para boas-vindas.

– Pelo visto, Reznik acha que uma arquitetura minimalista proporciona a moldura perfeita para obras de arte – comentou James, limpando glitter das mangas de sua fantasia de Aladim. – E para instrumentos de tortura. Vocês repararam no samurai? – Ele meneou a cabeça para dois homens austeros de fantasia japonesa que conferiam os convites em pé de um lado e outro da porta. – Antigamente, Reznik tinha a própria polícia secreta e esses cavalheiros, seus oficiais mais graduados, o acompanharam quando ele se aposentou, por assim dizer.

– Pode me lembrar de novo por que estamos visitando esse crápula? – murmurou Rebecca, estremecendo de frio dentro de seu xale de cetim.

Nesse exato momento, quando James estava subindo conosco os degraus em frente à casa, finalmente me ocorreu que ele não tinha ido até a Turquia para ser meu par. Estava lá por causa de Nick. Como no mito da linda Helena de Troia, o mito da irresistível Diana Morgan não passava de uma conveniente ilusão usada para ocultar fatos prosaicos. A Fundação Aqrab havia declarado guerra aos Moselanes ao tentar se apoderar de sua coleção de antiguidades; agora parecia estar atrás de seres humanos também. Era tudo vergonhoso de tão simples: quaisquer que fossem os seus verdadeiros sentimentos por mim, James era orgulhoso demais para deixar Nick levar embora sem briga nem que fosse um único exemplar dos bens que considerava seus.

CAPÍTULO VINTE E NOVE

TROIA

Os agricultores estavam ocupados capinando e regando suas lavouras quando Mirina e seu pequeno séquito finalmente emergiram da mata. A vegetação terminou de forma um tanto abrupta e elas se descobriram nos limites da planície do Escamandro, a sudoeste de Troia, com uma ampla vista para o vale do rio até a capital que tinham viajado tanto para visitar.

A cidade reluzia sob o sol vespertino, que pousava sobre a paisagem com a mesma graça de uma coroa preciosa esquecida em uma campina por um rei. Embora fortificado por muralhas e torres colossais – ou, quem sabe, justamente por causa disso –, o lugar exalava ousadia e destemor: os habitantes pareciam tão certos da própria segurança que mal paravam de manusear suas ferramentas para deixar o olhar se perder além do delta do rio, na direção do mar.

– Bem, agora vamos achar o homem que não está aqui e dar meia-volta – disse Animone, uma das cinco escolhidas por Mirina para acompanhá-la.

Naquela mesma manhã, uma semana depois de saírem a cavalo de Éfeso rumo ao norte, Mirina contara às companheiras de viagem sobre as palavras de despedida de Páris e o homem que supostamente estaria de sentinela na colina chamada Batieia. "Se não houver ninguém lá, significa que Páris não está mais me esperando, e nesse caso podemos voltar para casa", explicara ela, enfim dando voz ao seu maior medo. "Não me espantaria. Afinal de contas, já faz mais de um mês."

Kara, que por motivos pessoais havia implorado para fazer a viagem, tentara lhe dar algum consolo: "O que é um mês para um casal unido pelo destino?" Suas palavras tinham sido sinceras, mas mesmo assim Mirina não pudera deixar de se perguntar, como fazia com frequência, se era mesmo verdade que a antiga rival se tornara sua amiga. Ainda sofrendo com a ilusão de estar grávida, Kara decidira permanecer mais um pouco em seu mundo imaginário. Talvez nesse mundo Mirina fosse a única que a compreendia. Pelo menos era isso que Kara tinha dito e repetido quando ela tentara dissuadi-la de acompanhá-las.

Além de Animone e Kara, Lilli fazia parte do grupo, claro, ainda montada a contragosto na garupa da irmã. Atrás delas vinham Cime e Hipólita, que se consideravam diplomatas – Cime por causa da idade e por saber escrever; Hipólita por ser a única do grupo a conhecer o idioma troiano. "Deixem que eu resolvo tudo", dissera ela quando a viagem estava sendo planejada. "Posso falar com as pessoas de lá e conheço o caminho... até a sala do trono real." As outras tinham ficado tão boquiabertas que ela rira. "Já acompanhei Mãe Otrera várias vezes. Como vocês sabem, a rainha é irmã dela e um dia foi uma de nós. Mas então foi atingida pela flecha envenenada mergulhada em mel..." De brincadeira, Hipólita levara a mão ao coração. "E ela, que antes era uma pomba a voar livre pelos campos, abandonou os votos para virar uma vaca presa no curral de um touro."

Tirando as provocações de Hipólita e alguns comentários amargurados de outras companheiras, a notícia da partida de Mirina atraiu bem menos atenção do que ela temera. Com exceção de Otrera, Lilli era a única ciente da agonia e confusão que a haviam acometido antes de finalmente resolver partir. Por mais cuidado que Mirina tomasse para se esconder das companheiras e poder pensar em paz, Lilli sempre a encontrava. Estivesse ela no andar de cima do celeiro, no depósito de cereais ou no santuário da casa, Mirina podia ter certeza de que, cedo ou tarde, sentiria as mãos macias de Lilli nos braços e seria puxada para um bem-vindo abraço.

Não que as duas conversassem muito sobre o seu dilema. Lilli entendia os sentimentos da irmã e sabia que palavras só confundiriam uma situação mais ou menos simples. Mirina tinha diante de si dois caminhos: um de alívio temporário e arrependimento eterno, outro de dor temporária seguida por grande felicidade. O fato de Lilli estar disposta a apenas compartilhar seu silêncio lhe dizia que a menina já sabia qual seria sua escolha.

Quando ela por fim anunciou sua decisão de ir embora de Éfeso, constatou que Otrera não se comovera com a notícia. "Quanto menos falarmos sobre o assunto aqui na terra, menos chegará aos ouvidos do céu", dissera Otrera, séria, largando o cesto que tinha nas mãos. "Mas nós *temos* de tirar seu bracelete. Deixe-me ver..."

Assim, o bracelete de chacal de Mirina fora removido na horta sem qualquer cerimônia. "Como hoje à noite não há lua, a Deusa talvez nem perceba o que aconteceu", continuara Otrera, puxando o metal com tanta força que quase quebrara o pulso que ele envolvia. "Tome", dissera, entregando o bracelete a Mirina, orgulhosa por tê-lo vencido. "Pode fazer o que quiser com ele, contanto que seja discreta."

Mas Mirina não conseguia jogar fora aquele adorno opressivo, da mesma forma que não se atrevia a guardá-lo, por medo de que ele ainda viesse a puni-la. No fim, acabara dando o bracelete para Helena, a menina grega, para alegrar sua despedida. "Quero que fique com isto, pois você é a guerreira mais valorosa que a Deusa poderia ter", falara, pondo o chacal em volta de seu pulso. "E quem sabe ganhando você ela não ligue muito para o fato de perder a mim."

A menina tocara o bronze lustroso cheia de reverência. "Quantas vezes me odeio pelas coisas que digo", murmurara. "De todos aqui, você foi a única que não me virou as costas. Desde a noite em que me deixou vir com vocês, jamais deixou de ser minha irmã. Rezo para um dia poder retribuir sua bondade."

Então, por fim, chegara o dia da partida, com abraços chorosos e palavras finais de gratidão. Mirina fez promessas solenes de visitá-las com frequência, mas nada mudava o fato de estar abandonando sua irmandade. Ela, que havia arriscado tudo para uni-las outra vez, estava de partida rumo a novas e proibidas aventuras, deixando todas para trás. Apesar das lágrimas e bênçãos das irmãs, viu em seus olhos que elas se ressentiam da sua decisão.

A PEQUENA COLINA CHAMADA BATIEIA se erguia bem visível na vastidão da planície do Escamandro. Cavalgando nessa direção na frente das irmãs por um campo de cereais, Mirina examinou seus contornos com os olhos estreitados. Se era para anunciar que o homem não estava lá, que fosse ela a fazê-lo.

Mas estava.

Sentado de pernas cruzadas com uma lança no colo, ele primeiro endireitou as costas, em seguida se levantou, na expectativa. E quando ele estendeu um dos braços para uma saudação, Mirina viu que era Enéas, o dos braços e pernas compridos, o companheiro de maior confiança de Páris.

Embriagada de alívio, ela pulou do cavalo e correu... mas parou no sopé do morro, constrangida.

– Seu mestre ainda me espera? – indagou, estreitando os olhos por causa do sol. – Ou o senhor está aqui para mandar todas nós voltarmos para casa?

Enéas balançou a cabeça e se abaixou para pegar sua bolsa.

– Se eu dissesse a ele que a senhora esteve aqui e deu meia-volta por minha causa, este morro teria de ser rebatizado outra vez, mas em homenagem à minha ossada.

Após descer a colina pelo outro lado, Enéas logo tornou a aparecer, montado em seu cavalo.

– Venham – falou, começando a subir o rio e a se afastar da cidade. – Vamos até minha casa. Ele a encontrará lá.

O olhar que Cime e Hipólita trocaram não passou despercebido a Mirina, tampouco a careta de decepção de Animone. Sabia que todas elas esperavam uma recepção digna da corte real, do tipo com o qual as filhas de Otrera estavam acostumadas. Serem levadas em segredo para uma choupana no campo estava muito aquém das suas expectativas.

O charme rústico de seu destino pouco fez para amenizar aquela desonra. Localizadas em uma encosta coberta por densa vegetação, as terras de Enéas na verdade eram pouco mais do que um aglomerado de modestas cabanas de madeira... entre as quais a estrebaria era de longe a mais impressionante.

– Este é meu filho – disse Enéas, referindo-se ao menino que veio correndo recebê-los e ajudar com os cavalos. – E ali... – Ele apontou para a menor de todas as cabanas, situada do outro lado do pátio enlameado. – É ali que meu mestre fica quando vem para cá.

Somente então, olhando em volta para as outras mulheres, foi que Enéas pareceu notar sua apreensão.

– Tenho consciência de que estamos um pouco distantes da cidade – continuou, e franziu o cenho, magoado. – Mas é por isso que ele gosta de vir aqui – assegurou a todas e, relanceando o olhar para Mirina na expectativa de obter sua aprovação, explicou: – Sempre diz que é seu verdadeiro lar.

Relativamente conformadas com a ideia de passar a noite naquelas colinas tão distantes, as mulheres seguiram Enéas até a cabana em que ele morava e foram recebidas pelo delicioso aroma de um ensopado.

– Esta é minha mulher, Creusa – falou Enéas, sorrindo para a jovem que remexia um caldeirão de cobre junto ao fogo. – Ela não fala a sua língua, mas entende tudo e sabe o que fazer. Vou deixá-las com ela e volto mais tarde.

Após trocar algumas palavras e um beijo com a mulher, Enéas saiu da cabana. Instantes depois, Mirina ouviu o som de um cavalo descendo a galope a trilha da floresta e sentiu uma súbita animação ao pensar que Enéas estava a caminho de Troia para avisar Páris de sua chegada.

A preocupação imediata de sua anfitriã foi a comida, o que Creusa resolveu com uma ida rápida ao outro lado do pátio, decerto até uma despensa, de onde trouxe um bem-vindo incremento de queijo, pão e vinho. Em pouco tempo, a jovem esposa de Enéas estava pronta para acomodar todas ao redor da mesa posta, enquanto ela própria desaparecia de novo do outro lado o pátio.

– Este ensopado não está nada mau – reconheceu Animone, assim que elas ficaram a sós. – Mas hoje à noite qualquer coisa me pareceria boa.

– Basta me dar um ninho macio, e esta velha galinha não vai soltar mais nenhum pio de reclamação – falou Cime, bocejando dentro do cálice de vinho.

Elas comeram em silêncio por um tempo. Até Lilli, mais calada do que o normal, se comportava como se soubesse algo que não se atrevia a explicar em palavras.

Creusa voltou com os braços cheios de cobertores de lã. Ao ver que suas convidadas haviam acabado de comer, indicou o outro cômodo a elas e apontou para uma cama grande na qual todas caberiam com folga. Quando Mirina começou a desamarrar as sandálias, porém, Creusa lhe deu um tapinha aflito no ombro para impedi-la.

– O que foi? – indagou Lilli, já aninhada no meio da cama.

– Não sei – respondeu Mirina. – Acho que ela está me pedindo ajuda.

– Bem. – Cime tornou a bocejar enquanto soltava o cinto e o deixava cair no chão. – Seja o que for, você é a mulher certa para isso.

Mirina imaginava que Creusa precisaria de ajuda com o grande caldeirão, então se espantou quando a moça seguiu para fora da casa e acenou para que a seguisse. No pátio, Mirina viu que o sol de verão já tinha desaparecido no mar havia muito tempo, mas mesmo assim o frescor do orvalho por toda parte a fez lembrar que a noite apenas começava.

Com sorrisos e incentivos, Creusa conduziu Mirina até a cabana que Enéas havia identificado como sendo a de Páris e abriu bem a porta para deixá-la entrar. Depois da friagem inesperada da montanha, foi acolhedor entrar na pequena cozinha e ver uma lareira acesa. O cômodo estava longe de ser luxuoso e mal havia uma esteira para se sentar, mas em frente ao fogo havia um tonel grande e um tanto intrigante feito de madeira e cheio d'água.

Mirina se aproximou, curiosa, inclinou-se para a frente e viu o próprio reflexo tremeluzente entre as pétalas de flor que flutuavam na superfície da água. Não parecia haver mais nada submerso na banheira. Somente quando ergueu os olhos e viu os gestos encorajadores de Creusa Mirina entendeu que *ela* deveria entrar naquela água, uma honra imerecida para quem não era suma sacerdotisa nem mais sequer uma mulher sagrada.

Ela balançou a cabeça e recuou... mas Creusa a deteve. Aparentemente estava acostumada a pessoas relutantes, pois despiu Mirina desamarrando com destreza tudo o que era necessário, até não restar mais nada para tirar. Somente então, instada pelo pudor, Mirina pôs o pé dentro da água... e constatou que estava tão agradável e quentinha que não hesitou em se sentar.

Quando o fez, a água se ergueu à sua volta, e ela ficou aliviada ao ver que a cobria quase por completo, com pétalas de flor a se acumularem delicadamente em torno de seus ombros. Ao se apoiar na lateral de madeira, porém, não pôde deixar de pensar no processo de construção de tão magnífica obra e, enquanto Creusa guardava suas roupas com uma careta, tateou a banheira por dentro e por fora para tentar desvendar seus segredos.

Mas Creusa segurou suas mãos, sorrindo, e as mergulhou de novo na água. Então, gesticulando para Mirina inclinar a cabeça para trás, pegou uma concha de metal e começou a despejar água em seus cabelos até encharcá-los por completo. Depois disso veio o sabão, uma substância pegajosa de cheiro doce, diferente de tudo o que Mirina já conhecera.

Sentada sem se mexer, com os olhos fechados por causa da espuma, Mirina ficou encabulada ao constatar quanto gostava do banho: a água morna, a tranquilidade daquele cômodo, os dedos delicados a percorrer devagar seus cabelos e pescoço. Talvez por Creusa ser uma desconhecida... ou talvez por causa dela mesma, Mirina, que já não tinha os pensamentos e sensações contidos pelo chacal. Se assim fosse, ela acolheria de bom grado aquela mudança. Pois não fora justamente para isso que deixara Éfeso e fora para Troia? Não havia passado o mês anterior em um estado de impaciência e irritação, sentindo que ainda havia muita felicidade para encontrar na vida, muito prazer?

Quando o banho finalmente acabou e Mirina foi enrolada em tecidos macios, sentia-se tão mole que mal conseguia se manter em pé. Creusa levou uma das mãos às suas costas e a conduziu pela cortina nos fundos do cômodo até outro, mais amplo do que se poderia esperar, mas que continha apenas duas coisas: uma lareira repleta de lenha, que queimava e crepitava, e uma cama baixa forrada com peles de animais.

Creusa apontou para a cama e fez Mirina entender que ela dormiria ali, separada das outras, separada de Lilli. Assim que ela pisou nas peles, a moça voltou à cozinha e retornou em poucos instantes com uma tigelinha de chá quente.

Depois de ver Mirina provar a bebida e aquiescer, agradecida, Creusa se curvou para a frente em um impulso e beijou seus cabelos molhados, então se retirou do cômodo com os olhos baixos.

Pouco depois, Mirina ouviu Creusa sair da cabana e a porta se fechar com um ruído suave. Dividida entre a preocupação com as outras e a obrigação para com Creusa, que obviamente desejava que ela ficasse ali mesmo, Mirina decidiu ter paciência e beber o resto do chá antes de ir ver como Lilli estava.

Ao esvaziar a tigela, porém, que continha uma curiosa mistura de hortelã com alguma outra coisa, estava tão relaxada que a ideia de tornar a vestir as roupas emboladas em algum lugar no chão da cozinha era uma tortura. Com um suspiro profundo, deitou-se na cama para descansar um instante...

E foi despertada por um barulho de água.

Sentou-se na cama. Não fazia ideia de quanto tempo dormira. Seus cabelos estavam quase secos e o fogo se transformara em um montinho de brasas.

Ela desceu da cama e foi na ponta dos pés até a cortina espiar a cozinha, imaginando ver Creusa, a incansável Creusa, esvaziar a banheira. Mas o que viu a fez recuar com um arquejo. Era Páris, nu em pelo, em pé dentro da água depois de ter tomado um banho, com a pele molhada a refletir o brilho dos carvões no braseiro da cozinha enquanto secava os cabelos.

Sem saber o que fazer, Mirina ficou parada onde estava, enrolada em suas cobertas. Quando Páris enfim afastou a cortina e entrou no quarto, sem roupa quase nenhuma, ela sentiu uma timidez tão grande que desviou o olhar. Mas seu desejo de vê-lo superou o recato e ela ergueu o rosto para encará-lo.

Não teve noção de quanto tempo os dois passaram assim, travando um diálogo mudo. Então, como se estivesse esperando a sua permissão, Páris foi na direção dela e segurou seu rosto, beijando-a com toda a paixão represada que ela vira em seus olhos, beijos de tenras promessas e implacáveis exigências, que a carregaram a galope por campos floridos sem fim...

Mas quando ele tentou tirar o cobertor de cima de seu ombro, a mão dela disparou por reflexo e se fechou com força em volta do seu pulso. Páris sorriu e sussurrou:

– Não lute comigo. Hoje não.

Mirina soltou seu braço devagar.

– É só o que você me ensinou tão bem.

Ele a beijou no pescoço, logo abaixo da orelha.

– Sim, mas há mais coisas a aprender.

Ela quase não conseguia pensar. Fechou os olhos.

– E o que você quer que eu aprenda hoje?

– A lição mais importante de todas. – Ele a puxou bem para junto de si. – A se render com graça.

Ela deu um arquejo de espanto.

– Mais uma vez, você está armado e eu não!

Ele deu uma risadinha, mas não a soltou.

– Em geral é isso que faz alguém se render.

– Se eu fosse homem, você jamais me diria para me render.

– Não. – Ele a segurou pelo pescoço e tornou a beijá-la, deliciando-se com sua maciez. – Só que você não é homem. É bonita demais, misteriosa demais...

Seu toque experiente fez Mirina arquejar.

– Não tenho certeza se eu sei ser mulher. Nunca tentei.

Páris sorriu.

– Se você pudesse se ver, pensaria diferente.

– Pode me ajudar?

O olhar dele ficou mais profundo.

– A Terra precisa pedir ao Sol para nascer?

Mirina balançou a cabeça; queria que ele entendesse.

– A Terra é novidade para mim. Durante muito tempo, quem governou meu mundo foi a Lua.

– Eu sei. – Páris segurou sua mão e beijou o pulso, um tom mais claro onde o bracelete de chacal ficava. – A Lua não tem poder de dar a vida. Por isso tem tanto ciúme do nosso prazer.

Ele apertou sua mão, mas então se lembrou de alguma coisa e a soltou.

– Mas primeiro...

Intrigada, Mirina o viu desaparecer atrás da cortina e voltar instantes depois trazendo algo envolto em um pano. Depois de jogar alguns pedaços de lenha na lareira, ele se ajoelhou junto ao fogo, abriu o pano e revelou dois objetos escondidos lá dentro. O primeiro era uma garrafa de barro simples, lacrada com cera, o segundo um cálice de ouro cravejado de pedras preciosas. Ao ver o respeito com que Páris tocou este último, Mirina imaginou que não fosse um cálice comum da realeza; devia carregar alguma magia.

– Tome.

Ele lhe entregou o cálice, tirou o lacre da garrafa e serviu o líquido mais escuro e viscoso que Mirina já vira. Então tornou a falar, solene.

– Você é o cálice, eu sou o vinho.

Quando ela abriu a boca para perguntar por que não podia ser ao contrário, ele encostou os dedos em seus lábios e a encarou com um olhar intenso, como quem faz um alerta.

– Beba.

Ela bebeu, mas só um golinho, e deixou o resto para Páris, que esvaziou o cálice com uma careta.

– Desculpe – disse ela. – Não entendi que era para beber tudo.

– Não. – Ele se ajoelhou e tornou a embrulhar tudo no pano. – Porque eu não lhe disse para beber tudo. Tenho certeza de que o gosto disto aqui já assombrou muitas noivas na noite de núpcias... como se elas já não estivessem amedrontadas o suficiente.

Mirina se espantou.

– Quer dizer então que eu agora sou sua mulher?

Páris se levantou devagar e a beijou com reverência. Então pegou o cobertor que ela ainda segurava em volta do corpo e o retirou com toda a delicadeza.

– Quase – sussurrou, admirando-a antes de pegá-la no colo e pisar direto sobre a cama. – Antes que a noite termine, será.

CAPÍTULO TRINTA

Mirina acordou em um quarto banhado de sol. A luz forte a fez piscar; ela olhou em volta para descobrir por onde o sol estava entrando e viu um par de venezianas que fora aberto enquanto ela dormia. Deitado ao seu lado, Páris sorria para a sua confusão. Vê-lo a fez sentir um raio de prazer atravessar seu corpo, deixando um rastro de constrangimento quando as suas lembranças da noite foram libertadas de uma vez só e saíram voando com as asas trêmulas.

Mirina mergulhou sob a pele de urso que cobria a ambos, afundou o rosto no pescoço de Páris e sentiu que ele ria.

– Pensei que tivéssemos liquidado essa sua timidez – disse ele, beijando-a na têmpora. Correu as mãos por suas costas e a puxou mais para perto. – Talvez devêssemos tentar caçá-la outra vez... É evidente que ela ainda está escondida em algum lugar.

Mirina deu uma risadinha ao sentir o toque exploratório de suas mãos.

– Não há como negar que você liquidou várias coisas – murmurou ela em seu ouvido. – E liquidou sem dó... mas deixe-me manter minha modéstia por mais algum tempo, para não parecer uma desconhecida aos meus próprios olhos.

– Está bem – rosnou Páris, rolando até ficar por cima dela. – Fique com a sua timidez, se precisar, contanto que deixe esta ave de rapina que agora é seu marido ficar com o resto.

Mais tarde, quando eles tornaram a se aquietar, Mirina pôs a mão sobre o coração dele e disse:

– E pensar que viajei para tão longe de tudo o que conhecia... para descobrir que minha casa estava aqui o tempo inteiro, à minha espera.

Páris virou a cabeça e mergulhou os olhos nos dela.

– Fale-me sobre as pessoas que você conheceu. Seus pais, sua família...

Mirina estendeu a mão e envolveu os dois em um cobertor.

– Estão todos mortos. Minha irmã Lilli... – Ela se deteve para conter uma súbita tristeza. – Ela é a minha única parente viva.

Páris a beijou na testa, em seguida se deitou e pôs-se a encarar o teto.

– Você tem sorte – falou, a voz pesada com um fardo que só ele percebia. – Ninguém para esperá-la, exigir coisas de você, julgá-la. Você é livre.

Aflita para dissipar aquele súbito pessimismo, Mirina moveu uma das mãos debaixo das cobertas.

– Não mais.

– É, sim. – Ele segurou sua mão; ainda não estava pronto para brincar. – Esta casa... você e eu... isto é liberdade. Nós dois abrimos mão de nossos laços para ficarmos juntos, e o meu desejo... – Aproximando a mão dela da boca, ele a beijou com ternura. –... o meu desejo era podermos ficar aqui deitados assim até o fim dos tempos.

Os dois passaram três noites na cabana. Durante o dia, Mirina fazia o possível para entreter as irmãs, mas apesar da boa vontade e dos comentários bem-humorados das outras, ficou claro que todas, inclusive Lilli, começavam a ficar impacientes com aquele isolamento na montanha.

Quando Enéas voltou, no quarto dia, com ordens de levar o príncipe Páris de volta à corte, até Mirina sentiu um alívio secreto com o fim daquela temporada rústica. Desconfiava que a magnificência de uma recepção real aplacasse a insatisfação de suas irmãs e a liberasse para novamente passar longas e deliciosas horas sozinha com o marido.

Durante o trajeto a cavalo pela margem do rio Escamandro, porém, quando as muralhas de Troia foram assomando à frente, Páris se mostrou tão calado que Mirina começou a imaginar se haveria algo que ele não tinha lhe contado, alguma realidade terrível que em breve frustraria suas expectativas de felicidade. Foi incapaz de imaginar o que poderia ser, a não ser o risco óbvio de o rei e a rainha não aprovarem a esposa escolhida pelo filho. Toda vez que ela havia abordado esse assunto, no entanto, Páris desconversara, rindo, e lhe garantira que ninguém acharia nada de errado com *ela*... dando a entender que, qualquer que fosse, o problema era apenas com ele.

No fim das contas, Mirina afugentou essas especulações fúteis e se dedicou a contemplar a beleza da paisagem à sua volta. A planície do Escamandro já lhe parecera rica e farta no dia da sua chegada; desde então, sua admiração só aumentara, pois aquele agora era o seu lar; aquele trigo dourado a ondular com a brisa eram os grãos que ela iria comer; e as muralhas colossais, construídas para durar uma eternidade, eram o berço que ninava o seu futuro. E o futuro de Lilli também, caso ela decidisse ficar em Troia.

Ao se aproximar do portão da cidade, Mirina teve de inclinar a cabeça para trás, de tão maravilhada. Nunca na vida tinha visto muralhas daquela altura, nem portas feitas com tábuas de madeira tão gigantescas. Em nenhum lugar da cidade da Deusa da Lua havia qualquer construção comparável àquela; até as grandes fortificações de Micenas pareciam pequenas em comparação.

O portão escancarado permitia um ir e vir constante de camponeses e mercadores, estes a caminho do porto que reluzia ao longe ou retornando à cidade com carroças abarrotadas de mercadorias estrangeiras. Tudo ali parecia ter um objetivo. Mirina teria ficado feliz em apear e passar o dia inteiro sentada nos bancos junto com os idosos, deixando-se levar pela maré da vida.

– Quando chegarmos, é possível que haja certa... comoção – disse Páris enquanto as conduzia pelo meio da confusão. – Mas, por favor, confie em mim e não se preocupe. – Ele abriu para ela um sorriso tranquilizador. – Ninguém vai nos impedir de ficar juntos, e antes que você perceba... – Ele se inclinou mais para perto dela. –... vou persegui-la em cima de uma cama tão grande que você finalmente vai ter uma chance de escapar da minha luxúria de sátiro.

Mirina não se deixou enganar pela descontração dele. Percebeu os músculos contraídos da mandíbula e os vincos desenhados em sua testa. Vê-lo sofrer lhe causou aflição, ainda mais por ele não compartilhar suas preocupações nem aludir aos motivos. Pensando bem, contudo... ela o conhecia bem o suficiente para entender que seu silêncio, mais do que tudo, era uma expressão do amor por ela. Tivesse ele de suportar o que fosse, pretendia suportá-lo sozinho. Desafiar essa decisão e dizer que isso a magoava seria um golpe certeiro no coração dele.

Ao contrário do portão da cidade, o acesso à cidadela de Troia estava fechado e protegido por guardas armados. Para chegar lá era preciso subir uma rampa íngreme e estreita, com muros altos de um lado e outro. Aquilo não se parecia com nada que Mirina já tivesse visto.

– Nós somos um povo que preza a privacidade – explicou Páris. – Muitos navios estrangeiros ficam atracados aqui durante o verão...

Ele interrompeu a frase no meio para se dirigir aos guardas no idioma troiano, e estes se puseram de prontidão na mesma hora, abrindo uma janelinha no portão para ordenar que fosse destrancado por dentro.

Quando o portão se moveu, Mirina viu que a entrada era um túnel feito com imensos rochedos encaixados que aparentemente só os deuses poderiam ter tido forças para mover. Do outro lado do túnel, Páris conduziu seu grupo até um pátio vasto e inclinado cercado por magníficas residências. A cidadela troiana, lar do rei Príamo e sua corte, era por si só uma pequena cidade, dominada do alto por uma construção particularmente grande com uma sequência de colunas em sua fachada.

– Aquile é o Templo do Sacudidor da Terra – explicou Páris ao ver para onde ela olhava. – O todo-poderoso tio do Deus Sol. É aqui que ele mora quando não está vagando pelo oceano. – Páris fez um gesto para indicar o vasto mar azul visível além dos muros da cidadela. – Mas venha, vejo que meu pai está aqui fora. Assim teremos uma chance de falar com ele sem muito eco e sem o coro lamentoso de sacerdotes agourentos...

Foi então que Mirina reparou no amontoado de homens no outro extremo do pátio e no belo alazão em pé no meio deles. Quando ela e Páris foram na direção do grupo, com Enéas e suas irmãs a segui-los de perto, ela viu um velho de bengala verificar os dentes do cavalo e calculou que uma negociação estivesse em curso.

Páris apeou, foi até outro homem de pé um pouco afastado e começou a falar com ele, meneando a cabeça em atitude deferente. Como o homem usava uma roupa sem nenhuma característica especial, Mirina só entendeu que aquele era o ilustre rei Príamo quando ele estendeu a mão para o príncipe. Após um beijo obediente no anel do pai, Páris começou, pelo que Mirina pôde constatar, a dizer algo sobre as mulheres que trouxera para a corte. Não tinha falado muito quando os olhos de expressão serena do rei se estreitaram.

Ela havia se preparado para aquele momento, mas mesmo assim constatou que se encolhia diante do olhar perscrutador do rei Príamo quando ele examinou primeiro ela, depois suas irmãs. Embora pai e filho tivessem estatura parecida e os cabelos do rei houvessem apenas começado a ficar grisalhos, seus olhos poderiam ter passado pelos do homem mais velho do mundo.

– Venha, meu amor.

Páris a ajudou a descer do cavalo e a conduziu pela mão até diante do rei, que não sorria. Então deu um profundo suspiro e endireitou os ombros.

– Pai, esta é minha mulher. O nome dela é Mirina.

A expressão do rei Príamo parecia esculpida em rocha de tão imóvel. Não expressava nem raiva nem alegria. Por um brevíssimo instante, Mirina pensou se Páris poderia ter errado ao supor que o pai ficaria à vontade falando a língua de Éfeso. Ou talvez ele não houvesse escutado o que o filho dissera. Mesmo antes de ela completar esse pensamento, contudo, o rei respondeu nesse idioma, sem qualquer vestígio de sotaque.

– É verdade?

Mirina sentiu a mão de Páris se fechar com firmeza em volta da sua.

– Sim.

– E você, o que diz? – O rei se virou para Mirina. – É a mulher dele?

Ela aquiesceu, ofegante demais para responder com palavras.

– Fale! – O rei não estava com disposição para gente submissa. – Você é a mulher dele?

Mirina engoliu o nervosismo.

– Sou.

Então, por fim, o rei Príamo assentiu para o filho.

– Que seja, então. Que o Sacudidor da Terra abençoe essa união. E a sua mãe também! Vou avisá-la agora.

Dizendo isso, o rei virou as costas e se afastou com passos decididos, deixando não apenas Mirina, mas suas irmãs e Enéas consternados e em silêncio.

– Muito bem – disse Páris, dirigindo-se a todas as mulheres ao mesmo tempo, com um sorriso a desafiar o embaraço que não lhes permitia parar quietas. – Bem-vindas à casa do meu pai. Enéas vai cuidar para que sejam acomodadas de modo confortável, enquanto Mirina e eu faremos o que precisa ser feito... algo que nem precisam invejar.

A rainha não estava em seu pátio, cercada por damas de companhia e músicos, tampouco havia se recolhido a seus aposentos privados para se banhar e ter privacidade. Quando Mirina e Páris finalmente a encontraram, ela estava ajoelhada em um santuário caseiro sem janela, diante de um pequeno altar repleto de velas de cera e pequeninas estatuetas.

Depois de aguardar alguns instantes para não interrompê-la, Páris se abaixou e levou uma das mãos a seu ombro coberto.

– *Mama*...

Mirina ouviu um arquejo, depois um soluço... e a rainha então se levantou de seu banquinho de oração e envolveu o filho nos braços, enquanto proferia uma enxurrada de lamentos chorosos. Acariciando seus cabelos com mãos frenéticas e trêmulas, beijou-o inúmeras vezes, sem querer soltá-lo, e o que quer que ele tenha sussurrado em seu ouvido, por mais calmo e paciente que tenha sido, só pareceu deixá-la ainda mais abalada.

Mirina deu um passo para trás. Sua vontade era sair correndo e se esconder. Havia previsto fúria e acusações, não lágrimas. Não lhe parecia certo testemunhar aquelas emoções tão íntimas. Como poderia encarar a rainha depois daquilo? Sentiu raiva de Páris por tê-la feito participar de um momento tão crítico, mas mesmo assim pôde ver que ele também estava chocado com o tamanho do desespero da mãe.

– Mãe, por favor – disse ele, na língua de Éfeso. – Quando conhecer Mirina melhor, vai entender...

– Mirina? É assim que devo chamar sua assassina?

Relutante, a rainha se virou de frente para a nova nora.

– Você sabe o que fez? – sussurrou, como quem suplica a um carrasco inclemente. – Sabe o que fez com o meu filho, o único menino saudável que eu já segurei no colo? – Conforme ela falava, sua voz ganhava força e, ao ver o terror de Mirina, ela praticamente arremessou as últimas palavras na sua cara. – Você acha que conseguiu uma vida de riqueza, mas não! Sua porca gananciosa! Quando ele morrer, vou garantir que você seja queimada no mesmo dia, só que em uma pira bem diferente!

– Mãe! – exclamou Páris, segurando-a com firmeza pelos ombros. – Controle-se! Mirina nada sabe sobre essa bobagem.

Ele envolveu a mãe em um abraço apertado para tentar acalmar seus tremores.

– Olhe só para você! O que ela deve estar pensando? Mirina me ama, eu lhe garanto, e preferiria morrer a me causar dor. Exatamente como a você.

Houve um breve silêncio. Então, com a voz abafada pelo ombro dele, a rainha balbuciou:

– Ela nunca vai poder amá-lo como eu.

– Eu sei, mãe. – Ele tornou a beijá-la. – Mas ela está se esforçando ao máximo. Ela é filha de Otrera, portanto sua sobrinha. Assim como você, desfez os votos para se casar. Só *você* pode saber o que ela passou.

Essa frase, enfim, pareceu surtir efeito. Depois de enxugar os olhos com a ponta do xale de oração, a rainha recuou um pouco e tornou a olhar para Mirina, seu ódio por ora controlado.

– Mais uma mulher que rompeu seus votos debaixo deste teto? Estamos amaldiçoados em dobro. Mas vejo agora que preciso assumir minha culpa. A Deusa jamais me deixou esquecer... e agora o dia do meu juízo está próximo.

Ela pressionou um punho cerrado contra o peito, reprimindo outro acesso de tristeza.

– Não vou odiá-la, criança. Cometi um erro ao condená-la. Pois você nada mais é do que um instrumento da Deusa. Não foi você quem matou meu filho. Fui eu. Com minha ignorância e maldade, eu lhe dei a morte antes mesmo de os deuses lhe darem a vida.

Os aposentos de Páris ficavam no último andar do palácio real, um amplo cômodo com varanda e vista para a cidade e o porto. Para além do porto, situado dentro de uma baía protegida, o mar subia e descia em silêncio ao calor do meio-dia, marcado por um ou outro navio que saía do exíguo estreito de Dardanelos e dava a volta no cabo de Troia.

Era uma vista magnífica, de fato luxuosa, mas nem assim Mirina conseguiu admirá-la. O encontro com a rainha a deixara muito perturbada. Ela não conseguia afastar da mente a maldição não mencionada que lançara uma sombra tão grande sobre mãe e filho.

– Essa vai ser sua vista de agora em diante – disse Páris, aproximando-se por trás dela. – E esta aqui vai ser a minha. – Ele a beijou no pescoço, em seguida puxou o vestido que lhe cobria o ombro e correu as mãos por sua pele. – A mais bela vista de Troia... não, do mundo inteiro...

– Por favor.

Mirina segurou o vestido da melhor maneira que conseguiu.

– Assim como o sol nasce de um lado e passa o dia inteiro viajando até o outro... – balbuciou o príncipe, delineando suas costas. –... eu poderia passar o dia inteiro viajando por você, da frente até as costas, de cima até embaixo. E você jamais, em tempo algum, esperaria em vão a minha subida.

Ele pressionou o corpo nela por trás, brincalhão. Mas Mirina não conseguia se animar depois do drama que havia presenciado.

– Me explique o que sua mãe quis dizer – sussurrou ela, olhando-o por cima do ombro. – Não consigo esquecer a tristeza dela.

Páris deu um suspiro e a soltou.

– Eu devia ter lhe avisado que minha mãe é supersticiosa. Acredita em mim se eu disser que não é nada com que se preocupar?

– Não.

– Maldição! – Páris saiu para a varanda. – Que belo começo para o nosso casamento. Mas imagino que não me casei com você porque queria ser seguido por uma escrava submissa. – Ele a olhou para ter certeza de que ela o escutava. – O que você precisa entender é que minha mãe gerou doze filhos, mas perdeu nove. Alguns de parto, outros depois para um... – Ele deu de ombros. –... Destino invejoso? Não vou fingir que entendo dessas coisas.

Mirina balançou a cabeça.

– Pobre mulher. Ter de suportar tamanha tristeza...

– Enquanto isso, meu maravilhoso pai não para de ter filhos com suas outras esposas e concubinas e raramente está sem um bebê ou uma mulher nos braços.

Com os braços cruzados, ele virou as costas para a cidade. Ao constatar o choque de Mirina, deu um sorriso de ironia.

– Desculpe. Mas foi você quem quis saber.

– Obrigada pela sua franqueza.

Ela chegou mais perto; ainda não estava pronta para abandonar o assunto.

– Mas por que sua mãe me acusaria de matá-lo?

Páris revirou os olhos.

– Uma baboseira religiosa.

Mirina o encarou com intensidade, instando-o a prosseguir, mas ele permaneceu calado. Então ela segurou seu rosto com as duas mãos e disse:

– Por favor, deixe-me compartilhar mais do que a sua cama. Algo o atormenta, e não poder ajudá-lo a suportar esse fardo me causa dor. Lembre-se do que você me ensinou... e deixe-me lutar ao seu lado, costas com costas, até conseguirmos afastar essa dificuldade...

Páris segurou suas mãos e as beijou, uma de cada vez.

– Quando eu nasci, não faltaram maus presságios – disse ele por fim, virando-se outra vez para o mar. – O sacerdote usou todos as artimanhas para convencer meus pais de que eu era uma criança indesejada... odiosa aos olhos dos deuses, portanto uma ameaça a Troia. – Ele lhe exibiu um sorriso triste. – Sempre tivemos medo, entende, de o Sacudidor da Terra se levantar e sair marchando de nossa cidade tomado pela ira, causando destruição por onde passasse. Às vezes é possível sentir quando ele se mexe... – Páris correu a mão por uma ínfima rachadura na balaustrada de pedra. – Mas não tenha medo, minha amada, ele nunca esteve mais calmo do que agora.

Mirina estudou seu perfil, aflita para entender.

– Mas o que os sacerdotes poderiam ter contra um recém-nascido?

– Eles nunca aprovaram a esposa que meu pai escolheu. Temiam que, com uma rainha originária de Éfeso, uma rainha acostumada a armas e independência, o povo troiano talvez se virasse contra os novos deuses e voltasse aos costumes antigos.

Páris hesitou, e quando prosseguiu foi com relutância.

– Preciso lhe dizer que, antes de meu avô subir ao trono, Troia foi governada por mulheres durante muitas gerações. Otrera e minha mãe são descendentes das antigas rainhas da cidade. Foi por isso que meu pai decidiu se aliar a elas pelo matrimônio. Mas os sacerdotes sempre temeram que minha mãe desafiasse a autoridade real do meu pai, portanto, desde que ela pisou em Troia, começaram a encher sua cabeça com baboseiras supersticiosas.

Sentindo a dor de Páris, Mirina o abraçou. Os dois passaram algum tempo assim, observando a cidade que parecia alegre em ignorar o próprio passado secreto.

– Estou certa de que pode entender como minha mãe está se sentindo – disse Páris por fim, apoiando a cabeça na dela. – Por maior que fosse o seu alívio por manter o bebê consigo, ela ficou perturbada com toda aquela conversa sobre maus presságios. Portanto, assim que um novo coro de sacerdotes conspiradores assumiu suas funções e começou a examinar entranhas e falar tolices para se promover, ela tornou a consultá-los para entender melhor o meu destino.

Páris se calou, os olhos vagando pela cidade movimentada, acompanhando uma carroça aqui, um grupo de marinheiros acolá. Ele então se virou, entrou no quarto, pegou a bolsa e dela tirou o pano que continha o cálice de ouro. Não o desembrulhou, apenas o pousou delicadamente sobre uma mesa antes de caminhar até a cama – um imenso divã posicionado sobre um tablado de mármore entre quatro colunas de pedra vermelha – e se atirar de bruços nela.

Quando ele tornou a falar, sua voz saiu abafada pelas cobertas macias, mas Mirina, depois de subir na cama ao seu lado, escutou cada palavra, embora talvez desejasse não ter escutado.

– Agora, para agradar a meus pais, os novos sacerdotes decidiram que meu destino não era tão ruim quanto antes se pensava... contanto que eu nunca me casasse – começou ele. – Meu casamento, disseram eles, despertaria a fúria do Sacudidor da Terra e ele me mataria. Mas aqui estou eu, casado e ainda vivo.

Ele se virou e abriu os braços. Como Mirina não reagiu, ele se apoiou em um dos cotovelos e puxou de maneira brincalhona seus cabelos.

– Vamos, linda esposa, venha rir comigo. Os caminhos dos deuses podem ser um mistério, mas os caminhos do homem são óbvios demais.

Abalada com o que havia escutado, Mirina o abraçou.

– Você não precisava ter se casado comigo. Eu teria morado com você, feliz...

– Mentirosa! – Páris se virou e a imobilizou sobre a cama. – Desde o instante em que eu a chamei de rainha Mirina e pus uma coroa na sua cabeça, ambos entendemos que não poderia ser de outro jeito. Eu precisava possuí-la de forma plena e total.

Ele baixou os olhos para seu corpo e para o vestido ainda aberto.

– Você fala como se fosse meu dono – protestou ela, em parte aliviada por abandonar o tema sinistro, mas também incomodada com o tom possessivo que Páris vinha usando com ela desde sua chegada ao palácio.

– E não sou? – Ele sorriu de seu cenho franzido, em seguida pôs-se a acariciá-la, como para demonstrar que ela era sua. – Eu acho que sou.

– Permita-me discordar. – Mirina deslizou uma das mãos por baixo da túnica dele, e logo encontrou o que estava procurando. – Apesar de toda essa sua atitude arrogante, o destino do homem é ser possuído pela mulher, não o contrário.

O toque dela fez Páris se deitar de costas na cama com um arquejo de prazer, e ela se sentou em cima dele, triunfante.

– Agora que entendo a mecânica que rege esses assuntos, aposto que para cada bandido predador que obtém seu prazer sob a mira de uma adaga, é possível encontrar cem maridos governados pelos caprichos das esposas – disse ela, parada acima dele.

Provocante, mexeu o corpo junto ao dele, deliciando-se com seus grunhidos de impaciência.

– Não, meu amor. Sim, meu amor. Agora não, meu amor – falou ela e, inclinando-se para a frente, cravou os olhos nos dele para exibir seu poder. – *Nós* possuímos vocês, meu príncipe. A natureza quis assim. Nunca se esqueça.

A PRIMEIRA SEMANA DE MIRINA no palácio foi uma confusão de felicidade intensa, quase eufórica, misturada a constrangimentos e frustrações que a faziam chorar escondida ao final de cada dia – ela, a matadora de monstros do lago, a salvadora das irmãs escravizadas.

Sua principal preocupação era Lilli. Infelizmente, os critérios de Mirina para garantir o conforto da irmã iam muito além do que Páris estava disposto a fazer. "*O quê?*", exclamara ele na primeira vez que ela, com muito tato, abordara o assunto. "Você quer que a sua inocente irmã durma no nosso quarto, onde vai ouvir tudo o que dissermos e fizermos?" Ele balançara a cabeça, sem acreditar. "Por que deseja amordaçar dessa forma o próprio prazer? Você sabe que nós nunca ficaríamos à vontade com ela tão perto."

Mirina compreendeu, claro, e não repetiu o pedido. Mas não podia ignorar a tristeza que o futuro prometia. Em breve Hipólita desejaria voltar para Éfeso, e Kara, Animone e Cime sem dúvida iriam com ela. Quando elas fossem embora, Lilli teria que dormir sozinha entre desconhecidas em um quarto coletivo naquela terra estrangeira. Por mais que Mirina amasse a irmã e detestasse imaginar a vida sem ela, havia momentos em que sentia que Lilli talvez fosse mais feliz em Éfeso, rodeada de amigas.

Não ajudou em nada quando Páris, ansioso para demonstrar seu amor fraterno de um modo mais agradável, se ofereceu para ensinar Lilli a montar o próprio cavalo. Ao ver a animação que essa proposta causou, não apenas em Lilli, mas em todos que gostavam da menina, Mirina não conseguiu se opor. Assim, todo final de tarde, após concluir as tarefas do dia, Páris ia procurá-las no pátio da rainha, dava um beijo rápido no rosto de Mirina e levava Lilli embora para uma hora de ruidosa diversão atrás das estrebarias.

Outro golpe que abalou o contentamento de Mirina foi a expectativa crescente de que ela se comportasse como princesa em tudo o que fazia, deixando de ser caçadora. Antes de chegarem a Troia, nem sequer lhe ocorrera que Páris pudesse querer fazê-la mudar de comportamento, mas assim que eles se acomodaram em seu quarto ele lhe implorou, entre beijos amorosos, que o deixasse guardar suas armas e que ela usasse apenas as roupas que ele lhe desse.

– Por favor, entenda: eu amo seu coração de caçadora e jamais iria querer que você mudasse – disse ele, depois de lhe ensinar a usar os broches de ouro que prendiam seus novos e delicados trajes. – Mas as pessoas aqui respeitam os costumes antigos, e eu não quero que riam de mim...

– Elas respeitam os costumes *novos*, você quer dizer – corrigiu Mirina. – Você não me disse que antigamente, antes de o Sacudidor da Terra chegar...

– Shh! – Embora estivessem a sós, Páris olhou em volta, nervoso. – Só precisamos lhes dar tempo para se acostumar com a mudança...

– Que mudança? – Mirina estendeu o rebuscado vestido com um ar consternado. – Olhe para este tecido inútil; já está rasgado! Daria no mesmo se eu andasse nua.

A discussão parou ali, porém o assunto estava longe do fim, pelo menos para Mirina. Ela não tinha exagerado ao dizer a Páris, na noite de núpcias, que não sabia ser mulher. Embora ele houvesse se mostrado muito eficaz em apresentá-la a determinados aspectos da feminilidade, não a tinha preparado para as muitas horas do dia em que ela teria de andar, sentar e falar como mulher, além de suportar o tédio interminável do bom comportamento feminino.

Enquanto Páris passava os dias com o rei na sala do trono ou fora do palácio, Mirina não tinha escolha a não ser ficar com as irmãs no pátio da rainha. No início, achou o lugar lindo: um pórtico largo dava a volta inteira em um pequeno jardim retangular com um resplandecente chafariz no centro cuja bacia era três vezes maior do que a do Templo da Deusa da Lua. Depois de percorrer algumas vezes os labirínticos caminhos feitos de conchas do jardim e constatar que todos iam dar exatamente onde começavam, ela começou a desconfiar que a razão daquele isolamento vigiado era tanto manter as mulheres confinadas quanto não permitir a entrada de estranhos.

Reclinada na sombra do pórtico em posição confortável, a rainha passava a maior parte do dia de olhos fechados, meneando a cabeça ao ritmo da música suave tocada por cortesãs idosas e bebericando o chá servido por criadas mudas. Era raro que puxasse conversa com alguém, mas mesmo assim esperava que todas as suas damas de companhia ficassem sentadas fielmente ao seu lado e compartilhassem sua graciosa indolência.

Mirina mal conseguia acreditar que aquela era a mesma mulher que havia conhecido no primeiro dia, cuspindo fel diante do altar da casa. A rainha não aludira nem mais uma vez ao episódio. Na verdade, quando Mirina e as irmãs entraram no pátio pela primeira vez e foram oficialmente apresentadas, foi como se ela houvesse esquecido por completo aquele primeiro encontro, como se houvesse tomado algum elixir que nublasse sua memória e a deixasse mais afável.

– Ah, sim – falou, depois de Hipólita recitar as complexas saudações enviadas por Otrera. – Minha irmã querida. Quanta gentileza. Agradeçam a ela e inventem algo bonito para lhe dizer em retribuição.

E pronto. Hipólita foi dispensada com um aceno, de modo a abrir espaço para uma bandeja com frutas, e ninguém disse mais uma palavra de boas-vindas. Decepcionadas, como era de esperar, as companheiras de Mirina logo começaram a falar com saudade das tarefas que as aguardavam em casa. Foi preciso muito esforço para Mirina convencê-las a suportar uma semana inteira daquele tédio pomposo.

– Não posso acreditar que você escolheu esta vida – sussurrou Animone certo dia, olhando para as concubinas do rei no pátio e para seus filhos, que passeavam um tanto ruidosos pelo pórtico em frente.

Mirina não pudera deixar de notar que várias daquelas mulheres estavam grávidas. O que realmente a incomodava era a expressão de pena nos olhos de Animone a sugerir que um dia ela, Mirina, seria a velha rainha a cochilar na cadeira, exaurida por noites e mais noites de solidão insone.

Nessa noite, ela voltou para o quarto com uma pilha de armas de brinquedo e esperou Páris empolgada, pronta para atacá-lo como tantas vezes havia feito na praia em Éfeso. No entanto, quando entrou no quarto e viu a espada de madeira deslizar até se deter a seus pés, ele apenas riu e balançou a cabeça.

– Onde arrumou isso? – perguntou, ignorando a postura de combate de Mirina.

– Roubei dos meninos – respondeu ela, murchando de decepção.

– Dos meus meios-irmãos? – Páris franziu o cenho. – Coitados. É melhor eu ir explicar...

Quando ele finalmente voltou, Mirina estava deitada na cama, fitando os desenhos pintados no teto. Trepadeiras, ovos, frutas... todos símbolos de fertilidade.

– Nós somos apenas éguas, não é? – falou. – Passeando delicadas em nosso curralzinho, esperando a hora de serem cobertas.

Páris ficou chocado demais para responder na hora, e antes mesmo de conseguir se abaixar para beijá-la, Mirina se levantou da cama.

– Hipólita pode ter armas, mas Mirina, não – continuou ela. – E Lilli pode montar, mas Mirina, não...

– É claro que pode!

Páris deu a volta na cama, sorrindo, mas ela lhe virou as costas.

– Um cavalo! – disse ela, de braços cruzados. – Eu quero montar meu *cavalo.*

Ele riu e a segurou pela cintura.

– Minha princesinha caçadora. Já se cansou de tanto luxo. Preferiria estar de volta a Creta, implorando por restos de comida.

Mirina se desvencilhou com violência do seu abraço.

– Espere. – Páris tentou puxá-la outra vez. – Não falei por mal.

– Eu sei. – Ela se virou para ele, lutando para engolir a raiva. – E você sempre me tratou com gentileza. Eu sou uma ingrata...

Páris sorriu e a segurou pelo queixo.

– Mas tão bonita.

Mirina engoliu em seco outra vez.

– Por favor, podemos voltar para sua cabana no alto do morro? Só por alguns dias?

Ele aquiesceu.

– Assim que suas irmãs forem embora, iremos para lá. Você vai caçar comida, e eu... – Ele tornou a puxá-la para si. – Eu vou caçar você.

Nesse exato instante, enquanto eles selavam o plano com um beijo, alguém bateu à porta.

– O rei solicita sua presença no templo – disse uma voz.

Ao ver o ar decepcionado de Mirina, Páris falou:

– Por que não vem comigo? É melhor eles se acostumarem com a sua presença. Onde está a coroa que lhe dei? É melhor colocá-la. O templo é onde recebemos nossos inimigos.

O Templo do Sacudidor da Terra era um lugar solene, intimidador. Construído com os mesmos rochedos gigantes que Mirina tinha visto ao entrar na cidadela, de fato dava a impressão de ser o lar de um ser imortal a quem os confortos humanos não proporcionavam prazer nenhum. Não havia móveis nem luxos de qualquer espécie. Até as colunas que sustentavam o telhado alto eram simples e sem adornos; impressionavam simplesmente pelo tamanho.

O único que parecia à vontade naquele cofre de pedra era a divindade em si, um colosso dourado reclinado, como se adormecido, sobre uma prateleira de pedra elevada que margeava toda a parede dos fundos do templo. Não havia comida disposta para ele, nenhuma guirlanda de folhas ou presente votivo depositados abaixo de onde ele estava. Sua única diversão eram quatro jovens e perfeitos animais que passeavam livremente pelo templo e comiam feno do chão.

Ao entrar ali ao lado de Páris, Mirina viu o rei Príamo em cima de uma plataforma elevada no meio do recinto, cercado por um grupo de guardas armados e nobres de ar sombrio.

Na primeira vez que ela vira o rei, este lhe parecera um homem como outro qualquer. Nesse dia, porém, ele usava uma coroa de chifres e uma túnica debruada de pele e tinha um aspecto de fato majestoso.

– Pai – disse Páris, subindo no pódio com Mirina logo atrás. – O que houve?

– Que bom que vocês dois vieram... – respondeu o rei Príamo, gesticulando para um oficial da corte. – Os primeiros que vieram lhes dar os parabéns estão esperando no portão: os leões de Micenas, sempre atrás de uma presa.

Mirina sentiu Páris se retesar e imaginou o estrondo do oceano além das muralhas da cidade. Ela fizera força para esquecer os tenebrosos acontecimentos de Micenas, mas nesse instante tudo lhe voltou em um acesso de pânico: o príncipe morto no chão, o fedor do sangue, os lamentos das escravas deixadas para trás...

Não havia nada que pudesse fazer para deter os passos do Destino. Um tumulto na entrada do templo a fez se virar e ver um grupo de homens lutando para conter um cavalo branco. Quando eles finalmente conseguiram controlar o animal, dois homens, um velho e um moço, se adiantaram para falar com o rei Príamo. O mais velho se apoiava pesadamente no rapaz.

Somente então Mirina o reconheceu: era Agamenon, senhor de Micenas. Fazia menos de um ano que ela o vira sentado no trono diante da fogueira em seu salão de recepção, mas esses poucos meses o haviam mordido com a fome de muitas décadas.

– Meu amigo – disse o rei Príamo, avançando com os braços abertos. – Você abençoa meu país com a sua presença.

Ao que Agamenon, vergado pela idade, ergueu os olhos e respondeu:

– Quem me dera alguém tivesse abençoado a *mim*. Pois a última visita de seu filho marcou o início de um tempo mau.

– Fico triste por ouvir isso. – O rei Príamo franziu o cenho, preocupado. – Triste e surpreso. Meu filho me disse que Micenas estava próspera.

Ele estendeu a mão para que Agamenon percebesse a presença de Páris.

– Sim, bem... – Agamenon fez uma pausa para tossir, e o som reverberou pelo templo. – Seu filho deixou meu país antes de a tragédia se revelar. Portanto, ele decerto ignora meus infortúnios.

– De fato, eu os ignoro – disse Páris, avançando até ficar um pouco na frente de Mirina, talvez para impedir que os homens a vissem.

– Aquela máscara que você me deu... – Agamenon reprimiu um acesso de tosse. – Ela me escolheu para o túmulo. Mas não o culpo. Vim aqui pedir sua ajuda. – Com um gesto para os homens atrás de si, o rei mandou que trouxessem o cavalo branco. – E prestar tributo ao Sacudidor da Terra. Há muitos meses estamos tendo ventos desfavoráveis e mares revoltos, caso contrário teríamos vindo antes.

– Belo presente – falou Príamo. – Agora me diga quem trouxe consigo. Vejo que não é o seu filho.

Agamenon fez uma careta e deu um tapinha no braço do rapaz que o acompanhava.

– Este é meu sobrinho Menelau, herdeiro de Esparta. Foi prometido à minha filha. Mas ela... – O velho rei parou para tomar ar. – Minha filha foi raptada de minha casa. Ninguém sabe onde ela está. E meu filho...

Sem conseguir continuar, o senhor de Micenas gesticulou para que o sobrinho falasse por ele.

O jovem Menelau de Esparta não era um rapaz sem atrativos, mas, assim que começou a falar, Mirina sentiu que era alguém criado para matar sem reservas, para quem autoridade era sinônimo de verdade.

– Um ataque repulsivo foi desferido contra a pacífica Micenas – começou ele, obediente, com uma voz pausada. – O inimigo era uma tribo de mulheres que lutam como homens e cortam fora um dos seios para arremessar melhor a lança. Nós as chamamos de *amazonas*... mulheres sem seios. Alguns dizem que elas encontraram abrigo aqui em Troia.

– Que disparate! – exclamou o rei Príamo. – Nunca ouvi falar nessas mulheres. Você já? – perguntou, encarando o filho.

Páris balançou a cabeça, igualmente chocado. Para sorte de Mirina, ninguém se deu o trabalho de lhe perguntar nada a respeito. Ela quase com certeza não teria conseguido fingir ignorância.

– Você me dá sua palavra? – perguntou Agamenon, empertigando-se. – Pois eu jurei persegui-las com espada e fogo.

Sem hesitar, o rei Príamo falou:

– Você tem minha palavra. Se eu algum dia vir essas aberrações... ora, eu mesmo as matarei.

– Elas assassinaram meu filho e roubaram minha filha Helena, o único fruto das minhas entranhas que talvez viva mais do que eu – prosseguiu Agamenon, e sua raiva lhe renovou as forças. – Não me resta muito mais vida, mas usarei toda a força que ainda tiver para pegá-la de volta. Você vai me ajudar?

Horrorizada, Mirina viu os dois reis apertarem as mãos. Seria mesmo verdade que a emburrada Helena, que agora estava em Éfeso usando o bracelete de chacal de Mirina, era filha do rei Agamenon? "Não vou voltar para casa", lembrava-se de ter escutado a menina dizer, com um semblante pálido e aflito. "Não vou voltar para casa. Meu pai vai me matar. Eu *sei* que vai. Ele matou minha mãe. E minha irmã. Eu sei que matou." Se o pai dela fosse mesmo Agamenon, Mirina podia muito bem acreditar. Podia até perdoá-la por ter fugido... se ela não houvesse utilizado uma artimanha tão desprezível.

O que fazer? Mirina não sabia. Olhou para Páris e pensou se ele saberia que a princesa raptada tinha deixado Micenas a bordo do *seu* navio. Mas Páris não estava mais acompanhando o diálogo entre o pai e Agamenon. Agora encarava uma silhueta esguia em pé na porta do templo, com os cabelos revoltos. Kara.

Tomada por uma premonição, Mirina agarrou o braço de Páris, querendo que ele chamasse os guardas. Mas já era tarde: Kara não podia mais ser detida. Atravessou correndo o recinto até Agamenon, jogou-se aos seus pés e abraçou seus joelhos com tamanha violência que ele teve de levar a mão ao ombro do sobrinho para se equilibrar.

– Bondoso pai! – gritou ela enquanto os guardas a arrastavam para longe. – Estou aqui!

– Esperem! – Agamenon acenou para os guardas a soltarem. – Não sou homem de chutar uma mulher em súplica. Pode falar!

– Elas me levaram embora contra a minha vontade. – Kara ergueu para Agamenon uns olhos cheios de lágrimas e de alívio. – Eu não queria ir.

O senhor de Micenas a encarou no chão, mudo. Então seus olhos se estreitaram.

– Eu já vi esta louca antes...

– Chega! – exclamou Páris, dando um passo à frente.

Mas já era tarde. Kara fora reconhecida.

– Como esta criatura insana veio parar aqui? – quis saber Agamenon, erguendo a voz de tão furioso. – Foi ela quem... – Ele enterrou uma das mãos nos cabelos de Kara e a puxou para cima com toda a força, arrancando-lhe um grito de pânico. –... quem matou meu filho, sua puta miserável? Foi você?

– Não! – gritou Kara, tentando se soltar. – Não! Eu disse a elas para não...

– Onde elas estão? – Agamenon a puxou pelos cabelos de novo e a arremessou pelo chão. – Diga! Onde elas estão?

– Pare! Pare, por favor! – Kara levou uma das mãos à barriga para protegê-la. – Estou carregando o seu neto...

Agamenon avançou com passos largos e lhe deu um tapa na cara.

– Nesse caso, mato dois com um golpe só. Fale, sua louca! Onde está o assassino do meu filho?

Aos soluços, sem conseguir se controlar e com o rosto todo sujo de lágrimas, Kara por fim levantou a mão e apontou um dedo trêmulo para Mirina.

CAPÍTULO TRINTA E UM

Maravilhas há muitas, mas de todas
A mais maravilhosa é o Homem...
Ele pode prender os alegres pássaros
Com uma arapuca e todos os animais
Selvagens da terra aprendeu a capturar.
Sófocles, *Antígona*

Istambul, Turquia

Pelo menos trezentas glamorosas celebridades haviam aceitado o convite para o baile de máscaras de Reznik, e a casa inteira reverberava o movimento das pessoas e o eco de suas risadas. Não havia nenhum móvel ou objeto decorativo para diminuir o barulho: nem sofá, nem tapete, nem cortina: era tudo feito de concreto, aço e vidro, com esculturas de mármore isoladas em cada canto e elegantemente iluminadas por spots de luz. Se alguém tivesse me dito que o lugar ainda estava em obras, eu poderia muito bem ter acreditado. Não era qualquer um que se sentiria à vontade em uma estante de concreto nu, ainda que a vista abarcasse dois continentes.

Os convidados, por sua vez, estavam longe de ser monocromáticos. Não só as mulheres, mas também vários dos homens usavam trajes grotescos e teatrais que davam a James um aspecto reconfortante, bonito e normal, mesmo vestido de Aladim. Havia supermodelos seminuas em fantasias mínimas coladas direto na pele e lobisomens estilizados com coleiras cravejadas de brilhantes. A maquiagem de pavão cintilante e cheia de arabescos que Rebecca e eu tínhamos escolhido no shopping Kanyon chegava a ser ridícula de tão discreta.

– Olhem ele ali – falou James, apontando para um homem fantasiado de toureiro espanhol no meio dos exuberantes convidados.

Alto e rígido, com os cabelos brancos domados por um corte rente, Grigor Reznik se destacava entre seu séquito reluzente como um homem de gosto impecável em matéria de moda e militarmente disciplinado em relação ao sorriso, que jamais ia além dos lábios.

Senti um súbito calafrio de mau agouro e falei:

– Talvez fosse melhor a gente desistir desse tal manuscrito...

– Deixe de ser chata, Morg! – Com um gesto ágil, James pegou três *flûtes* de champanhe sobre uma bandeja que passava. – Tome, beba e relaxe um pouco. Vocês duas. Não queremos que ele desconfie de *nada*.

Entre golinhos de champanhe, perguntei-me quantos dos convidados de Reznik de fato sabiam quem ele era e o que tinha feito antes de se mudar para a Turquia. Será que sabiam sobre sua polícia secreta e os manicômios infestados de ratos para onde ele mandava os prisioneiros políticos quando era chefe do Partido Comunista? Será que sabiam que mesmo agora, em teoria aposentado, ele deixava em sua esteira homens destruídos como o Dr. Özlem, e que havia ignorado repetidos avisos das autoridades turcas em relação ao seu envolvimento criminoso no comércio de antiguidades? Não pude evitar pensar que, a qualquer momento, uma equipe da Interpol poderia derrubar aquela porta estilosa e levar todo mundo preso em meio a uma névoa de gás lacrimogêneo. Mas ali estávamos nós, seus supostos amigos, trezentas pessoas tomando seu champanhe e legitimando sua pessoa com nossa presença.

Enquanto abríamos caminho pela multidão, vi uma silhueta meio conhecida aparecer e desaparecer de vista antes de sumir por uma porta.

– Viu aquela loura alta com roupa de camundongo prateado? – sussurrei, puxando o braço de Rebecca.

– Quem?

Ela se esticou para a esquerda, depois para a direita, mas não conseguiu ver a mulher.

– Agora ela saiu – falei. – Mas tenho certeza de que foi ela quem roubou meu celular em Náuplia. É óbvio que ela trabalha para Reznik.

Rebecca arregalou os olhos, mas não entendi se foi por acreditar em mim ou por me achar maluca.

James se virou para nós duas, as sobrancelhas arqueadas.

– O que houve?

– Ah, nada – murmurei, enquanto verificava que minha bolsa de noite ainda continuava bem fechada, a bolsinha de cetim com o caderno de vovó que eu agora mantinha sempre ao meu alcance. – Com licença.

Fui até o toalete iluminado com uma luz estroboscópica, apoiei-me na bancada de mármore e tentei me acalmar. A sensação de desastre iminente que tivera ao chegarmos voltou com força total. Em um recanto otimista de meu coração, eu havia acalentado a tênue esperança de que Nick no fim das contas aparecesse na festa e havia me arrumado para isso. Mas... se ele já estivesse ali, como eu poderia reconhecê-lo entre tantas pessoas mascaradas?

Enquanto eu estava em pé diante do espelho, uma linda latina usando uma fantasia justa de mulher-gato saiu de um dos cubículos. Os cabelos grisalhos curtos lhe davam uma aparência ao mesmo tempo velha e jovial e por um instante fiquei fascinada com o poder quase palpável que emanava de seu corpo. Quando nossos olhos se cruzaram no espelho, porém, a mulher me encarou com uma expressão nada menos do que venenosa. Só depois de a porta se fechar atrás dela me ocorreu que eu talvez já a houvesse visto antes, em outro lugar. Seus olhos tinham algo estranhamente conhecido...

Quando saí do banheiro, Reznik falava com seus convidados em um francês fluente. Peguei apenas o final de seu discurso, que terminou com um brinde sinistro:

– Ao Alex, cuja morte hoje completa um ano – disse ele, erguendo a *flûte*. – E à justiça.

– O que houve? – sussurrou Rebecca quando a música e as conversas recomeçaram. – Você parece que...

– Chega de perder tempo! – falou James. – Agora é a nossa chance.

Foram necessárias algumas cotoveladas decididas para ter acesso a nosso anfitrião, mas, quando conseguimos, James foi recompensado com um abraço firme.

– Moselane! – exclamou Reznik com um sotaque eslavo bem marcado. – Que bom que veio. Quero conversar com você.

Ele encarou James de forma expressiva. Com certeza teria dito algo mais caso minha proximidade não o houvesse distraído. Olhou para mim e no início pareceu irritado, mas então arregalou os olhos com um ar de aprovação. Segurei a respiração por alguns segundos e pensei que ele tivesse me reconhecido de alguma forma, mas suas palavras seguintes sugeriram o contrário.

– Que beleza – falou, olhando para mim e depois para Rebecca. – Estou vendo que compartilha o meu apreço por coisas lindas e raras.

– Compartilho, sim – respondeu James com uma calma admirável. Então, depois de nos apresentar com nomes falsos, seguiu falando: – Contei a estas lindas senhoras que você tem alguns... artefatos pouco usuais. Elas duas estão *muito* animadas com a possibilidade de ver a sua biblioteca.

O jeito como ele disse "biblioteca" sugeriu que na realidade ele queria dizer "quarto".

– Espero que não as decepcione.

Pude ver os dedos de Reznik se contraírem por um brevíssimo instante ao redor da base de sua *flûte*. Ele então deu uma risadinha, olhou primeiro para Rebecca, depois para mim, e disse:

– Não posso recusar o interesse de uma linda mulher, muito menos de duas. Se quiserem, posso lhes mostrar o meu pequeno... museu. – Ele olhou para o recinto à sua volta, de forma casual. – Mas vamos esperar que o embaixador vá embora. Eu encontro vocês.

Passamos a hora seguinte entretidos em conversas sem importância, fingindo nos divertirmos. James demonstrava um talento natural para aquilo. Tinha algo a dizer sobre todas as esculturas e metade dos convidados e garantiu que nunca ficássemos sem champanhe.

– Aquele ali é Alex, filho de Reznik – falou em determinado momento, meneando a cabeça para uma grande escultura em mármore de um rapaz no mesmo estilo do *Davi*, de Michelangelo.

– Que lindo – disse Rebecca. – Devia ser bem jovem. Como ele morreu?

James olhou em volta para se certificar de que ninguém o escutava.

– Segundo a polícia, foi um acidente de carro, mas Reznik não acreditou. Está convencido de que Alex foi assassinado e de que o acidente foi só para encobrir a verdade. Quem pode saber? Um dia ele vai ter que parar de perseguir fantasmas. Esta festa é um bom sinal. Pelo menos por uma noite ele tirou a arma da boca.

Ainda olhamos mais algumas esculturas antes de Rebecca pedir licença para ir ao banheiro. Assim que ela se afastou, James se inclinou para junto de mim e disse, com alegre descontração:

– Acho que Bex está lamentando a ausência do nosso guarda-costas.

Abaixei-me para estudar três pequenos bustos, que mais uma vez se revelaram representações de Alex Reznik aos 5, 10 e 15 anos, respectivamente.

– Posso garantir que ela ficou tão aliviada quanto eu por Nick ter ido embora.

– É mesmo? – James tentou cruzar olhares comigo. – Ela me parece meio... pensativa.

Desconfiei que James estivesse tentando descobrir o que eu própria sentia em relação ao assunto, mas não estava com disposição para lhe dar o que ele queria. Após dois dias de exposição ao seu egocentrismo gritante, minha paciência já tinha se esgotado havia muito tempo.

– Bex tem andado muito estressada ultimamente, tudo por culpa minha.

– Deixe de ser boba. – Ele pôs uma das mãos sobre meu ombro nu. – Ninguém poderia ter uma amiga melhor do que você.

Isso não causou o efeito que James imaginava, então ele deu um passo e ficou na minha frente, pondo-se entre mim e os bustos.

– Estou falando sério, Morg. Você é muito especial para mim.

E ali, com seu turbante de Aladim meio de banda, por um instante James pareceu de fato falar a verdade, como se quisesse mesmo estar apaixonado por mim. Mas eu não disse nada. Ele deu um sorriso hesitante:

– Nós dois escolhemos o caminho mais demorado, não foi?

A expressão dele foi tão cheia de esperança que senti pena, não só pelo fato de eu já não o amar, mas porque ele parecia totalmente alheio ao fato de que tampouco me amava. Em sua ânsia para derrotar Nick, ele havia assumido um papel de protetor, e agora, como sempre respeitava todas as regras, sentia-se obrigado a dizer as palavras correspondentes ao papel, esquecendo-se de pensar se eram sinceras.

– Sempre soube que você era alguém para levar a sério – continuou ele, segurando a minha mão. – Você tem esse jeito de rainha. Só não queria começar alguma coisa e depois... estragar tudo.

Continuei sem responder e ele prosseguiu, quase zangado.

– Eu te amo, Morg. Você sabe disso. Por que outro motivo eu viria aqui resgatá-la?

– Me *resgatar*? – Puxei a mão de volta. – Quem disse que eu precisava ser resgatada?

James se retraiu, talvez só então percebendo quanto eu estava zangada.

– Katherine Kent. Por que ela diria isso se não fosse verdade? O que você falou para ela?

Fiquei tão estupefata que levei alguns instantes para conseguir responder.

– Nada – falei, por fim. – Deixei um recado quando estava na Argélia, mas não falo com ela desde que saí de Oxford. Nenhuma palavra.

James franziu o cenho. Claro que o fato de a nossa conversa ser desviada por uma preocupação tão insignificante o deixara irritado.

– *Alguma coisa* você deve ter dito. Senão, como ela saberia que você chegaria a Troia na sexta ou no sábado?

Nessa hora, vi Rebecca andando na nossa direção com um ar abalado. No entanto, estava tão preocupada com a revelação de James sobre o conhecimento e a interferência de Katherine que levei alguns instantes para recuperar os sentidos e prestar atenção no relato dramático feito por minha amiga de que um batedor de carteira parecia estar agindo entre os convidados e uma mulher fora levada por uma ambulância após uma reação alérgica.

Enquanto a escutava sem prestar muita atenção, percebi que alguém me encarava do outro lado da sala. Quando ergui os olhos, vi um homem em pé sozinho de terno escuro, sem gravata, encostado na parede mais afastada. Quando nossos olhares se cruzaram, uma corrente de empolgação e calor varou meu corpo da cabeça aos pés.

Era Nick.

Em vez de me cumprimentar ou vir na minha direção, porém, ele virou as costas e começou a subir a escada para o outro andar.

– Com licença – falei, entregando meu copo a Rebecca. – Já volto.

Segurei a saia do vestido, atravessei o salão depressa e segui Nick até o andar de cima apenas para vê-lo desaparecer mais uma vez pelos degraus de vidro que conduziam ao piso seguinte. Meio ofegante, também fui subindo até o último andar da casa, metade do qual era ocupado por uma cobertura com jardim. Sem ver Nick em lugar nenhum, entrei devagar pela porta panorâmica aberta e tentei encontrá-lo entre os vasos de plantas e árvores.

Poucos convidados tinham subido até aquele terraço escuro, em sua maioria homens, e todos fumavam em silêncio e conversavam diante da vista deslumbrante da única cidade do mundo com um pé no Ocidente e outro no Oriente. Não levei muito tempo para concluir que Nick não estava ali e me senti murchar de tanta decepção. Ele tinha me visto, sim, mas por algum motivo não quisera falar comigo.

Virei-me para tornar a entrar... e dei com ele em pé bem atrás de mim.

– Você! – exclamei, chocada e aliviada ao mesmo tempo. – Por que foi embora daquele jeito?

Em vez de responder, ele me puxou para as sombras. Uma de suas mãos segurou com firmeza o meu pescoço, a outra me enlaçou pela cintura... e então seus lábios se grudaram aos meus com uma voracidade insaciável. Todo o seu equilíbrio e apatia e qualquer tipo de fingimento ficaram para trás. Agora estava muito evidente o que ele queria. E eu queria o mesmo. Na hora em que ele me largou, segurei-o pelas lapelas e o puxei outra vez para junto de mim.

Nós tínhamos passado muito tempo excessivamente próximos um do outro, e algo tinha de mudar, a começar pelo cinto de castidade que vinha contendo minha paixão desde que certo mestre de esgrima havia me ferido de morte e fugido de volta para Barcelona. Se Nick de fato fosse o cavaleiro número quatro, como Rebecca previra, eu decidi ali mesmo, com uma onda de excitação que percorreu meu corpo feito uma labareda, que estava mais do que pronta para cavalgar o apocalipse.

– Gostei da sua fantasia – sussurrei, depois de algum tempo, ajeitando as lapelas dele.

Ao que Nick respondeu, com uma voz rouca:

– Eu não estou fantasiado.

– Você está *sempre* fantasiado. – Encarei-o nos olhos para tentar decifrar seu jogo. – O que está acontecendo?

Ele empurrou uma mecha de cabelos rebeldes para trás da minha orelha.

– Não achou mesmo que eu fosse abandonar você assim, achou?

– Eu não tinha certeza...

– Linda e corajosa Diana. – Ele encostou a testa na minha. – Deusa da caça. Você agora vai me estraçalhar? Não é isso que acontece com os mortais que chegam perto demais?

A pergunta me fez dar uma risada involuntária.

– Só quando eles veem a deusa nua. E você não viu. Ainda.

Essa palavrinha extra saiu sem querer, antes que eu pudesse detê-la, e fez Nick me puxar de novo para junto do seu peito e enterrar o rosto no meu pescoço como se fosse me dar uma mordida.

– Acho que acabei de ver.

Com certeza teríamos ficado ali no terraço por uma pequena eternidade, sem conseguir parar de nos beijar, se James e Rebecca não tivessem acabado subindo para me procurar.

Nick os viu passar pela porta de vidro antes de mim e conseguiu me puxar mais para dentro das sombras antes de James chamar:

– Morg? Você está por aqui?

Como ninguém respondeu, os dois logo desistiram e foram embora, balbuciando algo que não entendi enquanto tornavam a descer.

– Ai, ai – sussurrei, levando à boca os dedos enluvados. – Que horror isso tudo.

– Por quê? – Nick me soltou. – Você não ama James. Não está na hora de acabar com o sofrimento dele?

Não respondi, então ele enfiou a mão no bolso interno e pegou um talão de cheques.

– Quando se decidir, pode me encontrar aqui.

Rabiscou um endereço no verso de um cheque em branco, rasgou o cheque ao meio e me entregou.

– Por quanto tempo?

– Até amanhã de manhã – respondeu, guardando no bolso a caneta e o talão. – É quando vou receber novas ordens. – Ele deu um sorriso de melancolia. – O chefe acha que ando me divertindo muito ultimamente. Está na hora de voltar a trabalhar na equipe.

Olhei para o endereço manuscrito sem vê-lo de verdade.

– E eu conseguiria encontrá-lo pela Fundação Aqrab? Se não conseguir falar com você antes que vá embora?

O sorriso de Nick desapareceu.

– É isso, Diana. – Ele passou um braço à minha volta e apontou para uma das pontes iluminadas sobre o estreito de Bósforo. – O ponto mais próximo entre nossos mundos.

– Entendi. Mas...

Ele me beijou de leve na têmpora, bem onde o antigo hematoma estava escondido por baixo dos arabescos de glitter.

– Volte lá para dentro, encontre seus amigos e tire-os daqui.

– Espere!

Tentei segurá-lo, mas ele se afastou do meu abraço.

– Estou falando sério. Vão embora agora. Vai ter confusão *de verdade*.

ENCONTREI JAMES E REBECCA NO primeiro andar, esperando em frente a um dos banheiros de convidados.

– Olhe ela ali! – exclamou ele, dando um passo para trás ao me ver. – Estávamos preocupados.

– Esta casa é muito confusa – falei, torcendo para meu rosto não estar tão corado quando eu sentia. – Procurei vocês por toda parte.

– Bom, a gente está aqui – falou Rebecca, sem me encarar.

Algo em seus lábios contraídos e em uma das sobrancelhas arqueada me deu a entender que ela desconfiava direitinho do que eu estava fazendo e com quem. De onde ela estava, percebi, poderia ter tido uma visão perfeita e desimpedida de Nick descendo a escada... menos de trinta segundos depois de mim.

– Maravilha – falei, segurando os dois pelos cotovelos. – Venham, vamos embora daqui. É óbvio que estamos perdendo nosso...

Fui silenciada pela mão de alguém em meu ombro.

– James. Senhoras. – Reznik encarou nós três com a gravidade e o bom humor do recepcionista de uma casa assombrada. – O embaixador já foi. Estão prontos?

Seu pequeno museu, como descobrimos, ficava bem do outro lado da parede de concreto. Uma porta de metal simples, que passava despercebida com facilidade, fazia a transposição entre dois mundos, o público e o privado. Desde que eu chegara, percebi, havia passado em frente a ela várias vezes pensando que fosse apenas a saída de emergência.

– Em geral esta entrada é eletrificada – explicou Reznik, levando a mão ao bolso da calça. – Mas é claro que não quero eletrocutar meus convidados.

Ele sacou um pequeno molho de chaves preso por uma corrente de ouro e testou a porta com a unha antes de destrancá-la.

– Me perdoem por entrar primeiro.

Adentramos a escuridão depois dele e ouvimos a porta se fechar atrás de nós com um estalo nada encorajador. Então uma luzinha verde se acendeu quando nosso anfitrião parou para digitar uma senha em um painel na parede. Cada vez mais impaciente, repetiu a senha três vezes antes de exclamar:

– *Chyort voz'mi!* Acabei de atualizar o sistema de alarme. Imbecis!

Ele estendeu a mão abruptamente e acendeu as luzes do teto no que se revelou uma sala estreita, pelo visto uma espécie de espaço de isolamento entre as duas partes da casa.

– Que estranho – prosseguiu. – Diz que está ligado, só que não está. Bom, não faz mal.

Talvez se lembrando de que tinha uma plateia, Reznik se virou para nós com um sorriso forçado.

– Antigamente, as coisas *funcionavam*. Entendem o que eu quero dizer?

Todos aquiescemos. Pela palidez de Rebecca, entendi que ela também acabara de lembrar que, para aquele homem, cultura e arte andavam de mãos dadas com roubo e coerção.

Apreensivo, Reznik franziu o cenho, abriu outra porta e entrou na nossa frente na réplica perfeita de uma antiga residência londrina, com candelabros de cobre e uma escada acarpetada que levava, supus, até o último andar.

Cada item decorativo sugeria que, ao passar pelas duas portas fortificadas, tínhamos voltado cem anos no tempo. Com paredes revestidas de madeira escura e repleta de cristaleiras cheias de antiguidades, a sala em que estávamos parecia um clube para cavaleiros. Faltava apenas o mordomo de semblante impassível, fraque e gravata para perguntar se gostaríamos de tomar o chá na biblioteca, como de hábito.

Alarmado com o sistema de segurança falho, Reznik seguiu na frente às pressas e percorreu conosco todos os artefatos expostos no primeiro andar. Uma das cristaleiras continha um traje de samurai dourado cercado por quatro espadas. Ao passar por ele, Reznik parou para pegar uma das armas.

– Só por garantia – falou para nós três, dando a impressão de estar acostumadíssimo a andar assim, armado contra inimigos em potencial. – Até agora, nada sumiu. Acho que está tudo bem. Venham comigo.

Subimos atrás dele o primeiro lance da escada. Enquanto andávamos, Reznik disse para James:

– Não me deixe esquecer: quero falar com você sobre uma amiga sua, Diana Morgan.

Não fui a única a levar um choque ao ouvir meu próprio nome: Rebecca me fez uma careta de puro pânico e quase tropeçou na saia comprida. Felizmente, Reznik estava na frente e não reparou. James, o primeiro a se recompor, disse:

– O que tem ela? Faz algum tempo que não tenho notícias.

– Hum – fez Reznik, como se sentisse que James mentia. – Sabe onde ela está?

Terminamos de subir a escada e chegamos a uma biblioteca que ocupava todo o andar e emoldurava a grandiosa escadaria com uma galeria de estantes embutidas nas paredes.

– Que sala magnífica! – exclamou James, fazendo o possível para mudar de assunto. – Quantos volumes você tem aqui?

Mas Reznik não chegou a registrar a pergunta. Com um ganido de ultraje, precipitou-se por cima de um grande tapete persa na direção de uma estante.

– Não! Que filhas da puta!

Abaixo de uma almofada de veludo verde, iluminada por spots em miniatura, havia uma placa de bronze na qual se podia ler P. EXULATUS: *HISTORIA AMAZONUM*. Mas a almofada estava vazia.

MUITO EMBORA O SISTEMA DE alarme estivesse com defeito, uma dezena de câmeras de vigilância estrategicamente posicionadas ainda parecia funcionar. Eram todas controladas por um computador no último andar, um piso sem janela que descobrimos ser um cômodo Luís XVI completo, com um gigantesco retrato de Maria Antonieta e uma miniguilhotina para cortar charutos.

A julgar pelo cheiro abafado e rançoso, era naquela caverna escura que Reznik dormia. Não pude reprimir a sensação de que não deveríamos estar ali, de que estávamos nos tornando rapidamente íntimos demais de um tirano.

– Peguei vocês – resmungou nosso anfitrião enquanto desenterrava o mouse de baixo de uma pilha de papéis. – Finalmente peguei vocês. Suas cachorras de Satã. Muito espertas... distraindo meus rapazes com o batedor de carteiras e a ambulância. Mas, ah! Eu peguei vocês em vídeo!

Enquanto ficávamos parados atrás de Reznik, sem saber muito bem o que fazer, Rebecca me cutucou e, agitada, meneou a cabeça para dois manequins no canto. Um deles usava uma roupa íntima feita de pequenos anéis de metal; o outro, uma túnica curta de couro de cobra. A julgar pelas armas e pelas botas de pele animal, era assim que Reznik imaginava as amazonas.

Exceto que... ambas haviam perdido a mão direita. E aquilo devia ter sido recente, pois os dois pedaços de plástico estavam jogados no chão, descartados. Olhei para Rebecca e percebi que nós duas imaginávamos a mesma coisa. Aqueles manequins tinham perdido dois braceletes de chacal.

Bem nessa hora, Reznik emitiu um ruído de consternação, e fomos os três atraídos para a tela do computador.

– Quem é esse, caramba? – exclamou ele, congelando a imagem e dando um zoom na pessoa filmada pela câmera antes de tornar a falar, mais alto ainda. – Alguém, *por favor*, pode me dizer quem é esse?

Nós nos inclinamos para a frente de modo a estudar a imagem borrada em preto e branco de um homem em pé diante da estante, segurando o que só poderia ser o *Historia Amazonum*. Apesar da resolução ruim e do fato de o ladrão ter os olhos cobertos por uma máscara, reconheci-o na hora. Afinal de contas, fazia apenas quinze minutos que estivera nos seus braços.

– O que você acha? – falou James, olhando para mim com uma mistura nada atraente de raiva e triunfo. – A gente conhece esse filho da mãe que não vale nada?

Fiquei tão chocada que não consegui disfarçar. Sem dúvida eu era a vítima mais cega e mais crédula que a Fundação Aqrab já fizera.

– Não vale nada uma ova! – Reznik encarava a tela como se quisesse parti-la em pedacinhos. – Esse manuscrito me custou uma fortuna. E eu agora o perdi.

Senti James me encarar enquanto pigarreava e dizia:

– Não necessariamente. Quem sabe uma ligação para Dubai possa esclarecer as coisas?

Embora eu tivesse escutado as suas palavras, ainda estava tão paralisada por ver Nick na tela que só me dei conta do que ele estava fazendo quando Reznik soltou um grunhido de surpresa.

– Você acha que Al-Aqrab está por trás disso?

Ignorando minhas caretas, James deu de ombros.

– Nós dois sabemos que o pessoal dele nunca respeita as regras. Quem mais se atreveria a fazer isso com você?

Conforme a notícia do roubo se espalhava pela casa, a elegante reunião se transformou em caos. Seguranças corriam de um lado para o outro ladrando ordens atrasadas, mas a confusão não era nada comparada ao turbilhão dentro da minha mente enquanto eu abria caminho entre os convidados às cotoveladas, desesperada para sair e me afastar daquele lugar.

– Morg! – disse James atrás de mim, como já tinha feito várias vezes. – Deixe de ser chata. Cadê seu senso de humor?

Não me dei o trabalho de responder. Eu poderia lhe dizer o que fosse e ele responder como lhe desse na telha, mas o simples fato de James entregar Nick a um sádico como Reznik me causava uma fúria tão enlouquecedora que minha vontade foi pegar um daqueles bustos sinistros de Alex Reznik e jogá-lo na sua cara.

– Tudo bem! – disse ele, finalmente farto. – Vou pegar nossas coisas na chapelaria. Nos vemos no carro daqui a cinco minutos. Quem não estiver lá pode voltar por conta própria.

E foi embora.

– Preciso fazer xixi – falou Rebecca. – Me deem *um minutinho* só...

Enquanto esperava minha amiga voltar, novamente senti alguém me observando, dessa vez da porta aberta do terraço. Era a moça de fantasia de camundongo prateado, minha nêmesis de patins.

Nossos olhares se cruzaram em meio ao pandemônio. Então, com um meio sorriso insolente, ela sacou uma bolsa e a colocou no ombro com um gesto casual, tornando impossível eu não reparar no óbvio.

Era a minha bolsa, a que eu havia perdido no labirinto de Cnossos.

– Ei! – exclamei, dando um passo instintivo na sua direção.

Assim que o fiz, porém, ela virou as costas e fugiu para o jardim.

Fui atrás. A fantasia prateada era muito visível contra o verde. Embora a mulher parecesse em excelente forma física consegui segui-la até o limite da propriedade, apesar dos meus sapatos e do orvalho que tornava a grama traiçoeira. Ao chegar lá, ela se espremeu por um vão na alta cerca de arame, parou para ver se eu ainda estava atrás dela e saiu correndo pela rua, com a bolsa a balançar.

As chances não eram boas, mas eu não queria deixar aquela mulher fugir outra vez, não assim tão fácil. Resmungando palavrões que nem sabia existirem, me espremi para passar pelo buraco, sacrificando o penteado, os sapatos e o bom senso de uma só vez, e segui a ladra de pernas compridas pela íngreme descida em direção à água.

Correr descalça pelo concreto áspero, com a saia comprida embolada em volta do quadril, me causou uma estranha sensação de liberdade. Até eu fiquei abismada com minha rapidez. Embora os postes fossem passando um depois do outro, a distância entre nós não aumentou. A mulher olhou várias vezes por cima do ombro até que, em determinado momento, virou uma esquina e sumiu.

Não levei muito tempo para chegar à esquina, mas quando o fiz não consegui vê-la em lugar nenhum. Estava em uma zona residencial tranquila, com carros estacionados por toda parte. As possibilidades para se esconder eram inúmeras. Parei, apurei os ouvidos tentando escutar passos ou algum outro som que sugerisse o paradeiro dela... e foi então que vi:

Um passaporte britânico. Caído na calçada aos meus pés.

Intrigada, abaixei-me e o peguei. Era o meu.

Fui andando pela rua silenciosa com uma sensação absurda de sucesso quando vi outro objeto caído na calçada mais à frente, bem debaixo de um poste.

Minha carteira.

Talvez devesse ter me ocorrido nessa hora, mas foi só quando encontrei também meu diário, caído exatamente debaixo de outro poste, bem depois da esquina de mais uma rua lateral, que entendi o que estava acontecendo.

Ela estava tentando me atrair. Primeiro a bolsa, depois o passaporte, em seguida a carteira... E eu, feito uma otária, estava caindo direitinho, pensando que a caçadora fosse *eu*.

Olhei para a frente e vi na calçada um objeto muito parecido com o chaveiro com todas as minhas preciosas chaves de Oxford. Dessa vez, porém, não corri nessa direção. Em vez disso, recuei com muito cuidado, quase esperando ver um bando de fortões descerem de uma van para me amordaçar e me amarrar.

Recuei até a esquina antes de ousar me virar. Com a cabeça girando, cheia de perguntas emboladas e respostas sem sentido, subi correndo a rua o mais depressa que consegui na direção pela qual tinha vindo, até chegar enfim à propriedade de Reznik. Aliviada ao reconhecer a cerca de arame pela qual havia me espremido, caminhei ao longo dela até chegar ao alto portão de entrada diante do qual vários convidados fantasiados ainda disputavam táxis.

Serpenteei entre as pessoas, sentindo os pés descalços latejarem, e segui pela rua até o outro lado, ainda tão ocupada tentando entender o que havia acontecido que passei pela vaga vazia no estacionamento duas vezes antes de me dar conta do que havia acontecido...

O Aston Martin de James não estava mais ali.

Sem querer acreditar, olhei para um lado e outro da rua várias vezes, com o pulso disparado, mas de nada adiantou. O tapete mágico tinha ido embora sem mim.

CAPÍTULO TRINTA E DOIS

Troia

O vento do norte soprou sem trégua por três longas semanas. Para Mirina, foram três semanas de uma odiosa prisão no próprio quarto, vendo de sua sacada a distante costa do Egeu se encher de embarcações que não conseguiam dobrar o cabo sem que o vento mudasse. Páris lhe garantiu que eram todos navios mercantes comandados por capitães pacíficos, mas mesmo assim sua presença cada vez mais numerosa era ameaçadora. Todos aqueles marinheiros não tinham uma necessidade constante de comida e entretenimento? E ela não vira com os próprios olhos como homens assim eram capazes de conquistar seu prazer à força de espadas?

– Nunca pensei que houvesse tantos navios no mundo – disse ela a Páris certo dia, quando os dois estavam em pé juntos na sacada.

– Quando o vento virar, todos eles irão embora – garantiu-lhe o marido, com as mãos em seus ombros.

Mirina se encostou nele.

– Menos os navios gregos.

– Aposto que até mesmo *eles* já estarão fartos – disse Páris, beijando seu pescoço.

Agamenon, senhor de Micenas, tinha dado ao rei Príamo um mês para punir as amazonas supostamente escondidas atrás de seus altos muros e lhe entregar a inocente Helena, raptada de sua casa com tamanha crueldade. Quanto ao destino de Mirina, era obviamente impossível exigir a punição de uma princesa de Troia, pelo menos enquanto ela fosse jovem o bastante para despertar o interesse do marido. Mas talvez a reafirmação das boas relações entre Micenas e Troia, garantindo a livre circulação de navios e mercadorias pelo Helesponto, servisse de atenuante para a morte do príncipe em Micenas.

Mirina nunca chegou a entender a origem da inimizade entre Agamenon e o rei Príamo, mas sabia que havia dez anos um pirata grego chamado Aquiles vinha saqueando o litoral troiano. "Os homens dele levam embora nossas colheitas como um exército de formigas", contara-lhe Páris. "E o pior é que eles raptam cidadãos que nasceram livres e os vendem como escravos. Agamenon, claro, alega que essas incursões estão fora do seu controle, mas todo mundo sabe que ele se beneficia imensamente delas." Páris balançara a cabeça, enojado. "Meu pai decidiu que a melhor forma de conter Aquiles era cobrar uma taxa de todos os navios gregos que entram e saem do Helesponto. Essas restrições de navegação, como era de esperar, enfureceram todos os capitães gregos que ganham a vida nestas águas. Acredite, já tive inúmeras conversas com meu pai sobre a sensatez das suas políticas, pois temo que elas não gerem nada a não ser mais inimizade."

Considerando esse histórico de queixas recíprocas, talvez não fosse surpresa para ninguém Agamenon ter decidido usar a questão da filha raptada para pressionar Príamo a abolir a taxa do Helesponto. O pedido, porém, tornou insensível o antes compreensivo Príamo: repugnado por ver um pai usar a morte do filho como pretexto para uma negociação ardilosa, o rei de Troia mandou Agamenon e sua delegação embora sem prometer nada. Imediatamente, porém, virou-se para Mirina e exigiu que ela chamasse Helena e as amazonas sem demora, para garantir que os gregos não tivessem motivo para iniciar um conflito.

Assim, Hipólita e Animone foram despachadas até Éfeso para explicar a situação a Otrera e convencer Helena a ir ao encontro do pai em Troia. Depois que as duas partiram, nada restou a Mirina exceto esperar. Trancada em seu quarto por decreto real de Príamo, ela recebia todas as notícias por Páris. A tentativa de suicídio da pobre Kara, a gentil intervenção de Lilli... tudo lhe chegava em relatos de segunda mão e, embora pudesse entender por que o rei sentia necessidade de puni-la pelos problemas que ela trouxera para a sua casa, Mirina detestava aquele confinamento, aquela impotência.

– Tenha paciência – implorou-lhe Páris diversas vezes. – Quanto mais caso você criar, mais a raiva dele vai durar. Meu pai é um homem que precisa ver as coisas feitas do seu jeito. A única reação eficaz é mostrar-se submissa e silenciosa.

Quanto à rainha, ela só fora visitar Mirina uma vez, para acariciar seu rosto com dedos frios e exangues.

– Minha pobre criança – sussurrou, com os olhos a transbordar de tristeza. – Eu sabia que seria assim. Soube desde o dia em que você chegou. Minha pobre menina. Meu pobre menino.

Tudo o que Mirina pôde fazer foi se agarrar à esperança de que suas irmãs em Éfeso saberiam como agir e viriam correndo em seu socorro. Com certeza a chegada de Helena a Troia – e depois de tantos meses a menina estaria mais saudável e virginal do que nunca – acalmaria Agamenon e conquistaria o seu perdão para todos.

Quando o grupo enfim voltou de Éfeso, Mirina observou tudo com grande ansiedade da sacada de seu quarto, tentando distinguir o rosto das irmãs. Contou doze mulheres ao todo, mas não conseguiu reconhecer ninguém antes de elas desaparecerem na estrebaria para cuidar de seus cavalos.

Sem conseguir conter a animação, ela correu até a porta e bateu nas tábuas de madeira. Só que não houve resposta nenhuma até Páris finalmente ir buscá-la para levá-la à sala do trono.

– Sabia que dá para ouvir essa sua algazarra pelo palácio inteiro? – disse ele, de cenho franzido.

– Então por que ninguém responde? – Mirina disparou na sua frente pelo corredor. – O que minhas irmãs devem estar pensando? Que eu sou uma escrava?

Páris a segurou pelo cotovelo e a deteve, abrupto.

– Talvez chegue o dia em que você se lembre dessa época de cativeiro e deseje que ela volte.

Mirina o encarou, subitamente gelada.

– Não fale assim...

– Então que nos calemos, os dois – disse Páris, passando o braço em volta dela. – Não vamos macular estas horas com palavras ressentidas.

Enquanto o Templo do Sacudidor da Terra era onde Príamo recebia os inimigos, a sala do trono era onde ele recebia os amigos. Sua cadeira de mármore ficava numa plataforma rente à parede dos fundos e tinha braços esculpidos como esporões e um encosto que se abria para os lados como asas de pássaro. O rei já estava absorto nas notícias de Éfeso quando Mirina e Páris chegaram.

Se Mirina esperava uma acolhida de irmã por parte do grupo, sua decepção foi amarga. Em pé no meio do recinto, dirigindo-se ao rei com gestos amplos, Pentesileia dos ombros largos mal tomou conhecimento da sua presença, exceto por um meneio grave de cabeça que dizia sem rodeios: "Isso é tudo culpa sua." Ao seu redor estavam mulheres com quem Mirina raramente havia falado nas terras de Otrera: caçadoras combativas e exímias em montaria que se consideravam muito superiores às recém-chegadas e não perdiam tempo tentando confraternizar com elas. Os únicos rostos conhecidos de fato eram os de Pitana e Helena, e esta última tinha um ar tão ressentido quanto Mirina recordava. Mas pelo menos estava ali.

– Não me espanta ouvir falar nesses novos ataques no litoral – disse Príamo, remexendo-se em seu trono de mármore. – Os gregos ficam mais atrevidos a cada dia que passa. Se Agamenon alguma vez tentou conter aquele pirata chamado Aquiles, com certeza agora tornou a soltá-lo. É uma atitude sensata de sua Otrera desistir das terras que cultivaram antes que sejam atacadas. Para onde ela pretende ir?

Pentesileia se empertigou.

– Iremos para o leste, onde viveremos entre os kaskas criadores de cavalos, nas margens pedregosas do mar Negro. É uma região propícia à independência. Como o senhor deve saber, os gregos o chamam de mar Inóspito e ele nunca foi conquistado por ninguém. Nem mesmo o senhor se atreveria a mandar um exército para aqueles vales estreitos.

Ela encarou o rei com um ar valente, como sempre incapaz de qualquer humildade.

– Por que Otrera não considera a possibilidade de se instalar aqui em Troia? – retrucou o rei, cujo tom neutro sugeria que a provocação o intrigava mais do que irritava. – Fica bem mais perto, e nossas muralhas são intransponíveis.

Mirina conhecia Pentesileia bem o suficiente para detectar em seus olhos uma expressão rara: constrangimento. Constrangimento, imaginou, por causa do rei cuja cidade não era boa o suficiente para Otrera.

– É muita generosidade do povo troiano – disse Pentesileia, baixando os olhos. – Mas... Otrera está decidida a nos afastar do litoral por completo.

– Entendo. – Príamo tamborilou os dedos no braço de mármore do trono.

Houve um silêncio nervoso, cheio de olhares dissimulados, e então Mirina, sem conseguir se conter, deu um passo à frente.

– Que notícias vocês trazem das minhas irmãs? – indagou. – Onde elas estão agora?

Pentesileia se virou para ela, relutante.

– Estamos acampadas subindo o rio Simóis, a nordeste daqui. Aquelas que preferiram ficar em Éfeso puderam fazê-lo. Mas ninguém ficou. Aquele local se tornou perigoso demais. E as que quiseram parar em Troia para entregar a pequena rebelde ao pai são as que estão vendo. – Pentesileia lançou para Helena um olhar de repulsa, em seguida fez um gesto digno na direção do grupo. – Ninguém mais achou que tivesse o que fazer aqui.

A expressão hostil nos olhos de Pentesileia fez Mirina se retrair. Não podia culpar as filhas de Otrera por estarem descontentes com a situação que as forçara a abandonar sua casa, claro, mas esperava que pelo menos elas a vissem como amiga, ainda que não fosse mais sua irmã.

– Agora, rei, com a sua permissão, cavalgaremos até a praia e devolveremos esta menina a Agamenon, para podermos reencontrar Otrera o quanto antes...

– Esperem! – falou Mirina, zangada com a atitude imperiosa de Pentesileia. – Não deveríamos consultar Helena quanto à maneira mais sensata de conduzir essa questão? Ela conhece o pai melhor do que ninguém.

Pentesileia deu um muxoxo.

– Não venha me falar em sensatez! Foi você quem a roubou e é você quem vai devolvê-la formalmente.

– Com certeza é essa a minha intenção, mas...

– De jeito nenhum! – exclamou Páris. – Eu a proíbo.

Assim que aprovou o plano de Pentesileia de deixar as mulheres entregarem Helena aos gregos, o rei Príamo ordenou aos guardas do palácio que segurassem Páris e o trancassem no quarto. Atônita demais para tentar intervir, Mirina seguiu os homens pelo corredor e entreouviu o furioso diálogo entre pai e filho enquanto o príncipe era arrastado para longe.

– Estou fazendo o que deve ser feito – disse o rei Príamo, gesticulando para indicar aos guardas que se mantivessem firmes. – Quando cair em si, você vai me agradecer.

– Você é um assassino! – gritou Páris, debatendo-se tanto que foi preciso quatro homens fortes para contê-lo. – Está sacrificando essas mulheres... e a minha esposa também! Pelo menos mande um destacamento de guardas junto com elas...

– E dar a impressão de que pretendemos cometer novas agressões? – O rei balançou a cabeça com pesar. – Essas mulheres já não enfureceram os gregos o suficiente? Como rei, devo lavar minhas mãos em relação a elas. Já como pai...

– Não diga essa palavra! – gritou Páris enquanto os guardas fechavam a porta na sua cara. – Juro pelos céus que nunca mais farei uma refeição na sua companhia!

Com esse terrível diálogo ainda a ecoar nos ouvidos, Mirina voltou para a sala do trono, onde Pentesileia e suas companheiras aguardavam, impacientes para partir. Presos às suas costas havia arcos recurvos modelados a partir do que ela criara, assim como aljavas com flechas que ela havia projetado... mas mesmo assim elas a consideravam uma traidora, indigna de uma só palavra de conciliação. Mesmo o fato de ela as acompanhar contra os desejos do marido não lhe valeu sequer um meneio de cabeça aprovador.

Uma vez montadas em seus cavalos e relutantemente equipadas com os capacetes pontudos e escudos em formato de meia-lua que o rei Príamo na última hora as obrigara a usar, as mulheres saíram a galope da cidadela. Enquanto habitantes da cidade e aves domésticas se esparramavam na sua frente, percorreram a toda as ruas de Troia sem conseguir pensar em nada a não ser em uma conclusão rápida para sua odiosa missão.

Os quatro navios que haviam trazido Agamenon e Menelau a Troia tinham chegado até a praia em meio a centenas de outras embarcações estrangeiras na baía protegida em frente à ilha de Tenedos, virada para o oeste. Para alcançar esse ponto, as mulheres tiveram de atravessar a planície do Escamandro, e Mirina não foi a única a montar com o escudo erguido para se proteger da luz ofuscante.

Ao chegar perto da costa, ficou surpresa ao ver a imensa cidade composta de tendas que havia se formado em volta dos navios. Se estivesse menos bem informada, teria pensado que os muitos milhares de marinheiros haviam se reunido naquela vasta margem sobretudo para comemorar, pois acima de cada fogueira havia uma carne no espeto e nos rostos em volta não se via nenhuma expressão infeliz.

Quando elas chegaram ao acampamento grego, porém, alguns guardas se adiantaram, de lança na mão, para ouvir o que tinham vindo fazer e se certificar de que não portavam nenhuma outra arma além dos desprezíveis arcos nas costas. No entanto, assim que os homens se deram conta de estarem tratando com mulheres, seu assombro se transformou em uma tempestade de pilhérias, vaias e propostas lascivas.

– Tire o capacete – disse Pentesileia a Helena. – Assim eles vão reconhecê-la e parar com essas zombarias insuportáveis.

Mas Helena não tirou o capacete. Havia permanecido muda desde a chegada a Troia e era evidente que estava ofendida por ser expulsa da irmandade com tão pouca cerimônia. Apesar de determinada a não se deixar levar pela compaixão, Mirina sentiu uma pontada de dó da menina, agora que sua entrega era iminente.

Quando elas se aproximaram da barraca de Agamenon, o belo Menelau saiu primeiro, de lança em punho. Atrás dele veio o senhor de Micenas, apoiado em uma bengala de prata.

– Ali está ele! – exclamou Pentesileia, fazendo o cavalo parar. – Agora tire esse maldito capacete...

Cavalgando na frente devagar, Helena ergueu o braço... para jogar longe o escudo e soltar o arco. Antes de qualquer um poder intervir, já tinha uma flecha esticada e apontada direto para Agamenon.

– Pai! – bradou, com uma voz débil demais para ir muito longe. – Irei com o senhor, sob uma condição...

Mas o que ela pretendia dizer foi interrompido de forma abrupta pelo fio insensível do Destino, pois uma lança atirada por Menelau para proteger o rei a acertou bem no peito, derrubando-a do cavalo com um ruído terrível demais para ser chamado de grito. Ela caiu de costas na areia, chutou uma vez, em seguida se imobilizou, e sua cabeça pendeu para o lado sem mais uma palavra.

Horrorizada demais para ser prudente, Mirina saltou do cavalo e se jogou em cima de Helena, buscando desesperadamente algum sinal de vida. Mas a lança espetada no peito magro era um sinal implacável de que a morte chegara primeiro.

Tomada por um arrependimento violento, Mirina abraçou os ombros inertes que tanto havia tocado durante seus treinos com armas e começou a cobrir de beijos o rosto imóvel de Helena, quase sem perceber o que estava fazendo. Somente quando por fim se sentou e fechou os olhos já cegos da jovem foi que ouviu a ordem furiosa de Pentesileia:

– Monte de novo no cavalo, sua imbecil! Quer que todas nós sejamos espetadas feito peixes?

Assim que as mulheres se afastaram do corpo de Helena, os gregos se amontoaram à sua volta, curiosos para ver quem se atrevera a apontar uma arma para o seu rei. Até mesmo o próprio Agamenon se adiantou, apoiado no braço de Menelau.

– Para trás! – gritou Pentesileia. – Não vai demorar muito para ela ser reconhecida.

Mas nem mesmo Agamenon reconheceu a filha antes de os homens a terem chutado um pouco. Então, de repente, ouviram-se brados estridentes, e o acampamento dos gregos explodiu de horror e fúria. Cavalos foram chamados, armas reunidas... Em poucos instantes, as mulheres já estavam fugindo a galope para salvar as próprias vidas, percorrendo a planície do Escamandro na direção oposta e fugindo de uma chuva de lanças e maldições vociferadas.

Quando chegaram ao rio, Mirina e Pentesileia se puseram trás do grupo, de modo a garantir que as companheiras pudessem atravessar a ponte em segurança. Quando o fizeram, uma lança passou voando bem rente à orelha de Mirina, tão próxima que ela pôde sentir o silvo do ar se deslocando. Por instinto, virou-se na sela, ergueu o escudo e sentiu o impacto de mais dois mísseis: eram duas lanças, arremessadas com tanta força que quase a derrubaram do cavalo. Ao ver que as pontas das lanças estavam cravadas com firmeza no couro de boi, inutilizando o escudo, ela o jogou longe e estendeu a mão para o arco que trazia nas costas.

Um... dois... três homens não tiveram presença de espírito suficiente para se esquivar de suas flechas; um quarto conseguiu se proteger e chegar perto de Pentesileia. A espada de bronze que ele carregava refletiu os últimos raios do poente quando ele empurrou seu escudo para o lado com a mão livre.

Ocupada demais tentando acalmar seu cavalo em pânico, Mirina não viu o golpe; tudo o que viu foi o corpo de Pentesileia cair no rio Escamandro em meio a um jorro de sangue e ser levado pela correnteza, inerte.

Então ela própria foi interceptada. Dois homens bloquearam a ponte enquanto outros se aproximavam, vindos de trás na sua direção. Ela tirou do cinto o machado minoico – arma que Páris havia confiscado no início, mas que Lilli depois conseguira localizar com perguntas inocentes –, olhou em volta para ver quem a atacaria primeiro... e escapou por um triz de um golpe largo do mesmo homem que havia matado Pentesileia. Foi o puro instinto que a fez se inclinar para o lado no exato instante em que ele atacou, mas o golpe a fez perder o equilíbrio e ela escorregou do lombo do cavalo e caiu de cara no leito do rio.

Rindo de seu acidente, o homem a seguiu a pé até a beira do rio, obviamente imaginando que fosse despachá-la logo atrás de Pentesileia com um único golpe da espada. No entanto, bem na hora em que pensou que a houvesse derrotado, toda encolhida na lama a seus pés, Mirina conseguiu acertá-lo no contragolpe e o golpeou com o machado no tronco, que ele deixara exposto.

Talvez por causa do ângulo, o machado não chegou a cortar a carne do homem, mas o impacto o fez vacilar e dobrar o corpo com um grunhido. Sem nem ao menos pensar, Mirina o agarrou pelo ombro e o puxou com toda a força... e ele também se foi, igual à mulher que havia matado, levado pela correnteza.

Arquejando por causa do esforço e tonta de pânico, Mirina mal conseguia decidir se deveria ficar onde estava, perigosamente perto da água, ou tentar subir de novo pela margem lamacenta. De qualquer forma, teria de enfrentar uns dez homens, uma situação nada promissora. Sentiu-se tentada a simplesmente pular no rio e deixar o destino assumir o comando...

Mas foi então que escutou: os gritos agudos e ululantes das filhas de Otrera. E os homens também escutaram. Com os rostos erguidos, incrédulos, começaram a recuar margem acima à procura dos cavalos... mas já era tarde. Quando Mirina se virou, viu o bando de irmãs de Pentesileia voltar em direção à ponte a galope, com os arcos em riste. Em um instante, suas flechas perfuraram todos os adversários.

Mas uma quantidade ainda maior de gregos estava chegando, alguns a cavalo, outros a pé, e todos sedentos por vingança. Entre eles vinha Menelau, armado com várias lanças e decerto, após ter se dado conta do terrível erro que cometera, com ódio suficiente para arrasar uma cidade.

Juntando as rédeas do cavalo, Mirina seguiu em direção à ponte, temendo as lanças que não demorariam a chegar. Atravessou a ponte, uivando seu agradecimento às filhas de Otrera ao mesmo tempo que se perguntava até onde elas conseguiriam chegar antes de serem novamente detidas.

Mas os homens armados com lanças e espadas estavam tão pesados sobre as selas que as mulheres conseguiram se manter na frente e até mesmo aumentar sua vantagem, esporeando os cavalos e seguindo velozes pela planície do Escamandro em direção à segurança de Troia.

– Fechem o portão! – gritou Mirina quando elas finalmente entraram. – Agora!

Enquanto as gigantescas portas de madeira se fechavam e eram trancadas por uma imensa trave fortificada, ela ouviu a fúria dos gregos presos do outro lado.

– Abram o portão, suas covardes dissimuladas! – bradou alguém, batendo na madeira. – É essa a famosa coragem de Troia? Deixar mulheres combaterem no seu lugar?

Mais tarde nessa noite, quando Mirina voltou ao palácio com as companheiras enlutadas, encontrou Páris à sua espera perto da estrebaria. Ele não disse nada, apenas a olhou com uma expressão da qual ela já vira alguns indícios, mas que nunca compreendera por completo antes daquele momento. Era mais um pedido de desculpas do que uma acusação... um olhar sombrio que deixava óbvio que ele já vira o próprio destino nos atos dela tempos antes e que havia muito deixara de responsabilizar Mirina por isso.

Mirina despertou de sonhos terríveis antes da aurora e tateou ansiosa no escuro até encontrá-lo. Ele ainda estava ali, dormindo ao seu lado.

Fazia três dias que os dois estavam na cabana no alto do morro. Três dias de luto por uma princesa grega, três dias de preparativos para o nobre julgamento que determinaria o culpado por sua morte. Fora Menelau quem sugerira um duelo entre ele próprio e Páris. Agamenon, havia explicado ele ao rei Príamo, estava abalado demais para voltar a Micenas sem justiça, e fora ele quem exigira que os jovens resolvessem a questão da maneira tradicional.

Antes mesmo de seu pai conseguir reagir, Páris aceitara o desafio. E Menelau se retirara com a mesma calma com que havia chegado, cabisbaixo de luto por uma prometida cujo rosto só tinha visto quando ela estava caída na sua frente, traspassada por sua lança.

Depois disso, Páris levara Mirina de volta à cabana da floresta, de modo que tivessem três noites juntos antes do malfadado dia. Mas nenhum dos dois conseguiu aproveitar por completo o rústico refúgio pelo qual tanto haviam ansiado. Pois, embora Páris se comportasse como se não houvesse problema nenhum, Mirina estava tão aflita de preocupação que não conseguia saborear suas carícias sem cair em prantos.

Nessa derradeira manhã, quando acordou antes de o dia nascer, ela desejou verdadeiramente nunca tê-lo conhecido e que a vida dele jamais houvesse sido contaminada pelo seu infortúnio. Se isso significasse que ele poderia envelhecer em paz, ela o teria deixado de bom grado desposar alguma outra, alguma moça encantadora e obediente.

– O que foi? – indagou ele ao vê-la triste, puxando-a para um abraço. – Sonhos ruins outra vez?

Mirina tentou engolir as lágrimas, mas eram muitas.

– Por que tem de ser assim? – Ela encostou o rosto em seu peito. – Por que não podemos ficar aqui na floresta?

Páris suspirou.

– O mundo é assim, meu amor. Os homens lutam, e as mulheres choram. Há coisas que nunca mudam.

– Eu lutaria feliz no seu lugar – murmurou Mirina. – Ele iria me matar, mas pelo menos você viveria...

– Shh... – Páris correu os dedos por seus cabelos. – Você fala como se eu já tivesse morrido. Não confia nas minhas habilidades de combate?

Mirina se sentou de forma abrupta.

– Você sabe que eu não tenho nada senão a maior das considerações por você. Ninguém poderia ser mais perfeito, em todos os sentidos. Mas os gregos são imprevisíveis e astutos, você mesmo disse. E esse tal Menelau... – Ela estremeceu. – Ele tem uma frieza nos olhos, como se a vida e a morte para ele fossem a mesma coisa.

– Venha cá. – Ele tornou a puxá-la para os seus braços. – Fale mais sobre as minhas perfeições.

– Ah, por favor – sussurrou Mirina, beijando sua face eriçada pela barba e sorvendo o seu cheiro, aquele cheiro que era só seu e que nenhum banho jamais conseguira tirar. – Nós também não podemos ir viver com os kaskas? Temos nossos cavalos e armas. Podemos caçar...

– Sim, poderíamos fazer isso – respondeu Páris, alisando sua pele. – Poderíamos ir morar em uma cabana no mato, onde ninguém nunca fala em honra ou desgraça. E, quando tivermos nosso primeiro filho, eu terei de ir caçar sozinho e deixar você para trás com um bebê nos braços. – Ele suspirou. – Meu amor, será que você não entende que essa vida não é vida? A cidade tem suas leis e tradições porque elas são necessárias para os humanos prosperarem.

– Mas...

– Mirina. – Páris segurou seu queixo. – Eu escolhi isso. Ninguém está me forçando. Estou livre para desistir, mas não posso. Você talvez pense que isso é uma prova de que eu amo Troia mais do que amo você, mas na verdade é o contrário. O homem com quem você se casou é um homem de honra. E para o seu bem ele pretende manter essa honra até o fim, venha ele quando vier. Prefiro que sintam pena de você pode ter perdido um marido corajoso a que a ridicularizem por ter vivido com um covarde.

– Ninguém vai ter pena de mim, pois não haverá ninguém de quem ter pena – sussurrou Mirina, apoiando o rosto na mão dele. – Sem você, eu não iria querer viver.

Páris deu um grunhido.

– Foi isso que o casamento fez com você? A orgulhosa Mirina... onde ela foi parar? – Ele lhe deu alguns tapinhas no rosto, como se quisesse acordá-la. – Como posso ser valente se você já enterrou nós dois? O que vai acontecer com Páris se não sobrar ninguém para recordar suas perfeições? Quem vai corrigir os menestréis quando eles começarem a cuspir suas falsidades rimadas? – Ele sorriu e encostou o nariz no dela. – Você, minha rainha, precisa viver e recordar. Essa é a minha bênção e a sua maldição.

O DUELO ENTRE O PRÍNCIPE de Troia e o príncipe de Esparta seria ao meio-dia, quando o sol estivesse a pino. Além disso, iria acontecer em frente ao Portão Ocidental, ao norte da cidade, para que os nobres troianos pudessem assistir de sua alta torre na cidadela.

Talvez sem surpresa, a mãe de Páris não conseguiu se levantar de sua cadeira no pátio interno, subir os degraus e ir se unir ao marido nessa manhã. Não apenas uma, mas três criadas vinham se esmerando para abanar a patroa com folhas de palmeira desde o dia em que o duelo fora marcado, e todos sabiam que a rainha de Troia já tinha acendido velas para os deuses de modo a garantir uma acolhida calorosa para o filho.

Quanto a Mirina, suas súplicas veementes para que Páris a deixasse ficar do seu lado durante a provação de nada adiantaram. Ela havia sugerido se esconder entre os guardas escolhidos para escoltá-lo, ideia que ele descartara na hora. Seu lugar era no alto da torre, estreitando os olhos para ver o marido lutar em nome de todos os que torciam por ele na muralha.

Nenhuma de suas irmãs tivera permissão para subir e ficar com ela. Desde a morte de Helena e o combate no rio Escamandro, o rei Príamo fizera questão de manter as problemáticas amazonas longe da vista dos gregos.

Ainda de luto pela perda de Pentesileia, as filhas de Otrera já teriam ido embora caso o rei Príamo não houvesse comentado que talvez fosse prudente ficarem em Troia até se saber o desfecho do duelo. Menelau tinha jurado que, caso perdesse, Agamenon veria a derrota como um ato de justiça divina e voltaria para casa sem mais reclamações. Nesse caso, Otrera talvez quisesse repensar a decisão de sair de sua casa como um coelho e escapar de raposas para ir viver entre lobos.

Mas, ainda que elas não estivessem ao seu lado na torre, Mirina sabia que Lilli, Cime e Pitana rezavam por Páris lá embaixo, no palácio. Kara também tinha chorado quando Mirina as deixara sentadas e infelizes junto à fogueira da cozinha, e pedira mil desculpas pela dor que havia causado.

Mirina, porém, não acreditava que Kara estivesse mesmo arrependida.

– Por que você se deu o trabalho de salvá-la e enrolar seus pulsos? – perguntara ela a Lilli após a tentativa de suicídio de Kara. – Não fez nenhum favor a ela. Kara queria morrer.

Lilli balançara a cabeça.

– Ela nunca quis morrer. Queria apenas uma vida nova. E é isso que eu estou tentando lhe dar.

Mirina tentara protestar, porém a irmã lhe tapara a boca com uma das mãos.

– Você não estava conosco no navio para Micenas. Tem uma coisa que não sabe. Quando os homens descobriram que eu era cega, quiseram me jogar no mar. Mas Kara não deixou. Ela conseguiu convencer o príncipe de que eu tinha poderes sagrados. Foi assim que atraiu a atenção dele. Desse momento em diante, ela se tornou o único alvo da sua perversidade. – O rosto de Lilli se contraíra de angústia. – Me salvar foi sua perdição.

Os homens chegaram na hora marcada para o duelo.

Menelau atravessou a praia em disparada em sua carruagem puxada por cavalos, incentivado por uma multidão de correligionários que o acompanhava a pé, aos gritos. Páris, que saiu pelo Portão Ocidental, saltou de sua própria carruagem quase imediatamente, para proporcionar ao oponente a satisfação de ter feito a entrada mais espetacular.

Mas o herdeiro de Esparta não se deixou lisonjear com tanta facilidade. Ao pisar no grande círculo desenhado no chão de cascalho, mal pareceu reparar nos vivas de todos os marinheiros estrangeiros que haviam se reunido para assistir à diversão. Tampouco se retraiu ao ouvir os insultos lançados dos muros da cidade. Se Mirina conseguisse ver seu rosto, sabia que não teria detectado emoção nenhuma e que Menelau encarava o adversário com os mesmos olhos de um açougueiro que descarna uma carcaça.

Ambos estavam armados com uma espada e uma lança de curto alcance. Nenhum dos dois se dera o trabalho de trazer uma lança de arremesso, uma vez que o círculo no qual iriam lutar mal tinha circunferência suficiente para uma corrida de aproximação. Dos dois, Menelau parecia de longe o mais bem protegido, pois, embora não portasse escudo, usava uma armadura completa que lhe cobria não apenas o tronco, mas também subia em volta do pescoço e descia até bem abaixo da virilha. Para arrematar, tinha um capacete de prata pontudo com uma pena vermelha, além de protetores nas pernas e braços. Com exceção do rosto, cotovelos e joelhos, quase nenhuma parte de seu corpo permanecia exposta.

Páris, em comparação, usava apenas uma armadura feita de placas leves e decidira se proteger segurando um escudo. Isso o deixava mais vulnerável, mas com certeza também mais ágil. Sobre sua cabeça havia um sólido capacete de bronze com uma crista de crina de cavalo em formato de meia-lua, mas os seus movimentos eram tão livres e desimpedidos que ele mal parecia notar que o carregava.

Foi só quando os dois plantaram suas lanças no chão para mostrar que estavam prontos que Mirina se deu conta de que nunca tinha visto Páris usar armas de verdade contra ninguém. Sabia que ele treinava todas as manhãs com vários homens diferentes, e muitas vezes o vira lutar com Enéas e Dares a bordo do navio, mas tudo nunca passara de brincadeira...

Suas reflexões foram interrompidas por vozes agitadas.

Agamenon acabara de chegar.

Em um gesto de amizade, o rei Príamo tinha oferecido ao senhor de Micenas um lugar confortável na Torre Ocidental, mas Agamenon recusara com educação, alegando sua condição de pai enlutado. O homem que acabara de chegar ao campo de batalha em sua carruagem puxada por dois cavalos, contudo, parecia mais um guerreiro do que um pai, pois usava uma armadura de bronze reluzente, como se ele próprio fosse participar do duelo junto com Menelau.

Com Agamenon enfim presente, a luta pôde começar.

Alguém lançou uma pedra no meio do círculo. Assim que ela caiu no chão, erguendo uma pequena nuvem de poeira, os dois oponentes começaram a se rodear, com as lanças armadas para o ataque. Como se desejasse demonstrar as vantagens de não portar escudo, Menelau trocou a lança de mão algumas vezes, parecendo igualmente capaz com as duas mãos.

Do alto da torre, Mirina se lembrou de uma das regras que Páris havia lhe ensinado: nunca se esqueça de fazer o adversário subestimá-lo. A julgar pela maneira como Menelau se pavoneava, o espartano já estava cometendo seu primeiro erro ao se considerar intocável dentro da sua armadura. Assim que ele atacou, porém, ela percebeu que Menelau tinha bons motivos para se considerar o mais forte, pois ele se movia com tamanha rapidez e potência que os seus golpes iniciais fizeram Páris cambalear, quase sem conseguir bloqueá-los com o escudo.

Abafando um grito com as mãos, Mirina sentia o pânico aumentar à medida que o espartano seguia atacando Páris repetidas vezes, acertando-o de todos os ângulos possíveis. Mas seu marido não parava de se mexer, mais ágil do que nunca, esquivando-se e pulando para escapar da ponta da lança.

A mão pesada de alguém no seu ombro lembrou a Mirina que ela não estava sozinha na sua aflição.

– Tenha fé, mulher – disse o rei Príamo, com um estranho sorriso nos lábios sempre tão sérios. – Aquele ali é o meu filho. O melhor guerreiro que Troia já viu.

Apesar de toda a sua potência e determinação, Menelau não conseguiu concluir o duelo com a rapidez que sem dúvida previra. Em pouco tempo, teve de parar para enxugar o suor dos olhos, e os troianos na muralha soltaram um viva coletivo quando Páris usou essa brecha para inverter a luta. Enquanto Menelau cambaleava para trás pela areia, Páris lhe desferiu golpes e mais golpes com a lança... mas a armadura resistiu a todos eles.

Ao seu lado, Mirina podia sentir o rei Príamo prever cada movimento do filho. E sempre que a ponta de sua lança era repelida pelas placas perfeitas da armadura de Menelau, o rei soltava outro grunhido de frustração.

Depois dessas ofensivas iniciais, os dois homens recuaram para recuperar o fôlego. Agora sabiam que o seu combate não teria uma conclusão rápida. Quando recomeçaram a se rodear e a desferir um golpe aqui, outro acolá, ficou claro que estavam medindo as forças e fraquezas um do outro.

De vez em quando, um ataque era seguido por uma brilhante e rápida troca de golpes, mas na maioria das vezes Menelau se esquivava e tentava acertar as pernas de Páris, coisa que lhe valia apenas uivos de desagrado da multidão.

– Errado, errado – resmungava o rei Príamo, com as mãos descoradas de tanto apertar o parapeito. – Livre-se dessa lança.

Foi como se o filho tivesse escutado a ordem do pai. Quando a ponta da lança de Menelau se enterrou por um breve instante na borda de couro do escudo de Páris, este último não hesitou, mas girou o escudo com tanta rapidez e força que Menelau acabou soltando a lança de madeira.

Sem nem ao menos parar para soltar a lança do escudo, Páris jogou ambos para fora do círculo e partiu na mesma hora para cima de Menelau com a sua lança. Mirou alto, obviamente tentando atingir o adversário entre o pescoço protegido e o capacete, mas a necessidade de precisão comprometeu a força do golpe e, quando ele enfim arremeteu a lança, Menelau conseguiu baixá-la sobre a coxa coberta pela armadura e parti-la ao meio.

– Ah, não! – gemeu Mirina, tapando os olhos.

Ao ver isso, o rei Príamo virou-se para ela e disse:

– Levante os olhos, mulher, e esteja com o seu marido em espírito. O fim ainda está muito longe.

De fato, após um breve recuo, os dois sacaram suas espadas e começaram mais uma vez sua vagarosa dança, agora um pouco mais próximos. Mirina conhecia bem a espada de Páris e sempre a julgara excessivamente comprida e pesada; a de

Menelau, porém, era mais comprida ainda, e embora ele de novo a tivesse passado de uma mão para a outra algumas vezes, em clara provocação, ficou evidente que precisava de ambas para manejá-la.

Se Páris houvesse seguido as instruções que tinha lhe dado na praia em Éfeso, teria permitido a Menelau atacar inúmeras vezes e aguardaria o momento certo para acertá-lo quando ele estivesse desequilibrado. Mas Mirina logo entendeu que o marido estava seguindo um código diferente, que punha a honra acima da segurança.

Partindo para cima de Menelau repetidas vezes, Páris não lhe deu chance de usar a lâmina gigantesca. Em pouco tempo, a multidão começou a vaiar o espartano por sua lentidão e, talvez por desespero, Menelau começou a fazer o que já tinha feito antes: atacar as coxas de Páris, a parte menos protegida de seu corpo.

– Chega! – disse o rei Príamo com desdém, balançando a cabeça. – Acabe com ele.

E Páris obedeceu.

Com uma pausa que fez pensar que estava recobrando o fôlego, deixou Menelau recuar a espada para preparar um poderoso golpe... recuar tanto que foi preciso apenas um pé contra seu tronco coberto pela armadura para fazê-lo cair de costas, desabando com um baque tão forte que pôde ser ouvido até no alto da torre.

De repente, tudo acabou. A colossal espada de Menelau deslizou pelo cascalho e Páris se postou acima dele, com a ponta da lâmina encostada no pescoço do espartano. Mas não o matou. Apesar dos gritos frenéticos a toda a volta, apenas chutou areia no rosto de Menelau, embainhou a espada e se afastou para pegar a pedra que fora lançada no círculo para iniciar o duelo. Beijou-a e a ergueu, triunfante, com o capacete a reluzir sob o sol, e olhou direto para o alto da Torre Ocidental como se quisesse que Mirina fosse a primeira a saber.

Ela desceu desabalada a escada, ofegante de tanta alegria, e encontrou o marido no pátio do palácio, cercado por correligionários animados que haviam tirado seu capacete e molhavam com vinho o lutador, enquanto o provocavam por não ter matado Menelau.

– O casamento fez você amolecer! – gritou o corpulento Dares, socando o ombro de Páris. – *Ele* não teria poupado você...

Páris riu e puxou Mirina para um abraço com a mesma liberdade que teria tido se os dois estivessem sozinhos.

– Nada disso! – gritou ele em resposta, com suor e vinho a escorrer dos cabelos. – O casamento me endureceu.

E ele então a beijou, para deleite dos amigos, e a pegou no colo do mesmo jeito que fazia quando estavam a sós.

– Não se preocupe – falou, sorrindo para Dares. – Teremos o nosso banquete. Podem ir, eu chegarei logo depois.

Quando começou a andar em direção ao palácio, porém, Páris de repente cambaleou e caiu de joelhos, quase derrubando Mirina no chão.

– O que houve? – exclamou ela, segurando o rosto do marido que de repente havia adquirido uma palidez de morte. – Você está ferido?

– Não. – Ele se esforçou para tornar a ficar de pé. – Ele mal encostou em mim. Venha, dê a mão a um velho.

Ele a segurou pelo braço, mas de novo suas pernas se recusaram a sustentá-lo, e ele caiu para trás, grunhindo de frustração.

Os outros não demoraram a perceber que havia algo errado.

– Sombra! – gritou alguém. – Ele precisa de sombra. E de água.

Com um esforço conjunto, os homens meio arrastaram, meio carregaram Páris até o Templo do Sacudidor da Terra, o prédio mais próximo de onde estavam. Ali, pousaram-no diretamente sobre o chão de pedra e o abanaram da melhor forma que conseguiram.

– A água já vem – disse Enéas. – Fique deitado.

– Chega dessa bobagem – grunhiu Páris, tentando se sentar. – Vocês são o quê? Um bando de velhas amas? Não deixem minha mulher me ver assim...

– Ah, por favor – choramingou Mirina, apoiando os outros. – Deite-se e fique calmo. Me diga onde está doendo.

Páris fez uma careta.

– Não está doendo. Mas eu... não estou conseguindo sentir as pernas.

Em poucos segundos, as placas protetoras foram removidas de suas pernas e as sandálias descalçadas, na esperança de restaurar suas forças. Então Enéas catou algo do chão de repente e perguntou:

– O que é isso?

Era um pequenino fragmento de osso polido que parecia a ponta de uma flecha partida, só que curiosamente oco, com uma diminuta abertura na ponta.

– Maldição! – exclamou Dares. – Um dardo envenenado.

Após uma busca rápida, descobriram uma perfuração que vertia um líquido na parte de trás do calcanhar de Páris. Mirina ficou em pânico ao constatar a gravidade no semblante de todos, que lhe dizia que eles já tinham visto homens atingidos por dardos envenenados e haviam aprendido a temer o pior.

– Fique aqui e não se mexa – disse Dares, com um tapinha do ombro do amigo. – É só o calcanhar; acho que você vai ficar bem. E não se preocupe. – Ele se levantou e gesticulou para os outros o seguirem. – Você terá sua vingança. Daremos a esses desgraçados o mesmo veneno que eles lhe deram. Malditos gregos e seus truques. Agamenon deve ter ordenado isso.

Ele se calou, com o rosto contraído de emoção.

– Junte-se a nós quando puder.

Os homens desapareceram em um farfalhar de ira, deixando Mirina e Páris a sós.

– Deite-se, meu amor – implorou-lhe ela, pondo o xale embolado debaixo da cabeça do rapaz. – Está se sentindo melhor?

Páris se deitou, obediente. Então respirou fundo, forçando o ar para dentro e para fora dos pulmões.

– Um pouco.

– Quer que eu vá chamar os criados? – perguntou ela, acariciando suas faces pálidas. – Ou o seu pai?

– Não. – Ele tentou tocá-la no rosto, mas quase não conseguia controlar a mão. – Eles virão daqui a pouco.

– Por favor, diga que vai ficar bem – implorou Mirina, beijando sua mão.

– Venha se deitar comigo. – Páris conseguiu abrir o braço para ela poder repousar a cabeça sobre o seu ombro. Em seguida tentou respirar fundo outra vez, mas seu peito estava pesado demais. – Pode ficar comigo assim até o final dos tempos? – sussurrou, encostando os lábios na sua testa.

Somente quando ela aquiesceu foi que ele fechou os olhos.

CAPÍTULO TRINTA E TRÊS

Para mim está evidente que o senhor é muito rico e que é rei de muitos homens, mas aquilo que me perguntou ainda não posso dizer a seu respeito.

Heródoto, *Histórias*

Istambul, Turquia

Não sei quanto tempo fiquei parada ali fora, descalça, encarando a vaga vazia na qual James estacionara o carro. Será que ele tinha mesmo ido embora sem mim? Eu não conseguia acreditar. Sim, James estava uma fera comigo e provavelmente havia entendido que o seu golpe vingativo contra Nick havia sufocado para sempre meu apreço por ele... mas como ele pudera me deixar para trás? Ou melhor, como Rebecca pudera deixá-lo fazer isso?

Em parte sem querer acreditar naquilo, caminhei de volta à casa de Reznik para verificar se por acaso minha amiga ainda estava lá, à minha espera. Mas o alto portão já tinha sido fechado e, tirando alguns seguranças que andavam de um lado para o outro com rádios, tudo era silêncio. Enquanto eu estava ali, parada e indecisa, ouvi um deles dizer no rádio, em francês:

– Não, não tem ninguém aqui. Eles já foram embora.

E em seguida a resposta a uma óbvia pergunta.

– Sim, senhor. A mulher azul *e* a verde.

Sem ar de tão assustada, recuei para a sombra de uma densa trepadeira que caía por cima da cerca... e então, assim que os guardas se viraram para o outro lado, saí correndo pela rua o mais depressa que consegui, e felizmente meus pés descalços não fizeram barulho sobre as placas de concreto da calçada.

Se Rebecca não estava mais dentro da casa, a *única* explicação era que tinha ido embora com James. Na verdade, tudo começava a fazer sentido. Os seguranças estariam fazendo perguntas inconvenientes sobre o roubo do *Historia Amazonum*, e James e Bex tinham fugido, o que era compreensível. Era possível até que estivessem percorrendo o bairro no Aston Martin, tentando me encontrar.

Assim, continuei andando, com a preciosa bolsa de festa bem apertada contra o peito. A perseguição e toda aquela ansiedade haviam me deixado suada e com calor por um tempo, mas agora a noite fria de novembro atingia meus ombros nus com força total e fazia meu queixo bater. Quando um táxi finalmente encostou ao meu lado, eu soube que tinha de entrar.

– Obrigada por me salvar – falei para o motorista, enquanto saíamos em disparada pela rua, com todos os dutos de ventilação soprando um ar quente. – Não sabia que Istambul ficava tão frio assim no inverno.

O homem suspirou e balançou a cabeça.

– Depois das festas de Reznik tem sempre uma mulher chorando na rua. Para onde a senhora quer ir?

Tirei as luvas de cetim e remexi os dedos dormentes. Assim que encontrasse um telefone público, teria de ligar para James e Rebecca e esclarecer as coisas.

– Para o aeroporto, por favor – respondi, sabendo muito bem que talvez só houvesse voos para a Inglaterra na manhã seguinte. Mas pelo menos se eu passasse a noite no aeroporto seria a primeira da fila, pensei.

Se Reznik fosse mesmo tão bem-relacionado quanto Nick me dera a entender, não levaria muito tempo para juntar as peças e começar a desconfiar que Diana Morgan havia participado do roubo do *Historia Amazonum*. Quando isso acontecesse, era melhor eu estar a milhares de quilômetros de distância de Istambul.

Com os dedos trêmulos, peguei o passaporte e verifiquei mais uma vez que era de fato o meu. Com aquele documento fundamental em mãos, eu não teria dificuldade para comprar uma passagem. O único desafio seria escapar dos capangas de Reznik até o avião decolar.

Enquanto folheava o documento, distraída, reparei em um papel adesivo amarelo escondido entre as páginas. Três palavras tinham sido rabiscadas em maiúsculas: VOLTE PARA CASA. Não havia ponto de exclamação, apenas essas três palavras escritas em esferográfica preta.

Passei alguns segundos encarando o papel, tentando ver além do recado bastante óbvio. Então me ocorreu verificar a carteira. Quando a abri, preparei-me para encontrar compartimentos vazios, mas, para meu assombro, tudo, inclusive meus cartões de crédito, continuava ali. Na verdade, a divisória que continha apenas algumas notas amarfanhadas de libras quando eu saíra da Inglaterra, duas semanas antes, estava agora abarrotada com mais 2 mil euros em notas novinhas.

Embasbacada, peguei minha agenda para ver se esta continha alguma outra pista em relação aos objetivos das pessoas que haviam mantido meus pertences reféns durante todo aquele tempo. E ali estava ele outra vez, o mesmo recado inconfundível, rabiscado no espaço vazio da semana seguinte: VOLTE PARA CASA.

Fiquei irritada com a arrogância daquelas pessoas. Então elas queriam que eu voltasse para a Inglaterra e estavam até dispostas a facilitar minha partida com dinheiro e a devolução de objetos roubados... mas, não importava quem fossem, por acaso tinham me dado um só motivo para confiar nelas? Ainda estavam com meu laptop e meu celular, ainda eram responsáveis pelo galo na minha testa, e o seu objetivo ainda era um mistério para mim. A menos que...

Recostei-me no frio banco de couro e rememorei o que sabia.

Um tesouro estava em jogo, e eu já havia conhecido dois dos caçadores. Tanto Reznik quanto Nick estavam tentando encontrar o Tesouro das Amazonas. O fato de meu sedutor pretendente ter roubado o *Historia Amazonum* de Reznik consolidava de sobra a sua culpa. Mas quem eram as mulheres no Audi prateado que tinham me roubado em Náuplia? Será que elas trabalhavam mesmo para Reznik, como Nick havia sugerido? Ou seria possível que fossem... amazonas? Senti um calafrio de animação ao pensar nessa possibilidade, por mais louca que fosse. *Se* elas fossem mesmo amazonas, seria possível os seus objetivos terem sido sempre os mesmos: impedir Reznik e Nick, entre outros, de encontrar seu tesouro? Seria por isso que não paravam de me importunar? Para me impedir de ajudar Nick?

Passei algum tempo sentada, quietinha, com os olhos pregados nos faróis do inevitável que se aproximava. Era uma sensação bizarra e exasperante pensar que eu tinha sido manipulada em um imenso tabuleiro de xadrez sem saber se era uma peça preta ou branca. E ali, sentada no táxi, fui percorrida por mais um calafrio e senti um impulso irrefreável de me rebelar contra aquele jogo.

O chacal tinha tentado me avisar várias vezes, não tinha? No entanto, na pressa de aplacar todos à minha volta, eu havia ignorado suas sugestões. Agora ele estava se agitando novamente, depois de ter recalculado nossas coordenadas, e sussurrava no meu ouvido que eu ainda não podia voltar para casa... não antes de ter o *Historia Amazonum* nas mãos. Então as amazonas não me queriam do seu lado. Volte para casa, diziam. Bem, paciência. Na minha atual agitação, quase consegui me convencer de que aquele manuscrito por si só redimiria todas as minhas tribulações... de que ele enfim me conduziria até vovó... mas eu também precisava admitir que parte da atração era o seu atual dono, cujo contato estava rabiscado em um cheque dobrado dentro da minha bolsa. Mesmo que Nick não tivesse roubado o *Historia*, ele tinha algo que eu queria muito recuperar: minha capacidade de amar. Eu não tinha certeza de como exatamente iria arrancar essas duas coisas dele, mas precisava tentar.

O REFÚGIO DA FUNDAÇÃO AQRAB não ficava no meio de um labirinto medieval perto do Grande Bazar, como eu havia imaginado. Na verdade, era um quarto no hotel Çirağan Palace, que, segundo meu taxista agora redirecionado, era a antiga residência de verão dos sultões turcos.

Apesar dos pés descalços, do penteado desmoronado e da maquiagem berrante, provavelmente tive sorte por estar usando meu vestido de festa ao ser escoltada por um lacaio de libré pelo saguão do hotel até chegar à área de recepção separada do palácio. Com o pé-direito que devia facilmente ser igual ao do teatro Sheldonian, em Oxford, cenário de minha defesa de doutorado em maio, o vestíbulo era todo revestido de mármore branco, com detalhes em madeira escura a arrematar as galerias superiores. No teto, um imenso lustre parecia pendurado no próprio céu.

No exato instante em que eu chegava perto do balcão da recepção, vi uma silhueta conhecida sair do elevador. Ele havia deixado crescer o bigode desde a última vez que eu o vira e agora usava óculos de lentes escuras, mas eu tinha passado tempo suficiente na companhia do Dr. Ludwig para reconhecê-lo em qualquer lugar.

Ele não estava sozinho. Ao seu lado vinha um homem de porte atlético, com um boné vermelho e um colete de microfibra, cujo rosto me pareceu estranhamente familiar.

Assim que me escondi atrás de um arranjo de flores, entendi: os olhos debaixo do boné tinham me encarado de uma fotografia em um caderno de recortes apenas uma semana antes. É claro que o rosto envelhecera algumas décadas, mas era impossível não reconhecer o maxilar tenso e o olhar penetrante de Chris Hauser, de Baltimore, o homem que tanto tempo antes havia convencido o Sr. Telemakhos de que o bracelete de chacal tinha origem nas amazonas.

Levei algum tempo para acalmar o coração. Parecia que ir até ali nessa noite havia me permitido descobrir um dos jogadores ocultos atrás de Nick, e embora eu ainda estivesse demasiado abalada para tirar qualquer conclusão útil da presença de Chris Hauser, sabia que agora não tinha como voltar atrás.

Esperei um pouco de propósito antes de ir até a recepção ligar para Nick e lhe avisar que estava ali. Não queria que ele desconfiasse que minha chegada coincidira com a partida de seus dois cúmplices. No entanto, quando ele desceu a grandiosa escadaria para me receber, vi na sua expressão que ele estava se perguntando quanto eu sabia. Com certeza aquele não era o rosto de alguém que imaginava uma noite descontraída de prazer. Em vez disso, Nick parecia um homem que já havia recebido um número excessivo de visitas-surpresa. Eu o conhecia bem o suficiente para ver sua frustração, e o fato de ele ainda estar usando o terno escuro mais do que sugeria que não tivera um só instante para descansar desde que voltara para o hotel.

– Oi, Deusa.

Ele me beijou nas duas faces enquanto seus olhos percorriam o recinto. Então pôs uma das mãos nas minhas costas e me conduziu na direção dos elevadores, meneando a cabeça para a recepcionista ao passar.

– *Sağolun*, Gökhan.

E isso bastou: a proximidade de Nick e a suave pressão da sua palma quase me fizeram esquecer que eu não estava ali para me render a ele; muito pelo contrário.

– Noite difícil? – perguntou ele quando as portas do elevador se fecharam.

– Reznik com certeza sabe dar uma festa – falei, tentando esconder um rasgo manchado de ferrugem em uma das minhas luvas. – Você não deveria ter ido embora tão cedo.

Nick baixou os olhos.

– Você perdeu seus sapatos outra vez.

– Ah, é? – Tentando não dar importância àquilo, ergui a saia como se quisesse verificar por mim mesma. – Não tinha nem reparado.

As portas do elevador tornaram a se abrir.

– Você primeiro – disse Nick, estendendo um dos braços.

Seguimos juntos pela galeria. Embora tivéssemos subido apenas um andar, o imenso lustre que parecera tão distante visto do lobby agora dava a impressão de estar ao nosso alcance, o que me causou certa tontura. Forçando-me a desviar os olhos de seu esplendor ofuscante, ralhei comigo mesma por me deixar impressionar com tanta facilidade. Ali estava eu, sendo seduzida outra vez. Já estava na hora de me controlar e recuperar minha atitude de amazona.

Chegamos ao final da galeria e nos vimos diante de uma porta reforçada que Nick não se dera o trabalho de trancar.

– Eu não prometi ficar – falei, antes de entrar. – Só queria me despedir direito.

Assim que a porta se fechou atrás de nós, Nick segurou minha mão, tirou a luva e encostou os lábios no meu pulso nu, logo abaixo do bracelete de chacal.

– Despedidas são imprevisíveis. Às vezes levam a noite inteira.

Ele então acendeu a luz e revelou uma suntuosa saleta com três janelas altas a emoldurar o céu noturno sobre o Bósforo.

– Você deve estar com fome.

Vi-o olhar na direção de uma porta entreaberta pela qual dava para ver uma mesa de jantar posta com louça suja e guardanapos amassados.

– Na verdade, não – falei, fingindo não reparar nos vestígios de seus convidados anteriores. – Mas adoraria tirar esta maquiagem.

Nick assentiu, pelo visto aliviado, e me levou até um quarto confortável em estilo otomano com um banheiro contíguo.

– Fique à vontade – falou. – Se precisar de alguma coisa... – Ele apontou para um telefone dourado de disco sobre a mesa de cabeceira. – É só ligar para o serviço de quarto e pedir.

Respondi com um sorriso e pensei: quem dera fosse tão fácil... mas ele já tinha saído e fechado a porta com firmeza atrás de si.

Depois de uma rápida lavada no rosto, passei algum tempo sentada na cama, avaliando a situação.

Era óbvio para mim que Nick fora assolado por problemas nessa noite, e eu estava morta de curiosidade para saber o que havia acontecido antes da minha chegada. Será que o Sr. Ludwig e Chris Hauser tinham sido enviados pelo escritório de Dubai para pegar o *Historia Amazonum* e levá-lo para o Sr. Al-Aqrab antes que Nick, acostumado a se meter em confusão, corresse o risco de perdê-lo outra vez? Nesse caso, pensei, com uma pontada de preocupação, minha missão de recuperá-lo já fracassara.

Girei a maçaneta da maneira mais silenciosa que consegui e dei uma olhada discreta, mas descobri que Nick não estava à vista. No entanto, uma porta majestosa do outro lado da ampla saleta estava entreaberta e tive a sensação de que era ali que eu iria encontrá-lo. Atravessei o carpete felpudo pé ante pé, com o ouvido apurado para ruídos conhecidos, e ouvi um farfalhar de papéis. Depois disso... silêncio.

Apesar de tudo, fiquei pasma. Seria aquele o mesmo homem que, apenas duas horas antes, havia me agarrado em uma varanda e me convidado a passar no seu hotel mais tarde? Mesmo se Ludwig e Hauser tivessem trazido más notícias, não pude reprimir a sensação de que ele estava demonstrando uma muito inesperada falta de interesse por mim.

Bati à porta.

Alguns instantes se passaram antes de Nick enfim aparecer, com uma expressão meio atarantada e todos os botões da camisa abertos.

– Oi de novo – falei, adotando uma pose sedutora. – Você não ia me levar para uma visita?

Ele pareceu não entender.

– O que você gostaria de ver?

– Que tal *este* quarto?

Passei por ele na porta, já com os olhos à espreita. Como eu pensava, aquela era a suíte principal, um espaço fantástico com certeza digno de uma fundação de Dubai com um campo de golfe no telhado. Mas o mais importante era que, em cima da cama tamanho sultão, havia um envelope grande do qual saíam várias folhas de papel.

Ao ver que ele já tinha me pegado olhando, falei, em tom casual:

– Já recebeu as ordens para ir embora? Pensei que só fossem chegar amanhã de manhã.

– Pois é – disse Nick, indo até a cama para pegar o grande envelope, quer para impedir que eu o examinasse mais de perto, quer para abrir lugar para outra atividade não profissional. – Mas as coisas nem sempre correm conforme o plano, não é?

Ele guardou os papéis em uma gaveta, em seguida se virou para mim com uma tentativa de sorriso no rosto.

– "É tudo um tabuleiro de xadrez de noites e dias... onde o Destino brinca com os homens como se fossem peças. Para lá e para cá elas se movem, se reproduzem, se matam. E uma a uma são guardadas de volta no armário." Omar Khayyám.

Passamos um tempão assim, cada qual, tive certeza, tentando decifrar o que o outro estava pensando. Por fim, recostei-me em uma das colunas da cama e falei:

– Talvez o melhor fosse desistir. Imagine só a liberdade...

O olhar de Nick se nublou.

– Não dá para desistir de algumas coisas.

Esperei que ele se explicasse, mas em vão. O modo como ele me olhou sugeriu que estava se referindo não apenas a si mesmo, mas a nós dois. Era como se, entre a festa de Reznik e agora, algo intransponível houvesse surgido entre nós... como se ele desconfiasse que eu conhecia o seu lado escuro de ladrão e estivesse me perguntando por que cargas-d'água havia aceitado aquele convite.

– Que proporções impressionantes – falei, virando-me para o quarto e admirando a decoração antiga. – Quantas mulheres do harém será que cabem nesta cama?

Olhei para Nick por cima do ombro e o peguei encarando minha bunda.

– O que houve com o seu vestido? – perguntou ele. – E com os sapatos?

– Boa pergunta. – Dei uma espiada casual dentro do seu armário. – Ah, bastante espaço.

Mas nenhum *Historia Amazonum*. Pelo menos não que eu visse.

– Diana. – Ele andou até mim. – O que está acontecendo? Fale comigo. A gente passou por tanta coisa...

– Eu sei. – Virei-me, relutante. – E este é o ponto mais próximo entre os nossos mundos, não é? – Encarei-o fixamente. – Como é que você está tão longe, então?

Vi surpresa na sua expressão, seguida por arrependimento. Ele então segurou meu rosto com mãos delicadas e sua expressão se suavizou.

– Eu estou bem aqui. Estive aqui o tempo todo.

E então me beijou... um beijo vagaroso, irresistível, que arrancou um gemido de desejo do fundo da minha alma.

– Divina Diana. – Com uma careta de dor, ele me soltou. – Se você soubesse como me tortura...

Segurei-o pela camisa aberta.

– Me mostre quanto.

Nick me olhou com irritação.

– Estou tentando ser cavalheiro.

– Por que começar agora? – Passei as mãos por seu peito nu, saboreando aquela firmeza cálida. – Eu não vim aqui ter uma conversa educada, certo?

As palavras o fizeram se retesar. Ou talvez algo nos meus olhos o tivesse intrigado. Com o cenho levemente franzido, ele baixou os olhos para as minhas mãos, ou melhor, para o bracelete de chacal, como se receasse uma mordida.

– Não – disse ele por fim. – Acho que não veio.

Com medo de que ele começasse a me interrogar, inclinei-me e tornei a beijá-lo, na tentativa de que o beijo silenciasse quaisquer outras perguntas.

– Sabe qual é o seu problema? – murmurei. – Você *pensa* demais.

Os olhos dele tornaram a mergulhar nos meus.

– É mesmo?

– Ah, é sim. – Corri as mãos pelo seu ventre e mais abaixo. – Demais, *demais* da conta.

Só quando escutei seu súbito arquejo foi que me ocorreu que seria melhor pegar mais leve. Ali estava ela, bem debaixo dos meus dedos, a imponente *pièce de résistance* de Nick, e quando ergui os olhos e vi o desejo sombrio e indisfarçável na sua expressão, perdi a coragem por um instante.

– Com licença – falei, com o que torci para ser um sorriso tranquilizador e lascivo. – Me dê só um minutinho.

Refugiei-me no seu banheiro, tranquei a porta e me recostei ali, tremendo da cabeça aos pés. O papel de sedutora era uma novidade tão grande para mim que não consegui dissociá-lo dos meus próprios sentimentos. Sim, eu queria roubar o *Historia Amazonum* de Nick, mas também queria muito transar com ele. Será que as duas coisas eram mutuamente excludentes?

Fui até a pia lavar as mãos e o rosto com água fria na esperança de clarear o pensamento. Mas a mulher que me encarou no grande espelho já não queria ouvir a voz da razão. É verdade, ela parecia dizer, você talvez nunca mais torne a ver esse cara depois que o dia raiar e talvez passe a viagem inteira de volta para Oxford aos prantos. Aposto que ele não é exatamente um homem com quem se possa esperar um relacionamento normal. Mas, por favor, quer você consiga ou não passar mais de uma noite com ele e quer o *Historia Amazonum* troque ou não de mãos no meio do caminho, você precisa sair e agarrar o sujeito, garota!

Olhei em volta à procura de uma escova de dentes e vi um barbeador apoiado em um pequeno recipiente de sabão para barbear e uma nécessaire fechada com zíper em cima da bolsa de viagem de Nick, no chão. Abri a nécessaire, encontrei uma escova de dentes, um tubo de pasta... e quatro passaportes presos por um elástico.

Intrigada, retirei o elástico e abri os documentos, um de cada vez. As nacionalidades e datas eram todas diferentes, assim como as fotos, mas não havia como não reconhecer o rosto de Nick em todos eles.

– Frank Danconia, canadense – murmurei, folheando os passaportes. – Nicholas Barrán, brasileiro... *você* eu conheço. Gabriel Richardson, neozelandês. Fabio Azzurro, italiano...

Sentei-me na privada, invadida ao mesmo tempo pela surpresa e pela amargura. Qual daqueles seria seu verdadeiro passaporte?, pensei. A julgar pelos carimbos, ele usava todos os quatro regularmente. E o nome? Eu sempre achara que "Nick" não correspondia totalmente a quem ele era... que havia algo errado na maneira como ele se apresentava para os outros. Talvez porque ele sentisse que estava mentindo.

E daí, sussurrou a mulher no espelho? Que diferença faz se Nick tem identidades falsas? Isso muito provavelmente era uma exigência para trabalhar na Fundação Aqrab. Eu não havia acabado de me convencer de que não tínhamos futuro nenhum juntos, afinal?

Quando finalmente saí do banheiro, as luzes estavam mais fracas e uma música suave tocava ao fundo, mas Nick não estava no quarto. Fiquei parada alguns instantes, esperando que ele aparecesse. Quando isso não aconteceu, fui dar uma olhada na saleta. Dito e feito: ali estava ele, no celular, andando de um lado para o outro em frente às janelas.

Era a minha chance. Ao sair do banheiro, ainda não tinha certeza absoluta de qual deveria ser meu próximo passo, mas agora que estava sozinha sabia exatamente o que fazer. Sem perder tempo, corri até a cômoda para investigar o envelope grande que Nick fizera tanta questão de esconder de mim. Só que... o envelope não estava mais lá.

Onde ele poderia ter colocado? Comecei uma busca apressada, mas todas as gavetas estavam vazias. Consciente de que não tinha muito tempo, ajoelhei-me para olhar debaixo da cama. Bingo: uma pasta de metal.

Puxei a pasta com urgência, trêmula. Fiquei animada ao constatar que não estava trancada e a abri na esperança de encontrar uma reserva de documentos secretos... mas recuei, chocada. Aninhadas em espuma preta havia três pistolas com pentes e munição extra.

Com a cabeça girando, fechei rapidamente a pasta e tornei a enfiá-la debaixo da cama. O que significava aquilo tudo... os passaportes, as armas? Levantei-me sem fazer barulho e atravessei o quarto pé ante pé para ver o que Nick estava fazendo, mas estaquei quando ele entrou pela porta.

– Aonde você *pensa* que vai? – perguntou ele, impedindo a minha passagem.

Embora o tom fosse de provocação, mesmo assim fiquei incomodada.

– O dia foi longo – falei, torcendo para ele não adivinhar os motivos da minha súbita mudança de ideia.

– E vai ficar mais longo ainda. – Nick me puxou para um abraço com um sorriso sugestivo. – Que bom que a gente deixou de lado esse papo de cavalheiro; agora vamos ver se eu consigo derrubar a amazona.

Ele recomeçou a me beijar, mas minha disposição havia mudado tanto que não consegui entrar no clima.

– Desculpe – murmurei, afastando-me. – Estou exausta *mesmo*.

A recuperação de Nick foi rápida o bastante para sugerir que ele já imaginava desde o início que eu fosse desistir.

– Se está mesmo tão cansada, é melhor ir para o seu quarto – disse ele, soltando-me. – Porque se você não for...

Não preguei o olho nessa noite. Estou certa de que Nick também não. Bem na hora em que o sol começou a nascer, ouvi uma porta se fechar e desconfiei que ele tivesse desistido de esperar e decidido sair.

Que sensação estranha: estar deitada naquela cama gigantesca, sem ter a menor noção de como o dia iria se desenrolar. Depois do pânico inicial ao descobrir as pistolas, eu aos poucos conseguira me consolar com uma cálida e reconfortante fantasia na qual Nick aparecia no meu quarto antes de o dia raiar, sem conseguir ficar afastado, dizia que era louco por mim e prometia me contar tudo.

Nós passaríamos o dia em um romântico cruzeiro pelo Bósforo, imaginei, durante o qual ele se desculparia por todos os segredos e confessaria seus numerosos pecados. Relutaria em descrever com muitos detalhes o roubo na casa de Reznik, é claro, mas eu me mostraria compreensiva, e tudo terminaria em beijos e um jantar à luz de velas em algum restaurante reservado do centro da cidade, onde ficaríamos de mãos dadas debaixo da mesa enquanto ele me revelava o seu verdadeiro nome.

Mas o sol nasceu e ele não chegou.

Houve apenas o leve *clique* da porta... depois mais nada.

Fui até a saleta usando o pijama com o brasão do hotel e encontrei um pedacinho de papel sobre a mesa de centro. "Volto já. NB."

– NB? – falei em voz alta, sentindo uma pontada de irritação. – Não só N, mas *NB*?

Passei a cabeça pela porta da suíte principal e vi que Nick de fato tinha saído. Depois de um brevíssimo embate com minha própria consciência, na realidade um duelo em que meus escrúpulos foram logo derrubados do cavalo, atravessei o recinto e me ajoelhei junto à cama.

A pasta de metal continuava ali, só que agora trancada. Mas isso não tinha importância, já que eu sabia o que havia lá dentro.

Enquanto apurava os ouvidos, alerta a qualquer barulho que sugerisse a volta de Nick, comecei uma busca apressada pelo envelope grande. Já tinha esgotado todos os esconderijos naturais – em cima do armário, dentro do armário, debaixo dos travesseiros – quando meus olhos deram com um imenso vaso otomano vermelho com um brilhante desenho de flores brancas. Nick era o tipo de homem capaz de esconder algo de valor inestimável bem debaixo do nariz de quem procurava.

E ali estavam elas, as coisas todas, enfiadas sem cerimônia bem na parte de cima do vaso: o envelope recheado, os quatro passaportes e o *Historia Amazonum*. Encadernado com uma capa de couro macia tão gasta que apenas alguns filamentos a mantinham inteira, as páginas estavam cobertas por um latim manuscrito que, com o tempo, tinha desbotado até ficar parecido com aquarela. Apesar das circunstâncias precárias, senti um alívio embriagante ao descobrir que Nick ainda não tinha entregado o precioso manuscrito ao Sr. Ludwig e Chris Hauser. Ali estava ele, enfim, são e salvo nas minhas mãos.

Quanto ao envelope, eu na realidade não pretendia levá-lo comigo, só dar uma espiada no conteúdo. No entanto, assim que peguei os documentos que Nick estava lendo na noite anterior, entendi que não poderia deixá-los para trás. Pois bem ali, preto no branco, estava a resposta para a minha maior pergunta: qual era, afinal, o objetivo do Sr. Al-Aqrab? A luz forte da manhã tornou tudo assustador de tão óbvio, e tive uma certeza nauseante de que precisava sair antes que Nick voltasse – não só daquele quarto ou de seus aposentos no hotel, mas da sua vida.

O AEROPORTO DE ATATÜRK, EM Istambul, estava em pleno rush matinal quando cheguei. Homens de terno se aglomeravam diante de cada balcão e totem de atendimento, e esperei meia hora na fila só para ser informada de que o primeiro lugar disponível para Londres era no avião que saía às três da tarde.

– Mas tem certeza de que não existe nenhum outro jeito mais fácil de eu chegar à Inglaterra? – perguntei à atendente. – Não faz mal se tiver escalas.

– Sinto muito – disse ela, verificando a tela mais uma vez. – Só tenho via Amsterdã às onze e meia.

Não seria a mais suprema das ironias? Foi o que pensei enquanto serpenteava entre malas e zumbis grudados no celular, em busca de um café onde pudesse fazer hora até o horário do meu voo. Depois de tudo, ir parar em Amsterdã. Sobretudo agora que eu estava vestida para o circuito da moda, com chapéu de aba larga e uns óculos escuros do tamanho de Milão... tudo graças à exclusiva loja de roupas na esquina do hotel Çirağan Palace, que havia engolido metade da minha fortuna em menos de cinco minutos.

Sentada a uma mesa reservada, com minha pilha de papéis roubados e uma bandeja de café da manhã, peguei o documento que me deixara tão chocada na primeira vez que eu o vira no quarto de Nick, duas horas antes. Era uma carta de instruções curta, datilografada, sem cabeçalho nem assinatura, que dizia o seguinte:

> Atenção, Jumbo,
>
> Vamos incluir chacais no cardápio. Uma pedra por cabeça. Só carne fresca. Confiram nossa seleção. Se o estoque diminuir, estamos abertos a alternativas. Meia pedra por pulseira, um quarto por tatuagem. Entrega por Pavel.

Grampeadas a essa carta curta e esquisita havia três folhas de papel, todas ocupadas por fotografias borradas em preto e branco e um texto torto. As imagens mostravam três mulheres, filmadas, supus, por câmeras de vigilância, e havia closes granulosos de um bracelete de chacal e de duas tatuagens de chacal quase indistinguíveis. O texto identificava as mulheres como "Amazona 1", "Amazona 2" e "Amazona 3" e havia estimativas quanto à sua altura, peso e idade.

Meu primeiro pensamento foi que a carta era uma mensagem codificada do Sr. Al-Aqrab para um assassino de aluguel, possivelmente Nick, ordenando a morte de três mulheres que se pensava serem amazonas. Depois de ler o texto mais de dez vezes, porém, já não tinha tanta certeza. Por mais disposta que estivesse a vilipendiar o Sr. Al-Aqrab, para mim era difícil ver Nick como alguém que faria aquela tarefa de bom grado.

Deixando a carta de lado finalmente, comecei a folhear os outros documentos do envelope na esperança de encontrar algo mais direto.

Não precisei procurar muito. Ali estavam elas, desbotadas, mas inconfundíveis: dezenas de fotos em preto e branco do meu pai, da minha mãe e de mim... Essa descoberta me provocou um calafrio ainda maior do que a carta para o assassino de aluguel.

O que eu acabara de encontrar era o relatório de um detetive do mesmo tipo que meus pais haviam solicitado após o sumiço de vovó, só que, enquanto o deles continha apenas umas baboseiras inúteis, aquele parecia recheado de informações. Embora o texto estivesse em árabe, as ilustrações falavam por si, e observei mais uma vez as imagens granulosas de meu pai mexendo em silêncio no seu bebedouro de pássaros... de minha mãe fazendo alongamento após uma corrida... sem fazerem a menor ideia de que estavam na mira de uma teleobjetiva.

Quase todas as imagens eram fotos de longa distância e a maioria tinha sido tirada através de janelas ou arbustos. Era nauseante perceber que meus pais e eu tínhamos sido vigiados por olhos invisíveis mesmo em nossos momentos mais privados. Sim, havia fotos minhas dando palestras para alunos e enchendo o quadro-negro com hieróglifos egípcios, mas havia também outra em que eu aparecia cantando para os guppies do professor Larkin depois de consumir um número exagerado de solitários copos de vinho.

Embora minha mãe também aparecesse, o relatório estava obviamente centrado em meu pai e em mim, e não era difícil adivinhar por quê. Estava claro que a questão das amazonas estava no cerne de tudo aquilo, pois uma das páginas exibia a conhecida foto antiga de casamento que eu tantas vezes havia examinado quando pequena: a única fotografia que existia de vovó e vovô, ambos com um ar estranhamente infeliz, como se já soubessem que o seu relacionamento estava condenado.

O que aquele detetive bisbilhoteiro tinha conseguido desencavar a seu respeito?, pensei. Meu conhecimento sobre o namoro do casal se limitava ao relato extremamente sucinto que vovó certo dia me fizera após pedidos insistentes, um relato que eu tinha certeza de que ela não havia compartilhado com mais ninguém.

Se vovó tivesse mesmo dito a verdade, ela e outra amazona, quando eram jovens rebeldes, tinham comparecido a uma conferência científica em Copenhague com o intuito exclusivo de selecionar os mais inteligentes participantes do sexo masculino.

– Não se pode ter tudo – explicara-me ela enquanto eu ficava sentada a seus pés, com os olhos arregalados. – Então eu resolvi achar um homem *inteligente*. E achei. Foi o seu avô. Só que cometi um erro. Me apaixonei por ele. – Vovó me lançara um olhar de alerta, como se quisesse me avisar para jamais fazer a mesma coisa. – Em vez de ser Kara, tornei-me sua mulher. Não deveria ter feito isso, mas... eu deixei a irmandade.

– Por que isso foi tão horrível? – perguntara eu, tomada pela necessidade infantil de um final feliz. – Se a senhora o amava de verdade...

– Você precisa entender. – Vovó se levantara e fora até a pequena janela oblíqua onde tantas vezes ficava parada, olhando, imaginava eu, para as próprias memórias fragmentadas. – Eu cresci como amazona. Era a única vida que eu conhecia.

Como ela raramente se referia à sua porção amazona de modo coerente, pus-me de pé, nervosa e animada, louca para extrair o máximo de informação possível antes de a porta entre a infância dela e a minha se fechar outra vez, talvez para sempre.

– Onde foi isso, vovó? A senhora se lembra?

Ela hesitara.

– Não é seguro você saber isso. Não ainda.

– Mas quando? Quando vai ser seguro?

Ela baixara os olhos para mim; o amor e a reprimenda travavam uma luta em seus olhos.

– Quando você tiver demonstrado o seu valor. Quando eu puder confiar em você.

E pronto. Ela nunca me disse nada além disso.

Deixei de lado o relatório do detetive e tornei a enfiar a mão no envelope de Nick. Dentro de uma capa de plástico estava o artigo que saíra em um periódico de medicina uns dez anos antes. Levei alguns segundos para perceber que o autor era o velho amigo do meu pai, Dr. Trelawny. Por meio da comparação de cinco casos diferentes de paranoia esquizofrênica, o autor parecia querer afirmar que todos eles tinham os mesmos elementos centrais: personalidades paralelas e uma linguagem imaginária.

Embora o pérfido Dr. Trelawny tivesse modificado os nomes dos pacientes mencionados, era óbvio que um dos casos citados era o da minha avó. O artigo não apenas descrevia com riqueza de detalhes sua personalidade de amazona, mas também mencionava o bracelete de chacal, ao qual o médico se referia como "um badulaque sem valor material imbuído de valor emocional", e discorria de forma extensa, como constatei com pesar, sobre o "dicionário das amazonas" manuscrito que ela havia deixado para a neta.

Ali estava, enfim, o vínculo que eu vinha procurando desde a primeira vez que o Sr. Ludwig havia me abordado em Oxford e me seduzido com um alfabeto codificado das amazonas. Era óbvio que alguém na Fundação Aqrab sabia sobre aquele artigo desde o início e decidira especificamente recrutar minha colaboração, supondo, com razão, que eu fosse levar o caderno de vovó.

Fiquei tão abalada que precisei de uma segunda xícara de café apenas para aquecer as mãos e parar de tremer. Que diabólico aquele Sr. Al-Aqrab por ter me usado daquele jeito, por ter me voltado contra minhas semelhantes e me transformado em uma caçadora involuntária de amazonas.

O envelope continha outros documentos, mas eu já tinha visto o bastante para saber que fizera a coisa certa ao tirar o *Historia Amazonum* das garras de Nick, para não falar em mim mesma. Àquela altura, a questão mais premente era o que eu deveria fazer em seguida. Não seria ingenuidade minha achar que poderia voltar para Oxford e nunca mais ouvir falar no Sr. Al-Aqrab?

Guardei o envelope dentro da minha nova bolsa ridiculamente cara, fui até o telefone público mais próximo e liguei para Rebecca. Fazia doze horas que pretendia entrar em contato com ela, e quase lhe telefonara do quarto no hotel Çirağan Palace... mas algo me impedira. Será que não bastava todos estarem rastreando *a mim* pelo celular? Eu não precisava que começassem a seguir minha amiga também.

– Alô? – murmurou uma voz tímida que não me soou nada familiar.

– Bex? – falei, quase achando que tinha ligado para o número errado.

Uma explosão de alívio do outro lado me serviu de confirmação.

– Dee? Cadê você? O que houve?

Fiquei tão feliz ao ouvir sua voz que meus joelhos quase fraquejaram.

– Eu estou bem. Quer dizer, na verdade não. Mas não importa. Cadê *você*? Está com James?

– Ai, que horror... – choramingou Rebecca.

Senti todos os pelinhos da minha nuca se arrepiarem.

– O que foi?

– James. – Ela mal conseguia falar de tão nervosa. – Reznik pegou ele.

Levei algum tempo para entender o que de fato havia acontecido com Rebecca. Para meu imenso alívio, ela conseguira pegar um ônibus noturno de volta para Çanakkale e passara a manhã no barco junto com o Sr. Telemakhos, com os olhos pregados no celular, desesperada para ter notícias minhas.

A hora que antecedera sua fuga para a rodoviária, porém, não poderia ter sido mais horrível. Ela e James tinham passado uns bons dez minutos à minha espera em frente ao banheiro de Reznik antes de entenderem que eu não iria sair de lá. James acabara concluindo que eu devia ter fugido com Nick, e a coisa tinha virado um belo bate-boca.

Ao ver que eram os últimos convidados ainda na casa, os dois tinham decidido andar até o carro para ver se eu talvez estivesse esperando ali desde o princípio. Rebecca saíra andando na frente, ainda irritada demais com James para lhe dirigir a palavra – assim me disse ela, entre soluços de culpa e arrependimento – e bem na hora em que havia passado pelo portão alguém começara a gritar atrás dela. Ao se virar, ela vira os seguranças de Reznik se aproximarem de James para impedi-lo de sair. Sem entender o que estava acontecendo, seu instinto lhe dissera que eles estavam correndo perigo e ela começara a correr... deixando James sozinho.

– Estou me sentindo péssima – murmurou ela, revivendo aquele momento. – Eu deveria ter ficado com ele, mas... eu surtei. Fui correndo até o carro ver se você estava esperando a gente, mas a polícia estava lá com um reboque. Os policiais disseram alguma coisa que eu não entendi... acho que era preciso um adesivo de residente para estacionar ali, sei lá. Mas estou me sentindo muito mal em relação a James.

– Tenho certeza de que ele vai ficar bem – falei. – É compreensível Reznik querer falar com ele. Você viu os dois... eles são velhos amigos. E James é filho de lorde Moselane. Reznik jamais se atreveria a...

– Estou ligando para ele sem parar, mas o celular está desligado...

– Bom, então pare de ligar! – falei, um pouco impaciente. – É assim que Reznik rastreia as pessoas. Não resta dúvida de que ele vai começar em breve a procurar o *Historia Amazonum*, de modo que você e eu devemos ficar quietinhas e sem nos comunicar. O melhor que você pode fazer é ir embora no veleiro do Sr. Telemakhos.

– Mas e você? – quis saber Rebecca. – Onde *você* está?

Olhei em volta para o aeroporto movimentado, perguntando-me quanto deveria lhe revelar. Era apenas uma questão de tempo até que alguém surgisse no meu encalço... a única dúvida era: quem me alcançaria primeiro? Nick tinha me visto por último. Reznik estava com James. Eu poderia optar por devolver o *Historia Amazonum*, claro, mas para quem? E como? Não, decidi, a hora dos gestos grandiosos tinha passado. Tudo o que eu iria conseguir seria atrair mais atenção para mim mesma.

Que sensação estranha, estar ali em pé no quiosque de telefones públicos, cercada por passageiros seguros de si que sabiam exatamente para onde iam... e perceber que eu era uma fugitiva.

– Não posso dizer – respondi, por fim. – Mas vou dar um jeito de terminar essa história, prometo a você.

Depois de encerrar a ligação, passei alguns instantes refletindo, então liguei para Katherine Kent. Não nos falávamos desde a noite anterior à minha viagem. Eu lhe deixara um recado quando estava na Argélia, e só. No entanto, aquela minha mentora que tudo via tivera conhecimento suficiente sobre os meus movimentos para mandar James até Troia no dia exato em que eu chegara. Como era possível? Tive a sensação de que a resposta a essa pergunta talvez pudesse ajudar a guiar meus passos seguintes.

Liguei para o número dela três vezes com o mesmo resultado: um toque agudo para indicar que a ligação fora cortada. Isso, mais do que tudo, fez o meu medo crescente se transformar em pânico. Desde a invenção do telefone, nenhum número de Oxford jamais havia mudado. O fato de Katherine Kent não poder mais ser contatada era um indício certo de que o meu mundo estava ruindo.

Refugiei-me dentro de um cubículo do banheiro e sentei para arejar as ideias. Os problemas estavam vindo na minha direção, quanto a isso não restava dúvida. Onde eu poderia me esconder até as coisas se acalmarem um pouco? Estava tão frustrada que minha vontade era bater com a testa na porta, mas comecei a examinar minha bolsa de festa para ver quanto dinheiro me restava. Ao fazê-lo, deparei com o bilhete do Sr. Telemakhos com o nome do museu alemão onde, segundo ele, estava a último bracelete de chacal remanescente.

Por mais nervosa que estivesse, ao encarar aquele nome desconhecido quase pude sentir meu próprio chacal responder ao seu distante chamado. E, depois de algumas respirações rasas, do tipo que se dá antes de mergulhar em um lago frio, decidi que a solução para a minha atual situação difícil estava bem na minha frente.

CAPÍTULO TRINTA E QUATRO

Troia

A Terra estava de luto.

O Sol havia se posto para sempre, e a Lua reinava soberana. Nada nunca mais iria brotar, crescer ou florescer. Tudo o que havia eram as marés do oceano a subir e descer, ruidosas, incansáveis. A Terra não ligava mais para nada.

Encolhida no chão do templo, Mirina sentiu o tremor, mas imaginou que fosse o próprio corpo. Um ronco profundo bem no âmago do seu ser, um grito silencioso e estilhaçante de tristeza. Parecia-lhe natural que sua dor reverberasse pela construção à sua volta.

Deitada com a cabeça sobre o peito imóvel de Páris, ela já decidira muito antes que jamais tornaria a se levantar. Desejou que alguém acendesse uma pira ali mesmo, para consumir os dois ao mesmo tempo e libertá-la do fardo de ter que abrir os olhos.

Mas a mão de alguém em seu ombro exigiu outra coisa.

– Mirina – disse uma voz. Era a do rei Príamo. – Precisamos ser fortes agora.

Ela fingiu não escutá-lo.

– Mirina. Eu não posso mais adiar. A mãe dele precisa saber.

– Por favor. – Ela mal conseguiu articular as palavras. – Deixe-me ir com ele.

Houve um novo tremor, dessa vez seguido por gritos distantes.

– Minha querida, eu preciso que você seja forte pelo meu filho – disse o rei, com a voz embargada. – Está me ouvindo?

Mirina abriu os olhos e aquiesceu.

– Ótimo. – Príamo segurou a cabeça como quem resiste a uma dor indizível. – Chegou a hora. Troia deve morrer junto com Páris... desde sempre foi assim. Nossas muralhas vão ruir. O caos vai reinar.

– Por que ainda estou viva? – perguntou Mirina num sussurro. – Eu, que causei tudo isso...

O rei Príamo balançou a cabeça, apiedado.

– Você se acha mais forte do que o Destino? Todos nós somos cálices, e nosso destino é servido segundo medidas que não podemos compreender nem influenciar. Até mesmo o Sacudidor da Terra precisa se levantar contra a sua vontade e destruir o próprio lar. – Príamo deu um suspiro fundo. – Nisso eu preciso acreditar. De que outra forma um pai pode olhar para o filho morto e ainda ter forças para seguir respirando?

O rei se calou, lutando contra as lágrimas. Então tornou a falar, brusco, eficiente.

– Venha comigo, filha. O Sacudidor da Terra nos concedeu um tempo precioso. Devemos usá-lo. Você e suas irmãs deixarão Troia antes da hora final. E você precisa levar algo precioso.

– Por que eu?

O rei Príamo se ajoelhou ao seu lado. Só então ela viu seus olhos, inchados de tristeza.

– Porque ele escolheu você. Escolheu você para carregar o futuro de Troia. E sei que você vai protegê-lo melhor do que ninguém.

O REI LEVOU MIRINA ATÉ o fundo das cavernas rochosas situadas debaixo da cidadela e lhe mostrou a câmara do tesouro, que reluzia e cintilava à luz de sua tocha. Mirina nunca tinha visto tamanho esplendor, tanta magnificência e ouro, e olhou em volta com um ar reverente enquanto Príamo destrancava a porta da câmara mais interna.

– É isso que eu quero que você leve – falou, avançando para a escuridão na frente dela. – A alma de Troia. Ela não pode cair nas mãos dos gregos.

Após hesitar por um brevíssimo instante, Mirina o seguiu para dentro do vão.

E então compreendeu.

QUANDO EMERGIU DO SUBTERRÂNEO, VIU que o caos já tinha começado. Mulheres aos lamentos agora enchiam o Templo do Sacudidor da Terra para prantear o príncipe morto e implorar à divindade que poupasse a sua cidade.

Foi correndo até o palácio e encontrou Pitana e Kara na cozinha cuidando da pobre Cime, que fora atingida na cabeça e agora jazia deitada em frente ao fogo, pálida e gemendo, com os cabelos grisalhos sujos de sangue.

– Foi uma panela grande – explicou Kara assim que viu Mirina. – Caiu de uma prateleira quando a terra tremeu e a acertou, como você pode ver...

– Sinto muito dar trabalho – arquejou Cime. – Por favor, não se preocupem comigo. Daqui a pouco estarei de pé outra vez.

– Onde estão as outras? – indagou Mirina. – Temos de ir embora daqui.

– Nós sabemos – disse Pitana com um meneio firme da cabeça. – Estamos prontas.

– Por favor, dessa vez eu gostaria de ficar – sussurrou Cime para Mirina.

– Não. – Mirina segurou sua mão. – Você vem conosco.

Cime sorriu.

– Estou pedindo para ser liberada. Só dessa vez. Estou cansada de viajar. Gosto daqui.

Mirina balançou a cabeça.

– Quando a manhã chegar, Troia talvez não exista mais.

– Que bobagem! – Cime tentou rir. – O terremoto passou, os gregos estão indo embora... Quando o sol nascer, vai ficar tudo bem.

Mirina baixou a cabeça, sem conseguir mais segurar o choro.

– Não vai ficar tudo bem. Temos de ir embora agora, enquanto ainda há tempo. Por favor, venha conosco. Sem você... talvez percamos a arte da escrita.

Cime suspirou.

– Somente os reis são registrados na escrita, sabia? Os reis e os heróis. O resto de nós não passa de ecos que se perdem no vale da eternidade. – Ela fechou os olhos como quem adormece. – Agora me deixem, crianças. Tudo o que lhes peço é para lembrarem meu nome e falarem de mim com carinho de vez em quando. Vocês farão isso?

Assim que Enéas chegou à cidadela, o rei Príamo se aproximou, segurou pelas rédeas seu cavalo que espumava pela boca e disse:

– Apeie. Tenho um serviço para você.

– Suplico que me dispense, mestre – falou Enéas, pingando de suor após percorrer a cidade, com os braços riscados de arranhões que vertiam sangue. – Preciso levar reforços para nossos homens. Há muita violência na planície do Escamandro. Nós saímos a cavalo para nos vingar dos desgraçados, como o senhor talvez saiba, mas de repente, no auge da batalha, os cavalos entraram em pânico.

Ele estendeu a mão e aceitou um pouco de água.

– Os gregos tentaram zarpar de volta para casa, mas seus navios estão todos presos no mar violento. Eles também sentiram o tremor, e temem que o Sacudidor da Terra esteja vindo puni-los. – Enéas fez uma careta e cuspiu no chão. – Eles cortaram o pescoço de todos os cavalos que conseguiram encontrar, centenas deles, e deixaram os pobres animais sangrarem até morrer, decerto como um presente para o Sacudidor da Terra.

– Os gregos e seus presentes! – rosnou o rei Príamo. – Que raça detestável. Tudo o que eles conhecem é sangue e fogo. Mas venha, você precisa de uma montaria nova – disse ele, com um tapinha na coxa de Enéas. – Tenho uma tarefa especial para você.

– Onde está Páris? – indagou Enéas, olhando em volta.

Só então reparou em Mirina. Bastou olhar seu rosto para saber o que havia acontecido, e ele cobriu os olhos com as duas mãos em uma angústia silenciosa.

Por ordens do rei, Enéas deveria guiar Mirina e as irmãs para fora da cidade. Eles saíram logo antes da meia-noite, em um atropelo de atividade. Príamo tinha lhes dado cavalos de carga sobressalentes, para carregar o tesouro que desejava que protegessem, e quando elas partiram, seu grupo era formado por catorze mulheres e vinte cavalos. Em um derradeiro tributo a Páris, Mirina deixou Lilli viajar na égua que ele havia lhe dado e que com tanto zelo lhe ensinara a montar.

Enéas atravessou com elas o Portão Ocidental para evitar os embates na planície do Escamandro e as levou até o rio Simóis. Ali, ele se despediu e disse a Mirina:

– Hoje foi um dia sombrio para nós dois. Você perdeu o marido; eu, um amigo. Console-se pensando que a pira funerária dele será acesa pelo próprio firmamento e que ele terá farta companhia em sua última jornada. Já o meu consolo... – Ele estendeu o braço e pousou uma das mãos em seu ombro. – O meu consolo é que, em um curto mês, você deu a Páris mais amor do que a maioria das pessoas encontra em uma vida inteira. Ele foi o mais feliz dos homens e me disse isso da própria boca. Não vai ser um velho resmungão a se perguntar por que os prazeres da vida lhe passaram ao largo. Embora fosse jovem, Páris se fartou e sabia disso.

Sem conseguir dizer mais nada, Enéas virou seu cavalo e voltou na direção de Troia. E as mulheres, sem saber mais quem deveria ser a líder após a morte de Pentesileia, continuaram a subir o rio em silêncio, deixando Mirina sozinha em respeito ao seu luto.

Chegaram ao acampamento de Otrera no raiar do dia e encontraram todas já despertas, tentando em vão acalmar os cavalos.

Aconteceu bem na hora em que elas correram para abraçar as irmãs: a ira dos deuses do céu se chocou com a Terra. Parecia que a mão de um gigante havia puxado o chão sob seus pés e sacudido a todos, mulheres e cavalos, lançando-os no ar como grãos sendo debulhados sobre uma esteira. Ao som de um rugido demoníaco, as árvores da velha floresta se inclinaram e se retorceram... e então veio o terrível baque dos imensos troncos e galhos desmembrados a cair por toda parte.

Com gritos de medo, as mulheres se reuniram e ficaram esperando o céu ruir e desabar. Pois com certeza aquilo era o fim de tudo, o momento em que a Terra, depois de tanto suportar, finalmente se sacudia para se livrar da maldade humana.

Mirina acordou com um arquejo de esperança... mas tornou a cair deitada com um soluço de decepção. Estava na floresta, cercada por escuridão e umidade e por mulheres adormecidas, e a pessoa cuja proximidade havia sentido era Lilli, aninhada o mais perto possível da irmã.

– Tome. – Animone pôs um braço atrás de Mirina e levou um recipiente com água à sua boca. – Você passou o dia inteiro desacordada. Está sentindo alguma dor?

– Páris – murmurou Mirina. – Ele continua...?

Animone acariciou sua face.

– Houve outro terremoto. Terrível. Pitana e Hipólita voltaram a cavalo para... – Ela hesitou. – Troia não existe mais. Não sobrou nenhuma casa de pé. E há saqueadores por toda parte.

Mirina tornou a se deitar.

– Estou muito cansada. Me perdoe.

Ela tornou a dormir até de manhã, quando Otrera veio pessoalmente acordá-la e disse:

– Precisamos levantar acampamento, Mirina. Já faz muitos dias que estamos aqui, e os cavalos estão indóceis. Venha. – Otrera a pegou pela mão e a conduziu até o rio. – Lave os olhos e areje a cabeça. Lembre-se de quem você é. Suas irmãs dependem da sua coragem.

Mirina caiu de joelhos à beira da água e enterrou o rosto nas mãos.

– Como posso ser corajosa quando a minha coragem só causa destruição?

Otrera se ajoelhou ao seu lado.

– Sem a sua coragem, suas irmãs ainda seriam escravas em Micenas.

– Sem a minha maldita coragem, Páris ainda estaria vivo.

Mirina dobrou o corpo, doente de tanta tristeza.

– Não foi sua coragem que fez o rei Príamo taxar os navios gregos ou que fez esses navios saquearem a nossa costa – observou Otrera. – Tampouco a sua coragem fez soprar o vento norte ou causou o terremoto. Não se gabe pensando que tem tamanho poder sobre a vida e a morte. Sem você... quem pode dizer que Páris não teria morrido na própria cama, esmagado pelo telhado? – Ela se inclinou mais para perto; seus olhos tinham uma expressão conspiratória. – Não acha que o seu marido vai ficar mais garboso nos salões da Eternidade vindo direto da batalha, encharcado de vitória?

Mirina fechou os olhos e se deliciou com aquela bela imagem antes de ser novamente tragada pela lembrança que a tudo consumia: Páris morto em seus braços, com o corpo ainda quente contra o chão frio do templo.

– Talvez.

– Muito bem. – Otrera começou a recolher água e a molhar seu rosto. – Agora venha, vamos seguir viagem. Só estaremos a salvo dos gregos quando chegarmos à terra dos kaskas.

Enquanto elas seguiam rumo ao leste pelo litoral, Mirina reparou que Lilli estava mais calada do que de costume. Mesmo após vários dias de tristeza, choro e palavras carinhosas compartilhadas, a menina continuava aflita. Quando Mirina finalmente lhe perguntou o que tanto a preocupava, foi preciso insistir muito para Lilli responder.

– Nós vimos tanta tristeza e destruição – disse ela certa noite, relutante, quando as duas estavam sem dormir, de mãos dadas. – Fico arrasada por prever mais.

– Mas você precisa fazer isso! – Mirina passou um braço em volta da irmã. – Há muito que aprendi a confiar nas suas apreensões. O que está vendo?

– Escuridão – murmurou Lilli. – Não há nada senão agonia na terra dos kaskas. Nós sobreviveremos por algum tempo, mas depois... esquecimento. A única luz que vejo vem do norte. Precisamos atravessar o curso d'água, sei que precisamos.

Mirina não conseguiu esconder a consternação.

– Você quer que nós desbravemos as selvagens terras do norte? Para ir aonde nenhuma criatura civilizada já pisou?

Lilli aquiesceu.

– Vejo rios e montanhas, além de florestas sem fim. E vejo também... – A voz dela vacilou. – Você sorrindo outra vez, incentivando-nos a prosseguir.

Mirina compartilhou as visões da irmã com Otrera, porém a mulher mais velha não quis nem ouvir falar em uma mudança de planos. E quando Mirina continuou a insistir que fossem para o norte, Otrera por fim olhou para ela com uns olhos cheios de amargura e disse:

– Você entende o que isso quer dizer?

Mirina aquiesceu, pesarosa.

– Parece que o Destino está decidido a nos separar.

Elas chegaram ao ponto de travessia após mais dois dias de viagem. Era um lugar movimentado, cheio de marinheiros e vendedores de fala veloz, mas as mulheres passaram a cavalo pela multidão, em silêncio e com o semblante fechado, ignorando os comentários ruidosos que as seguiam aonde fossem. Pois era ali que o grupo deveria se separar: algumas seguiriam Otrera e zarpariam para o leste rumo ao mar Inóspito e o restante atravessaria com Mirina ali, onde o estreito era mais fechado.

Para a maioria, a escolha foi simples. Nenhuma das filhas de Otrera desejava separar-se do grupo com quem havia convivido desde sempre e com certeza nenhuma delas queria se aventurar em terras habitadas por "bruxas chupadoras de sangue e lobisomens uivantes", como Otrera tinha dito ao lhes apresentar as duas alternativas.

Para as mulheres vindas do Templo da Deusa da Lua, às margens do lago Tritônis, porém, e em especial para as que tinham sido resgatadas de Micenas, foi uma escolha cruciante entre o conforto e a lealdade. "Como vocês podem nos pedir isso agora?", reclamara Klito depois de Otrera e Mirina explicarem a situação para todas na véspera. "Nós fomos poupadas da maior calamidade que o mundo já viu, tenho certeza, e agora..." Ela abrira os braços e esticara um em direção à irmã sagrada, o outro em direção à mulher que passara a considerar como mãe. "... agora querem nos obrigar a nos separar, bem quando a salvação parece estar ao nosso alcance?" Murmúrios de aprovação percorreram o grupo.

Depois de interromperem a viagem para dar de beber aos cavalos e descansar um pouco, elas se reuniram nas margens de um grande rio. Mirina e Otrera se revezaram para subir em um rochedo alto e falar com as mulheres sentadas em pedras à sua volta.

– Não somos tolas a ponto de pensar que salvação seja algo que *existe* – começou Mirina, forçando-se a falar alto apesar da tristeza que lhe apertava a garganta. – Não estou dizendo que estaremos a salvo no norte, mas não quero que vão para a terra dos kaskas para serem mortas como animais. Ainda que não acreditem nas visões de minha irmã, ao menos levem em consideração os avisos do rei Príamo...

– Ouçam só o que ela diz! – cortou Egeia, irada, pondo-se de pé. – Primeiro nos abandona por causa de um homem, agora finge se importar com a nossa segurança. E olhem só para ela. – Egeia apontou a faca de caça diretamente para Mirina, a faca de caça que um dia havia jurado jamais portar, mas que agora era seu bem mais precioso. – Ela acaso inspira confiança? Está doente, fora de si, não sabe o que diz nem o que faz. Isso é a vingança da Deusa, é óbvio. Imaginem se ela morresse? O que nós iríamos fazer? Não. – Egeia cruzou os braços, com faca e tudo. – Ela que siga o seu caminho infeliz, e nós seguiremos o nosso, é isso que eu digo.

Uma acalorada discussão seguiu-se ao duro discurso de Egeia, mas todas, até mesmo as que discordavam, fizeram silêncio quando Kara se levantou. Mostrando-lhes as cicatrizes no pulso como se fossem um argumento em si, ela olhou para Egeia e disse:

– Você fala de sorte e vingança como se soubesse do que está falando. Só que não tem a menor ideia. Nunca foi violada nem levada nos navios negros. Nunca teve de suportar a imundície de Micenas. – Com o rosto contorcido de fúria, Kara apontou para Mirina. – Foi *ela* quem apareceu para nos buscar. *Ela* pôs a nossa felicidade acima da sua própria. E você acha que a Deusa a odeia? Errado! A Deusa a ama. Ela a admira. Por isso fez dela um exemplo para todas nós. Você acha que ela trilha um caminho de infortúnio? Pode ser. Mas eu vi uma princesa de Troia com uma coroa na cabeça, e fui *eu* quem, na minha loucura, atirei-a aos leões. – Ela segurou o rosto, lutando de novo contra seus demônios. – Portanto preciso trilhar com ela esse caminho de infortúnio, aonde quer que ele conduza. Talvez encontremos bruxas voadoras e seres semi-humanos, mas não pode ser pior do que o que já vimos. E nós somos sobreviventes, não somos?

Ela olhou em volta para todas, com as mãos erguidas em um gesto de súplica.

– Mirina poderia ter morrido muitas vezes, eu também, e vocês idem. Mas nós não morremos. Ainda estamos vivas porque temos umas às outras. E temos uma obrigação a cumprir. – Ela apontou para os cavalos de carga cedidos pelo rei Príamo. – Um homem que governou uma das mais grandiosas cidades do mundo nos pediu, com seu último suspiro, para sermos guardiãs de um tesouro. Eu preferiria esse desafio a qualquer conforto que ele pudesse oferecer. De minha parte, tenho muita vergonha de que me redimir e não consigo pensar em nenhum lugar melhor para fazer isso do que os selvagens rios do norte, onde nunca mais hei de ouvir ninguém falar grego.

Depois de Kara, ninguém mais ousou se levantar, e o grupo seguiu em direção à costa imerso em um burburinho de raiva e indecisão. Mesmo quando se aproximaram do porto e se puseram a estudar todos os navios que chegavam, Mirina ainda não sabia se atravessaria o estreito com três irmãs ou trinta.

O tesouro do rei Príamo, contudo, permaneceria sob a sua guarda. Houvera alguns murmúrios sobre a injustiça de ela o manter só para si, mas o ciúme arrefeceu assim que Mirina revelou a natureza do tesouro e deixou que as outras o vissem com os próprios olhos.

– Na verdade, nós não invejamos esse seu fardo – disse Otrera, falando em nome de todas. – Só rezamos para que os seus esforços sejam recompensados.

Na praia, elas pararam junto a uma embarcação vazia que lhes pareceu promissora. Um homem alto e corpulento estava deitado à sombra do casco, mascando uma raiz. Sua única arma parecia ser um porrete de madeira, mas Mirina não duvidou de que ele seria capaz de usá-lo com grande destreza. Ao ver as mulheres, o homem se sentou e meneou a cabeça, desconfiado.

– Quanta carga seu navio pode transportar? – perguntou-lhe Otrera na língua de Éfeso. – Suponho que o esteja alugando.

O homenzarrão sorriu, mostrando os dentes, e a raiz se balançou no canto de sua boca.

– Ele é todo seu, meu bem, se pagar o preço justo. Para onde vão?

Otrera franziu o cenho. Estava claro que o homem era um bruto, vestido com uma pele de leão cheia de falhas e quase mais nada, mas parecia robusto e disposto, falava o seu idioma, e o navio estava claramente disponível.

– Algumas de nós querem apenas atravessar até o outro lado, mas o restante quer navegar rumo ao leste até chegar à foz do rio Termodonte – disse ela. – Pelo que sei, são poucas as estradas transitáveis entre aqui e lá, e a travessia por mar é bem mais rápida e segura do que viajar por terra. Estou certa?

– Está sim, meu bem.

O homem finalmente se levantou e deu uma boa olhada no grupo.

– Quantos cavalos... Não sou muito fã de cavalos. Produzem muito esterco. Já limpei muito esterco na vida. – Ele cuspiu a raiz e limpou as mãos. – Mas tenho alguns amigos, e Teseu e seus remadores agora trabalham para mim, ou seja, temos quatro navios no total.

Ele tornou a sorrir, mostrando os dentes em um sorriso conciliatório.

– Vamos começar com a viagem fácil. Quantas vão atravessar, no total?

Era o instante que todas temiam e haviam adiado o máximo possível.

– Bem. – Otrera se virou para o grupo. – Podem falar, meninas. Quantas vão para o norte com Mirina?

Lilli e Kara levantaram a mão na hora. Foram seguidas por Klito, Pitana e mais uma meia dúzia. Mas foi só. Animone não estava entre elas. Montada em seu cavalo, com a cabeça baixa, ela não conseguia olhar para Mirina. Contudo, caso tivesse tido coragem para fazê-lo, teria visto o perdão nos olhos da amiga.

– Certo – falou o homem, depois pôs o dedo no nariz, inspecionou o que havia encontrado e limpou o dedo na túnica de pele de leão. – Se forem só essas, posso atravessar com o primeiro grupo agora mesmo, e decidiremos o resto quando meus companheiros retornarem.

– E quanto ao pagamento? – indagou Otrera.

– Bem... – O homem coçou o pescoço largo. –... por que não vemos que tipo de remadores eu consigo arrumar e de quanto tempo precisamos para levar as senhoras até onde querem ir?

Ele olhou Hipólita de cima a baixo, demorando-se em seu cinturão bordado e nas coxas torneadas.

– Tenho certeza de que as senhoras vão ter algo que me agrade.

Então chegou a hora da despedida. Mirina abraçou todas, uma de cada vez, e por último se viu nos braços de Otrera sem conseguir traduzir as emoções em palavras.

– Não precisa chorar – disse a mulher mais velha, sorrindo. – Tenho certeza de que logo tornaremos a nos ver. Você vai se dar conta de que as terras do norte não são lugar para viver e vai se juntar a nós antes de o bebê chegar.

Mirina se retesou, espantada.

– Não estou entendendo...

Otrera sorriu e lhe deu um beijo na testa.

– Eu posso não conhecer os homens, mas as mulheres eu conheço. Você está carregando algo bem mais precioso do que o tesouro do rei Príamo. Está carregando o seu neto.

Em pé na popa do navio, Mirina viu seu mundo e a maioria das pessoas que conhecia irem diminuindo de tamanho a cada golpe dos remos, até nada restar exceto a consciência de que suas irmãs continuavam lá, esperando os navios voltarem.

Mas sua tristeza estava anestesiada pela incompreensão causada pelas últimas palavras de Otrera. Seria mesmo possível? Será que uma parte pequenina e imortal de Páris tinha sobrevivido dentro de seu corpo? Ela mal se atrevia a ter esperanças de que isso fosse verdade, temendo descobrir que não era e perdê-lo outra vez.

Afastou esse pensamento e olhou para o pulso, onde antes ficava o bracelete de chacal. Ao dar a joia a Helena, a pobre e amaldiçoada Helena, jamais imaginara que fosse querê-la de volta, mas agora sentia falta da sua presença reconfortante. Depois de tudo o que havia acontecido, ansiava pelo perdão: perdão por ter amado Páris, por ter abandonado a irmandade, por levar consigo a dor aonde fosse. Só não sabia ao certo a quem recorrer. À Deusa da Lua? Difícil. Até os chacais já deviam ter perdido a fé em sua antiga senhora.

Não, pensou Mirina: ela teria de encontrar o perdão em si mesma e em suas dez fiéis companheiras. Seria preciso reafirmar sua irmandade em outros termos. Uma vez instaladas com segurança em outro lugar, elas teriam de se sentar para uma conversa e talvez, se ela tivesse sorte, conseguissem encontrar alguém capaz de fabricar outro bracelete.

Uma ordem abrupta interrompeu suas especulações. O dono do navio em que estavam, o bruto que havia se mostrado tão jovial quando elas haviam conversado com ele em terra, andava de um lado para o outro pelo convés com seu enorme porrete, incitando os remadores e parecendo não ter qualquer escrúpulo em esmagar a cabeça de algum preguiçoso.

– Não confio nele – murmurou Pitana, indo se juntar a Mirina. – Acabei de ver em seus olhos uma expressão cruel e interesseira. Estou me perguntando se devemos lhe pedir que dê meia-volta.

Mirina pensou por alguns instantes.

– Otrera não é ingênua. E tenho certeza de que suas filhas sabem se defender. Se você tivesse visto o que eu vi naquele dia na planície do Escamandro, concordaria comigo que elas têm tanta vontade de matar quanto homens.

No entanto, depois de cruzarem o estreito com segurança e atracarem na margem norte, Mirina se demorou na praia. Queria dar uma última palavra com o capitão. Fingindo admiração, perguntou:

– Como um homem feito o senhor veio parar nesta região desolada?

Ele deu de ombros, já sem qualquer preocupação de parecer bem aos olhos dela.

– Matei um homem. Calculei que era melhor sair da cidade antes que os amigos dele descobrissem.

Mirina sorriu, tomando cuidado para esconder sua preocupação.

– Quem foi?

O homem encarou a água com olhos semicerrados.

– Um homem para quem eu trabalhava. Limpava as estrebarias dele. Muito esterco. Ele não quis me pagar. Então arranquei os dentes da boca dele. Infelizmente, os dentes estavam ligados ao cérebro. Ou pelo menos estavam quando terminei.

O homem soltou uma risada que saiu com um ronco e olhou em volta para ver se os remadores riam também.

– Muito bem – disse Mirina, ajeitando o machado no cinto. – Não se esqueça de contar essa história para minhas amigas do outro lado. Elas vão gostar. Agora, antes de nos despedirmos, me diga seu nome e eu lhe direi o meu.

Ela estendeu a mão. O homem a olhou com sarcasmo, como se desconfiando que ela zombasse dele.

– Quer saber meu nome? Por quê? Vai me denunciar? Eu e os outros não estamos procurando problemas. – Ele fez um gesto genérico em direção à costa. – Nós estamos só... mantendo distância por um tempo.

Por fim, ele apertou sua mão.

– Não há nada de errado com isso. Meu nome é Hércules.

Mirina aquiesceu.

– O senhor e eu temos muita coisa em comum, Hércules. Somos dois matadores e, no entanto, queremos paz. Vou lhe dar um conselho: não toque nas minhas irmãs. Nós somos as amazonas, matadoras de homens. Somente os fracos de cabeça tentam a sorte conosco.

– Matadoras de homens? – repetiu Hércules e a encarou com um sorriso torto. – Diga isso de novo, e nós talvez a ponhamos à prova.

Mirina teve consciência da súbita mudança de disposição entre os remadores. Viu que a observaram com aparente cobiça, trocando cotoveladas e meneios de cabeça aprovadores.

– O senhor quer me testar? – indagou ela, erguendo a voz. – Está vendo aquele pássaro ali?

Apontou para uma gaivota encarapitada no alto do mastro de um navio um pouco adiante na praia. Então, sem dizer mais nada, soltou o arco e disparou uma seta com tamanha velocidade e precisão que a ave sequer grasnou ao desabar na areia, transpassada.

– Nós somos as amazonas – repetiu ela com mais firmeza, enquanto os homens olhavam boquiabertos e incrédulos para a ave morta. – Somos as matadoras de animais e de homens. Somos selvagens e habitamos lugares igualmente selvagens. A liberdade corre em nosso sangue e a morte sussurra na ponta de nossas flechas. Nada tememos; é o medo que foge *de nós.* Quem tentar nos impedir sentirá nossa fúria.

Com isso, ela virou as costas e se afastou pelo mato alto, até os homens conseguirem ver apenas a ponta de seu arco.

E então, bem na hora em que eles se lembraram de respirar outra vez, ela desapareceu.

PARTE V

Eclipse

CAPÍTULO TRINTA E CINCO

É fato notório que nenhuma das tribos da Germânia vive em cidades e que mesmo individualmente elas não permitem que as casas se encostem; vivem separadas e dispersas conforme a água de fonte, prado ou arvoredo que agradar a cada um.

Tácito, *Germânia*

Osnabrück, Alemanha

O trajeto de carro partindo do aeroporto de Münster mal durou meia hora, tempo suficiente para eu começar a ser acometida por dúvidas.

– A culpa é sua – falei para o chacal enquanto passávamos por uma planície verde-escura saturada de umidade. – Foi você quem quis se esconder aqui. E agora?

Era uma tarde chuvosa e triste, tão comum em novembro no norte da Europa. Embora eu nunca tivesse estado naquela região da Alemanha, senti-me por instinto em casa naquele desânimo gelado, que correspondia de forma perfeita ao meu atual estado de espírito. Meu pânico havia passado, mas restava uma sensação insistente de que talvez tivesse sido mais sensato pegar um avião de volta para Oxford, chamar a polícia e pronto. Mas... o que isso me traria? Uma sensação temporária de segurança? Embora minha certeza ainda não fosse total, disse a mim mesma que estava fazendo a coisa certa ao seguir a pista do Dr. Telemakhos sobre o bracelete que havia em Kalkriese. Tanto Reznik quanto Al-Aqrab estavam muito decididos a encontrar as amazonas, e o único jeito de eu escapar deles, ao que parecia, era chegando primeiro.

O voo de Istambul tinha sido dedicado a estudar o resto dos documentos ultrassecretos de Nick. O que eu havia descoberto contribuíra bastante para esclarecer minha confusão, mas em nada aliviara minhas angústias. Ao vasculhar o envelope com certa apreensão, eu havia encontrado outro relatório de detetive escrito em árabe, mais grosso ainda do que o primeiro. Só que dessa vez o documento não era sobre mim e minha família; era sobre mim e Katherine Kent.

Várias fotos granuladas mostravam nós duas na sua sala de Oxford, com um ar terrivelmente suspeito, embora o tema de nossa conversa quase com certeza fosse algum historiador grego morto dois mil anos antes. Havia, porém, outras imagens de Katherine bem menos inocentes. Uma mostrava-a de luvas diante de um saco de boxe, suada e fazendo careta, outra dentro de um táxi, usando chapéu e uns óculos escuros grandes que praticamente gritavam "operação secreta". Mas a série de fotos que quase me fez regurgitar os salgadinhos servidos no voo mostrava minha supervisora e outra pessoa trocando um pequeno embrulho em uma estação de trem movimentada.

Essa pessoa, sem qualquer sombra de dúvida, era a minha nêmesis loura.

Não tenho certeza de quanto tempo passei ali, folheando as fotos para lá e para cá, tentando entendê-las. Devia ser esse o motivo do interesse de Katherine por meus movimentos: a ligação com as pessoas responsáveis pelo ataque no labirinto e pelo roubo no porto de Náuplia. Será que isso significava que ela era uma amazona? Eu nunca tinha reparado que usasse um bracelete de chacal, e nenhuma joia assim aparecia nas imagens.

Foi sob um novo e medonho aspecto que vi nosso relacionamento desfilar diante dos meus olhos, desde o primeiro encontro, cinco anos antes. Para meu assombro e orgulho, a renomada professora de Oxford havia me abordado durante um simpósio de alunos em Londres e expressado interesse em meus planos. "Se você decidir seguir carreira acadêmica, eu teria prazer em ser sua orientadora", dissera ela, do modo direto que lhe era tão característico. E, com muita graça, ela havia rabiscado um número de telefone no alto das anotações que eu fizera durante a palestra. Eu lhe telefonara na semana seguinte.

Fora um início tão mágico, um presente tão bem-vindo... Mesmo que o gesto de Katherine houvesse sido ditado por forças externas, eu me recusava a pensar nele sob uma luz puramente negativa. Ela havia me ajudado, e juntas tivemos alguns bons momentos; eu me comprazia pensando que nossa relação era gratificante para ela também. Mas então algo acontecera. Eu tinha pegado um avião com o Sr. Ludwig contra a vontade dela, deixado um recado para ela da Argélia, e agora o seu telefone, o mesmo que ela havia me dado naquele dia em Londres, estava desativado.

Só ao examinar o último documento do envelope de Nick comecei a compreender a maldade daquela trama. Os papéis grampeados eram uma compilação de artigos de jornal, textos datilografados e fotos macabras da polícia mostrando corpos molestados e armas e equipamentos de vídeo confiscados, bem como um carro todo amassado no fundo de um precipício. Só depois de já ter lido boa parte do primeiro artigo encontrei um nome que reconheci: Alexander Reznik, conhecido no circuito de filmes *snuff* como "Serra de Osso". Ficou claro que aquilo era o rastro da morte do amado filho de Reznik, que conseguira se safar de vários julgamentos por assassinato graças às ligações políticas do pai.

Passei algum tempo examinando as páginas, nauseada com os crimes de que Alex Reznik era suspeito, que incluíam atos bestiais e estarrecedores de canibalismo. Em um trecho memorável, a seguinte citação lhe era atribuída: "Não é crime quando *eles* vêm até *você* e concordam em serem comidos."

Quando finalmente emergi do poço sem fundo dos monstros da vida real, meus olhos deram com uma notícia de jornal anunciando que Grigor Reznik havia oferecido uma recompensa de 1 milhão de dólares pelas "vadias amazonas" que tinham matado seu filho. Sua declaração fora: "Tenho tudo gravado, juro por Deus. Elas devem saber que não vou descansar antes de vê-las empaladas."

O medonho relatório, aliado à descoberta de que Reznik também estava caçando as amazonas no intuito de assassiná-las, me provocou calafrios de medo tão fortes que tive de pedir um cobertor à comissária de bordo. Pelo visto, no final das contas nem Reznik nem Al-Aqrab estavam atrás do ouro das amazonas; a perseguição na qual eu e o *Historia Amazonum* havíamos entrado era muito mais mortal do que uma caça ao tesouro.

AINDA ESTAVA GELADA QUANDO FIZ o check-in no meu quarto moderno, aconchegante e confortável no hotel Idingshof, em Bramsche, cidade mais próxima do Museu Kalkriese. Ao espiar por entre as cortinas fechadas, contei onze carros no estacionamento abaixo da minha janela, e enquanto estava em frente à janela mais um entrou. Esse último não estacionou, apenas parou e permaneceu ali por alguns instantes, com o motor ligado, antes de ir embora devagar. À luz do crepúsculo, pude distinguir de modo vago um homem ao volante e a maneira como ele não parava de olhar para cima com a mão encostada na orelha sugeria que estava ao telefone.

Recuei e senti meu pulso acelerar. Seria um dos detetives da Aqrab? Ou um dos seguranças de Reznik? Com certeza nem mesmo aquele tipo de gente poderia ter me encontrado tão depressa. Além do mais, com relação a Reznik, eu não tinha quase certeza absoluta de que James se esforçaria muito para resolver as coisas antes de voltar para Oxford? Mesmo que ele ainda estivesse chateado comigo, não deixaria Reznik acreditar que eu estava mancomunada com Nick. Ou deixaria? Não dava para garantir nada.

Depois que o carro foi embora, andei de um lado para o outro algumas vezes pelo quarto, tentando me acalmar. É claro que o motorista não estava atrás de mim. Era só minha imaginação transformando qualquer sombra em inimigo. Na verdade, pensei com outro calafrio, aquilo devia ser paranoia. Tudo o que eu precisava agora era deixar o chacal me convencer de que eu era mesmo uma amazona disfarçada, e eu teria então de fato encontrado vovó... transformando-me nela.

Olhei as horas. Meu plano original era ir direto ao Museu Kalkriese, mas já eram cinco da tarde. Resolvi que no dia seguinte a primeira coisa que faria seria ir até lá, de modo a ter o dia inteiro para encontrar e interrogar a mulher que o Sr. Telemakhos queria que eu encontrasse.

Após me certificar de que a porta estava bem trancada, pedi um jantar cedo ao serviço de quarto e, por fim, sentei-me com o *Historia Amazonum*. Que momento importante, pensei: três semanas antes, não poderia ter imaginado triunfo maior do que ter nas mãos aquele manuscrito antigo. Nas atuais circunstâncias, porém, não teria sido impossível sentir-me tentada a trocá-lo por uma das pistolas de Nick.

O texto desbotado na folha de rosto quebradiça informava que o *Historia* era dedicado a um amigo e companheiro de exílio, o poeta romano Ovídio, o que sugeria ter sido escrito em ou próximo a Tomis, na costa romena do mar Negro. O fato de ser um lugar tão remoto podia muito bem explicar por que o texto nunca havia integrado o conjunto oficial de literatura latina, tendo, em vez disso, sido passado de mão em mão a particulares até ser transcrito em seu formato atual, pelos meus cálculos, em algum momento do início do século XVIII.

A narrativa, uma alegre mistura de boatos e especulações pseudocientíficas, começava expondo diversas teorias sobre a ascensão e queda da nação amazona. A maior parte eu já conhecia, mas algumas não, e foi com gratidão que escapei do meu presente repleto de ansiedade para as margens do sudeste do mar Negro, ainda que por pouco tempo.

– As pessoas dessa região relatam a seguinte história, que todas sustentam ser verdade – murmurei comigo mesma, traduzindo em voz alta um trecho particularmente interessante. – Segundo elas, depois de sofrerem uma devastadora derrota diante do poderoso Hércules, o bando de mulheres humilhadas teve um desentendimento terrível, como as mulheres às vezes têm.

Revirei os olhos, dei mais uma garfada no bife empanado que pedira no serviço de quarto e voltei ao texto.

– Enfim... pelo que me diz meu velho e mofado intelecto romano, foi nessa época que a jovem nação amazona se separou pela primeira vez. A metade mais violenta, segundo dizem, fugiu para o mar Negro e fundou a ilustre cidade de Temiscira, enquanto o resto, cansado de tanta destruição e após as trágicas perdas sofridas com a Guerra de Troia, se aventurou nas imensas florestas setentrionais e caiu no mais total esquecimento.

Recostei-me na poltrona para digerir essa inesperada reviravolta da lenda familiar. A parte sobre as amazonas terem se dividido em dois grupos era nova para mim. Perguntei-me por que nenhum outro autor jamais a tinha mencionado. Das duas umas, concluí: ou porque era uma bobagem ou porque nenhum outro autor antigo, à exceção de P. Exulatus, se dera o trabalho de registrar a tradição oral da região.

Só mais tarde nessa noite, depois de eu escovar os dentes e ir para a cama, foi que o *Historia* finalmente chegou ao tema pelo qual eu vinha esperando desde a página um: o Tesouro das Amazonas.

– Quanto ao famoso tesouro das amazonas – li, já acostumada com o estilo retórico e pomposo do texto –, alguns homens bem-informados são da opinião de que ele nunca chegou a ser levado para Temiscira e que só os tolos continuam a buscá-lo nessa violenta região. Segundo eles, a rainha amazona a quem o rei Príamo confiou os objetos mais preciosos de Troia estava no grupo que se refugiou nas florestas negras do norte. Por esse motivo, acredita-se em geral que o tesouro se perdeu há muito tempo, pois essas amazonas, ao se afastarem do mapa do mundo, afastaram-se da existência como um todo. Tampouco nenhuma de nossas corajosas legiões romanas estacionadas na Sarmácia ou na Germânia Magna jamais relataram ter visto nessas partes tesouros que não fossem os primitivos...

Fiz uma pausa para refletir sobre a tradução adequada.

–... *badulaques* que os bárbaros tanto amam e que nenhum comandante de exército com vergonha na cara jamais levaria de volta para Roma em triunfo.

O texto prosseguia com outras observações petulantes sobre os bárbaros do norte, mas o texto era tão difícil de ler à luz da luminária de cabeceira que decidi deixá-lo de lado até o dia seguinte.

Quando me deitei, meus pensamentos se distanciaram à procura de Nick. Tentei imaginar sua fúria ao descobrir que eu fugira com o *Historia* e com seu envelope secreto... mas foi impossível. Ansiosa demais para conseguir dormir, levei a mão à gaveta da mesinha de cabeceira, peguei o documento que tanto havia me chocado em seu quarto naquela manhã e examinei mais uma vez a carta de instruções que ordenava a morte das amazonas. Seria possível eu ter me precipitado ao considerar aquilo uma mensagem de Al-Aqrab para Nick? Agora que sabia sobre a recompensa milionária de Reznik, fazia mais sentido que *ele*, e não Al-Aqrab, fosse o autor da carta.

Relutando em tirar conclusões, pus a carta de lado e tornei a me deitar. Estava na hora de questionar tudo em que acreditara até então, decidi. P. Exulatus dizia que as amazonas tinham ido para o norte... e por que não? As histórias folclóricas europeias não mencionavam às vezes donzelas dedicadas à arte da guerra? Até aquele ponto, eu havia descartado com desdém figuras como as amazonas medievais que viviam às margens do rio Danúbio e sua general, Sharka, supostamente responsável por decapitar centenas de homens em uma única batalha e estuprar várias dezenas de prisioneiros durante a noite... antes de matá-los também.

Talvez as amazonas tivessem *de fato* sobrevivido nas florestas selvagens da Europa central e setentrional, só que com outros nomes. Será que as valquírias e donzelas com escudo da mitologia escandinava eram orgulhosas descendentes das antigas amazonas? Essa ideia sedutora me manteve acordada por um tempo e pelo menos me impediu de pensar em Nick.

O Museu Kalkriese ficava no meio de terras cultivadas e florestas, cercado por altos pinheiros em todos os lados. Quando entrei no estacionamento de cascalho vazio, tive a incômoda sensação de que as árvores me observavam, perguntando-se quem eu era e por que viajara tanto para perturbar sua paz.

Tinha chovido a noite inteira e, embora o sol estivesse fazendo o possível para encontrar uma brecha entre as nuvens, a névoa matinal ainda pairava pesada sobre a paisagem, preenchendo todas as reentrâncias dos campos adormecidos e prendendo-se a cada grupo de coníferas.

Com certo temor que o museu e o parque histórico estivessem fechados por causa do inverno, deixei o carro no estacionamento e subi a pé uma trilha escorregadia e lamacenta até o centro de visitantes. Só então, quando me aproximei do prédio, vi uma bicicleta encostada na parede e reparei que havia luzes lá dentro. Incentivada por esses modestos sinais de vida humana, abri a porta e fui recompensada por uma lufada morna com aroma de café.

Ao ver que eu era a primeira – e possivelmente a única – visitante do dia, um jovem arqueólogo chamado Felix teve a gentileza de me servir uma xícara e me contar uma coisa e outra sobre o museu. Fiquei tentada a lhe perguntar logo sobre a Dra. Jäger, mas achei que seria pouco sensato revelar o motivo da minha visita antes de reunir mais algumas informações.

Ao caminhar lá fora pelo chão empapado do sítio arqueológico, outra vez reparei nos altos pinheiros que estalavam e sussurravam atrás de mim. Era óbvio que o terreno havia sofrido mudanças consideráveis ao longo dos últimos 2 mil anos, mas foi difícil reprimir a sensação de estar andando por um solo traiçoeiro, como o exército de Roma fizera antes de mim.

Eu já havia encontrado muitas vezes a Batalha de Teutoburgo nos livros de história romana, mas nunca pensara que um dia visitaria o local ou que a trilha do bracelete de chacal de vovó fosse me conduzir a uma região tão assombrada.

Segundo os dados históricos, no ano 9 da era cristã, legiões romanas acompanhadas por forças auxiliares, mais de 20 mil soldados no total, pereceram nas florestas da Germânia setentrional, e o Império Romano jamais conseguiu se expandir além desse ponto. Os especialistas em história latina se referiam a esse evento como "Desastre de Varo", culpando de forma implícita o comandante romano Varo pela chocante aniquilação de todo o seu exército.

O que eu nunca havia entendido direito era que a batalha fora uma emboscada executada de forma brilhante por integrantes de tribos da região e que as legiões romanas tinham sido enganadas para adentrar um terreno que invalidava sua superioridade em matéria de armamentos e impossibilitava as formações de combate. Obrigado a marchar por uma trilha estreita na floresta, o exército havia se separado a tal ponto que perdera a força numérica, e os soldados, sem dúvida intimidados pela imensidão das matas germânicas, deviam ter se sentido estranhamente pequenos e vulneráveis mesmo antes de iniciado o ataque.

Além de encurralados entre um pântano traiçoeiro e uma cresta de montanha coberta por uma densa floresta, os legionários romanos foram fustigados pela chuva e cegados pelo nevoeiro. Atolados e desorientados, tornaram-se alvos fáceis para as tribos, que os atacaram da parte alta da floresta e os empurraram para o imenso charco mais embaixo.

Depois de passear pelo parque, finalmente entrei no museu, uma construção cor de ferrugem com uma torre alta em uma das extremidades. Poderia ter passado o dia inteiro ali, mas estava tão aflita para achar o bracelete das amazonas e ver o que os arqueólogos do museu tinham a dizer sobre ele que passei correndo pela exposição em apenas vinte minutos. Em seguida gastei mais vinte percorrendo tudo no sentido contrário, apenas para confirmar minha deprimente conclusão.

O bracelete não estava lá.

Quando voltava a pé pelo sítio arqueológico, vi que o tempo tinha virado. O céu estava escuro feito chumbo e as árvores se balançavam com violência ao vento forte. Como estava muito nervosa, quase tive a impressão de que elas haviam sentido a presença de alguém mais ameaçador do que eu e que, ao seu modo fantasmagórico e mudo, tentavam me alertar.

Correndo das primeiras gotas de chuva, passei pela porta do centro de visitantes e me alegrei ao ver que Felix continuava a postos, e ainda não ocupado demais para conversar.

– O que vou dizer pode parecer meio estranho, mas uma pessoa me contou que vocês tinham um bracelete igual a este aqui exposto no museu – falei, levantando discretamente a manga.

– É mesmo? – Félix examinou meu chacal sem parecer reconhecê-lo. – Tenho certeza de que nunca vi nada assim. Interessante.

– Ouvi dizer que a Dra. Jäger trabalha aqui, é verdade?

Olhei para ele com um ar esperançoso. Felix se animou.

– Cime? Sim, ela já trabalhou aqui. Ainda aparece de vez em quando.

Murmurando algo consigo mesmo, ele verificou uma lista plastificada de números de telefone ao lado da caixa registradora.

– Jäger... Jäger...

Depois de um rápido telefonema em alemão, Felix pôs o fone no gancho e me encarou, radiante.

– Ela convidou a senhora para tomar um café hoje às três da tarde e quer muito lhe contar tudo sobre o bracelete.

Ao sair do museu, passei algumas horas chuvosas no centro de Bramsche, comprando roupas e outros itens essenciais. Ao voltar para o hotel, fiz questão de entrar por uma porta lateral, só para o caso de alguém estar vigiando as chegadas e partidas dos hóspedes.

A arrumadeira havia passado no meu quarto enquanto eu estava fora, e logo fui ver se minhas coisas estavam todas onde eu as deixara. O caderno de vovó e o *Historia Amazonum* eu agora levava comigo aonde fosse, claro, mas deixara o envelope roubado de Nick em uma gaveta da mesa de cabeceira, e sim, ele continuava lá. Só que... eu tinha certeza de que havia posto um folheto turístico por cima, de modo a escondê-lo um pouco. O folheto continuava ali, mas agora estava por baixo do envelope.

Agitada e aflita, folheei rapidamente os documentos, mas não dei falta de nada. Seria possível a arrumadeira ter mudado os papéis de lugar? Ou será que eu não me lembrava direito de como havia deixado o envelope?

Entrei no banheiro para ver se tudo ainda estava lá. Tirando o fato de a arrumadeira ter virado minha pasta de dente de ponta-cabeça dentro do copo, não vi nada que sugerisse um intruso.

Com raiva de mim mesma por me deixar levar pela imaginação, resolvi não tomar nenhuma atitude precipitada. Faltava só uma hora para o meu encontro com a Dra. Jäger. Se eu ainda tivesse dúvidas em relação ao quarto quando voltasse, poderia me hospedar em outro lugar.

Ao sair do hotel ao volante de meu carro alugado, não parei de olhar pelo retrovisor para ver se alguém me seguia. No entanto, em meio à névoa e à escuridão daquela tarde chuvosa de novembro, todos os carros pareciam se fundir em um só, e a Mercedes que me preocupava em um instante no seguinte já tinha sumido.

A Dra. Jäger morava praticamente do outro lado da rua em relação ao sítio arqueológico que eu visitara naquela manhã. Ao que parecia, havia morado a vida inteira na mesma casinha na floresta, e ser convidada para ir lá era uma grande e inusitada honra. "Procure um acesso de carros comprido que vai dar em uma fazenda abandonada", tinha explicado Felix. "Vá até o final e estacione. É ali que a trilha começa. Eu nunca vi, mas foi o que ela me disse."

Estacionei o carro segundo as instruções e entrei a pé na floresta mais adiante. Enquanto subia a íngreme trilha de terra batida, com os olhos semicerrados por causa da chuva fina e pulando por cima dos riachinhos que desciam por entre o cascalho irregular, ocorreu-me que aquela cresta coberta por árvores devia ter sido uma parte importante da floresta da qual as tribos alemãs haviam lançado seu ataque sobre os legionários romanos encurralados à beira do grande pântano mais embaixo.

Segundo determinadas fontes históricas, alguns anos após a desastrosa derrota, os romanos tinham despachado para a região outro exército, encarregado de recuperar os estandartes de águia sagrados das legiões perdidas e, se possível, montar um relato realista do que de fato acontecera. De acordo com o historiador romano Tácito, até mesmo os aguerridos soldados do grupo de recuperação ficaram horrorizados com o que encontraram, pois a floresta ao redor do antigo campo de batalha fora transformada em um abominável monumento à morte e à destruição. Pilhas de ossos humanos jaziam ao relento, e crânios decapitados tinham sido pregados em árvores, talvez como parte de rituais religiosos, talvez como um alerta a futuros invasores.

Ao percorrer essa mesma floresta, ainda sem conseguir me livrar da sensação de estar sendo observada, foi fácil entender a apreensão que os soldados romanos deviam ter sentido tanto tempo antes. Perto do museu, os pinheiros pareciam densos e imponentes, mas ali a floresta era madura, majestosa, e exercia um tipo diferente de intimidação. Pinheiros colossais, com séculos de idade, estavam posicionados a poucos metros uns do outros, envoltos em névoa; apesar do tempo ruim, sua solenidade muda me fez sentir que haviam testemunhado muita violência ao longo da vida e que há muito haviam aprendido a guardar silêncio. Mesmo às três da tarde, o lugar tinha uma atmosfera sobrenatural mais arrepiante ainda do que a chuva.

Quando finalmente encontrei a casa da Dra. Jäger, um modesto chalé de pedra situado em uma pequena clareira e cercado por um trecho de mato alto, já eram três e quinze. O que deveria ter sido uma caminhada de cinco minutos pela floresta havia levado mais de vinte, de forma que eu nem tinha batido à porta de madeira bruta e já decidira ir embora bem antes de o sol se pôr, para não ter de voltar para o carro no escuro.

– Bem-vinda, bem-vinda! – cumprimentou-me uma mulher mignon de certa idade, sorridente e animada, antes mesmo de a porta se abrir por completo. – Entre! Estou fazendo *pfefferkuchen*!

Depois de limpar as mãos na calça de veludo cotelê marrom, ela fechou a porta atrás de mim e voltou correndo para a cozinha, como se algo estivesse pegando fogo.

– Não tire os sapatos. O chão está frio.

Até esse instante, eu vinha me agarrando à afirmação do Dr. Telemakhos de que a mulher que estava prestes a encontrar "sabia muito mais do que dava a entender". Consequentemente, imaginara a Dra. Jäger como uma amazona enrustida, chegando até a me afligir com visões de um machado de batalha de dois metros de altura decidido a enfim me deter. Agora, tinha vontade de rir dos meus próprios medos. Embora em boa forma e dona de uma energia visível, a Dra. Jäger não me parecia alguém que dedicasse as horas vagas a caçar gente como Alex Reznik.

Depois de pendurar o casaco encharcado em um cabide feito com uma galhada de cervo, entrei na sala e olhei em volta. Na verdade era uma casa muito antiga, com paredes de pedra irregulares e um teto caiado e meio afundado sustentado por vigas de madeira. Todas as superfícies disponíveis eram dominadas por alguma parte de um animal: as paredes estavam cobertas por troféus de caça – cabeças de cervos, javalis selvagens e até ursos me encaravam com olhos alertas e vidrados – e todas as cadeiras, forradas com couros e peles. Uma das poltronas posicionadas de frente para a lareira tinha uma pele de urso marrom-escura jogada por cima, ainda com as patas e garras.

– Quem aqui é caçador? – perguntei quando a Dra. Jäger voltou com uma bandeja de café.

Com uma gostosa risada, ela pousou a bandeja sobre a borda de pedra da lareira.

– A caça é uma coisa de família. Pelo menos era. Não existem mais ursos por aqui. – Ela se endireitou e ergueu os olhos para a parede. – Algumas dessas cabeças são antiquíssimas. Eu provavelmente deveria jogar fora. Só que... – Ela deu de ombros e serviu o café. – Elas me fazem companhia.

Grata pelo fogo, segui seu exemplo: sentei-me em uma das poltronas de frente para a lenha que ardia e pus os pés na borda.

– Experimente um dos meus *pfefferkuchen* – insistiu ela, oferecendo-me um pote com biscoitos. – São um quitute natalino tradicional, e estou fazendo agora para que possam amadurecer e ficar perfeitos antes das festas. – Ela abriu um sorriso conspiratório, e um par de covinhas juvenis surgiu em seu rosto. – Para dizer a verdade, eu faço esses biscoitos o ano inteiro. Mas não conte para ninguém.

Conversamos um pouco mais sobre os biscoitos de pimenta, e então minha anfitriã uniu as mãos e disse:

– Quer dizer que a senhora veio até Kalkriese por causa do bracelete? Me diga uma coisa, onde ouviu falar nele?

Cogitei por um breve instante dizer a verdade, o que teria significado mencionar o Dr. Telemakhos, que, como ele próprio reconhecia, era *persona non grata* no mundo dos museus alemães, e acabei dizendo apenas:

– Não me lembro. Parece que dois braceletes parecidos foram encontrados na Turquia. Aliás, eu também tenho um.

Mostrei-lhe o chacal no meu pulso. A Dra. Jäger chegou mais perto, claramente intrigada.

– Parece bronze. Que interessante... O bracelete que tínhamos aqui era de ferro.

Ao ver minha surpresa, ela aquiesceu de forma misteriosa, tornou a se recostar na cadeira e cobriu as pernas com um xale.

– Estava no pulso de uma mulher que caiu no grande pântano 2 mil anos atrás. Quando a encontramos lá, desconfiamos que tivesse participado da Batalha de Teutoburgo, mas ninguém acreditou. Mulheres não participaram da guerra, disseram meus colegas da academia. Mulheres são vítimas, não guerreiras. Mas estava claro para mim que a cabeça dela tinha sido quebrada por uma lâmina afiada. Além disso, a coluna vertebral comprimida e o cóccix curvo eram indícios de uma vida a cavalo, e havia sete pontas de flecha debaixo da sua lombar... – A Dra. Jäger fez um gesto para indicar a região. –... o que para mim sugere que ela carregava uma aljava cheia de setas. Além disso, ela apresentava fraturas por estresse nos ossos que haviam calcificado enquanto ainda estava viva, fraturas provocadas por lutas e treinamento físico árduo. É claro que todo mundo concordou conosco em relação a tudo até a hora em que lhes dissemos que o esqueleto não era de homem, e sim de mulher. Os arqueólogos sempre partem, ou pelo menos sempre partiram, do princípio de que esqueletos encontrados com armas eram do sexo masculino. Nunca lhes ocorreria sequer levantar essa questão, e é bem verdade que às vezes pode ser difícil diferenciar um sexo do outro.

– Bom, e como vocês sabem que era *mesmo* uma mulher? – indaguei.

A Dra. Jäger se inclinou para a frente e cutucou o fogo com um atiçador comprido.

– Por causa da bacia. Ela apresentava sinais claros do que chamamos de "diástase da sínfise pubiana", uma condição que pode ocorrer após a gravidez. Ela devia ter muitas dores. Foi um achado singular. O único problema é que o esqueleto sumiu. Nós o mandamos para um laboratório de medicina forense para análises mais profundas, mas ele nunca chegou lá. Foi um escândalo e tanto, na época. Tudo o que nos restou foi o bracelete. E duas semanas depois de começarmos a exibi-lo no museu ele também sumiu.

A Dra. Jäger se levantou e foi até um caldeirão de bronze no canto buscar mais lenha para o fogo.

– Como pode ver... – prosseguiu ela, esticando-se para depositar os pedaços de lenha onde queria. – Eu sei quase tão pouco sobre o assunto quanto a senhora. É por isso que estava com esperanças de que pudesse me revelar mais.

Ela me sorriu, desculpando-se. Passamos um tempo caladas, ouvindo a seiva estalar na lenha nova. Então falei:

– Tudo o que sei é que existem pessoas que alegam ter visto um número bastante grande de braceletes assim, dos feitas de bronze, espalhados por todo o mundo antigo. Na verdade, cheguei a ouvir uma teoria de que eles eram usados pelas... – Limpei a garganta com um pigarro e tentei soar casual. –... pelas antigas amazonas.

Acho que não posso culpar a Sra. Jäger por ter rido em voz alta.

– Me desculpe, mas isso é maravilhoso! – disse ela. – Agora entendo. A senhora conversou com aquele velho inventor de histórias lá da Grécia, Yanni Telemakhos.

Meio constrangida com a sua capacidade de me desmascarar, esforcei-me para encontrar uma explicação, mas ela a descartou com um aceno.

– Não se preocupe – falou, ainda rindo. – Sei que não são só os doidos que sonham com as amazonas, mas também pessoas que gostam de mistério e aventura. – Ela estudou meu rosto com um sorriso cúmplice. – Você é uma dessas pessoas, Diana?

Talvez tenha sido a lareira aconchegante, ou talvez a sua gentileza... Qualquer que fosse o motivo, de repente senti um impulso irresistível de contar tudo à Dra. Jäger. Desde o sumiço da minha avó, dezoito anos antes, até minha chegada à Alemanha na véspera. Mesmo que ela não fosse amazona, e mesmo que não soubesse mais do que estava revelando, mesmo assim tive a sensação de que valeria a pena lhe contar minhas atribulações e descobertas.

Depois de falar sem parar por quase uma hora, finalmente me recostei na poltrona e balancei a cabeça.

– Sinto muito falar tanto...

– Não, imagine – retrucou minha anfitriã, com um semblante compreensivo. – Você passou por muita coisa. Fez descobertas importantes. E agora está se perguntando se a sua avó, no fim das contas, tinha razão. Se ela era mesmo uma amazona. – Ignorando meus débeis protestos, a Dra. Jäger continuou a falar, com os olhos pregados no fogo. – Está pensando: "Se eu seguir a trilha das amazonas até o final, será que vou encontrá-la?" É natural pensar assim, Diana, porque você a amava muito. Mas pode ser perigoso passar a vida à espera de uma convocação de outro mundo, sabe? Você começa a ver coisas, a ouvir coisas... a inventar coisas do nada.

Distraída, ela estendeu a mão para pegar outro biscoito de pimenta, mas viu que o pote estava vazio.

– Me diga uma coisa: esse caderno da sua avó... ele menciona algum nome? Algum lugar? Qualquer coisa que possa explicar por que essas pessoas tão diferentes parecem tão interessadas nele?

– É essa a questão – falei. – Não sei muito bem se elas *estão* interessadas, nem por que poderiam estar. O caderno não contém mensagem nenhuma... nenhum mapa do tesouro, se a senhora preferir. É óbvio que Reznik está atrás de vingança. Eu sinceramente não sei o que Al-Aqrab quer com as amazonas, mas tenho quase certeza de que ele está me usando para tentar encontrá-las. Quanto às amazonas... – Olhei de relance para ela, desconfiando que ainda não acreditasse na presença dessas míticas mulheres entre nós. – Elas estão fazendo o possível para me impedir.

A Dra. Jäger abriu um sorriso.

– Mas aqui está você.

A toda a minha volta, os animais observavam com atenção de seus postos nas paredes, como se perguntassem o que eu faria a seguir.

– É – respondi, tanto para eles quanto para minha anfitriã. – Só que aqui é o fim da trilha; ela vai dar direto naquele pântano. O *Historia Amazonum* diz que um pequeno grupo de amazonas foi para o norte, e isso pode até ser verdade. Talvez elas tenham continuado a viver aqui na Alemanha por mais mil anos, fabricado novos braceletes em ferro e lutado contra os romanos da mesma forma que tinham lutado contra os gregos. Mas como vamos saber?

A Dra. Jäger esticou o braço e apertou minha mão.

– Volte para Oxford e tente esquecer essas coisas terríveis. Fico feliz que tenha vindo aqui hoje. Você fez mais do que qualquer avó poderia ter esperado. Com esta viagem, tenho certeza de que finalmente permitiu a ela ter paz, assim como você agora ficará em paz. Volte para casa, querida. Volte para casa.

O absurdo desse conselho me deixou sem fala. Era como se ela não tivesse entendido o que eu havia lhe contado... como se achasse que minha sensação de estar sendo caçada não tinha o menor fundamento. Mas estava ficando tarde, e eu não me sentia disposta a reiterar minhas preocupações sobre Reznik e Al-Aqrab para alguém que no fim das contas não estava nem aí.

Antes de ir embora, perguntei se poderia usar o banheiro, e enquanto lavava as mãos não pude evitar uma espiadela no armário de remédios. Nas prateleiras, vi os cremes e comprimidos habituais... e em seguida frascos de fenol, éter etílico e morfina... além de duas canecas cheias de instrumentos cirúrgicos.

Aquilo era tão surreal que quase comecei a rir. Por que cargas-d'água uma adorável velhinha precisava de todo aquele instrumental médico? Bichos de estimação feridos? Acidentes de caça? Procedimentos médicos ilegítimos? Meu impulso de rir logo se transformou em incômodo. O éter etílico era um anestésico antiquado usado para induzir a inconsciência. Mas em quem? Visitas bisbilhoteiras? Saí do banheiro sentindo a pulsação latejar nos ouvidos.

Na pressa de voltar à sala, confundi as portas no pequeno corredor e entrei por acidente em um escuro e minúsculo escritório. Uma única luminária se equilibrava com precariedade na borda de uma mesa pequena coberta por pilhas desmoronadas de papel, e sua cúpula de vidro verde lançava uma luz sinistra e sobrenatural nas prateleiras abarrotadas que cobriam as paredes.

Mas o mais perturbador daquele cômodo não era a luz espectral nem a ausência de janelas, e sim o aspecto das prateleiras. Pois elas não continham livros, apenas folhetos. Folhetos brancos idênticos empilhados uns por cima dos outros, o mais apertados possível... alguns chegavam a transbordar de caixas de papelão abertas no chão.

Não pude evitar. Tive que olhar mais de perto.

Fui até uma caixa aberta e me abaixei para examinar a capa do folheto que estava por cima. Era o catálogo de uma casa de leilões recém-saído da gráfica, com um vaso grego na capa. O projeto gráfico para lá de sem graça me despertou uma lembrança. Eu não tinha visto recentemente o mesmo tipo de catálogo sobre a mesa de Katherine Kent? O único motivo pelo qual me lembrava tão bem era que ela o havia guardado dentro de uma gaveta com uma urgência que eu não conseguira justificar.

Em um clarão, vi-me de volta ao porão do Sr. Telemakhos e o ouvi dizer, em tom veemente de desafio: "Há quem diga que nunca usam telefone nem e-mail para se comunicar... que usam uma forma impossível de ser rastreada... talvez uma espécie de panfleto impresso."

Sem conseguir me conter, peguei o catálogo e comecei a folheá-lo, percorrendo as páginas rapidamente em busca de algo escrito no alfabeto das amazonas. Mas tudo o que encontrei foram colunas estreitas com tópicos numerados e uma ou outra imagem em preto e branco de vasos antigos, quadros e outros objetos à venda. Só que...

Cheguei mais perto da luminária e examinei a foto de um tapete oriental à procura de algum sinal de escrita ou código. Seria minha imaginação ou um parágrafo quase microscópico escrito no alfabeto das amazonas de vovó tinha sido transposto sobre a imagem de modo a se misturar de forma perfeita com o desenho do tapete? Um parágrafo tão diminuto que só poderia ser lido com o auxílio de uma lupa...

Fiquei tão animada que quase me esqueci que era uma intrusa naquele escritório. Foi só quando ouvi uma tábua ranger que larguei o catálogo depressa e me virei para sair dali.

A Dra. Jäger estava em pé bem atrás de mim, com o semblante bondoso deformado por fúria e desconfiança.

– Desculpe! – exclamei. – Meu senso de direção é péssimo. Mas que coleção incrível de periódicos... – Abri o que torci para ser um sorriso desarmante. – Arqueologia alemã, suponho. A senhora é editora?

– Sim – respondeu ela por fim, e sua expressão se suavizou um pouco. – Sou a editora-chefe. Um trabalho ingrato. Mas alguém precisa fazer.

Ela segurou meu cotovelo com delicadeza e me guiou de volta até a sala.

– Quer mais um café? Ou quem sabe um chá?

– Está ficando tarde. Eu deveria mesmo ir andando...

– Eu insisto! – Ela praticamente me empurrou de volta para a poltrona em que eu estava sentada antes. – A noite está fria lá fora; você precisa de uma bebida quente.

Com um sorriso quase tão simpático quanto antes, a Dra. Jäger desapareceu na cozinha e ouvi-a pôr a chaleira no fogo.

Olhei para baixo e vi minha nova e chamativa bolsa no chão ao lado da poltrona. Estava bem onde eu a havia deixado, mas na minha ansiedade achei-a mais ereta. Fiquei desconfiada. Será que a minha anfitriã tinha feito uma busca rápida, pensei, e tomado cuidado para deixar a bolsa em pé direitinho depois?

Com dedos trêmulos, verifiquei a bolsa e confirmei que ainda estava tudo ali: o caderno de vovó, o *Historia Amazonum* e todo o dinheiro que me restava, preso com um elástico apertado.

Não soube o que fazer. Parte de mim estava desesperada para levantar e ir embora, mas como sempre minha curiosidade foi tão grande que sufocou temporariamente meu bom senso. Será que, por acidente, eu havia encontrado um dos folhetos secretos das amazonas mencionados pelo Sr. Telemakhos?

Um barulho na cozinha me trouxe de volta de meus devaneios. Ou talvez seja mais exato dizer que a ausência de ruído me alertou para o furtivo murmúrio entrecortado de um telefonema secreto.

Dessa vez, sequer pensei: meu corpo se levantou da poltrona sozinho. Acossada por imagens preocupantes – a expressão furiosa da Dra. Jäger, os instrumentos cirúrgicos, as centenas ou mesmo milhares de catálogos de leilão –, atravessei o recinto da maneira mais silenciosa que consegui, sentindo o pânico aumentar a cada passo. Era óbvio que minha anfitriã estava determinada a me manter na sua casa por mais um tempo... mas por quê? E para que aquela ligação secreta? Qualquer que fosse a explicação para seu comportamento esquisito, tive certeza de que não haveria de ser nada de bom para mim.

Peguei meu casaco ao passar e irrompi porta afora sem me dar sequer o trabalho de fechá-la ao sair. Então comecei a correr, o mais rápido que pude, pela trilha que me levaria de volta até o carro.

A essa hora, a floresta já estava quase totalmente escura, e a névoa, mais densa ainda do que na hora em que eu havia chegado. Quando enfim ouvi a Dra. Jäger gritar por mim da casa, tive certeza de que ela não conseguia mais me ver.

– Diana! – gritou ela, com uma voz esganiçada de tão brava. – Volte aqui! Estou mandando!

Mas é claro que continuei a correr. Mesmo quase sem conseguir ver um metro e meio à frente do nariz, sabia que bastava seguir a trilha e continuar descendo o morro. Assim, fui descendo, descendo, descendo cada vez mais pela escuridão e a bruma, pisando em lama e poças geladas ao tentar me esquivar dos galhos mais baixos.

Estava tão certa de lembrar o caminho que foi um choque quando a trilha de repente se bifurcou. Atarantada, corri de um lado para o outro algumas vezes, tentando determinar qual dos dois novos caminhos era o menos errado. Ambos pareciam subir de volta em direção à floresta, ainda que em direções totalmente distintas. Tudo o que eu conseguia ver à frente era névoa cinzenta a cobrir um vazio negro feito breu, e nada disso me agradava.

Foi então, enquanto estava parada sem saber para onde ir, que ouvi um barulho que fez um calafrio varar meu corpo inteiro. Foi um uivo comprido seguido por latidos, talvez não exatamente o ruído que um lobo faria, mas quase. E, no silêncio que seguiu o último latido, escutei outra coisa, um som conhecido que, nas atuais circunstâncias, foi muito perturbador.

Eram os baques fortes e ritmados de cavalos a galope.

CAPÍTULO TRINTA E SEIS

Enquanto os romanos tentavam resistir aos elementos,
os bárbaros de repente os cercaram por todos os lados
de uma vez só, atravessando a mais densa
vegetação como se já conhecessem os caminhos.
Dião Cássio, *História romana*

A floresta estava repleta de demônios: invisíveis, eles uivavam e silvavam sobre patas de cavalos, com uma assustadora capacidade para entrar e sair da trama da realidade. Pareciam ora estar aqui, ora ali... e, durante alguns minutos totalmente desconcertantes, em lugar nenhum.

Nesse breve intervalo de silêncio, contudo, distingui vozes humanas graves misturadas à confusão, ricocheteando entre as árvores e falando um idioma que não consegui identificar, uma língua que parecia se dissolver na bruma e me alcançar apenas em fragmentos. Então vieram os tiros, uns dez no mínimo, em rápida sucessão... seguidos pelo grito mais lancinante que eu já havia escutado.

Talvez por estar tão aterrorizada, levei algum tempo para compreender aqueles sons. Se fosse confiar nos meus ouvidos, havia homens, cães, cavalos e os arrepiantes gritos de morte de um animal selvagem que eu não conseguia nomear. A única explicação lógica, concluí, em pé atrás de um tronco de árvore imenso na beira da trilha, era que estávamos na temporada de caça e aqueles gritos e silvos demoníacos eram os ruídos naturais de uma presa em fuga.

Desesperada para sair da floresta antes de ser pisoteada por animais assustados ou, pior ainda, por seus perseguidores, mergulhei no arbusto mais próximo e comecei a abrir caminho pela vegetação rasteira rumo ao sopé do morro, na direção que torcia para ser a do meu carro. Talvez tivesse sido mais lógico ir para o outro lado, de modo a ser vista pelos caçadores e quem sabe até pedir ajuda, mas algo na ferocidade daqueles homens, em suas vozes cada vez mais altas e seu modo violento de montar me dizia que era melhor eles não perceberem que eu estava ali.

Segui engatinhando pelos arbustos espinhosos e logo fiquei encharcada por causa da folhas molhadas. Batendo os dentes de tanto frio, peguei-me suplicando à floresta que perdoasse minha intrusão e me deixasse sair dali... mas ela continuou a me segurar com capins grudentos e espinhos ferozes, fazendo o possível para impedir minha fuga.

Como os arbustos eram muito densos e eu estava preocupada em evitar os espinhos, nem percebi os cavalos se aproximando até ouvir um deles bufar bem alto logo atrás de mim.

O barulho me perturbou tanto que me joguei no chão por instinto e me forcei a ficar imóvel. Então vieram as vozes, não as vozes graves de homem que eu tinha ouvido antes, mas um diálogo um tanto sucinto em alemão entre duas mulheres.

– Onde ela está? – perguntou uma delas.

– Achei que tivesse visto – respondeu a outra. – Mas agora não tenho certeza.

Houve outra bufada, uma frase que não compreendi dita com sarcasmo... As mulheres tornaram a se afastar e voltaram a galope para dentro da floresta, atiçando os cavalos com comandos guturais.

Abalada a ponto de mal conseguir coordenar braços e pernas, saí engatinhando o mais rápido que pude, coloquei-me de pé por um breve instante para continuar mais depressa... mas pisei no vazio e despenquei vários metros por uma encosta, antes de escorregar de cabeça e cair em cima de uns arbustos que brotavam de uma poça de lama.

Com um arquejo de susto, levantei-me do mato pegajoso e limpei a lama do rosto. Para minha surpresa, a bolsa nova continuava no meu ombro e, embora estivesse tão encharcada quanto eu, pelo menos estava ali.

Encolhida e de joelhos, tentei ver onde estava. Quando meus olhos se acostumaram o suficiente com a escuridão, vi uma luz débil mais à frente. Acabei percebendo que era a placa iluminada que assinalava a entrada para o estacionamento do museu, do outro lado da rodovia. Eu literalmente caíra da floresta para o meio de um descampado a poucas centenas de metros da estrada de acesso à fazenda abandonada.

Quando finalmente consegui dar a partida em meu carro alugado, e depois de ligar a calefação no máximo, estava tão gelada e fraca que mal conseguia me manter sentada. Dei ré pela estradinha de cascalho e foi preciso toda a minha concentração para guiar o carro em volta do outro que fora deixado ali em algum momento depois da minha chegada.

Uma Mercedes azul-escura. A mesma que eu tinha visto no centro de Bramsche, ao sair do hotel mais cedo naquela tarde. Reparei que tinha placa de Genebra.

Em poucos segundos, minha fúria superou o medo. Quem quer que fossem aquelas pessoas, elas não iriam mais me seguir. Quase embriagada de tanta raiva, encostei o carro e abri o kit de primeiros socorros que estava no banco de trás à procura de algo útil. Não havia facas, claro, e nada além disso poderia me permitir rasgar os pneus. Mas havia ataduras e band-aids... o suficiente para formar duas densas bolas que se encaixaram à perfeição nos canos de descarga da Mercedes. "Se o carro for velho, nem adianta tentar", fora o conselho de vovó quando ela me ensinara a fazer aquilo. "Só funciona se o sistema não tiver vazamento nenhum."

Finalmente fui embora, e tive de me esforçar ao máximo para dobrar meus dedos frios em volta do câmbio e pressionar o pé anestesiado no pedal do acelerador. No entanto, uma sensação desafiadora de dever cumprido logo começou a me aquecer por dentro. Algo de mau havia acontecido naquela floresta, mas *eu* tinha sobrevivido. Havia homens e mulheres com cavalos e armas, mas nenhum deles conseguira me pegar. E agora eu havia conseguido ganhar um pouco de tempo, ou pelo menos assim esperava.

De volta ao hotel, entrei direto debaixo de um chuveiro quente, de roupa e tudo. Fui tirando as camadas enlameadas uma a uma enquanto analisava minhas alternativas. Não demorou muito, pois só havia uma coisa a fazer: ir embora o quanto antes.

Se existia uma parte de mim que sonhava com um alegre reencontro com vovó no final de todas aquelas atribulações, ou pelo menos com um encontro amigável com pessoas que a houvessem conhecido, os acontecimentos daquela tarde tinham me curado por completo. Se a Dra. Jäger fosse responsável por mobilizar as mulheres que haviam me caçado na floresta, eu precisava concluir que essas amazonas modernas – pois era difícil chamá-las de outra coisa – eram uma ameaça para mim no mínimo tão grande quanto Reznik.

Enrolada em uma toalha, passei alguns minutos percorrendo o quarto para recolher minhas coisas. Não havia tempo para ver se o caderno de vovó e o *Historia Amazonum* tinham sobrevivido intactos ao deslizamento na lama; o que eu precisava era encontrar um mapa da Alemanha. Onde ele estava, droga?

Três batidas rápidas na porta interromperam minha busca frenética.

Petrificada, fiquei encarando a porta, quase esperando que ela se abrisse com violência. Em vez disso, porém, vi algo deslizar por baixo dela e percebi que era um pedaço de papel.

Cheguei mais perto e me estiquei para ver o recado rabiscado: "Você está em perigo. Eu posso ajudar. Nick."

Uma espiada rápida pelo olho mágico confirmou que era mesmo ele do outro lado da porta, com a barba por fazer e o cenho franzido de impaciência.

Fiquei alguns segundos sem respirar, com a mente tomada pela indecisão. Eu tinha roubado um envelope ultrassecreto daquele homem, além de um manuscrito de valor inestimável. Era para eu temê-lo, porque ele devia estar uma fera. No entanto, o fato de vê-lo provocou em mim uma sensação totalmente inesperada de alívio e, escondida de forma bem pouco honrada por trás dele, uma alegria extrema, incandescente, tornou impossível mandá-lo embora.

Com o coração descompassado por causa daquela aparição repentina, estiquei o braço e abri a porta. Somente então, quando ele entrou no quarto, ocorreu-me que eu estava só de toalha e que talvez fosse bom encontrar alguma forma de me defender, só por garantia.

Nick olhou para o quarto em volta, desconfiado, antes de se virar para mim. Seus olhos se nublaram ao constatar meus trajes sumários e, tenho certeza, as emoções conflitantes ainda estampadas no meu rosto. Então, como se tivesse percebido que eu esperava um pronunciamento seu, ele falou, de modo um tanto ridículo:

– Vim salvar você.

– Na verdade... – Fechei a porta atrás dele. –... você está me atrapalhando.

Não sei de quem foi a iniciativa. Nick com certeza não tinha a intenção de fazer aquilo, nem eu... mas de repente estávamos nos braços um do outro, fechando a torturante e insuportável distância entre Istambul e Bramsche.

Foi assustador ver como todo o resto, inclusive minhas dúvidas e mentiras, se desintegraram assim que a boca dele encostou na minha. Com um grunhido que parecia condenar a própria fraqueza, Nick me beijou com frenesi, entregando-se, como se eu fosse o único outro ser humano em um mundo de brutos e ele houvesse passado a vida inteira à minha procura.

– Bem-vindo à Alemanha – sussurrei depois de algum tempo, na vã tentativa de recuperar o fôlego. Mesmo através do suéter, eu sentia o calor e a energia que seu corpo irradiava, e a ideia de largá-lo não parecia nada atraente. – Pode ficar, se quiser, mas eu infelizmente vou ter de ir embora.

– Calma aí, Deusa – murmurou Nick ao pé do meu ouvido. – Dessa vez nós vamos juntos.

Mas o jeito como ele me imprensava contra a parede sugeria que não estava com a menor pressa de sair dali.

– Você é um homem mau. – Acariciei seus cabelos, ainda sem conseguir acreditar que fosse mesmo ele, que tivesse ido tão longe para me salvar. – Eu deveria ter ido embora horas atrás... e nunca ter deixado você me encontrar.

– Ah, eu teria te encontrado em qualquer lugar.

Tentei fitá-lo nos olhos.

– O que Al-Aqrab quer de mim?

Nick se aproximou para me dar outro beijo.

– Ele não sabe que eu estou aqui.

Arquejei ao sentir suas mãos sob a toalha, acariciando meu corpo nu. Foi um choque descobrir que, embora uma voz distinta de chacal na minha mente ainda me alertasse para manter o controle e exigir uma explicação, outra parte, rebelde e fatalista não quisesse nada além de deixar Nick me vencer, todas as dezessete versões dele.

– Não está com medo de ser empalado pelas minhas irmãs amazonas? – sussurrei.

– Estou. – Ele começou a beijar meu ombro nu até a curva do pescoço e arrancou de mim um acompanhamento involuntário feito de pequenos suspiros traiçoeiros. – Mas você vale o risco.

Bem nessa hora, o telefone do quarto tocou.

– Ai, droga! – Empurrei-o para longe. – Veja quem está lá fora.

Enquanto Nick olhava por entre as cortinas fechadas, peguei o fone e atendi com um "alô" ríspido.

Não houve resposta, e a linha ficou muda.

– O que você está vendo? – perguntei a Nick. – Uma Mercedes azul?

– Não sei bem – respondeu ele, ainda olhando. – Um Audi escuro acabou de chegar.

– O que você acha do seguinte... – falei enquanto corria pelo quarto e ia vestindo peças de roupa aleatórias. Por mais que me doesse o simples fato de cogitar isso, pensei em uma estratégia de fuga possível. – Que tal a gente deixar o *Historia Amazonum* bem aqui, em cima da cama?

Nick fez que não com a cabeça e se aproximou para me ajudar a recolher minhas coisas.

– Reznik está cagando para o manuscrito. Era só uma isca para pegar as amazonas que mataram o filho dele. Agora ele acha que você é uma delas.

– E por que ele poderia pensar que eu sou uma amazona? – gritei do banheiro enquanto recolhia depressa meus recém-adquiridos e bastante caros produtos de toalete.

– Porque Reznik é um filho da puta paranoico que tira raios X dos convidados sem eles saberem – gritou Nick em resposta. – É para encontrar armas escondidas, claro, mas braceletes de chacal por acaso também aparecem.

Instantes depois, descemos apressados o corredor silencioso em direção à saída de emergência. Bem na hora em que Nick estendeu a mão para a porta branca de metal, contudo, ela foi aberta pelo outro lado e duas mulheres surgiram.

Como usavam roupas de corrida e tinham toalhas nos ombros, meu primeiro pensamento foi que eram apenas hóspedes do hotel voltando da academia. No entanto, assim que meneei a cabeça em um cumprimento simpático, uma delas deu um soco na barriga de Nick e abaixou o rosto dele com força em direção ao próprio joelho.

Fiquei tão chocada com aquela explosão de brutalidade que levei alguns instantes para entender o que estava acontecendo. Apesar do nariz sangrando, Nick reagiu de forma admirável, desferindo nas adversárias alguns golpes certeiros que elas claramente não esperavam... mas então uma terceira mulher apareceu.

Eu acabara de tirar da parede um quadro pesado que pretendia usar como arma quando vi mais pessoas se aproximarem da outra ponta do corredor.

Só então me ocorreu gritar por socorro, mas já era tarde. Os dois homens que vinham na nossa direção estavam enfiando a mão dentro dos casacos e, por sua expressão, pude ver exatamente em busca de quê.

Com um grito de medo, consegui alertar as três mulheres do perigo, e elas na mesma hora soltaram Nick e saíram em disparada pelo corredor para interceptar os homens antes que os tiros começassem.

– Vamos! – chamei Nick, puxando seu braço. – É a nossa chance.

Peguei as malas que estavam ao meu alcance e desci com passos atabalhoados a escada de emergência com ele logo atrás. Segundos depois, irrompemos pela porta dos fundos para o jardim do hotel.

– Por aqui – disse Nick, e no escuro tudo o que pude ver foi a sua silhueta correndo na minha frente pela grama molhada de orvalho.

Nós nos abaixamos para passar por uma cerca eletrificada e seguimos em frente por um descampado acidentado e encharcado cheio de ovelhas silenciosas, antes de chegar a uma estradinha de cascalho e um carro estacionado junto a um barracão de ferramentas.

– Não! – falei quando ele abriu a porta do carona para mim. – *Eu* dirijo. Você cuida do seu nariz.

Não trocamos mais nenhuma palavra até chegarmos à *Autobahn*. Eu estava ocupada demais me certificando de que ninguém nos seguia e Nick havia abaixado o banco ao máximo para tentar conter o sangramento do nariz.

– Quebrou? – perguntei, depois de algum tempo.

Nick grunhiu.

– É preciso muito mais do que isso para quebrar esta nareba. Que raios foi aquilo?

– Já me fiz a mesma pergunta duas vezes hoje – respondi. – Acho que a gente foi pego num fogo cruzado. Uns capangas de Reznik lá de Genebra estão me seguindo em uma Mercedes e tenho quase certeza de que aquelas três adoráveis damas eram amazonas. O que você acha?

Ele emitiu um ruído de dor que talvez tivesse a intenção de ser uma risadinha.

– Bom, você me avisou para não irritar suas irmãs amazonas. Tome. – Ele abriu o compartimento entre os bancos, pegou um objeto e me entregou. – Seu passaporte novo. Vamos ter que ficar fora de circulação por um tempo. Seu nome é Artemis Panagopoulos. Achei bom sermos gregos. Você pode falar, e eu serei apenas o marido dedicado. Que tal uma cabana de praia em uma bela ilhota distante, com os cumprimentos do patrão?

Tive de me esforçar ao máximo para manter meu foco na estrada quando minha vontade era segurar Nick pelo colarinho e sacudi-lo.

– Pensei que você tivesse largado o emprego! Disse que Al-Aqrab não sabe onde você está...

– E não sabe mesmo. Mas ainda trabalho para ele. – Nick me olhou com um ar hesitante. – Se for algum consolo, quase fui demitido por roubar o *Historia Amazonum*.

– Sério? – Senti meu humor melhorar com essa informação inesperada. – Mas se não foi Al-Aqrab que mandou você pegar o manuscrito... por que você pegou?

Nick deu um suspiro.

– Parece que Reznik mandou roubar o manuscrito de um pequeno arquivo na Romênia. Um zelador levou a culpa.

– Mas não foi por isso que você pegou.

– Tá. – Ele subiu um pouco o encosto do banco. – O que aconteceu foi o seguinte: eu tinha ordens estritas para *não* ir à festa de Reznik, mas não pude resistir à tentação de rever você. Só que antes de conseguir abordá-la, fui distraído por uma fulana vestida de mulher-gato que ficou me encarando como se me conhecesse, depois saiu correndo junto com uma amiga fantasiada de camundongo...

– Espere aí. – Tentei me lembrar da hostil mulher-gato que havia encontrado no banheiro de Reznik. – Eu também vi essas duas. A de camundongo foi quem roubou meu celular em Náuplia. E aposto que foi a mesma que me atacou no labirinto.

– Acho que não. – Nick se mexeu no banco e fez uma careta de dor. – A pessoa que atacou você no labirinto roubou seu laptop, e ele estava na casa de Reznik bem antes de a festa começar. Tenho quase certeza de que aquelas duas invadiram a casa para roubar *dele* o seu computador. Agora ele está no fundo do mar Negro, dormindo junto com os peixes *e* com o seu celular. Seja como for, e sinto muito se isso estraga a imagem que você tem de mim como um criminoso durão, na festa eu vi essas duas moças bonitas entrarem de fininho na sala em que Reznik guardava sua pequena coleção de antiguidades. Resolvi ir atrás e as ouvi subir até o último andar. Isso me deu uma chance de verificar a biblioteca. E foi lá que o encontrei, pronto para ser pego: o futuro acadêmico de Diana Morgan. Quis lhe dar o manuscrito naquela mesma noite, de presente, mas aí as coisas ficaram meio... estranhas.

Olhei de relance para ele, amolecida com aquela confissão tão sincera.

– Seu gesto me comove, só que agora estamos com um bando de capangas de Reznik e umas amazonas duras na queda no nosso encalço.

Nick deu um grunhido infeliz.

– Tá, eu cometi um erro. Estava certo de que as câmeras tinham sido desativadas junto com o sistema de alarme. Mas se eu não tivesse pegado o *Historia*, seu namorado nobre nunca teria me delatado, Reznik nunca teria avisado ao meu pessoal lá de Dubai sobre o roubo e *eu* nunca teria ficado sabendo sobre o raio x que transformou você em amazona. Cite uma tragédia grega capaz de competir com essa.

Passamos algum tempo calados. Ali, longe da floresta de Teutoburgo, a noite estava calma e límpida, as estrelas cintilavam à nossa volta e uma lua tremeluzente em formato de foice flutuava no horizonte. Mas a claridade do lado de fora não penetrava em mim. Várias camadas de confusão se acumulavam até bem lá no fundo da minha consciência, e eu me sentia frustrada por, mesmo agora, sentada ali bem ao lado de Nick, ainda não saber o que estava por trás do interesse da Fundação Aqrab pelas amazonas. Sabia, porém, que não deveria lhe fazer essa pergunta a 130 quilômetros por hora. Em vez disso, perguntei:

– Como você me encontrou?

Ele pareceu achar graça na pergunta.

– Vejamos. Você viajou com seu próprio nome, alugou um carro em seu próprio nome e se hospedou no hotel Idingshof com seu próprio nome.

Senti que ele estava sorrindo.

– Desculpe, Dra. Livingstone, mas se você não quisesse mesmo que eu aparecesse, não deveria ter deixado um rastro da largura do rio Nilo... ou seria melhor dizer do Amazonas?

Não retruquei, então ele suspirou e tornou a falar.

– Eu liguei para a Rebecca. Ela teve grande prazer em me ajudar. Falou que o Sr. Telemakhos tinha dito a você para ir a Kalkriese. Depois disso, tudo o que tive de fazer foi ligar para uns hotéis da região...

Senti uma pontada de indignação.

– A Bex confiou em você?

– E por que não deveria confiar?

Mil motivos me vieram à mente, mas todos pareciam um tanto patéticos se comparados ao fato de que Nick havia desafiado o poderoso Al-Aqrab e ido até a Alemanha para salvar minha vida e ter o nariz amassado.

Levei o resto do trajeto para narrar minhas desventuras em Kalkriese, inclusive minhas suspeitas sobre os catálogos de leilão e sobre a Dra. Jäger ser distribuidora de uma newsletter amazona.

– Faria sentido, não faria? – disse eu quando finalmente saímos da *Autobahn*. – *É claro* que as amazonas não podem correr o risco de alguém descobrir sua forma de comunicação secreta... principalmente não com a recompensa milionária que Reznik está oferecendo por suas cabeças.

De tão absorta que estava na nossa conversa, mal reparei na escuridão à nossa volta antes de ouvir o inconfundível ruído de cascalho sendo esmagado pelos pneus. Nick tinha me dado indicações e eu obedecera, mas...

– Isto aqui não é o aeroporto de Frankfurt – foi tudo em que consegui pensar para dizer enquanto parávamos o carro em frente a um chalé às escuras.

– É impossível enganar uma filóloga – disse Nick, e desceu do carro. – Achei que a gente precisava de um pouco de paz e tranquilidade.

Ouvi-o destrancar a porta do chalé com uma chave antiquada.

– Que lugar é este, afinal? – perguntei, saindo do banco do motorista e tentando em vão distinguir à paisagem à nossa volta.

Havia um cheiro de floresta, e o único barulho que se ouvia eram os pios de uma distante coruja, embora eu não me lembrasse de ter visto muitas árvores ao longo da estrada de cascalho.

– O apartamento clandestino da Aqrab em Frankfurt?

– Nada disso – respondeu Nick, acendendo algumas luminárias lá dentro. – Bem-vinda à *minha* Alemanha. Estamos na serra de Taunus, não muito longe do aeroporto. Agora não dá para ver, mas daqui se tem uma ótima vista para o vale do Main. – Ele sorriu por cima do ombro. – Já me curei de muito fuso horário nesta casa. Na verdade, é o único imóvel que eu tenho.

Entrei atrás dele no pequeno chalé. Exceto por uma cama grande, não havia muitos móveis. Uma escrivaninha pequena e uma cadeira frágil estavam posicionadas em frente a uma janela, e o único outro lugar para sentar era um almofadão em frente à lareira.

– O que foi? – perguntou Nick, ajoelhando-se para amassar um jornal velho. – Não é chique o suficiente para a Dra. Livingstone?

Olhei em volta para as paredes de pedra bruta e o teto de madeira. Havia algo de muito sedutor naquela rusticidade evidente e no leve cheiro de madeira queimada que pairava no ar. Aquilo não era o Çirağan Palace, mas, se eu pudesse escolher, preferiria estar ali.

Quando voltei do pequeno banheiro, Nick estava apoiado no console da lareira, esperando o fogo acender.

– Tome. – Entreguei-lhe uma esponja de banho molhada. – Sua vez.

Ele me lançou um sorriso irônico.

– Eu sei que estou imundo...

– Não mais do que de hábito. – Ajudei-o a tirar o suéter salpicado de sangue e o vi fazer uma careta, tentando proteger o ombro. – Está doendo muito?

– Já senti muita dor desde o dia em que conheci você.

O modo como ele me olhou deixou bem claro o que estava querendo dizer.

– Você devia ter me demitido quando teve a oportunidade – sussurrei, correndo as mãos por baixo da sua camiseta. – Ou me deixado morrer lá no templo.

Ele me silenciou com um beijo. Depois mais outro. Então, com um meneio de cabeça irritado, falou:

– Eu fiz tudo o que pude para *não* me apaixonar por você.

Essas palavras me provocaram uma felicidade ridícula.

– E qual foi o resultado?

Nick pegou minha mão, encostou palma com palma, e depois de alguns segundos eu não soube mais dizer de quem era a pulsação que sentia.

– O que me diz, Deusa? – Ele me encarou. – Permite que este mortal a ame?

Cheguei mais perto.

– É perigoso. Mas você gosta do perigo, não é?

Sem hesitar, Nick me puxou para um abraço, e começamos a nos atracar com voracidade. Eu ainda tinha algumas dúvidas, só que não me lembrava mais quais eram. A única verdade que eu queria descobrir era a *dele*... qual seria a sensação da sua pele contra a minha, se a sua impaciência era tão frenética quanto a minha. Roupas foram arrancadas, mãos encontraram enfim o caminho... Nossa urgência para estar juntos foi tal que ambos esquecemos de ser delicados. Ouvi Nick dar um grunhido quando me agarrei ao seu ombro, mas não tive certeza se era por dor ou prazer. Isso não me deteve. Eu ansiava por ele mais do que já ansiara por qualquer outra coisa e me apossei do seu corpo com uma avidez de predador. Sem nem mesmo tirar todas as roupas, acabei colada à parede, com uma parte significativa dele dentro de mim, e meu êxtase foi tamanho que quase perdi os sentidos.

– Ai, meu Deus – gemeu ele quando finalmente desabamos juntos sobre o almofadão, ele com o nariz sangrando outra vez. – O que você fez comigo?

– Minha Deusa, acho que é o que você quer dizer – murmurei, limpando o sangue de seu lábio com delicadeza, ainda tomada por assombro e prazer. – Desde quando você ficou tão religioso?

Nick acariciou com os dedos minha pele suada. A expressão em seus olhos era de reverência.

– Só os imortais são capazes de atrair um homem do jeito que você me atrai.

– Você não gostava tanto assim de mim no começo.

Ele sorriu, entendendo que eu estava pescando um elogio.

– Não sei se arrastar você para a minha barraca e abrir a braguilha teria sido a melhor forma de recebê-la na Argélia. O que você acha?

– Talvez se você primeiro tivesse raspado aquela barba sarnenta.

Ele riu.

– Cuidado. Se você não se comportar, ela pode crescer de novo.

Mais tarde, depois de nos acomodarmos na cama, eu por fim fiz a pergunta que vinha me assombrando havia tantos dias.

– O que você quis dizer naquele dia, em Istambul, quando falou que já tinha se sacrificado pelo James? – perguntei, deslizando os dedos pelo seu peito.

Nick sorriu e me beijou.

– Você sabe o que eu quis dizer. Se não fosse ele, eu já teria ficado com você há muito tempo.

Soltei uma gargalhada.

– Seu patrão não disse para não assediar as funcionárias?

Ele grunhiu.

– O assédio faz parte do pacote.

– Me diga uma coisa... você gosta de trabalhar para o Sr. Al-Aqrab?

Ele pensou um pouco.

– Não.

– Então por que não vai embora?

– Não é tão simples. – Nick pareceu constrangido, quase tímido. – Acho que chegou a hora de contar. O Sr. Al-Aqrab é meu pai.

– *O quê?*

Eu teria pulado da cama se ele não houvesse me segurado.

– Calma – falou, beijando meu pescoço. – Você não está na cama com o demo.

– Não sei.

Eu não sabia se devia rir ou chorar. Era difícil ficar chateada com ele por enfim me dizer a verdade, mas me entristecia pensar nele cercado pelo inevitável séquito do playboy, formado por carros velozes e modelos de biquíni.

– Defina "demo".

– Eu tenho algumas qualidades redentoras, não tenho? – Nick pegou minha mão e a guiou por baixo do edredom. – Como por exemplo um... coração enorme?

– Que tal uma explicação enorme? – rebati, lembrando a mim mesma todos os excelentes motivos que tinham me feito fugir dele em Istambul. – Vocês espionaram a minha família! Chegaram até a... contratar um detetive nojento para engatinhar no meio de arbustos e fotografar meus pais na própria casa. E aquelas pistolas debaixo da sua cama? Imagino que você as use para matar pessoas.

Encarei-o para ver se minhas palavras tinham surtido algum efeito e fiquei bastante satisfeita ao ver seu sorriso desaparecer.

– Então me desculpe se eu estiver um pouquinho contrariada, para não dizer outra coisa. Desde o primeiro dia você vem mentindo para mim, me intimidando, me manipulando... eu não sei nem qual é seu nome de verdade!

Nick sentou na cama e cruzou os braços em frente ao peito. A luz da lareira desenhava sombras ameaçadoras em seu rosto.

– Meu nome é Nick. Eu já disse. Meu pai me batizou de Kamal, mas minha mãe me chamava de Niccolò.

– A sua mãe brasileira? – sugeri, ansiosa para ajudá-lo a prosseguir.

Lembrava-me bem de nossa conversa em Micenas, em volta do quadro-negro que servia de mesa de jantar na casa do Sr. Telemakhos, quando Nick havia nos entretido com imagens de sua infância pobre, todas falsas, como eu agora percebia.

– Não. – Ele suspirou e fechou os olhos. – Minha mãe biológica.

Ele se calou e eu, ainda meio confusa, fiquei desnorteada de vez. Tinha certeza absoluta de que ele iria falar sobre o conteúdo do envelope que eu havia lhe roubado, a começar pelo relatório do detetive sobre os meus parentes. A consciência de que eu na verdade talvez fosse apenas um personagem secundário na grande explicação de Nick me causou um estranho choque.

– Meu pai nasceu no Irã, em uma família antiga e rica – começou ele, ainda de olhos fechados.

– A família Al-Aqrab, imagino?

– Não, nada disso. – Ele descartou a sugestão com um gesto cansado. – Al-Aqrab é um nome árabe. Quer dizer "escorpião". Meu pai mudou de nome aos 22 anos, quando foi expulso da família.

Talvez sentindo a minha surpresa, ele abriu os olhos. Sua expressão era tão triste que senti uma fisgada de pena. Somente então me ocorreu que talvez o motivo principal para ele ter guardado segredo durante tanto tempo em relação à verdadeira identidade não era nem tanto um desejo de enganar *a mim*, mas a necessidade de manter algum distanciamento do pai. Todos aqueles disfarces e atitudes diferentes, todos aqueles passaportes... será que ele estava se escondendo não apenas de saqueadores e contrabandistas, mas também de si mesmo? Cheguei mais perto e lhe dei um beijo na bochecha, o que lhe causou um sorriso.

– Trinta e quatro anos atrás, meu pai conseguiu entrar para a equipe de remo de Oxford – continuou. – Ele e os companheiros foram a Londres comemorar. Lá ele conheceu uma mulher e os dois acabaram passando a noite juntos. Só que ela sumiu antes de o dia raiar e ele nunca mais a viu.

Nick então se levantou da cama e desapareceu dentro da pequena despensa, nu em pelo, deixando-me ali a pensar como eu tinha conseguido ficar longe daquele homem lindo durante tanto tempo e, um pouco mais relevante, se aquele era o final de sua história.

Minutos depois, ele reapareceu com uma garrafa de vinho tinto, dois copos e um pacote de biscoitos salgados. Só quando estávamos ambos com um copo cheio na mão foi que ele brindou comigo e prosseguiu:

– Um ano mais tarde, meu pai recebeu um bebê junto com suas correspondências. Era eu. Tinha um bilhete junto que dizia: "Hassan, querido, esse é o nosso filho. O nome dele é Niccolò. Por favor, perdoe o menino. Ele não tem culpa pela mãe ser o que é." Tinha mais coisa, mas nada disso importa agora. O bilhete estava assinado "Mirina".

Sem saber o que dizer, fiquei encarando-o.

– Como você pode imaginar, meu pai passou 33 anos tentando reencontrar essa tal Mirina – prosseguiu ele, tomando um gole de vinho. – Está convencido de que ela é amazona. Era linda, forte, e as circunstâncias do encontro deles foram bizarras. Meu pai estava voltando a pé de uma boate com os amigos quando uma linda moça latina se juntou ao grupo e o segurou pelo cotovelo. Só mais tarde, quando ele relembrou o que havia acontecido, foi que lhe ocorreu que nessa hora a rua estava cheia de carros de polícia, todos com a sirene ligada. Enfim, a moça andou até o hotel com eles e seguiu meu pai até o quarto. Ele estava tão fascinado com ela que não se opôs. Assim que ficaram sozinhos, ela pediu licença e foi até o banheiro. Como demorou um pouco, meu pai bateu na porta e perguntou se ela estava bem. Ninguém respondeu. Quando ele tentou abrir a porta e viu que estava trancada, arrombou-a com um chute, pensando que talvez ela estivesse usando drogas ou tentando se matar... Todo tipo de coisa passou pela cabeça dele. Encontrou-a sentada no boxe, tendo uma crise histérica de choro. A princípio, pensou que ela estivesse ferida, porque viu sangue na toalha de mão sobre a pia, mas não conseguiu encontrar ferimento nenhum. Então reparou na faca de caça sobre a pilha de roupas dela.

Nick me fez uma careta.

– Meu pai ficou intrigado, claro. Quem é essa mulher? O que ela fez? Tentou conversar com ela, mas ela o empurrou para longe e perguntou, com sarcasmo: "Você sabe qual é a punição por macular uma amazona?" No fim das contas, ela se levantou, se secou com a toalha, e meu pai a convenceu a passar a noite no quarto dele. Não sei os detalhes, mas como fui concebido nessa noite, posso deduzir que meu pai não dormiu na poltrona. E, sim... – Nick meneou a cabeça para o meu braço. –... ela usava um bracelete igual ao seu. Por isso meu pai foi a Micenas trinta anos atrás, conversar com o Sr. Telemakhos.

Com isso, a longa fileira de dominós finalmente começou a cair na minha cabeça.

– Claro! – exclamei. – Era o seu pai! O Sr. Al-Aqrab! *Ele* era o Chris Hauser de Baltimore, não era? Por isso você ficou tão estranho naquele dia.

– Fiquei? – Nick pareceu meio confuso. – Bom, você não acha normal? Eu não fazia ideia de que meu pai já tinha estado lá, com um nome falso. Até agora não entendo como o Sr. Telemakhos fez a ligação. Eu não me pareço nem um pouco com o meu pai. Ou será que sim?

– Ele é o Oráculo, afinal de contas – falei, esquivando-me da pergunta com diplomacia. – Disse que a minha bolsa ia aparecer de novo, e apareceu mesmo.

Nick me olhou como se não tivesse certeza de até que ponto eu o havia perdoado. Então tocou minha bochecha com um gesto esperançoso e sussurrou:

– Ele me disse que você era minha alma gêmea. Mas isso eu já sabia.

Beijei a palma da sua mão.

– Gostaria que a gente tivesse tido esta conversa antes de ir para Istambul. Ou pelo menos antes de *sair* de Istambul.

Nick balançou a cabeça.

– Diana. Eu só fiquei sabendo disso tudo *ontem à noite*. Depois que você sumiu, peguei um avião até Dubai para conversar a sós com meu pai, o que é sempre um desafio...

– Você foi até Dubai? Mas eu acabei de ver o seu pai no Çirağan Palace com o Sr. Ludwig...

– Ele é um cara bem escorregadio – disse Nick, servindo mais vinho. – Eu tinha pedido a ele para me explicar tudo... que raio a gente estava fazendo, qual era o seu papel, por que Reznik estava atrás do caderno da sua avó. Foi por isso que ele me deu o envelope, que *você* então, bem a propósito, roubou de mim.

Nick me lançou um olhar de esguelha.

– Aliás, ele também me deu as pistolas para o caso de Reznik aparecer. É o seu jeito de demonstrar amor.

Em sinal de empatia, apoiei a cabeça no seu ombro.

– Eu sinto muito...

– Não precisa. Se você não tivesse fugido desse jeito, eu nunca teria arrancado dele a verdade. Sempre soube que minha mãe não era a mulher que tinha me dado à luz, mas como você mesma disse, antes de conhecer você eu mal sabia soletrar a palavra "amazona". Na verdade, foi só naquela noite no veleiro, quando você me contou da sua avó e disse alguma coisa sobre as amazonas abandonarem seus filhos homens, que comecei a desconfiar que a nossa viagem tivesse algo a ver *comigo*. Meu pai tinha me incumbido de uma missão estranha, basicamente ficar perto de você e ver o que seria revelado, mas não tinha me explicado o que queria.

– Por que não? Por que todo esse segredo?

Nick deu um suspiro profundo.

– Meu pai é assim. Ele sempre diz: "Aquele que controla o presente pode reescrever o passado." Só que eu nunca tinha me dado conta de que ele estava falando sobre si próprio. Acho que quando você começa a mentir para os outros e a construir uma realidade alternativa, não pode de uma hora para outra desmontar tudo e pronto.

Ele tornou a balançar a cabeça. Tinha um ar tão sombrio quanto eu me lembrava de ter visto na Argélia.

– Parece que eu estou mentindo para você desde o começo, eu sei, mas o fato é que eu estava só passando adiante as mentiras que o meu pai contou para *mim*. Não fazia a menor ideia de que ele tinha passado 33 anos à procura das amazonas e de que o seu envolvimento com arqueologia era só uma desculpa para escavar cada formigueiro do Mediterrâneo...

– Talvez ele achasse que estivesse protegendo você – sugeri, pensando nos meus próprios pais. – Mas nesse caso... por que quis que *você* encontrasse o rastro das amazonas? Imagino que era com isso que ele esperava que eu fosse ajudar...

– Ele queria dar à minha mãe biológica uma chance de me conhecer, foi o que me disse. – Nick franziu o cenho. – Pessoalmente, acho que é um jogo de poder. Ele quer provar que estava certo, no fim das contas, e que as amazonas *existem* mesmo. Disse para ficar de olho em você... para segui-la, ver aonde você queria ir.

Senti uma pontada de desconfiança.

– Mas você me mandou embora. No primeiro dia. Por que me mandar embora se você diz que estava incumbido de me seguir?

Nick concordou com um meneio de cabeça.

– Quando a gente se conheceu, minha prioridade era o templo. Pensei que você fosse atrapalhar por causa do seu vínculo com Oxford e com os Moselanes.

Ele sorriu, talvez reconhecendo como tudo tinha sofrido uma mudança dramática desde então.

– Preciso admitir uma coisa: estava louco para me livrar de você. Mas quando conversei com meu pai, ele deixou bem claro que você era mais importante do que o templo – disse e, passando um braço à minha volta, me deu um beijo na testa. – Mal sabia ele como tinha razão.

– Mesmo eu sendo uma ameaça?

– Uma ameaça com bracelete de amazona. – Nick encostou um dedo no chacal. – Isso animou bastante as coisas. Meu pai ficou convencido de que, mais cedo ou mais tarde, você iria me conduzir à grande nave-mãe das amazonas. E como isso estava demorando a acontecer, ele imaginou que pudesse dar um jeito de provocá-las, de obrigá-las a agir. Por isso quis que eu devolvesse o seu celular naquela última noite na Argélia: queria ver para quem você ligaria e o que iria acontecer. Ele já desconfiava que a sua colega de Oxford, Katherine Kent, estivesse envolvida com as amazonas, só não sabia que papel ela desempenhava.

– Que beleza – falei. – Fazendo experimentos científicos com o próprio filho. Bum! Nessa ele com certeza acertou em cheio. Imagino que seja pelo mesmo motivo que fez você espalhar o boato sobre o Tesouro das Amazonas, para aumentar a pressão sobre elas.

Nick deixou a cabeça pender, parecendo tão contrito quando devia pelas atitudes do pai.

– E pensar que eu dei continuidade ao jogo dele, empurrando você na direção dos problemas. Simplesmente não percebi o que a gente iria enfrentar. Nem ele. Parece que estava convencido de que, em algum momento, minha mãe iria perceber quem eu era e se revelar para mim. E se isso não acontecesse... não teria problema, porque eu não sabia nada sobre ela mesmo. Ele com certeza jamais imaginou que fosse se envolver na guerra entre as amazonas e Reznik.

Passamos algum tempo em silêncio. Era estranho ficar ali sentados vendo as chamas dançarem na lareira e saber que, enquanto aquela madeira ardia, meu universo inteiro havia mudado de perspectiva. Por fim, acabei me aconchegando junto a Nick e falei:

– Você me disse que seu pai era músico de rua. Eu gostava assim.

Ele suspirou.

– Bom, ele era. E eu era *mesmo* o molequinho que passava o chapéu. Quando a família dele no Irã soube do bebê, ou seja, de *mim*, ficou uma fera. Quiseram que ele se livrasse de mim e continuasse os estudos em Oxford como se nada tivesse acontecido. Como meu pai se recusou, eles cortaram relações por completo. E quando ele conversou com a administração da faculdade e se ofereceu para trabalhar em troca de comida, abrigo e estudos, eles responderam que não, que ele não podia ficar lá com um bebê... não era esse "o protocolo de Oxford". Meu pai não tinha dinheiro, não podia voltar para casa... Então me pôs dentro de uma mochila e entrou para um grupo de músicos itinerantes. Foi assim que fomos parar no Rio, onde ele abriu seu primeiro negócio e conheceu a mulher que virou minha mãe adotiva. Ele é um típico homem que construiu a própria fortuna. Conviver com ele é exaustivo. Ele tem necessidade de controlar tudo.

– Até você?

– Principalmente eu.

Tentei sorrir.

– O pessoal lá de Oxford não gosta muito dele. Tenho a impressão de que ele é bem... implacável?

Nick apertou minha coxa.

– Ele não é tão ruim quanto as pessoas gostam de pensar, só é focado nos próprios objetivos. Já ouviu falar em algum capitalista bem-sucedido que *não* fosse considerado implacável? É o preconceito preferido da massa de manobra não pensante.

– Mesmo assim, imagino que ele não vá ficar muito satisfeito se descobrir que você está envolvido com uma acadêmica de Oxford.

Nick se virou e me encarou com um sorriso torto.

– Ele entenderia minha necessidade de conquistar a princesa de gelo que nem sequer se dignava a apertar minha mão.

Seu sorriso se desfez e ele correu os dedos por toda a extensão do meu corpo, como para demonstrar a liberdade com a qual aquela mão antes desdenhada agora podia se mover.

– Foi isso que você fez? – indaguei, quando ele se inclinou para um beijo. – Derrotou minha soberania glacial?

– E não foi? – Ele rolou para cima de mim. – Estarei sentindo uma rebelião?

Relaxei sob o corpo dele e ele sorriu.

– Não parece.

– Cuidado – avisei. – Pode ser uma emboscada. A qualquer momento minhas irmãs amazonas podem derrubar a porta com um chute...

– Tem razão. – Ele imobilizou meus braços contra a cama. – É melhor eu andar logo.

CAPÍTULO TRINTA E SETE

Até aqui (e nesse ponto os boatos correspondem à verdade), e somente até aqui, o mundo alcança.

Tácito, *Germânia*

Acordei de repente, com o coração em disparada, temendo que tudo não houvesse passado de um sonho. Quando vi Nick ao meu lado, porém, dormindo um sono profundo, senti um alívio tão grande quanto se houvesse acordado de um pesadelo. Aconcheguei-me junto ao seu calor delicioso e me demorei a observá-lo enquanto a luz do novo dia o banhava. Como era possível aquele homem glorioso ter descoberto, em menos de um mês, facetas minhas, para não dizer um rol inteiro delas, que eu nem imaginava que existiam?

– Me dê só um instantinho, Deusa – resmungou ele. – Eu sou mortal, lembra?

Apesar do nariz machucado, até dormindo Nick parecia o trabalho de um artista. Ocorreu-me que, apesar de todos os seus segredos, seu corpo não carregava marcas de sua história difícil. Nenhuma cicatriz, nenhuma joia, nenhuma tatuagem dava qualquer pista sobre suas origens ou as mãos pelas quais ele havia passado antes de cair nas minhas. Kamal al-Aqrab vivia com uma origem forjada e ele próprio confessara ter passado toda a vida adulta fugindo de impostores interesseiros que não conseguiam ver o homem de verdade por baixo da etiqueta de luxo.

Nisso, éramos mais parecidos do que eu de início quisera reconhecer. Sim, havíamos crescido em volta de fogueiras bem diferentes, para não dizer em cavernas inteiramente distintas, mas também tínhamos muita coisa em comum, sobretudo em matéria de fugas e buscas. Enquanto Nick havia percorrido os cantos mais remotos da Terra tentando escapar das ambições imperiais do pai, eu tinha galopado até o passado para combater quem afirmava que as amazonas não passavam de nomes desbotados em pergaminhos esfarelados. Que coisa estranha e maravilhosa nossos caminhos terem se cruzado daquele jeito.

Agitada demais para voltar a dormir, esgueirei-me para fora da cama e fui até a lareira ver se conseguia reavivar as brasas. Então virei-me enfim para a bolsa toda suja, preparando-me para a devastação que talvez encontrasse lá dentro. Era a terceira bolsa que eu fora obrigada a usar no intervalo de duas semanas. Torci para a bruxa das bolsas logo se cansar de mim.

Felizmente, o *Historia Amazonum* sofrera apenas danos mínimos. O mais afetado pela minha queda na encosta enlameada fora o caderno de vovó. Desmilinguido e encharcado, ele tinha agora praticamente a mesma textura de um pano de prato. Deu vontade de chorar quando a capa soltou na minha mão e vi que a tinta azul tinha ficado tão molhada que se tornara ilegível.

Sentei-me à escrivaninha junto à janela e separei com cuidado as páginas no meio, na esperança de que a umidade não houvesse penetrado até o miolo... em vão. De todas as centenas de palavras que vovó traduzira para mim de forma tão meticulosa, não havia sobrado nenhuma.

Arrasada, folheei o caderno a esmo para ver se restava algum vestígio das palavras e se eu de alguma forma poderia reconstruí-las. Foi então que vi...

A escrita invisível.

Era uma única palavra, escrita a cada três páginas ou algo assim, mas isso bastou para eu me levantar e saltitar pelo quarto, numa animação silenciosa.

O que vovó tinha usado? Lápis de cera branco? O que quer que fosse, era ilegível enquanto a tinta azul cobria cada página. Mas agora que não restava nada além de manchas, o lápis de cera branco, por ser gorduroso, sobressaía ao repelir o azul aguado. Muito simples.

Durante todo aquele tempo, pensei com uma careta, eu viera carregando a mensagem secreta de vovó. Se não fossem os maus bocados que passara na véspera na floresta de Teutoburgo encharcada, eu talvez jamais descobrisse a verdade.

Sentei-me outra vez e comecei a examinar o caderno ensopado desde o início, segurando cada uma das páginas contra o sol que nascia por cima do prado lá fora para detectar os rabiscos ocultos.

Só que não foi tão fácil quanto parecia. À primeira vista, nenhuma das palavras fazia sentido. Intrigada, vasculhei a gaveta da escrivaninha, encontrei bloco e caneta e comecei a transcrevê-las na ordem exata em que as havia encontrado:

PHIN XPO LEMS AHI PP LA PAD OB REMS
APA NTA RIT ETH ERMO DO AMR PE SI AACI
BI EINY THYI AMO LP AD AV AB URUS I

Depois da confusão inicial, comecei a atacar a lista com todas as técnicas de quebra de código que conhecia: embaralhando as letras, trocando sílabas de lugar, pegando todas as primeiras ou todas as segundas letras... mas nenhuma das tentativas resultou em nada sequer remotamente inteligível.

O fato de as palavras me serem familiares de um modo vago do jeito que estavam, ainda que não fizessem sentido, era particularmente frustrante. Eu tinha a sensação de que, com alguma minúscula adaptação ou mudança de perspectiva, tudo iria se esclarecer de forma perfeita. Contudo, a lista parecia ao mesmo tempo grega e latina, e eu duvidava que vovó tivesse dominado esses idiomas. Mesmo que um dia tivesse sido arqueóloga, seria mesmo possível, tantos anos depois, ela ter conservado fluência suficiente para elaborar uma mensagem? Além do mais, se aquilo estivesse mesmo escrito em uma mistura de idiomas antigos, como ela podia ter certeza de que *eu* algum dia conseguiria ler?

De qualquer forma, estava claro que ela quisera se assegurar de que o recado não cairia em mãos erradas. A questão era: qual o critério para as mãos serem consideradas *certas*? Que conhecimento vovó queria que eu adquirisse antes de ser considerada digna da sua confiança?

Mas é claro.

Ali estavam elas, tão distintas quanto qualquer constelação em uma noite sem nuvens.

Estava tão absorta em minha descoberta que pulei de susto quando Nick me abraçou por trás.

– Se você não voltar para a cama neste instante, vou ligar para a Anistia Internacional – balbuciou ele junto aos meus cabelos.

– Mas é que estou prestes a fazer uma grande descoberta – protestei. – Me dê só um segundo...

– Desculpe. – Ele me levantou da cadeira e saiu me carregando, com anotações, caneta e tudo. – O deus das grandes descobertas sou *eu*, e é ali que elas acontecem.

Só depois, quando consegui extrair os papéis do meio dos lençóis embolados, foi que consegui entabular com ele uma conversa de verdade sobre a mensagem secreta de vovó.

– Consegui! – falei, acenando com minhas anotações. – É basicamente uma lista de nomes de amazonas dividida em pedaços, com uma letra faltando.

Nick coçou a bochecha onde os pelos da barba começavam a despontar e pegou a lista, que dizia:

PHINX POLEMSA HIPP LAPADO BREMSA
PANTARITE THERMODOA MRPESIA ACIBIE
INYTHYIA MOLPADA VABURUSI?

Depois de ler os nomes, ele me devolveu o bloco.

– Isso explica tudo.

– Só quem conhece as lendas amazonas conseguiria entender o que está escrito – expliquei. – Os nomes não são óbvios. Olhe só... – Entreguei-lhe o último pedaço de papel, que dizia o seguinte:

SPHINX POLEMUSA HIPPO LAMPADO BREMUSA
PANTARISTE THERMODOSA MARPESIA ALCIBIE
MINYTHYIA MOLPADIA VABURUSI?

– *Sphinx* não quer dizer esfinge? Que eu saiba, a esfinge é um animal... – comentou ele.

– Pois é – concordei, pegando de volta a lista em suas mãos. – Imagino que seja um alerta. "Cuidado com o enigma." Depois disso, é só uma lista de nomes de amazonas. Se bem me lembro, Polemusa e Bremusa lutaram com Pentesileia, Molpadia participou do saque a Atenas, e assim por diante. O único nome que não estou reconhecendo é o último: Vaburusi. Mas pouco importa. Preste atenção nas letras que estão faltando. Elas formam a palavra "Suomussalmi".

– Que ainda precisa ser desembaralhada – disse Nick, começando a entender a brincadeira.

– Não! – cutuquei-o com a caneta. – Onde você estudou? É uma cidade na Finlândia, ao sul do Círculo Polar Ártico.

Ele estreitou os olhos.

– Por favor, não vá me dizer que você quer ir para lá.

Sentei-me ereta na cama, ainda tonta de animação.

– Por que não? Você não acha isso incrível? Vovó está nos dizendo para ir até Suomussalmi. Dá para ouvir.

– Que estranho. – Nick inclinou a cabeça, como quem escuta um chamado distante. – Já eu acho que ela está nos dizendo para ficar aqui mesmo... nesta cama. Na verdade...

Ele estendeu a mão e me agarrou pelos braços e, embora um pouco chateada por ele parecer tão desinteressado na minha descoberta, não pude reprimir uma risada quando ele me puxou para cima de si.

– O que aconteceu com a ilhota distante?

– Por que não começar com *esta* ilha aqui?

Bem nessa hora, o celular dele tocou. Ele o ignorou.

Um minuto depois, o aparelho recomeçou a tocar. Quando Nick enfim olhou para a tela, fez uma careta e passou o aparelho na mesma hora para mim. Eram meus pais.

– Ah, graças a Deus você está bem! – disse meu pai, com uma voz estranhamente abalada. – Não tínhamos certeza se conseguiríamos falar com você nesse número. Onde você está? De quem é esse telefone?

Hesitei, sem querer responder a nenhuma das duas perguntas.

– Não importa! – interrompeu minha mãe. – Meu bem, a gente recebeu uma ligação às quatro horas da madrugada e ficou sem entender.

– Era uma pessoa bem desagradável – disse meu pai. – Ela nos disse para informar a você que... – Ele fez uma pausa para se lembrar dos termos exatos. –... que você tem três dias para entregar o caderno. A pessoa mencionou um banco de parque específico em Paris. Se você não obedecer... – Meu pai pigarreou para tentar soar profissional. –... coisas ruins vão acontecer com quem você ama.

Fiquei tão chocada que nem tentei fingir que o assunto não era sério.

– Sei que parece assustador, mas estamos tentando arrumar uma solução – falei.

– "Estamos"? Quem? – quis saber meu pai. – Isso tudo tem a ver com Bex?

– Não – respondi. – Tem a ver com a vovó.

Reprimi um impulso infantil de acrescentar "e a gente não estaria nesta situação se tivesse simplesmente *conversado* sobre algumas dessas coisas", porque na verdade seria injusto. O que eu disse foi outra coisa.

– Mas não se preocupem, não é tão ruim quanto parece. Eu explico quando a gente se vir. Enquanto isso, não está na hora de vocês irem passar aquele fim de semana na praia? Sei que é novembro, mas por que não pegam o carro até alguma pousadinha aconchegante na Cornualha e passam um tempo lá? Com um nome falso. Por favor.

– Reznik – disse Nick assim que eu desliguei. – Ele sempre escolhe um banco. E um lugar cheio de gente. E foi típico do Moselane dizer a ele onde os seus pais moram.

Senti uma absurda pontada de irritação.

– Por que não as amazonas?

Nick desceu da cama e começou a procurar nossas roupas.

– As amazonas não estão em guerra contra a gente; estão em guerra contra *ele*. Se elas quisessem mesmo esse caderno, pode apostar que já teriam roubado há muito tempo.

– Talvez elas nem soubessem da existência do caderno.

Nick passou a camiseta pela cabeça e fez uma careta de dor.

– Verdade. E como *Reznik* soube do caderno? Por James?

– James não sabe sobre o caderno – falei. Então algo me ocorreu e soltei um grunhido. – O envelope! Aquele que eu peguei de você. Os capangas lá de Genebra devem ter examinado os documentos no meu quarto de hotel em Bramsche. Não sei se você se lembra, mas lá tinha um artigo de medicina escrito por um tal Dr. Trelawny...

– Eu não cheguei a essa parte – falou Nick com o cenho franzido. – Só vi o relatório do detetive sobre você e a carta de Reznik para a rede de informantes dele...

– A carta para Jumbo? Pensei que fosse uma mensagem para um matador de aluguel. Na verdade, pensei que fosse para *você*.

– Jumbo, que nem aquele elefante famoso. Orelhas grandes, entendeu? – Nick demonstrou com um gesto. – Reznik estava tentando coletar informações. A recompensa milionária só veio depois. Como ele é um cara paranoico, tem câmeras por toda parte, e o coitado acabou filmando o assassinato do próprio filho. Vou poupá-la dos detalhes. Digamos apenas que Alex Reznik sabia quem o estava matando e por quê. Foi isso que detonou a fixação de Reznik pelas amazonas. Não sei quão perto ele está de encontrá-las, mas o interesse dele pelo caderno de sua avó me diz que está bem no encalço delas.

– Não tanto quanto a gente.

Nick me encarou com olhos semicerrados.

– Como assim?

– Pense um pouco. – Ajoelhei-me na cama para tentar convencê-lo. – Se a gente entregar o caderno para o Reznik, ele vai ver na hora a escrita secreta. E levando em conta a obsessão que tem pelas amazonas, talvez ele também consiga decifrar o enigma de vovó. Sei lá, vai ver "Suomussalmi Vaburusi" é tudo de que ele precisa para encontrar a grande nave-mãe das amazonas, como você disse, e explodi-la.

Pensar nisso me provocou um calafrio.

Nick andou até a cama, mais sério do que nunca. Baixando a mão para tocar meu rosto, falou:

– E tem certeza de que isso seria tão ruim assim?

Rompemos a camada de nuvens e vimos que a Finlândia estava coberta de neve. Enquanto andávamos até nosso carro alugado, grandes flocos caíam do céu, leves e sem parar, como uma chuva de confete a nos dar as boas-vindas.

– Não é exatamente a praia de areia fina que você esperava – comentei com Nick.

Ao sairmos do estacionamento, a neve batia com tanta força no para-brisa que tive de ligar o limpador na velocidade máxima.

– Mas não é maravilhoso? – falei, fazendo o possível para soar animada. – Quase ouço os vivas das crianças finlandesas.

– Você está escutando uma porção de coisas hoje. – Nick acendeu a luz interna para ver melhor o mapa. – Alguma voz está lhe dizendo se temos que virar à esquerda ou à direita quando chegarmos a Oulun Lääni.... seja lá o que isso for?

Pisei de leve no freio algumas vezes para avaliar se a pista estava escorregadia.

– Eu disse que a gente deveria ter pegado o GPS.

– Homem que é homem não usa GPS – lembrou-me ele.

– E é por isso que quase não sobrou homem nenhum – assinalei. – Eles vão saindo do patrimônio genético e depois não conseguem mais voltar.

Passamos algum tempo sem dizer nada. Eu sabia que Nick ainda estava irritado com a minha decisão de ir a Suomussalmi, mas ele não conseguira propor nenhuma alternativa viável. O único fator positivo era que ele não havia me abandonado, o que me causava imensa gratidão.

Antes de sair do seu chalé, naquela manhã, eu havia ligado para o Museu Kalkriese e pedido o telefone da Dra. Jäger. Afinal de contas, ela era o mais perto que eu havia chegado de uma amazona. Mas Felix me disse que ela havia feito uma viagem inesperada para visitar uma irmã que ninguém sabia existir. Não tinha deixado qualquer informação de contato, o que não era surpresa.

Considerando a forma como elas haviam nos tratado, a essa altura nem Nick nem eu gostávamos muito das amazonas. Ao contrário dele, porém, eu sentia quase uma obrigação de ficar ao lado delas, nem que fosse por amor a vovó. Simplesmente não podia entregar o caderno a Reznik, nem a qualquer outra pessoa, para ser sincera. Mas, se não o fizesse, iria me preocupar para sempre com a segurança dos meus pais.

No fim das contas, até Nick concordou de má vontade que precisávamos ir até a Finlândia. Nem que fosse por causa do mórbido princípio de que o inimigo do seu inimigo é seu amigo, ao que parecia nossa melhor chance era encontrar as amazonas antes de Reznik. Talvez elas estivessem em Suomussalmi, talvez não... mas aquela era nossa única pista. Além do mais, como eu vivia dizendo a Nick ao mesmo tempo que convencia a mim mesma, minha avó não teria me mandado até ali a troco de nada. Era bem verdade que o seu recado em lápis de cera branco tinha quase vinte anos de idade, mas ela com certeza não havia escrito aquilo em um rompante. Na verdade, quanto mais eu pensava no assunto, mais segura ficava de que vovó havia me confiado a chave mágica para entrar em uma impenetrável fortaleza amazona e que, quando chegássemos lá, todos os nossos problemas iriam terminar.

– Anime-se! – falei para Nick enquanto percorríamos a mistura de neve e lama em alta velocidade. – Você daqui a pouco vai estar tomando martínis de vodca dentro de uma banheira de água quente, cercado por supermulheres peitudas usando biquínis ridiculamente pequenos.

No entanto, conforme fomos nos embrenhando mais para o interior do país, afastando-nos do aeroporto de Oulu, pude sentir o desânimo nos pressionar por todos os lados. No inverno finlandês embaçado e tomado pela neve, era impossível dizer se estávamos passando por terras agrícolas ou regiões de tundra, pois tudo estava congelado e imóvel: cada poste, cada arbusto, cada erva daninha. Acima dessa paisagem hibernada pendia um sol envelhecido, cansado demais para dispersar o crepúsculo, embora ainda fosse apenas o meio da tarde.

– Tive uma ideia – falei enfim, encostando o carro no meio da densa floresta de Kainuu. – Você dirige e eu conto uma história.

Não sugeri isso apenas para nos alegrar. A verdade era que eu estava louca para retomar a leitura do *Historia Amazonum* e ver como aquilo terminava. Embora P. Exulatus tivesse escrito aquilo dois mil anos antes, eu não parava de pensar que talvez, de alguma forma indireta, seu conhecimento pudesse nos ajudar quando e se de fato conseguíssemos encontrar as amazonas. Assim, traduzindo o latim original à medida que prosseguia, li o resto do manuscrito em voz alta para nós dois. O texto dizia mais ou menos o seguinte:

– Sobre os bárbaros da Sarmácia e da Germânia Magna há muito a dizer, mas vou me ater aos relatos que dizem respeito às amazonas. Muitos afirmam ter visto mulheres combatendo a cavalo nessas regiões, mas resta saber se é correto chamá-las de amazonas. Não considero amazonas mulheres que convivem com homens diariamente. Tampouco as esposas dos bárbaros, que portam armas para proteger as famílias e os frutos do seu trabalho, referem-se a si mesmas como amazonas. Elas estão apenas agindo segundo... – Fiz uma pausa para pensar na tradução adequada. –... segundo o *bom senso*, e nesse povo sadio ainda é possível encontrar virtude tanto nos homens quanto nas mulheres. Eles não fingem se esconder atrás de tratados escritos sustentados por exércitos distantes, mas acordam todos os dias preparados para defender os próprios direitos.

– Gostei desse cara – falou Nick quando parei de novo para tentar entender um trecho confuso. – Pena ninguém mais ler o que ele escreve.

– Bem, vamos torcer para a gente conseguir mudar isso – falei.

Então, depois de passar os olhos pelas páginas seguintes, que davam exemplos de guerreiras famosas da Sarmácia e da Cítia, pulei uma parte até onde a ação tornava a ficar mais animada.

– Tá, vamos lá: Essas são algumas das histórias exemplares desses povos cavaleiros. Estamos chegando agora ao fim da nossa história, pois dentre todas as lendas da Germânia Magna apenas uma diz respeito às amazonas. Soube por um soldado estacionado ali durante o Desastre de Varo e que por pouco escapou do massacre.

Arquejei e tornei a ler rapidamente a última frase.

– O Desastre de Varo! É assim que os romanos chamavam a Batalha de Teutoburgo... a grande emboscada sobre a qual falei, em que a mulher do pântano da Dra. Jäger morreu. Agora sim estamos chegando a algum lugar! Escute só: O soldado jurou que tinha sido auxiliar do comandante da Décima Nona Legião.

De tão animada, segurei Nick pelo braço.

– Um sobrevivente! Todo mundo pensava que essas três legiões tivessem sido dizimadas até o último homem. Mas esse soldado é uma testemunha ocular!

Quase sem conseguir me conter, voltei ao texto:

– Na véspera da desastrosa batalha, uma mulher vestida com roupas de homem apareceu tarde da noite para pedir um favor ao comandante. Exigiu falar com ele a sós. Intrigado, ele mandou todos embora, à exceção de seu ajudante.

– Estou sentindo cheiro de encrenca – falou Nick.

– Quando questionada sobre o que desejava, a mulher perguntou ao comandante se ele conhecia a lenda de Alexandre, o Grande, e Talestre, rainha das amazonas – prossegui, ansiosa. – Quando ele reconheceu já ter escutado a história, ela lhe disse que a sua missão era parecida. Desejava passar a noite com ele, explicou. Quando o dia amanhecesse, sumiria para sempre.

Nick deu um assobio.

– Eu nem sabia que era *possível* dizer uma coisa dessas em latim.

– O comandante, como era natural, ficou surpreso com o pedido – continuei, cutucando Nick nas costelas. – Por ser romano, não estava acostumado a mulheres tão diretas. No fim das contas, porém, concluiu que ela devia ter sido mandada como um bem-humorado presente de seus oficiais, e como era um homem orgulhoso, decidiu aproveitar a oportunidade. Para sua surpresa, quando o dia raiou, a mulher se levantou de sua cama e se preparou para partir, como prometido. E quando o comandante, que havia apreciado a sua... hum... companhia, convidou-a a ficar, ela respondeu o seguinte: "Romano, nossos caminhos se cruzaram por um breve instante, como às vezes acontece com os caminhos do Sol e da Lua, mas agora devemos nos separar. São as regras segundo as quais ambos vivemos. Mas hoje, quando a noite cair, você poderá se consolar pensando que a sua força seguirá vivendo." Não contente com essa resposta enigmática, o comandante insistiu que ela ficasse, fazendo todo tipo de promessa que em geral funciona com as mulheres. Mas ela então lhe mostrou o bracelete que usava e disse: "O senhor é um homem de muitas virtudes, um homem forte e sem mácula, e foi por isso que eu o escolhi. Mas este chacal sagrado é quem dita o meu destino e me lembra que a Lua é minha senhora. Não posso fechar os olhos às exigências dela. Ela me proíbe de ficar na sua companhia enquanto brilhar a luz do dia." Ao que o comandante respondeu: "A senhora fala com tanta segurança que sinto-me impelido a contrariá-la. Por acaso é uma nobre germânica? Quem sabe a verei novamente durante as negociações de paz?"

Olhei para Nick antes de prosseguir a leitura:

– "O senhor talvez me veja novamente", respondeu ela. "Mas não será um reencontro feliz. Ambos sabemos que não pode haver paz sem sangue." Em pé na soleira da porta, ela se virou pela última vez e disse: "Como a visão da sua pessoa ainda me é agradável, eu poderia lhe dizer para se salvar. Mas sei que isso contraria sua natureza. Foi a sua coragem que me fez escolhê-lo entre milhares para ser o pai do meu filho. Portanto, antes de partir, dir-lhe-ei o seguinte: romano, o senhor vive para matar, e a sua honra se alimenta da carne alheia. Enquanto este bracelete dourado estiver no meu braço e nos braços das minhas irmãs, nós vamos roubar sua força, mas desprezar o seu poder e o poder dos seus semelhantes. Pois haverá outros; cada século produz um novo e ávido senhor, mas eles todos virarão poeira, ao passo que nós, amazonas, viveremos para sempre."

Baixei o manuscrito, quase sem ar de tão agitada.

– O texto chega a mencionar um bracelete de chacal. Essa história *tem* que ter uma parte verdadeira. O que você acha?

Nick tinha o cenho todo franzido, imerso em pensamentos, e por um instante pensei que não tivesse escutado a última parte da tradução. Então ele pediu:

– Você se importa em ler de novo esse último trecho? Em que ela diz a ele que não pode ficar?

Reli o trecho, e ele então se calou outra vez, tamborilando os dedos no volante.

– O que foi? – perguntei. – Está me deixando morta de curiosidade.

Ele demorou um pouco a responder.

– Tenho quase certeza de que a minha mãe amazona disse para o meu pai alguma coisa nessa mesma linha. Alguma bobajada poética sobre o chacal e a Lua e sobre não poder compartilhar com ele a luz do dia.

Levei a mão à coxa dele e dei um leve apertão. A floresta à nossa volta era densa, onipresente, coberta por um silêncio gelado: tudo, menos acolhedora. No entanto, a irônica Lua que havia nos acompanhado em nosso trajeto até Frankfurt na noite anterior estava agora bem à nossa frente. Rainha inconteste do inverno ártico, parecia nos chamar.

– Bem, o resto é só uma ladainha obsequiosa para tentar convencer algum imperador, com certeza Tibério, a deixar o autor voltar para Roma – falei, enquanto folheava as últimas páginas do *Historia Amazonum*. – Mas é muito provável que o pobre P. Exulatus tenha morrido no exílio, como tantos outros, e que ninguém no seu país jamais tenha ouvido falar neste manuscrito.

– Que pena – comentou Nick. – Gostei da última história.

– Mesmo que ela não explique nada?

– Mas ela explica. – Ele olhou para mim. – "Somente nós, amazonas, viveremos para sempre." O que mais você precisa saber?

A CIDADE DE SUOMUSSALMI ERA pouco mais do que um punhado de lojas e prédios diante da floresta insondável que se abatia sobre ela por todos os lados.

Quando paramos em um posto de gasolina para pedir indicações sobre como chegar ao hotel mais próximo, dei-me conta de que os moradores dali pareciam imersos no mesmo elemento místico que a silenciosa floresta de Kainuu. Eles nos olharam como se soubessem exatamente quem éramos e estivessem apenas se perguntando quando enfim iríamos chegar... mas, mesmo assim, seus olhos não mostraram nenhuma emoção. Nós podíamos ser amigos ou inimigos. Seria preciso mais do que a troca de algumas gentilezas em torno de uma caixa registradora para descobrir.

O quarto de hotel tampouco nos acolheu com qualquer entusiasmo especial, embora fosse possível considerar sua estética depurada de alojamento estudantil desocupado como um exemplo de elegância nórdica moderna.

– Só para deixar registrado, caso o assunto venha à tona no futuro... e eu sei que vai vir – falou Nick, pondo nossas malas sobre o piso de bétula. Então me pegou no colo e rosnou bem ao pé do meu ouvido: –... foi *você* quem fugiu da minha decadente suíte no Çirağan Palace. – Andou até a cama, pousou-me sobre o edredom simples e ficou parado em pé ao meu lado. – Qual é o problema com vocês, britânicos? Por que têm tanto medo de conforto?

– O conforto deixa as pessoas desatentas.

– Sabe de uma coisa? – Nick começou a beijar meu pescoço. – Que sorte eu nunca ter lhe ensinado nenhuma técnica de autodefesa. E eu ainda não vi seu florete de esgrima em nenhum lugar aqui por perto. Agora posso fazer o que quiser com você.

– Pelo visto está esquecendo que eu acabei de arrastar você até o Ártico.

– Ah, eu sei disso. – Nick deitou de costas e pôs os braços atrás da cabeça, sorrindo com um ar desafiador. – E agora vou receber minha recompensa. Não é?

Eu ri.

– Você é mesmo um homem das cavernas.

– E você deveria agradecer por isso – frisou ele. – Não foram os homens das cavernas que inventaram a metafísica misógina. É preciso ser um pouco civilizado para fabricar uma maldade assim.

Mais tarde durante a noite, depois de algumas horas maravilhosas e nada civilizadas na cama e de uma ducha demorada e sensual, fui novamente lembrada de quão frágil era a nossa atual felicidade.

– O que é isso? – perguntou Nick quando comecei a escovar os dentes, e o sorriso sumiu de seu rosto. – Onde você arrumou essa pasta de dente?

Encarei o tubo inócuo pousado sobre a bancada e senti um pânico brotar dentro de mim. Antes de embarcarmos no avião naquela manhã, ele havia me instruído a deixar para trás tudo o que estivera espalhado pelo meu hotel em Kalkriese enquanto eu estava fora. Mas, de alguma forma, eu havia esquecido aquela pasta de dente.

– O que você está fazendo? – perguntei quando ele começou a espremer o creme dental branco dentro da pia.

– Aqui... está sentindo?

Ele me fez tocar a parte inferior do tubo, onde um nódulo pequeno e duro parecia ter se alojado.

Cruzamos olhares. Seria um rastreador?

– Eles sabem onde a gente está? – perguntei, e gelei só de pensar que talvez tivéssemos de fugir outra vez dos capangas de Reznik àquela hora da noite.

– Não necessariamente – respondeu ele, pondo a roupa. – Mas não quero correr nenhum risco. Mantenha a cama quentinha. Vou levar nosso amigo fluoretado para dar um passeio.

CAPÍTULO TRINTA E OITO

Vamos fazer um trato firme
De não nos machucarmos
Nunca em toda a eternidade
Enquanto a lua dourada ainda brilhar.
Do poema épico *Kalevala*

SUOMUSSALMI, FINLÂNDIA

O Monumento à Guerra de Inverno de Suomussalmi era tão fora do comum que passamos por ele de carro várias vezes antes de perceber do que se tratava. Tentando aproveitar ao máximo o sol do meio-dia, procurávamos lápides idênticas alinhadas como um exército em marcha, mas o que encontramos foi tão diferente que levamos um susto.

Fora o dono da mercearia em frente ao hotel quem havia nos sugerido uma visita ao Raatteen Portti, como eram conhecidos o monumento e o museu que o acompanhava, uma vez que estes, pelo visto, eram a porta de entrada para a história de Suomussalmi. Mais cedo de manhã, tínhamos conversado com o recepcionista do hotel, segundo o qual "Vaburusi" na verdade não era um nome só, mas dois. "Vabu" era um nome de menina em finlandês, e "Rusi" era um sobrenome. Infelizmente, não havia ninguém chamado Rusi no catálogo telefônico da região. E assim fôramos parar na mercearia, cujo dono afirmara tampouco saber de ninguém com esse sobrenome. "Mas tentem no Raatteen Portti", sugerira ele, rapidamente desenhando um mapa para nós. "Marko, que trabalha lá, lembra tudo sobre todo mundo. Mesmo as coisas que não queremos lembrar." Ele desviara os olhos, e linhas de tensão haviam surgido em volta dos seus olhos.

Assim, por volta da hora do almoço, quando o sol estava no auge, fomos de carro até o Monumento à Guerra de Inverno e logo percebemos que nada naquele lugar era previsível. Apesar da superfície modesta, ou talvez justamente por causa dela, senti que Suomussalmi tinha uma alma funda e escura cheia de segredos bem guardados.

Entramos no parque do monumento e fomos recebidos por um vento leste de fazer bater o queixo, que nos obrigou a cobrir as cabeças com os capuzes e calçar as luvas térmicas que tínhamos comprado mais cedo, antes de iniciar nossa excursão. Os casacos adquiridos no aeroporto de Frankfurt simplesmente não davam conta do frio em um país onde o sol de novembro mal conseguia surgir no céu antes de mergulhar de cabeça na noite polar, às três horas da tarde.

– Vamos entrar – disse Nick, com a voz abafada pelo capuz.

– Só depois de vermos o parque. Eu esquento você mais tarde.

À nossa volta, milhares de rochas talhadas de modo grosseiro, cada qual com um formato diferente, estavam dispostas em uma ampla clareira na floresta, lembrando-nos de que cada soldado morto homenageado ali tinha sido um ser humano distinto, alguém cujos últimos pensamentos decerto não tinham sido sobre política internacional, mas sim sobre pessoas queridas e os companheiros ao seu redor. Pelo menos foi essa a minha interpretação, que expus em voz alta por trás do cachecol enquanto avançávamos pelo cascalho gelado.

Fomos até o campanário no centro do monumento e vimos um homem se aproximar vindo do prédio do museu ali perto. Trazia uma escada. Ao perceber que íamos na mesma direção dele, pôs a escada no chão, ajeitou os óculos e se adiantou para nos cumprimentar. Embora usasse apenas uma jaqueta de couro e nenhuma roupa de lã, seu aperto de mão foi tão caloroso quanto seu sorriso.

– Meu nome é Marko – falou, erguendo a gola da jaqueta. – Estava indo limpar os sinos. São 105 no total, cada um de um tamanho diferente.

Ele apontou para o alto do campanário, que na verdade não era uma torre, mas sim quatro vigas curvas de madeira que se apoiavam umas nas outras para formar um gigantesco apoio em formato de Y para todos os sinos.

– Um sino para cada dia da Guerra de Inverno. Dá para ouvi-los quando o vento sopra. Mas entrem, venham tomar um café. O especial da semana é *karjalanpiirakat*. – Ao ver que não tínhamos entendido, ele sorriu e abriu os braços. – Não se preocupem. É uma especialidade da Carélia.

Havia poucos visitantes no museu de Raatteen Portti nesse dia. Duas mulheres falastronas trabalhavam juntas no café e um idoso de cadeira de rodas sentado à uma mesa perto da janela manuseava fotografias em silêncio.

Embora estivesse claramente curioso, Marko não perguntou de onde éramos, apenas nos fez percorrer rapidamente o museu, imaginando, como com certeza fazia com todo mundo – e não sem motivo –, que não tínhamos a menor ideia sobre as datas ou circunstâncias da Guerra de Inverno, que era a sua paixão.

– Foi a tentativa que Stalin fez de invadir a Finlândia no inverno de 1939-40 – explicou ele, apontando para velhas fotos plastificadas do Exército Vermelho penduradas na parede. – Estávamos em desvantagem numérica de dez contra um, e Stalin pensou que, com todo o seu maquinário moderno, poderia conquistar a pequena e indefesa Finlândia em duas semanas. Nem se deu o trabalho de equipar seus soldados com uniformes de inverno.

Percorremos o museu em silêncio, observando montagens em tamanho real de patrulhas finlandesas de esqui usando trajes de neve camuflados e arrepiantes imagens de soldados russos mortos, congelados, com as mãos exangues eternamente erguidas em um gesto de surpresa e proteção.

Ao ver nossa expressão horrorizada, Marko parou para explicar.

– O inverno desse ano foi muito, muito rigoroso. A 40 graus abaixo de zero, você não pode suar, nem mesmo de medo, porque o suor vira gelo e faz você congelar. Mas, ao mesmo tempo, você precisa manter a pulsação. Na hora em que o sangue começa a correr mais devagar... – Ele meneou a cabeça para as tristes fotografias à nossa volta. – Por exemplo, quando você é atingido por uma bala ou quando alguém corta o seu pescoço com uma faca amarrada a um bastão de esqui, seu corpo simplesmente congela do jeito que está... sentado, em pé, não importa. Se vocês lerem o nosso épico nacional, o *Kalevala*, verão que nós, finlandeses, aprendemos a respeitar o gelo e que fizemos um pacto para conviver com ele. Stalin não respeitou o inverno finlandês. Mandou seus soldados para cá para cometerem assassinato, e foi isso que eles encontraram.

Paramos para olhar mais de perto alguns dos objetos pessoais que os russos mortos transportavam consigo, e entendi que Marko sentia tanta pena deles quanto dos finlandeses. Do mesmo modo que os romanos da Batalha de Teutoburgo, aqueles homens tinham sido mandados para um território hostil e desconhecido por líderes arrogantes, apenas para serem dizimados por povos de menor importância que recusavam os grilhões do império.

– O que aconteceu aqui em Suomussalmi exatamente? – quis saber Nick. – O mais lógico seria Stalin tentar primeiro atacar Helsinque.

– E ele tentou – respondeu Marko. – Ele tentou tudo. Bombardeou Helsinque sem nem mesmo declarar guerra, depois atacou a fronteira com aviões e tanques, causando uma carnificina medonha. E nós, o que tínhamos? Homens valentes, que corriam direto para cima dos tanques e atiravam coquetéis molotov nos dutos de ventilação. – Ele se empertigou de orgulho. – É uma invenção nossa, sabiam? Da Guerra de Inverno. Foi por isso que os batizamos com o nome do ministro das Relações Exteriores russo.

Talvez sentindo que tinha se deixado levar, Marko enfiou as duas mãos nos bolsos da jaqueta de couro antes de prosseguir, deixando os cotovelos apontados para fora de maneira casual.

– Aqui em Suomussalmi praticamente só houve combates de guerrilha. Muitos dos veteranos ainda se recusam a falar no assunto, mesmo hoje. Dizem apenas que fizeram coisas terríveis.

Marko esmagou uma guimba invisível com o sapato.

– Duas divisões russas atravessaram a fronteira aqui mesmo, pela estrada de Raate. Vieram com muitos blindados, de modo que tiveram de ficar na estrada dentro da floresta formando uma longa fila, sob um frio de lascar. Os finlandeses usavam esquis, tinham roupas camufladas próprias para a neve. Os russos foram um alvo fácil. Vinte e três mil cadáveres, congelados feito estátuas, espalhados por vários quilômetros na estrada de Raate.

Finalmente chegamos à acolhedora cafeteria e nos sentamos em volta de um café com bolo. Marko nos contou que até hoje poucas pessoas queriam morar perto daquela estrada. Lobos e ursos viviam na floresta, mas o mais perturbador de tudo eram os milhares de soldados russos enterrados em covas comuns às margens daquela via da morte. Como era do seu feitio, Stalin negara por completo a derrota, recusara-se a levar de volta os corpos de seus soldados e obrigara os finlandeses a enterrar os homens enviados para destruí-los. Alguns túmulos tinham identificação; a maioria, não. Segundo Marko, qualquer aglomeração de bétulas saudáveis entre os pinheiros desalinhados era indício certo de haver uma cova coletiva debaixo da terra: a natureza havia criado sua própria homenagem para as vidas ceifadas antes da hora naquela floresta assombrada.

– Não imagino que o senhor já tenha ouvido falar em uma mulher chamada Vabu Rusi... – arrisquei, após um instante de silêncio.

Marko pensou um pouco.

– Eu não. Mas Aarne talvez saiba alguma coisa.

Ele se levantou e foi falar com o homem da cadeira de rodas.

Só percebi quão à flor da pele estava quando vi o velhote se empertigar e responder animado à pergunta. Então Marko nos chamou com um aceno e nos conduziu até uma sala cheia de arquivos metálicos e com um projetor de slides apontado para uma tela branca daquelas retráteis.

Conversando baixinho em finlandês, os dois começaram a vasculhar gavetas cheias de slides até Aarne erguer uma caixa estreita, verificar as anotações escritas à mão na lateral e menear a cabeça, sério, em confirmação.

Enquanto o projetor aquecia, Marko explicou que Vabu Rusi fora uma integrante da organização Lotta Svärd na época da guerra, uma das muitas voluntárias que haviam ajudado os soldados finlandeses atrás das linhas de combate.

– Segundo Aarne, Vabu era excelente enfermeira e sempre ajudava com as amputações. Os rapazes gostavam de olhar para o rosto bonito dela, em vez de para o médico. – Marko franziu o cenho. – Vocês entendem...

Ele balançou a cabeça com tristeza.

– Mas a história dela foi trágica. O marido de Vabu morreu na Guerra de Inverno, e ela e a filhinha foram feitas reféns por aliados dos russos... pelo menos é o que Aarne acha. Como no caso de tantas outras mães e crianças finlandesas, ninguém nunca mais as viu. Mas deem uma olhada.

Marko inseriu o primeiro slide no projetor e vimos uma velha fotografia em preto e branco que mostrava mulheres vestidas de enfermeira em frente a um prédio.

Aarne se inclinou para a frente, estudou cada rosto, em seguida fez que não com a cabeça. Somente quando Marko inseriu no projetor o quarto slide – outra imagem de um grupo de enfermeiras – foi que Aarne finalmente aquiesceu e apontou animado pra uma jovem sentada em um banco comprido na primeira fila.

– Pronto! – falou Marko. – Esta é Vabu Rusi. Segundo Aarne, ela era filha única. Uma pena, pois qualquer rapaz teria adorado se casar com as irmãs dela.

Aproximei-me o quanto pude da imagem granulada para examinar o rosto encantador e sorridente. Era impossível não sentir uma conexão com Vabu Rusi depois de ouvir a história triste de sua vida, mas as lágrimas entaladas na minha garganta podiam ser mais do que uma simples empatia. Aquela mulher tinha alguma semelhança com a minha avó? Era difícil dizer. Eu não me lembrava de algum dia ter visto vovó sorrir.

– E a filha? – perguntei aos dois finlandeses, levantando a mão para bloquear a luz do projetor. – Vocês teriam uma foto dela?

Marko balançou a cabeça, pesaroso.

– Ela era muito novinha quando as duas foram levadas. Aarne não lembra nem como se chamava.

Pude ver que ele estava louco para saber por que aquilo tinha tanta importância, mas a boa educação o impedia de dar voz à curiosidade. Talvez o fato de viver cercado por veteranos da Guerra de Inverno houvesse lhe ensinado a hora de parar com as perguntas.

Quando saímos do museu, o sol já desaparecera havia tempos no horizonte e o ar tinha um quê noturno que me gelou até os ossos. Ao caminhar até o carro junto com Nick, eu me perguntava se algum dia voltaria a me sentir totalmente aquecida. Não só por causa da decepção ao descobrir que a pobre Vabu Rusi não estava em condições de nos ajudar a esclarecer o mistério da minha avó; a verdade era que aquele lugar todo me causava uma tristeza profunda. Eu mal podia esperar para ir embora daquela terra arrasada toda feita de gelo e seus milhares de fantasmas sem lar.

– Procurar Vabu não deu em nada – falei, levando as mãos aos bolsos para encontrar a chave do carro. – E agora, qual vai ser a próxima parada? Arquivo municipal?

Mas Nick mantinha um estranho silêncio e de vez em quando olhava para o outro lado da rua na direção de uma moto e seu piloto, parados na sombra entre dois postes de rua.

– Aquilo é uma KTM – disse ele por fim. – Acabou de vencer o rali Paris–Dacar. De novo.

Fiquei à espera da conclusão e ele arrematou:

– Vi uma hoje de manhã, quando estávamos na loja de roupas. Aposto que é a mesma. Não tem muita gente que andaria de moto em um tempo destes.

Assim que ele disse isso, a moto saiu chispando pela escuridão em direção à fronteira com a Rússia.

– Reznik? – perguntei, sentindo um novo arrepio, dessa vez de medo.

– Acho que não. – Nick ainda encarava o vazio negro da estrada de Raate, os músculos do maxilar tensos. – Mas creio que estamos sendo observados.

De volta ao hotel, puxei-o para outro banho, louca para tê-lo só para mim outra vez. Embora não tivéssemos feito planos nem para ficar nem para ir embora, eu sabia que as sirenes logo começariam a chamar Kamal al-Aqrab, sem falar no impiedoso ciclope paterno que governava sua vida.

– Deusa linda e rara – disse ele, entrando na banheira comigo. – Ambos sabemos o que acontece com os mortais que veem Diana se banhar.

– Sim. – Puxei-o para baixo do jato sibilante de água morna, ansiosa para saborear suas perfeições e esquecer o mundo imperfeito à nossa volta. – Mas prometo que vai valer a pena.

– Quem diria que eu estaria me dedicando a *hieros gamos* na Finlândia em novembro... – murmurou ele, puxando-me para si.

Eu ri de surpresa, pois me lembrava muito bem de nossa conversa safadinha durante o jantar com Rebecca em Creta.

– Pensei que você não falasse grego.

– Mas eu tive que pesquisar, né? Embora o seu rosto corado naquela noite já tivesse explicado tudo. – Ele acariciou minhas bochechas com os olhos repletos de sinceridade. – Nunca pesquisei tantas palavras na vida... Você faz bem ao meu vocabulário.

Franzi o cenho, fingindo consternação.

– Só ao seu vocabulário?

Ele correu as mãos por meu corpo escorregadio.

– Deixe-me pensar. Para o que mais você serve?

– Posso chicoteá-lo com um galho de bétula, que tal? – sugeri, dando-lhe um tapa na bunda. – É o que os finlandeses fazem quando vão à sauna. Parece que é muito refrescante. Aí depois eles saem correndo e vão rolar na neve. O que acha?

Nick me deu um sorriso travesso.

– A gente iria derreter toda a neve da Finlândia. – Então, virando-me de costas, ele me puxou para si com mãos atrevidas e murmurou por cima do meu ombro: – Tenho uma ideia muito melhor. E não vamos nem precisar do galho de bétula.

Foi só quando estávamos prontos para jantar que reparei no envelope que alguém havia enfiado por baixo da nossa porta. Estava endereçado ao Sr. e Sra. Panagopoulos e continha um pedaço de papel de carta grosso dobrado, com um mapa desenhado à mão e um recado curto no alto:

Por favor, venha me visitar sem demora.
Vabu Rusi

Nick foi o primeiro a se recuperar dessa pequena reviravolta.

– Parabéns – falou, dando-me um beijo nas costas. – Você encontrou as amazonas.

Apreensiva, examinei as instruções.

– Será que elas tornariam mesmo tudo tão fácil assim? E se for o Reznik? Os homens dele me encontraram em Kalkriese... Pelo menos imagino que tenham sido mandados por ele. As placas eram de Genebra.

Conversamos sobre isso por algum tempo e decidimos que Reznik só conseguira me seguir até a Alemanha pelo mesmo motivo que permitira a Nick me encontrar lá, ou seja, o fato de Rebecca ter mencionado meu interesse pelo Museu Kalkriese ao telefone. Reznik devia estar monitorando as ligações da minha amiga desde a noite da festa. O fato de ele agora recorrer a ameaças a meus pais, se é que de fato tinha sido Reznik, e não as amazonas, era uma boa indicação de que, no momento, ele não tinha a menor ideia de onde estávamos.

Supondo que a carta fosse mesmo das amazonas, a grande questão era se elas queriam um encontro amigável ou se estavam nos conduzindo para uma armadilha. As indicações nos mandavam percorrer a estrada de Raate, passar pelo monumento à Guerra de Inverno e seguir rumo ao mesmo lugar para onde a moto havia rumado e desaparecido. Eu sabia que tinha de ir.

– Mas você não precisa me acompanhar – falei para Nick quando andávamos juntos até o carro. – A avó é *minha,* o problema também.

Ele abriu o porta-malas e guardamos nossa bagagem. Decidíramos fazer as malas todas, só para o caso de as coisas desandarem e termos de sair de Suomussalmi depressa.

– Você não está entendendo, né? – respondeu ele, fechando o porta-malas com força. – Eu já encontrei o que procurava. Meu final feliz é este aqui, e vou aproveitá-lo mesmo que ele me mate.

Inclinei-me para beijá-lo.

– Não diga isso.

Quando atravessamos a cidade adormecida e seguimos em direção à desolada fronteira russa, a floresta foi se fechando à nossa volta com sinistra determinação. O cenário de caminhos batidos que conhecíamos tão bem havia sumido. À nossa frente se estendia a terra arrasada dos cimérios, bem no fim do mundo. Estávamos adentrando, enfim, o verdadeiro território das amazonas.

– Você por acaso não trouxe uma daquelas pistolas de Istambul, trouxe? – perguntei a Nick, sobretudo para quebrar o silêncio.

Mas ele estava preocupado com algo no retrovisor. Quando me virei, vi dois fracos pares de faróis atrás de nós na estrada, que, tirando isso, estava deserta.

– Estão nos seguindo?

– Acho que sim – respondeu ele, com uma careta. – Vamos ver se consigo me livrar deles.

Percorremos mais um quilômetro, algo assim, até chegarmos a um cruzamento. As instruções de Vabu Rusi diziam para seguir em frente, mas, assim que o fizemos, Nick de repente apagou os faróis e entrou em uma trilha estreita e sulcada que se embrenhava na floresta. Quando ficamos escondidos pelas árvores, ele puxou o freio de mão e desligou o motor.

A parada foi tão súbita que mal tive tempo de me preparar: fui arremessada para a frente e parei com um tranco do cinto de segurança.

– Tudo bem? – perguntou ele, tocando-me no escuro. – Desculpe o mau jeito.

Instantes depois, dois carros passaram pela estrada atrás de nós.

– Agora vamos ver. – Nick se virou no banco. – Vamos dar três minutos a eles.

Menos de um minuto depois, contudo, os carros voltaram na outra direção, dessa vez em velocidade consideravelmente mais lenta.

– Fique aqui! – falou Nick e abriu a porta.

Saí do carro também e o segui pela trilha sulcada até conseguirmos ver os dois veículos. Estavam parados no meio do cruzamento, com o motor ligado, e pelo visto os motoristas discutiam sobre aonde ir.

Quando os carros enfim partiram chispando, depois de terem escolhido a estrada rumo ao oeste, Nick me abraçou e passamos algum tempo assim, só respirando. Sem dizer nada, voltamos para o carro e continuamos, cabreiros depois de termos escapado por um triz. Nem foi preciso falar sobre quem tinha mandado os dois carros, já que ambos suspeitávamos de Reznik. Na noite anterior, Nick havia convencido um caminhoneiro que estava indo para o norte a levar o tubo de pasta de dente até a Lapônia... mas pelo visto já tinha sido tarde.

Concentrei-me nas instruções de Vabu Rusi e orientei Nick a descer uma estrada secundária, depois outra, sem nunca deixar de me assombrar com o fato de alguém ter se dado o trabalho de pôr placas legíveis naquele lugar ermo. Só quando paramos para olhar uma placa caída percebi que eram apenas indicações temporárias feitas de madeira.

Não sei quanto tempo passamos dirigindo até chegarmos a um acesso de carros comprido de onde a neve tinha sido varrida. Algo nas sombras que o luar projetava e nas estradas desertas da floresta havia me feito perder a noção de tempo. E os galhos retorcidos que arranharam o carro quando passamos por uma guarda de honra espectral toda feita de árvores só aumentou minha sensação de que estávamos na fronteira do mundo físico.

A mansão de dois andares no final do acesso sinuoso parecia tão abandonada quanto o caminho malcuidado nos levara a esperar. Varrida pela luz de nossos faróis, vi uma fachada de madeira grandiosa, mas toda descascada, com as janelas lacradas. Só quando cheguei mais perto percebi a meia dúzia de pares de esqui encostados na parede. Embora obviamente não estivesse deserta, a casa com certeza não parecia a fortaleza inexpugnável que havíamos esperado.

– É isso? – Nick se inclinou para a frente no banco do motorista, com incredulidade e desconfiança estampada no rosto. – Cadê o alambrado e o fosso de piranhas? Posso ver as instruções?

Mas o mapa de Vabu Rusi não dava margem a erros: ali era de fato onde deveríamos estar.

– É óbvio que isto aqui é só um ponto de encontro aleatório – falei, torcendo para conseguir disfarçar a decepção. – Elas nunca revelariam a localização de seu verdadeiro quartel-general.

Descemos do carro e andamos até a casa. Os degraus da frente tinham sido rachados por décadas de inverno impiedoso e a aldraba de bronze em formato de ferradura ficara esverdeada com o passar do tempo. O que acontecia de fato naquele lugar maltratado?, pensei. Seu objetivo seria receber as pessoas... ou lhes dizer adeus? Assim que Nick chegou ao meu lado nos degraus, mandei as dúvidas às favas e bati com firmeza à porta, deixando bem claro que, acontecesse o que acontecesse, a responsável era eu.

Esperamos um tempo. Quando a porta enfim se abriu, minhas preocupações se dissiparam como se jamais houvessem existido, pois a luz que emanou do interior da casa era cálida e abundante, e a mulher que nos recebeu nada transmitia a não ser as mais amigáveis intenções. Alta e magra, usava calça jeans e um suéter grosso estampado com renas brancas e tinha os cabelos grisalhos presos em um rabo de cavalo apertado. À primeira vista, seu rosto franco e animado sugeria uma mulher na casa dos 60, mas a textura emaciada e cheia de tendões de sua mão ao apertar a minha me fez desconfiar que fosse mais velha do que aparentava.

– Até que enfim! – disse ela, no que reconheci como um sotaque finlandês. – Entrem. E, por favor, desculpem o aspecto da casa. O inverno aqui é inclemente.

Ela nos conduziu até um grandioso hall de entrada do qual subia uma escadaria curva. Alguns móveis antigos e um grande quadro de vacas pastando sugeria que havíamos chegado ao lar de uma família culta. No entanto, algo me dizia que aquilo era só fachada.

– A senhora é Vabu Rusi? – perguntou Nick, abrindo o zíper de sua parca de esqui.

A mulher sorriu.

– Meu nome é Otrera.

Ela pegou nossos casacos e os pendurou em ganchos de bronze no hall, bem ao lado de um armário de armas com seis espingardas em pé.

– Ursos, lobos, carcajus... – comentou, em resposta ao comentário que não fizemos. – Levo uma espingarda comigo sempre que vou pôr o lixo para fora. Ou então isso. – Nossa anfitriã sacou do porta-guarda-chuvas um espadim empoeirado. – Os carcajus sabem que isto aqui enfiado na fuça não é uma sensação agradável. Mas venham.

Ela tornou a guardar o espadim e foi andando na nossa frente até uma sala de pé-direito alto, com um antigo fogareiro a lenha de três níveis em um dos cantos.

– Vamos nos aquecer – convidou.

Quando entramos no cômodo amplo, um punhado de adolescentes se levantou na hora e saiu sem fazer barulho por outra porta. Do jeito como estavam vestidas, com calças de moletom e camisetas de manga comprida, e a julgar pelos livros-texto surrados e estojos de lápis que tinham debaixo dos braços, elas davam a impressão de formar um grupo de estudo reunido casualmente na casa de alguém. Instantes depois, pudemos ouvi-las conversar em voz alta enquanto percorriam a casa. Um livro esquecido sobre uma cadeira entregou o tema do encontro: russo avançado.

Apesar das dimensões grandiosas, a sala tinha um clima utilitário: todas as janelas estavam fechadas por persianas, e a única mobília era uma coleção de cadeiras desemparelhadas. Algumas eram estofadas, outras tinham o espaldar reto, outras não passavam de bancos; todas, porém, estavam viradas de frente para um grande mapa-múndi pendurado em uma das paredes, com um quadro branco logo ao lado.

– Sentem-se! – convidou Otrera, apagando depressa os rabiscos multicoloridos do quadro branco.

Ela então pegou uma cadeira e sentou ao contrário, com uma perna de cada lado, repousando os braços no encosto de forma casual. Não pude deixar de me assombrar com sua forma física, que me fez sentir um leve formigar de esperança. Teria vovó envelhecido tão bem quanto ela? E se ainda estivesse viva, será que poderia estar ali, naquela casa, à espera do momento certo para aparecer e me dizer oi?

Bem nessa hora, ouvi algo se aproximar com um rosnado comprido antes de dar um rugido e parar bem em frente à casa. Olhei para Nick e vi que ele também tinha escutado. A moto.

Espiei a porta que dava para o hall e fiquei esperando, nervosa, para ver que tipo de pessoa iria entrar. Só que ninguém apareceu. Tudo o que ouvimos foram passos pesados subindo, uma irrupção de vozes agitadas e uma porta batendo.

Quantas pessoas haveria naquela casa?, perguntei-me. E quem eram elas, afinal? Até então, não vira ninguém que correspondesse à imagem que eu tinha de uma amazona, e a casa tampouco dava a impressão de ser um local de encontro, muito menos um centro de comando digno de uma poderosa organização internacional. Olhei para Otrera e peguei-a encarando Nick com um ar curioso e o cenho franzido antes de por fim dizer:

– Você tem uma pergunta para mim.

– Tenho muitas – confirmou Nick e se inclinou para a frente, pousando os cotovelos sobre os joelhos. – Imagino que foi a senhora quem nos chamou aqui.

Pequenas rugas de bom humor – ou talvez de nervosismo – repuxaram os lábios de Otrera.

– Deixem-me começar contando sobre a mulher em nome de quem vocês foram chamados aqui hoje – disse ela. – Como ficaram sabendo em Raatteen Portti, Vabu Rusi e sua filhinha Enki estavam entre os reféns civis capturados pelos aliados dos russos em represália à derrota de Stalin aqui em Suomussalmi na Guerra de Inverno. Eles em geral matavam os civis e pronto, mulheres, crianças, bebês. Mas Vabu e Enki foram levadas de caminhão para a Rússia e postas em um campo de prisioneiros chamado Kintismäki. Eu também estava lá, com minha irmã, Tyyne. Nosso pai tinha falecido na guerra e nossa mãe morreu quando nos pegaram.

Otrera tirou um fiapo da manga do suéter e o deixou cair no chão antes de prosseguir, com uma voz mais branda:

– A pequena Enki de Vabu morreu no campo. Havia muitas semanas que não fazia uma refeição decente, como todas nós, e a mãe não conseguiu mais mantê-la aquecida. Quando dois guardas vieram levar o corpinho embora, Vabu os matou com uma faca de cozinha.

A narrativa sucinta e neutra de Otrera me deixou tão chocada que mal pude acreditar que ela realmente houvesse presenciado o fato. Mais uma vez, algo na sua atitude me lembrou vovó, que também conseguia falar de coisas sinistras com um distanciamento impressionante, como se as palavras não passassem de utensílios dentro de uma gaveta.

– Isso causou um grande levante no campo – continuou Otrera. – Durante a confusão, Vabu reuniu algumas de nós, meninas órfãs, e conseguiu nos fazer passar por um buraco na cerca. Passamos o dia e a noite inteiros andando, e pela manhã já não tínhamos mais forças. Só queríamos dormir, e Vabu não conseguia nos fazer continuar. Mas nós tivemos sorte. Um madeireiro russo nos viu deitadas sobre um monte de neve na beira da estrada, nos pegou e nos levou para sua casa. Ele e a família nos deram roupas quentes e comida. Quando recuperamos as forças, eles nos ajudaram a atravessar clandestinamente a fronteira de volta para a Finlândia.

Nesse ponto, Otrera respirou fundo e, com essa inspiração forçada e trêmula, comecei a me dar conta da extensão de seu autocontrole.

– Eu tinha só 8 anos, mas me lembro muito bem – explicou ela, com uma calma renovada. – Lembro-me que Vabu não queria voltar para sua antiga casa, pois sabia que os aliados dos russos a haviam incendiado. Na verdade, aqui em Suomussalmi o medo era tanto que muita gente tinha se mudado. Toda vez que íamos a alguma casa, encontrávamos uma ruína ou desconhecidos vivendo lá. Parecia o fim do mundo. Foi muito difícil para Tyyne. "Por que a gente não pode ir para casa?", minha irmã vivia perguntando. "O que aqueles homens fizeram com a mamãe?"

Otrera passou algum tempo sentada, de olhos fechados, como se o relato a houvesse exaurido. No entanto, bem quando eu estava prestes a sugerir que deixássemos o resto da história para depois, ela tornou a erguer o rosto e uma nova centelha de energia brilhou em seus olhos.

– O que eu não percebi foi que, durante todo esse tempo, Vabu estava à procura de alguém: uma mulher que tinha conhecido no hospital durante a Guerra de Inverno, logo depois de seu marido morrer. Essa mulher, que era violinista, tinha lhe dito que, se ela quisesse um novo começo, podia entrar com Enki para o seu circo itinerante, que nesse ano estava passando o inverno nos arredores de Ämmänsaari.

Como se houvesse sentido a nossa descrença, Otrera se apressou em esclarecer:

– Sei que parece esquisito, mas Vabu não tinha mais a quem recorrer. Depois de perder todo mundo que amava, era agora responsável por sete órfãs: eu, Tyyne e mais cinco. E essa violinista tinha lhe dito que o circo aceitava jovens que não tivessem mais para onde ir e lhes ensinava mais do que simples acrobacias: ensinava-lhes a se virar no mundo sem precisar depender de ninguém. Ah, sim, quando encontramos esse lugar, foi o paraíso! – Otrera enfim sorriu, deliciando-se com essa ínfima parte agradável do passado. – Os cavalos, a música, as fantasias... Era um modo de vida muito diferente, muito exótico para uma menina como eu. As contorcionistas e trapezistas faziam coisas inacreditáveis; lembro-me de vê-las e pensar: como é possível obrigar o corpo a fazer isso? E é claro... – Ela nos encarou com um ar de conspiração. – Só havia mulheres.

Obviamente satisfeita com nosso interesse por sua história, ela se levantou da cadeira e foi até o fogareiro pôr mais lenha. Seu passo agora estava mais enérgico. Vista de trás, de jeans e botas de salto, ela com certeza jamais pareceria uma mulher de 80 anos.

Enquanto ela estava de costas, olhei para Nick, mas ele estava preocupado com os ruídos da casa. Ouviam-se vozes ao longe... o barulho de panelas e frigideiras... até mesmo um piano tocando... mas ele encarava a porta como se esperasse uma emboscada a qualquer momento.

Quando voltou para perto de nós, Otrera virou a cadeira de frente e sentou de modo normal. Estava mais grave agora, com as emoções outra vez exiladas no passado distante.

– É claro que vocês sabem aonde quero chegar com isso – falou. – Esse circo itinerante era a divisão báltica das amazonas.

Minha agitação foi tanta que não consegui me conter e exclamei:

– Quer dizer que *vocês* são as amazonas?

Otrera abriu um sorriso enigmático.

– Somos uma parte, sim. Durante muitas gerações, a divisão báltica viveu à moda cigana, sem nunca parar no mesmo lugar e raramente travando contato com as irmãs amazonas de outras partes do mundo. A guerra tornou a vida delas bem mais incerta, claro...

Fomos interrompidos por um breve instante quando uma moça de top esportivo passou a cabeça pelo vão da porta para fazer um anúncio em finlandês.

– Ah, sim – disse Otrera, acenando para a jovem tornar a sair. – Uma pessoa quer falar com vocês antes do jantar. Mas, primeiro, deixem-me terminar minha história. Foi Vabu Rusi quem convenceu as amazonas do Báltico, a nossa divisão, de que era hora de sossegar e pensar de forma estratégica sobre nossa potencial contribuição para o mundo moderno. Nós, a nova geração, não queríamos apenas nos apresentar por dinheiro e entrar em brigas aleatórias aqui e ali. Queríamos, isso sim, juntar forças com as outras divisões de amazonas para lutar pela liberdade e segurança das mulheres do mundo todo. Assim, depois da Segunda Guerra Mundial, começamos a nos organizar e a fortalecer o contato com nossas irmãs em outros países. Tivemos tanto sucesso nesse aprimoramento da missão de nossa organização e na melhoria da comunicação entre as diferentes divisões que a sede internacional das amazonas acabou sendo transferida para cá, 25 anos atrás.

– São quantas divisões ao todo? – quis saber Nick.

Otrera balançou a cabeça de leve.

– É claro que não posso divulgar nenhum detalhe, mas podem estar certos de que temos gente do Alasca até Fiji. Cada uma de nossas divisões tem a própria cartilha organizacional e a própria rainha. Não acreditamos em centralização, mas precisamos trabalhar juntas. É um equilíbrio complexo. Tráfico de pessoas, estupro e outras atrocidades não respeitam fronteira nem jurisdição, e nós tampouco. Mas nossa esperança é que as jovens que vivem em sociedades abertas e tolerantes como você, Diana, precisem menos de nós no futuro... que se tornem suas próprias amazonas. Vocês têm liberdade para aprender, para treinar. – Ela deu um sorriso de ironia. – Só precisam desmamar das tetas do Estado e do seu falso juramento de protegê-las. Parem de morder a isca; o anzol vai dilacerar suas entranhas. Mas venham.

Ela se levantou e foi até a porta na nossa frente.

Nick e eu trocamos olhares intrigados enquanto seguíamos nossa anfitriã pelo corredor até uma espaçosa biblioteca com um piano de cauda no meio. O cômodo tinha vários sofás cercados por estantes abarrotadas, mas a única pessoa presente era uma mulher de cabelos curtos sentada ao piano, de olhos fechados, tocando uma sonata melancólica.

Era Katherine Kent.

CAPÍTULO TRINTA E NOVE

Não podemos viver com as suas mulheres. Pois nós e elas não temos os mesmos costumes. Nós atiramos com o arco e a lança e montamos cavalos, mas não dominamos as "tarefas femininas".

Heródoto, *Histórias*

Por maior que tivesse sido a minha surpresa ao encontrar minha mentora de Oxford naquele lugar remoto e pouco usual, aguardei em silêncio que ela terminasse a peça. O que mais me chocou, percebi, não foi tanto a presença de Katherine ali entre as amazonas, mas sim o seu jeito intimista de tocar piano. Ela manuseava as teclas como se fossem partes sensíveis de um ser vivo; eu jamais a considerara capaz de tamanha sutileza emocional.

Quando ela enfim repousou as mãos, passou alguns segundos sentada de cabeça baixa, depois olhou para mim com um sorriso pesaroso.

– Eu fiz o que pude para evitar este momento. Mas subestimei você.

De algum lugar lá no fundo de mim, senti o ronco da raiva chegando.

– Para uma pessoa que raramente se engana em relação a alguém ou alguma coisa, você com certeza sabe escolher o momento certo.

Katherine se levantou devagar.

– Pensei que seria melhor para você não saber. O conhecimento pode ser uma coisa perigosa...

– Não tanto quanto a ignorância.

Otrera se interpôs em nosso caminho.

– Diana, você precisa entender que essa situação tem sido difícil para nós. Temos regras rígidas, que nos proíbem de falar de modo aberto sobre quem somos, *principalmente* ao telefone. Nas atuais circunstâncias, Katherine fez o que achou mais correto: ficou atenta aos acontecimentos sem revelar nada. Não se esqueça de que não sabíamos sobre o caderno da sua avó até você encontrar a Sra. Jäger em Kalkriese. Você nunca disse a Katherine que tinha conseguido decifrar a inscrição do templo na Argélia em apenas cinco dias. Ela ficou horrorizada quando soube que o nosso idioma secreto podia ser traduzido com tanta facilidade.

Nick pôs a mão no meu ombro, como para fazer valer o próprio direito de intervir.

– Então vocês resolveram explodir o templo – disse ele, amargurado. – E aproveitar para se livrar de nós dois.

– Não! – disse Otrera bem alto. – A missão foi levada a cabo por nossa divisão norte-africana. Elas não sabiam que vocês estavam lá embaixo, é óbvio. Fizeram questão de divulgar o alerta à bomba para ter certeza de que o local fosse evacuado primeiro.

Katherine deu a volta no piano. Pareceu-me mais baixa do que na minha lembrança: menos admirável, mais humana.

– Nós sempre soubemos que o templo estava lá, e estávamos em alerta máximo desde quando Al-Aqrab o encontrou – disse ela. – Mas foi só quando você deixou a mensagem sobre ter decifrado a inscrição que percebemos de fato quanto a construção nos punha em risco. – Ela examinou meu rosto em busca de compreensão, talvez até de perdão. – Se for algum consolo, o templo continua lá. Só está cheio de areia. – Ela se aproximou de mim, e quase pensei que fosse estender a mão e me tocar. – Nossa intenção nunca foi machucar você, mas era preciso detê-la. Sem querer, você estava ajudando Reznik. Mais tarde, quando o pessoal dele roubou seu laptop em Creta, tivemos de pegar de volta, pois ele poderia conter a chave para decifrar nossa linguagem... do mesmo modo, tivemos de impedir que você usasse o telefone, já que era assim que ele a estava rastreando. Eu tinha certeza que, depois de Náuplia, você iria desistir e voltar para casa. Mas, como já disse... subestimei você. – Ela sorriu, e vi um raro brilho de admiração em seus olhos.

– Me perdoem por afirmar o óbvio, mas por que vocês não mudam seu modo de comunicação? – perguntou Nick. – Símbolos antigos, folhetos de papel, nada de telefonia celular... parece tudo muito amador. Não está na hora de passar para o digital?

Otrera se empertigou de irritação. De salto, tinha a mesma altura que eu, e estava claro que a idade não diminuíra em nada sua autoridade.

– Nós nos correspondemos assim desde a época de Gutenberg. Vocês mesmos já viram os perigos de usar telefones. Se quiserem sobreviver, principalmente nesta época de vigilância do berço até o túmulo, precisam ser analógicos. Não me digam que não sabem que o nosso próprio governo rastreia com impunidade a nossa comunicação digital? – Otrera bufou, depois estendeu os braços, como se quisesse chamar nossa atenção para o recinto, suas luminárias antigas e volumes gastos. – O que vai viver para sempre é o livro impresso, sem falar no carro anterior à era da informática ou no velho relógio de bolso. Várias vezes, uma pressa irrefletida de se modernizar substituiu métodos melhores. Pouco importa o risco de um pulso eletromagnético que vai fritar todos os circuitos eletrônicos e deixar qualquer um com menos de 25 anos delirando e babando em um quarto de paredes acolchoadas, totalmente desconectado do mundo que conhecia. – Otrera olhou Nick de cima a baixo com repulsa, como se estivesse se referindo a ele pessoalmente. – Não, pouco importa o apocalipse que se aproxima e no qual as pessoas nem sequer pensam, mas pergunte a si mesmo o seguinte: quem é mais amador, mais vulnerável? Quem confia em máquinas que precisam ser plugadas na tomada, ligadas à rede, ou de alguma outra forma conectadas para serem mais do que um pedaço de plástico inútil... ou quem aprendeu a dominar a vida sem elas?

Otrera parou de falar e nos encarou com um olhar que dizia tudo. Apesar dos pesares, era óbvio que lhe causava grande satisfação poder compartilhar sua visão de mundo, e, quando ela prosseguiu, foi em um crescendo quase eufórico:

– Vocês vieram aqui em busca de uma fortaleza moderna, cheia de máquinas piscando e com scanners de retina em cada porta, não foi? Um antro subterrâneo, com pessoas de uniforme laranja andando de um lado para o outro em carrinhos de golfe? – Seus lábios se curvaram para cima em um sorriso diabólico. – Bom, sinto muito, mas não vamos administrar uma sociedade secreta pasteurizada do jeito que os homens gostam de imaginá-las. Nós aqui cortamos lenha para nos aquecer. Se você acha isso amador, tudo o que posso dizer é o seguinte: está mais vulnerável do que pensa.

Nessa hora, Katherine se remexeu de impaciência e disse para mim e para Nick:

– É claro que estamos sempre tentando melhorar nosso sistema, e muito em breve nossos catálogos vão cair em desuso. Já faz algum tempo que a nossa equipe de comunicações está desenvolvendo um novo sistema...

– Pombos-correio? – sugeriu Nick.

Otrera estreitou os olhos.

– Podem rir, ignorantes. Nós usamos mesmo pombos-correio para nos comunicarmos, mas só internamente, aqui na região.

– Mas a questão é que essas últimas semanas foram uma catástrofe para nós – continuou Katherine, com os lábios contraídos de irritação. – Se pessoas como Reznik conseguirem se apossar dos nossos memorandos confidenciais *e* da chave para decifrá-los, poderão documentar nossa atividade no passado, e possivelmente prever nossos movimentos futuros. Quando nossa equipe de elite invadiu a casa de Reznik para roubar de volta o seu laptop, Diana, encontrou em cima da escrivaninha dele uma coleção de nossas publicações internas. Isso confirmou que ele de fato tinha conseguido invadir nossas linhas pessoais de comunicação.

– Katherine me encarou com um ar sombrio. – Basta agora conseguir o seu caderno, e ele terá justo aquilo de que precisa para decifrar nossas conversas.

– Naquela noite, depois da festa do Reznik, enquanto a sua super-heroína loura me distraía com minha carteira e meu passaporte, o que teria acontecido se eu tivesse seguido em frente? – perguntei. – Era uma armadilha?

Otrera e Katherine se entreolharam. Então Otrera respondeu, vaga:

– Nosso objetivo era fazer você voltar para Oxford em segurança o quanto antes.

– E a Dra. Jäger lá em Kalkriese? – insisti. – Por que ela não foi sincera comigo e explicou tudo isso? Ou será que na verdade estava torcendo para eu ser morta?

Eu conhecia Katherine bem o bastante para perceber sua expressão mudar.

– Cime morou a vida inteira naquela casa. É capaz de qualquer coisa para não comprometê-la. Ela estava torcendo para você voltar para a Inglaterra e deixar a explicação por *minha* conta...

– E talvez eu tivesse voltado, mesmo, se tivesse conseguido falar com você. Mas o seu celular...

– Foi desativado. É. – Katherine revirou os olhos, impaciente. – É claro que eu não podia correr o risco de você me ligar e fazer perguntas. Isso comprometeria o meu disfarce.

Balancei a cabeça.

– Cime pelo menos poderia ter dado uma indireta de que estava do meu lado.

– Acredite, ela ficou muito infeliz quando ligamos para avisá-la que você estava sendo seguida pelos matadores de aluguel do Reznik e para instruí-la a não deixar você sair antes de eles terem sido neutralizados – disse Katherine. – Se você não tivesse saído correndo daquele jeito, tudo teria se resolvido, e a nossa divisão alemã não teria... – Seus olhos se desviaram para o rosto de Nick.

– Quebrado o meu nariz? – sugeriu ele.

– É. Bom. – Katherine deu um passo para trás. – A nossa divisão alemã não tinha sido informada sobre *você*. Elas estavam lá para resgatar Diana, e não tinham entendido que... – Ela olhou para Otrera, subitamente corada.

O barulho de um sino antiquado interrompeu o momento constrangedor.

– O jantar está na mesa! – disse Otrera, visivelmente aliviada.

Nick não se mexeu.

– Por que vocês nos chamaram aqui hoje? – perguntou ele às duas. – Não estou ouvindo nenhum pedido de desculpas.

Otrera o encarou com um olhar que teria feito homens menores se encolherem.

– Você é o *primeiro* homem a ser convidado a entrar nesta casa. Por favor, não esqueça isso, Niccolò.

O som de seu verdadeiro nome fez Nick levar um susto, mas Otrera simplesmente se virou para mim e disse, com a benevolência superior de uma déspota todo-poderosa:

– O caderno da sua avó. Tenho certeza de que você vai entender que gostaríamos de mantê-lo aqui conosco.

Senti uma pontada de decepção. Desde que chegara, estava esperando vovó ser mencionada. Sem querer forçar o assunto, deixara Otrera rememorar o passado ao seu próprio ritmo. Agora, infelizmente, a única preocupação que ainda lhe restava parecia ser o caderno. Estava na hora de admitir que minha esperança infantil de reencontrar vovó nessa noite era exatamente isso: infantil.

– Entendo – falei. – Só que Reznik me deu um ultimato. Se eu não lhe entregar o caderno, ele vai atacar as pessoas que eu amo. Mas o que acontece é o seguinte... – Tirei da bolsa o volume estragado pela água e o entreguei a Otrera. – Esse caderno não é mais um dicionário do seu idioma. A única mensagem que sobrou nele foi "Suomussalmi Vabu Rusi", e como Reznik já sabe que a gente está aqui, na realidade não faz sentido esconder isso dele. Mas, como o caderno agora está totalmente inutilizado, ele vai ficar irado quer eu o entregue ou não.

Otrera folheou o volume com o cenho franzido.

– Que péssima notícia. Eu não sabia que ele tinha lhe dado um ultimato, nem que sabia onde vocês estavam. – Ela ergueu os olhos para nós dois. – Como podem ter certeza disso?

– Porque dois carros nos seguiram até aqui hoje – respondeu Nick. – Conseguimos despistá-los, mas eles ainda estão nos procurando.

– Entendo. – Otrera entregou o livro a Katherine. – Isso muda tudo. Eu sinto muito. Não vai mais dar tempo de jantar.

A SALA DE JANTAR FICAVA nos fundos da casa e, ao contrário da sala de reunião e da biblioteca desertas, estava aquecida e animada. O principal elemento era uma mesa tão comprida quanto as dos refeitórios de Oxford, com lugar para pelo menos cinquenta pessoas em bancos de madeira de um lado e outro. Na ponta da mesa havia uma cadeira com aspecto de trono e espaldar de madeira esculpido em um motivo intrincado.

– Em geral a casa vive cheia – explicou Otrera, fechando a porta atrás de nós. – Mas por causa de duas emergências distintas no lado russo da fronteira e de atrasos no aeroporto de Arlanda, somos poucas aqui hoje à noite. Estas são as nossas noviças.

Ela atravessou o recinto na nossa frente e indicou com um gesto as várias jovens vindas de uma cozinha próxima carregando pratos fumegantes e braçadas de lenha.

– Nós resgatamos milhares de meninas por ano, e algumas decidem ficar conosco. No momento temos quatrocentas noviças no mundo todo, espalhadas por nossas diferentes divisões.

Ela apontou para uma moça comprida e magra vestida com um macacão jeans e assentiu com um gesto, orgulhosa.

– Aquela ali é Lilli. Aos 7 anos, ela foi roubada de um orfanato na Estônia e vendida como prostituta. Mas nós a salvamos, assim como salvamos muitas outras. Espero que vocês a perdoem.

Otrera encarou Nick e eu com um olhar por cima do ombro que já dizia tudo.

– Lilli é incisiva, mas tem boa intenção. Ela está em treinamento para ser nossa próxima rainha, e por esse motivo nós às vezes a mandamos realizar missões fora da região. – Talvez percebendo que havia revelado mais do que deveria, Otrera franziu o cenho e arrematou. – A rainha é nossa agente mais exposta... é ela quem corre os maiores riscos. É a primeira a chegar e a última a sair. Se todas as nações obrigassem suas autoridades eleitas a exercer esse princípio básico de liderança, eu lhes garanto que teríamos um número significativamente menor de guerras neste mundo. Olhem só para Lilli. – Otrera tornou a menear a cabeça para a jovem. – Não a estamos treinando para ficar escondida dentro de um bunker com ar-condicionado e a liderar suas tropas apertando botões. Ela tampouco vai mandar suas irmãs partirem para a batalha com equipamentos insuficientes, pois se as coisas derem errado será a primeira a morrer.

Intrigada com aquela longa e arrebatada apresentação, dei uma olhada mais atenta em Lilli. Ela usava uma bandana vermelha em volta da cabeça da qual pendiam duas tranças louras. Foi só quando me lançou um olhar de soslaio lá do outro lado da sala que uma centelha de reconhecimento se acendeu em mim.

– É *ela*! – sussurrei para Nick. – A mulher vestida de camundongo que me fez ir atrás dela em Istambul! A ladra de patins de Náuplia!

– Pitana! Pentesileia! – chamou Otrera e saiu marchando na nossa frente com impaciência até se aproximar de quatro mulheres que conversavam em pé junto à cabeceira da mesa enquanto comiam castanhas de uma tigela. – Precisamos agir. Reznik está se aproximando.

As mulheres se viraram na nossa direção, desconfiadas, com os olhos semicerrados. Não eram mais altas do que eu, mas algo em seu físico e em sua postura denunciava uma força interior fora do normal. Uma usava botas de camurça até o joelho e jaqueta no mesmo material. Uma cicatriz clara na sobrancelha esquerda se destacava em seu rosto bronzeado. A outra vestia preto da cabeça aos pés, com o corpo esguio apertado dentro de uma calça de couro e de um suéter de gola rulê justos. O contraste entre aquele corpo escuro e jovem e os orgulhosos fios grisalhos nas têmporas era gritante; seria bem fácil ter tingido os cabelos e passado por uma mulher da minha idade, mas estava claro que a artificialidade não era algo prezado pelas amazonas.

Todas as quatro tinham a postura confiante de mulheres em excelente forma física, e vê-las me encheu de emoções que eu não sentia desde que viajara pelo mundo das amazonas na companhia de vovó, por meio de desenhos criativos e histórias emocionantes. Essas emoções estavam agora tão misturadas a lembranças reais da minha infância que eu era quase capaz de recordar os cheiros e sons daquele reino dourado de cascos de cavalo ruidosos e carruagens velozes.

Pulando as apresentações, Otrera fez um rápido resumo da situação e concluiu dizendo:

– Imaginamos que seja Reznik, mas não temos provas.

As mulheres se entreolharam. Ficou claro que estavam abaladas com a notícia, mas seu silêncio dizia mais do que isso. Pude ver em seus olhos que elas estavam zangadas não só conosco, mas com Otrera também. Nunca haviam desejado a nossa presença ali, entendi; muito provavelmente, haviam sido contra o convite, e agora a realidade havia provado que tinham razão.

– Muito me espanta vocês não saberem que Reznik estava aqui – falou Nick, sem se deixar abater pela fria acolhida. – Afinal, passaram o dia inteiro nos espionando.

Ele encarou uma, depois a outra.

– Quem é o piloto da KTM? Não acham que ela atrai um pouco de atenção demais aqui no inverno?

Sua atitude insolente não surtiu efeito algum a não ser deixar as amazonas ainda mais aflitas. Por fim, a mulher de gola rulê preta falou, com um sotaque pausado de eslava:

– Os finlandeses não têm medo de mulheres fortes. Só os homens fracos querem que as mulheres sejam fracas. E você, pensa o que sobre isso? – Ela correu os olhos negros pelo corpo de Nick, detendo-se em cada um dos principais grupos musculares. – Tem medo de mulheres capazes de lhe dar uma surra?

– Preferiria que a senhora desse surras em outra pessoa – retrucou ele. – Não tem gente por aí que merece apanhar mais do que eu?

Ele me lançou um olhar de súplica como quem diz: “É melhor não provocar mais essas senhoras.”

– Você pode nos considerar fora da lei – disse a mulher da cicatriz na sobrancelha, com um tom desafiador e um sotaque sueco melodioso. – Mas a verdade é *nós* somos a lei. Não essa lei choraminguenta, improdutiva e impotente, que vive fechada dentro de grandes livros em estantes de mogno fajuto, mas a lei que vive no coração humano. A lei que diz que as pessoas más serão punidas. A lei que diz que poder não é direito e que assassinos e molestadores não ficarão em liberdade.

– Tem policiais por aí que rezam para *nós* encontrarmos os malfeitores *antes* deles – interveio a mulher de preto. Seus olhos se estreitaram, e ela abriu um sorriso ameaçador. – Nós não damos liberdade condicional. E não ficamos empacadas em uma burocracia gigantesca que a tudo devora.

– Eu sou totalmente a favor de limitar o poder do Estado – disse Nick. – Mas vocês não têm medo de essa justiça pelas próprias mãos vitimar alguns inocentes?

Ao ouvir isso, Otrera se intrometeu e falou, com um tom de resolução inflexível.

– Nós podemos cometer erros, mas não nisso. Quem viola os direitos dos outros perde os próprios direitos. Mas agora não é hora para filosofar sobre política. Pitana... – Ela encarou firme a mulher da cicatriz. – Precisamos de um plano.

– É uma pena vocês terem tantas ausências hoje – comentou Nick, ignorando a impaciência de Otrera. Ele virou a cabeça para a cadeira semelhante a um trono na cabeceira da longa mesa de jantar. – Quem senta ali? Sua rainha? Qual será o nome dela? – Ele olhou com atenção para as amazonas. – Mirina?

Suas palavras foram recebidas com um silêncio tão profundo que pude ouvir uma gaveta se fechar no andar de cima.

– Venham! – chamou Otrera, segurando Nick e eu pelos braços com firmeza. – Tenho uma coisa para mostrar a vocês. Katherine, fique aqui.

Enquanto nos afastávamos das outras, Otrera balançou a cabeça e disse:

– Não é fácil para nós abrir a casa para desconhecidos.

Vi Nick franzir o cenho.

– É isso que nós somos? Desconhecidos?

Otrera o encarou por um longo tempo.

– O seu pai mudou de nome quando saiu de Oxford. Nós não fazíamos a menor ideia de quem você era. – Ela se interrompeu para nos fazer passar por uma porta dos fundos com trinco antiquado. – Foi só na festa de Reznik que começamos a desconfiar da verdade. Alguém reparou em você entre os convidados e o achou parecido com...

No breve silêncio de sua frase interrompida, lembrei-me da mulher-gato que tinha me olhado com um ódio inexplicável no banheiro da casa de Reznik e que depois, segundo Nick, tinha participado do assalto. Mesmo então, com todas aquelas coisas acontecendo à minha volta, eu vira algo de conhecido em seus olhos escuros penetrantes que chegara a ser sinistro. Então percebi, por fim, onde já os tinha visto antes. Eram os olhos do homem que estava andando bem ao meu lado.

– Mas isso não as impediu de me dar uma surra no Hotel Idingshof – comentou Nick enquanto seguíamos Otrera até um corredor escuro com cheiro de mofo e as paredes cobertas por roupas e calçados para usar do lado de fora.

Otrera acendeu as luzes.

– Nossa divisão alemã é muito eficaz. Ela fez o que achou necessário. Pelo menos depois disso nós descobrimos quem você era.

– Como? Porque eu brigo igual ao meu pai?

Enquanto começava a descer uma escada estreita até um subsolo, Otrera falou por cima do ombro:

– Como você acha que foi? Nós temos um laboratório. Uma gota de sangue basta...

– *Isso* elas com certeza conseguiram. – Nick se espremeu para passar por mim e a seguiu de perto escada abaixo; não parecia compartilhar minhas apreensões quanto ao nosso destino subterrâneo. – E depois? Vocês têm meu DNA, sabem quem são meus pais. E depois? Vão me mostrar uma caixa com meus ursinhos de pelúcia antigos? É isso que estamos indo fazer aí embaixo?

Em vez de responder, Otrera continuou a avançar na nossa frente por um espaço de armazenagem subterrâneo cheio de lanças, arcos, machados e sapatos de neve pendurados ou encostados nas paredes. Quando passamos por uma porta entreaberta, tanto Nick quanto eu paramos para espiar um cômodo com uma parede inteira coberta por telas de TV sintonizadas em canais de notícias diferentes. Por estranho que parecesse, o único som que emanava dele e de sua profusão de imagens piscantes era o trote ritmado de uma mulher alta e forte correndo em uma esteira com um fone enfiado nos ouvidos, atenta às telas que não paravam de mudar.

Percebendo que havia nos perdido, Otrera voltou na nossa direção com um sorriso tenso.

– É claro que precisamos saber o que está acontecendo – disparou ela, em grande parte para Nick. – Mas não temos nenhum computador conectado à internet nesta casa. Nossa equipe de pesquisa é cem por cento móvel e opera exclusivamente de cibercafés aleatórios. Mas, por favor, venham comigo. Não temos muito tempo.

Assumindo outra vez a dianteira, ela tirou uma chave grande do bolso da calça, parou no final do subsolo e destrancou uma imensa porta.

– Pronto – falou, empurrando a porta com o ombro e acionando um interruptor lá dentro. – Este é o nosso santuário.

Entramos atrás dela em um cômodo amplo e mal-iluminado, que tinha a temperatura e o clima de uma cripta. A única luz vinha de prateleiras iluminadas nas paredes, e a escuridão no resto do santuário era tão absoluta que levei alguns instantes para detectar a presença de um imenso cofre de ferro no meio do chão de pedra. Com pelo menos 1,5 metro de comprimento e 1,2 de profundidade, o cofre estava fechado por um cadeado medieval, e, apesar dos gestos impacientes de Otrera, tanto Nick quanto eu tivemos dificuldade para desgrudar os olhos dele.

– O que tem aí dentro? – perguntou Nick. – O Tesouro das Amazonas?

Ao ver que não conseguia nos convencer a nos afastar do enigmático receptáculo, Otrera tornou a andar na nossa direção, cruzando os braços por causa do frio.

– Não é o que vocês pensam. – Ela nos encarou fixamente, quase nervosa. – Não tem ouro nenhum aí dentro.

Meu pulso acelerou.

– Mas isso é o tesouro do rei Príamo?

Otrera hesitou.

– Nós achamos que sim. – Ela pousou a mão na porta do cofre, como para garantir que ele permanecesse fechado. – Só a rainha tem a chave.

Por mais que eu soubesse que o assunto lhe causava desconforto, não consegui me afastar. Ali estava eu, que acreditava fielmente nas amazonas, a menos de um metro de distância de um tesouro que até mesmo *eu* havia considerado apenas lenda... Era maravilhoso demais. Então aquiesci e falei para Otrera:

– Entendo. Mas ao mesmo tempo preciso protestar contra a ideia de proteger a história dessa forma. Suponhamos que o rei Príamo de fato tenha confiado às amazonas os artefatos mais valiosos da civilização troiana... bom, por que ele fez isso? Decerto queria garantir que não fossem destruídos. E foi uma sábia decisão. Os gregos aniquilaram Troia de maneira tão completa que nem sequer sabemos ao certo que língua os troianos falavam. Até hoje, a natureza de sua civilização é um dos maiores mistérios do mundo antigo. Na verdade, por centenas de anos os estudiosos acreditaram que Troia e a Guerra de Troia não passassem de um grande mito fantástico. Onde o rei Príamo estava com a cabeça quando pediu às amazonas para guardar seu tesouro? Por acaso ele queria que o seu reino fosse apagado da história humana por 3 mil anos? Não!

Dei um tapa na tampa do cofre e vi Otrera se sobressaltar.

– Tenho certeza de que o seu maior desejo seria ver essas coisas conhecidas pelo mundo. Porque se estiverem só acumulando poeira em um subsolo gelado no meio do nada, é como se tivessem sido destruídas pelos malditos gregos.

Minha frase fez Otrera se retrair, e ela então falou, rígida:

– Eu não a convidei aqui para discutir mitologia. Como você pode ver, este é um lugar de lembranças e meditação. – Ela gesticulou para as prateleiras iluminadas a toda a nossa volta, e somente então percebi que os objetos ali expostos eram urnas de bronze de diferentes tamanhos e formatos. – Vabu Rusi e todas as suas meninas hoje descansam aqui. Eu sou a última delas. Venha.

Ela me pegou pelo cotovelo e me conduziu até uma das prateleiras, sobre a qual havia sete urnas. Da parede atrás destas pendia uma fotografia em preto e branco emoldurada que mostrava uma senhora de semblante grave, sentada em uma poltrona, com sete jovens reunidas à sua volta.

– Aqui! – Otrera apontou para uma das meninas. – Reconhece esse anjinho?

Inclinei-me mais para perto, imaginando que a menina fosse a própria Otrera. Em vez disso, vi um rosto com dois olhos serenos que reconheci na hora.

– Minha irmã, Tyyne – disse Otrera. – Ela era a sua avó.

O choque da revelação foi tamanho que não consegui segurar o choro. Não só por causa da foto e da súbita compreensão de que era *por isso* que Otrera havia nos convidado... O que mais me abalou foi o peso inesperado do inexorável. Vovó estava morta. Eu já desconfiava disso desde que recebera o bracelete dela pelo correio, mas agora tinha certeza. Ali estava a urna com suas cinzas. Toquei-a, tomada por uma sensação de perda profunda.

Dominada pelos sentimentos, quis abraçar Otrera e lhe agradecer por ter possibilitado aquele instante. Mas ela foi mais rápida: levou uma das mãos ao bolso da calça, pegou um pequeno envelope lacrado e me estendeu, como se quisesse me impedir de chegar mais perto.

– Tome! – falou, pelo visto com pressa de concluir a transação. – Escrever para gente de fora é estritamente proibido pelas nossas regras. Mas Tyyne, ou Kara, como era chamada aqui, não estava nem aí para as regras. Ela me fez jurar que, se um dia você aparecesse em Suomussalmi à sua procura, eu a receberia como alguém da família e lhe entregaria esta carta.

Talvez sentindo quanto eu estava abalada, Nick passou um braço à minha volta para me confortar.

– A senhora nos chama de forasteiros, mas nós somos seus parentes, mesmo que vocês não pensem assim – falou. – Deve ter mais gente assim por aí que tentou encontrá-las... principalmente filhos homens, como eu.

Otrera balançou a cabeça.

– É raríssimo termos relações com homens. Ninguém quer correr o risco de conceber um menino e precisar fazer a terrível escolha entre o filho e a irmandade. Mas às vezes a Natureza assume o comando. – Ela sorriu para nós dois, como a dizer que entendia o poder do amor mesmo que houvesse passado a vida inteira a desafiá-lo. Então sua expressão mudou. – Ah, falando nisso. – Ela estendeu uma das mãos para mim. – O bracelete de chacal. Tyyne o deu para você, portanto ele é seu. Mas ela não queria que você o usasse como se fosse uma joia. O bracelete representa um pacto, Diana, e vem atrelado a regras e responsabilidades. O seu é um dos chacais de bronze originais; só sobraram uns poucos como ele. Algumas de nós usam chacais de ferro ou de prata, e outras usam réplicas de bronze, mas cada vez mais estamos deixando de usar metal. É detectável demais. A maioria de nossas integrantes mais jovens hoje opta por uma marca ou tatuagem. A rainha ainda usa um chacal de bronze, mas o tira quando sai em missão.

Otrera lançou um olhar cúmplice para Nick.

– Pelo menos *hoje em dia*. Quando seu pai a conheceu, ela ainda estava em treinamento e usava o bracelete aonde fosse. Imagino que tenha sido isso que a entregou.

O braço de Nick se tensionou ao meu redor.

– Correção: quem me entregou foi *ela*. Escolher a irmandade em detrimento da maternidade faz sempre parte do teste para ser rainha? É óbvio que Mirina passou com louvor.

Já quase sem paciência, Otrera se virou para mim com o cenho franzido.

– Dê aqui.

Ela segurou meu braço, arregaçou a manga e tirou o chacal de bronze do meu pulso com um movimento experiente. Então me entregou o bracelete com um meneio grave da cabeça.

– Se decidir usá-lo outra vez, Katherine Kent será o seu contato.

Eu quase não soube o que fazer com o bracelete.

– Você acha que era isso que minha avó queria? – perguntei. – Que eu me tornasse uma de vocês?

Otrera me lançou um misterioso olhar de esguelha antes de recomeçar a andar em direção à porta.

– Não sei. Como eu disse, Tyyne não respeitava regras. E quando ela voltou para cá, depois de todos aqueles anos, estava marcada. Mesmo assim, foi a melhor mentora que nossas meninas já tiveram. Imprevisível, sim. – Ela sorriu por cima do ombro. – Tenho certeza de que não preciso dizer isso a *você*, Diana. Ela foi uma professora brilhante, e quero que saiba que os seus últimos anos aqui conosco foram muito animados e muito produtivos.

– Como ela morreu? – perguntei.

Ela parou e me olhou com um sorriso carinhoso.

– Do jeito que sempre quis. Cavalgando.

– Ela falava sobre mim?

Otrera recomeçou a andar.

– O tempo todo. Mas leia a carta. E, depois de ler, por favor destrua.

– Espere! – disse Nick. – E eu? Não tem carta nenhuma para mim?

Otrera parou e abriu a pesada porta com um puxão.

– Os corações humanos são mecanismos complexos e imprevisíveis.

– Ela está aqui, não está? – Ele ergueu os olhos para a parte de cima da casa. – Por que não quer me conhecer? A nobre rainha Mirina está constrangida com o próprio passado?

Apoiando-se na porta aberta, Otrera se virou para encará-lo; dava para ver a empatia e a austeridade travando um embate em seu rosto.

– O que ela fez com o seu pai não foi nada pior do que aquilo que os homens vêm fazendo com as mulheres desde o início dos tempos. Fique feliz por ela ter deixado você vivo.

Com isso, ela apagou a luz e esperou que a seguíssemos escada acima.

– Clareiem o pensamento. Precisamos nos preparar para a batalha.

As outras continuavam reunidas na sala de jantar. Assim que entramos, Pitana veio em nossa direção, parecendo uma capitã pirata com as botas de cano longo e a cicatriz na sobrancelha.

– Alguma notícia? – indagou Otrera.

Pitana respondeu com um meneio curto de cabeça.

– Enguiços e atrasos. Nenhuma das equipes vai conseguir chegar antes do amanhecer. Se Reznik aparecer hoje, só podemos atacá-lo de frente quando soubermos quais são os seus recursos.

– Justamente hoje... – Otrera respirou fundo. – Qual é o plano, então?

Pitana se virou para a eslava vestida de preto que havia provocado Nick mais cedo.

– Pen?

Pentesileia deu um passo à frente; seus olhos irradiavam um brilho de desafio.

– Vai depender de vocês dois – falou, olhando para mim e depois para Nick com um ar de expectativa e cautela. – E de quão dispostos estiverem a lutar do nosso lado.

CAPÍTULO QUARENTA

E não existe um céu lá em cima para puni-la?
Eurípides, *Andrômaca*

Fomos embora de carro em silêncio, aturdidos. Era tudo muito novo e confuso; só duas coisas eram certas: vovó esperava que eu a encontrasse no final, e eu a havia encontrado mesmo. Mal podia esperar para abrir a carta que ela me deixara, mas, ao mesmo tempo, uma parte de mim temia as emoções que ela poderia desencadear.

– Não fique triste – disse Nick, passando um braço à minha volta enquanto dirigia. – Fique feliz pela sua avó. Ela conseguiu voltar para casa graças à poupança do seu porquinho.

Enxuguei os olhos.

– É que eu queria ter sabido... em vez de ficar tão chateada com ela o tempo todo. Quando ela falava sobre os homens de roupa verde, não era aos médicos que estava se referindo, mas aos assassinos aliados dos russos. Que lembranças horríveis ela devia ter...

– Mas que sorte ela também ter tido *você* – disse Nick. – Você deu a ela um espaço feliz em que ela pôde se esconder de tudo por um tempo.

Lá fora, outra nevasca caía sobre a floresta silenciosa, e os flocos cambaleavam na nossa direção à luz débil dos faróis. Era uma atmosfera ameaçadora, irreal. Nós tínhamos encontrado as amazonas, e eu enfim descobrira a verdade sobre vovó, mas a que preço?

– E você? – Olhei para o perfil de Nick no brilho azul do painel. – Você está bem?

– Vou ficar – respondeu ele, sem convicção. – Quando isso tudo terminar.

Nessa hora, ambos reparamos em uma forma escura que não se movia, impedindo a nossa passagem. Era uma van de entregas. Nick diminuiu a velocidade e ajustou os faróis para ver melhor, mas a neve caía com tanta força que a luz apenas refletiu de volta na nossa direção.

– Lá vamos nós – disse ele, desanimado, parando o carro com um leve derrapar dos pneus na estrada congelada. – Está pronta?

Em um segundo apenas, fui tomada por um medo violento, de revirar o estômago. E então, de repente, fomos banhados por luz: os faróis fortes e ofuscantes de dois outros carros que pararam atrás do nosso, impedindo-nos de voltar.

– Agora, por favor... – Nick se virou para mim; seus traços estavam deformados pela luz inclemente. – Não os provoque. Faça o jogo e pronto.

Assim que saltamos do carro, pelo menos doze homens vestidos com trajes pretos de combate desceram dos outros veículos e nos cercaram. Metade tinha armas apontadas para nós. Os outros também poderiam muito bem ter, porque as suas expressões eram tão frias e duras quanto qualquer arma.

– Que gracinha – falou Reznik, avançando calmamente das sombras.

Com um traje de combate igual ao de seus homens, o chefão comunista aposentado parecia muito à vontade naquela paisagem gelada, com flocos de neve a cair sobre os cabelos grisalhos e curtos.

– Vocês dois formam um lindo casal. Tenho algumas belas imagens de vocês.

Ele parou bem na nossa frente e deu aquele seu sorrido contido, forçado, que tanto havia me perturbado quando eu o conhecera em Istambul: era o sorriso de um assassino calculista.

– O príncipe Aqrab e sua princesa amazona. *Complimenti*. Conseguiram me enganar, os dois. Não imaginei que as amazonas pudessem ser tão... – Ele me olhou de cima a baixo com um desdém bem-humorado. – Descarnadas. Ah, fazer o quê? – Ele olhou por cima do ombro. – Está vendo? Eu disse que iríamos encontrar os dois juntos.

Só então percebi quem estava em pé ao lado dele.

James Moselane.

Encolhido por causa do frio e com os olhos semicerrados para se proteger da neve que voava, meu velho amigo tinha uma expressão tão relutante e triste que no início pensei que fosse prisioneiro de Reznik. Mas então percebi que ele também estava segurando uma arma.

– Que raios está acontecendo? – exclamei, tão consternada que quase esqueci o medo. – Mas que absurdo! Vocês sabem que eu não sou amazona!

James fez uma careta cansada e disse, praticamente só para Nick:

– Vamos lá, devolva. Vamos agir como adultos.

Olhei para Nick e senti que ele estava se esforçando para não dar um soco na cara de James.

– Tome. – Tirei o *Historia Amazonum* da bolsa. – A gente ia devolver...

Reznik arrancou o volume da minha mão e jogou para o lado com um esgar desdenhoso.

– Não essa merda sem valor. O caderno!

– Não está comigo – gaguejei. – A gente deixou com o professor Seppänen...

– Quem é professor Seppänen, porra?

Olhei para Nick. Nós tínhamos ensaiado a história com Pitana, e ela insistira que tudo soaria mais autêntico se saísse da minha boca.

– Um especialista em idiomas antigos – expliquei, com os dentes batendo por causa do medo, do frio e da necessidade de soar convincente. – A gente acabou de jantar com ele...

– Onde?

Acenei com o braço em direção ao breu atrás de nós.

– Logo ali adiante.

Reznik me encarou com os olhos estreitados. Então se virou para James.

– O que você acha?

Não me atrevi a tirar os olhos de Reznik. Será que James me conhecia bem o bastante para saber que eu estava mentindo? Caso sim, não demonstrou nada.

– Tudo bem! – Reznik acenou para seus homens. – Vamos lá...

– Espere aí! – falou James.

Ele foi até Reznik e os dois tiveram uma conversa breve e acalorada. Tive certeza de ouvir James dizer: "A gente tinha um trato!", e Reznik responder com murmúrios de relutância até, no final, soltar um rosnado de irritação e se virar para dar uma ordem a quatro de seus capangas.

Sem hesitação, os homens se adiantaram, seguraram Nick pelos ombros e começaram a arrastá-lo para longe de mim. Cravei as unhas nos seus braços e gritei para que o soltassem, mas Reznik me conteve, segurando-me com força. Como não parei de me contorcer e dar trancos, ele me deu um tapa na cara com as costas da mão.

Foi um golpe fortíssimo, e por alguns segundos meu mundo escureceu. Tive um débil registro de Nick chamando o meu nome, mas me faltou ar para responder.

– Eu perdi dois dos meus melhores agentes em Kalkriese – disse Reznik com um esgar, bem junto ao meu rosto. – Não foi uma semana boa. Vocês, amazonas, são todas iguais, umas piranhas...

– Por favor! – falei, com a voz engasgada, enquanto tentava recuperar o equilíbrio. – Não o machuquem!

Reznik deu um muxoxo zombeteiro.

– Ah, que bonitinho! A amazona está apaixonada. Isso deixa tudo bem mais divertido.

Ele estalou os dedos e fez os homens arrancarem primeiro o casaco de esqui de Nick, depois o suéter, deixando-o apenas de calça e camiseta.

– Que tal? – perguntou Reznik para mim, com os olhos esbugalhados pela necessidade de dominar. – O seu bonitão está ficando com muito frio, bem rápido. Vamos ver... 90 quilos, 1,85 metro, 35 anos, dez graus abaixo de zero.

Ele moveu a cabeça, fingindo fazer uma conta, em seguida tornou a estalar os dedos.

– Parem com isso – gritei quando os homens começaram a rasgar a camiseta de Nick. – Vocês vão matá-lo!

– Errado. – Reznik me segurou pelo maxilar com um sorriso sardônico no rosto. – Quem vai matá-lo é *você* se não...

Nick se jogou em cima de um dos homens que o seguravam, o que tinha uma submetralhadora apertada contra as costelas. O homem desabou com um sibilo de dor, levando a mão à garganta, e a arma trocou de mãos. Tudo aconteceu tão depressa que mal consegui acompanhar os movimentos. Em um segundo, os três outros homens de traje de combate já estavam recuando enquanto tentavam empunhar as próprias armas com gestos atabalhoados.

– Não! – gritou Nick, apontando a submetralhadora para um de cada vez. – Sem sangue. Está bem? Sem sangue. Vamos fazer um serviço limpo. Vocês não querem deixar meu pai puto, querem?

Durante alguns instantes de tensão, a floresta ficou tão silenciosa que deu para ouvir um lobo distante. Então Reznik me soltou e gesticulou para todos se acalmarem.

– Estamos só nos divertindo. Vamos voltar ao que interessa. Não faz sentido deixar Al-Aqrab puto.

Ele fez um gesto impaciente para o homem que segurava as roupas de Nick.

– Devolva o casaco do cara.

Reznik estava ocupado demais dando ordens para reparar quando James, pálido de fúria, ergueu a arma que estava segurando e a apontou para Nick.

Joguei-me para a frente e abaixei o braço dele, mas a arma disparou com um estrondo infernal e ensurdecedor que fez Reznik dar um pulo para a frente e arrancar a arma fumegante da mão de James enquanto proferia uma sequência de palavrões.

Horrorizada, corri na direção de Nick, que tinha caído de joelhos com um grunhido de dor segurando o quadril, onde uma mancha vermelha já se espalhava. Nauseada com a visão do seu sangue, joguei-me no chão ao seu lado, arranquei meu casaco e o pus em cima dos seus ombros para protegê-lo do frio.

– Ele tem que ir para um hospital! – gritei. – Por favor!

Ouvi Reznik dar um grunhido.

– Vocês querem ir para um hospital? Mas claro! Eu sou um romântico à moda antiga. Podem passar a noite juntinhos no necrotério. Quem sabe até eles põem os dois dentro do mesmo saco?

– Deixe de ser burro – falou Nick entre os dentes trincados, ainda segurando o quadril. – É o caderno que você quer, não é? A Diana já disse: ele está logo ali adiante na estrada. Mas você precisa dela para mostrar onde é.

– Não! – Abracei-o. – Eu não vou deixar você aqui desse jeito!

Nick me encarou com um olhar de súplica.

– Mas *tem* que deixar. Estou contando com você.

– Chega!

Reznik arrancou meu casaco de cima de Nick e fez uma onda de dor percorrer meu couro cabeludo ao me puxar pelos cabelos. Então gritou uma ordem para um de seus homens, que foi até nosso carro alugado, sentou-se ao volante e manobrou o veículo para fora da estrada e para dentro da vala.

Reznik se virou para James.

– Porra, que idiota você é. Agora vamos ter que limpar essa merda toda. Só reze para Al-Aqrab não descobrir quem fez isso. Se eu fosse você, lordezinho Moselane, compraria uma passagem só de ida para Marte.

Encarei James com fúria, enojada com aquele sujeito traiçoeiro feito uma cobra. Embora Reznik já o tivesse desarmado muito antes, James continuava com o braço meio erguido; parecia congelado no mesmo lugar.

– Eu não pretendia atirar nele – falou, num sussurro quase inaudível. – Eu só...

– Tarde demais! – Reznik deu outro tabefe atrás da cabeça de James ao passar. – Vamos lá achar o caderno. Depois cuidamos do corpo.

Foi assim que deixamos Nick: agachado na neve toda suja de sangue. Só o que vi a seguir foi o banco de trás sujo de um carro quando os homens me jogaram lá de cabeça.

– Tudo isso é culpa sua – disse Reznik, entrando atrás de mim. – Se você tivesse me dado o caderno logo de cara... – Ele segurou meu rosto com uma das mãos e me encarou com um sorriso zombeteiro. – Ainda seríamos todos amigos.

Não falei nada. Tive que fazer um esforço para não vomitar quando saímos em disparada, deixando Nick sozinho na escuridão e no frio.

O trajeto foi um borrão. Sem pensar ou hesitar, eu disse ao motorista exatamente aonde ir, mas a única coisa que me passava pela cabeça era o sangue de Nick a se esvair de seu corpo tão depressa quanto seu calor, deixando-o indefeso contra a noite ártica. Ele já estava tremendo quando fomos embora, e iria tremer por mais algum tempo enquanto tentasse combater a hipotermia. Então os tremores iriam cessar. E era nessa hora que eu tinha de estar lá para salvá-lo. Se não estivesse, o corpo dele iria parar de funcionar, um órgão de cada vez, até não restar mais vida.

Quando finalmente chegamos à trilha esburacada que conduzia ao esconderijo das amazonas, eu já estava tão enlouquecida de impaciência que me inclinei para a frente e empurrei o motorista.

– Vamos! Mais rápido!

Enquanto eu falava, a fachada descascada e as janelas lacradas da casa apareceram em breves clarões, e o efeito fantasmagórico do lugar foi realçado pelas luzes erráticas de nossos faróis e dos outros carros que vinham atrás.

– É isso? – Reznik se inclinou para a frente e espiou a construção em mau estado. – É uma casa abandonada. – Ele me encarou, e a raiva fez os cantos de seus olhos tremerem. – Sua putinha...

Eu estava descontrolada demais para conter minha fúria.

– Nick está morrendo de frio lá atrás! – exclamei. – Por que eu iria mentir para você?

Reznik desceu do carro, reuniu seus homens e instruiu os três motoristas a ficarem ali, com os motores ligados. Então pressionou o cano da arma nas minhas costas e me fez andar na frente até os degraus de pedra da porta principal.

Eu não fazia ideia do que nos aguardava lá dentro. Pitana não havia nos revelado essa parte do plano. Como um pequeno grupo de amazonas, a maioria adolescente, sem falar em Otrera, que tinha mais de 80 anos, poderia resistir a uma gangue de brutamontes armados até os dentes?

Depois de bater várias vezes sem resultado, Reznik me empurrou para o lado e esmurrou a porta com os punhos. Então, como não houve resposta, tentou a maçaneta... e viu que a porta estava destrancada. Quando James se aproximou, Reznik me segurou pelo ombro.

– Entre, entre! – sibilou, empurrando-me para entrar primeiro.

Chamando com uma voz hesitante: "Olá? Professor Seppänen?", passei pela porta e entrei na casa escura. Como os carros do lado de fora estavam ligados e com os faróis acesos, a única coisa que me recebeu quando entrei foi minha própria sombra, espichada pelas tábuas do piso. O corredor estava inteiramente vazio. Todos os móveis tinham sumido, inclusive o armário de espingardas. A única coisa que restava era o suporte para guarda-chuvas.

Abalada como estava, quase gritei de frustração. As amazonas tinham ido embora. Seu quartel-general fora comprometido, e a emboscada que elas haviam planejado nada mais era do que uma forma de se livrar de Nick e de mim. Senti meu peito se contrair; nunca na vida me sentira tão abandonada. Até mesmo a traição de James ficava pequena se comparada àquilo.

Reznik me deu um cutucão forte com o cano da arma.

– Então, onde está?

– Eu não sei. – Olhei em volta, tentando decidir o que fazer. – Está muito tarde. Com certeza o professor já foi dormir.

Reznik se virou para seus homens e deu instruções para revistarem a casa. Dois foram mandados para a sala de reunião, dois para a biblioteca e o restante para o andar de cima. Ele então meneou a cabeça para a porta do refeitório, bem à frente, que estava levemente entreaberta.

– O que tem aí dentro?

– Não sei – respondi.

Éramos só os três agora: Reznik, James e eu. Minha cabeça estava em polvorosa pensando em maneiras possíveis de fugir daqueles dois e sair da casa.

– Primeiro as damas.

Reznik me segurou com firmeza pelo braço e pressionou o cano da pistola nas minhas costas enquanto atravessávamos o espaço juntos.

O refeitório estava quase às escuras. Os faróis do lado de fora, que haviam deixado o hall tão claro, não conseguiam iluminar mais do que alguns metros da comprida mesa de jantar.

Bem nessa hora, ouvimos um barulho no andar de cima, em cima de nossas cabeças. O barulho de algo se arrastando depressa... depois um grito agudo abafado... então silêncio.

Reznik se retesou, sacou um walkie-talkie e vociferou uma pergunta. Não houve resposta.

– Acenda a luz! – disse ele, cutucando-me com a arma.

Pela sua voz, percebi que ele estava começando a ter dúvidas em relação àquele lugar, e o fato de nenhuma luz se acender quando acionei o interruptor não ajudou em nada.

– Tente outra vez! – falou, com um esgar.

– Shh! – disse um brutamontes grandalhão com um gorro de esqui na cabeça e uma arma em riste; era um dos quatro que haviam revistado os cômodos do térreo antes de se juntar de novo a nós.

Todos escutaram com atenção.

O silêncio dentro da casa era total. O único ruído a destoar da impressão de completo abandono foi um leve relincho vindo lá de fora. O barulho fez Reznik soltar um palavrão contrariado.

– Para fora! – vociferou ele, empurrando todo mundo. – Para fora, lá para fora *já*!

Assim que os homens começaram a recuar, porém, a porta da frente bateu atrás de nós e nos vimos rodeados por uma escuridão total. Assustada demais para agir de outro modo que não por instinto, encolhi-me para escapar de Reznik e me afastei dos homens. Encostei na parede, mal sentindo a dor quando bati com a cabeça em um dos ganchos de casaco. Pude ouvir palavrões e passos de pesadas botas de combate enquanto os capangas de Reznik tentavam localizar a porta, e então, de repente...

Uma explosão de luz vinda de cima nos cegou e um barulho horrível e frenético de chicotadas nos engolfou por vários segundos, diferente de qualquer outra coisa que eu já tivesse escutado.

Protegendo os olhos dos violentos raios de luz, levei alguns instantes para distinguir os corpos que jaziam esparramados no chão perto da porta, crivados por dezenas de flechas. Foi uma visão grotesca, nauseante. A maioria das flechas fora mirada na cabeça e no rosto, acima dos coletes à prova de balas. O sangue que escorria das horrendas feridas já começava a formar poças no chão.

Os únicos que não tinham sido feridos eram Reznik e James, ambos encostados na parede da sala de jantar, escondidos, assim como eu, dos olhos das arqueiras na galeria logo acima.

Reznik levou alguns instantes para entender que todos os seus homens tinham morrido, tanto no primeiro andar quanto no térreo, e que nós três éramos os únicos sobreviventes. Quando seus olhos encontraram os meus, seu rosto se contorceu tanto de fúria que ele deixou de parecer humano.

– Você me enganou! – rosnou ele, partindo para cima de mim pela parede sem entrar na linha de mira das arqueiras.

Nem parei para pensar quais poderiam ser as suas intenções. A pistola em sua mão e a expressão lívida em seu rosto foram tudo de que precisei para estender a mão até o suporte de guarda-chuvas. Por sorte, o antigo espadim ainda estava lá.

Despreparado para me ver segurando uma arma, Reznik continuou a avançar, sem parecer registrar o perigo.

– Venha! – vociferou ele para James, que continuava petrificado de choque. – Vamos usá-la como refém! – Ainda com a pistola apontada para mim, ele estendeu a mão livre para segurar meu braço, mas consegui pôr o espadim entre nós dois.

– Não se atreva! – falei, com uma voz tão calma que eu própria me espantei. Não sei por quê, mas segurar uma arma que eu conhecia tão bem me fez voltar a raciocinar direito. – Eu vou voltar para buscar Nick...

– Não vai porra nenhuma! – Reznik afastou a lâmina com o braço e apontou a arma para a minha cara. – Você vai vir *comigo*.

Bem nessa hora, uma mulher armada com um facão surgiu pela porta do refeitório atrás dele. Era Pitana. Ela não atacou Reznik, mas recuou em silêncio ao ver o perigo que eu estava correndo.

E isso bastou. Reznik olhou por cima do ombro para ver o que tinha atraído minha atenção, e eu me estiquei para a frente, desarmando-o com um golpe no pulso. Ele gritou de susto e de dor, e segurou o ferimento com a outra mão. A pistola caiu no chão com alarde, bem no meio de nós dois.

Rugindo de fúria, Reznik se abaixou para pegá-la outra vez, mas eu a chutei para longe. Estava tão concentrada em mantê-lo afastado de mim que só entendi o que James estava fazendo quando ele se precipitou para a frente e recolheu a pistola.

– O que você está fazendo? – gritei quando ele apontou a arma para mim e começou a recuar em direção à porta, passando por cima dos cadáveres.

– Venha! – James fazia gestos frenéticos para Reznik o seguir. – Vamos sair da...

A frase se concluiu com um grito de dor. Pela segunda vez, a pistola caiu no chão fazendo muito barulho. Uma flecha vinda lá do alto havia atingido James em cheio na mão, perfurando a palma, e ele dobrou o corpo, grunhindo de dor.

– Cavalheiros! – rugiu uma voz com grande autoridade.

Olhei para cima e vi Otrera, minha terrível e linda tia-avó Otrera, em pé na galeria com o arco em punho, a corda ainda vibrando depois do tiro perfeito. À sua volta estava um grupo de jovens amazonas, entre as quais Lilli.

Otrera abriu os braços, ainda com o arco na mão, e disse a Reznik:

– O senhor queria nos encontrar. Aqui estamos.

Não esperei para ver a reação de James. Sem hesitar mais nem um segundo, atravessei o recinto correndo, passei por James e catei a pistola no caminho. Quase sem parar, abri a porta da frente com um safanão, e minha aflição para sair foi tanta que tropecei na soleira e caí de quatro no chão sobre os ásperos degraus de pedra.

Ainda com a pistola na mão, levantei-me, mas senti a mão de alguém agarrar meu rabo de cavalo e percebi que Reznik estava bem atrás de mim. Girei o corpo, acertei-o na cara com a pistola e consegui soltar os cabelos. Quando me virei e comecei a correr, o supercílio dele jorrava sangue.

Apesar de ferido, Reznik me seguiu escada abaixo e cambaleou atrás de mim pela neve.

– A pistola! – rosnava ele, com a voz tão autoritária quanto antes. – Me dê a pistola!

Duas furiosas bufadas e um rápido bater de cascos nos fizeram dar um pulo de medo. Alguém sobre um cavalo, ambos unidos em uma única forma negra e magnífica, saiu a galope da floresta e passou bem entre nós dois, tão perto que o comprido casaco de couro da pessoa que montava o cavalo bateu na minha bochecha. Só vi seu rosto por uma fração de segundo quando ela passou, mas foi o bastante para reconhecer Pentesileia, a eslava que havia planejado a emboscada.

Com um ganido triunfal, Reznik se abaixou para recolher algo que ela havia lançado na neve bem do seu lado ao passar. Era um revólver.

Seus dedos se fecharam com ânsia em volta da arma, mas mesmo assim não senti medo. Seu imbecil, pensei, enquanto recuava para longe dele. Por acaso você não conhece a quarta regra das amazonas? Nunca mate um homem desarmado a menos que seja necessário.

Antes de Reznik conseguir disparar um só tiro, Pentesileia se virou na sela, ergueu uma arma de fogo que estava escondida debaixo do casaco... e um estrondo ensurdecedor jogou Reznik e o revólver para trás e para cima de um banco de neve. Tudo o que pude ver dele foram as mãos e os pés, mas soube que nem eles nem o homem a quem pertenciam jamais tornariam a se mover.

– Morg! – Um chamado frenético me despertou do estado de choque. Em pé no limiar da casa, James acenava feito um louco. – Volte aqui! Por favor!

Virei-me e saí correndo.

Segurando a pistola com as duas mãos, corri pela estrada que dava acesso à casa. Imaginando que os motoristas brutais de Reznik estariam abrigados dentro de seus carros, de arma em punho e desesperados, fiquei aliviada ao constatar que não. Os dois carros e a van estavam vazios, com as portas da frente abertas, e os únicos vestígios dos três homens de Reznik restantes eram os sulcos ensanguentados na neve pelos quais eles haviam sido arrastados.

Entrei no último carro, um utilitário esportivo novinho em folha com bancos de couro, vasculhei o interior em busca da chave e por fim a encontrei no chão, toda suja de sangue e neve derretida. De tão nervosa, mal era capaz de controlar as mãos e os pés, mas mesmo assim consegui dar a partida no carro e engatar a ré antes de recuar o mais depressa que pude pela estradinha sinuosa.

Quando cheguei à estrada principal, comecei a refazer com uma urgência ofegante o caminho pelo qual viera. Tudo em que conseguia pensar era Nick à minha espera, agonizando a cada minuto.

A imagem dele encolhido na neve em silenciosa agonia era tão poderosa que havia permanecido em minha retina durante todo aquele tempo. Quando enfim me aproximei do ponto em que o havíamos deixado, tive absoluta certeza de que o encontraria ajoelhado junto à estrada, encolhido para se proteger do frio.

Só que ele não estava lá.

Saltei do carro e me virei para todos os lados algumas vezes, gritando o nome dele a plenos pulmões enquanto uma bola gelada de pânico que me revirava o estômago ia ficando cada vez maior. Não estava mais nevando e um silêncio total reinava sobre a floresta, certamente suficiente para me convencer de que ninguém estava respondendo aos meus chamados.

Corri até nosso carro alugado caído na vala e abri a porta com um puxão para ver se Nick tinha se arrastado até lá em busca de abrigo. Mas ele tampouco estava ali.

Somente então me ocorreu procurar rastros na neve que acabara de cair... rastros de alguém andando ou se arrastando... mas os faróis que eram minha única fonte de luz deixavam tudo tão claro que levei algum tempo para distinguir que, de fato, havia um desenho recente: uma única marca de pneu que descia a estrada em direção a Suomussalmi.

Senti uma onda de esperança. Será que uma moto tinha recolhido Nick?

Entrei de novo no carro e fui seguindo o rastro da moto o mais depressa que consegui. Foi só quando cheguei aos limites da cidade que outras marcas começaram a se entremear à que eu estava seguindo, mas mesmo assim, graças à hora tardia e ao pouco tráfego, consegui segui-la pela cidade até seu único destino lógico.

CAPÍTULO QUARENTA E UM

E um homem que a vir derramando lágrimas poderá dizer:
"Eis ali a mulher de Heitor, o mais bravo guerreiro que os
troianos domadores de garanhões conseguiram recrutar,
tempos atrás, quando os homens lutavam por Troia."

Homero, *Ilíada*

O hospital estava pouco movimentado, e só algumas pessoas trabalhavam no plantão da noite. Quando entrei pela porta do pronto-socorro, todos os funcionários ergueram o rosto. Pelos seus olhos arregalados, pude supor que meu estado não era nada bom.

Assim que confirmei que Nick estava de fato internado ali, uma enfermeira com pena de mim me conduziu até uma pequena área de espera equipada com uma dezena de cadeiras vazias.

– Na garrafa térmica tem água quente para fazer chá – disse ela. – Vou avisar ao Dr. Huusko que a senhora está aqui.

– Como ele está? – perguntei, estudando o rosto dela para tentar coletar qualquer informação que ela pudesse ter. – Está bem?

A enfermeira não me encarou.

– O Dr. Huusko vai conversar com a senhora.

Não faço ideia de quanto tempo passei sentada ali, ansiosa, aguardando notícias. O radiador posicionado logo atrás de mim estava quente, mas mesmo assim eu não conseguia parar de tremer. Os acontecimentos da noite haviam me deixado gelada até a medula, quase catatônica de tanto choque e exaustão. Nem sequer tive presença de espírito suficiente para me levantar e ir lavar as mãos, muito embora elas ainda estivessem sujas com o sangue de Nick.

Quando o Dr. Huusko apareceu, enfim, não veio direto na minha direção, mas primeiro parou e ficou me olhando lá do outro lado da área de espera. E, quando ele falou, sua voz saiu tão grave que parecia um ronco vindo da própria Terra.

– Espero que a senhora tenha uma boa história para me contar.

Levantei-me, com as pernas dormentes, e procurei em vão alguma brecha no semblante do médico. O Dr. Huusko era aquele tipo de homem intimidador e parrudo, que dá a impressão de ter enfrentado várias tempestades de gelo e quedas de raios, para quem seres humanos como eu eram pouco mais de um incômodo passageiro.

– Por favor, me diga que ele vai ficar bem – falei, e as palavras quase entalaram na minha garganta.

O Dr. Huusko apontou para o próprio estetoscópio.

– Isto aqui não é uma bola de cristal. É ciência. Mas a ciência está do nosso lado. – Ele finalmente se aproximou de mim. – Se eu não fosse um homem racional, diria que o seu namorado tem um anjo da guarda. – Ele me mostrou o que estava segurando.

Era o bracelete de vovó. Ou melhor, imaginei que fosse, porque a cabeça do chacal estava tão deformada que não parecia mais um animal.

– Isto aqui estava no bolso da calça dele – explicou o Dr. Huusko. – Impediu a bala de penetrar. Nunca vi uma coisa assim. Provavelmente salvou a vida dele.

– Mas ele estava sangrando – sussurrei, tentando conter lágrimas de incompreensão e alívio.

O Dr. Huusko me encarou, consternado.

– É claro que ele estava sangrando! A senhora imagina qual é a sensação de ter um objeto desses socado para dentro dos seus tecidos com uma força de várias centenas de quilos?

Encarei-o nos olhos, louca para ouvi-lo confirmar que Nick estava fora de perigo.

– Então ele vai ficar bem?

Mas o semblante do médico tornou a ficar duro.

– Ele está em coma. Vamos ver. Teve uma hipotermia grave. O coração dele parou; não sei por quanto tempo. Pode ser que tenha havido danos celulares. – Suas sobrancelhas peludas se contraíram ainda mais. – Sem oxigênio sendo bombeado até o cérebro...

Não desmaiei, mas tudo escureceu durante alguns segundos.

– Posso vê-lo?

– Quando ele estiver estabilizado. – O médico tirou outra coisa do bolso do jaleco: o celular de Nick. – Isto aqui estava no outro bolso dele. Talvez a senhora queira ligar para alguém. A mulher que o trouxe até aqui disse que era mãe dele, mas não nos informou mais nada. Tentamos fazê-la ficar, mas... – O Dr. Huusko fez uma cara feia. –... ela não quis.

Fiquei andando de um lado para o outro do corredor, triste e chocada demais até para chorar. Acabei indo me sentar na cafeteria deserta com o celular de Nick e o bracelete deformado de chacal na mesa à minha frente. Um solitário tubo de néon zumbia acima do balcão de alimentos vazio ali perto, piscando às vezes como se estivesse prestes a se apagar. Por algum motivo, aquilo me lembrou a cabine em que eu dormia na Argélia, e por um breve instante fui tomada por um desejo inútil de voltar no tempo até um ponto em que Nick e eu ainda antipatizávamos e em que nem mesmo nos meus sonhos mais desvairados eu teria me imaginado sentada em um hospital daquele jeito, chorando por ele.

Depois de algumas inspirações fundas e rápidas, acabei conseguindo afastar esses pensamentos inúteis e me concentrar no telefone. Embora a última coisa que eu quisesse fazer fosse falar com desconhecidos, a situação era grave o suficiente para justificar uma ligação.

Percorri a interminável lista de contatos de Nick sem reconhecer nenhum nome, até finalmente ter a ideia de verificar a lista de discagem rápida e ver que pessoas ele considerava mais próximas e mais íntimas. Para minha surpresa, o primeiro número da lista estava identificado como "Escritório para Brigar". Em seguida vinham "Menino Maravilha" e "Goldfinger". No fim das contas, parei de tentar entender e liguei para o primeiro número.

O telefone tocou um pouco até que alguém atendesse, e eu já havia me preparado para uma caixa postal em Dubai quando uma voz masculina sonolenta falou:

– Até que enfim.

– Aqui é Diana Morgan – respondi depressa. – Estou ligando do celular de Kamal al-Aqrab. Imagino que o senhor o conheça.

Um alto farfalhar soou do outro lado. Então, com uma voz dividida entre a preocupação e a raiva, o homem perguntou:

– O que houve? De onde está ligando?

Olhei em volta para a cafeteria deserta.

– Da Finlândia. Do Hospital de Suomussalmi. – Parei para deixar a voz acalmar. – Infelizmente houve um...

– Meu filho está vivo?

A pergunta me acertou em cheio no coração.

– Ah! O senhor é...

– Responda à pergunta.

O tom hostil do Sr. Al-Aqrab fez minha coragem murchar um pouco.

– Está, mas a gente não sabe se... – Minha voz tornou a falhar. – Ele teve uma grave hipotermia...

– Não saia daí. Eu chego já.

Ele desligou.

E foi ali que o Dr. Huusko acabou me encontrando, deitada em cima do celular de Nick na cafeteria vazia, triste demais para me mexer.

– Tome.

Ele segurou diante dos meus olhos uma foto em tons de cinza. A imagem mostrava uma mulher passando pelas portas de vidro do hospital enquanto tirava da cabeça um capacete de moto.

– Foi ela quem trouxe o seu namorado. A senhora sabe quem é?

Inclinei-me para examinar a imagem. A fotografia fora tirada de cima, mas mesmo assim reconheci na hora os cabelos grisalhos curtos. O anjo da guarda de Nick era a mulher zangada de Istambul. Ela tentara nos evitar permanecendo no andar de cima a noite inteira, mas o Destino mesmo assim a tinha encontrado e posto à prova. Será que dessa vez ela fora aprovada com louvor? Era uma questão de perspectiva. Quebrando a regra de ser a primeira na linha de combate, a rainha das amazonas do Báltico deixara as irmãs sozinhas com os capangas de Reznik para salvar o próprio filho.

– Então? – insistiu o Dr. Huusko.

Balancei a cabeça, sem encará-lo.

– Não. Sinto muito.

– Venha. – Ele acenou para eu me levantar. – Vou deixar a senhora vê-lo. Ele ainda está em coma, mas o cérebro humano é um mistério.

Deitado em uma cama de hospital em um quarto individual, Nick parecia estar conectado a todos os tipos de equipamento médico do estabelecimento. E exibia uma palidez tão mortal que eu não o teria reconhecido se não soubesse que era ele.

Fui até a cabeceira e pus a mão com delicadeza por cima da sua. Ele não reagiu. Tampouco fez qualquer movimento identificável quando me curvei e lhe dei um beijo no rosto.

O Dr. Huusko mediu o pulso de Nick do jeito antigo, ignorando todos os complexos aparatos.

– Ele é um homem forte, com um coração forte – falou, fazendo uma anotação em um prontuário. Então se virou de frente para mim, com a expressão nos olhos um pouco menos severa. – Não sei o que aconteceu com vocês dois. Não tenho certeza se quero saber. Mas a polícia vai fazer perguntas. É melhor a senhora começar a pensar nas respostas.

Enfim a sós com Nick, deitei-me ao seu lado na cama estreita e me aconcheguei o máximo possível. Apesar de tudo, seu cheiro continuava o mesmo. Tentei recordar a manhã daquele mesmo dia, quando havia acordado ao seu lado no casulo quentinho de nossos edredons de hotel. Na ocasião, tivera a forte sensação de que na verdade nada fora do nosso pequeno ninho tinha mais muita importância; eu finalmente havia encontrado o centro do meu universo.

– Eu te amo tanto – sussurrei no seu ouvido, torcendo para as palavras chegarem até ele, onde quer que estivesse. – Por favor, volte. Me desculpe.

Fora eu quem insistira para ir até a Finlândia, eu quem fizera questão de seguir a trilha de vovó até o fim. E quando as coisas tinham saído errado, eu havia hesitado e ficado sem ação enquanto Nick enfrentava os homens de Reznik.

"Como pode não querer aprender a defender as pessoas que ama?", perguntara-me ele nas ruínas de Micenas. "Eu posso ensinar uns truques fáceis." Na hora, eu estava brava demais para escutá-lo. E agora a grande engrenagem dos céus tinha pegado a minha arrogância e a jogado bem na minha cara com uma precisão de cegar os olhos.

O Sr. Al-Aqrab chegou quando o dia estava raiando. Ao escutar as ríspidas exigências e exclamações indignadas no corredor lá fora, calculei que fosse a polícia que havia chegado para me interrogar. Mas então a porta do quarto foi aberta com um empurrão e quatro homens entraram, com o Dr. Huusko e duas enfermeiras agitadas em seu encalço.

A atitude séria e profissional deixava o Sr. Al-Aqrab tão diferente do homem que eu tinha visto uma semana antes, de boné, atravessando o lobby do Çirağan Palace, que tive de recorrer ao semblante intenso no caderno de recortes do Dr. Telemakhos para me convencer de que era ele de fato. De terno e gravata quase idênticos aos dos três homens que o acompanhavam, ele parou no meio do quarto sem sequer tomar conhecimento da minha presença, em seguida andou até a cama de Nick com uma careta de fúria impotente.

– Quem fez isso?

Sua primeira pergunta não foi direcionada a ninguém em especial.

– Reznik e James Moselane – respondi, olhando para o Dr. Huusko. – Eles nos seguiram até aqui.

O Sr. Al-Aqrab resmungou um palavrão.

Esperei alguns instantes, imaginando que ele fosse tentar falar com Nick ou pelo menos tocar nele. Como isso não aconteceu, falei:

– Não chega a ser uma surpresa, certo? Não era esse o plano desde o início? Usar-nos como isca?

Ele se virou para mim devagar, como se mal conseguisse acreditar no meu atrevimento.

– E a senhora, quem é?

– Diana Morgan. – Estendi a mão. Como ele não a apertou, uma bolha de fúria e impotência explodiu na minha cabeça. – Com certeza deve se lembrar de mim do relatório do detetive. Imagino que o senhor e os seus... – Meneei a cabeça para os outros homens, todos parados com o cenho franzido por uma agressividade latente. –... e o seu departamento de inteligência saibam mais sobre mim do que meus próprios pais.

– Certo – falou o Sr. Al-Aqrab, levando a mão até dentro do paletó. – Quanto eu lhe devo?

Dei um passo para trás.

– Pelo quê, exatamente?

Ele sacou o talão de cheques.

– Para sair por aquela porta agora... – Ele apontou por cima do ombro com uma caneta-tinteiro de ouro. –... e apagar tudo isso da sua mente.

Embora o tom da nossa conversa estivesse longe de ser cordial, fiquei tão pasma com aquela grosseria que o quarto à minha volta se transformou em um borrão.

– Eu não aceitaria um centavo sequer do senhor nem que fosse uma mendiga na rua – falei, forçando-me a pronunciar as palavras. – Foi o senhor quem fez isso com o seu filho. E se não fosse a mãe dele, que o recolheu de um banco de neve e trouxe para cá, ele agora estaria morto.

Falei com um tom furioso e arrebatado, e o Sr. Al-Aqrab titubeou um pouco antes de endireitar os ombros e apertar a gravata.

– Isto aqui não é hora nem lugar para...

Ele gesticulou para outra pessoa, e foi só então que vi a equipe médica entrar no quarto atrás do Dr. Huusko.

– O que estão fazendo? – perguntei, dando um passo mais para perto de Nick.

Mas era bem claro o que eles estavam fazendo.

Tentei impedir sua passagem.

– Não o levem embora daqui! Por favor! O Dr. Huusko já organizou... – Ao ver que ninguém prestava atenção em mim, virei-me para o Sr. Al-Aqrab e exclamei: – Não basta o que o senhor já fez com ele? Está um frio do cão lá fora.

Uma vez que ele continuou a me ignorar, impedi sua passagem e o forcei a prestar atenção.

– Tudo bem. Está levando-o de volta a Dubai – concluí e, de tão abalada, mal consegui abrandar a voz. – Eu vou junto.

O Sr. Al-Aqrab não poderia ter feito uma cara mais consternada.

– A senhora? Por quê?

Lutando para conter as lágrimas, olhei para Nick.

– Porque ele vai perguntar por mim quando acordar.

Outro olhar desdenhoso de cima a baixo me pôs no meu devido lugar.

– Duvido muito. Agora com licença...

Sem hesitar, a equipe médica desconectou Nick de todos os aparelhos do quarto com grande eficiência e prendeu cada tubo a seus próprios aparelhos portáteis. Então empurraram a cama para fora do quarto, e eu saí correndo atrás pelo hospital.

– Estou falando sério – disse para o Sr. Al-Aqrab. – Nem se atreva a ... – Estendi a mão e tentei segurar a grade da cama. – Pare! O senhor não está entendendo!

Com uma manobra suave e sem esforço, ele conseguiu me conter ali mesmo, enquanto a equipe médica seguia pelo corredor e desaparecia depois de uma quina.

– Ah, eu estou entendendo perfeitamente – disse ele, pondo a mão em meu ombro com um gesto de superioridade. – Nick é meu filho. Ele tem esse efeito nas mulheres. Tome aqui. – Ele enfiou a mão no paletó, pegou um bolo de dinheiro e pôs na minha mão. – Compre uma coisinha para a senhora. Ele iria gostar.

Ao volante do utilitário esportivo de Reznik, voltei pela estrada de Raate sob a luz da manhã e descobri que nosso carro alugado não estava mais caído na vala e que todos os indícios de violência tinham sido apagados por outra nevasca. Nossa bagagem havia sumido, assim como o meu casaco, o *Historia Amazonum*, a carta de vovó... não sobrara sequer uma pegada.

Continuei em frente, e aos trancos e barrancos consegui encontrar o caminho de volta à casa das amazonas, apesar de tudo parecer diferente à luz do dia e de as placas improvisadas terem desaparecido da estrada.

Ao subir pelo acesso sinuoso, constatei na mesma hora que minha viagem tinha sido em vão. Além de não haver mais nenhum carro em frente à casa, apenas uma confusão de marcas de pneu quase apagadas, a casa em si havia sumido. No lugar em que antes ficava a triste e velha mansão restava apenas uma pilha de entulho carbonizado.

Saltei do carro e dei uma volta pela neve, que chegava à altura do joelho, em busca de sinais de vida. Finas colunas de fumaça ainda subiam dos restos queimados da casa, mas nenhum objeto identificável se destacava entre os destroços.

Fiquei encarando aquela ruína, sentindo-me estranhamente anestesiada. O que eu esperava? Encontrar as amazonas ainda ali, ocupadas em limpar manchas de sangue do chão?

Dei a volta nos alicerces da casa e reparei em um galpão cinza escondido na mata. Era uma construção comprida e alta, talvez até mais alta do que a casa em si. Fui me aproximando pela neve e abri as portas do galpão com curiosidade e cautela.

Lá dentro havia dezenas de cocheiras vazias e pilhas de palha suja no chão. Mais do que tudo, um carrinho de mão virado e um saco rasgado de feno sugeriam uma partida precipitada.

Nos fundos do galpão, outra porta estava aberta. Do outro lado havia um imenso recinto vazio com piso de concreto. Minha primeira impressão foi que algo muito importante tinha sido guardado naquele espaço grandioso com telhados de catedral, algo que agora não estava mais ali. Mas então reparei nas cordas penduradas nas vigas do teto e... nos trapézios.

De repente, ouvi Otrera descrevendo o circo itinerante que outrora constituíra a divisão báltica das amazonas e entendi que aquele recinto espaçoso havia abrigado mesmo algo especial: mulheres em treinamento. Nenhum espelho ou tatame sequer vinha suavizar seu caráter severo; aquele galpão não tinha sido uma sala de exibição, mas sim um lugar de foco, esforço e dor.

As paredes todas grafitadas corroboravam minhas suspeitas. A maioria das coisas estava escrita em idiomas que eu não entendia, mas havia duas inscrições em inglês. A primeira dizia: "Aqueles capazes de abrir mão da liberdade essencial para obter uma pequena segurança temporária não merecem nem liberdade nem segurança." A outra dizia apenas: "Uma nação de ovelhas vai gerar um governo de lobos."

Fui até uma barra paralela chumbada na parede, segurei o metal frio e tentei me suspender. Não consegui. Havia feito aquilo quando criança, ao brincar de amazona com Rebecca no jardim, mas depois... adulta, eu dera ouvidos alegremente a quem dizia que as mulheres não deviam fazer esse tipo de coisa.

Voltei pelas cocheiras procurando por toda parte algum objeto esquecido, qualquer pequena lembrança que me desse forças para prosseguir. Mas tudo havia desaparecido. No fim das contas, acabei pegando um punhado de feno do saco rasgado e pondo no bolso.

Onde estaria agora a divisão báltica da irmandade?, pensei. E o que teria acontecido com James? Teria ele virado fumaça junto com os outros segredos das amazonas naquela casa?

Com a espinha gelada pela lembrança da sangrenta conclusão da guerra entre Reznik e as amazonas, virei-me para tornar a sair. Ao fazê-lo, um objeto pendurado em um prego junto à porta chamou minha atenção. Era o meu casaco. Sem entender, peguei-o e o examinei. De fato, dentro dos bolsos estavam todas as coisas que eu acreditara ter perdido: meu dinheiro, meu passaporte mais uma vez... e a carta de vovó.

Sentei-me no carrinho de mão virado e abri o envelope ali mesmo. A carta não era comprida, e a caligrafia trêmula sugeria que ela estava fraca quando a havia escrito.

Diana,

Quantos anos você tem agora? Fico tentando vê-la na minha frente, mas não consigo chegar a uma conclusão sobre quanto tempo você levou para me encontrar. Queria conversar com você de novo e explicar tudo, ouvir como anda a sua vida, mas agora é tarde para isso. Katherine Kent me disse que você é feliz. Saber isso me traz paz.

Vou lhe dar meu bracelete de chacal, mas não pense que eu quero que você vire amazona. Só quero que tenha a possibilidade de escolher. Um número demasiado grande de mulheres cresce sem ter escolha. Meu maior desejo para você é uma vida de liberdade. Lembre-se de manter vivas as suas escolhas; não as deixe enfraquecer. E não deixe que os outros a convençam de que não tem opções. Lembre-se: a coragem não tem idade.

Não sei onde vou estar quando você ler isso, mas se puder irei encontrá-la e sussurrar no seu ouvido. A primeira coisa que vou sussurrar é o seguinte: não desista nunca. No final, o bem sempre vai vencer o mal.

Com todo o meu amor,

Kara

PARTE VI
Equinócio

CAPÍTULO QUARENTA E DOIS

Então Odisseu, que tantas agruras suportou, tomou o arco, armou-o sem dificuldade e cravou uma flecha no ferro. Postou-se na soleira e disparou à sua frente as velozes setas, com uma expressão de ira terrível, e abateu o rei Antinoo. Então disparou contra os outros suas flechas mortais, e eles caíram um após o outro.

Homero, *Odisseia*

OXFORD, INGLATERRA

Com uma indiferença riscada de chuva, os sonhadores campanários pontudos me acolheram como se eu jamais houvesse me ausentado. O ar de novembro estava um pouco mais frio do que quando eu tinha viajado, três semanas antes, e todos pareciam um tiquinho mais infelizes ao andar apressados de prédio em prédio, com os livros abraçados junto ao peito. Tirando isso, tudo tinha um aspecto praticamente igual. O porteiro mal ergueu os olhos do caderno esportivo do jornal quando parei para pegar minha correspondência.

– Oi, Frank – falei enquanto vasculhava minha caixa de correio, surpresa com a pouca quantidade de cartas após o que me parecia uma longa ausência. – Alguma novidade?

Ele balançou o rosto bochechudo com uma comiseração fingida.

– Nada, que eu saiba. Hoje dizem que vai fazer sol. Mas só vendo. Ah... quase ia esquecendo. – Ele se esticou para remover um recado de um quadro de avisos. – James Moselane ligou ontem à noite. Disse que era urgente. Ele deixou um telefone.

Ambos olhamos para os números rabiscados a lápis.

– Da Suíça? – perguntei, olhando surpresa para o código de país.

Frank deu de ombros.

– Ele só disse que era urgente. Tome. – Ele me entregou o pedaço de papel com uma careta, louco para se livrar da responsabilidade. – Melhor ligar logo.

A sala do professor Larkin não foi mais acolhedora do que a portaria. Uma névoa de abandono empoeirado pairava no ar, e os pobres guppies estavam mortos no aquário, boiando de barriga para cima. Pus a correspondência sobre a escrivaninha, e a primeira coisa que fiz foi ir até o banheiro e jogar na privada o telefone de James junto com os peixes. Ao voltar, um pouco mais calma, acendi todas as luminárias que ainda funcionavam e enchi a chaleira em preparação para uma longa tarde tentando superar a tristeza e pondo minha vida em ordem outra vez.

Eu havia passado o fim de semana à procura de meus pais em todas as pousadas da Cornualha, e finalmente os encontrara em um salão de chá em Falmouth. Tínhamos voltado juntos de carro para a região de Cotswolds na noite anterior e passado o caminho inteiro conversando sobre vovó. Após 18 anos mantendo tudo represado atrás de um muro de silêncio e aflição, o mundo de meus pais foi tão inundado por lembranças que eles mal sabiam a qual delas se agarrar. Juntos, confirmamos o que já sabíamos e juntamos a isso o que tínhamos descoberto na Finlândia. O retrato que se formou de vovó foi o de uma mulher marcada pela perda e pelas dificuldades que era bem mais forte e bem mais sã do que eles até então acreditavam.

Arrasada e exausta como eu estava, teria sido bom passar um tempo na casa dos meus pais, escondida naquele mundo de memórias refeitas. Mas eu não podia ficar fora para sempre. Precisava enfrentar meus alunos e apaziguar meus colegas; era uma batalha que eu não podia mais adiar.

Assim, peguei o trem matinal para Oxford que conhecia tão bem torcendo para entrar direto na minha antiga rotina. No entanto, sentada no meu lugar à janela habitual, tudo parecia de certa forma ter mudado à minha volta: as cores estavam mais escuras, o ar, estranho e morto. Até mesmo os ruídos das outras pessoas tinham mudado para um tom menor.

Antes de ir embora da Finlândia, havia tentado ligar para o segundo número da discagem rápida de Nick... mas descobrira que a linha tinha sido cancelada. Tentasse eu o que fosse, tudo o que conseguia ouvir era o mesmo recado automático em árabe. As palavras eu não entendia, mas o significado era claro: eu tinha sido desconectada.

Enquanto percorria a Cornualha em busca dos meus pais, havia usado todas as conexões de internet que conseguira encontrar à procura de algum telefone direto do escritório da Fundação Aqrab em Dubai. Quando finalmente encontrei, anotei-o em um pedaço de papel para ligar assim que chegasse a Oxford.

Agora, encarando o número, prestes a fazer a importante ligação do antiquado aparelho do professor Larkin, senti uma conhecida fisgada de repulsa ao recordar o entrevero com o Sr. Al-Aqrab. Mas eu não podia mais deixar aquilo me deter; minha aflição por causa de Nick era tão grande que eu não conseguia comer nem dormir e tinha a sensação de que minha alma estava em guerra com meu corpo, chamando-o de traidor por ter fugido para Oxford em vez de ir passar o pente fino nas ruas de Dubai.

O telefone tocou apenas uma vez, uma recepcionista atendeu e me transferiu para um francês que, decerto em uma bela sala com vista para o golfo Pérsico, deixou bem claro que a Fundação Aqrab e a família Aqrab eram duas entidades distintas.

– Não tenho informação nenhuma para lhe dar – disse ele várias vezes, evidentemente obedecendo ao protocolo da empresa. – Mas posso colocá-la em contato com nossa assessoria de imprensa caso esteja interessada em saber mais sobre a fundação.

Bem na hora em que desliguei, o telefone tornou a tocar.

– Alô? – atendi, esperançosa, ainda pensando em Dubai.

– Morg!

A alegria de James por ter conseguido falar comigo foi explosiva.

– Escute, eu sinto tanto... Sinto muito mesmo. Está com ódio de mim, né? Não posso culpá-la. Mas escute... em nome dos velhos tempos. – Ele baixou a voz. – Estou em apuros. As suas amigas armaram bonito para cima de mim. Podemos conversar? Você está me ouvindo?

Como não respondi, ele deu uma risadinha nervosa.

– Tudo bem. Que tal o seguinte: dinheiro. Sei que você vive apertada. É só dizer seu preço. Tudo o que você precisa fazer é vir a Genebra... – Ele baixou ainda mais a voz. – E dizer a esses babacas que eu não matei o Reznik. Tá bom? Estou na delegacia central... Porra, Morg, eu estou algemado!

Desliguei o telefone.

Quando o aparelho tornou a tocar, tirei-o da tomada.

As amazonas obviamente haviam sabido a forma exata de lidar com James e o cadáver de Reznik. Para ser franca, não senti a menor necessidade de interferir em sua justiça.

Meus compromissos docentes, no fim das contas, tinham sido assumidos por algum aluno superdotado da graduação, e todos com quem falei pareceram extremamente relutantes em se dar o trabalho de fazer as coisas voltarem ao que eram antes. Ao que parecia, o próprio professor Vandenbosch, diretor do departamento que havia embarcado havia tempos em uma missão para me aniquilar, tinha assinado os papéis. Houve até uma sugestão de que aquele meu substituto tinha agora o direito de ocupar a casa do professor Larkin e que seria melhor eu começar a procurar outro lugar para morar. É claro que eu entendia a lógica desse raciocínio, pois havia negligenciado meus compromissos durante três semanas, mas nem por isso estava disposta a abrir mão sem briga do lugar que me esforçara tanto para conquistar.

O fato de Katherine Kent não ter voltado da Finlândia tampouco ajudou. A primeira coisa que eu tinha feito fora passar na sua sala, mas ninguém veio atender minhas batidas insistentes, e o porteiro não fazia a menor ideia de quando ela voltaria.

– Com a professora Kent, nunca se sabe – disse-me ele com um sorriso conspiratório. – Eu acho que ela trabalha para o MI5, só que ninguém acredita.

Na terça-feira de manhã, voltei à faculdade depois de uma sessão catártica de treinamento no clube de esgrima e encontrei a porta do meu apartamento entreaberta. Meu primeiro pensamento foi que a faxineira devia ter aparecido, mas quando não escutei aspirador de pó nem o barulho de latas de lixo, apenas silêncio, senti um conhecido calafrio na espinha.

Abri a bolsa de ginástica o mais silenciosamente possível e peguei meu florete. Feito apenas para fins esportivos, ele tinha lâmina flexível e ponta rombuda, mas era melhor do que nada. Nas mãos certas, até mesmo um florete esportivo podia ser letal.

Respirei fundo, passei pela porta... e dei de cara com Rebecca.

– Meu Deus do céu! – guinchou ela, levando a mão ao coração quando me viu. – Está tentando me matar?

Abaixei o florete, e demos um forte abraço.

– O que você está fazendo aqui? – perguntei, depois de alguns instantes. – Eu não lhe disse para ir velejar com o Sr. Telemakhos?

Rebecca recuou e enxugou as lágrimas.

– Se é esse o tipo de amiga que você quer, pode pôr um anúncio nos classificados. Você precisa de ajuda, e aqui estou. Recebi um envelope por portador com suas chaves dentro, e achei que podia muito bem usar.

Comparamos observações tomando duas doses de *single malt* no Grand Café. Nem ela nem eu éramos grandes bebedoras de uísque, mas tenho certeza de que ambas sentíamos que uma mudança se fazia necessária. Sentadas em bancos altos no bar, tentamos juntas desfazer o nó de pessoas e acontecimentos que haviam nos afastado... e agora tornado a nos unir. Naturalmente, James Moselane tinha grande importância nesse grupo heterogêneo de amigos e inimigos.

– Ainda não consigo acreditar – disse Rebecca por fim. – E pensar que a gente venerava esse pústula. O que acha que vão fazer? Deixá-lo apodrecer na cadeia? Cortar a cabeça dele com uma espada? Não é isso que faziam antigamente lá na Suíça?

Dei de ombros e girei a bebida no copo.

– Não faço ideia de como elas conseguiram pôr a culpa nele pela morte do Reznik, mas sabe de uma coisa? Ele merece. Se algum dia eu o vir outra vez, vou devolver aquela bola de golfe.

Quando finalmente voltamos juntas para casa, de braços dados, Rebecca já sabia tudo o que havia para saber sobre minhas agruras na Alemanha e na Finlândia. E, embora ela houvesse reagido ao meu pesaroso relato com exclamações de incentivo como "Tenho certeza de que ele vai ficar bem" e "É claro que ele te ama!", eu a conhecia bem o bastante para saber que Rebecca compartilhava meu medo de nunca mais ver Nick.

– Por que não vem para Ikiztepe comigo? – perguntou ela, ajustando o ritmo dos passos ao meu sobre as pedras irregulares do calçamento. – É um lugar maravilhoso, emocionante, e o Dr. Özlem disse que estão loucos atrás de gente para contratar.

Rebecca me olhou para ver se eu parecia receptiva.

– Estou dizendo, ser demitida lá de Cnossos foi a melhor coisa que já me aconteceu. Mas e você? Não está na hora de desmamar aqui de Oxford?

Fiz que não com a cabeça.

– Só depois que eu fizer um curso de defesa pessoal.

Foi então que vi. Uma van de entregas parada em frente ao portão da faculdade, com o motor ligado, e ao seu lado, em pé, uma silhueta que eu conhecia muito bem. Com as botas compridas e roupas justas, minha amiga amazona Lilli sobressaía na rua medieval como uma desafiadora planta perene a crescer em um paredão de rocha.

Quando nos viu, ela meneou a cabeça como se tivéssemos um acordo secreto e deu a volta na van até o lado do carona.

– Espere! – gritei, dando um pulo para a frente, mas já era tarde.

A van desceu a rua e sumiu ao dobrar a esquina em direção a Oriel Square. Em pé em frente à entrada da faculdade, Rebecca e eu ficamos paradas, atônitas.

– Fala sério!

Entrei pelo portão e atravessei a portaria correndo, com imagens da coleção de moedas e cacos de cerâmica romana do professor Larkin a desfilar diante dos meus olhos.

– O que será que elas levaram dessa vez?

Na pressa de voltar para meu apartamento, só reparei que o porteiro Frank estava me chamando quando ele saiu para o gramado em mangas de camisa e suspensório.

– Chegou uma encomenda para a senhora! – berrou ele, obviamente perturbado por ter tido que sair da caverna em que vivia. – É melhor pegar logo. Nem consigo me mexer lá dentro.

Não era exagero. No chão da portaria havia três caixotes de madeira do tamanho de máquinas de lavar roupa, tão pesados que seriam necessárias várias pessoas para movê-los.

– Acabaram de chegar – disse-me Frank. – Especialmente para a senhora. Eles nem quiseram ir embora antes que a senhora chegasse.

– Eles quem? – indaguei, curiosa para saber o que Lilli tinha lhe dito exatamente.

Mas Frank já estava ao telefone tentando encontrar algum braço forte para nos ajudar.

Meia hora mais tarde, os três caixotes estavam no chão da sala do professor Larkin.

– Não sei se eu abriria – falou Rebecca, mordendo o lábio. – Lembra da caixa de Pandora? Liberar toda a tristeza do mundo, essas coisas?

Vasculhei as gavetas no escuro à procura de algo que pudesse servir de pé de cabra.

– Pode me chamar de otimista, mas não consigo imaginar que tenha sobrado mais tanta tristeza assim para liberar.

Só quando pegamos um martelo e um formão com Frank, que me emprestou as ferramentas balançando a cabeça, conseguimos enfim tirar a tampa do caixote marcado com o algarismo "1". Depois de remover alguns pregos, que gemeram ao serem extraídos da madeira, Rebecca e eu espiamos o interior cheio de serragem, fascinadas pelo fichário de couro que estava por cima.

– Vejamos.

Peguei o fichário, que descobri conter um texto meio comprido e datilografado, felizmente no meu idioma.

– Esta é a história de Mirina, a primeira amazona, fundadora da nossa irmandade – leu Rebecca por cima do meu ombro. – Ai, o Sr. Telemakhos vai adorar isso!

Folheei as páginas para ver se havia um bilhete explicativo escondido em algum lugar. Mas é claro que não. As amazonas eram mulheres de poucas palavras.

Pus o fichário de couro de lado, enfiei as mãos na serragem e tateei um pouco enquanto Rebecca observava com olhos arregalados. O que quer que houvesse dentro daquele caixote estava muito bem protegido, e tive que escavar bastante antes de meus dedos toparem com algo duro.

– Calma aí! – Assim que me viu fazendo força para puxar o objeto, Rebecca me empurrou de lado. – Vamos com cuidado.

Em pouco tempo, o chão da sala do Sr. Larkin ficou coberto por pilhas de serragem à medida que Rebecca avançava em sua escavação. Quando o objeto finalmente ficou exposto, ela não o retirou do caixote, apenas se inclinou pela borda para estudá-lo.

– Esse negócio é antigo – falou. – Tem que ser.

Ficamos paradas em silêncio por alguns instantes, encarando a tabuleta de argila. Então fui buscar uma luminária e a segurei acima do caixote para podermos ver melhor.

– Não é o alfabeto das amazonas, é? – perguntou Rebecca depois de algum tempo.

– Não, não é. – Segurei a lâmpada o mais perto que o fio esticado me permitiu. – Acho que é luvita.

Assim que eu disse isso, o plugue escapuliu da tomada, mergulhando-nos em uma escuridão repentina. Mas a visão que perdurou na minha mente era clara como o dia.

– Ai, Bex! – sussurrei, sentindo o formigamento já esquecido da animação acadêmica. – Será mesmo possível?

Nesse exato instante, o telefone tocou.

– Estou com um jornalista aqui na linha – disse Frank, cuja voz soou adequadamente surpresa. – Ele quer falar com o responsável pela descoberta das tabuletas troianas. É a senhora?

CAPÍTULO QUARENTA E TRÊS

Rio Istros

Talla nasceu durante a lua cheia.

Saudável e faminta, tinha os mesmos olhos do pai. Mirina passou dias a fio sem fazer outra coisa que não segurá-la no colo e olhar naqueles olhinhos sempre que estavam abertos.

– Você o viu? – sussurrava ela, deixando Talla segurar a ponta de seu dedo. – Seu pai está olhando para nós? Eu acho que sim.

Elas haviam passado o outono inteiro subindo o rio Istros. Aquelas terras setentrionais eram um mundo sem grandiosidade, sem qualquer tipo de sofisticação. As pessoas que elas encontravam eram simples e fáceis de entender. Às vezes eram simpáticas, outras vezes não; seus modos nada tinham de intrigantes.

Até agora, Mirina e suas irmãs não tinham encontrado nem bruxas, nem lobisomens; na verdade, toda vez que chegavam a um novo povoado, ficava bem claro que o que havia fora do comum ali eram *elas*: mulheres de rostos diferentes, cabelos diferentes, roupas diferentes, sobretudo costumes diferentes...

Mulheres sem homens.

Elas decidiram passar o inverno em um vale, onde não havia muitos outros caçadores com quem competir. Ali construíram cabanas para si e para os cavalos e enterraram as preciosas tabuletas do rei Príamo em ninhos de palha sob o piso.

Não se passava um dia sem que falassem sobre o futuro. Tinham um sonho comum: o de uma terra fértil e acolhedora, onde pudessem praticar em paz a agricultura e a caça sem o medo constante de que o que tinham lhes fosse novamente tirado. "Quando chegarmos lá...", diziam para si mesmas e umas para as outras, e nenhuma duvidava que um dia isso fosse mesmo acontecer.

"Esse lugar está lá, à nossa espera", Lilli sempre dizia, sorrindo para um horizonte que não conseguia ver. "Teremos nosso próprio povoado... não, nossa própria cidade. Uma cidade de mulheres."

Durante o longo inverno, elas passaram as noites em volta da fogueira, encolhidas sob peles e couros, construindo com palavras essa cidade. A questão dos homens surgia de vez em quando, mas como nenhuma delas podia sequer imaginar algum dia querer qualquer intimidade com os machos toscos que povoavam aquelas terras setentrionais, a resposta em geral eram risos.

– Jamais lhes pedirei para viver sem esses prazeres – disse Mirina às irmãs certa vez, atiçando o fogo com um graveto. – Mas acredito que homens e mulheres são tão diferentes que não deveríamos tentar viver no mundo uns dos outros. Se precisarem, saiam e se divirtam com um pastor sob o céu estrelado, mas não tentem compartilhar sua luz do dia. Pois o sol funciona para os homens como um elixir: cega seus olhos para o valor das mulheres e os faz ousar pensar que devem nos governar. Até mesmo o mais gentil dos homens pensará estar nos fazendo um favor ao nos isolar do mundo. – Ela abaixou a cabeça quando as lembranças vieram.

– Com certeza nem todos os homens são mestres tirânicos – objetou Pitana, ocupada fabricando um brinquedo de madeira para Talla. – Eu, pelo menos, me lembro de como você sorria. – Ela ergueu os olhos para Mirina, tentando avaliar sua disposição. – Gostaria de saber como é sorrir desse jeito. Parece-me que os homens trazem à tona facetas de nós que definhariam se passássemos a vida sem eles.

– Se não fossem os troianos, Kara e eu ainda estaríamos presas em Micenas – concordou Klito. – Com certeza *alguns* homens merecem ser louvados como libertadores.

– Isso eu não nego – reconheceu Mirina. – Estou certa de que muitos homens bons já perderam a vida, ou pelo menos a felicidade, por causa de uma mulher. É por isso que digo que a maior gentileza que podemos fazer por eles é deixá-los em paz. Essas precauções serão vantajosas para nós, também. Pois a reação primitiva dos homens ao nosso complexo poder é nos subjugar e nos fazer acreditar que devemos ser subjugadas. Eles chamam isso de ato de amor e proteção... são essas as palavras dos ardilosos tiranos. E quando nós acreditamos neles e, por livre e espontânea vontade, acorrentamos a nós mesmas e nossas irmãs... – Ela suspirou fundo e balançou a cabeça. –... nossa tragédia se torna o supremo triunfo *deles.*

– Isso mesmo – concordou Kara, que havia abraçado aquela nova vida com mais ardor do que qualquer outra. – O amor é uma coisa traiçoeira. Nós damos força aos homens, mas eles não retribuem o favor. Mesmo aquelas dentre nós que se consideram superiores em espírito perdem as referências quando um homem se empluma. Eles nos lançam um feitiço venenoso, não é?

Ela olhou para as outras ao redor em busca de confirmação.

– Mais uma vez sou eu que tenho sorte – falou Lilli, sorrindo enquanto ninava a pequena Talla. – Não consigo ver essas plumas venenosas que as fazem perder o rumo. Considerem-se afortunadas, irmãs, por terem pelo menos uma entre vocês capaz de manter um rumo firme.

– Proponho então que a nossa cidade não aceite homens, para não haver o risco de algum galo emplumado tentar governá-la contra a nossa vontade – falou Mirina quando a conversa por fim se acalmou e ela já estava amamentando Talla. – Todas teremos liberdade para ir e vir, claro, e passar as noites como desejarmos; nenhuma Deusa da Lua ciumenta vai nos tirar essa possibilidade. – Ela apontou para a cicatriz no seio, lembrança permanente da sua iniciação no Templo da Deusa da Lua. – De agora em diante, essas cicatrizes significarão liberdade, não escravidão. Nossos dias serão nossos apenas, dedicados à produção e ao aprimoramento; enquanto o sol brilhar, nenhum homem ou divindade de pedra terá permissão para nos confinar.

Com o passar do tempo, seu contingente aumentou. Mesmo naquele mundo de florestas e montanhas não faltavam mulheres dispostas a trocar um marido por um cavalo e um arreio. Sempre em movimento, Mirina e seu grupo cada vez maior de irmãs se recusaram a fixar residência até encontrarem o local perfeito para sua cidade.

Por fim, coube a Talla contrariar o caráter nômade da mãe.

– Não podemos ser caçadoras para sempre – disse ela certo dia, quando estavam todas reunidas em volta de um cervo que assava. – Tia Lilli tem razão: há mãos que precisam plantar e colher. Sei que não queremos fundar uma cidade e termos de mudá-la de lugar, mas não é assim que o mundo funciona? A maré vai subir, vai descer, e vamos estar em outro lugar. – Ela olhou para cada uma das companheiras. – Não nos deixemos escravizar por um conceito...

Mirina silenciou a filha com um gesto cansado.

– O futuro não carece de inimigos, tenho certeza. Para sobreviver, precisamos estar sempre prontas, sempre leves para nos mover...

– E estaremos! – exclamou Talla, erguendo os braços para o céu. – Mas até o mais forte dos corredores precisa descansar. Podemos ser amazonas, mas não conseguiremos galopar daqui até a eternidade.

Assim, elas se fixaram por um tempo, depois se mudaram, em seguida tornaram a se fixar, sem nunca fincar raízes por completo em um só lugar, sempre só de passagem. E aonde quer que fossem, as tabuletas de argila de Troia, que nenhuma delas conseguia ler, simbolizavam a promessa feita ao rei Príamo e a elas mesmas: nunca esquecer.

Ao longo dos anos, elas muito labutaram para recordar a escrita que Cime havia lhes ensinado, porém, mais do que tudo, nunca pararam de contar suas histórias. Mesmo quando o tempo passou e seu grupo se dividiu em vários, cada divisão seguiu agarrada com obstinação à história que era sua raiz comum. Pois nessa história, elas sabiam, estava o conhecimento que protegeria a semente do inseto faminto: a promessa de um mundo novo e melhor.

CAPÍTULO QUARENTA E QUATRO

Talvez ainda haja outra Troia.
Eurípides, *As troianas*

Oxford, Inglaterra

O teatro Sheldonian estava tomado por um burburinho de especulações. Era raro a humilde área da filologia clássica atrair atenção mundial, mas a coletiva de imprensa acabara se revelando uma dessas ocasiões. Menos de um mês antes, o Sr. Ludwig tinha me jurado que eu estava prestes a escrever um capítulo da história. Embora fosse mentira, ele no final das contas tinha toda a razão, pensei enquanto caminhava até o tablado.

– Obrigada, professor Vandenbosch.

Sorri para aquele pobre velho maledicente, que tivera menos de 24 horas para escrever uma introdução elogiosa na qual constavam minha formação acadêmica, minhas virtudes pessoais e o valor inestimável que eu representava para a comunidade acadêmica de Oxford... na verdade, dali em diante, para a academia como um todo. Apesar de um leve espasmo muscular no canto do olho enquanto se dirigia às senhoras e senhores da imprensa, o venerável diretor do departamento se mostrou convincente e afável no papel de meu fiel amigo e colega.

Nos três dias anteriores, desde a chegada dos caixotes, o professor Vandenbosch e todas as outras pessoas com algum interesse no mundo antigo haviam me feito passar por um compreensível rolo compressor de perguntas, acusações e insultos, e ele, em especial, ficara muito decepcionado ao me ver sair viva. De âncora autonomeado daquele caso todo, ele logo foi posto para escanteio por jornalistas e autoridades, que não tiveram paciência para sua mediação arrogante. No fim das contas, o vice-reitor havia entrado no circuito, e uma coletiva de imprensa fora organizada de um dia para o outro.

– Como vocês já sabem, um colecionador suíço anônimo confiou a mim doze tabuletas de argila com inscrições em luvita, uma língua falada em todo o mundo hitita durante o segundo e primeiro milênios antes de Cristo – continuei, olhando para o mar de rostos da plateia. – Minha teoria de trabalho é que essas tabuletas contêm registros históricos da antiga Troia, que foram tirados da cidade antes de ela ser destruída, mais de 3 mil anos atrás. O significado desses registros é monumental. Como todos sabem, a lendária Troia segue intrigando não apenas os especialistas, mas qualquer um com interesse nas civilizações antigas. Espero que essas tabuletas possam constituir uma base para reescrever o que sabemos sobre a cidade do rei Príamo.

Minha intenção era falar mais coisas, mas assim que fiz uma pausa uma profusão de braços se levantou para chamar minha atenção. Concentrei-me em um grupo de pesos pesados da mídia, que o vice-reitor teve o cuidado de me apontar, e respondi a algumas perguntas em rápida sucessão, sem deixar margem para réplicas.

– A senhora disse que o doador foi um colecionador suíço anônimo – disse um repórter londrino de voz rascante e cabelos grisalhos alisados para trás. – Pode nos dar mais detalhes?

– Infelizmente, não. Eu concordei em proteger seu anonimato.

– Dra. Morgan – uma jornalista cujo rosto eu reconheci da TV tomou a palavra. – Quando examino seus artigos e suas pesquisas, vejo muita coisa sobre... – Ela fez uma careta. –... sobre as amazonas, e não muito sobre Troia. Houve algum debate em relação à qualificação da senhora para esse novo desafio?

Forcei um sorriso.

– Se a senhora pesquisou meu trabalho, sabe que o idioma luvita não me é estranho.

– O que dizem exatamente as tabuletas? – indagou um americano de terno marrom amarfanhado, o único dos jornalistas com uma cara relativamente simpática.

– Faz só três dias que as recebi – respondi. – Mas, até onde posso ver, estamos diante de registros históricos que mencionam acontecimentos e nomes específicos.

Eu pretendia prosseguir, mas fui impedida por um francês de olhos desvairados como os de um pit-bull, que simplesmente não conseguiu esperar a sua vez.

– Na última semana, houve outros supostos incidentes no círculo do comércio de artefatos – bradou ele não só para mim, mas para todos. – Um conhecido colecionador chamado Grigor Reznik foi morto no porto franco de Genebra, na Suíça. Parece que ele foi baleado pelo filho de um colecionador rival durante uma troca ilícita de artefatos. Há quem diga que Reznik era o antigo proprietário das tabuletas de Troia. Além disso, três dias atrás, um manuscrito antigo chamado *Historia Amazonum* foi devolvido anonimamente ao arquivo romeno do qual havia sido roubado, supostamente também por Reznik. – O francês me encarou com seu olhar acusador. – Qual foi o seu papel nesses acontecimentos?

A pergunta quase me fez engasgar.

– Isso tudo é novidade para mim – falei, com a maior calma de que fui capaz. – Mas duvido muito que as tabuletas troianas tenham passado todos esses anos em um entreposto de Genebra. Próxima pergunta, por favor!

Depois de os jornalistas mais agressivos se cansarem de mim, minhas mãos tremiam tanto que tive de cruzar os braços. Até o último minuto, imaginei que Katherine Kent fosse aparecer do nada para assistir à coletiva. Mas pelo visto aquela era uma batalha que eu tinha de travar sozinha.

Desconfiava que meu pequeno discurso para Otrera em Suomussalmi tivesse sido fundamental para convencer as amazonas de que estava na hora de elas fazerem justiça ao seu tesouro. Mesmo assim, sua confiança em mim era tão comovente que eu mal soube como reagir a não ser garantindo que as tabuletas ficassem seguras e seus textos fossem traduzidos e publicados. O fato de o release anônimo ter sido enviado para a imprensa no mesmo dia em que os caixotes me foram entregues confirmava minhas suspeitas de que eu não seria apenas mais uma guardiã das tabuletas; cabia a mim trazer a cidade perdida do rei Príamo de volta à vida.

– Última pergunta?

Corri os olhos pela plateia outra vez, tentando escolher entre dezenas de braços afoitos. Entre as pessoas encostadas nas paredes estavam vários homens de terno cinza, tão discretos em sua aparência que eu nem havia reparado neles até então.

Seriam do serviço secreto? Essa possibilidade fez meu corpo se contrair de medo. Será que eles estavam ali para me questionar sobre Reznik? Ou sobre James?

Tornei a olhar na sua direção e me perguntei se eles pretendiam me prender logo depois da coletiva, e se eu deveria tentar fugir... Mas foi então que finalmente reparei *nele*, em pé bem no meio dos outros, com a mesma expressão implacável que exibira uma semana antes, ao invadir o quarto de hospital do filho e me chutar longe feito um cachorro de brinquedo. Ele também queria me fazer uma pergunta.

– Pois não, Sr. Al-Aqrab – peguei-me dizendo ao microfone.

O nome fez um terremoto percorrer a plateia, e todos se esticaram para ver o diabo da Babilônia ali entre eles de forma tão inesperada.

– Dra. Morgan – disse o Sr. Al-Aqrab, consciente dos flashes que pipocavam à sua volta. – Gostaria de lhe dar os parabéns por resgatar e dar nova vida a um pedaço esquecido da história. Sem dúvida essa descoberta será um divisor de águas na relação entre a sua universidade e a minha fundação, que infelizmente se opuseram no passado. – Ele fez uma pausa para que todos compreendessem o significado daquelas palavras, então prosseguiu. – Sei que a senhora já entrou em contado com as autoridades turcas e louvo essa sua iniciativa. Com isso em mente, quem considera o proprietário legal dessas tabuletas? Será que elas, agora, como tantos outros tesouros antigos, vão virar propriedade do Reino Unido?

Ele abriu os braços em um gesto de acusação.

A pergunta provocou uma série de pequenos sismos, e os fotógrafos se viraram para capturar a imagem do dia. Mal reparei na confusão; tudo em que conseguia pensar era Nick. Com certeza o Sr. Al-Aqrab não estaria presente caso a condição de seu filho fosse crítica.

– As tabuletas foram confiadas a mim especificamente, e considero meu dever garantir sua segurança – falei por fim, ao perceber que todos aguardavam minha resposta. – Mas ninguém pode ser o dono da história de outro povo, mesmo que esse povo tenha morrido há muito tempo. Conservar artefatos troianos de qualquer tipo aqui na Grã-Bretanha, tão longe de seu local de origem, seria voltar a uma práxis ultrapassada.

Endireitei as costas, fazendo o possível para superar o crescendo de descontentamento acadêmico que ameaçava me engolir.

– O doador me encarregou da escolha do futuro lar das tabuletas, e minha intenção é devolvê-las ao seu lugar de origem assim que possível.

Em meio ao maremoto de ira que se seguiu à minha declaração, tive certeza de ouvir o professor Vandenbosch gritar: "Que absurdo!"

O Sr. Al-Aqrab olhou em volta; era óbvio que estava adorando aquele furor.

– E se eu propusesse construir um museu para elas?

O recinto silenciou na mesma hora, e todas as cabeças se viraram novamente para mim, como se o teatro Sheldonian estivesse repleto de ovelhas a observar um caminhão de feno ser descarregado, ovelhas que podiam ou não estar a caminho do matadouro.

– Já existem museus em Troia... – comecei.

– Um museu *seguro*, Dra. Morgan. Supervisionado por alguém que acho que a senhora conhece: o Dr. Murat Özlem. O que me diz? – O Sr. Al-Aqrab sorriu, e o sorriso modificou seu rosto por completo. – Não está na hora de uma empreitada conjunta?

– É claro que teremos de pedir permissão às autoridades turcas – falei. – Mas... a sua proposta é muito generosa. Talvez seja bom marcarmos uma reunião.

Uma floresta inteira de braços se ergueu no rastro do nosso diálogo. O professor Vandenbosch já estava quase se levantando da cadeira, pronto para intervir e assumir o controle do tablado e do microfone.

Sem saber se deveria ouvir mais alguma pergunta, ergui os olhos e vi o Sr. Al-Aqrab e sua escolta caminharem em direção à porta; não tinham mais o que fazer ali.

Tive uma súbita crise, e tudo à minha volta ficou cinza. Pouco me importava o que acontecesse, de jeito nenhum eu iria deixar aquele homem fugir de mim outra vez.

– Obrigada – falei ao microfone. – O professor Vandenbosch terá prazer em responder ao resto das suas perguntas.

Com isso, desci do tablado e avancei apressada pelo corredor central do teatro, sem desgrudar os olhos da porta. Não corri, mas quase.

Quando irrompi porta afora, uma chuva gelada que eu não esperava me confundiu por tempo suficiente para o Sr. Al-Aqrab acenar um adeus travesso, entrar em uma limusine preta e ir embora, deixando-me encharcada por dentro e por fora.

Fiquei ali, paralisada, com os olhos cravados no borrão da Broad Street. Meus pés não conseguiam sair do lugar.

– Você precisa perdoar meu pai – disse uma voz atrás de mim. – Ele nunca teve muito talento para se desculpar.

Virei-me e dei de cara com Nick ali em pé, tão encharcado quanto eu, mas mesmo assim sorrindo. No entanto, seu sorriso desapareceu ao ver a expressão do meu rosto.

– Oi, Deusa – disse ele, estendendo a mão para tocar minha bochecha. – Não está feliz em me ver?

E eu então finalmente me atirei em seus braços, agarrando-me ao seu calor com cada trêmula parcela do meu corpo, tão desesperada para me certificar de que ele estava inteiro que nem me ocorreu beijá-lo até sua boca encontrar a minha e espantar todos os meus temores.

– Não se preocupe – disse ele depois de algum tempo. – Eu estou bem. E não vou mais sumir, prometo. A não ser que você queira.

Eu ainda não estava pronta para rir.

– Eu estava arrasada – murmurei, pressionando o rosto no vão do seu pescoço. – Por que você não me ligou?

Nick segurou meu rosto com as duas mãos.

– Porque eu precisava ver seus olhos...

Nesse exato instante, a porta do teatro Sheldonian se abriu de supetão, liberando uma enxurrada de novas perguntas.

– Ai, não – falei. – Não quero entrar lá de novo.

Nick riu.

– Ah, mas por que não? É claro que quer. – Ele me girou de frente para a multidão. – Pode armar seu arco, Diana. Estou bem atrás de você.

Nick tinha reservado um quarto no Claridge de Londres, mas não conseguimos chegar até lá. Depois da coletiva, fugimos da multidão a pé pela New College Lane, passamos debaixo da Ponte dos Suspiros e entramos no primeiro beco. Puxando Nick pela mão, fui percorrendo um labirinto escuro de paredes marcadas pelo tempo até chegar ao refúgio mais escondido de Oxford: o hotel Bath Place. Após uma pergunta educada e com uma chave na mão, entramos atabalhoados no quarto e arrancamos as roupas molhadas um do outro com uma fúria desenfreada. Foi só quando vi os pontos em sua coxa que me lembrei de seu recente contato imediato com a mortalidade.

– Espere aí! – arquejei. – Você está bem? Talvez fosse melhor a gente...

– A gente o quê? – Ele me puxou para bem perto, com os olhos cravados nos meus. – Esperar o sol se pôr? Estou disposto a quebrar as regras se você também estiver.

Empurrei-o para cima da cama e montei em cima dele, beijando-o.

– A única regra por aqui é você ficar vivo de agora em diante – sussurrei, saboreando a sensação do seu corpo no meu.

Mais tarde, quando estávamos deitados juntos, suados e felizes, Nick me encarou com o cenho franzido e perguntou:

– Mas espere aí. Você não tem um apartamento aqui em Oxford?

– Tenho – respondi com um suspiro. – Mas a Bex está lá. E meus pais vão passar depois. Na verdade... – Verifiquei seu relógio e dei um grunhido. –... a gente combinou de se encontrar para um chá daqui a uma hora.

– Eu estou convidado?

Dei uma risada e me aconcheguei junto a ele.

– O risco é todo seu. Lembre que meu pai era diretor de escola. Ele sabe fazer perguntas.

Nick me deu um beijo na testa.

– Estou preparado para me comportar. Sei que eu sou a encarnação dos piores temores dos seus pais. Com um teimoso homem de negócios de Dubai e uma motociclista amazona misturados à herança genética, só Deus sabe como os netos deles vão ser.

Sem saber ao certo como interpretar essas palavras, pousei a mão sobre a dele com delicadeza e falei:

– Meu chacal levou um tiro por você. Tenho certeza de que meus pais fariam o mesmo.

Nick passou alguns instantes calado. Então, com uma solenidade pouco habitual, falou:

– Talvez agora seja uma boa hora para você me pedir em casamento.

Fiquei tão assombrada e tão empolgada que desatei a rir. Como ele não riu junto, sentei-me na cama e o encarei.

– Você é maravilhoso. Mas acadêmicos não pedem bilionários em casamento, sabia?

– Não se preocupe. – Nick também se sentou e deu um meio sorriso. – Meu pai acredita, e eu concordo com ele, que o jeito mais seguro de destruir um homem é lhe pagar para não fazer nada. Eu preciso trabalhar e pagar as contas igual a todo mundo.

Seu sorriso aumentou.

– Mas não estou muito preocupado com isso. Meu plano é formar equipe com uma filóloga de renome mundial. E se ela não me pedir em casamento, serei apenas o namorado bonitão.

Eu não respondi, então ele me puxou para seu colo e seu tom se fez mais ansioso.

– Vamos lá, me dê uma ajudinha. Como posso pedir para você dividir seus dias e noites comigo até que a morte nos separe... sem deixar vovó chateada? Sei que ela está sentada lá em cima, no céu das amazonas, brandindo o punho para mim. – Ele estendeu a mão para o casaco jogado ao lado da cama e pegou uma caixinha de joias quadrada. – Mas estou torcendo para conseguir apaziguá-la com *isto aqui*.

– Ai, Nick, não precisa me dar nada – falei, sentindo uma pontada de desconforto. – Por favor.

– Eu sei, eu sei. – Ele ergueu as mãos no gesto de quem se defende. – Nada de anéis, nem diamantes, nem dotes patriacais. Já entendi. Mas... – Ele pôs a caixinha na minha mão. –... você pode pelo menos dar uma olhada.

– Tá, mas você não precisava mesmo ter...

Abri a caixa.

Não havia nada lá dentro.

Sem entender, levantei o forro de cetim azul para ver se havia algo escondido embaixo. Mas não havia.

Ergui os olhos e vi que Nick estava adorando me deixar perplexa.

– É para o chacal – disse ele por fim. – Uma casinha de cachorro para o seu melhor amigo.

Feliz demais para conseguir falar, inclinei-me e lhe dei um beijo.

– Calma! – disse ele, rindo. – Todo esse sexo diurno é novidade para vovó. Não quero levar outro soco no nariz.

Desci da cama, peguei minha bolsa recém-comprada e dela extraí o chacal deformado que ainda carregava comigo aonde fosse. Nick me observou voltar e colocar o bracelete em seu novo leito de cetim azul. Assim que fechei a tampa, ele me puxou para a cama com uma risada diabólica.

– Agora você é *minha*!

– Cuidado – falei, erguendo a caixa de joias em um alerta fingido. – Isto aqui não é um asilo. Meu chacal pode ter ficado cego com o tiro, mas ele ainda morde.

– Espero que sim. – Ele me puxou outra vez para o seu colo. – O que você quer fazer na próxima meia hora? Ainda não contei sobre a minha ida até o hospital de Suomussalmi, à beira da morte, com os braços congelados em volta da cintura coberta pelo colete à prova de balas da minha mãe... mas acho que isso é mais conversa para um jantar.

– E eu não contei sobre a xará da sua mãe, a primeira Mirina.

Olhei de relance para minha bolsa, perguntando-me se estaria na hora de mostrar a Nick o fichário de couro no qual estavam meticulosamente registradas as memórias do pequeno grupo de irmãs que, 3 mil anos antes, havia viajado antes de nós da Argélia até Troia e rumo à liberdade das florestas do norte.

– Quem sabe, se você tiver sorte, eu leio para você *depois* do jantar.

– Tive uma ideia – disse ele. – Por que você não me leva de novo para o chuveiro?

Encarei-o por um longo tempo.

– Você lembra o que aconteceu da última vez.

– Lembro, claro. – Ele me puxou para um beijo. – Mas mesmo assim valeu a pena.

Na verdade, só conseguimos ler a história contida no fichário de couro duas semanas depois, já de volta à Turquia para conversar sobre a localização do novo museu para as tabuletas troianas com um radiante Dr. Özlem e um Sr. Telemakhos que não parava de parabenizar a si mesmo. Apesar disso, eu sabia que Nick levava o tema das amazonas tão a sério quanto eu e que essa nossa pré-história compartilhada serviria para sustentar nosso amor nos dias vindouros.

Pois o nosso caminho, sim, até mesmo o nosso, estaria cheio de inimigos e ciladas do destino, mas o chacal, em seu régio posto, garantia-nos que, enquanto estivéssemos juntos, os três, jamais nos afastaríamos muito da felicidade – que, no fim das contas, tinha sido o maior presente de vovó para mim.

NOTA DA AUTORA

As amazonas de fato existiram? É claro que sim. Elas eram exatamente iguais ao retrato pintado pela literatura e a arte antigas? Decerto não. Assim como no caso de tantas outras figuras e acontecimentos míticos, as amazonas representam um sonho, um medo, uma sedutora constelação de ideias e emoções centradas no papel da mulher na sociedade mediterrânea primitiva. Será que as mulheres pegaram em armas para defender seu lar e as pessoas que amavam? Parece impossível isso não ter acontecido. Será que elas reuniram exércitos inteiros para combater potências militares gregas pré-históricas? É improvável. No entanto, desde os primórdios do homem (e da mulher), contadores de histórias buscaram fascinar suas plateias com vilões anormais e membros decepados, e para os gregos antigos as amazonas eram matéria-prima para um fenômeno de popularidade. Essas notáveis mulheres ainda existem hoje em dia? Com certeza sim, dentro de cada uma de nós. Às vezes só notamos a existência de nossa amazona interior quando a vida nos desfere um golpe atordoante... mas tenho certeza de que ela está lá, esperando para nos emprestar sua força.

Dediquei este livro à minha maravilhosa sogra, Shirley Fortier, que sucumbiu à emboscada do câncer no mesmo mês em que terminei a versão final deste livro. Embora sem montaria e em desvantagem numérica desde o princípio, ela lutou até o fim com uma coragem espantosa que nunca soubemos que possuísse. Sentimos muito a sua falta e jamais a esqueceremos.

Quanto às amazonas originais da mitologia grega, as lendas que descrevem seus feitos são tão abundantes, nebulosas e, com frequência, contraditórias, que ninguém jamais poderia esperar reunir todas as ramificações em uma narrativa única, integral. Eu com certeza não tentei fazer isso, e espero que os leitores tenham consciência de que estou lidando com a tradição de forma lúdica e que este livro de forma nenhuma pode substituir trabalhos embasados de não ficção sobre o tema. Assim sendo, incentivo-os a continuarem suas caças às amazonas: galopem até a biblioteca mais próxima, vasculhem sem medo as livrarias e deixem-se levar pelos mitos antigos disponíveis para nós até hoje, milênios depois, em tantas intrigantes e diferentes interpretações.

Embora os acontecimentos e personagens do livro certamente sejam, em grande parte, fictícios, tomei muito cuidado para garantir que o contexto histórico fosse o mais sólido possível. Vários especialistas renomados fizeram a gentileza de ler o manuscrito em andamento e me deram contribuições de valor incalculável; acima de tudo, tenho uma feliz dívida para com meu querido amigo Dr. Thomas R. Martin, professor da cátedra Jeremiah O'Connor de Estudos Clássicos do College of the Holy Cross, e recomendo fortemente a leitura de suas conhecidas obras *Breve história da Grécia Clássica* e *Roma Antiga – De Rômulo a Justiniano* a qualquer um interessado em uma fascinante viagem ao nosso incrível passado sem sair da poltrona.

Também sinto imensa gratidão por meu velho amigo Dr. Timothy J. Moore, professor da cátedra de Estudos Clássicos John and Penelope Biggs da Universidade de Washington em St. Louis, cuja brilhante e generosa energia no início do projeto me fez passar a ver os filólogos sob um viés heroico, e cujo estilo direto e combativo de orientação contribuiu mais para me fortalecer do que qualquer quantidade de apoio sorridente e delicado teria conseguido.

Meus amigos mais próximos, Mette Korsgaard, editora sênior da Gyldendal Business, e Dr. Peter Pentz, curador do Museu Nacional da Dinamarca, tiveram a bondade de ler o livro sob a perspectiva de um arqueólogo. Com seus conselhos em mente, devo ressaltar que as opiniões muitas vezes divergem quando se trata de interpretar achados antigos. Alguns estudiosos com certeza irão discordar de minhas escolhas para descrever o passado – afinal, o ceticismo é um pré-requisito da verdadeira erudição –, mas isso não significa necessariamente que as coisas não poderiam ter acontecido da forma que as descrevi. Torço, é claro, para que os leitores curiosos usem meu livro como um trampolim e mergulhem nos muitos mistérios não resolvidos do passado, tomando de assalto as disciplinas da história, filologia e arqueologia, ávidos por ajudar a expandir nosso conhecimento em relação ao mundo antigo.

Devo assinalar também que o Dr. Pentz foi o primeiro a me informar sobre os grandes esforços do Museu Nacional da Dinamarca para adotar uma posição sustentável na grande e crescente batalha sobre a restituição de artefatos. Para quem estiver interessado em ler mais sobre esse tema fascinante, recomendo muito o excelente livro de Sharon Waxman, *Loot*, bem como *The Medici Conspiracy*, de Peter Watson e Cecilia Todescini (ambos inéditos no Brasil). Os dois estudos são ricos em detalhes e sustentados por uma pesquisa cuidadosa, mas também podem ser lidos como bem boladas histórias de suspense.

Também sou grata à ajuda de minha grande amiga Sra. Heather Epps, de Storrington, West Sussex, que muito gentilmente leu todo o manuscrito com especial atenção ao uso do inglês britânico e suportou com elegância todos os meus americanismos e pequenas alfinetadas nas excentricidades dos nobres e acadêmicos da Grã-Bretanha. Dez anos atrás, tive a sorte de ser membro visitante da pós-graduação no Corpus Christi College, em Oxford, enquanto concluía meu doutorado sobre historiadores latinos, e imagino que, apesar das atribulações de Diana Morgan, o leitor pôde notar a imensa admiração e gratidão que sinto em relação a esse lugar esplêndido e às pessoas singularmente talentosas que o habitam.

Minha gratidão vai ainda, na Finlândia, para o diretor do museu de Raatteen Portti, Marko Seppänen, e a escritora Tyyne Martikainen. Foi graças aos seus esforços e à sua experiência de uma vida inteira que pude entender de fato a tragédia da Guerra de Inverno, que arruinou a vida de tantos milhares de finlandeses e russos. Desde que coproduzi o documentário *Fire and Ice: The Winter War of Finland and Russia* (Fogo e gelo: A Guerra de Inverno entre Finlândia e Rússia), estou decidida a divulgar o grande trabalho conduzido por Tyyne Martikainen e seus colegas finlandeses e russos para descobrir o que aconteceu com todos os civis finlandeses feitos reféns e mandados para campos de prisioneiros tanto tempo atrás.

Sempre digo aos meus alunos que é preciso mais de um cérebro para transformar uma boa história em um bom livro. Isso com certeza se aplica ao meu caso. Não gosto nem de imaginar como teriam ficado as jornadas de Diana e Mirina sem os conselhos sólidos dos incríveis editores que me ajudaram a conferir a duas histórias mirabolantes um formato manejável. O que teria sido de mim sem a bem-humorada experiência da Dra. Cordelia Borchardt, da Fischer/Krüger, o bom senso tranquilizador de Iris Tupholme e Lorissa Sengara, da HarperCollins do Canadá, ou a incansável experiência de Dana Isaacson, da Ballantine/Random House. Chego a sentir calafrios. E eu certamente teria empacado em muitas ideias impossíveis sem minha incrível e paciente editora na Ballantine, Susanna Porter, cujos olhos de águia e toque experiente, mais uma vez, me apontaram com segurança o caminho.

Nem é preciso dizer que muitas outras pessoas participaram do nascimento deste livro, mais do que eu conseguiria agradecer adequadamente aqui. A maravilhosa equipe da Ballantine tornou tudo uma alegria e está sempre ao meu lado. Além de Susanna Porter e Dana Isaacson, gostaria de agradecer a Libby McGuire, Jennifer Hershey, Kim Hovey, Vincent La Scala, Priyanka Krishnan, Susan Turner, Kristin Fassler, Ashley Woodfolk, Toby Ernst, Susan Corcoran e Lisa Barnes por seu apoio e otimismo constantes. E uma dose extra de gratidão a Paolo Pepe, responsável pela linda capa.

Também devo um obrigada especial aos meus amigos da Gyldendal, em Copenhague. Merete Borre e Vivi Vestergaard emprestaram seus ouvidos a muitas ideias insensatas, e seu incentivo e disposição nunca fraquejaram. Obrigada, além disso, à maravilhosa tradutora dinamarquesa Ulla Oxvig, bem como a Anne Hjermitslev e Line Miller, da Gyldendal, por seu trabalho incansável até a feliz conclusão. Por último, mas não menos importante, um imenso obrigada a Harvey Macaulay, da Imperiet, que como de hábito acertou a capa dinamarquesa na primeira tentativa.

Desde o nascimento de *Julieta*, em 2008, considero Maja Nikolic, Maria Aughavin, Victoria Doherty-Munro, Chelsey Heller, Angharad Kowal e Stephen Barr, da Writers House, parte da minha família, e não consigo imaginar uma vida de escritora sem meu espetacular agente Dan Lazar, cuja integridade e experiência são imbatíveis. Minha dívida para com essa fabulosa equipe jamais poderá ser contida em um simples "obrigada".

Ainda não mencionei a influência de minha mãe neste livro; simplesmente me falta espaço. Mas tenham certeza de que ela estava comigo, montando camelos no Saara e chapinhando na lama em Kalkriese, prevendo cada um dos meus passos e me incentivando por todo o caminho. Sem seu apoio e seus inacreditáveis sacrifícios ao longo de toda a minha vida, eu jamais teria realizado o sonho de me tornar escritora; pior ainda, nem sequer teria tido coragem de acalentar esse sonho.

Mesmo com esse exército de pessoas incríveis atrás de mim, porém, eu não seria quem sou, nem teria energia para fazer o que faço, sem os preciosos amor e apoio da minha filhinha e do meu querido marido, Jonathan. Talvez minhas irmãs secretas fiquem chateadas com o que vou dizer, mas cá entre nós, se você tiver a sorte de capturar o macho perfeito, no fim das contas não é tão ruim assim tirar aquela proteção de metal e virar amazona de vez em quando.

INFORMAÇÕES SOBRE A ARQUEIRO

Para saber mais sobre os títulos e autores
da EDITORA ARQUEIRO,
visite o site www.editoraarqueiro.com.br
e curta as nossas redes sociais.
Além de informações sobre os próximos lançamentos,
você terá acesso a conteúdos exclusivos e poderá participar
de promoções e sorteios.

www.editoraarqueiro.com.br

facebook.com/editora.arqueiro

twitter.com/editoraarqueiro

instagram.com/editoraarqueiro

skoob.com.br/editoraarqueiro

Se quiser receber informações por e-mail,
basta se cadastrar diretamente no nosso site
ou enviar uma mensagem para
atendimento@editoraarqueiro.com.br

Editora Arqueiro
Rua Funchal, 538 – conjuntos 52 e 54 – Vila Olímpia
04551-060 – São Paulo – SP
Tel.: (11) 3868-4492 – Fax: (11) 3862-5818
E-mail: atendimento@editoraarqueiro.com.br